Aus Freude am Lesen

Diebstahl ist eine Kunstvoll diskreter Eleganz. Aber wer beherrscht die heutzutage noch? Nach dem Erfolgsroman »Grand Tour« hat Steffen Kopetzky ein Großpanorama des Stehlens entworfen: Ihres Lebenssinns verlustig gegangene Ex-Geheimdienstagenten, über Schreibblockaden irre gewordene Heftchenromanautoren und eine Handvoll verzweifelt anständig Gebliebener liefern sich einen erbitterten Wettlauf um ein Geheimnis, von dem niemand weiß, ob es nicht lediglich erfunden ist. Ein abenteuerlicher Roman über die verborgenen Dinge in einem selbst und in der Welt, eine Kulturgeschichte der Schließtechnik und eine hochspannende Schatzsuche, ein Epos von Schuld, Gier und der ewigen Verlockung des Verschlossenen.

Steffen Kopetzky wurde 1971 in Pfaffenhofen an der Ilm geboren und arbeitete nach einen unvollendeten Philosophiestudium eine Zeit lang als Schlafwagenschaffner. Er veröffentlichte u.a. Theaterstücke, Opernlibretti, Radiofeatures und Erzählungen und wurde vielfach ausgezeichnet. ›Der letzte Dieb‹ ist sein vierter Roman. Nach einem Jahrzehnt in Berlin-Neukölln lebt Kopetzky mit Frau und Kindern wieder in seiner oberbayerischen Geburtsstadt.

Steffen Kopetzky bei btb
Grand Tour. Roman (73108)
Einbruch und Wahn. Roman (73156)
Eine uneigentliche Reise. Roman (73157)
Marokko. Ein Tagebuch (73415)
Lost/Found (73665)

Steffen Kopetzky

Der letzte Dieb

Roman

btb

FSC Mix
Produktgruppe aus vorbildlich bewirtschafteten
Wäldern und anderen kontrollierten Herkünften
www.fsc.org Zert.-Nr. GFA-COC-001223
© 1996 Forest Stewardship Council

Verlagsgruppe Random House FSC-DEU-0100
Das für dieses Buch verwendete FSC-zertifizierte Papier
Munken Pocket liefert Arctic Paper Munkedals AB, Schweden.

1. Auflage
Juni 2010

Umschlaggestaltung: semper smile, München
Umschlagfoto: David Muir/Getty Images,
plainpicture/Knut Schulz
Satz: Greiner & Reichel, Köln
Druck und Einband: CPI – Clausen & Bosse, Leck
MM · Herstellung: SK
Printed in Germany
ISBN 978-3-442-74085-7

www.btb-verlag.de

Für Dorle

»My brain is the key that sets me free.«

Houdini

1923

Er ist kaum einen Tag hier, doch er kennt schon genau die Abfolge der Geräusche, die die Wärter während ihrer Kontrollgänge hervorbringen, wenn sie mit schwerem, wie absichtlich polterndem Schritt die langgestreckten Flure entlangmarschieren, so als ob es ihnen darum ginge, die Gefangenen hinter den Eisentüren noch im Schlaf von ihrer freien Beweglichkeit wissen zu lassen. Josef weiß, wie es klingt, wenn der Wärter eine der Türen öffnet, er kennt das Geräusch des Schlüssels, der in eines der großen Schlösser eingeführt wird. So wie jetzt. Wenn ihn nicht alles trügt, dann handelt es sich um eines der neuen, erst seit ein paar Jahren verbauten Zylinderschlösser, mit deren Produktion sie zu Hause in Velbert nach dem Weltkrieg begonnen hatten und die weit sicherer sind als die alten Bartschlösser. Moabits Türen sind offenbar auf dem neuesten Stand der Technik.

Vielleicht handelt es sich um den gewöhnlichen Reflex eines Menschen, der erst kürzlich zu einem Gefangenen geworden ist, auch das scheinbar Ungewöhnliche auf sich selbst zu beziehen. Vielleicht ist es Instinkt, vorausspürendes Wissen – Josef jedenfalls ist davon überzeugt, dass das ferne Poltern ihm gilt. Jemand öffnet das Schloss an der großen Tür des Zellentrakts, die gewaltige Eisentür schwingt auf, er hört ein paar hingemurmelte Silben, es sind mehrere Männer, mindestens drei, wahrscheinlich mehr.

Jeder dieser Schritte lässt Josefs Herz stärker schlagen, er lauscht konzentriert. Die Gruppe kommt näher, bald kann sie nur noch ein paar Meter von seiner Zelle entfernt sein, und jetzt, in diesem Moment, ist Josef davon überzeugt, dass ihm

Übles bevorsteht. Er vermutet das Herannahen einer mit der Untersuchung seines Falles betrauten gerichtlichen Autoritätsperson. Man weiß, wer er ist und was er verbrochen hat, man wird ihm sein Strafmaß verkünden.

Die Männer erreichen seine Tür.

Eine letzte Sekunde lang versucht Josef, alle in seiner Seele zerstreuten Momente der Hoffnung zusammenzuziehen. Wenn sie doch einfach weitergehen könnten, bitte!

Die Gruppe bleibt genau vor seiner Zellentür stehen. Wieder wird etwas gemurmelt, Josef hört und versteht jedes einzelne Wort.

»Hier, die Herren …«

Der Schlüssel fährt in den Zylinder, dreht sich zweimal, zwei große Riegel werden auf beiden Seiten der Tür krachend zur Seite geschoben, die Tür öffnet sich, das Licht der Bogenlampen fällt grell herein und in dem schmalen Durchlass erscheinen die scharf umrissenen Schemen einiger Männer.

»Denn mal rinn, nur nicht so schüchtern«, sagt der Wärter, und nachdem zwei Männer die Zelle betreten haben, schließt sich die Tür hinter ihnen.

Wieder Dunkelheit, nur von schräg einfallendem Mondlicht aus dem winzigen Fensterchen spärlich erhellt.

Erst als sich die Augen der beiden an die Dunkelheit gewöhnt haben, entdecken sie, dass es auch noch einen dritten Häftling gibt. Moabit ist dieser wirren Tage, in denen sich der Staat selbst mit gefälschten Millionen seiner Kriegsschulden zu entledigen trachtet, hoffnungslos überfüllt.

»Also gut«, sagt der eine von beiden, der nahe der Tür stehen geblieben war, ein elegant gekleideter Mann, und geht dann zu dem kleinen, von zahllosen, mit geduldigen Fingernägeln eingeritzten Botschaften bedeckten Holztisch, zieht den Schemel darunter heraus und setzt sich.

Er fasst sich in die rechte Tasche seines Sakkos und holt ein flaches Schächtelchen hervor. Josef glaubt, eine schimmernde

Reihe blütenweißer Zigaretten zu erkennen, dann klappt der andere die kleine Schachtel wieder zu.

Er streicht ein Schwefelholz an, dessen Flamme den Raum für einen kurzen Moment erhellt, entzündet die Zigarette, inhaliert und atmet aus. Der Duft des Tabaks wandert durch den Raum, überdeckt den elenden Mief der Arrestzelle, den Josef niemals mehr in seinem Leben wird vergessen können. Er wird auch nicht vergessen, wie köstlich ihm der im Mondlicht bläuende Rauch der Zigarette vorkommt. Er hat zwar schon ein paar Mal an Selbstgedrehten aus fein geschnittenen Tabakstengeln gezogen, aber solche an ihrem Duft schon als teuer zu erkennende Zigaretten waren ihm unerschwinglich.

Der andere inhaliert genüsslich ein paar Züge, schnippt dann die Asche von der Glut auf den Boden. Josef mustert den fein gezwirbelten Schnurrbart, das bis auf einen schmalen, hingehauchten Streifen am Kragen makellos saubere Hemd, die dunkelrote Krawatte aus Seide. Der Anzug hellgrau.

Er schiebt die Schachtel in Josefs Richtung.

»Die haben mich eine goldene Uhr gekostet …«, sagt er und lacht. »Bedien dich …«

Josef betrachtet die Schachtel im Dunkel der Zelle – er erkennt zwei Männer zu Pferde, orientalisch gekleidet, vor einem steinernen, zu einem Spitzbogen zusammenlaufenden Stadttor. Der eine scheint dem anderen eine Zigarette anzubieten, trotz seines sich vor Ungeduld aufbäumenden Pferdes. Eine Szenerie, die Josef fasziniert. Säße er doch auf einem der beiden Gäule! Bei der Entzifferung der vornehm gedruckten Schriftzüge auf der Schachtel tut er sich schwer, schließlich aber liest er: »Salem aleikum«.

»Nun zier dich nicht. Wir haben keine Zeit.«

Josef nimmt sich eine Zigarette, zündet sie umständlich an, inhaliert, Tränen treiben ihm in die Augen; er muss leicht husten.

»Also – von vorne! Weshalb bist du hier eingebunkert?«

Die Frage reißt Josef aus dem leichten, angenehmen Schwindel des Nikotins. Kein Wort wird er sagen, nicht um alles in der Welt.

Josef zittert. Dass er es nicht ungeschehen machen kann, lässt ihn verzweifeln.

Der Grund für seine Inhaftierung ist dagegen banal. Ein Einbruch in das Warenlager eines Kaufhauses am Nordhafen (Josef hielt es für abgelegen und unbenutzt), wo ihn Speditionsarbeiter am gestrigen Morgen auf einem riesigen, aus Übersee importierten Bett schlafend vorfanden. Den Schlössern war nichts anzusehen. Sie waren geöffnet und wieder verschlossen worden. Nichts war beschädigt. Nichts fehlte.

Ein gut ausgeführter Einbruch. Allerdings war das Objekt nicht gut ausgesucht, und überdies war es natürlich mehr als dumm, sich dann ausgerechnet dort schlafen zu legen. Die Polizei hält ihn für einen geschickten Landstreicher. Doch einem Untersuchungsrichter wurde er bislang noch nicht vorgeführt.

»Bin in ein Lagerhaus eingestiegen.«

»So, 'n Einbrecher.«

Die Augen des anderen scheinen zu funkeln.

»Haben Sie das gehört, Herr Doktor? Glück braucht man im Leben und …«, vergnügt wirft er die Zigarette auf den Boden und tritt sie aus.

Der Dritte im Raum, der knapp vor der Tür stehen geblieben ist, wirft Josef einen flüchtigen Blick zu, murmelt etwas Unverständliches und bleibt ansonsten unbewegt. Er ist deutlich älter als der andere, schon längere Zeit nicht mehr rasiert und trägt einen schwarzen Anzug mit Weste, dazu ein weißes Hemd ohne Kragen. Er ist abgemagert bis auf die Knochen, seine Augen liegen tief in den Höhlen.

Der Jüngere fasst sich in die linke Tasche und befördert ein kleines Instrument vor Josefs Augen, das er unschwer als eine Ausführung jenes Patents erkennt, das der Berliner Schlossermeister Dietrich vor ein paar Jahrzehnten angemeldet hatte. Ein Universalschlüssel.

»Kannst du die Tür damit aufmachen?«

Nun ist Josef kein Einbrecher, sondern ein achtzehnjähriger Schlossergeselle aus Velbert im Bergischen Land – aber gerade deshalb hat er zu seinen Fähigkeiten im Umgang mit Schlössern grundsätzliches Vertrauen. Er nickt, atemlos.

»Da war meine Uhr ja richtig gut angelegt«, er zwinkert Josef zu, dreht sich lächelnd zu dem hageren Mann um und winkt ihn näher an das Tischchen heran.

»Jetzt erzählen Sie mal in Ruhe, Herr Doktor Gemma. Das ging ja vorhin nicht wirklich gut.«

»Was ich sagte, stimmt. Mögen Sie mir glauben oder nicht.« Er spricht stockend, unbeholfen.

Der elegant gekleidete Mann klopft lächelnd auf das Schächtelchen Salem.

»Auch wenn mir der Kerl, dem ich meine Uhr geben durfte, geschworen hat, dass es ganz leicht sein wird, zu entkommen, wenn wir nur die Zellentür aufkriegen, so stelle ich mir eine Flucht zu zweit einfacher vor als eine zu dritt. Zumal Sie auch nicht mehr der Jüngste sind. Ich will einen Beweis, so wahr ich Albrecht Sachs heiße.«

Josef bemerkt verblüfft, dass Sachs ihn offenbar schon längst in seinen Fluchtplan mit einbezogen hat, mit jener nüchternen Selbstverständlichkeit, die nur dem Handlanger gewährt wird, ohne den man nicht kann.

Der Adamsapfel des Hageren macht einen Hüpfer, er beißt sich auf die Lippen, zögert noch einen Moment, dann fasst er sich mit den Fingern der Rechten in den Mund. Josef glaubt zu erkennen, dass er nicht mehr allzu viele Zähne besitzt.

Für einen Moment hören sie leichte Würgegeräusche, dann hält Dr. Gemma einen kleinen runden Gegenstand ins Dämmerlicht der Zelle, säubert ihn an seinem Sakko und gibt ihn Sachs.

Der entzündet ein Streichholz, unter dessen Licht ein archaisch anmutender, mit seltsamen Schriftzeichen besetzter Ring aufblitzt. Sachs dreht ihn lächelnd hin und her.

»Tja, die Buchstaben kann ich zwar nicht lesen, aber dass der Ring aus Gold ist, da bin ich mir sicher. Wo haben Sie den her?«

Der Hagere schweigt, doch da ihn Sachs weiterhin mit hochgezogenen Augenbrauen anblickt und damit klarmacht, dass er auf einer Antwort bestehen wird, erzählt er schließlich umständlich und mit abgehackten Worten von der deutsch-osmanischen Expedition, an der er zu Beginn des Krieges als Archäologe teilgenommen habe.

»Ein alter Mann in Bagdad zeigte ihn mir. Er behauptete, er hätte den Ring von seinem Großvater erhalten. Doch auch sein Großvater habe ihn geerbt, da der Ring älter sei als alles andere von Menschen Gemachte, das man finden könne. Die Atlanter hätten ihn gemacht. Aber der Alte war nur ein Dieb. Er hatte keinen Anspruch auf den Ring.« Gemma räuspert sich und blickt düster zu Boden.

Sachs lächelt weiterhin, doch anstatt etwas zu sagen, probiert er den Ring aus und schiebt ihn sich schließlich über den Ringfinger der linken Hand.

»Dass er aus Gold ist, genügt mir. Was ist mit dem Rest? Soll das auch von den Atlantern sein?«

»Nein. Das stammt aus der britischen Bank in Isfahan. Ein ganzer Beutel mit Goldmünzen.«

»Und das ist jetzt in Berlin?«

»Ja. Ich selbst habe die Münzen in einem Tongefäß versteckt, welches vor einer Woche endlich hier eingetroffen ist. Es hing in Konstantinopel fest.«

»Und als Sie das Beutelchen holen wollten, wurden Sie erwischt.«

Dr. Gemma nickt und blickt starr vor sich hin.

Sachs spreizt noch einmal die Finger seiner linken Hand, betrachtet den Ring und dreht ihn hin und her.

»Hübsch, wirklich …«, und dann, nach einer kleinen Pause, sagt er, zu Josef gewandt, der vor Verwirrung und Furcht kein Wort herausbringt:

»Na, dann wollen wir mal sehen, was unser Houdini hier kann! Hier ist der Dietrich, mein Junge. Leg los.«

ERSTER TEIL

ZEITSCHLOSS

»Wir werden während des größten Teils des Tages nicht weiter als zehn Meilen von der Küste sein.«

»Was in aller Welt willst du damit sagen?«

»O nichts, aber ich werde es mit dem Schwimmen versuchen, wenn es zum Schlimmsten kommt. Unter Wasser kannst du wohl gar nicht schwimmen?«

Diese Frage ließ ich unbeantwortet; ich hörte sie kaum, aber kalter Schweiß brach mir aus allen Poren.

»Warum soll es denn zum Schlimmsten kommen?«, flüsterte ich. »Wir sind doch nicht ertappt, wie?«

»Nein!«

»Warum tust du dann so?«

»Weil wir vielleicht ertappt werden; ein alter Feind von uns ist an Bord.«

E. W. Hornung, »Der Dieb in der Nacht«

KAPITEL 1

Atlantische Post

Anker und Schlüssel: das Zeichen des Norddeutschen Lloyd.

Reste eines Killerstempels und des doppelten Tagesstempels der Deutsch-Amerikanischen Seepost. Dort, wo die Stempel sich auf einer Briefmarke befanden, sind sie fragmentiert – Seeschnecken lieben Briefmarkengummierung. Aber nicht nur die Briefmarken sind verschwunden, sondern auch Adresse und Name des Empfängers. Von der Tinte, mit der sie geschrieben waren, sind an manchen Stellen Schatten geblieben.

Links, von einer dünnen, aber durchgezogenen Linie umgeben, ist der Schriftzug »Received at Pool/Damaged by sea water« zu entziffern – gleichfalls ein Stempel, sorgfältig angebracht von der Hand eines englischen Postbeamten.

Dieser Beamte leitete das fragwürdige Dokument an das Büro der Deutsch-Amerikanischen Seepost in Southampton weiter (einer regulären Anlegestelle der Bremen-New-York-Linie), von wo es umgehend in die Zentrale nach Bremerhaven selbst ging.

Dort wurde der Umschlag näher identifiziert: Er war auf der »Columbus« entwertet worden, die – wie alle Schiffe des Lloyd – neben Menschen auch Nachrichten beförderte.

Aus den Fragmenten der Tagesstempel wurde schnell ersichtlich, dass der Umschlag am ersten Mai 1925 in die Hände der Seepost gekommen und vermutlich noch im Hafen von New York entwertet worden war. Auf der sich anschließenden

Rückfahrt nach Bremen war es zu einem rätselhaften Vorfall gekommen.

Vielleicht waren es mehrere, vielleicht aber auch nur einer der knapp zweitausend Passagiere – irgendjemand hatte sich jedenfalls in den frühen Morgenstunden, zwischen den Wachen, aller vier prall gefüllten Postsäcke bemächtigt, ein kleines Rettungsboot damit beladen und dieses heimlich zu Wasser gelassen. Die »Columbus« befand sich zu diesem Zeitpunkt nahe der Küste, nach Plymouth waren es keine zehn Meilen.

Aber um welch wertvolle Sendung es dem Dieb auch immer gegangen und wie immer sein Plan auch gewesen war – die Küste hat er wohl nie erreicht. Wenige Tage später stießen Fischer auf das havarierte, umgedreht auf dem Kanal treibende Rettungsboot. Von den Postsäcken und ihrem Dieb fehlte jede Spur – bis der Umschlag am Strand von Studland, südlich der Hafenstadt Pool, von einem aufmerksamen Spaziergänger aufgelesen wurde.

So wie die wenigen Briefe, die von der letzten Fahrt der »Titanic« überkommen sind, unschätzbar wertvoll wurden, so erlangte auch der durchgeweichte, seiner Adresse und seiner Briefmarken beraubte Umschlag eine außerordentliche Berühmtheit. Die Geschichte des Diebes von der »Columbus«, der mit seinem Diebesgut auf hoher See und zu früher Morgenstunde die grausige Kälte des Ärmelkanals kennenlernte, machte den Umschlag schon bald zu einer Legende, die romantische Philatelisten ihren Kindern zum Schlafengehen erzählten.

Da auch nach der Öffnung und dem Studium des völlig verwaschenen Briefs kein Empfänger zu ermitteln war, ging der Umschlag bald in eine Versteigerung des Lloyd und erzielte schon damals eine beachtliche Summe.

In den dreißiger Jahren geriet der Columbus-Umschlag in die Hände des legendären Henry »Die Lupe« Stolow. Als dieses Genie des Briefmarkenhandels nach New York ins Exil ging, kam der Columbus-Umschlag noch einmal dorthin zurück, von wo er einst abgeschickt worden war. In den fünfziger Jahren nach München zurückgekehrt, verkaufte Stolow das Stück einer andalusischen Sammlerfamilie und erzielte dabei das Siebenfache des Preises, den er selbst dafür bezahlt hatte. Den Spaniern gehörte der Umschlag noch immer und sie, Gründungsmitglieder des exklusiven *Club of Monaco,* hatten ihn zur Frühjahrsausstellung des Jahres 2001 eingereicht. Wie immer fand sie im ersten Haus am Platz statt, dem Hotel de France. Nicht der breiten Öffentlichkeit zugedacht, lediglich den versammelten Mitgliedern der Vereinigung sowie ausgewählten Vertretern aus Forschung, Fachpresse und Handel.

Alexander Salems Interesse für Briefmarken und Briefumschläge war äußerst gering. Über den Brief von der »Columbus« wusste er fast nichts, weniger jedenfalls, als der geneigte Leser dieser Geschichte jetzt schon weiß.

Ein in den sechziger Jahren aufgenommenes, relativ schlechtes Farbfoto des kostbaren Dokuments; Grundrisse des Hotel de France; der Zeitrahmen der Ausstellung. Das war alles, was er von dem Mittelsmann seines Auftraggebers bekommen hatte, einem äußerst seriös wirkenden Pariser Anwalt. Obwohl sie nicht besonders aufwändig gewesen wären, hatte er keine eigenen Recherchen über das Stück angestellt. Was ging es ihn auch an? Seine Aufgabe bestand schließlich nicht darin, ein sachkundiges Gutachten zu verfassen, sondern ein paar Schlösser zu öffnen und wieder zu schließen. Und um die Schlösser hatte er sich gekümmert.

Nachdem er herausgefunden hatte, mit welchem System die Schaukästen der Ausstellung in dem speziellen Salon aller Wahrscheinlichkeit nach gesichert sein würden, beschloss er, den Austausch am Abend des Abschlussbanketts vorzunehmen. Mit der Klärung der technischen Fragen hatte er nahezu jedes weitergehende Interesse verloren. Sein Honorar betrug 10 000 englische Pfund, und als Arbeitsetat hatte ihm der Anwalt vorab noch einmal 10 000 überlassen. Also würde er es sich leisten können, das Foto zu Xing zu bringen. Xing war der Beste. Mit Xing war er auf jeden Fall auf der sicheren Seite.

Dass er überhaupt Zugang zur Werkstätte Xings hatte, verdankte er seinem Agenten. Eigentlich – so war die Vereinbarung – sollte Alexander ausschließlich für diesen arbeiten, schon aus Sicherheitsgründen. Aber in den letzten zwei Jahren war er Narcilo das eine oder andere Mal untreu geworden. Nicht, um die vierzig Prozent zu sparen, die dessen Provision ausmachten. Mehr aus Leichtsinn. Musste ja wirklich nicht alles wissen, der Alte.

Weihnachten verbrachte er bei seinen Eltern in Berlin, Silvester war er wieder in Paris, aber in den Wochen des neuen Jahrs ließ er den monegassischen Auftrag näher kommen, wie ein missmutiger Segler, der einem unbedeutenden Eiland entgegenfährt, interesselos und gelangweilt darauf vertrauend, dass schon alles gut gehen wird. Ein Briefumschlag! Das Hobby kleiner Jungs.

Es war dann der kantonesische Meisterfälscher in der Nähe der Place d'Italy, der ihm mit sorgenvoller Miene dazu riet, mehrere Versionen des Umschlags anzufertigen, da man sich bei den Farben und Tönungen des Originals einfach nicht sicher sein könne.

»Wa'um kommen so spät Sie übe'haupt, Monsieur Alex?«, hatte sich Xing mit heulender Stimme beschwert. »Bliefma'cken angesehen mit Luupe! Sehl schwie'ige Albeit! Blauchen Zeiit! Zeiit wichtigste Sache für guu'te A'beit!«

Dabei fuhr sich der Zweimetermann sorgenvoll mit den tellergroßen Händen, die mit den feinsten Pinselchen zu arbeiten in der Lage waren, über seinen kahlen, schweißglänzenden Schädel und klemmte sich die auf seiner sorgenvoll zerfurchten Stirn sitzende Juwelierslinse ins linke Auge, um das Foto des Columbus-Umschlags immer wieder hektisch zu betrachten.

Alexander behauptete, den Auftrag erst vor einer knappen Woche erhalten zu haben, und legte noch einmal 3000 Dollar drauf, damit Xing sich beruhigte. Sein Bestes versuchen würde der Chinese sowieso.

Als Alexander nach einer anstrengenden Nacht auf der Autobahn die Côte d'Azur erreichte, ruhten drei von Meister Xing im Schweiße seines Angesichts, aber in ausgezeichneter Qualität angefertigte Versionen des Columbus-Umschlags in einer verborgenen Falte seines Reisekoffers, eines antiken Stücks aus der Werkstatt eines anderen Pariser Meisters, Monsieur Vuitton.

Einen seiner beiden gefälschten belgischen Pässe benutzend, quartierte er sich in einem Billighotel in Menton ein, er zahlte für zwei Tage im Voraus bar. Ohne zu schlafen oder zu duschen, fuhr er dann mit dem Zug nach Monaco, um dem Ort der Briefmarkenausstellung einen ersten Besuch abzustatten.

Während der nicht einmal viertelstündigen Fahrt rutschten Alexanders Blicke hinter seiner Sonnenbrille von den tiefhängenden Wolkenmassen ab und die Lider fielen ihm zu. Alles war in einer diffusen vormittäglichen Bewegungslosigkeit gefangen, sogar das taubengraue Meer tief unter der Eisenbahn war wie erstarrt.

Als der Zug den unterirdischen Bahnhof Monaco-Monte Carlo erreichte, schreckte er hoch, schmeckte eine dünne Spur Speichel an seinem Mundwinkel, den er sich schnell wegwischte. Er betrat den mit glänzendem weißem Stein gepflasterten Bahnsteig und setzte sich eine Baseballmütze auf sein lockiges, nur an manchen Stellen schon ein wenig licht gewordenes Haar.

Als er auf der Straße vor dem kleinen Bahnhof stand, nahm er den noch in Paris erworbenen Stadtplan aus seinem Trenchcoat, faltete ihn auf, doch dann ließ er seine Blicke gedankenverloren einer eleganten jungen Frau folgen, die mit einem seltsamen, irgendwie clownesk maskiert wirkenden Hund an der Leine vorüberging. Jetzt blieb sie stehen und gewährte dem Clownshund eine Schnüffelpause. Alexander blickte verstohlen zu ihr hinüber. Als sie weitergegangen war, ohne ihn eines Blickes zu würdigen, faltete er den Stadtplan wieder ein und ging los, sich der unmerklichen Gravitation überlassend, die jeden, der durch Monte Carlos Gassen treibt, zwangsläufig Richtung Casino bringt. Und zum Casino musste er, denn genau gegenüber befand sich das Hotel de France.

Er lief missmutig durch die von selbstzufriedenem Verkehr schwerer Autos angefüllten Straßen und erreichte die Place du Casino nach einer Viertelstunde.

Nach der betonstrotzenden Hässlichkeit der Straßen besaß der Anblick jenes weitläufig wie eine Muschel sich öffnenden Platzes etwas Betäubendes. Hier hatte mit der Errichtung der säulengeschmückten Spielbank im Jahre 1863 der Aufstieg des fürstlichen Felsen zu einer Weltmacht der Illusion seinen Anfang genommen – und noch immer wirkte der Platz, ein moderner Fortuna-Tempelhof, wie eine gebaute Überdosis Zucker.

Alexander erkannte das gegenüberliegende Schloss aus Zierrat, cremeweiß, mit unzähligen Erkern, Balkonen und drei zierlichen Türmchen geschmückt, an der Gruppe marmorner Karyatiden, die sich auf der Höhe des ersten Stockes tummelten.

In Paris hatte er sich die letzten zwei Abende penibel mit der Lage des Hotels im Straßenbild und seinem Bauplan beschäftigt. Er wusste, wo sich die Festsäle befanden, hatte sich aber auch über den allen Blicken entzogenen, doch weitläufigen Bereich informiert, der Küche und Personal vorbehalten war.

Er ignorierte den leichten, wahrscheinlich von seiner Übermüdung herrührenden Schwindel, während er versuchte, alles, was er sah, in Übereinstimmung mit dem zu bringen, was er in den letzten Nächten memoriert hatte. Um sich orientieren zu können, würde er den alten Aufzug finden müssen.

Die kreisrunde, mit schweren Teppichen und einer Unmenge an Kristall ausgestattete Lobby hatte er sich kleiner vorgestellt. An bequemen Tischen waren exquisit gekleidete ältere Herrschaften mit Frühstück und Zeitungslektüre beschäftigt. An der Rezeption stand ein halbes Regiment von Hotelangestellten, einer von ihnen warf ihm einen flüchtigen Blick zu.

Die Gemälde an den Wänden mussten aus Napoleonischer Zeit sein. Längere Zeit betrachtete er einen griechischen Heroen, wie er mit Löwenkopfumhang in einer Bergeseinsamkeit stand und sich nachdenklich auf seine Keule stützte.

Dann besann er sich endlich, ging an die Theke der weitläufigen Bar und bestellte einen kleinen Crème, in den er drei mächtig aufgehäufte Löffel Zucker schaufelte. Er ließ ein gutes Trinkgeld liegen, dachte sich im Weggehen, dass es vielleicht zu hoch war, spendable Leute merkte man sich als Kellner, und nahm, ein wenig zu langsam, die breite Treppe in den ersten Stock. Dort lagen einige Säle nebeneinander, zwei von ihnen, *Ravel* und *Charles III* beherbergten die – für Nichtmitglieder nicht zugängliche – Ausstellung, ein dritter, *Debussy*, würde der Ort des Festessens sein, das sich der *Club of Monaco* – der exklusivste Briefmarkensammlerclub der Welt – heute Abend leisten würde.

Alexander versuchte seine Erinnerung an den Grundriss des Gebäudes mit der von geblümten, aber dennoch kostbaren Tapeten und dem Übermaß an Kristall geprägten Wirklichkeit in Übereinstimmung zu bringen, wurde aber von Louis-XV.-Vitrinen abgelenkt, auf denen Vasen aus derselben Zeit thronten, und sein Auge verlor sich am Anblick rotgeblümter, brokatglänzender Vorhänge, anstatt nach verborgenen Türen zu suchen.

Nach etwa zehn Minuten entdeckte er dann doch den Zugang zu den verborgenen Treppenhäusern und schließlich auch denjenigen zu den Aufzügen zur Küche, die das Personal benützte, wenn in einem der Säle Bankette oder Cocktailempfänge stattfanden. Kaum schloss sich die tapezierte Schwingtür hinter ihm, entdeckte er am Ende des kahlen Flurs den altehrwürdigen Paternoster seine Runden drehen.

Als er den Aufzug erreicht hatte, ging er den links sich abzweigenden Flur hinab, von dem aus man die Festsäle erreichen konnte. Hinter einer Tür glaubte er so etwas wie Rufe zu hören, dreh das Ding hier rüber, dann wieder Geschnaufe, offensichtlich war man dort beim Umbauen der Ausstellung. Die Pläne waren also korrekt. Keine Überraschung. Ein Kinderspiel.

In seinem Hotel war gerade eine größere Gruppe niederländischer Rentner eingetroffen, die sich mit den vom Reiseveranstalter spendierten Begrüßungsdrinks amüsierten. Jeder hielt eines der leuchtend orangefarbenen Gläser in der Hand, man prostete sich zu und unterhielt sich lebhaft, bis einer, mit einer Art Ziegenbart und dicken Brillengläsern, begann, eine kleine Rede zu halten. Die anderen verstummten binnen Sekunden und lauschten andächtig. Sie waren alle so schlecht angezogen, dass man sie glatt für Deutsche hätte halten können.

Zurück auf dem winzigen Zimmer, zog er Schuhe und Strümpfe aus, öffnete sich eine Flasche Wasser und legte die drei Fälschungen des Columbus-Briefes auf das Schminktischchen vor dem schmalen Fenster. Er holte seine Kellnermontur heraus, die er schon lange nicht mehr getragen hatte, und legte sie über die Stuhllehne. Seine Uhr zeigte ihm halb vier. Spätestens in zwei Stunden sollte er sich auf den Weg machen.

Sein Training ließ er aus, denn das Zimmer war so klein, dass er sich auf dem schmalen Streifen zwischen Bett und Schreibtisch mühsam hätte behelfen müssen, um seine Liegestütze zu machen. Stattdessen wollte er sich ein paar Klappmessern auf dem Bett widmen, doch als er sich auf die weiche, nachgiebige Matratze gesetzt hatte, bemerkte er seine Erschöpfung.

Er ließ sich fallen, aktivierte die Weckfunktion seiner Uhr und bettete seinen Kopf dann auf die wie zu einem Gebet des Durchhaltens verschränkten Hände. Vielleicht war er gar nicht so müde – aber er wollte jetzt einfach eine Weile nicht länger wach sein.

Meckerndes Gelächter aus der Ferne des Flurs weckte ihn.

Reflexartig schoss sein linker Arm nach oben, die Uhr sagte ihm, dass es erst kurz vor fünf war. Er schaltete die Weckfunktion ab und ließ sich noch einmal zurückfallen. Er fühlte sich erschöpfter als vor dem Schlaf.

Dann aber schnellte er in einem Satz hoch, setzte die nackten Füße leicht schnaubend auf den filzigen Bodenbelag und blickte auf die schleierige Dunkelheit hinter dem winzigen Aluminiumfenster, vor dem die drei Fälschungen des Columbus-Umschlags ruhten. Er stand auf, kippte das Fenster und spürte sofort, dass sich das Wetter geändert haben musste. Ein warmer, feuchter Wind war zu spüren, der die Geräusche des Verkehrs zerpflückte. Wieder glaubte er Niederländisch zu hören, Männer, die über einen Witz lachten, aber nicht aus vollem Herzen, sondern aus Höflichkeit oder um zu gefallen.

Er dachte an die noch ungeöffnete Schachtel *Sobranie of London,* die er sich gestern gekauft hatte, extravagante Zigaretten, gedreht in schwarzes Papier und bestückt mit goldenen Filtern.

Seine letzte Zigarette, eine blaue *Gauloises*, hatte er im Auto geraucht – und dabei hatte er es eigentlich belassen wollen. Unmittelbar vor einem Job rauchte er nicht, eine eiserne Regel, die die erste Zigarette danach umso köstlicher machte.

Es war ein Zufall, dass gestern sein Blick auf die schwarze Schachtel mit dem goldenen Romanow-Adler gefallen war, eine Marke, die man in Paris selten bekam, aber es war sofort eine Erinnerung an eines seiner frühen Husarenstücke aufgeblitzt, das mit einem verblüffenden Übereinkommen mit der Dame des Hauses begonnen hatte, einer reichen, schon etwas älteren Serbin, die er um eine kleine Sammlung sehr seltener Porzellan-Schälchen aus Meißener Produktion erleichtern wollte. Auf eigenen Wunsch ließ er sie gefesselt und mit verbundenen Augen zurück. Lass mich noch einmal ziehen, und dann geh, hatte sie gesagt. Das war acht lange Jahre her. Eine seiner schönsten Erinnerungen.

Doch als er jetzt das robuste Schächtelchen in der Hand wog, es lächelnd öffnete, das knisternde Deckblatt entfernte und die sauber angeordnete Reihe schwarz-goldener Zigaretten betrachtete, übersprang seine Imagination die zurückliegende Zeit nicht einfach wie sonst, um ihn ganz der Stimmung seines früheren Abenteuers zu überlassen. Seine Gedanken verharrten seltsam unbewegt. Er erinnerte sich an das rostige kleine Geräusch, das die Gartenpforte von sich gegeben hatte, und an die Nachgiebigkeit des dichten, wenige Stunden zuvor sorgfältig gewässerten Rasens, über den er zitternd vor Anspannung geeilt war – um schließlich, eingetreten durch die Hintertür, von einer völlig überraschend Anwesenden auf eine *Sobranie* und noch etwas mehr eingeladen zu werden. Doch das alles war seiner sinnlichen Qualität beraubt, stumpf und ohne jeden Geschmack, als ob es nie stattgefunden hätte, oder nur in einem Film.

Vielleicht würde er sich später erinnern, wenn der Job vollbracht war und er endlich rauchen konnte. Er klappte die Schachtel *Sobranie* wieder zu, legte sie auf den Tisch neben die Umschläge, dann atmete er tief ein. Es war Zeit.

Er nahm sich die schwarze Hose vom Stuhl, aber sie ließ sich nicht mit der einstigen Leichtigkeit zuknöpfen. Der schmale Saum des Hosenbundes schnitt tief in das Fleisch seiner Hüften, ein ungewohntes Gefühl, er trug sonst kaum einen Anzug länger als ein halbes Jahr. Das Smokinghemd ließ sich etwas besser anziehen, nur der Kragen schnürte seinen Hals ein, doch das war nichts gegen die Beklemmungen, die die Weste ihm im Brustbereich bereitete; der Kellnerfrack schließlich passte immer noch ganz gut, aber um die Schultern und den Bereich der Achseln herum spannte der Stoff. Als er fertig war und sich zweifelnd in dem winzigen Spiegel betrachtete, beruhigte ihn zumindest sein Anblick: Von der Enge, mit der ihn das Kellnergewand bedrückte, war nichts zu sehen. Er öffnete den obersten Hemdknopf und band sich danach die Fliege so, dass der Kragen von ihr geschlossen wurde, er aber wieder besser Luft bekam.

Wenigstens passten die Lackschuhe noch, die er sich einst bei einem Schuhmacher in Florenz bestellt hatte und mit deren flexiblen Gummisohlen er sich fast so schnell und zugleich leise bewegen konnte, als hätte er Turnschuhe an seinen Füßen.

Er beugte sich über seinen Koffer, der auf dem Boden neben dem Bett stand, und nahm die Werkzeugtasche heraus, öffnete ihren umlaufenden Reißverschluss. Laut seines Informanten würde er es nachher mit gewöhnlichen Glaskästen zu tun bekommen, die durch eine Reihe von Zylinderschlössern einfacher Bauart gesichert waren. Für die Türen der Ausstellungssäle hatte er ein paar Dietriche dabei. Er würde drei Fühler mitnehmen, drei Sägen und je einen großen und einen kleinen Diamanten – die Grundausstattung. Er prüfte, ob die kleine Taschenlampe funktionierte, und da ihm der Lichtschein müde und diffus vorkam, beschloss er, die Batterien auszutauschen.

Er holte die Ersatzbatterien aus einer Innentasche, deren Druckknöpfe er lustvoll öffnete – dann schraubte er die Taschenlampe auf und ließ die alten Batterien herausfallen. Er mochte Batterienwechsel. Der Umgang mit den perfekt geformten Stücken gab ihm ein Gefühl der Verlässlichkeit, wie es überhaupt sein Werkzeug war, bei dessen Berührung er sich am meisten beruhigen konnte – wussten seine Finger doch beinah von selbst, was zu tun war, sobald sie nur ein Stück zu fassen bekamen.

Er verteilte die Instrumente in den eigens dafür eingelassenen Taschen seines Sakkos, fuhr mit beiden Händen an sich herunter, ob der Stoff nicht etwa von einer der Metallspitzen angebohrt war, aber bis auf die Tatsache, dass er kaum Luft bekam, saß alles perfekt. Er nahm die drei Umschläge aus Meister Xings Werkstatt heraus, steckte sie in die linke Brustinnentasche, dann griff er nach der Schachtel *Sobranie* auf dem Fernsehtischchen und schob sie in seine linke Außentasche.

Als er sich ungelenk den Trenchcoat überzog, fiel sein Blick auf die Minibar, die unter dem Fernseher untergebracht war. Er war schon zum Gehen entschlossen, es war höchste Zeit aufzubrechen, aber er ging in die Knie, öffnete den Kühlschrank, wo sich die übliche Sammlung von Bier, Wasser und kleinen Fläschchen mit billigen Spirituosen befand.

Er ärgerte sich, dass es keinen Rotwein gab, griff sich dann aber einen Flachmann mit Wodka – rasch nahm er einen tiefen Schluck, schüttelte sich unter seinem scharfen Geschmack, fand aber zugleich, dass ihm der Schnaps guttat, also setzte er noch einmal an und leerte das Fläschchen bis auf den letzten Tropfen. Dann machte er sich auf den Weg ins Hotel de France, wo Arbeit auf ihn wartete.

KAPITEL 2

Eine Agentin will in die Kälte

Der Raum war winzig, hatte ein schmales, dafür aber hoch-, bis knapp unter die Decke ragendes Fenster, das mit einer hölzernen Jalousie verdunkelt war. Johanna legte ihr Gepäck auf dem Bett ab, das federnd nachgab, und machte sich daran, die Jalousie hochzukurbeln. Die Luft war von beklemmender Stickigkeit, was mit den dunkelgrün lackierten Dampfheizungsrohren zu tun haben musste, die längs an der Wand geführt waren.

Sie öffnete das Fenster, hinter dem ein angesichts der Höhe der ihn umgebenden Bauten schluchtartig wirkender Hinterhof lag, auf den ganze Stafetten von Feuerleitern von jedem Haus führten. Es war ein schöner, sonniger Tag, aber aus dem Hinterhof drang nur diffuses Licht herein. Unten entdeckte sie zahllose Müllcontainer. Das Fenster war mit einer Art Zaun gesichert, vermutlich um Selbstmörder abzuhalten, Johanna rüttelte an ihm, im Zweifelsfall würde sie ihn leicht überwinden können.

Im Bad gab es ein weiteres Fenster, das man erreichte, wenn man den Rand der mindestens dreißig Jahre alten Wanne zu Hilfe nahm, und von diesem Fenster aus konnte sie die fern aufragenden, sonnenbestrahlten Spitzen anderer Häuser sehen und einen schmalen Streifen Asphalt am Ende des Hinterhofs.

Sie untersuchte die Wände, fast überall war es hohl dahinter, und manche Teile, wie die Tür, bestanden sogar aus nichts anderem als Sperrholz. Für einen Moment dachte sie darüber nach, auch noch Spiegel und Lampen zu untersuchen, aber dann musste sie selber drüber lachen. Sie hatte es ja wohl nicht mit dem Mossad zu tun.

Sie öffnete ihren großen Koffer, nahm heraus, was sie brauchte, um sich im Bad zu erfrischen, hängte den eingeschnallten Kleidersack mit einem weiteren Kostüm in den kleinen, klapprigen Schrank, ließ den Koffer ansonsten aber unausgepackt, denn ein Blick auf die trüb blinkende Digitalanzeige des Radioweckers neben ihrem Bett sagte ihr, dass sie sich beeilen musste.

Mit einem leeren Blatt Papier und einem gespitzten Bleistift aus der Dokumentenmappe ihres Koffers setzte sie sich an den kleinen Tisch vor dem Fenster. Ihre Blicke wanderten an der gleichförmigen Geometrie des Drahtgeflechts entlang, die frisch geschärfte Spitze des Bleistifts setzte sie auf ihren Zeigefinger und drehte ihn leicht hin und her.

Wie immer hatte sie Angst davor, die Zeichnung mit einem Fehler zu beginnen, also ließ sie zunächst in aller Ruhe die Linien, Winkel und Verknotungen des Originals vor ihrem geistigen Auge erstehen und senkte ihren Atem. Die Gedächtniskopie baute sich langsamer auf als sonst, aber Johanna atmete ruhig weiter, bis hin zu jenem leuchtenden Grad von Vollständigkeit, an dem sie es wagen konnte, mit der Zeichnung zu beginnen, die zurückliegenden Monate überspringend, als hätte sie den Plan gestern erst in ihrem Gedächtnis abgelegt.

Der Sturm hatte scharf in die Bäume geschnitten, als sie begann, den Plan auswendig zu lernen. Drei Tage danach stand er ihr deutlich vor Augen, und es gab nur noch ein paar vertrackte Stellen, an denen sie immer wieder unsicher wurde. Aber sie würde es schaffen. Sie trug das Original und die anderen Unterlagen bei sich, schlief wenig, achtete auf verdächtige Geräusche, aber da war nichts mehr. Ihre Besuche in der Stadt stellte sie ein, ernährte sich von den Konserven im Keller.

Einen Teekessel auf dem Gasherd in der schmalen, auf eine

zugewachsene Terrasse führenden Küche stehen zu haben, während sie ihre Computer und ihre Unterlagen auf dem Wohnzimmertisch ausbreitete und ringsherum nichts als den tiefen, dunklen Wald wusste, nichts hatte sie damals glücklicher gemacht. Ihrem alten Kollegen Gilarijs, wie sie ein Agent aus der C-Linie eines Dienstes, war sie über die Maßen dankbar, dass er ihr die Schlüssel zu seiner alten Datsche überlassen hatte.

Dabei liebte sie am meisten die Zeit kurz vor dem Tauwetter, wenn man den Winter gemeistert und er seine Schrecken schon verloren hatte. Man wusste, dass man es noch lange mit ihm aushalten könnte, und da plötzlich, mittendrin erspürte die Natur von ferne das Signal, dass Entlastung nahe war, es tauen würde, und teilte das jedem Lebewesen über die feinsten Äderchen mit. Die wässrige Sattheit der Frühlingsböden zu ahnen, das einzigartige, blasse Lichtblau immer länger werdender Tage beglückte sie jedes Jahr wieder, und stets war sie sich sicher, noch nie einen so schönen, so intensiven Frühling erlebt zu haben wie den, den sie gerade erleben durfte.

Ein gutes Drittel der Seite war inzwischen mit dem feingliedrigen Aderngewirk des Lageplans bedeckt, dem Grundriss eines weitläufigen Gebäudes, von dem Johanna noch nicht wusste, wo es stand. Sie starrte über das Papier hinweg auf die Dämmerung des Hinterhofs, überließ sich der gleichmäßigen Bewegung ihres rechten Handgelenks und hörte das Kratzen der Bleistiftspitze, die die Gedächtniskopie mit dünnen Strichen auf das Papier übertrug. Sie durfte nicht zu viel nachdenken, durfte sich aber auch nicht zu sehr verlieren, musste in Trance geraten und dennoch wach bleiben, wie damals an jenem Nachmittag in Limbaži, als sie sich auf einem Liegestuhl auf der Terrasse in eine Decke gewickelt hatte und eingeschlafen war, bis sie plötzlich die Atmosphäre einer dumpfen Bedrohung aus dem Schlaf riss. Blitzartig war sie wach, bewegte sich aber nicht, sondern blinzelte nur unter ihren Lidern hindurch und ließ ihren Blick über den karstigen Schnee gleiten, auf dem die Sonne glitzerte.

Sie sah ihn zwischen den alten Kiefern stehen, die das Grundstück in hundert Metern Entfernung begrenzten. Er musste sich in den Garten geschlichen haben, und da er sie schlafend gefunden hatte, war er wohl mutiger geworden und aus seiner Deckung getreten. Sie bewegte sich nicht, betrachtete den Eindringling und war sich sicher, ihn niemals zuvor gesehen zu haben, obwohl an seiner Erscheinung auf den ersten Blick nichts Markantes war. Schwarze Hosen und eine dunkelblaue Skijacke, weiche Gesichtszüge, breite, etwas hängende Lippen, darüber eine modische, kleine Sonnenbrille. Jetzt trat er ein paar Schritte nach vorn, die Hände in den Jackentaschen, bis er knöcheltief im Schnee stand.

Er blickte auf Johanna, so als ob er sie schon sehr oft betrachtet hätte, und dabei nahm er für einen Moment seine Brille ab. Seine Augen waren kalt und interesselos, ja gelangweilt. Es war seltsamerweise dieser hochgradig gleichgültige Ausdruck, der Johanna Angst machte, dieses bleiche Gesicht, das sie betrachtete, als wäre sie ein schlafendes Tier.

Sie schloss die Augen, konzentrierte sich darauf, wie sie angreifen würde, käme er in ihre Reichweite, glaubte schon seinen Wärmehauch zu spüren, glaubte den Moment gekommen, öffnete die Augen. Er war verschwunden.

Die Vorhänge vor den Fenstern waren zugezogen, die Walther lag treu auf dem Wohnzimmertisch, ganz wie in manchen der schwierigen alten Zeiten. Sie startete PC und Notebook und breitete die schriftlichen Dokumente zur »Operation Nordpol« auf dem Mahagonitisch aus.

Sie arbeitete die ganze Nacht, verglich, sortierte das Material aus und sah nach ein paar Stunden eine relativ einfache Möglichkeit, das Ganze endgültig in Sicherheit zu bringen.

Es gab zwei Sorten von Dokumenten: Die einen betrafen den Inhalt des Schatzes, beschrieben minutiös die verschlungenen

Wege, auf denen die einzelnen Stücke zusammengetragen worden waren, diese Dokumente stellten die absolut dominierende Mehrheit der Nordpol-Akte dar, es gab Protokolle, zahllose Zeichnungen und sogar wissenschaftlich präzise angefertigte Fotos einzelner Stücke.

Wesentlich geringer in ihrer Zahl waren diejenigen Blätter, die die letzte Lagerstätte benannten. Unter diesen gab es ein so sehr herausragendes Dokument, dass Johanna es die »Schatzkarte« genannt hatte – es war der genaue Bauplan des offensichtlich unüberschaubar groß angelegten, komplexen Gebäudes.

Im Laufe der Jahre hatte Johanna diese Schatzkarte vielfach kopiert; Anfang der Neunziger hatte sie sie zum ersten Mal gescannt, seitdem immer wieder, und auf jedem ihrer Rechner war die Datei mindestens viermal gespeichert, unter verschiedenen Formaten und Namen.

An jenem Abend in Limbaži stellte sie zunächst einen prall gefüllten Ordner mit den fotografischen Dokumenten her, vernichtete im brennenden Kamin dann alles, was ihr überflüssig zu sein schien. Als das geschehen war, nahm sie die Schatzkarte und begann, sie abzuzeichnen. Sie zeichnete die ganze Nacht, das Kaminfeuer verbrannte nicht nur ein gutes Dutzend der mächtigen Birkenscheite aus Gilarijs' unerschöpflich scheinendem Vorrat in der Holzhütte, sondern auch ganze Berge von Skizzen.

Nach zwei Wochen kontinuierlichen Übens brauchte sie knapp zwanzig Minuten, um eine perfekte Kopie des Plans fertigzustellen. Ihre Hand wusste irgendwann von selbst, wie sich die Gänge verzweigten, zusammentrafen – ihr Verstand war dabei fast nutzlos, er diente ihr nur dazu, die jeweils neu gezeichnete Kopie mit dem Original zu vergleichen und festzustellen, wie sich ihre Arbeit verbesserte. Nach etwas über drei Wochen hörte sie auf, ihre Zeichnungen mit dem Lageplan zu vergleichen, zeichnete, vernichtete die Arbeiten wieder. Immer mehr Zeit verging, bis sie den letzten Plan mit dem Original verglich. Nach etwa sechs Wochen ununterbrochener Arbeit konnte sie bei zehn Zeichnungen hintereinander keinen einzigen Fehler mehr entdecken. Sie stellte sich den Wecker zu den unterschiedlichsten Tages- und Nachtzeiten, stoppte die Zeit, die sie brauchte, um nach dem Aufwachen den Plan zu zeichnen, und als sie konstant unter zwanzig Minuten blieb, egal unter welchen Umständen, da vollendete sie ihr privates De-Digitalisierungsprojekt, deponierte sie die verbliebenen Dokumente und Fotos bei Sal. Oppenheim im Schließfach, verbrannte den Originalplan und sämtliche Kopien und fuhr all ihre Computer zum Schrotthändler ihres Vertrauens nach Bonn-Endenich, wo sie sie eigenhändig nach unten, in den Schlund der riesigen Presse warf, nicht ganz unbewegt, da nun selbst zur Datenträgerin der wichtigsten Information geworden, die ihr geblieben war, ihrem letzten Trumpf.

Johanna bemerkte eine Art Zittern, das über die Gedächtniskopie lief – das Bild wurde für einen kleinen Moment merkwürdig unscharf, sie musste jedoch nicht abbrechen, ihre Hand überbrückte die Schwankung, zeichnete weiterhin treu an den Sprüngen eines Treppenhauses, schraffierte Mauerteile, bis hin zu den kleinsten Vorsprüngen, während Johannas Blick den Windungen des Drahtgeflechts hinter dem Fenster folgte. Dann wurde die Gedächtniskopie wieder klar, ohne an irgendeiner Stelle an ihre vorherige Unschärfe zu erinnern. Sie war knapp bei der Hälfte.

Ein paar Tage nachdem sie den großen Sprung gewagt und alles gelöscht hatte, kam es während ihrer Abwesenheit zu einem gründlichen Einbruch in ihre Privatwohnung. Nur war da nichts mehr, was hätte gestohlen werden können. Es war alles in Sicherheit.

Seitdem war ihr Leben unsteter geworden, die Überbleibsel ihrer letzten eigenen Firma, der INFOTECH Handelsgesellschaft mbH, mit Sitz in Düsseldorf-Oberkassel waren abgewickelt. Das Insolvenzverfahren allerdings schwebte noch. Ihre großzügige Wohnung in Godesberg hatte sie verkauft, etwas unter Wert, aber dafür war auch alles zügig gegangen, und noch innerhalb der ersten vierzehn Tage nach dem Vertragsabschluss war das Geld da gewesen. Sie mietete ein kleines Appartement in einem Hochhaus am Bertha-von-Suttner-Platz, welches mit kaum mehr als einem Bett, einem Telefon, dessen Nummer niemand außer dem treuen Gilarijs kannte, und einem Kleiderschrank eingerichtet blieb. Im Gegensatz zu früheren Zeiten aber war die Tür dieser Wohnung mit nichts anderem als einem ordinären Zylinderschloss von Zeiss gesichert. Sollte doch hereinkommen, wer wollte.

Sie war die meiste Zeit in ihrem mit Freisprechanlage und Fax ausgestatteten Alfa unterwegs, mietete sich für einen Monat in Ferienhäuser an den Mecklenburger Seen, in Dänemark und Österreich ein, fuhr nach Paris und einmal sogar nach Stockholm. Mit Bedauern Paris sie auf weitere Besuche in Limbaži – aber sie würde sich, wenn alles vorbei war, wieder selber etwas zulegen, diesmal sollte es ein Haus wie das von Gilarijs sein, ebenso einsam und gemütlich, aber einen guten Schuss luxuriöser und größer. Vielleicht würde es in Schweden stehen. Vielleicht aber auch in diesem Land, an der Westküste.

Doch dazu musste sie erst ihr Wissen um das Geheimnis von »Operation Nordpol« verkaufen. Das war für eine allein gar nicht so einfach.

Die ausgedehnten Streckennetze des Kalten Kriegs, der für Leute wie sie ein Krieg der Köpfe und der Herzen gewesen war, waren zwar an manchen Stellen erodiert, hatten Sackgassen und tote Gleise hervorgebracht. Majore waren vielleicht zu Managern geworden, dennoch blieb das Geschäft an sich, unter anderen Firmenschildern und in neuen Räumlichkeiten, bestehen.

Aber da sie nicht wusste, wer hinter dem Beobachter unter

den Kiefern und dem Einbruch in ihre Wohnung steckte, musste sie vorsichtig agieren, ihre alten Verbindungen meiden und mit stoischer Geduld neue aufbauen. Bis auf Gilarijs vertraute sie sich niemandem an, und auch ihren alten Freund weihte sie keineswegs über jeden Schritt ein, den sie unternahm.

Spärlich streute sie einzelne Fotografien und Zeichnungen, kontaktierte geschäftstüchtige Makler auf dem undurchsichtigen schwarzen Markt für alte und älteste Kunst, um jemanden zu finden, dessen finanzielle Mittel und dessen Unerschrockenheit groß genug waren, eine verschwiegene Expedition auszurüsten, die sich an die Bergung des Schatzes machen konnte. An der Skrupellosigkeit, das Gesetz zu brechen, mangelte es den wenigsten – daran zumindest hatte sich nichts geändert.

Vor einem guten halben Jahr war sie durch Vermittlung eines Galeristen in Amsterdam mit einem Amerikaner in Kontakt gekommen, hatte sich in Paris zweimal mit dessen europäischem Anwalt, einem Holländer (mit Kanzleien in Amsterdam, Brüssel und London) getroffen, und diese Gespräche waren unerwartet offenherzig geführt worden, man kam sich schnell näher. Der Anwalt teilte ihr mit, dass sich sein Klient seinerseits seit Jahren mit den Gerüchten um die »Operation Nordpol« befasst und selbst schon einiges herausgefunden habe. Auch sei es ihm vor ein paar Monaten gelungen, auf einer Auktion in Kalifornien einen Packen Zeichnungen aus einem Nachlass zu erwerben, auf denen Stücke aus dem Schatz dargestellt gewesen seien. Die kopierten Fotos, die Johanna zur Verfügung gestellt habe, seien mit diesen Zeichnungen verglichen und identifiziert worden. Vor allem aber ein Stück, ein massiver Reif mit harten Kanten, der einen rätselhaften Zeichensatz auf seiner Oberfläche trug, schien es Mister X angetan zu haben.

Johanna, in Wahrheit äußerst aufgeregt, hatte sich bedeckt gegeben, aber der Anwalt ließ an der Ernsthaftigkeit seines Mandanten keinen Zweifel aufkommen. Bei ihrem zweiten Treffen reichte er ihr einen Umschlag mit einem handgeschriebenen

Fax, ausgedruckt auf Kanzleipapier. Darin bot ihr der Amerikaner 10 000 Dollar für die originalen Fotos. Beste Grüße, X.

Johanna zeigte sich einverstanden, bestand aber darauf, die Fotos persönlich zu überbringen und mit dem Auftraggeber selbst zusammenzutreffen. Nach einer guten Woche bekam sie Nachricht, dass Mister X auf die Bedingung einzugehen bereit war.

Plötzlich kam ihre Hand ins Stocken. Sie konzentrierte sich stärker, um das memorierte Abbild des Plans deutlicher ausgeleuchtet zu sehen, doch an einer bestimmten Stelle waberte eine Undeutlichkeit, die sie nicht zu vertreiben vermochte, sosehr sie sich auch anstrengte.

Sie spürte, wie ihr der Schweiß auf die Stirn trat. Wenn sie sich nicht vorsah, würde sie abbrechen müssen, etwas, was ihr noch nie passiert war. Lieber würde sie die vertrackte Biegung einfach auslassen – ein kleiner weißer Fleck, der nicht weiter ins Gewicht fiel. Mit dieser Entscheidung verschwand ihre Beklemmung, sie zeichnete flüssig weiter und war fast damit fertig, als das Telefon klingelte. Sie blickte auf den Wecker – tatsächlich, es war kurz nach zwölf Ortszeit.

Ihr Zeitgefühl hatte sie im Stich gelassen. Der Fahrer war da. Sie sprang ans Telefon und teilte der leicht nörgeligen Rezeptionistin mit, dass sie schnellstens herunterkommen würde.

Dann warf sie einen begutachtenden Blick auf die Skizze, die – von den paar kleinen, unvollendeten Stellen abgesehen – tadellos geworden war. Das erleichterte sie, und sie beschloss, der merkwürdigen Unsicherheit, dem weißen Fleck auf ihrer Gedächtniskopie keine weitere Aufmerksamkeit zu schenken.

Nun wollte sie sich daranmachen, das Dokument, wie gewöhnlich, zu vernichten, erinnerte sich aber, dass sie ihre Streichhölzer beim Einchecken auf dem Flughafen gelassen hatte.

Anders als sie es gelernt und stets praktiziert hatte, fing sie an, das Papier in kleine Stücke zu reißen und in den Mülleimer zu werfen. Sie holte eine der Zeitungen, die sie im Flugzeug bekommen hatte, stopfte sie obendrauf, warf noch einen Blick in den Spiegel, schminkte sich die Lippen nach und zwinkerte sich selbst aufmunternd zu. Sie nahm das kleine Paket mit den Fotografien aus dem Koffer und verstaute es in ihrer Handtasche. Dann verließ sie eilig ihr Zimmer in Midtown Manhattan. Sie fühlte sich wieder sicher.

KAPITEL 3

Ein Kinderspiel

Man sagt, Monaco verdanke seinen Namen der ungewöhnlich starken Verehrung, die in der Antike hier einem berühmten Halbgott entgegengebracht wurde, Herakles Monoikos – dem Einsamen.

Eine andere, weiter verbreitete Ansicht hat mit einem Räuberhauptmann zu tun, der den Felsen mit Hilfe von Söldnern in Besitz nahm, die als Mönche verkleidet waren. Der Räuberhauptmann stammte aus der alten, mittlerweile aber verfemten Genueser Familie der Grimaldi und war wegen vieler Vergehen aus seiner Vaterstadt vertrieben worden. Sein Nachfolger als Herrscher über Monaco war ein gewisser Rainier, sein Cousin. Zwar ging Monaco nach kürzester Zeit auch wieder verloren, doch die Idee, der herausragende Felsen solle nun der Familie Grimaldi gehören, ließen weder er noch irgendeiner seiner Nachfahren sich ausreden, sooft sie zwischendurch auch wieder vertrieben wurden.

Gerade Räuber, Gauner und Diebe legen – sobald sie einmal selbst auf die Seite derjenigen hinübergewechselt sind, die etwas zu verlieren haben – auf den Schutz ihres Besitzes den größten Wert und entwickeln oft die intimste Beziehung zu dem, was sie ihr Eigentum nennen. Die Grimaldis jedenfalls ließen sich durch nichts erschüttern und nach ein paar Dutzend Jahrzehnten gehörte ihnen Monaco schließlich ganz offiziell. Ein König von Frankreich, auf dessen Seite der erste Carlo glücklich gefochten hatte, ernannte die Bande zu Fürsten und schenkte ihnen dazu noch ein paar Landgüter im Burgund. Immer wieder versuchten zwar andere – die Genueser, später auch die Spanier –, Fürst Carlos Felsen, der es bis zum Vorbild für den Erzgauner der berühmtesten Comicserie der Welt brachte, zu erobern – aber niemandem gelang es, sie zu vertreiben.

Mehrmals war ihre Familie vom Aussterben bedroht, deren einzelne Mitglieder – zumindest gewissen Gerüchten nach – einander zuweilen auffällig zugetan gewesen sein sollen. Doch erwiesen sie sich auch darin geschickt und hartnäckig, immer wieder frisches Blut in ihre Linie zu bringen.

Die Französische Revolution war dann natürlich ein schwerer Schlag. Die Grimaldis verloren all ihren Feudalbesitz in Frankreich, von dem sie hauptsächlich gelebt hatten. Die Bürger forderten mehr Rechte. Überhaupt nagten die unterschiedlichsten Kräfte und Geschehnisse an dem Besitz, bis den Grimaldis auf ihrem Felsen nichts geblieben war als ihre Unabhängigkeit. Gott sei Dank baute Frankreich wenigstens eine Eisenbahn und gewährte Zollunion. Pleite war man trotzdem.

Der dritte Carlo war es dann, der in den frühen sechziger Jahren des 19. Jahrhunderts auf die Idee kam, ein Casino zu errichten, und tatsächlich – seit der Einführung des staatlich durchgeführten Glücksspiels ging es auf dem Felsen aufwärts. Der Wohlstand wuchs aus einem Universum von *Rien ne va plus*, hinterließ zahllose Ruinierte und einige wenige Gewinner, alle natürlich aus bester Gesellschaft. Dieses hochtheatralische Beieinander von Glück und Elend, Triumph und Scheitern zog immer mehr Publikum an, für dessen Unterhaltung die Grimaldis stets auch persönlich sorgten, allen voran der dritte Rainier selbst, der dieser Tage, ein fürstlicher Greis, immer noch regierte.

Unter ihm und seiner Fürstin Gracia Patricia, einer Schauspielerin, die Dreharbeiten zu einem Film über hochklassige Einbrecher an die Côte d'Azur gebracht hatten, wurde Monaco zu einer Kapitale des Jetsets und der Sicherheit: Nirgendwo wohnten so viele Berühmtheiten und an keinem Ort der Welt als auf dem einstmals im Handstreich eroberten Felsen gab es mehr Polizisten pro Einwohner.

Alexander wusste, dass die Polizei von Monaco bis hinauf zu den Offizieren fast nur aus Ausländern bestand, meistens Franzosen, aber auch einige Italiener. Solide Söldner. Darauf spezialisiert, Handtaschenchecker, Autoknacker und andere Strauchdiebe unter Kontrolle zu halten und jede Form ungebührlichen Benehmens auf Monacos Straßen sofort zu unterbinden. Ein dichtes Netz von Überwachungskameras half ihnen dabei. Keine zwei Minuten nachdem man seine Bierflasche an eine Hauswand geknallt hatte, durfte man schon Angaben zur Person machen.

Alexander hatte noch nie mit der Polizei zu tun gehabt, und das sollte auch so bleiben. Deshalb gehörte es zu seinem Plan, keinen Weg zweimal zu gehen, solange er auf Monacos Straßen unterwegs war. Am Vormittag war er wahllos herumgelaufen. Jetzt nahm er den Weg, den er sich in Paris überlegt hatte. Über die Rue Grimaldi, vorbei an einer kleinen Kirche, die tief zwischen riesig getürmten, gleich einer zweiten Schicht Fels aufragenden Appartementhäusern lag. Dann schwenkte er auf die Av. de la Costa ein, denn über sie wollte er die schmale Seite des Hotel de France erreichen, auf der sich der Eingang für die Angestellten befand.

Immer noch ging zwar leichter Wind, aber die salzig schwere Luft ließ es Alexander unter seinem Mantel ungemütlich warm werden. Er kreuzte eine vielbefahrene Straße, ein Blick auf die Uhr sagte ihm, dass er spät dran war, also beschleunigte er seinen Schritt.

Als er die Av. Princesse Alice erreichte, wurde sein Weg unbequem, er wechselte ziemlich riskant quer auf die andere Straßenseite und lief dann rasch weiter. Währenddessen stellte er sich vor, wie angenehm es wäre, den Hemdkragen weit zu öffnen, und wäre es nur für einen Moment.

Doch dann erreichte er die Place du Casino, die selbst von ihrer Rückseite her so viel Strahlkraft besaß, dass ihm ein Schauer über den Rücken lief. Er blieb stehen und blickte durch die feuergold gleißenden Wasserspiele in der Mitte des Platzes auf den schlossartigen Bau des Hotels, der verloren wie in weiter Ferne lag. Für den Bruchteil einer Sekunde flimmerte alles um Alexander, aber er sah gestochen scharf die Umrisse eines anderen Hotels, die sich über den monegassischen Palast legten. In einem ebenso mächtig angestrahlten und von Menschen umschwärmten Hotel hatte für ihn alles angefangen, damals in Mailand, wo er als Sommeraushilfe gearbeitet hatte.

Seit seiner Kindheit schon hatten Schlösser – zuhauf vorhanden nicht nur in den Türen des Hauses, sondern ausgebaut und freigelegt in der Dachstube seines Großvaters und von diesem meisterlich gewartet – eine unwiderstehliche Anziehung auf ihn ausgeübt. Er hatte sehr früh gelernt, es seinem Großvater nachzumachen und die Schlösser ohne Schlüssel zu öffnen – und er hatte diese Fähigkeit immer wieder auf diskrete, kluge Weise zu seinem Vorteil genutzt.

Aber einfach irgendjemand Wildfremden zu bestehlen – das hatte er bis zu jenem Tag im Hotel Duomo, da war er dreiundzwanzig, noch nie gemacht. Doch quälte ihn die Sehnsucht, die Schwelle zu übertreten, zu wissen, wie es sich anfühlen würde. Regungslos stand er vor der Zimmertür, das Werkzeug in der Hand, dachte noch einmal darüber nach, ob er es wirklich tun sollte, sein Herz schlug wie verrückt, aber nicht vor Furcht, sondern vor Vorfreude, er dachte nach, aber längst war die Entscheidung gefallen. Schlösser waren sein Spielzeug gewesen, sie zu öffnen sein Spiel. Jetzt wollte er es wieder spielen, doch es sollte einen anderen Beigeschmack bekommen: Es sollte endlich gefährlich werden.

Er machte bei seinem ersten Mal einen glücklichen Griff. Denn das ältere Ehepaar aus Düsseldorf, das er beim Frühstück nebenbei über seinen Ausflug an den Comer See hatte sprechen hören, hatte, versehentlich wohl, eine ganze Reihe exquisiter Schmuckstücke zurückgelassen, die Alexander, ohne zu zögern, an sich nahm, auch wenn seine Finger dabei glühten und ihm das Herz schier zu zerspringen schien.

Er versteckte die Stücke, bekam am nächsten Vormittag – sehr nervös, aber unbewegt – sogar noch die Ankunft der Polizei mit, aber selbstverständlich – dafür sorgte allein schon die Direktion des Hotels – kam es weder zu einer eingehenden Untersuchung jedes einzelnen Zimmers, noch konnte man jeden der dreihundert Gäste und zweihundert Angestellten befragen, unter denen sich kein der Polizei Bekannter befand, also befragte man keinen. Das Hotel ersetzte den Schaden und Alexander – köstlich darüber amüsiert – arbeitete bei bester Laune noch eine gewisse Zeit weiter und kündigte dann. Die Saison war sowieso vorbei, und er war ja nur eine Aushilfe. Ein Student aus Paris.

Noch im luxuriösesten Hotel entzaubert sich die manchmal geradezu unwirkliche Schönheit, die es seinen Gästen darbietet, als bloße Kulisse, sobald man es von seiner verborgenen Rückseite betritt, wo es keine Teppiche und kein Kristall gibt, sondern kahle Wände, Garderobenschränke aus Blech und plastikbestuhlte Pausenräume. Das bringt eine Atmosphäre seltsamer moralischer Nüchternheit hervor, einen anarchischen Pragmatismus, und manchmal sogar, je nachdem wie schlecht das Haus geführt wird, eine Verschwörerstimmung gegenüber den Gästen.

Alexander hatte sich früher oft jene geheime Feindseligkeit, die die niederen Angestellten luxuriöser Hotels zuweilen gegenüber ihren Gästen hegen, zu Nutze gemacht, denn sie bietet dem Dieb eine Art von Deckung, weiß er sich unter den ausgebeuteten Küchenkräften, schlechtbezahlten Kellnern und illegalen Zimmermädchen nur richtig zu bewegen. Unauffällig nämlich. Einer von ihnen.

Die Frau in der Conciergeloge schenkte ihm nur einen gelangweilten Blick, als er ihr mit glaubhaft gehetzter Stimme erklärte, dass der Bankettmanager ihn kurzfristig für diesen Abend als Springer engagiert habe. Da im selben Moment drei junge Köche lauthals italienisch plärrend mit ihren Zigaretten an ihm vorbeidrängten und einer von ihnen der Concierge ein paar fröhliche Worte zurief, schenkte sie ihm keine weitere Beachtung.

Als er die Schwingtür hinter sich zuklappen hörte, fuhr er sich mit dem Trenchcoat über die Stirn, auf der sich ein dünner Schweißfilm gebildet hatte, und atmete lang und tief aus. Links kam ein Aufenthaltsraum mit einer Garderobe, an der er seinen Trenchcoat aufhing. Er schnappte sich eine Serviette und legte sie sich über den Arm. Der Flur war vollgestellt mit Servierwagen und großen Wäschesäcken und führte nach ungefähr zwanzig Metern zur Küche, in der ein brutzelnder, dampfender, von gefluchten Anweisungen durchzogener Höllenlärm herrschte. Die drei Restaurants des Hotels waren voll besetzt, das große Bankett der Briefmarkenfreunde und eine Hochzeitsgesellschaft, die einen weiteren Festsaal belegt hatte, hielten zweihundert Leute beschäftigt. Niemand kümmerte sich um Alexander.

Er setzte eine beschäftigte, eilige Miene auf, nickte dem einen oder anderen der an ihm vorbeihastenden Kollegen flüchtig zu, entdeckte nach kurzer Zeit den Aufzug, dessen stille Abgeschiedenheit er nutzte, um sich noch einmal mit den Fingern am Hemdkragen entlangzufahren und aufzuseufzen, und erreichte zwanzig Sekunden später den Flur im ersten Stock, den er am frühen Nachmittag, von der anderen Seite kommend, betreten hatte.

Das Bankett des Briefmarkenclubs hatte noch nicht begonnen, alle Tische waren besetzt, aber man war noch beim Aperitif. Aus den Augenwinkeln sah er einen weißhaarigen Mann im Smoking, der mit lustigem Unterton eine Rede in gebrochenem

Französisch hielt; soweit Alexander verstand, war er gerade dabei, herausragenden Mitgliedern für ihre Beiträge zur diesjährigen Ausstellung zu danken. Das Ganze roch nach tiefstem, banalstem 20. Jahrhundert. Was für ein ermüdender Anblick.

Alexander war nun an dem Bankettsaal vorbei, er suchte nach dem Saal *Charles III*, in dem sich nach seinen Informationen der Columbus-Umschlag befinden musste. Als er ihn erreichte, lief alles wie von selbst, ein Blick über den Flur sagte ihm, dass er nicht beobachtet wurde, auch entdeckte er keine Kamera, und selbst wenn – er würde sowieso nicht lange brauchen. Er holte die Handschuhe aus seiner Hosentasche, streifte sie über und besah sich währenddessen die Tür. Wie erwartet, war sie mit einem doppelten Zylinderschloss guter deutscher Bauart gesichert, einem Generalschlüsselsystem von BKS, das in den Achtzigern das Maß aller Dinge gewesen war und mit dem Alexander schon einige Male gearbeitet hatte. Er schnappte sich denjenigen Entsperrhaken, der gut mit BKS funktionierte, führte ihn ein, spannte den Zylinder vor und nach zwanzig Sekunden war die Tür offen. Er atmete durch, trat zügig ein und verschloss die Tür. Er ließ den Kegel der Taschenlampe über die vielleicht dreißig länglichen Glasvitrinen gleiten und brachte den memorierten Grundriss mit dem in Übereinstimmung, was er vor sich sah. Er musste zur vierten Reihe vom Eingang, und dann zur fünften Vitrine von links.

Tatsächlich – Familie DeNada, da war das Schild, das war ihre Vitrine. Neben einzelnen Marken lag der Umschlag exakt in der Mitte des Kastens.

Das Glas der Vitrine war mit drei Schlössern gesichert, alle gleich gebaut, also eine reine Fleißaufgabe, er schnappte sich einen mittleren Fühler und setzte den Spanner am ersten Schloss an. Dabei starrte er in die Dunkelheit, seine Hände arbeiteten selbsttätig, seine linke setzte das Drehmoment an, seine rechte fühlte sich voran, es waren fünf Stifte, kein Zweifel. Er begann beim hintersten, durch den Druck verschob sich der Zylinder leicht gegen das Gehäuse und das ermöglichte es ihm, den ersten Stift zu setzen – ja, gut, die zwei nächsten gingen wie von selbst, beim vierten brauchte er etwas länger, und beim letzten war er so ruhig, als hätte er alle Zeit der Welt, fühlte noch einmal, schob ihn dann ganz vorsichtig nach oben und ließ ihn einrasten. Sofort drehte sich der Zylinder – eine schlichte mechanische Reaktion, die aber ein erlösendes Glücksgefühl hervorrief. Er drehte das Schloss mit seinem Spanner ganz herum, machte sich an das zweite, das dritte: ein Kinderspiel.

Das Glas ließ sich einfach hochklappen. Die Sammlerstücke waren nicht eigens gesichert, sondern ruhten auf kleinen Clichés aus edlem weißem Karton. Der Columbus-Umschlag war eingesteckt und ließ sich leicht herauslösen. Dies war zweifellos eine der einfachsten Geschichten, die er jemals durchgezogen hatte, jeder Anfänger hätte das hinbekommen.

Auf dem Boden kniend, hielt er den Umschlag in der linken Hand und ließ den Lichtkegel der Taschenlampe eingehend über seine Oberfläche gleiten.

Er holte die drei Fälschungen aus seinem Sakko und breitete alle vier Umschläge nebeneinander auf dem Parkett aus. Als sie so in der nur vom schmalen Streifen weißbläuenden Lichts erhellten Dunkelheit nebeneinanderlagen, glichen sie sich vollkommen, alle Unterschiede waren ausgelöscht. Ein merkwürdig entwaffnendes Bild. Alexander ließ, mit einem Mal sehr erschöpft, für einen Moment in seiner Aufmerksamkeit nach, er hatte alles beisammen, es war alles da, er dachte an den Wodka, den er schon getrunken, die Zigaretten, die er noch immer in der Tasche hatte, als draußen plötzlich ein Heidenlärm losbrach. Alexander zuckte zusammen und verlor seine Taschenlampe.

»Verdammt noch mal!« – die gedämpfte Stimme eines mittelalten Mannes, dem man klar anhörte, dass er sich zusammennehmen musste, um nicht aus voller Kraft loszuschreien, »habt ihr Idioten vollkommen den Verstand verloren? Ich werde verrückt mit euch – seht gefälligst zu, dass ihr das verdammte Bordell hier aufräumt … macht schon, ich bin gleich zurück.« Ein cholerisches Ausatmen und der Unbekannte schnaufte fluchend den Flur entlang, Richtung Aufzug.

Alexander glaubte, einen Schweizer Akzent herausgehört zu haben – das Französisch des Mannes war an manchen Stellen kehlig ausgehöhlt und merkwürdig blechern. Es war ganz und gar unpassend, aber er musste mit einem Mal an die bellenden Kommandos eines Bahnsteigschaffners in Solothurn denken, an dem er vor ein paar Monaten mit einem zusammengerollten, in einem Cellokasten verborgenen Degas vorbeigekommen war, den er eine gute halbe Stunde vorher durch eine Kopie aus Meister Xings Werkstatt ersetzt hatte. Gemessen an der Qualität, mit der der Kantonese normalerweise aufwartete, war die Kopie sogar verhältnismäßig schlecht gewesen. Dennoch war der Diebstahl aus dem Solothurner Kunstmuseum bis zu diesem Zeitpunkt noch niemandem aufgefallen … Wo waren nur seine Gedanken? Musste sich jetzt endlich wieder konzentrieren.

Er stand auf, ging leise zur Tür und hörte wildes Schnaufen, gepresst ausgeatmete Luft und Geräusche, als würde jemand an die Tür gedrückt. Er dachte erst an eine Rauferei, da er einen dumpfen Schlag und einen zuckenden Fuß wahrnahm, der gegen die Verkleidung schlug wie ein Huf. Er hörte Männerlachen und schließlich das Klappern von Geschirr und Metall. Eine andere, tiefe Männerstimme gab ein übertrieben angestrengtes Stöhnen von sich.

Als die beiden Stimmen nach einer Weile leiser wurden, eilte Alexander zu der geöffneten Vitrine zurück. Auf dem Boden lagen die vier Umschläge und schimmerten weißlich. Alexander ließ sich auf beide Knie fallen, nahm seine Taschenlampe und versuchte sich zu erinnern, wo genau er den originalen Umschlag hingelegt hatte, rechts von den anderen oder links? Er würde es gleich herausfinden: Seine Taschenlampe beleuchtete den Umschlag, der ganz links lag, dann den rechten. Er beugte sich so tief über die Artefakte wie möglich – aber ob es am unzureichenden Licht lag oder daran, dass er sich einfach nicht genug mit der ganzen Sache beschäftigt hatte, er konnte keinen Unterschied feststellen.

»Verdammter Chinese!«, dachte Alexander. Es gelang ihm einfach nicht, sich zu erinnern, er sah sich selbst hantieren, in loser Reihenfolge und mit unzusammenhängenden Bewegungen.

Plötzlich hatte er einen Einfall – die drei Fälschungen waren zusammen mit den *Sobranie* in einer Seitentasche gewesen, der linken. Er klopfte darauf, fuhr in die Tasche und holte imaginäre Umschläge heraus, spielte den ganzen Ablauf noch einmal durch, tat so, als ob er auch das Original noch einmal herausnahm, es auf den Boden warf, zack und zack, die drei Fälschungen daneben. Links. Das Original lag links. Ohne noch weiter zu zögern, nahm er den Umschlag an sich und suchte nun, auf den Knien verharrend, nach derjenigen Kopie, die ihm am ähnlichsten vorkam.

Trotz der Anspannung musste er lächeln. Beinahe hätte ihn der wohlmeinende Perfektionismus Meister Xings ausgetrickst, aber er hatte sich nicht austricksen lassen. Er nahm den mittleren Umschlag, die anderen beiden steckte er zu den Zigaretten in die Außentasche. Dann verstaute er das Original in einem passenden Plastikbeutelchen und schob das Paket in die Innentasche seines Sakkos.

Er stand auf, so schnell es ging, sein rechtes Bein war ein wenig eingeschlafen, und platzierte die beste der drei Fälschungen sorgfältig auf dem Cliché, brachte dieses in Position, klappte den Glasdeckel der Vitrine zu, verschloss dreimal, sprang zurück an die Tür, die er einen winzigen Spalt öffnete und – da niemand zu sehen war – schließlich zügig aufmachte, um in einer einzigen Bewegung nach draußen zu schlüpfen.

Das Schloss hatte einen Fallriegel und musste nicht eigens

von ihm mit dem Dietrich zugesperrt werden, also ging er einfach wieder Richtung Aufzug. Er war erleichtert, dass doch noch alles gutgegangen war, und dachte, dass der kleine Schreck ihn vielleicht sogar ein wenig aufgeweckt hatte, sonst wäre es doch zu einfach gewesen.

Drei Kellner kamen ihm entgegen, die große Suppenterrinen über den Flur trugen. Er blickte kurz auf und nickte ernst. Den Blick wieder zu Boden gerichtet, erreichte er den Paternoster, sah, wie sich das Holz des einen Abteils für einen winzigen Augenblick in Deckung mit dem Fußboden befand, abrutschte, nach unten verschwand, um dem nächsten Tritt Platz zu machen, den Alexander dann schon bestieg, als er noch ein gutes Stück über dem Fußboden schwebte. Auf der anderen Seite hörte er Stimmen von Personal, das nach oben fuhr, und er glaubte, die beiden Männer von vorhin wieder zu hören. Alexander war begeistert. Das Ganze hatte keine zwanzig Minuten gedauert.

Ohne weiter darüber nachzudenken, holte er die Schachtel *Sobranie* aus seiner Tasche, schnappte sich eine der Zigaretten, aber er hatte nicht daran gedacht, Feuer mitzunehmen. Er klopfte ein paar Mal mit dem goldenen Filter auf seinen linken Handrücken, der Paternoster erreichte das Erdgeschoss, erfüllt vom gedämpften Lärm aus der Küche. Er sprang heraus, ging einen Schritt und sollte nun eigentlich nach rechts gehen, aus dem Aufenthaltsraum seinen Trenchcoat holen und so schnell wie möglich verschwinden. Und doch spielte er mit dem Gedanken, sich nach links zu wenden, Richtung Küche, um herauszufinden, ob da zufällig jemand war, der ihm Feuer geben könnte.

Er dachte noch einmal kurz darüber nach, doch die Entscheidung war längst gefallen.

KAPITEL 4

Ein Nachmittag im Haus des Schattens

Seit ihrem ersten Besuch in New York waren schon fast dreißig Jahre vergangen. Kurz nach dem Beitritt des Landes zur UNO war sie als junge, dem Trainingsschwimmbecken gerade erst entstiegene Agentin Teil einer Landwirtschaftsdelegation gewesen.

Sie war die einzige Agentin der Abteilung XIV, Referat 6, die ausreichend Englisch sprach und mit einer Schreibmaschine so umzugehen verstand, dass sie die Tarnung einer Delegationssekretärin annehmen und somit ungehindert in die USA einreisen konnte.

Am Rande traf sie damals mit einem langjährigen südamerikanischen Kontaktmann des Referats zusammen und vertiefte ein paar Tage später bei einem Abendessen und anschließenden Drinks die Beziehung zu einem Vertreter der indischen Atomenergiekommission, den ihr Chef, als schwedischer Geschäftsmann getarnt, einstmals bei einer Konferenz der blockfreien Staaten kennengelernt hatte. Der mit einer hohen, singenden Stimme gesegnete Inder war aus familiären Gründen ein Gegner Homi Bhabhas und so intensiv mit Patchouli angetan, dass sie es noch Tage später immer wieder an sich selbst zu riechen glaubte.

Er interessierte sich für westdeutsche Raketentechnik, und zufällig verfügte ihre Abteilung über entsprechende Baupläne direkt aus der Forschungsabteilung von MBB.

Der Fahrer war aus der schattigen 27. Straße direkt auf den

Broadway eingebogen, der glänzend belebt im Sonnenlicht dalag und über den sie sich Richtung Süden schlängelten. Johanna folgte mit ihren Blicken einer jungen Frau mit langem blondem Haar, das durch graue, offenbar gefärbte Strähnen auffiel. Sie hielt einen braunen Pappbecher in der Hand und holte sie immer wieder ein, da der Wagen so oft zum Stehen kam. Keinem der Schaufenster gönnte die junge Frau auch nur einen Blick, blitzschnell wich sie den Entgegenkommenden aus.

Johanna hatte sich damals, während dieser knappen Woche im UNO-District, vor allem in Gebäuden jenseits des zwölften Stockwerks aufgehalten, nicht nur beeindruckt von der Tatsache, dass man essend an einem Tisch sitzen und einen Hubschrauber vorüberfliegen sehen konnte, das gab es im Berliner Fernsehturm auch, nein, es war die Beiläufigkeit, mit der die Stadt sie aufnahm und sich und ihre spektakulären Aussichten zum Geschenk machte, die sie faszinierte. Wie im Inneren einer prächtigen, lichtergleißenden Burg fühlte sie sich hier, die so abenteuerlich angelegt war, dass ganze Straßenzüge zu Zimmern und Hochhäuser zu Bauklötzen zu werden schienen.

Nach einer halben Stunde hatten sie Greenwich Village erreicht, wo nichts mehr an die strahlenden Wolkenkratzer von Midtown erinnerte. Der Wagen fuhr an alten Stadthäusern mit kleinen buchsbaumgesäumten Vorgärten vorbei, in denen Magnolien standen und die man über gemauerte Treppen betrat, an denen viktorianisch anmutende Löwenköpfe und anderes gusseisernes Getier darauf wartete, man möge mit ihm an hölzerne, buntgestrichene Haustüren schlagen.

Das Haus, vor dem ihr Wagen schließlich zum Stehen kam, war darunter noch eines der unauffälligsten, ohne einen grünen Vorgarten, mit einer ziegelrot schmutzigen Fassade und trübe wirkenden Fenstern, an denen von innen Jalousien heruntergelassen waren. Links am Haus ging es über eine Betontreppe in den Keller. Es trug die Nummer zwölf.

Der Chauffeur ging ihr voran, sperrte die Tür auf und schloss sie hinter ihr. Sie stand auf einem mit sehr alt wirkenden Steinen ausgelegten Hausflur, der nur vom schwachen Licht, das aus einer links gelegenen, offenstehenden Türe fiel, erhellt wurde.

»Hier lang, Ms. Meister.« Die Stimme kam aus dem Zimmer dahinter, sie erkannte den heiseren, hohen Tonfall wieder und auch die Art, wie ihr Name beim Aussprechen zusammengeknüllt wurde, wie eine Papiertüte.

Zugleich mit der Stimme des Rufers vernahm sie einen seltsamen, tiefröchelnden Seufzer, der sie sehr befremdete. Noch bevor sie die Tür erreicht hatte, gab dasselbe Wesen noch eine Art niesendes Brummeln von sich, und dann stand Johanna dem Hund auch schon gegenüber, einem alten Köter auf kurzen Beinen, mit breiter Bluthundschnauze und langgestrecktem zotteligem Körper. Er beroch Beine und Schuhwerk, drehte sich dann wieder um und ging langsam, mit vorsichtig tappenden Schritten über das auf Hochglanz gewienerte Parkett zu seinem Platz zurück, einem geflochtenen Korb, gefüllt mit alten, wertvoll wirkenden, seidenroten orientalischen Kissen, auf denen es sich der Hund nach einer dreifachen, überraschend behänden Umdrehung bequem machte.

Er legte seinen Kopf auf den Rand des Korbes und sah Johanna mit einem beeindruckenden Ausdruck von Traurigkeit an, der hauptsächlich von seinen Triefaugen herrührte, einer alten Familienerbkrankheit väterlicherseits.

Unmittelbar hinter dem Korb mit dem Hund saß ein Mann mit übereinandergeschlagenen Beinen auf einem einfachen, massivhölzernen Stuhl, der so urtümlich wirkte, als stamme er direkt aus einer Tischlerwerkstatt des frühen 18. Jahrhunderts, und dennoch so gut erhalten, als wäre er vom Lehrling gerade erst geliefert worden.

Johanna bemerkte einen absonderlichen Kontrast zwischen der edlen, seidig weißen Weste, die der Mann unter einer schwarzen, lose und weich fallenden Jacke trug, und jenen weißen Turnschuhen, die ausgetreten und ein wenig schmutzig waren.

Nachdem sie das wippende Schuhwerk betrachtet hatte, bemerkte sie, dass der Mann auch seine Augenpartie verhüllt hatte – eine weiße Ledermaske, die sich nach oben hin verjüngte. Sie verlieh ihrem Träger etwas Vogelartiges, so als ob er jeden Moment auffliegen könnte. Dies nervös Grazile passte für Johanna so gar nicht zum Rest seiner Erscheinung, die eher plump war, irgendwie nach unten durchgesackt, da der Mann – trotz seiner Beleibtheit, die die bequeme Kleidung mehr betonte als verbarg – schmal abfallende Schultern und Handgelenke hatte, die in zierliche Hände ausliefen. Mit der linken Hand hielt er sich am Sitz seines Stuhls fest, die rechte lag unruhig auf der Ecke des gewaltigen Esstisches, der das hintere Drittel des Raums dominierte.

Johanna sah, wie der Maskierte sein Kinn bewegte, als habe er noch irgendeinen schwerverdaulichen Rest im Mund, den er, nach einem letzten Einspeichelversuch, gleich hinunterschlucken würde. Seine Backen lagen unter der makellosen Straffheit der Maske wie kleine, bleiche Puddinge – nun ging ein Zittern durch sie und der Mann mit der Maske brachte ein Lächeln hervor.

»Wellkommer!«, sagte er auf Deutsch, »bin vergnügt, Sie hier anzusehen …« Sein Mund stand einen Moment offen – dann schnappte er nach einem kleinen Schluck Luft, die Maske machte eine ruckartige Bewegung des Kopfes mit, seine Augen schienen kurz aufzuleuchten, als erinnerte er sich längst vergessener Vokabeln, bevor er sich auf seinem Sitz nach vorne bewegte und mit leiser, fast verschwörerischer Stimme hinzufügte, »wie befanden Sie Ihren Flug?«

»Gut, danke«, sagte Johanna, überlegte, ob sie wirklich auf Deutsch weitersprechen sollte, und war fast erleichtert, als ihr der Maskierte zuvorkam und auf Englisch, offensichtlich seine

Muttersprache, ausführte, wie froh er sei, dass Johanna extra nach New York gekommen sei. Er wisse das zu schätzen.

»Ich fliege nämlich niemals.« Sein Englisch gefiel ihr, trotz eines leichten, nervösen Stotterns war es überraschend melodiös und geschmeidig.

»Mit der Eisenbahn bin ich in die Stadt gekommen – und seitdem …« Wieder öffnete sich sein Mund und blieb so, Johanna sah eine behände Zunge kreisend an den Innenrändern der Lippen hin und her schmecken. Er gab ein kleines Schmatzen von sich und hauchte dann mehr, als er sprach, aber mit lachenden Augen:

»Ich lebe wie eine Auster …«

Er versank in ein nachdenkliches Schweigen, öffnete abermals seinen Mund, um nach Luft zu schnappen, und sagte dann, jetzt wieder auf Deutsch, nunmehr allerdings mit einem Tonfall, als verkünde er eine frohe Botschaft:

»Sehr bald werden wir essen. Ich hoffe, Sie haben … nichts gegen Hund?«

Sie fragte sich, ob sie richtig verstanden hatte, schüttelte dann aber einfach den Kopf, was der Maskierte mit Erleichterung aufnahm.

Er stand auf, Johanna bemerkte den Schwung der weitgeschnittenen Jacke, die ihm etwas von einem Künstler gab. Er ging, als ob er sich auf dünnem Eis bewegte, zur Tür, die links von dem großen offenen Kamin lag, in dem dunkle Holzscheite mit ungewöhnlich intensivem, rein blauem Feuer verbrannten. Er flüsterte etwas.

In der Tür erschien ein alter Kellner mit schwarzer Hose und weißem Jackett und schob ein Servierwägelchen herein. Johanna nahm auf der anderen Seite des Tisches Platz und sah dem alten Mann zu, wie er flink und ohne ein einziges Wort zu verlieren eine Tischdecke ausbreitete, Geschirr, Besteck und Gläser verteilte, aus einer bereits geöffneten Flasche Rotwein einschenkte und schließlich Teller vor Johanna und ihrem maskierten Gastgeber niederstellte, die von gewaltigen Warmhalteschüsseln bedeckt wurden.

Johanna schätzte den Kellner mindestens auf siebzig. Sie war überrascht, einen so alten Menschen solche Arbeit verrichten zu sehen.

Er schenkte von dem Wein ein, suchte den Blickkontakt zum Hausherren, und als dieser nach einer Weile unsicher nickte, zog er sich in den anderen Raum zurück.

Bei dem Essen handelte es sich um verschiedene Sorten Ravioli, die Johanna, die seit ihrer letzten Mahlzeit im Flugzeug nichts mehr zu sich genommen hatte, ausgezeichnet schmeckten, auch wenn sich der Umstand, dass sich unter der Maske ein Mann mit kleinem Appetit verbarg, etwas mäßigend auswirkte. Mit seiner Gabel schob er sich zwei, drei Ravioli in den Mund, mehr um ihre Konsistenz und ihren Geschmack zu prüfen, als tatsächlich seinen Hunger zu stillen, denn bald schon fing er an, dem Hund, der sich sofort in seinem Körbchen aufgerichtet hatte, Ravioli zuzuwerfen. Der gab bei jedem Bissen ein erstaunlich lebendiges Schnappgeräusch von sich.

»Wir haben es schon mit allem Möglichen probiert, aber anders frisst er einfach nicht.«

»Haben Sie den Hund schon lange?«

»Nein. Erst seit Kurzem. Ich habe ihn geerbt. Er, äh, gehörte einem … Onkel.« Nach einer kleinen Weile fügte er nachdenklich hinzu:

»Vollkommen blind, müssen Sie wissen, aber als ich ihn damals abgeholt hab und an einer bestimmten Stelle nach links statt nach rechts abbiegen wollte – blieb er einfach stehen. Wusste genau, an welcher Stelle seiner alten Runde er war …«

Wieder fütterte er den Hund. Johanna glaubte, an der Zuckung seiner Hand erkennen zu können, dass er sich eigentlich davor fürchtete, mit dem Hundemaul selbst in Berührung zu kommen.

Da er maskiert war, blieb ihr nichts anderes übrig, als vor

allem seinen Mund zu studieren, seine häufig auseinanderklaffenden Lippen, die Verblüffung, leichten Ekel, Überraschtheit und manchmal, für eine Sekunde, kindliche Energie erkennen ließen, und zwar immer dann, wenn die abgeworfene Ravioli auf ihrer Flugbahn kurz vor dem Geschnapptwerden stand.

Der Maskierte war mehr als merkwürdig, aber das musste nichts bedeuten. Während ihrer Laufbahn waren ihr mehr als einmal Leute mit seltsamen Angewohnheiten oder Ticks untergekommen. Hatte man das einmal verstanden, war es oft sehr leicht möglich, einen gestaltbaren Kontakt aufzubauen.

Johannas Erfahrung nach war eine kleine oder größere Macke an einer Kontaktperson eigentlich eher ein günstiges Zeichen für deren Glaubwürdigkeit. Allzu glatt war verdächtig, und kamen gewisse Antworten zu schnell, lag der Verdacht nahe, sie wären einstudiert. Gewiss, die Legendenstricker aller Seiten arbeiteten ständig an der Verbesserung der Einsatzprofile der Agenten, und so war zum Beispiel Stottern oder die bewusste Erzeugung nervöser Ticks Ergebnis eines guten Trainings.

Traf man zum ersten Mal auf einen neuen Kontakt, so begann ein abtastendes Spiel, in welchem es darum ging, mindestens einmal mehr um die Ecke zu denken als der andere.

Würde sich ein Strohmann tatsächlich auf solch skurrile Weise verkleiden, wie es Johannas hundefütternder Gastgeber getan hatte? Eher nicht. Auch die Wahl des Orts sprach für einen echten Kontakt – hätte man sich in einem Hotel oder einem Restaurant getroffen, wäre das etwas anderes gewesen, aber dort hätte sich der Mann wohl nicht verkleiden können.

Sie studierte so unauffällig wie möglich, den anderen mit einem freundlichen Lächeln im Blick behaltend, die Wand gegenüber, an der eine Reihe edel gerahmter Kupferstiche hingen, dazwischen auch ein Kasten mit wohlpräparierten dunkelrotgolden gestreiften Käfern, die ein kundiger Entomologe in eine umgedreht pyramidale Anordnung gebracht hatte. Sollte sie ihn fragen, was das für Käfer waren? Oder boten ihr die Bilder auf dem Kaminsims rechts vielleicht einen Anhaltspunkt? Von hier aus waren sie schwer zu erkennen, nur eines, ein relativ großes, war einigermaßen deutlich, es handelte sich um die Zeichnung eines Mannes, mit Cape und Zylinder, links von ihm eine weiße Katze. Die beiden standen vor einem Haus, in dem ein einziges Fenster erhellt war. Man sah die schwarze Silhouette eines Mannes, der an einem Tisch saß und sich über etwas beugte.

Irgendetwas an der Zeichnung faszinierte sie, sie wollte schon danach fragen, dann fiel ihr Blick aber auf den offenen Kamin und das gleichmütig brennende, tiefblaue Flammen werfende Feuer, das nicht das geringste Knacken von sich gab.

Sie lächelte aufmunternd.

»Mögen Sie das Essen?«

»Ja, ganz vorzüglich, danke. Alles bestens. Überhaupt, wirklich ein wundervolles Haus. Was ich mich gerade gefragt habe, ist, wie wohl der Kamin funktioniert.«

»Wieso?«

»Die blauen Flammen …«

»So? Ja, verstehe. Das hat mit dem Holz zu tun …« Er hielt in der Fütterung des blinden Spürhundes inne, blickte schnell auf das bläuliche Flammenspiel des Kamins und dann zu Johanna. Sein Mund bekam während des Sprechens einen äußerst lebendigen Zug.

»Wir … äh, verbrennen nämlich ausschließlich … äh …« Er machte eine Pause, versank für eine Sekunde in Nachdenken, den Mund weit offen, die Unterlippe leicht bebend, er suchte scheinbar nach Worten.

»Es ist nämlich so …«, er schluckte und ein kluges Lächeln war zu sehen, »dass beim Holz eigentlich alles eine Frage der Trockenheit ist. Normalerweise, also wenn man Brennholz beim Holzhändler kauft, hat man bestenfalls eine Trockenheit von 85 Prozent, der Rest ist Wasser! Diese Restfeuchtigkeit verhindert, dass das Holz optimal verbrennt, der Rauch und das ganze Ge-Ge—Gequalme, das kommt alles daher, weil das Holz nicht wirklich trocken ist … und äh, das trockenste Holz, das man kriegen kann …, das beste Brennholz überhaupt …« Hier unterbrach er sich selber, stand flink von seinem Stuhl auf, stieg halb über den Hund hinweg, der die Unterbrechung seiner Nahrungsaufnahme mit einem unzufriedenen Knurren kommentierte, ging zum Kamin und griff sich eines der Holzscheite, die in einer geschmiedeten Holzlege ruhten. Damit trat er an Johanna heran. Fast sah es so aus, als wollte er das Holzscheit vor ihr auf den Tisch legen, behielt es aber in seinen Händen und lächelte es an. Seine Augen leuchteten unter der Vogelmaske hervor, als er über die pergamenten wirkenden Fasern des dunkelgrauen Holzes hin- und herstrich.

»Sehen Sie – vollkommen trocken! Was hat es so trocken gemacht?« Er nahm es nun in die rechte Hand, drehte es mit der linken um und um, dabei schien er nach etwas auf seiner Oberfläche zu suchen. Er beugte seine Maske tief über das Stück, und nach einer Weile gab er ein sattes Zungenschnalzen von sich und wies dann mit dem Zeigefinger auf drei kleine kreisrunde Scheibchen, deren Farbe sich kaum von dem Schiefergrau des Holzes unterschied.

Etwas überraschend legte er Johanna das Scheit in die Hände. Es war tatsächlich auffallend trocken, dabei aber keineswegs morsch oder mürbe, im Gegenteil, es fühlte sich so dicht und fest an, als wäre es gerade erst geschlagen worden. Dabei aber sah es uralt, grau und verwittert aus. Sie betrachtete die drei hügeligen Scheibchen näher, berührte eines davon, das wie festgewachsen auf dem grauen Holz saß. Zahllose fein gezeichnete Linien liefen über die gewölbte Oberfläche, denen sie unwillkürlich zu folgen begann – an manchen Stellen kamen sie sich sehr nahe, dann trennten sie sich, liefen an einer anderen Stelle wieder zusammen und bildeten ineinander verschlungene Kreisel.

Johanna bedrängte der Gedanke an die unsichere Stelle auf der zuvor im Hotelzimmer angefertigten Gedächtniskopie und sie musste sich stark zusammennehmen, um das Abbild der Karte nicht unvorbereitet auftauchen zu lassen, da sie am liebsten sofort überprüft hätte, ob die Lücke vielleicht verschwunden war.

Sie hob den Blick von dem Holz und seiner seltsam angewachsenen Bemusterung, sah dem wohlwollend lächelnden Maskierten in die Augen und reichte ihm das Holz kopfschüttelnd zurück.

»Ich fürchte, Sie müssen mir sagen, was das ist.«

»Sehr gern. Das Holz stammt von der Küste Virginias. Treibholz. Gar nicht leicht zu bekommen ...«

Er brach ab, lächelte ein wenig ratlos, und nach einem sichtlich mühsamen Moment der Zurückhaltung begann er Johanna zu schildern, wie das Stück Ahorn, aus einem gewaltigen Stamm bester Qualität, vermutlich aus den großen alten Wäldern Georgias in den Atlantik gelangt sei, um von der dort aktiven Lorda-Strömung zunächst einmal in den Norden transportiert und dort irgendwo an den Golfstrom abgegeben zu werden. Der habe es mit auf einen gewaltigen Bogen genommen, es nach Osten, vorbei an den Azoren und wieder in den Süden geführt, es dort an den Äquatorialstrom abgegeben, der es Richtung Westen befördert habe, bis es, nördlich die Antillen streifend, wieder in mittelamerikanischen Gewässern angekommen war, erneut in das Kleinsystem des Lorda-Stroms gelangte und von diesem nun aber nicht mehr losgelassen, vielmehr an die Küste Virginias gespült wurde, wo es schließlich von einem genau auf dieses seltene Material spezialisierten Strandläufer entdeckt und aus dem Wasser geholt worden sei. Der vieljährige Aufenthalt im Atlantik habe einerseits seine Zersetzung verhindert, andererseits aber habe der wesentlich höhere Salzgehalt des Meeres das Zellwasser osmotisch ausdiffundieren lassen, bis das Treibholz schließlich vollkommen trocken geworden sei.

Der Maskierte besaß eine eindringliche Art, sich auszudrücken, eine vibrierende Gespanntheit, seine Lippen zitterten während des Sprechens. Sein Interesse für Details war offensichtlich, ebenso seine Neigung, diese preiszugeben.

»Die kleinen Plättchen, die wir auf der Oberfläche des Holzes gesehen haben, sind Individuen einer bestimmten Sorte Mollusken, die in den Gewässern um Westafrika heimisch ist. Mitbringsel von der Reise.«

Für einen Moment herrschte Stille – der Maskierte und Johanna blickten sich in die Augen. Johanna begann die Tarnung zu akzeptieren, und wenn es auch noch lange nicht so weit war, dass sie Vertrauen gefasst hätte, so hatte sie doch das Gefühl zunehmenden Wohlbehagens. Sie tupfte sich den Mund und trank einen letzten Schluck Wein.

»Ich habe Ihnen auch etwas mitgebracht …«

Der Maskierte klatschte in die Hände und riss die Augen auf.

»Habe mich gar nicht getraut, danach zu fragen. Sie haben die Fotos wirklich?«

»Ja, natürlich.«

»Dann kommen Sie bitte mit.«

An der ansonsten fast unbenutzten Garderobe im Flur fielen ihr ein altertümliches schwarzes Cape und ein Zylinder auf, die sie vage an die Zeichnung im Esszimmer erinnerten.

Das Arbeitszimmer lag am Ende des Flurs, unter der Treppe ins Obergeschoss. Zwar war es schmal gebaut, ragte aber – wie man, seinen hinteren Teil betretend, begriff – von der Straße aus weit nach hinten. Die großen Fenster – ebenso wie die zur Straße von zahllosen Querstreben gekreuzt – gingen auf einen Garten, den man angesichts seiner geografischen Lage – inmitten des südlichen Manhattan – nicht anders als kostbar nennen konnte.

Doch waren die Türen zu ihm geschlossen, eine davon sogar mit einem nagelneuen Stahlriegel versperrt. Johanna sah die perfekt gepflegten Rasenflächen durch das Fensterglas, die gekiesten Wege, die an kleineren Hecken vorbeiführten. Blickte man dort hinaus, war die große Stadt wie verschwunden, ihre Reise bekam etwas Traumhaftes, so wenig war dieser Garten mit der Festung aus Hochhäusern in Einklang zu bringen, in deren Inneren sie sich doch befanden.

Sie legte ihre Mappe auf eines der Sofas, setzte sich daneben und holte die drei Originale heraus. Der Maskierte bat, sie auf dem seltsamen Möbel auszubreiten, das ihm offensichtlich als Schreibtisch diente. Es wirkte wie aus zwei separaten Kästen auf Beinen zusammengebaut, zwischen denen ein schmales Segment freigelassen war, an dem der Maskierte gerade so Platz fand. Vor dem Tisch hatte sich mit einigen Drehern der Spürhund niedergelassen. Der Maskierte widmete sich augenblicklich den Fotografien. Inmitten des gewaltigen Zimmers, dessen Wände mit Bücherregalen, Sammelboxen und gerahmten Titelbildern von Heftchenromanen und Comics beladen waren, wirkte er an seinem Schreibtisch wie absichtlich eingeklemmt, angekettet, als würde er sich sonst in den Weiten des Raums verlieren.

Johanna sah das nervöse Auf und Ab seiner Füße, eine Nervosität des ganzen Unterleibs, die jedoch in einer Art von gedehnter Spannung erstarrte, als er begann, die Fotos zu studieren. Offensichtlich gefiel ihm, was er sah, denn keine zwei Minuten später stand er auf und reichte ihr einen Umschlag, in dem sich zehntausend Dollar befanden.

Er war spürbar aufgeregt, doch als er sich neben sie setzte, hatte seine Stimme an Festigkeit zugelegt. Zwar immer noch heiser, jagte sie jetzt, ohne sich irritieren zu lassen, über alle krächzenden Holprigkeiten hinweg. Er hatte Feuer gefangen.

»Darf ich Johanna sagen?«

»Sehr gern.«

»Entschuldigen Sie bitte, dass ich mich nicht vorgestellt habe, aber das würde die Sache nur komplizieren. Haben Sie irgendeine Vermutung, was den Ursprung der Stücke betrifft?«

Seine Zunge leckte wieder über seine Lippen. Sein Wissensdurst war ihm anzusehen.

»Das Ganze war ein geheimer Vorgang …«

»Die *Operation Nordpol*!«

»Das ist richtig.«

»Können … Sie …?«

»Was? Ihnen sagen, was die Operation war?«

»Ja! – Was? – Finden Sie das so komisch?«

»Entschuldigen Sie bitte. Ich habe nicht den geringsten Zweifel, dass Sie gute Gründe haben, mir Ihren Namen nicht zu verraten. Wozu auch? Auf meiner Seite verhält es sich ähnlich. Aber ich darf Ihnen verraten, dass ich mit der Operation, während sie lief, nicht das Geringste zu tun hatte.«

»Verstehe.«

»Enttäuscht? – Das müssen Sie nicht sein. Als ich das Material in die Hände bekam, war die Akte der Operation über zweitausend Seiten stark. Musste mich von dem meisten trennen.«

Der Maskierte schwieg. Johanna beobachtete, wie er seine linke Hand zu einer krampfigen Faust ballte und einen Teil seiner Hose umklammert hielt. Wie weit sollte sie gehen?

»Gab ein ziemliches Feuer – oder?«, der Maskierte war mit einem Mal hellwach.

»Es ist genug übrig, keine Sorge. Mehr als genug, um anschaulich zu machen, dass der Schatz existiert.«

Der Maskierte hob die Hand und fuchtelte erregt mit ihr herum.

»Die Stücke sind Tausende Jahre alt. Natürlich existiert er. Das können Sie in Hunderten Büchern lesen. Solange es ihn gibt, wurde er gesucht. Ich würde einfach zu gern wissen, wer zuletzt an ihm dran war. Das ist alles.«

»Die Operation war streng geheim. Aber aus dem, was ich aufbewahrt habe, werden Sie bestimmt Ihre Schlüsse ziehen können. Ich hatte großes Glück, als mir die Unterlagen zugefallen sind.«

»Wie darf ich mir das vorstellen?«

»Sie wurden mir anvertraut. Die Quelle ist sehr exklusiv.«

»Da sind Sie also sicher? Wollen Sie die Zeichnungen sehen, die wir ... in Kalifornien gekauft haben? Sie zeigen ganz ähnliche Stücke.«

»Ich spreche nicht von Zeichnungen, sondern von Fotos. Über hundertzwanzig gestochen scharfe Aufnahmen, wissenschaftlich dokumentiert.«

Der Maskierte sah sie an, und Johanna schien ein gewisses atemloses Fieber in seinem Blick zu entdecken. Bis hierher war es nur ein Geplänkel gewesen. Jetzt hatte er Blut geleckt. Endlich.

»Und Sie *wissen* tatsächlich, wo sich die originalen Stücke befinden?«

»Es gibt einen Plan der Lagerstätte – bedauerlicherweise kann ich aber noch nicht sagen, um welches Gebäude in welcher Stadt es sich handelt.«

»Aber das ist schlecht!«

»Na ja, es ist so, als hätte man einen Schlüssel und müsste nun nach dem dazugehörigen Schloss suchen. Um es zu finden, müsste unser Vorhaben natürlich schon ein wenig in Schwung gekommen sein. Ich bin sicher, dass wir an den Schatz herankommen werden.«

»Und Sie könnten sich vorstellen, die Organisation zu übernehmen?«

»Das wäre sogar die Bedingung.«

»Könnte ich den Plan vielleicht sehen?«, fragte er, doch machte Johanna mit einem überfreundlichen Lächeln schnell klar, dass das nicht so einfach sein würde. Er lächelte zurück. Wirkte zum ersten Mal gänzlich entspannt. Scheinbar dachte er nach. Dann, nach einer Weile, unvermittelt und so, als hätten sie bereits alles Wichtige besprochen:

»Gut. Ich kann hier leider nicht weg. Aber ich bin bereit, in das Projekt zu investieren. Es gibt jemanden, der für mich bei der Suche dabei sein wird. Auch über Geld sprechen Sie mit ihm. Er war leider heute verhindert.«

Leicht erschöpft blickte er auf den Boden. Dann klingelte das altmodische Telefon aus schwarzem Bakelit, er entschuldigte sich und nahm das Gespräch entgegen, zu dem er nicht mehr als ein paar genuschelte »All right« beisteuerte.

KAPITEL 5

Große Gewächse

In Monaco war es 22 Uhr geworden, und Alexander – seit ungefähr fünfzehn Minuten im Besitz des Columbus-Umschlags – machte eine Entdeckung. Er war, die schwarze *Sobranie* in der Hand, an der Küche vorbeigegangen, wo niemand müßig gestanden hatte, sodass er ihn hätte um Feuer bitten können. Auch die Kellner waren nicht in Frage gekommen, die links und rechts mit Tellern beladen an ihm vorbeihasteten. Er war weitergegangen, der Flur hatte sich zu einer Art kleinem Atrium verbreitert, dort waren weitere Gänge; direkt vor ihm lag eine kurze Treppe, die einmal ums Eck lief und an einer Kellertür endete. Sie war angelehnt, eine weiße hölzerne Tür mit einer eingesetzten Milchglasscheibe, exakt wie die Kellertür seines Elternhauses in Berlin-Steglitz. Anders als diese war sie aber schon lange nicht mehr gestrichen worden. Es steckte kein Schlüssel. Das Kellerlicht brannte. Da stand er nun. Neugierig.

Nach einer Weile hörte Alexander aus dem Keller heraufkommende Schritte, und er verbarg sich augenblicklich hinter einer der festgestellten Schwingtüren. Er sah einen großen, etwas schwer atmenden, beleibten Mann heraufsteigen, unter dessen schwarzem Vollbart dunkelrote Bäckchen hervorleuchteten.

Mit einer grünen Schürze über seinem Anzug und einem schön geflochtenen Korb voller Weinflaschen trat er aus der Tür, zog geschickt einen großen Schlüsselbund, sperrte zu, stapfte die paar Treppenstufen hinauf und verschwand links in den Tiefen des anderen Flurs.

Alexander steckte die schwarz-goldene *Sobranie* kurzerhand zu den zusammengeknüllten Handschuhen in seiner Hosentasche. Eine kaltblütige Empfindung sagte ihm, dass er wahrscheinlich gerade auf einen Zugang zum Weinkeller des Hotels gestoßen war. Wein! Jeder Franc, den er für hervorragenden Wein bezahlte, bereitete ihm Vergnügen, je mehr Geld er dafür hinlegte, umso besser. Doch an eindrucksvolle Tropfen zu gelangen war eigentlich gar keine Geldfrage – sondern eine Frage des Glücks, überstieg die Nachfrage an großen Gewächsen doch bei Weitem das Angebot. Es war nicht auszudenken, was im Keller eines solch alten Hauses schlummern mochte.

Er blickte sich um, war ganz allein, und da man nicht wissen konnte, wann der Kellermeister wieder auftauchen würde, zögerte er nicht länger, holte sein Werkzeug heraus und machte sich an die Arbeit. Das Schloss selbst war kein Problem, aber wie sich herausstellte, klemmte die Tür und er hatte einige Mühe, sie ohne größeren Krach aufzubekommen. Doch dann öffnete sie sich, er schlüpfte hinein, zerrte sie von innen zu, fand einen alten Lichtschalter, drehte ihn und vor ihm entflammte die Decke eines rundum aus kleinen Ziegeln gemauerten schmalen Treppenhauses, durch das gleichfalls gemauerte Stufen steil nach unten führten.

Still war es und kühl. Die feuchte Luft duftete nach Moder und edlem Pilz. Nach der Treppe verzweigte sich der Keller in drei Gänge; in den Mauern waren Nischen eingelassen, die von einem enthusiastischen Elektriker irgendwann in der Nachkriegszeit verkabelt worden waren und kleine funzelige Lampen bargen. Zum Teil konnte man noch die kleinen Wachsgebirge sehen, die ein Jahrhundert Kerzenlicht auf den Steinen hinterlassen hatte. Alexander wurde seltsam zu Mute, er fühlte sich der Welt abhandengekommen, hier unten. Er entschied sich, den mittleren Gang zu nehmen. Er musste in Bewegung bleiben, durfte sich nicht verzetteln.

Nach etwa zehn Metern verzweigte sich auch dieser Gang

in drei weitere Gänge, doch waren diese drei neuen Pfade schmaler – das lag an den Regalen mit Wein, die dort aufgestellt waren. Alexander betrat den linken und besah sich die Vorräte. Es waren Rotweine aus Spanien und Frankreich, alle aus den mittleren Siebzigern. Ein 1975er von Marqués de Murrieta, dann kamen Jahrgänge aus den frühen siebziger Jahren, und schließlich stieß er doch tatsächlich auf eine Flasche Latour aus dem Jahr 1967, seinem Geburtsjahr, ein Zufall, der ihn freute – jetzt erst begann er, die Ordnung in diesem Keller zu begreifen, die so einfach wie verwirrend sein musste – die Weine standen in chronologischer Reihenfolge, allerdings, da der Keller wie ein Spinnennetz gebaut war, hatte der ordnende Geist sie epochenweise auseinandergerissen und in den verschiedenen, kreuz und quer laufenden Fluren mit ihren endlosen Regalwänden untergebracht.

Er nahm sich die Flasche aus dem Jahr 1967, ging schnell damit zurück, betrat den anderen Flur und stieß dort zunächst auf nagelneue Ware, die offensichtlich etwas improvisiert untergebracht worden war, Cabernets aus Chile, ein paar Argentinier, und dann noch einige Kisten österreichischer Weißweine; doch gleich nach diesem Einsprengsel kamen Weine aus den fünfziger und vierziger Jahren, darunter auch die großen Jahrgänge '41 und '43, besonders gewisse Bordeaux dieser Jahre galten als außerordentlich. Auf dem freien Markt waren sie für gewöhnlich nicht zu bekommen. Alexanders Wahl wäre entweder auf einen 45er Mouton oder auf den 47er Cheval Blanc gefallen; er nahm aus beiden Kisten jeweils eine Flasche, erkannte aber sofort, dass er ein Transportproblem haben würde, also stellte er die Flaschen ab und begann eine noch halbvolle Kiste Hermitage La Chapelle 1961 auszuräumen, einen Wein, wie er ihn selber noch nie in Händen gehalten, geschweige denn getrunken hatte – was für ein Jammer, dachte er, und bei der letzten hielt er inne und beschloss, wenigstens eine Flasche von dem La Chapelle in der Kiste zu belassen.

Er räumte die anderen Flaschen ein, klemmte sich die Kiste unter den Arm, in der schon noch einige große Gewächse Platz finden würden, und ging weiter den Gang hinunter. Auch wenn er es vor sich selbst nicht zugegeben hätte, so fühlte er sich wie in einer paradiesischen Wiederkehr, einer merkwürdig süßen Zeitschleife, die ihn, zwanzig Jahre später, erneut durch den ersten Weinkeller, durch den er jemals geschlichen war, spazieren ließ, neu ausgestattet allerdings, als wäre ein orientalischer Geist aus Tausendundeiner Nacht mit Auswahl und Beschaffung der flüssigen Schätze beauftragt gewesen.

Mit dreizehn hatte Alexander erstmals eine Flasche aus dem Keller seines Vaters geholt und dann immer wieder. Bis heute wusste er nicht genau, ob sein Vater jemals dahintergekommen war – aber so wie er seinen alten Herrn kannte, hätte der ihn in diesem Fall bestimmt sofort zur Rede gestellt.

Da sein Vater nächste Woche Geburtstag und er selbst versprochen hatte, zu diesem Anlass nach Hause zu seinen Eltern zu fahren, kam ihm die Idee, noch eine ganz besondere Flasche für seinen Vater zu besorgen – als eine Art von Wiedergutmachung – für all die zwar unendlich bescheideneren, aber dennoch passablen Weine, die sein Vater, ohne es zu ahnen, nachmittäglichen Rendezvous und ausufernden WG-Festen gestiftet hatte, wo sie in der Regel behandelt wurden, als hätte Alexander sie aus den Regalen eines Supermarkts mitgehen lassen. Obwohl er seinen Vater anfänglich dabei ja hintergangen hatte, war die Freude am Rotwein so ziemlich das Einzige, was sie miteinander teilten. Unterschiedlicher konnte man eigentlich kaum sein, als Werner und Alexander Salem es waren – aber über einer guten Flasche gerieten sie beide ins Schwärmen, und da sein Vater einen ausgeprägten Sinn für Geschichte besaß und sich seit seiner Pensionierung eigentlich kaum mehr mit etwas anderem als Biografien von Leuten beschäftigte, die mindestens fünfzig Jahre tot waren, beschloss er, einen großen Wein vom Anfang des 20. Jahrhunderts zu finden, oder vielleicht sogar aus dem 19. Jahrhundert. Ein großes Gewächs jedenfalls.

Die Weine, nach denen Alexander suchen wollte, waren nicht zu kaufen – sie waren es *nicht mehr*. Sie kamen nicht als achtzig Jahre alte Legende per UPS, sondern hatten den Keller allesamt als frisch eingekaufte Ware betreten. Meist reiften sie noch ein paar Jahre, bis der eine aus der Generationenkette der Kellermeister, der zu dieser Zeit die Aufsicht führte, beschloss, ihn endlich auf die Karte zu setzen und auszuschenken.

Alles Alte und Kostbare, Seltene und Seltenste eines solchen Weinkellers ist *übrig geblieben*. Vielleicht kam solch ein Wein plötzlich aus der Mode und statt eines Sauternes trank man jetzt eben lieber Riesling; vielleicht erhöhte der Kellermeister den Preis und entzog ihn so dem einfachen Durst; oder vielleicht nahm er ihn irgendwann, schon die zukünftige Berühmtheit ahnend, für ein paar Jahre von der Karte, um die Bestände zu schonen. Wer weiß – alles, was man sagen kann, ist, dass ein solcher Keller, wie ihn alte Institutionen zuweilen besitzen, die niemals architektonischen Unglücken, Kriegen oder Plünderungen ausgesetzt waren, ebenso gewachsen ist wie die Traube am Rebstock, ebenso gärend angesetzt wie der Most, ebenso herangereift wie der Wein in der Flasche. Gleichzeitig, während die alten Schätze gehütet werden, kommt ständig Neuware herein – man könnte also auch mit gutem Recht sagen, dass der Keller über ein Wurzel- und Versorgungssystem verfügt, durch dessen Adern täglich von der Nase und dem Gaumen des jeweiligen Kellermeisters ausgewählter frischer Stoff hereinströmt. Diese große Varianz der Herkunft, der Umstände und Zeiten der Entstehung der einzelnen Weine bleibt aber nicht ewig bestehen, im Gegenteil, der Keller ruht eine Weile, um dann aber vom Durst und Appetit der Trinker, die seine Tropfen und Säfte an die Restauranttische, in die Bars und auf das jeweils bewohnte kleine Zimmer oder die makellos luxuriöse Suite bestellen, neu durcheinandergemischt zu werden. Jeder trinkt, was ihm schmeckt; und nicht alles, was schmeckt, hat dieselbe Wirkung, die unbedingt dazugehört, wenn man über Wein spricht. Wahre Geschmacksfreuden und die Banausenlust an der puren Verschwendung, die blinden Räusche, den Einbruch des Verstands und der delirierende Wahn, den manch übermäßiger Trinker erleben muss, die zärtlichen sentimentalen Momente und die immer schwärzer werdende Grübelei desjenigen, der zu tief ins Glas geschaut hat: all das und noch mehr geschah gleichzeitig. Die zweihundert bis manchmal achthundert Flaschen, die den Keller täglich verließen, um sofort wieder ersetzt zu werden, rührten so unter den Gästen die unterschiedlichsten Dinge auf, ließen Leute wohlig aufseufzen und in Tränen ausbrechen. Kann man da allen Ernstes sagen, der Keller endete an seinen Mauern, oder gehört das Szenario des Rausches in den oberen Stockwerken nicht eindeutig zu ihm?

Irgendwo tief unten, berauscht, ohne auch nur aus einer einzigen Flasche getrunken zu haben, eilte Alexander dahin, hielt ruckartig an, prüfte manche Flasche und öffnete staunend eine staubige Weinkiste nach der anderen. Ein einziges Mal stieß er auf einen Wein, den er glaubte schon getrunken zu haben. Stolz lächelnd ließ er ihn liegen.

Manchmal legte er sich eine Flasche in seine Kiste, um sie wenig später gegen eine andere, noch interessantere auszutauschen und schließlich diese wieder durch eine andere. Er entdeckte neue Gänge mit immer neuen, alten Jahrgängen. Spinnweben, Staub oder der eine oder andere winzige Fetzen von einem feucht gewordenen Etikett klebten an seinem Anzug, aber Alexander kümmerte sich nicht darum. Er wollte nur immer weiter, das eigentliche Juwel hatte er noch nicht gefunden.

Schließlich erreichte er einen kleinen, ein wenig abseits liegenden, wurmfortsatzartigen Gang. Die aufgestellten Regale waren kleiner, sehr verstaubt, auch gab es kein elektrisches Licht. Als er ihn betrat, merkte er, dass es ein wenig bergab ging, auch kam es ihm deutlich kühler vor. Offensichtlich hatte er ein uraltes Segment erreicht. Er stellte die schon gefüllte Kiste vorsichtig auf den knirschenden Staub des Ziegelbodens und zückte seine Taschenlampe. Ein Wassertropfen hatte lang genug an der Decke ausgeharrt und fiel platschend in die Stille. Alexander nahm einen befremdlichen, strengen Geruch wahr. Er ließ sein schmales Licht kreisen und entdeckte, dass die Wände des Flurs über und über bedeckt waren von einer weißlichen, dicht wachsenden Erscheinung, die wie fedriges Moos vom Gewölbe hing. Mehrere ratlose Sekunden staunte er, dann fiel es ihm ein: Salpeter.

Zu beiden Seiten, nur einen schmalen Weg freilassend, standen Regale. Er kniete sich nieder – tatsächlich! In den Jahrgängen, die sich jetzt vor ihm auftaten, würde er fündig werden. Es waren Flaschen aus den ersten Jahren des 20. Jahrhunderts – in ihnen bargen sich französische Weine ähnlich legendärer Art wie der 45er Mouton und der 47er Cheval Blanc.

Seine Taschenlampe zwischen den Zähnen, ließ er ihr Licht auf die von Zeit und Spinnenemsigkeit veredelten Etiketten der Bouteillen fallen, die er mit beiden Händen hielt, so vorsichtig, als könnte das über hundert Jahre alte Glas bei der kleinsten Erschütterung zerbrechen. Er strich mit den Daumen zärtlich über das brüchige, abblätternde Papier eines 1900er Margaux und wog die schwere Übergröße einer Magnum 1921 Yquem, des großen Süßweins aus Bordeaux, von der er sich erinnerte, dass sie kürzlich bei einer Versteigerung in London für um die 100 000 Pfund weggegangen war.

Und da war auch ein 1870er Latour, eine absolute Legende aus der Zeit, bevor die amerikanische Reblaus auf ihrem katastrophalen Siegeszug in Europa diese Weinberge zerstört hatte und alles auf Pfropfreben umgestellt werden musste. Er traute seinen Augen nicht. Gegen diese Flasche kamen ihm sämtliche Kristallfiguren, Porzellanschälchen und mittelmäßigen Ölgemälde, die er je gestohlen hatte – ganz zu schweigen von irgendwelchen Briefumschlägen! – läppisch vor.

Er brachte den 1870er Latour äußerst vorsichtig in seiner Kiste unter, musste dafür zwei Flaschen 45er Mouton herausnehmen, ein unvergleichlich lohnender Tausch. Noch während er das Juwel verstaute, schoss ihm der Gedanke durch den Kopf, dass er auf jeden Fall wiederkommen musste. Noch bevor er nur von ihnen gekostet hatte, hatten ihm die großen Gewächse derart den Kopf verdreht, dass er doch wirklich darüber nachdachte, die eisernste aller eisernen Grundregeln zu verletzen, die die Zunft der Diebe und Einbrecher kennt – niemals an den Ort eines gelungenen Raubes zurückzukehren.

An der tiefsten Stelle eines epochalen Gebäudes kauerte er im feuchten Moder vieler Jahrzehnte, hatte längst vergessen, wie genau er eigentlich gekommen war, und besaß folglich auch keinen Plan, wie er wieder verschwinden sollte, und dennoch dachte er daran, dass er diesem Keller wieder einmal einen Besuch abstatten würde. Er war wirklich von allen Sinnen.

Er schob sich die Kiste unter den rechten Arm, links nahm er die Taschenlampe, aber er hatte sich noch gar nicht auf den Weg zurück gemacht, als ihn die Realität einholte.

Jemand wälzte sich einen der Flure entlang, genau in Alexanders Richtung, ein hundertzwanzig Kilo schweres, cholerisches Schnaufen von sich gebend. Der Kellermeister war zurück.

KAPITEL 6

Unmögliche Stücke

Als Johanna draußen war, atmete Hawk auf, riss sich die bescheuerte Vogelmaske herunter, zog sich die Samtjacke aus, rannte ins Bad und trocknete sich sein mit feinperligem Schweiß bedecktes Gesicht ab. Er blieb ein paar Minuten auf dem Rand der originalen Badewanne Truman Capotes sitzen, atmete tief durch das zusammengeknüllte Handtuch ein und gab dabei ein leises Schluchzen von sich. Erschöpft war er.

Das Handtuch um seine Schultern, kam er zurück ins Arbeitszimmer, in dem jetzt voll die Sonne stand. Er bediente die kleine, rote Fernsteuerung und das von Milton entworfene automatische System fuhr die stählernen Jalousien herunter.

Fast im gleichen Maße, in dem sich der Raum verdunkelte, wurde er gleichzeitig durch künstliches Licht aus unzähligen, verborgenen Birnen erhellt, die sensorgesteuert waren, gleichfalls eine von Miltons jüngsten Bastelarbeiten. Das Arbeitslicht war hergestellt.

Auf dem Schreibtisch lagen die Fotos, die die Deutsche ihm gebracht hatte, nun holte er die prall gefüllte kalifornische Mappe heraus. Obenauf lagen die Zeichnungen, die er und Milton gefunden hatten.

Im Schein der alten, gelbfunzelnden Schreibtischlampe, die er mechanisch angeknipst hatte, obwohl es strahlend hell im Raum war, hielt er nun die Blätter nebeneinander, die Zeichnung des Dolchs neben die Fotografie des Dolchs. Er verglich Kelch mit Kelch und Leuchter mit Leuchter. An manchen Stellen waren die Zeichnungen weniger detailreich als die Fotografien. Während diese von wissenschaftlicher Präzision und Methodik waren, Seriennummern aufwiesen und ihre Herkunft aus einer Akte nicht verbergen konnten, waren die Zeichnungen eher von künstlerischer Art, gewollt unvollendet, was ihrer Ausdruckskraft aber nicht den geringsten Abbruch tat. Sie wirkten ein wenig so, als habe ein begabter Zeichner sich in einem archäologischen Museum aufgehalten, um Studien zu betreiben und zu kopieren. Aber es schien ihm sicher, dass die Zeichnungen nach den Fotografien entstanden waren.

Wie schon viele Male zuvor holte er nun eine Ausgabe seiner letzten Veröffentlichung hervor, den Roman LEUCHTER, auf dem nichts anderes zu sehen war als eben ein solcher mit vier Armen. Abgesehen von den dicken Blutstropfen, die von dem Leuchter auf Hawks Buchcover tropften, glich er denen auf Zeichnung und Foto sehr – vor allem die Schriftzeichen variierten auf allen dreien, waren etwa auf der Zeichnung nur angedeutet und auf dem Buchcover zwar genau ausgeführt, aber ganz anders als auf dem Foto des Originals. Und das war auch kein Wunder, denn das Cover des dritten, unter dem Namen Hawk Browning veröffentlichten Buches beruhte auf einer Zeichnung, die der Autor (mit Miltons Hilfe, der im Gegensatz zu ihm ein gewisses zeichnerisches Geschick besaß) selber angefertigt hatte, und zwar nachdem er das Motiv in einer Art von Wachtraum, während der noch frischen, äußerst qualvollen Arbeit am Text des Buches, gleichsam gesehen hatte.

Er war wie gewöhnlich nach einer Weile aus seiner Starre erwacht, hatte Milton angerufen, der im Obergeschoss über seinen Computern saß, aber die Sitzung offenbar abgeschlossen hatte, denn es dauerte keine Minute, dann war er schon da. Nach einer Stunde hatten sie die Zeichnung und Hawk indessen noch viel mehr, nämlich das Ende des dritten Bandes. Luzifer Camden – sein unbeirrbar gegen die Atlanterverschwörung kämpfender Held – stieß auf die Spur des Schatzes. Im vierten und letzten Teil würde der Schatz gehoben werden. Ganz klar.

Alles andere als klar war allerdings, was geschah, kurz nachdem die Druckmaschinen angelaufen waren. Seine Lektorin, die mit dem Geld ihres Mannes, eines Park-Avenue-Zahnarztes, nebenbei ein wenig alte Kunst sammelte, wurde im Katalog eines Auktionshauses in San Francisco auf ein dort abgebildetes Blatt aufmerksam, einen Wurfspeer, der sie irgendwie an eines der zentralen Motive seiner Bücher, die heilige Lanze, erinnerte. In einer halb scherzhaften E-Mail, die ihm Milton ausgedruckt hatte, machte sie ihn darauf aufmerksam.

Milton flog in den Westen, um an der Versteigerung teilzunehmen, und kam schon am nächsten Tag mit einer verschnürten Mappe zurück, die ein paar Hunderter gekostet hatte. Geld bedeutete ihm nichts. Die meiste Zeit seines Lebens war er bettelarm gewesen, und schon damals hatte es keine Rolle gespielt. Was ihm etwas bedeutete, waren Symbole und Zeichen – und er sollte eines zu sehen bekommen, denn mitten zwischen den zahllosen, fein mit Bleistift ausgeführten Zeichnungen auf handgeschöpftem Bütten lag ein Blatt, auf dem der LEUCHTER war. Er rief Milton herbei, um ihn davon in Kenntnis zu setzen, und selbst der blieb sprachlos. Hawk hatte sich etwas ausgedacht, das es gab.

Wäre der Beweis nicht greifbar vor ihm gelegen, er hätte sich an die Gelegenheit erinnert, bei welcher er, noch in Walsenburg, Colorado, auf einer Party übrig gebliebener Hippies, die in einem abgelegenen Haus mit Blick auf die Sangre de Cristo's lebten, LSD probiert hatte. Er hatte sich irgendwann danach selbst zur Tür hinausgehen sehen, worauf er – da er ja eigentlich gegangen war – verängstigt und beeindruckt von diesem halluzinogenen Schisma eineinhalb Tage zusammengekauert auf einem löchrigen Ohrensessel auf seine eigene Rückkehr gewartet hatte. Alle zwei, drei Stunden kam einer aus der Community nach oben, um sich nach seinem Befinden zu erkundigen. Doch in Hawks Augen erschienen diese Hippies wie unheimliche Botschafter aus einer höllischen Zwischenwelt, in der er festsaß.

Ein halbes Jahr später, damals war er dreiundzwanzig gewesen, hatte er seinen Job im »Fallen Angel«, einem ranzigen Gebrauchtmöbel- und Billigantiquitätenhändler auf Walsenburgs Main Street, gekündigt, sein Konto bei der Vectra Bank of Colorado aufgelöst und sich sodann, ausgestattet mit sechzehnhundert Dollar, der alten Reiseschreibmaschine und dem Typoskript eines Romans auf den Weg an die Ostküste gemacht. Mit einem alten Bekannten konnte er bis Trinidad fahren, wo er sich einen Nachmittag herumtrieb, bis ihn ein wild tätowierter, aber freundlicher Lastwagenfahrer mitnahm und ihn über Ulysses und Dodge City bis nach Kansas City chauffierte, wo er ein Zugticket für den Amtrack nach New York löste.

Auf der Fahrt blätterte Hawk immer wieder die Seiten des Typoskripts mit dem Titel »Der Schatz der Atlanter« durch, fand einige Stellen, die er gerne umgeschrieben hätte, entdeckte einen logischen Fehler, eigentlich nur eine Kleinigkeit, der ihn aber so beunruhigte, dass er sich nicht länger zurückhalten konnte und entgegen seinem ursprünglichen Plan anfing, aufgeregt im Skript herumzuschmieren und sich Notizen zu machen. Schließlich packte er die Schreibmaschine aus und begann seinen Sitznachbarn im Großraumwagen mit der emsigen Webarbeit seines Zweifingersystems auf die Nerven zu gehen. Als der Zug nach über zehn Stunden endlich an der Penn Station Brooklyn angekommen war, befand sich das Typoskript praktisch in kompletter Auflösung, da sich die kleine Änderung auf allen Ebenen auszuwirken begonnen hatte und den Text um und um drehte. Das Einzige, das fraglos blieb – natürlich, war es doch das einzige Motiv, das Hawk besaß –, war das fiebrige Umkreisen des verschollenen Schatzes.

Nach Ankunft in New York suchte er sich eine günstige Unterkunft, ein Hostel in der Nähe des Bahnhofs, und verbrachte drei Wochen damit, das neue Typoskript fertigzustellen.

Schließlich kam er ans Ende und tippte das Datum und mit besonderem Stolz den Namen der Weltmetropole ein – jetzt erst war der Abschied aus Walsenburg perfekt, besiegelt von den Lettern der alten Remington, die einstmals seinem Vater gehört hatte.

Überraschenderweise ging sein Plan nicht auf, einen Verlag zu finden, der bereit gewesen wäre, »Der Schatz der Atlanter (Elfte Fassung)« zu veröffentlichen. Ganz anders als er es sich gedacht hatte, war die persönliche Anwesenheit in der Stadt seiner Jungautorenträume keineswegs förderlich, sein neuestes Manuskript endlich irgendwo unterzubringen. Nach Walsenburg waren die Absagen mit der Post gekommen, hier in New York erfuhr er es direkt von Sekretärinnen und Pförtnern. Daheim im vertrauten, todlangweiligen Colorado, im alten Haus der Familie, hatte sich die Tatsache, dass ihn niemand drucken wollte, noch anders angefühlt, das Versprechen blieb bestehen, sogar wenn manchmal noch ein PS folgte, er möge bitte davon absehen, dem jeweiligen Verlag jemals wieder auch nur eine Zeile zu schicken.

Dass er mit etwas Neuem nicht wiederzukommen brauche, wurde ihm in New York zwar nicht direkt gesagt, ergab sich aber atmosphärisch, da seine Tage sich mit Treppen, Fahrstühlen und Wartezimmern anfüllten, in welchen man ihn lange Stunden sitzen ließ, in der Hoffnung, er würde von selber wieder verschwinden. Niemals sprach er mit einem Lektor oder irgendjemandem, der ihm etwas anderes sagen konnte oder wollte, als dass man kein Interesse habe. Es war, als läge ein Fluch auf seiner Arbeit.

Dann erinnerte er sich, dass sein großes Vorbild Walter B. Gibson, der Autor, mit dem für Hawk alles begonnen hatte, keineswegs immer unter seinem eigenen Namen geschrieben hatte. Also bewarb er sich als Lohnschreiber bei einem Heftchenroman-Verlag, fertigte eine Arbeitsprobe und wurde genommen, auf freier Basis.

Die einzige seiner Illusionen, die ihm gut zwei Jahre später geblieben war, war diejenige, er könne – trotz aller Widrigkeiten – nirgendwo anders mehr leben als in New York. Merkwürdig – hauste er in der Zwischenzeit doch in einem 1000-Dollar-Loch, ziemlich jenseits der 112. Straße. Im Nebenzimmer wohnten ungefähr 14 Latinos, die jede Nacht irgendein abscheulich riechendes Essen zubereiteten.

Mit Handtüchern, Toilettenpapier und großen Mengen Klebeband versuchte er sein Appartement von innen abzudichten, bis es sich schließlich in einen klaustrophoben Kokon verwandelt hatte, angefüllt mit den papierenen Schätzen, die er aus der Public Library mitbrachte und aus den Regalkilometern des Altbuchhändlers Strand am Broadway herauspflückte. Er sammelte Papiertüten aus Chinatown, liegengelassene Spielkarten aus Little Odessa und ganz bestimmte, seltsame Zigarettenschachteln aus Harlem, auf denen irgendwelche Unbekannten komplexe Nachrichten in einer für Hawk unlesbaren Geheimschrift hinterlassen hatten. Zwar graute ihm physisch vor dem vergammelten Zeug, aber sein Sammeltrieb war einfach stärker, zwei Seelenwindungen, zwischen denen er gleichsam eingeklemmt war. Auch fühlte er manches Mal, dass es eben seine schicksalhafte Aufgabe war, aufzuräumen und zu sortieren. Ordnung zu machen.

Auf Parkbänken, U-Bahn-Sitzen und den wackligen, marmornen Bäckereitischchen in Hell's Kitchen, wo er sich nach seinen Streifzügen, sooft es ging, einen Kaffee genehmigte, fertigte er Notizen und Abschriften aus dem Strom von Zeichen an, den die Menschen aus aller Herren Länder nach New York trugen und der überall, auf den Straßen, auf Hinter- und Bahnhöfen und den Toiletten schäbiger Hotels darauf wartete, gelesen zu werden.

Nachts schrieb er, und seine Arbeit wurde immer mehr zu einem Fieberglühen, zu einer furchtbaren Qual und Aufregung, die sich erst in jenem Augenblick zu lindern begann, in dem er den Zeichen Einlass gewährte. Dabei glaubte er eigentlich gar nicht an die Wirklichkeit der geheimnisvollen Großverschwörung der Atlanter, es war mehr eine Art, die Welt zu sehen, der Rhythmus, der ihn mitzwang und niemals zur Ruhe kommen ließ, bis er wieder genügend Stoff hatte. Einmal in die Blutbahn des Schreibens eingeführt, konnte er damit bis in die Morgenstunden arbeiten, bis zur vollkommenen Erschöpfung. Und das musste sein, er brauchte jeden Dollar und etwas anderes als Schreiben hatte er nie gemacht.

Allerdings wurde es zunehmend schwieriger, an Aufträge zu kommen, denn keine der zahllosen Billigserien beschäftigte ihn dauerhaft. Zu schnell schlug seine eigene Welt im vorgegebenen Handlungszusammenhang der jeweiligen Serie durch, tauchten auf Raumschiffen und in Wild-West-Saloons des 19. Jahrhunderts merkwürdige Zeichen und Symbole auf und versuchte der Autor, der sich Bill Late oder Mary White oder sonst wie nannte, neben der eigentlichen Handlung, für deren zügige Niederschrift er schließlich bezahlt wurde, noch eine andere, umständlich weitläufige zu etablieren. Früher oder später kam noch der verschlafenste Redakteur auf die Spur dieser Verschwörung. Je nachdem gab es einen strengen Rüffel oder gleich den Rauswurf.

Aber Hawk konnte nichts dagegen tun, ließ er die Spur der Zeichen nicht zu, brachte er keine Zeile zu Papier, und nicht schreiben zu können wurde immer qualvoller. Es fühlte sich an wie ein wachsender Hautausschlag. Schön langsam wurde er räudig.

Erst als er Milton kennenlernte, wurde alles anders. Sie begegneten sich im nördlichen Theatre District, an einer Broadway-Ecke, wo es dunkel und schäbig ist.

Hawk kam von einem Copyshop, einen dicken Packen Blätter unter dem einen und eine Tasche voller Bücher aus der New York Library unter dem anderen Arm.

In einem Hauseingang stand ein braungebrannter Hüne, der

sich mit zwei Mädchen unterhielt, eine Videokamera auf den Schultern und offensichtlich total witzig, denn während der Filmer sprach, prusteten die beiden Mädchen vor Lachen. Von Weitem schon sah Hawk die Gruppe, an der eigentlich nichts Ungewöhnliches war, schließlich wimmelte es in dieser Gegend von Touristen. Doch faszinierte ihn beim Näherkommen die Abgeschlossenheit der Gruppe – der Mann mit der Kamera wirkte überhaupt nicht wie ein Besucher, sondern wie ein mit dem Ort ganz und gar vertrauter Magier, dem es gelungen war, sein kleines Publikum zu bannen. Als Hawk näher kam, wurde er unwillkürlich langsamer, warf einen unverhohlenen Blick auf die drei, weniger neidisch denn fasziniert von Miltons Ausstrahlung, die etwas Beschützendes hatte, als schirme er die beiden Mädchen mit seiner Kamera vollkommen ab, sodass sie sich entspannen und lachen konnten.

Von der Seite sah er den dreien zu, unbemerkt von den Mädchen, die völlig auf die Kamera fixiert waren.

Milton aber hatte ihn sofort gesehen, und unvermittelt stand er auch schon vor Hawk, die Kamera auf Brusthöhe, grinste ihn an und begann, ihm mit großer Selbstverständlichkeit davon zu erzählen, dass er für ein Filmprojekt Menschen interviewe, Passanten, Paare, er sammle Visitenkarten in Form kleiner Videostatements.

Hawk verstand selber nicht, wieso er nicht einfach etwas Unverständliches murmelnd davonging, aber Miltons Art machte es ihm ganz leicht, eine in der großen Stadt überraschende, dennoch angenehm wärmende Vertraulichkeit zuzulassen und auf dessen Frage, wer er sei und was er mache, tatsächlich – nach einer letzten unsicheren Sekunde des Zweifels – zu erzählen, sein Name sei Hawk und er sei – Schriftsteller.

Er erzählte ein paar Minuten und stellte dann geschmeichelt fest, dass Milton seine Geschichte interessanter fand als die der offensichtlich ein wenig enttäuschten Mädchen, von denen er sich nur mit einem Kopfnicken verabschiedete.

Dann packte er die Kamera in seinen Rucksack und lud Hawk ein, eine Kleinigkeit essen zu gehen. Der Schreiberling aus Walsenburg nahm an und stellte dann, aufgeregt an seiner Cola nippend, fest, dass Milton trotz seiner athletischen Gebräuntheit außerordentlich belesen war und nicht nur ein Politik-Studium in Princeton vorweisen konnte, sondern zu seiner Verblüffung Latein und sogar Altgriechisch sprach. Auch schien es Milton nicht die geringste Anstrengung zu kosten, mit Hawks irritierenden Sprechpausen und seinen nervösen Ticks zurechtzukommen. Sie verstanden sich glänzend, als ob sie sich schon lange kennen würden, und ganz so, als wären sie insgeheim Verschworene, schien alles, was sie sagten, noch eine andere Bedeutung zu haben und auf etwas anzuspielen, das einmal vorgefallen war.

Alle paar Stunden wechselten sie die Lokalität und gingen dabei die Avenue of the Americas hinunter, und einmal, als sie gerade an einer mitternächtlichen Theke anstanden, um scharf gebratene Hühnchenteile zu erwerben, war es ihm, als hörte er Milton mit einem Mal sagen, »Möchtest du wissen, was es heißt, erfolgreich zu sein?«

Er sagte: »Ja, das möchte ich …«, drehte sich um, doch Milton hatte mit dem überladenen Tablett verblüffenderweise bereits einen Tisch geentert und winkte ihm grinsend sich zu setzen. Das Mahl war bereitet.

Nachdem Milton zwei Tage später Hawks total gedämmten Wohnalptraums ansichtig geworden war, ließ er ihn sofort in das Studio einziehen, das ihm ein Bekannter aus Schulzeiten überlassen hatte, der die meiste Zeit des Jahrs in Thailand zubrachte. Nur ab und zu musste Hawk diese Wohnung für ein paar Stunden verlassen, wenn Milton mit einem Mädchen aufkreuzte.

Es gab keine richtige Verabredung, aber unausgesprochen fühlte sich Hawk von Milton animiert, der ein paar seiner letzten Manuskripte gelesen und nur gesagt hatte: »Nimm sie alle her und mach eins draus«, sich tatsächlich mit der Fertigstellung eines ganz neuen, eigenen Romans bei seinem neuen Freund zu bedanken. Einer von Miltons Bekannten arbeitete bei einer literarischen Agentur. Milton traf sich mit ihm, und das Manuskript, das immer noch ein Sammelsurium wild durcheinander agierender Plots war, geriet tatsächlich an einen Verlag.

Der Grund für Hawks Durchbruch lag in der Hauptfigur, einem Mann namens Luzifer Camden. Zuvor war Hawks Erzählstimme von einer Figur zur anderen gesprungen, durch die Zeiten und über die Kontinente hinweg, allwissend und atemlos, von weltgeisthafter Tiefe und dennoch auf der Oberfläche flirrend und ungenau. Nun aber hatte er einen Helden gefunden, dem er treu bleiben konnte, was daran lag, dass er, ohne je darüber zu sprechen, Camden nach Miltons lebendem Vorbild gestaltet hatte, mit Miltons unerschütterbarer Zuversicht und jenen fast ins Magische gehenden mentalen Fähigkeiten des »Shadow«, der Hauptfigur Walter Gibsons. So wie Spiderman oder Batman, besaß auch der *Schatten* eine zweite Identität. Hawk hatte sich gefragt, ob seiner Lektorin die Nähe von Luzifer Camden zu Lamont Cranston, so hieß Gibsons Figur im bürgerlichen Leben nämlich, auffallen würde, aber dem war nicht so. So entstand Luzifer Camden mit Miltons Aussehen, dem glühend-hypnotischen Augenpaar des *Schatten* und Hawks Atlantis-Obsession.

Es war die erste Publikation unter Hawks eigenem Namen, und die paar Kritiker, die darauf aufmerksam geworden waren, hielten sie für reinen Müll.

DOLCH sei eine der lächerlichsten Missgeburten, die die Pulpliteratur, das B-Movie, allgemeiner Verfolgungswahn und ein übermäßiger Gebrauch von Reiseführern durch europäische Metropolen je auf die Welt gebracht hätten.

Der Erfolg von DOLCH war dennoch beachtlich, aber nicht mit dem von KELCH zu vergleichen, dem Buch, das eineinhalb Jahre später erschien. Geschrieben war der zweite Band schon an seinem neuen Schreibtisch, einem Geschenk Miltons – der ihn auf einer Auktion bei JMW Auction Service in Kingston erstanden hatte. Es handelte sich tatsächlich um den originalen Schreibtisch Walter Gibsons – anlässlich seines zehnjährigen Todestages war es nämlich zu einer großen Memorabilienversteigerung gekommen; die Freude, die Milton ihm damit gemacht hatte, war für Browning kaum in Worte zu fassen.

Und doch war es nur die erste einer ganzen Reihe von Erwerbungen, die sie in den nächsten Jahren tätigen sollten, deren Qualität von Mal zu Mal wundersamer wurde. Bei Antiquaren tauchten Bücher auf, aus denen Luzifer Camden las und deren Titel Hawk nur aus alten Katalogen abgeschrieben hatte, ohne sie je in der Hand gehalten zu haben; Leute von Orten in Europa, wo er niemals gewesen war, meldeten sich, um ihm den einen oder anderen Grabstein oder Haustüren anzubieten, durch die Camden eines stürmischen Herbsttages geschritten sein könnte. Aus Irland wollte ihm auch einer seine Tochter zur Frau geben, da sie exakt der Beschreibung einer seiner weiblichen Hauptfiguren, Ira LePage, gleiche.

Zunehmend verkürzte sich der zeitliche Abstand zwischen Hawks Erfindungen und seinen und vor allem Miltons Funden in der Wirklichkeit. Seine Geschichte kam näher, und ganz zweifellos stellte die Entdeckung der kalifornischen Mappe mit der Zeichnung des LEUCHTERS darin, kurz nachdem er von ihm geträumt hatte, so etwas wie einen Höhepunkt dar.

Hawk hatte die Abbildungen von DOLCH, KELCH und LEUCHTER beiseitegelegt, um sich nun der vierten, von der deutschen Händlerin mitgebrachten Fotografie zu widmen. In der kalifornischen Mappe fand sich keine Zeichnung, die ähnlich gewesen wäre, und ihm wollte auch kein rechter Name dazu einfallen.

Auf den ersten Blick hätte man von einem Ring sprechen können, aber wenn man es eingehender betrachtete, sah man, dass das nicht die richtige Beschreibung gewesen wäre. Die

Kanten des Stücks waren nicht gerundet, sondern scharf, im rechten Winkel gebrochen. Nein, dieses Stück war zwar kreisrund, aber kein Ring, eher ein Reif. Aber wer hätte so ein massives, schweres Ding getragen? Allenfalls um den Hals eines Delinquenten oder Sklaven hätte man es sich vorstellen können. Aber wie wäre es angebracht worden?

Es zeugte von einer Verarbeitungstechnik, die man aus dem Mittelmeerraum des zweiten vorchristlichen Jahrtausends kannte, aber nicht aus dem nördlichen Europa – worauf die Gestaltung des Stücks aber eindeutig hinwies, denn sie war über und über mit Runen besetzt. Gleichwohl glichen nur einige dieser Runen den bekannten altgermanischen, es gab auch solche, die eher an Sanskrit erinnerten. Eine Art von Hakenkreuz, das indische, keltisch-gälische und germanische Glückssymbol, tauchte ein paar Mal auf, vielleicht als Trennungszeichen. Ansonsten gab es buntes Wimmeln von Symbolen sowohl seitlich als auch auf der Oberseite. Das Stück war eine archäologische Unmöglichkeit. Und womöglich Hawks Rettung.

Denn noch war es ihm unmöglich gewesen, den Handlungsort des vierten Bandes festzulegen, geschweige, mit dem Buch überhaupt zu beginnen. Der erste Band, DOLCH, war voller Überschwang entstanden und noch von zahllosen Kürzungen durch seine Lektorin betroffen, im zweiten hatte er sich souverän und diszipliniert seines Materialreichtums bedient, doch während der Abfassung des dritten Teils schon hatte Hawk sich zunehmend schwerer getan, wieder war Luzifer Camden auf der Spur der Atlanter, wurde an Leib und Leben bedroht, wieder lernte er eine schöne, aber zwielichtige Frau kennen, die in die Sache irgendwie verstrickt schien, und am Ende fand er den LEUCHTER, das nächste Stück. In das Finale von LEUCHTER hatte er sich gerade noch so geschleppt. Längst arbeitete er auf der originalen Olympia, die sie mit zahllosen anderen Gegenständen aus dem Nachlass von

Gibson erworben hatten, einer wundervollen, elfenbeinfarben lackierten Schreibmaschine, von Hawks großem Vorbild auf den zärtlichen Namen »Helena« getauft, aber das Schreiben auf ihr begann sich anzufühlen, als würde er dabei langsam austrocknen. Immer häufiger verbrachte er ganze Vormittage untätig, quälte sich dann in den Nachmittagsstunden zu ein paar uninspirierten Sätzen, wonach er sich erleichtert den Bauch vollschlug und früh schlafen ging. Dann wachträumte er den LEUCHTER, hatte nun einen Gegenstand, auf dessen Erscheinen hin er die Geschichte zu Ende schreiben konnte, und war dann, als das Buch fertig war, einerseits maßlos erleichtert, andererseits auch entsetzt, und zwar nicht nur, weil er für den dritten Teil auch dreimal so lange gebraucht hatte wie für den ersten, sondern weil er nicht die geringste Idee hatte, wie er den nächsten, letzten und alles entscheidenden vierten Teil anfangen sollte. Seine Nerven begannen zu flattern, wenn er nur daran dachte, dann konnte er irgendwann an nichts anderes mehr denken als daran, dass er nicht daran denken dürfe. Er wurde zum Nervenbündel. Nach ein paar Monaten begriff er erst, dass ihn eine wohlbekannte, wenn auch in ihren tatsächlichen Auswirkungen schockierende Krankheit befallen hatte: der Writer's block.

Schon fast zwei Jahre hatte er keine Zeile geschrieben, ein unbeschreiblich langer Zeitraum. Stattdessen hatte er, mit Miltons Unterstützung und auf der Grundlage der kalifornischen Mappe und ihren Zeichnungen, fieberhaft und wie besessen nach weiteren Hinweisen gesucht.

Wie aus dem Nichts und über Nacht war dann jene geheimnisvolle Deutsche aufgetaucht, über die Milton heute vielleicht etwas mehr herausgefunden hatte.

Schwer atmend nahm er die Fotografie des seltsamen Reifs unter die Lupe, und während er über die grobe Körnung blickte, glaubte er zum ersten Mal seit vielen Monaten wieder jenes hungrige Pochen zu vernehmen, jene in jeder Faser des Körpers lauernde Spannung, die sich nur beim Schreiben entladen konnte.

Bei der minutiösen Betrachtung des Stücks fielen ihm nun auf einmal einige Details auf, die er zuvor nicht beachtet hatte. Feine Linien liefen dicht unter den Kanten und an einer Stelle auch quer, rings um den Reif.

Es sah aus, als ob er gar nicht massiv, sondern fugenlos und streng aus Einzelteilen zusammengesetzt gewesen wäre. Konnte man dieses Ding etwa aufklappen? Was war das nur? Er spürte ein aufwallendes, unbedingtes Wissenwollen. Ein Tausende Jahre alter aufklappbarer Mechanismus, wozu auch immer erdacht, wäre eine wissenschaftliche Unmöglichkeit wie die Steine von Ica oder die Bagdad-Batterie.

Bei dem Gedanken, womöglich dabei zu sein, genau das zu entdecken, von dem er, ohne eigentlich daran zu glauben, mehr wie von einem geistig-musikalischen Motiv fantasiert hatte, wurde ihm schwindlig. Für einen winzigen Augenblick sah er einen dunkel gekleideten Mann über feucht-glänzendes Kopfsteinpflaster gehen, doch rissen ihn eindeutige Geräusche vom Flur aus der beginnenden Trance. Wotan bellte zweimal.

Milton war zurück, zwei, drei, vier Schritte, dann stieß er die Tür mit seinen gebräunten Unterarmen auf, auf denen sich bei der kleinsten Bewegung ein imponierendes Adernspiel zeigte, und betrat lässig das Arbeitszimmer.

Er trug ein hellblaues Hemd von Hilfiger, Jeans und unter dem Arm eine große Recyclingpapiertüte von Commodities an der First Avenue, wo er für Hawk gelegentlich vegane Burger einkaufte.

Diesmal allerdings hatte er einen Ausflug nach Midtown unternommen. Er hatte einen alten Kumpel besucht, der im »Warhol-tel« arbeitete und ihm immer wieder mal gefällig war, wenn er auf die Schnelle ein Zimmer brauchte.

Hawk reichte ihm mit funkelnden Augen die Fotografie, ließ seinem Freund und Helfer allerdings keine Zeit, das Stück in

Ruhe zu betrachten, sondern fragte ihn sofort, ob es ihm gelungen sei, ins Zimmer der Deutschen einzudringen?

»Hab das Mädchen sogar brav zur Tür rausgehen sehen! Ich habe eine Kamera im Spiegel eingebaut, und als sie raus war, hab ich das hier entdeckt …«

Mit diesen Worten – weiterhin die Fotografie betrachtend – leerte er grinsend seine Tüte auf dem Schreibtisch aus. »Der Inhalt ihres Mülleimers! Ich musste mich nebenan fast in den Arsch beißen. Zuerst habe ich ihr zugesehen, wie sie gezeichnet hat, und dabei sah sie fast aus wie du manchmal, völlig weggetreten. Dann hat sie alles zerrissen – ich denke, wir müssen puzzeln …«

Milton pflückte die von Johanna ein paar Stunden zuvor zusammengeknüllte Zeitung vom Schreibtisch, ließ sie zu Hawks Missvergnügen auf dessen hundert Jahre altes Parkett segeln, bis auf der dunkelgrünen ledernen Schreibunterlage ein Häuflein Papierschnitzel übrig blieb, die einseitig mit Strichen, Ecken und Linien bezeichnet waren.

Browning beugte sich über die Mülleimer-Schnitzelchen und zog seine Lippen kraus. Er hob einen Papierfetzen schnüffelnd an seine Nase, dann betrachtete er ihn fast zärtlich. Auf ihm war ein gerader Strich, der direkt in einen rechten Winkel überging und sich dann noch ein klein wenig verzweigte. Auf den ersten Blick erinnerte es ihn an ein Fragment aus einem Text, geschrieben in einer unbekannten, uralten Schrift. Er leckte sich die Lippen und gab einen halb unbewussten, durchaus genussvollen Seufzer von sich. Er nahm einen zweiten Schnitzel, einen dritten und legte sie nebeneinander – dann erhellte ein kindliches Lachen seine bleichen Züge.

»Ich glaube, wir brauchen Klebstoff!«

Es kostete die beiden viel Zeit, um das Dokument, das sie sofort als *Schatzkarte* bezeichneten, auf einem großformatigen Blatt zusammenzusetzen. Es war ein überraschend kompliziertes und aufwändiges Unterfangen, immer wieder mussten sie

Teile umlegen; und bis sie tatsächlich damit beginnen konnten, den vorzüglichen Gummierkleber zu benutzen, den Milton aus der kleinen Papierwarenabteilung seines Lieblingskaufhauses Lieberman & Schwarz besorgt hatte, waren schon die frühen Morgenstunden angebrochen.

KAPITEL 7

Ein Sammler seltener Umschläge

Dreißig Stunden war er unterwegs gewesen, nun stand er, todmüde und von einer nervösen Schwäche gezeichnet, an der Tür, groß wie die einer Kirche. Ein junger Mann in einem exzellenten Anzug öffnete ihm und Alexander trat in eine gewaltige Eingangshalle. Der Mann half ihm aus dem Mantel und Alexander holte seine Zigaretten hervor, doch hatte er – schon wieder – kein Feuer. Der andere half ihm aus.

»Danke«, sagte Alexander und inhalierte mit düsterer Miene.

»Alles in Ordnung?«, fragte der Mann mit russischem Akzent.

»Ja. Warum fragen Sie?« Alexanders Gesicht bekam einen abweisenden, höchst verdrießlichen Ausdruck, der ihn aber nur noch erschöpfter aussehen ließ. Der andere hielt sich mit weiteren Kommentaren zurück.

»Monsieur ist gleich so weit. Nehmen Sie doch noch kurz Platz. Kann ich Ihnen etwas zu trinken anbieten?«

»Geben Sie mir einen Wodka.«

Noch nie hatte Alexander das Haus eines Auftraggebers betreten, und so wie er sich fühlte, seit er den Wagen auf dem großzügigen Parkplatz des Landhauses abgestellt hatte, war der Zeitpunkt alles andere als günstig, um dieses seltene Privileg zu erfahren. Aber der Anwalt hatte ihn angerufen und eine persönliche Übergabe verlangt. Der Umschlag werde dringend erwartet.

Alexander beschäftigte sich lustlos, aber konsequent mit seiner Zigarette und starrte auf den aus Porphyrplatten gelegten Boden, den riesigen Läufer aus roter Seide und ließ seine Blicke über die Möbel, hauptsächlich Art déco, in Chrom und mit viel Leder, schweifen. Der Aschenbecher war ein elegantes Meisterwerk aus Silber, in dem man fertig gerauchte Zigaretten auf einfache Weise verschwinden lassen konnte.

Von ferne hörte er das Ticken einer großen Uhr, die verborgen in einer Nische stand. Am liebsten hätte er den Columbus-Umschlag irgendwo hingelegt und wäre verschwunden, denn ihm war bei der Aussicht, seinem Auftraggeber bald Aug in Aug gegenüberzutreten, nicht wohl. Immer gab es irgendjemanden, der vermittelte – so eine Begegnung war höchst ungewöhnlich, und ein wenig fühlte es sich für Alexander an, als verstoße er damit einmal mehr gegen die Regeln, die Narcilo ihm auferlegt hatte.

Obgleich er damals von dem griesgrämigen Händler in der Nähe der Bastille nur einen Bruchteil ihres tatsächlichen Werts für die in Mailand gestohlenen Stücke erhalten hatte, hätte die Summe ausgereicht, um ein halbes Jahr davon zu leben und sich endlich um das Studium zu kümmern.

Stattdessen hatte er sich bald wieder einen Job in einem großen Hotel gesucht und begonnen, regelmäßig auf Banketten und Empfängen zu arbeiten. Manchmal kam es zu nichts; sehr oft aber entdeckte er eine verlockende Möglichkeit, einen Gast, der Reichtum mit Leichtsinn verband, was Alexander dazu einlud, sein Fingerspitzengefühl ins Spiel zu öffnender Türen und zu knackender Kofferschlösser zu bringen. Binnen eines Jahres hatte er seinen ersten kleinen Hotelsafe geöffnet und geleert, und beschwingt von seiner wachsenden Geschicklichkeit, brachte er nicht nur immer wertvollere Stücke in seine kleine Wohnung im Marais, sondern fand einen professionellen Hehler, einen freundlichen, sehr dünnen Mann mit runder Brille, der ein unauffälliges Ladengeschäft in Versailles betrieb und gelegentlich nach Paris kam, um dort einzukaufen.

Es war dieser Hehler, der ihm eines Tages den guten Rat gab, sich an einen gewissen Sebastian Narcilo zu wenden. Der könne ihm mit seinen Verbindungen weiterhelfen. Ewig mit derselben Methode, die einmal funktioniert habe, weiterzuarbeiten würde früher oder später zu Problemen führen.

Narcilo war ein blitzgescheit wirkender, gleichwohl unnahbarer Mann mit kurzgeschorenen Haaren und weichen, leicht traurig wirkenden Gesichtszügen. Er kam fast ohne Gesten oder Bewegungen aus, führte jedes Gespräch nur mit Blicken, den Regungen seiner Augenbrauen und der Art, wie er sein Besteck hielt. Nur wenn er mit etwas unzufrieden war, sprach er, dann allerdings mit cholerischer Schärfe.

Alexanders Schilderungen seiner bisherigen Arbeiten folgte er höchst interessiert und entschied sich schnell dafür, ihn – den typischen Amateur – unter seine Fittiche zu nehmen. Alexander bekam kurz nach ihrem Treffen einen ersten Auftrag – es ging um ein kleines Gemälde von Miró, eine Vase mit Dahlien auf einer Anrichte, das in einer Villa am Bodensee hing.

Narcilo übergab ihm den Grundriss des Hauses, Fotos und eine präzise Beschreibung des Sicherheitssystems, einer Alarmanlage aus den Siebzigern, die zu umgehen eine gewisse Herausforderung darstellte, war es doch die erste richtige Anlage, mit der er es zu tun bekam.

Die Besitzer befanden sich auf einer Kreuzfahrt und die Putzfrau, die sich in der Zwischenzeit um das Anwesen kümmerte, kam zwar dreimal die Woche, nachts aber war niemand im Haus. Alexander erledigte das Ganze schnell und ziemlich perfekt, Narcilo zeigte sich zufrieden, und obgleich der Vermittler seinen Anteil kassierte, erhielt Alexander für den Miró immer noch erstaunliche 70 000 Francs. Narcilo half ihm auch dabei, ein sicheres Konto bei einer Bank auf der Isle of Man einzurichten. Zwar gab er das meiste Geld, das er verdiente, schnell wieder aus, doch schaffte er zumindest kleinere Beträge regelmäßig hinter die aus zwölf soliden Ziffern gebaute Mauer seines Kontos.

Sieben Jahre waren seitdem vergangen. Narcilo selbst hatte er schon längere Zeit nicht mehr gesehen, aber inzwischen besaß er ein Mobiltelefon, das dem Vermittler vorbehalten war und auf dem er ihn wiederum stets erreichen konnte, wenn es nötig war. Doch auch das war schon längere Zeit nicht mehr geschehen. Zwischen Narcilo und ihm lief alles reibungslos, ja man kann sagen, dass Alexander die Erledigung seiner Aufträge, durch einen diskreten Boten überbracht, der die Objekte später auch abholte und ihm das Honorar aushändigte, mittlerweile selbstverständlich, wo nicht gewöhnlich geworden war.

Der junge Mann mit dem russischen Akzent tauchte wieder auf, 150 Milliliter eiskalten Stolichnaya balancierend.

»Sie sehen aus, als ob Sie schon längere Zeit … nicht mehr geschlafen hätten … War es schwierig?«

»Nichts, was sich nicht hätte lösen lassen.«

»Sind Sie gestern zurückgekommen?«

»Vor ein paar Stunden.«

»Oh, verstehe. Genießen Sie Ihren Drink. Ich hole Sie dann.«

Alexander wartete, bis der andere die Halle verlassen hatte, dann erst trank er den Wodka in zwei großen Schlucken, das Brennen tat ihm gut, er seufzte auf und drehte das Glas in seinen Händen hin und her, wie um noch ein letztes Schlückchen zusammenrinnen zu lassen. Er inhalierte hastig noch ein paar Mal von der *Sobranie*, bis ihre Glutspitze fast bis auf den goldenen Filter heruntergebrannt war.

Er gab das leere Glas in die linke Hand, griff mit der Rechten in die Tasche seines Sakkos, um die Schachtel herauszuholen, eine letzte samtschwarze Zigarette befand sich noch darin. Alexander ließ das Schächtelchen aufklappen, griff hastig mit der Linken, die noch das schmale Glas hielt, nach ihr, gab die leere Schachtel zurück in die Tasche, griff sich mit der Rechten die brennende Zigarette zwischen seinen Lippen, doch als er die neue an der Glut der alten entzünden wollte, verfehlte er knapp sein Ziel, streifte die Spitze des linken Zeigefingers, seine linke Hand zuckte unwillkürlich und ließ das Glas auf den Porphyr boden der Halle fallen. Es zersprang wie ein Stück Eis mit einem einzigen geschliffen scharfen Splittern.

Alexander erschrak, starrte auf seine Hände, die die beiden Zigaretten, die fast verglommene und die frische, hielten, und wusste für einen Moment nicht, was er tun sollte. Auf dem Boden lag das Glas, präzise in fünf scharfrandige Scherben zerbrochen.

Er blickte zu der großen Flügeltür, hinter der der jüngere Mann vorhin verschwunden war, wusste immer noch nicht, was tun, dann aber steckte er die Zigarette lose ins Sakko, drückte die glühende Kippe im Aschenbecher auf dem kleinen Beistelltischchen aus und fing an, die Scherben hektisch einzusammeln und sie in der linken Tasche seines Sakkos zu verstauen. Obwohl er nach dem Schrecken doch eigentlich aufgeweckt und wach hätte sein müssen, fiel es ihm schwer, sich nicht zu schneiden, und als er endlich fertig war, erhob er sich, um ein wenig auf und ab zu gehen. Immer wieder starrte er dabei auf seine Hände – sie zitterten.

Er trat an eines der hohen Fenster, stützte sich auf das alte, eichenvertäfelte Fensterbrett und starrte in die Nacht hinaus. Der Blick ging geradezu bis zum Waldrand, der den großen Garten des Landsitzes begrenzte. Weiter hinten sah man ein paar Lichter am Boden, die die rund ums Haus gepflanzten Reihen von Rhododendrensträuchern unterbrachen. Alexander brauchte eine Weile, bis er erkannte, dass die Lichter einen kleinen Hubschrauberlandeplatz markierten. Dahinter lag ein zwar erleuchteter, aber noch nicht mit Wasser befüllter Pool. Ganz in der Ferne sah man ein großes, wie eine Miniatur des Hauptbaus gestaltetes Gartenhaus. Am Eck des Gartenhauses stand ein schwarzgekleideter Mann. Alexander konnte nicht erkennen, ob er eine Waffe trug, doch wies ihn die Art, wie er aufrecht, beide Arme leicht angewinkelt dastand, als jemanden aus, der mit der Sicherheit des Anwesens betraut war, von seiner Haltung her vielleicht ein gut ausgebildeter Soldat.

Auf Alexanders Stirn breitete sich feiner kalter Schweiß aus. Er erinnerte sich an die Ereignisse der letzten dreißig Stunden, wie ein Traumatisierter seiner Wunde, wenn es wieder einmal Zeit war, den durchgebluteten Verband zu wechseln.

Warum nur hatte er vergessen, den Wodka aus der Minibar zu bezahlen, als er der älteren, blonden Hotelangestellten in Menton den Schlüssel zurückgegeben hatte? Ein dummes Versehen, fast so dumm wie jenes, seinen wundervollen Porsche 911, Baujahr 1971, im absoluten Halteverbot abzustellen. Es war ein Wagen wie der, mit dem Steve McQueen am Anfang von »Le Mans«, Alexanders absolutem Lieblingsfilm, durch das stille Städtchen bis hin zur Rennstrecke fährt, und immer wenn sich Alexander in die kühlen, leicht knisternden Lederpolster fallen ließ und seine Hände auf das Sportlenkrad legte, fühlte er stromstoßgleiche Inspiration. Wie jämmerlich, McQueens Porsche ins Halteverbot zu stellen. Das Bild der klaffenden Parklücke am nächsten Morgen tauchte auf und er glaubte das Schaben zu hören, das sein Rollkoffer auf dem Split des riesigen Polizeiparkplatzes erzeugte, nachdem er den Wagen zuvor gegen ein saftiges Bußgeld ausgelöst hatte. Zum Glück war grobes Falschparken an der Côte d'Azur eine geschätzte Einnahmequelle und wurde – sofern man zahlte – nicht angezeigt. Kurz sah er das Autobahnkreuz vor sich, auf dem er diese beschissene Gegend endgültig Richtung Paris verlassen hatte. Doch so gerne er bei der Erinnerung an das beruhigende Gleichmaß von Tacho und Drehzähler verblieben wäre, drängten seine Gedanken mit Gewalt zurück in das Hotel, beschleunigten sich, die Kellertreppe tauchte auf, der Geruch von Schimmel und Salpeter, das sich verengende Labyrinth der Jahrgangsflure, die Weinflaschen, die er zwischen Rausch und Verwirrtheit einsammelte, um schließlich in jenem stockdunklen, letzten Wurmloch wieder zu sich zu finden: mit einer Flasche Château de Moles 1923 in der Hand, die er, ohne zu zögern und mitsamt ihren Schimmelflecken und Spinnweben, dem Kellermeister über den Schädel ziehen würde, sollte der nur noch ein paar Schritte näher kommen.

Er wagte kaum zu atmen, konzentrierte sich auf den Hals der Flasche in seiner Hand, während der andere, einen tiefen Summton von sich gebend, weiter vorne stehen blieb. Alexander hörte leichtes Klirren, der andere befüllte bedächtig seinen Korb. Dann plötzlich trat Stille ein, der Kellermeister bewegte sich in seine Richtung, Alexander sah den Kegel einer großen Taschenlampe den Flur vor ihm ausleuchten, der riesige Mann machte einen weiteren Schritt, gab ein Grunzen von sich, so als hätte er etwas gerochen, Alexander hob die Flasche – oder besser, etwas anderes hob die Flasche, ließ ihn atemlos und mit pochendem Herzen verharren, etwas anderes, von dem er noch nie gekostet hatte, dessen Geschmack aber äußerst einprägsam war: Angst.

Sie saß ihm plötzlich auf den Schultern, packte ihn an der Gurgel und hielt ihn in die Luft, um ihn sich genau zu besehen – wiewohl äußerlich vollkommen starr, fühlte er sich innerlich erschlaffen, vergehen und zu Staub werden. Mit ihm, wenn auch nur für wenige Momente, verschwanden Keller und taschenlampendurchstöberte Dunkelheit und der Kellermeister, der gestohlene Brief und alles andere, das ihn hierhergeführt hatte, verkohlte miteinander in einem kurzen Aufblitzen. Nur noch die Angst war übrig.

Schauderhaft war Alexander die Erinnerung daran, sein Magen krampfte sich zusammen, er atmete tief ein, stieß sich vom Fensterbrett ab und nahm wieder Platz. Dann hörte er Schritte näher kommen, der Assistent tauchte auf. Alexander möge ihm bitte folgen.

Sie verließen das Foyer und nahmen eine große Treppe nach oben. Alexander versuchte sich zu konzentrieren, die Bilder zu vertreiben, die ihn verwirrten. Er war froh, dass er den Gegenstand, der letztlich schuld an der ganzen Monaco-Geschichte war, nun endlich loswerden würde, diesen blöden, von allen Marken entblößten Umschlag.

Unmittelbar nach seiner Ankunft in Paris meldete sich der Anwalt seines Auftraggebers und drängte ihn, so schnell wie möglich in das vierzig Kilometer nördlich von Paris gelegene Mortefontaine auf den Landsitz seines Chefs zu kommen. Also fuhr er weder zu seiner Wohnung im Marais noch in die Werkstatt des Fälschers, sondern aß nur noch eine Kleinigkeit bei einem Thai-Imbiss an der Bastille, allerdings ohne Appetit, und machte sich dann auf den Weg in den Norden.

Mit dem letzten Rest Geläufigkeit hatte er sich in den Wagen gesetzt und beschlossen, die Sache zu Ende zu bringen. Es war kein Wunder, dass er sich miserabel fühlte, da fiel der Kopfschmerz, den die Wolke Ungewissheit ihm bereitete, nicht weiter auf, die undeutliche Stelle in seiner Erinnerung, bei der es ihm jedes Mal wieder mulmig wurde, wenn er seine kleine Austauschaktion noch einmal durchdachte.

Oben sah er Vitrinen aus Mahagoni, große, perfekt ausgeleuchtete Sammlerrahmen, die sich zum Teil über zwei Meter erstreckten und auf denen sich Hunderte von Briefmarken befinden mussten, dicht gepackt und wimmelnd wie Fischschwärme. Auf Säulen platzierte Glaskästen zeigten Umschläge und grandiose Einzelstücke. Daneben, in Regalen aus Mahagoni standen handgebundene Alben, alles glänzend erhellt und dargereicht, so als erwarte der stolze Sammler einen Kenner der Materie, den es zu beeindrucken galt, und nicht bloß den mittelmäßigen Dieb, der ihm ein weiteres Blättchen ins Haus brachte und nur daran dachte, sein Geld zu kassieren und zu verschwinden.

Insgeheim hatte Alexander immer damit gerechnet, wieder mit dem Anwalt zusammenzutreffen, der ihm damals den Vorschuss für die Produktionskosten übergeben hatte. Die Aussicht, es mit dem Auftraggeber selbst zu tun zu bekommen, beunruhigte ihn nun zusehends, die gewaltige Sammlung, in der bestimmt Millionen steckten, schüchterte ihn ein. Für einen langen schrecklichen Moment dachte er an Narcilo, der ja eben nicht nur der fette, seine Prozente einsackende Lohnherr war, sondern auch sein Beschützer. Alles, was zur Zeit geschah, verstieß gegen die Regeln. Es wurde Zeit, dass er dieses Kapitel abschloss.

Doch zuvor sollte er noch Iwan Iwanowitsch Grimski kennenlernen, der der Begegnung seinerseits mit Freude entgegensah, war doch die Philatelie seine große Leidenschaft, ein mächtig gewachsenes Überbleibsel einer an sonstiger Unterhaltung armen Kindheit.

Gerade noch hatte er gearbeitet, doch die Akten waren geschlossen, das Notebook ausgeschaltet. Er stand hinter seinem Schreibtisch und sah Alexander Salem freundlich entgegen, einem hochgewachsenen Mann in einem dunklen Anzug, um die dreißig, mehr als einen guten Kopf größer als er selbst. Sein Dieb.

»Bonjour«, sagte Alexander. Hinter ihm schloss sich die Flügeltür mit einem leisen Klacken. Sie waren allein. Grimski nickte.

»Ich möchte Ihnen sagen«, begann er und blickte Alexander lächelnd an, während er ruhig auf ihn zuging, »dass ich normalerweise niemanden in mein Haus bitte, der für mich arbeitet.«

Er machte eine Pause, Alexander weiterhin durch seine elegante randlose Brille betrachtend, und führte ihn, indem er ihn durchaus fest am Arm fasste, an einen in einer Nische stehenden runden Tisch.

»Aber Sie müssen wissen, dass mir das Stück außerordentlich viel bedeutet. Es gibt auch andere Möglichkeiten, um an etwas zu gelangen …«, er blickte zu Boden, bevor er lächelnd weitersprach, »aber in diesem Fall war es mir wichtig, dass sich jemand mit Stil um die Sache kümmert. Sie verstehen, Diskretion und Eleganz … ich wollte Sie gerne persönlich treffen.«

Er musterte Alexander freundlich, dann fasste er ihn fester am Arm.

»Sie müssen wissen, der Umschlag ist ein Geschenk – für einen alten Freund.« Alexander – schmerzlich an die Flasche Wein erinnert – versuchte zu lächeln.

Grimski ließ seinen Arm los, setzte sich und Alexanders Blick fiel auf die Stelle, an der Grimskis Schädel schon kahl geworden war. Der Mann wirkte auf ihn wie ein etwas zu elegant gekleideter Buchhalter, schmächtig, mit sparsamen, kleinteiligen Bewegungen.

Alexander räusperte sich, holte das packpapierfarbene gepolsterte Kuvert aus seiner Tasche und legte es vor Grimski auf den Tisch. Der bat ihn stumm, Platz zu nehmen, und schüttelte den Kopf, als Alexander fragte, ob er den Umschlag herausnehmen sollte.

»Nicht nötig«, sagte Grimski. »Wenn Sie mich hätten betrügen wollen, wären Sie wohl nicht gekommen in mein Haus, so dumm wären Sie niemals …«, und dann, da Alexander immer noch stand, »bitte nehmen Sie Platz.«

So saßen sie sich nun gegenüber, Grimski blickte ihm wohlwollend ins Gesicht und Alexander, dem überhaupt nicht wohl war, erinnerte sich der Zigarette, die zu rauchen er vorher versäumt hatte, und steckte seine Hand in die Sakkotasche, wo er prompt auf die Glasscherben stieß. Aber er hatte Glück und verletzte sich nicht.

»Sie haben bekommen Spesen schon?«, fragte Grimski nach einer Weile, und da Alexander nickte, lächelte er wieder, stand auf, ging an seinen Schreibtisch und holte ein zierliches Köfferchen.

»Bitte. Wollen Sie zählen?«

»Nein, das muss nicht sein.«

»Muss nicht, aber kann ruhig. Will sichergehen, dass Sie sind zufrieden. Ich bin jedenfalls.« Er legte einen Schlüssel auf die Mitte des Tischs.

»Ich bin sicher, dass Sie auch öffnen könnten, ohne …«, dabei lachte Grimski wie ein kleiner Junge.

Alexander rann bei diesen Worten erneut der Schweiß auf der Stirn, er nahm seine Hand aus der Tasche, streckte sie über den Tisch, um das versilberte Schlüsselchen zu nehmen, und dabei sah er, was auch Grimski sah und was zweifellos dessen Aufmerksamkeit erregte – das Zittern seiner Hand.

Sehr schnell, wie um diesen fatalen Anblick auszulöschen, fasste er jetzt nach dem Schlüssel, entsperrte hektisch, ließ das Köfferchen aufklappen und blickte auf säuberliche Reihen gebündelter Fünfzig-Pfund-Scheine. Da er nun eben dabei war, hob er eines der Bündel an, ließ die Scheine kurz an seinem Daumen vorbeistreichen. Es mussten etwa zwanzig sein, also tausend Pfund pro Päckchen. Das kam hin.

Er legte das Päckchen zurück und bewunderte die Unbewegtheit, mit der die britische Königin ihm vielfach entgegenblickte. War alles echt. Stark. Sicher. Bereit, um den Rotationsscheiben seines Kontos auf der Isle of Man zu ein paar Drehungen zu verhelfen. Aber darum ging es gar nicht. Der Anblick des Geldes faszinierte ihn nicht, weil er Dinge oder Dienstleistungen dafür würde erwerben können, sondern weil das Geld sein Lohn war, weil es die Landschaft seiner zurückliegenden Taten gleichsam einebnete, kartografierte und dann anschließend handlich faltete. Er wollte es haben, weil es ihn freisprach, weil es der papierne Beweis war, dass er alles richtig gemacht hatte. Er musste das Geld nur noch nehmen und gehen.

Als er den Koffer wieder zuklappte, sah man einen deutlichen Abdruck seiner schweißnassen Finger auf dem Leder. Er wischte darüber und sah Grimski an.

»Danke«, sagte er, und versuchte seiner Stimme einen besonders müden, uninteressiert geschäftlichen Ausdruck zu geben. Gehen. Er wollte endlich gehen. Grimski begutachtete ihn, vielleicht nicht misstrauisch geworden, aber doch aufgeweckt von Alexanders sichtlich nervösem Benehmen. Der Dieb saß wie auf Kohlen, seltsam. Grimski blickte nachdenklich auf den unberührt liegenden Umschlag. Zwei kleine nachdenkliche Sorgenfalten krümmten sich über seinen dichten buschigen Brauen.

»Sie haben eilig?«, sagte er ganz freundlich.

Alexander spürte genau, dass dem anderen Zweifel kamen. Er sah Grimski ruhig ins Gesicht, doch innerlich wollte etwas in ihm den verdammten braunen Umschlag anstarren. Seine gelassene Neutralität und Unnahbarkeit schien wie unter dem unaufhaltsam triefenden Schweiß auf seiner Stirn herabzulaufen, schlecht gemachtes Make-up, das groteske Schlieren zog. Er wollte aus einem unbestimmten, aber äußerst dringlichen Gefühl heraus unbedingt vermeiden, dass sie noch einmal auf den Umschlag zu sprechen kamen. Er wollte weg, aber es durfte nicht den Eindruck machen, als habe er es eilig. Jetzt musste er das Richtige tun.

Er durfte sich etwa auf keinen Fall von der Erinnerung an das Feuer überwältigen lassen, das er mit ein paar dürren Zweigen und einem übergroßen Schluck Benzin aus dem Reservekanister des Porsche entzündet hatte. Wo kam nur diese Kurzatmigkeit her? Wieso wurde ihm schon wieder heiß bei dem Gedanken an das, was er getan hatte, nachdem er kurz vor Aix von der Autobahn gefahren war, um sich einen Kaffee zu besorgen. Bei der Rückkehr zu seinem Wagen fiel ihm mit einem Mal ein, dass er ja die unnötig gewordenen anderen Fälschungen noch bei sich hatte. Das mit dem Feuer war von unpassender Theatralik, das spürte er, er sollte die Dinger besser zerreißen und in den Container der Tankstelle werfen, aber etwas in ihm wollte sich wärmen, ein Feuer entzünden, die lästigen Beweisstücke in einer merkwürdigen Zeremonie vernichten. Also fuhr er auf der kleinen Landstraße weiter, um schließlich anzuhalten, in der Nähe war wohl ein Dorf oder ein Bauernhof, denn er hörte fernes Hundegebell. Im Unterholz eines Pinienwäldchens sammelte er Kleinholz und ein paar größere Äste. Er beträufelte alles säuberlich mit Benzin, trat einen Schritt zurück und entzündete das Ganze mit einer brennenden Zigarette. Es gab eine Stichflamme und dann brannte es knackend. Er beobachtete mit Genugtuung, wie sich die meisterlich von Xing nachgemachten Umschläge glühend aufrollten. Der eine Umschlag brannte wesentlich besser als der andere, doch Alexander, von der Hitze und einer plötzlich ausgebrochenen fast kindischen Freude berührt, kümmerte sich nicht weiter um dieses physikalische Phänomen, das von der unterschiedlichen Beschaffenheit der Umschläge herrührte …

Schließlich aber waren beide gleichermaßen zu weißer Asche verbrannt, die der nächste Windhauch mit sich nehmen würde. Als er wieder in seinen Wagen stieg und diesen langsam auf die Landstraße rollen ließ, fühlte er sich für den Moment, da er endlich wieder etwas richtig gemacht hatte, wesentlich besser, nahm sich eine *Sobranie* aus der zu diesem Zeitpunkt noch immer gut gefüllten Schachtel und ließ den Zigarettenanzünder einschnappen. Weit in der Ferne glaubte er noch, die glimmenden Scheite im Rückspiegel ausmachen zu können. Er hatte tief inhaliert und Gas gegeben.

»Darf ich?«, sagte Alexander, nachdem er den Koffer zugeklappt, den Schlüssel selbstsicher in der rechten Sakkotasche verstaut und die letzte *Sobranie* im Gegenzug herausgenommen hatte. Er zeigte dem Russen das schwarz-goldene Fabrikat, der nickte gleichmütig, holte Streichhölzer aus einer Tischschublade, in der noch Kerzen und Döschen mit feinen Pralinen verstaut waren, machte sich aber nicht die Mühe, ihm selbst Feuer zu geben, sondern schob ihm das Päckchen zu. Alexander nahm sehr langsam ein Zündholz heraus, strich es etwas zu fest über die Reibefläche, sodass es fast gebrochen wäre. Grimski beobachtete jede von Alexanders Bewegungen. Der inhalierte kühl und dachte fieberhaft darüber nach, was er sagen könnte.

Doch hörte man von ferne jetzt ein typisch flappendes Motorengeräusch, das sich schnell, über die Wälder kommend, näherte. Ein Hubschrauber. Grimski merkte auf, lächelte Alexander an, nahm nun, ohne noch ein Wort darüber zu verlieren, den Umschlag an sich, ging an seinen Schreibtisch zurück und holte ein kleines Kästchen hervor.

»Ich muss Sie jetzt verabschieden«, dabei machte er mit seinem Zeigefinger eine kleine, nach oben weisende Bewegung und nickte ihm zu.

»Wir werden Sie bestimmt wieder kontaktieren. Bonne Chance!«

KAPITEL 8

Ein Luftloch

Komm doch rein«, rief Gilarijs, »das Wasser ist herrlich …« Er stieß sich vom Beckenrand ab, tauchte unter und mit zwei Zügen war er auf Johannas Seite. Sie sah, wie sein Haar, lichter geworden, aber immer noch ansehnlich, sich in die Strömung legte, wie Gilarijs sich schließlich streckte, mit geblähten Backen ein paar Luftblasenschwärme aufsteigen ließ und mit seinen Fingerspitzen an die Beckenwand schlug.

Er tauchte neben ihr auf, prustete, schüttelte sein Haar mit kindischem Übermut, sodass ein kleiner Regen auf sie niederging und ihr Wickelkleid mit dunklen Sprenklern versah. Dabei gab er ein wohliges Stöhnen von sich.

»Was ist mit dir? Keine Lust zu baden?«

Johanna, die ihre Füße in das angenehm kühle Wasser gestreckt hielt, schüttelte mit einem traurig anmutenden Lächeln den Kopf, vielleicht wie ein ehemaliger Raucher, der zwar gerne einmal ja sagen würde, aber wissend, welche Folgen das hätte, ablehnen muss.

Sie streckte ihren linken Fuß und hob ihn aus dem Wasser, sah zu, wie es auf die zartblau schimmernde Oberfläche tröpfelte und kleine Kreise zog, dann richtete sie ihren Blick auf die weit unten sichtbaren Lichter des Hafens von Sóller.

»Machst du dir etwa immer noch Sorgen wegen der Tasche?«, fragte Gilarijs, stemmte sich aus dem Wasser, und Johanna sah neben seiner Brustbehaarung, ein nasses Fell, dass seine Arme noch so dünn wie die eines Schuljungen waren.

»Ich glaube schon …«, sagte Johanna und ein wenig schauderte es sie, als sie daran dachte, »ich kann einfach nicht glauben, dass das ein Zufall war. Und das Schlimmste ist ja nicht die Tasche selbst, da war nichts wirklich Wichtiges drin. Aber versteh doch, was ich mir vorwerfe, ist einfach, dass ich denjenigen an deine Tür geführt habe. Wahrscheinlich sind sie da draußen und beobachten uns …«

»Hanna, nein, hör auf«, Gilarijs lachte. »Nur von einem Hubschrauber aus könnte man hier hereinsehen – und wie du hörst, ist es vollkommen ruhig. Außerdem muss man sich wirklich nicht vorstellen, irgendjemand wäre dir vom Flughafen gefolgt, um dann deine Tasche zu stehlen. Es gibt genügend einheimische Diebe, das kannst du mir glauben. Deswegen wollte ich ja hierher. Hier fällt es nicht auf, wenn man hinter hohen Mauern lebt. Glaube mir, wir sind hier sicher.«

Johanna seufzte, nahm einen Schluck von dem köstlichen, eiskalten Weißwein und wollte dem Freund glauben.

»Ja«, sagte sie und nahm seine kühle, feingliedrig knochige Hand, deren bevorzugtes Arbeitsinstrument einstmals der Lötkolben gewesen war, »da haben wir uns Jahre nicht gesehen, haben den Kontakt gehalten und alles richtig gemacht, und jetzt … dass ich dich nicht wenigstens von Palma aus angerufen habe, war ein Fehler … ich habe dich gefährdet …«

»Mach dir keine Sorgen, wirklich. Niemand hat die geringste Ahnung, und unbemerkt hier in dieses Haus schafft es sowieso keiner.«

Er legte ihr den Arm um die Schultern, stand auf, nahm sich sein großes Handtuch und ging – sich das Haar rubbelnd – über die Terrasse ins Haus.

»Komm, lass uns was essen«, rief er, indem er sich noch einmal umdrehte und dann in seiner steinernen Küche mit Besteck und Gläsern zu klappern begann.

Der warme Abend auf der Insel hatte sie nach der Landung in Palma dazu verführt, sich ihren Weg selber zu suchen, sie schnappte sich ein Taxi, platzierte sich auf dem Rücksitz und kurbelte das Fenster herunter, um die laue Luft zu genießen. Gute vierzig Minuten später trafen sie in der Stadt Sóller ein, einem alten Städtchen, das geschützt am Fuße einer weit herausragenden, vulkanisch anmutenden Bergkette lag. Sie dachte sofort an Gilarijs Haus in Limbaži, der mittelalterlichen Festung, die hier gegen eine uneinnehmbare Lage inmitten eines natürlichen Festungswalls eingetauscht zu sein schien. Als sie von der neugebauten Schnellstraße ab- und Richtung Stadt fuhren, kamen sie durch weitausgedehnte Olivenhaine, die – gemessen am Durchmesser der Stämme und ihren ausladenden, mächtigen Kronen – Jahrhunderte alt sein mussten. Johanna hatte ihn noch niemals besucht, kannte auch seine genaue Adresse nicht. Der einzige Anhaltspunkt war ein Foto, das ihr Gilarijs nach seiner Hochzeit mit einer zwanzig Jahre jüngeren Frau, einer Mallorquina, geschickt hatte, es war aufgenommen auf der Terrasse seines Hauses. Hinter einem strahlenden Gilarijs, einmal in seinem Leben glattrasiert, der den Arm um seine Braut geschlungen hatte, sah man nämlich nichts von dem gewaltig-schroffen, die Stadt dominierenden Hausberg, dessen Namen Johanna nicht kannte, der ihr aber jetzt half, sich zu orientieren. Gilarijs hatte einmal erwähnt, dass ihr Haus das letzte einer kleinen Straße war, ein altes Herrenhaus aus dem 19. Jahrhundert. Es konnte sich eigentlich nur am Rücken des Hausbergs befinden.

Der Taxifahrer ließ sie in der Stadtmitte aussteigen, sie hatte keine Peseten, aber er bot ihr in seltsam ausgesprochenem, aber doch klarem Deutsch an, sie könne ihn auch in Mark oder Dollar bezahlen, also gab sie ihm 100 Greenbacks und fing an zu suchen.

Im dritten Restaurant, in dem sie fragte und das vor allem von Holländern besucht zu sein schien, konnte erstmals jemand etwas mit ihren Informationen anfangen und beschrieb ihr einen Weg, der sie ein Stück zurückführte, vorbei an prächtigen, mit geschmiedeten Gittern verzierten, ungewöhnlich uneuropäisch wirkenden Gebäuden, in denen Rückkehrer aus den Kolonien ihren dort meist als Tabakpflanzer erworbenen Reichtum verbaut hatten.

Schließlich hatte sie die gesamte Innenstadt durchquert, die Häuser waren kleiner geworden und die Mauern um ihre Gärten und Innenhöfe immer höher. Sie erreichte einen schmalen Weg, den Camino de Coma, an dessen Kreuzung mächtige Oleanderbäume standen, die größten, die Johanna je gesehen hatte. Der Weg führte steil nach oben und nach einer Weile teilte er sich, aber sie blieb und folgte einer weitgestreckten Serpentine. Es wurde immer schwerer, die Häuser hinter ihren alten, aus Ziegelstein aufgebauten Mauern überhaupt ausmachen zu können, Oleander, Palmen und einheimische Sukkulenten ragten wuchernd und ließen das Ganze zu einem großen, in der Dämmerung duftenden Garten werden.

Unwirklich friedlich, lau, von einer zarten Brise umspielt, nahm sie eine Schleife nach der anderen, bis sie schließlich tatsächlich weit oben angekommen war und es nur noch ein Anwesen gab, das in Frage kam. Sie ließ ihren Blick schweifen und nun fiel ihr der weit unterhalb der Stadt liegende Hafen auf, der von zahllosen Lichtern erleuchtet wie ein fast perfektes Rondell inmitten bergiger Umfassung stand. In der Ferne entdeckte sie ein letztes Leuchten der untergegangenen Sonne.

Es war ein prächtiger Anblick, die Gegend, die sich ihr alter Freund ausgesucht hatte, war ein Paradies, weit entfernt von den Schlachten, deren Lärmen längst verhallt und vergangen war und in denen sie beide zu Freunden geworden waren. Es gab niemanden, bei dem sie sich sicherer gefühlt hätte als bei ihm, und Sicherheitstechnik war ja auch Gilarijs' Spezialität.

Früher hatte er für seinen Dienst Alarmanlagen analysiert und Einbruchpläne konzipiert. In den Neunzigern wechselte er die Seite und begann für Sicherheitsfirmen zu arbeiten, entwarf Anlagen für die Stadtwohnungen bekannter Fußballspieler aus der Premier League oder Schauspieler.

Zwischenzeitlich war er zu einem Spezialisten von Keyless Security geworden, eines neuen technischen Trends, der es sich zum Ziel gemacht hatte, den unabhängig vom Schloss für sich existierenden physischen Schlüssel abzuschaffen und durch ein untrennbar mit der Identität des Schlüsselträgers verbundenes Merkmal zu ersetzen. Die Technologie war noch in ihren Anfängen, aber es gab genügend Firmen wie auch Privatleute, die schon darauf vertrauten, dass ein Fingerabdruck oder die spezifische Ausbildung der menschlichen Retina ein zuverlässigeres Mittel zur Gewinnung von Sicherheit darstellten als selbst ein hochkomplexer, aus mehreren Ebenen bestehender und auf den tausendsten Teil eines Millimeters gefeilter Schlüssel, der, einfach weil es ihn gab und weil man ihn brauchte, um den sperrenden Schlosszylinder zur Drehung zu bringen, durch einen präzise nachgemachten oder auch simulierten Schlüssel ersetzt werden konnte.

Johanna hatte das Ende des Weges erreicht und ein großes, hölzernes Tor in der Mauer entdeckt, aber es gab kein Namensschild und keine Klingel – alles andere wäre bei Gilarijs übrigens ein Wunder gewesen. Sie war unschlüssig, dachte, dass es vielleicht doch ein Fehler gewesen sein könnte, ihren Freund nicht wie vereinbart am Flughafen anzurufen, denn wie sie jetzt vor verschlossener Tür stand, wusste sie nicht, wie sie Gilarijs auf sich hätte aufmerksam machen sollen, außer vielleicht durch lautes Schreien und das kam natürlich nicht in Frage.

Sie war stets eine weiche Agentin gewesen, eine mit Psychologie und Verführung arbeitende Akteurin, die bei allem, was sie unternahm, auf die Hilfe technisch versierter Kräfte im Hintergrund angewiesen war. Sie konnte die Begierden und geheimen Wünsche anderer belauschen und mit diesem Wissen Herzen öffnen. Betrat sie ein Szenario, war alles schon vorbereitet, denn sie selbst konnte weder mit Wanzen noch mit Dietrichen umgehen. So manches Mal hatte sich ihre technische Unfähigkeit als Problem herausgestellt, vor dessen bitteren Konsequenzen sie durch einen ihrer Beschützer gerettet worden war. Sie stellte ihre Tasche neben sich auf die Straße. Die Mauer schien ihr unüberwindlich. Sie dachte darüber nach, ein Stück zurückzugehen und in einem der weiter unten gelegenen Anwesen zu klingeln und zu fragen, ob sie das Telefon benutzen konnte. Vielleicht hätte sie sich doch endlich wieder ein Handy zulegen sollen, aber damals, bei ihrer großen Analogisierungsaktion, hatte sie auch ihr erstes Mobiltelefon vernichtet. Denn Mobiltelefone ließen sich orten. Es gab ortungssichere Geräte, aber es wäre schwierig geworden, eines zu besorgen.

Seitdem hatte sie ausschließlich von öffentlichen Telefonen aus gesprochen, weniger weil sie eine tatsächliche Verfolgung annahm, sondern weil sie gewappnet sein wollte. Man nahm eine neue Verhaltensweise ein, viel früher, bevor es darauf ankam. Würde man eine Schwedin zu spielen haben, kramte man nicht am Abend vor dem Abflug den Sprachführer hervor und fing an, sich einzuprägen, wie man »Guten Tag« und »Ein Schnitzel bitte« sagte.

So wie es ihr Bronski beigebracht hatte, versuchte sie alles, was sie als richtig erkannte, in einer bestimmten Veränderung ihrer Praxis umzusetzen: Einmal hatte sie sich – auf einen Schweizer Industriellen angesetzt, der ein fanatischer Jäger war – sogar einen Hund besorgen lassen, mit dem sie an ihrer Hundephobie arbeitete. Sie lernte nicht nur, wie man mit den Tieren umgeht, sondern entdeckte ein sie selbst erstaunendes Talent. Sie hatte geübt, und die Übung hatte das Können befreit. Also übte sie nun, sich so zu benehmen, als wäre der Ernstfall eingetreten, als wäre man ihr auf den Fersen und als ginge es darum, untergetaucht zu bleiben.

Nun stand sie allerdings kurz davor, erst einmal sicher aufzutauchen, da sie endlich ihr Luftloch erreicht hatte: Gilarijs' Haus. In ihrer Empfindung glich es jenen Orten, an denen sie sich früher, als aktive Agentin, von ihren jeweiligen Aktionen erholen konnte, und zwar ohne den Stress, der zu Hause in einer womöglich noch nicht eingeweihten Familie entstanden wäre. So kehrte zum Beispiel die Sportlehrerin von ihrer Trainerschulung, die in einer Trainingsstätte des Tschechischen Schwimmverbands stattgefunden hatte, heim, um dann von der freundschaftlichen Atmosphäre zu erzählen, die zwischen ihr und den Kollegen aus fast allen Bruderstaaten geherrscht hatte. In Wahrheit war sie aber vielleicht bei einer hochgeheimen Aktion in den Niederlanden gewesen, nahe daran, eine Waffe zu zücken oder womöglich mit einem belgischen Politiker ins Bett zu gehen, der über wichtige Informationen aus dem NATO-Hauptquartier verfügte.

Um den Druck aus dieser Art von Konflikt zu nehmen, gab es Zwischenstationen, die den Stätten intensiver Schwimm- und Skilehrgänge, auf denen sie vorgaben, gewesen zu sein, bis auf die Tannennadel glichen: aber es hatte sich dabei eigentlich nicht um Trainingsstätten gehandelt, sondern um eine Mischung aus Luxushotel mit Intershopzugang und Privatclub, in dem man mit lieben Kollegen zusammenkam, vielleicht einmal kurz von seinem Führungsoffizier angerufen wurde, sich auf jeden Fall auf sichere Weise aussprechen konnte. Sicherlich genossen sie dort Privilegien – aber wichtiger als der normale westliche Standard, den sie ja durch ihre auswärtige Einsatzarbeit in seiner Alltäglichkeit gewohnt waren, war die Gemeinschaft, die sie dort erleben konnten. Es war eben nun einmal so: Bei den meisten verlängerten sich die Legenden aus ihren Einsätzen auf die eine oder andere Weise in ihr Privatleben hinein. Richtig unter sich sein, sich austauschen und auch seinen Gefühlen freien Lauf lassen konnte man eigentlich nur dort.

Kurz vor ihrer Umsiedelung, als sie noch Renate Voss hieß, hatte sie Gilarijs kennengelernt. Damals war sie ja auch noch ins Wasser gegangen, und während sie Bahn um Bahn zog, hatte es sich Gilarijs am Beckenrand in einem Lehnstuhl bequem gemacht und gelesen.

Er besaß in seinem äußeren Erscheinungsbild eine provokante Nähe zu dem, was man zu dieser Zeit im Westen einen Hippie genannt hätte, eine Erscheinung, die als westliches Dekadenzphänomen eigentlich unstatthaft war, aber jemandem mit Gilarijs' Qualitäten gerade noch erlaubt wurde. Seine Technikbegeisterung und sein unstillbarer Appetit nach Büchern der Strugatzkis, Lems und Asimovs hatten etwas gänzlich Naives. Gleichzeitig ließ er nie einen Zweifel daran, dass der Westen technologisch auf vielen Feldern voraus war: Er aber war fest entschlossen, diesen Nachteil, wo immer es ging, durch Improvisation auszugleichen.

Entgegen den Vorschriften hatten sie Telefonnummern ausgetauscht, und ein paar Monate nach Johannas Übersiedelung hatte sie ihn heimlich angerufen. Sie liebte es, mit ihm zu plaudern. Er war einer ihrer besten Freunde gewesen, und nun war er der letzte und einzige Freund, der ihr geblieben war.

Der aufragende Wall aus mallorquinischem Stein, der noch zwischen ihnen beiden stand, würde sie nun wirklich nicht aufhalten können. Sie stellte ihre Tasche in die Tordurchfahrt und ging weiter an der Mauer entlang. Das erwachende Leben der nocturnen Insekten und die sehnsüchtige Vorfreude darauf, es sich endlich mit einem Glas Rotwein auf der Couch bequem zu machen, versetzten sie in einen merkwürdig euphorischen Zustand. Lächelnd suchte sie die Mauer nach größeren Unregelmäßigkeiten ab, studierte das Geflecht der Ritzen und Vorsprünge, die sich aus der Unterschiedlichkeit des Baumaterials ergaben, und nach einer Weile glaubte sie so etwas wie einen gangbaren Weg gefunden zu haben. Sie musste es nur irgendwie schaffen, ihre linke Hand um den kleinen Vorsprung zu klammern, dann könnte sie sich hochziehen, mit den Füßen Halt suchen und sich weiter oben mit der rechten Hand einkrallen. Eine weitere Möglichkeit, wieder auf der linken Seite höherzukommen, hatte sie auch schon entdeckt und danach könnte sie mit der rechten Hand über den Sims der Mauer gelangen und sich endgültig hocharbeiten.

Sie hatte sich gerade darangemacht, einen ersten Tritt für ihren linken Fuß zu suchen, als sie ein nicht besonders lautes Geräusch vernahm, das von weiter unten, aus der Richtung des Tores kam. Sie ging zurück, sah aber niemanden, alles wirkte genauso wie fünf Minuten zuvor. Ein Impuls gab ihr ein, nach dem Pfefferspray zu suchen, das sie in ihrer Tasche hatte. Sie musste einen winzigen Augenblick überlegen, wo sie sie hingestellt hatte, dann fiel es ihr wieder ein. Und genau in jenem Augenblick hatte sie auch begriffen, dass in der Mauer des Tores keine Tasche mehr stand.

*

Die beiden hatten sich in der Küche an kalten Kleinigkeiten gestärkt und nun saßen sie im Wohnzimmer des Herrenhauses zusammen. Schön langsam rückte sich für Johanna wieder alles zurecht. Nachdem sie den Diebstahl der Tasche bemerkt hatte, war sie sehr erschrocken, hatte um sich geblickt, ohne jemanden ausmachen zu können, und war irgendwann so nervös geworden, dass sie begonnen hatte, gegen das Tor zu klopfen und laut und auf Russisch auf sich aufmerksam zu machen.

Als Gilarijs nach kurzer Zeit im Bademantel das Tor geöffnet und sie verdutzt, und sogar ein wenig verärgert, wie es schien, in Empfang genommen hatte, war ihr der Vorfall peinlich. Doch der alte Freund hatte es ihr offenbar nicht weiter übel genommen. »Freundschaft ist kein Zufall!« – das war einer von Gilarijs' Lieblingssprüchen.

Gerade erzählte er ihr, dass seine Jungvermählte für ein paar Tage aufs Festland gefahren war, eine Cousine besuchen.

»Wo hast du sie eigentlich kennengelernt?«

»Ich traue es mich gar nicht zu sagen – Angelina war Stewardess bei British Airways. Auf einem Flug nach London ist ihr ein Glas Chardonnay ausgekommen …«

»Und auf dich drauf?«

»Es traf einen Geschäftsmann auf der anderen Seite. Vielleicht hatte er gerade einen besonders schlechten Tag, jedenfalls fing er an, wie wild loszubrüllen. Ein paar Leute hinter uns schossen von ihren Plätzen hoch, weil sie schon dachten, es gäbe eine Entführung.«

»Und du?«

»Ich …« – er zögerte und fuhr sich über den dichten Dreitagebart, »ich bekam einen schweren Asthmaanfall …«

»Ich wusste gar nicht, dass du … ach so …« Johanna lächelte. »Du hast sie gerettet …«

»Ja …«

Am wenigsten hätte sie Gilarijs prophezeit, jemals als Ehemann zu enden. Die fröhliche, blumengeschmückte Ordnung des Hauses, die wohlversehene Aufgeräumtheit des Gästezimmers und zahllose andere Kleinigkeiten ehelichen Zusammenlebens beeindruckten Johanna. In ihm einen gleichfalls bindungslosen Freund zu wissen hatte sie manchmal getröstet. Nun staunte sie über den friedlichen Abzweig aus dem Agentendasein, den Wohlstand ihres Freundes, seine Gesetztheit. Über die geöffnete Terrassentür drang herrliche warme Luft herein und der nächtliche Wohlklang des Insektenlebens der Insel.

»Was hast du denn nun über das Haus herausbekommen?«

»Nachdem du mir Straße und Hausnummer durchgegeben hattest, habe ich einen Freund von der New Yorker Hafenbehörde angerufen und der hat mir einen Zugangscode zum Grundbuchamt verschafft. Mann – den habe ich vorletztes Jahr mal kennengelernt, hätte nie gedacht, dass ich den so bald so gut gebrauchen könnte. In einer halben Stunde hatte ich nicht nur alles über Gay Street Nummer 12 herausgefunden, die ganze Straße lag vor mir – offen wie ein Buch.«

»Wem gehört das Haus?«

»Keiner Privatperson, sondern einer Stiftung.«

»Eine Stiftung?«

»Ja. Informationen über die zu bekommen war dann ganz leicht, das muss in Amerika alles offiziell veröffentlicht sein. Es ist die *Walter B. Gibson Memorial Foundation*. Gegründet 1989 in New York. Vorsitzender ist ein gewisser M. Francis Donovan. Andere Namen waren nicht zu finden, aber ich habe ein bisschen nachgebohrt und es könnte sein, dass dieser Donovan einer Familie entstammt, die über beträchtlichen Immobilienbesitz verfügt. Ursprünglich waren die Donovans Metzger, in den Dreißigern betrieben sie Schlachthöfe und später, nach dem Krieg, machten sie ein Vermögen, indem sie die Schlachthäuser abrissen und an deren Stelle riesige Appartementkomplexe hinstellten. Eine Zeit lang spielten sie in einer Liga mit Leuten wie Donald Trump, aber jetzt scheinen sie mehr auf reine Verwaltung ihres Vermögens umgeschaltet zu haben. Wenn der Donovan von der Stiftung aus dieser Familie stammt, dann war das vielleicht der Maskierte …«

»Worum geht es bei der Stiftung?«

»Walter B. Gibson war ein Autor von Romanserien. Zauberlehrbücher hat er geschrieben, Bücher über Spiritismus und Hellseherei. Die Stiftung hat nicht nur das Haus, in dem er gelebt hat, sondern auch einen Großteil seines physischen Nachlasses erworben. Der Zweck der Stiftung ist, in den Räumen des Hauses irgendwann ein Museum zu eröffnen. Noch ist es für die Öffentlichkeit nicht zugänglich. Ich hab mir schon ein paar seiner Bücher bestellt, leider nur auf Englisch. Hat auch Science-Fiction geschrieben.«

»Ich kann mich an ein paar Bilder erinnern und Plakate, jetzt wo du das sagst. Wie hießen denn die Bücher?«

»Nun, seine erfolgreichste Geschichte war eine Krimi-Serie: ›The Shadow‹, davon hat er Hunderte geschrieben.«

»Was ist? Hast du ›The Shadow‹ schon mal gehört?«

»Nein, nein, ich …«

»Ich bin mir jedenfalls ziemlich sicher, dass das auch auf den Plakaten stand. Der Raum war eine regelrechte Bibliothek.«

Sie blickte ernst, raffte sich zu einem Lächeln auf, wollte etwas sagen, aber verzichtete darauf.

»Du machst dir Sorgen?«, fragte Gilarijs.

»Was bleibt mir schon übrig, als es mit dem Maskierten zu versuchen? ›Nordpol‹ ist das Letzte, was mir geblieben ist. Sogar die Wohnung in Bad Godesberg habe ich verkauft – das wars dann mit dem Familienschmuck.«

Gilarijs stand auf, holte die Flasche noch einmal an ihren Tisch und goss Johanna nach. Er hob seine Stimme, als er das Folgende sagte:

»Das Einzige, was dir jetzt vielleicht noch in die Quere kommen könnte, wärst du selbst. Wenn du zu lange zögerst.«

»Du meinst also auch, dass mir irgendjemand folgt?«

»Nein, das meine ich nicht. Nicht unbedingt. Aber je schneller du handelst, desto besser. Du kannst einfach nicht wissen, ob irgendjemand anders, unabhängig von dir, auch schon über Informationen von dem Schatz verfügt.«

»Unmöglich. Niemand weiß davon.«

»Niemand?«

»Gut, Bronski. Aber wenn der gegen mich ist, bin ich sowieso aufgeschmissen. Ihm muss ich einfach trauen, er allein weiß, wo der Schatz liegt. Seinem Versprechen, mir zu helfen, wenn es so weit ist, muss ich vertrauen. Warum sonst hätte er mir die Akte überhaupt gegeben?«

»Gut. Und du bist vollkommen sicher, dass es trotzdem nicht doch noch jemanden gibt?«

»Die unmittelbar Beteiligten sind alle umgekommen, bis auf den Mann, den Bronski, soweit ich weiß, in Chile getroffen hat. Er hat es damals nicht mehr zum Flughafen geschafft. Das Flugzeug stürzte kurz nach dem Start ab. Das war April 1945. Alle sechs Insassen und der Pilot kamen dabei ums Leben.«

»Mag sein. Trotzdem – man hat niemals vollständige Kontrolle.«

»Ich weiß. Der eine Unbekannte, mit dem man immer rechnen muss.«

»Dein Zögern erhöht das Risiko. Die Sache ist kompliziert

genug. Hat man einmal angefangen, an einem Zeitschloss zu arbeiten, dann muss man weitermachen. Du weißt doch – wenn der Zeitpunkt gekommen ist, kannst du dir keine Verzögerung mehr erlauben. Sonst blockiert die Mechanik und bleibt für immer geschlossen.«

»Ich weiß ja, dass du recht hast. Kann man von irgendwo hier ein Telegramm schicken?«

»Klar, auf der Post unten in Sóller, morgen früh. Wohin soll es denn gehen?«

»Wien. Wenn ich darf, würde ich morgen noch hierbleiben und dann gleich weiter zu Bronski fliegen.«

Sie strich sich eine Strähne aus der Stirn und lächelte bitter. Alles hatte sie von Bronski gelernt, einem Vertreter jener in Exil und Untergrund herangereiften Generation späterer Geheimdienstoffiziere, für die das Leben in Verstellung und Tarnung zuallererst ein Mittel zum Überleben während der Jahre des Faschismus gewesen war. Auch später, längst auf die Seite der Macht gewechselt, spürte man an ihm immer noch die Prägung durch jene dunklen Jahre auf der Flucht.

Einmal war es darum gegangen, ob er für einen bestimmten seiner Genossen die Hand ins Feuer legen würde, und da hatte er, lächelnd, aber mit ernster Stimme gesagt, »die eine Hand ganz, und von der anderen vier Finger. Einen Finger braucht man im Klassenkampf immer noch, um abdrücken zu können.« Sie seufzte und legte Gilarijs eine Hand auf seinen Arm.

»Bin gespannt, wie es Bronski geht.«

»Wie alt ist er mittlerweile?«

»Er wird bald achtzig!«

»Da kannst du wohl von Glück sagen, wenn du ihn überhaupt noch lebend antriffst.«

Johanna biss sich auf die Lippen. Sie verstand ihr jahrelanges Zaudern selber nicht mehr. Letztlich war es der unheimliche Beobachter in Limbaži, dem sie die sich jetzt langsam entfaltende Dynamik verdankte. Wer immer ihn geschickt hatte, hatte sie damit erst in Aktion gebracht.

»Wenn ich Bronski gesprochen habe und endlich weiß, in welcher Stadt der Schatz liegt, dann werde ich erst recht wieder deine Hilfe brauchen, Gil, ich sage es lieber gleich.«

»Was immer du brauchst.«

»Technische Unterstützung!«

»Du kanntest früher doch Techniker genug?«

»Nein, niemand von früher. ›Nordpol‹ ziehe ich noch durch und dann will ich einfach, dass Schluss ist. Keine neuen Verpflichtungen bei alten Seilschaften. Brauch nichts, was dann noch an mir klebt … Gil – bis jetzt bin ich nicht aufgeflogen – aber wer weiß, vielleicht taucht doch noch irgendwo etwas auf. Ich will verschwinden, verstehst du?«

Gilarijs nickte, rieb die Knöchelchen seiner Hände aneinander und Johanna bemerkte zum ersten Mal, dass er keinen Ehering trug.

»Gil, du wirst mir einen exzellenten Schließtechniker besorgen müssen, einen, der mit unserer Geschichte nichts zu tun hat. Ich will einen Profi!«

»Wie du weißt, verkaufe ich jetzt Sicherheitstechnik …«, er zog seine Stirn kraus und blickte sie dunkel an.

»Ich darf so jemanden gar nicht kennen.« Doch nach einer Sekunde Düsterkeit grinste er. »Aber mach dir keine Sorgen, ich kenne jemanden, der jemanden kennt. Ich besorge dir schon deinen Einbrecher!«

KAPITEL 9

Eine Letzte

Auf der Autobahn war ein Lastwagen umgestürzt und hatte den Verkehr für eine gute halbe Stunde zum Erliegen gebracht. Mit einer gewissen Nervosität hatte Alexander den Innenraum des Porsche von zahllosen Blaulichtern aufgewühlt gesehen. Das Letzte, was er jetzt hätte gebrauchen können, wäre eine Alkoholkontrolle gewesen. Weit nach Mitternacht war er dann endlich in der Stadt und erfreulicherweise fand er, nachdem er nur zwanzig Minuten seine Runden im immer noch stark frequentierten Marais gedreht hatte, einen Parkplatz in einer kleinen Seitenstraße. Er stellte den Motor ab, ließ das Lenkrad einrasten und starrte minutenlang auf die abblätternden Fassaden. Es war eine typische kleine Straße voller Hinteraus- und Lieferanteneingänge, nur ein paar Ecken von seiner Wohnung entfernt. Er nahm das Geldköfferchen vom Beifahrersitz, stieg aus, holte den Rollkoffer mit seiner Garderobe, seinem Werkzeug und den drei Weinflaschen, die er hatte retten können, aus dem Kofferraum und verschloss den Porsche. Gleich darauf glaubte er hinter sich ein kleines, aber scharfes Geräusch zu hören. Seine Hand krampfte sich sofort um den lederumwickelten Griff des Geldköfferchens und dann drehte er sich um und warf einen Blick die Straße hinunter, aber da war kein Mensch zu sehen. Er musste schlucken, war viel zu nervös. Seine schlechte Verfassung mochte auch daran schuld sein, dass sich jenes befreiende, aufatmende Gefühl, das ihn für gewöhnlich spätestens mit den ersten Schritten auf Pariser

Grund überkam, ausblieb. Alles war wie sonst, die Laternen glänzten, wie sie es immer taten, doch ihre fragilen Gestalten entzückten ihn nicht. Der leichte Nebel, der sie umspielte, ließ ihn frösteln. Seine Schritte auf dem Trottoir, das harte Klacken seiner Ledersohlen klang hohl. Sein Rollkoffer blieb ein paar Mal in den Ritzen des Pflasters hängen, jedes Mal durchzuckte es ihn und er wäre mittendrin am liebsten stehen geblieben. Er schob seine Nervosität und sein Unbehagen auf seine Erschöpfung und vor allem natürlich darauf, dass er das Geld bei sich hatte. Bevor er nach Berlin fuhr, musste er es unbedingt noch auf die Insel bringen, dann würde er unbesorgt fahren können.

Er bog nach links, weiter vorne sah er die Lichter eines Bistros, in dem er nachmittags manchmal ein Bier trank. Es freute ihn, es so spät noch geöffnet zu sehen, er würde sich, da es auf dem Weg lag, schnell noch mit Zigaretten und Feuer versorgen.

Das Innere war viel weniger hell, als er es erwartet hatte. Die meisten Stühle waren bereits nach oben gestellt, aber an der Theke saß noch jemand, der sich leise kichernd und für Alexander unverständlich mit sich selbst und seinem Whisky unterhielt. Bedienung konnte er keine entdecken, also gab er nach einer Weile einen Ruf von sich, aber es kam niemand. Dafür drehte sich der Mann an der Theke zu ihm um, es war ein gutgekleideter, allerdings leicht derangiert wirkender Maghrebiner, der vollkommen betrunken war und ihn blödsinnig angrinste.

»Guten Abend«, sagte Alexander, »jemand da? Patron?«

Der andere sagte ihm grinsend etwas auf Arabisch, und obwohl Alexander das nicht verstand, hörte er doch heraus, dass der Mann schwer lallte.

Alexander schüttelte den Kopf, machte sich jetzt ein wenig lauter bemerkbar, aber es kam noch immer niemand. Der Maghrebiner murmelte etwas, kicherte, nahm einen winzigen Schluck aus seinem Glas und drehte sich wieder weg.

Alexander stellte sich vor die große Auslage von Tabakwaren, an deren Kasse tagsüber meistens eine ältere Frau saß, die immer dieselbe Zeitschrift durchzublättern schien und ihren Kunden kaum je einen Blick schenkte. Er wartete noch eine kleine Weile, legte, ungeduldig, wie er war, das Geldköfferchen schließlich auf der Theke ab, holte seinen Geldbeutel heraus, entnahm ihm einen Zwanzig-Francs-Schein, platzierte ihn auf das Geldschälchen an der Kasse, stützte sich jetzt mit einer Hand auf die Theke, um sich hinüberzubeugen und sich die erstbeste Schachtel *Gauloises* mit Filter zu greifen, an die er herankam. Streichhölzer lagen neben der Kasse. Doch gerade als er sich ein Schächtelchen genommen und mit Vergnügen zur Probe geschüttelt hatte, kam der Barkeeper, der sich im Keller aufgehalten hatte, um ein paar Mausefallen auszulegen, zurück, trat an die Theke und sah die Zigaretten und die Streichhölzer in Alexanders Hand.

»Ist nicht zu fassen! Schön langsam habe ich es satt! Was machen Sie da? Ich bin keine Minute weg und schon werde ich beklaut. Legen Sie die Sachen sofort wieder hin …«

Er war kleiner als Alexander, gedrungen, bewegte sich aber flink wie ein Boxer – seine Haare waren grau, aber noch ganz voll. Er hatte nur einen kleinen Akzent.

»Sehen Sie doch«, sagte Alexander, »ich habe das Geld hier hingelegt. Ich habe zehn Minuten lang gerufen, aber es kam niemand. Und der Herr da konnte mir auch keine Auskunft geben.«

»Lassen Sie meinen Bruder aus dem Spiel. Der spricht kein Französisch. Einen Zwanziger haben Sie hingelegt? Diesen da? Woher weiß ich, dass Sie nicht noch mehr geklaut haben?«

»Ich habe überhaupt nichts geklaut. Sehen Sie doch das Geld!«

»Geld! Was ist in dem Koffer? Bestimmt haben Sie ihn vollgestopft mit Zigaretten! Machen Sie auf!«

»Kommt gar nicht in Frage. Das geht Sie nichts an.«

»Dass Sie uns beklauen wollen, geht mich nichts an? Wissen

Sie was, ich rufe auf der Stelle die Polizei.« Der Barkeeper schrie, offenbar ein hochgradiger Choleriker, dem man anmerkte, dass er sich kaum noch im Griff hatte. Der betrunkene Bruder mischte sich auf Arabisch ein, der Kellner bellte böse zurück, nahm währenddessen aber einen Telefonhörer in die Hand, drauf und dran, seine Drohung wahr zu machen.

»Hören Sie doch«, sagte Alexander, »ich war auf dem Weg nach Hause, habe noch Licht gesehen, bin hier rein, habe gerufen, es kam niemand. Dann habe ich das Geld auf den Tresen gelegt und mir eine Schachtel genommen, eine einzige, sehen Sie doch.« Alexander hielt ihm die *Gauloises* hin.

»Dann verstehe ich nicht, Monsieur, wieso Sie mir nicht einfach zeigen, was in dem Koffer drin ist.« Er schwieg einen Moment, und dann sagte er leutselig und betont ruhig: »Das muss ich doch nachprüfen. Vielleicht haben Sie auch noch in die Kasse gefasst und sich Geld herausgenommen?«

Bevor Alexander antworten konnte, schaltete sich jetzt wieder der Betrunkene ein, stellte seinem großen Bruder eine Frage, auf die dieser überraschend sachlich zu antworten schien, dann wirkte es so, als mache der Trinker dem anderen einen Vorschlag, der Barkeeper nickte jedenfalls und kratzte sich nachdenklich am Kopf. Mit sanfter Stimme sprach er weiter.

»Wir machen Folgendes: Ich rufe jetzt die Polizei, der können Sie erklären, was in dem Koffer ist. Ich weiß es nicht, aber ich kann Sie auf keinen Fall gehen lassen. Ich bin hier nur angestellt.«

Er legte den Telefonhörer einmal kurz auf die Gabel, dann hob er erneut ab und tat so, als ob er die dreistellige Polizeinotrufnummer tippen würde. Dabei warf er seinem betrunkenen Bruder ein Grinsen zu, hob sich den Hörer schwungvoll an sein gewaltiges rechtes Ohr und fixierte dann wieder Alexander. Das Vergnügen an der Situation blitzte ihm aus den kleinen, leicht verquollenen Augen.

Es fiel Alexander unendlich schwer, einzuschätzen, ob der

andere bluffte oder tatsächlich nur noch ein paar Freizeichen von einem verständnisvollen Beamten entfernt war, der nicht zögern würde, dem bedrängten Bürger denjenigen der zahllosen Streifenwagen auf den Straßen von Paris vorbeizuschicken, der ihm und dem vermeintlichen Zigarettendieb am nächsten war.

Er sah sich seinen Quälgeist an, einen lächerlichen Wichtigtuer, der den großen Bruder herauskehren wollte. Alle seine Erfahrung sagte ihm, dass er leicht mit ihm fertig werden würde – ganz gleich, auf welchem Weg. Er musste sich jetzt nur für einen entscheiden. Einfach das Lokal zu verlassen wäre das Leichteste. Dem Kellner ein wenig Geld anzubieten das andere.

Seine Wohnung war zwei Straßen entfernt, und er hätte heulen können, dass er schon wieder feststeckte. Daneben fühlte er aber auch zunehmendes Unbehagen – denn die Schwelle seiner Wohnung war ihm heilig. In ihrer Nähe wollte er eigentlich jedem Ärger aus dem Weg gehen.

Sein Peiniger hinter der Theke machte nun ein Gesicht, als ob er am Telefon etwas hören würde, zog die Augenbrauen hoch und atmete vernehmlich tief ein. Alexander musste jetzt schnell irgendeine Reaktion zeigen – am besten das Portemonnaie zücken und Geld sehen lassen, auch wenn immerhin das Risiko bestand, dass er dem anderen immer noch weitere Hinweise lieferte, etwas zu verbergen zu haben.

Aber er konnte sich nicht entscheiden, war sich so unsicher, dass die beiden Handlungsmöglichkeiten abstrakt wurden, forttrieben und ihm entglitten. Wie war es nur möglich, dass ihn eine lächerliche Kleinigkeit vor solche Schwierigkeiten stellte? Er wusste, dass er mit dem anderen fertig werden konnte, aber etwas schnürte ihm die Kehle zusammen und ließ ihn erstarren, während seine Hände anfingen zu zittern, sodass ihm nichts einfiel, als sich an der Theke festzuhalten und dem anderen ins Gesicht zu starren, unfähig, den Blick von ihm abzuwenden, panisch wach, doch zur gleichen Zeit unsagbar erschöpft.

Er schnappte erschrocken nach Luft, da er jene beklemmende Enge zurückkehren fühlte, die ihn im Keller von Monte Carlo fast erstickt hätte, ansatzlos, wie ein gefedertes Vieh, ließ sich die Angst erneut auf seinen starren Schultern nieder, ein Flüstern von sich gebend, das ihn umschlang und unnachgiebig sein Herz zu kneten begann. Angst. Die Angst war zurück. Musste sofort etwas tun. Einen neuen Ausweg suchen. Etwas unternehmen. Jetzt.

1925

Seit ein paar Tagen funktioniert der Ventilator nicht mehr, aber Carl kam einfach noch nicht dazu, ihn zu reparieren. Die wulstige Narbe, die seine Stirn verunziert, juckt vom Schweiß, den er sich jetzt mit dem linken Hemdsärmel sorgfältig trocknet. Er hört ein paar versprengte Klänge von Posaunen, die durch das Fenster hereindringen, zusammen mit der schweren Luft des schon sehr warmen Vormittags.

Die Marschmusik muss von der Maidemonstration stammen, die auf der Flatbush Avenue vorüberzieht. Er erinnert sich an die letzte Kundgebung, an der er 1923 in Velbert teilgenommen hatte, in der aufgewühlten Stimmung des Ruhrkampfs, aber seit er hier in Amerika lebt, fühlt er sich nicht mehr als Arbeiter, sondern als Unternehmer.

Dann liest er sich den Satz, den er mittendrin abgebrochen hat, noch einmal durch und fügt mit ausgesucht deutlicher Schrift hinzu, »– was geschehen ist, ist geschehen und wir können es leider niemals ändern. Es tut mir wirklich leid. Doch bin ich auf der anderen Seite auch froh, dass ich nach Amerika gekommen bin. Hier im Geschäft jedenfalls, das ich mit einem Partner betreibe, läuft es sehr gut. Brooklyn und New York sind ganz andere Städte als Velbert oder Barmen. Große Menschenmengen aus aller Herren Länder bevölkern die Straßen und es gibt so viele Geschäfte und Läden, die alle gesichert und verschlossen sein wollen. Da man hier täglich vielen Fremden begegnet, ist das gegenseitige Misstrauen so groß, dass uns die Arbeit niemals ausgeht. Mein Partner Joe Lieberman kümmert sich um die Bestellungen und rechnet ab, ich liefere unsere Waren aus und baue die Schlösser ein.«

Am liebsten würde er noch hinzufügen, dass auch für einen dritten Mann noch Platz sei, schreibt das aber dann doch nicht, sondern macht einen großen, entschiedenen Punkt. Eigentlich sollte damit alles gesagt sein, aber da ja so vieles davon abhängt, setzt er das Wichtigste, das er weiter oben schon einmal geschrieben hat, in anderen Worten noch einmal hinzu:

»Bitte sagen Sie Josef, dass mir alles, was geschehen ist, leidtut. Teilen Sie ihm mit, dass ich mich unbedingt freue, von ihm zu hören. Er kann jederzeit an die Adresse unseres Geschäfts schreiben. Vielleicht kommt er mich auch einmal besuchen. Aber natürlich ist das eine weite Reise. Aber schreiben soll er auf jeden Fall.«

Carl fasst sich einmal kurz an seine hohe Narbe, die er quer über die Stirn trägt, doch regt sich kein Groll in ihm. Ja, er hat die Wahrheit geschrieben, er will seinen besten Freund unbedingt wiedersehen. Er wünscht sich, Josef könnte sehen, wie weit man in Amerika mit harter Arbeit kommen kann. Zehn Minuten doktert er mühsam an einer entsprechenden Formulierung herum. Aber es fällt ihm nichts ein, also unterstreicht er den letzten Satz einfach nur.

Dann schreibt er noch einmal Grüße und Wünsche an Josefs Familie, vor allem an den Vater, seinen ehemaligen Lehrherrn, und unterschreibt den Brief gewohnheitsgemäß mit Carl, der englischen Version seines Namens, Schwarz, Brooklyn.

Froh, seine Hemmung, sich in Velbert zu melden, endlich überwunden zu haben, liest er den Brief noch einmal durch und entdeckt ein paar Fehler, die der Tatsache geschuldet sind, dass er hier in Amerika ja vor allem Englisch spricht und schreibt. Wo er kann, bessert er aus, und an einer Stelle streicht er ein ganzes Wort.

Dann faltet er den Brief zusammen und steckt ihn in einen Geschäftsumschlag, dessen feiner Aufdruck mit ihrem Firmennamen ihn stets über die Maßen freut: »Lieberman & Schwarz – Safes, Schlösser und Beschläge – Brooklyn«.

Der Geschmack der Gummierung ist ihm wie jedes Mal wieder angenehm, dann ist der Umschlag zugeklebt, und da er in ein paar Stunden ohnedies geschäftlich in Chinatown sein muss, nimmt er Sakko und Hut und geht zu Liebermans Schreibtisch hinüber, der gerade dabei ist, einen großen Haufen Rechnungen zu kontieren.

»Charlie«, sagt Lieberman und wirft seinem Partner einen frohgemuten Blick zu, ohne aufzuhören, weiter Zahlen in die Rechenmaschine einzugeben, »mit den Handschellen aus Illinois lagen wir goldrichtig. Sind schon alle weg. Ich will sehen, dass ich später gleich noch einen Posten bestelle.«

»Weißt du, wann der Postdampfer nach Deutschland heute abgeht?«

»Moment …«, Lieberman unterbricht seine Arbeit, greift in das Regal hinter sich und schnappt sich das Kursbüchlein des Norddeutschen Lloyd, »der nächste Dampfer geht … oh, schon so bald. In zwei Stunden. Ist sogar ein besonders schneller: Bremen-Linie.«

»Das ist gut. Wie heißt das Schiff?«

»Es ist die ›Columbus‹, wenn du gleich losfährst, solltest du es eigentlich schaffen …« Lieberman grinst ihn an.

»Dann bis später.« Carl winkt mit dem Umschlag, den er so schnell wie möglich in den Händen eines Beamten des Norddeutschen Lloyd sehen will. Es müsste schon mit dem Teufel zugehen, sollte er auf diesen Brief keine Antwort bekommen.

ZWEITER TEIL

SAFE

»Denn der König gedenkt mit allen seinen Baronen
Hof zu halten in Feier und Pracht; er lässt sie berufen
Alle miteinander, so gut die Großen als Kleinen.
Niemand sollte fehlen! Und dennoch fehlte der Eine,
Reineke Fuchs, der Schelm! Der viel begangenen Frevels
Halben des Hofs sich enthielt. So scheuet das böse Gewissen
Licht und Tag, es scheute der Fuchs die versammelten Herren.
Alle hatten zu klagen, er hatte sie alle beleidigt.«

Goethe, »Reineke Fuchs«

KAPITEL 10

Ein Sohn wird erwartet

Eigentlich hatte er mit dem Ausbau der Gartenhausfenster warten wollen, bis es endlich wärmer geworden wäre, doch vor zwei Tagen hatte die Vormittagssonne den Schinken und das Spiegelei, das ihm seine Frau gemacht hatte, mit solch sehnsüchtig machender Leuchtkraft versehen, dass er gleich nach dem Frühstück zu Sommermeyer auf die Leonorenstraße gefahren war, um Schleifpapier und Bleigrund zu kaufen.

Doch dort hatte ihn der junge Sommermeyer selbst (der mittlerweile auch schon auf die fünfzig zuging und seinen Vater an Beleibtheit längst hinter sich gelassen hatte) zu seiner Enttäuschung darüber aufgeklärt, dass das Steglitzer Traditionsgeschäft Farben und Lacke habe auslaufen lassen. Die Konkurrenz der Baumärkte habe das Geschäft kaputtgemacht. Also war Werner notgedrungen zu der riesigen neugebauten Filiale einer großen Kette gefahren, die in Schöneberg stand, hatte sich eine Dose Grundierung besorgt (»Garantiert ohne Blei!«), um sich dann, ganz gegen seine eigentliche Absicht, nicht mit einigen Blättern Schleifpapier zu begnügen, sondern sich mit einer vergünstigt angebotenen Universalmaschine zu beschäftigen, mit welcher man flexen, schleifen, fräsen und polieren konnte, insbesondere in Ecken und entlang der Innenseite schlecht zugänglicher schmaler Kanten.

Der Preis der Maschine stand in keinem Verhältnis zu der kleinen Aufgabe, die er sich gestellt hatte, nämlich die selbst gemachten, vor etwa zwanzig Jahren eingebauten Fenster des Gartenhauses neu zu streichen. Und doch bedurfte es dann nicht einmal des Gedankens an seinen nahenden Geburtstag, um ihn, nachdem er sich schon von dem Verkaufsmodul entfernt und die Schlangen betrachtet hatte, in denen Dutzende junger Leute mit Rigipsplatten und Farbeimerbergen anstanden, noch einmal zurückgehen und das universale Miniaturwerkzeug aus dem Haus einer altbekannten deutschen Marke doch noch erwerben zu lassen.

Zu Hause kam ihm das Maschinchen wie ein Spielzeug vor, auf dem man zahllose, winzig kleine Aufsätze anbringen konnte, die im Inneren des mitgelieferten Holzkästchens aufgesteckt waren wie Werkzeuge aus einer Puppenwerkstatt.

Befremdet entdeckte er auf der Rückseite des schön gearbeiteten Kästchens einen eingebrannten Stempel mit dem Aufdruck »Made in China«, eine Information, die ihm die kleinen Trennscheiben, Polierbürsten und dreieckig geformten Spezialwerkzeuge, mit denen man angeblich die Ecken eines Werkstücks ausschleifen konnte, für einen Moment wie Fälschungen vorkommen ließ, unter einem bekannten, vertrauenerweckend alten Namen angeboten und deshalb umso enttäuschender.

Doch als er mit der Arbeit anfing und zunächst die beiden Fenster ausbaute, deren Rahmen er nach Dienstschluss einstmals selbst zusammengeschweißt hatte, stellte er vergnügt fest, wie hervorragend das chinesische Maschinchen funktionierte. Zwei Tage verbrachte er damit, sämtliche alte Farbe zu entfernen und die rostigen Stellen auszuschleifen.

Heute hatte er damit begonnen, die Fensterscheiben abzukleben, und gerade eben erst war er damit fertig geworden, die Eisenrahmen zu grundieren, die nun zum Trocknen auf der Werkbank standen. Die Fenster hatte er provisorisch mit Planen verhängt, dennoch aber war es kalt in der Hütte, und im Neonlicht über der Werkbank sah er deutlich seine Atemnebelwolken über dem feuchtglänzenden Metall.

Bis so spätnachts hatte er schon lange nicht mehr gearbeitet,

Werner war überrascht, dass es schon kurz vor zehn Uhr war. Auf dem SFB war eine Reportage über Opernsänger und ihre Schneider gelaufen, die letzte Zwischenmusik, irgendetwas Italienisches, ging gerade zu Ende, und als das Zeitsignal vor den Nachrichten kam, drehte er das Radio lauter, um die alte Uhr zu stellen, die aus der Küche seiner Eltern in Breslau stammte, die Flucht überstanden hatte und inzwischen etwas mehr als fünf Minuten am Tag verlor. Er hätte sie ja zum Uhrmacher gebracht, aber Bolling vorne am Schloss hatte letztes Jahr zugemacht und einen neuen Uhrmacher seines Vertrauens hatte er bislang noch nicht gefunden.

Vor der Werkbank stehend, den Kopf geneigt und die Hände in den Taschen seines Mantels, folgte er den Nachrichten. In zwei Stunden hatte er Geburtstag, seinen ersten runden als alter Mann, wie er kürzlich einmal gedacht hatte. Die Einstiegsmeldung berichtete vom kontrollierten Absturz der MIR, der ersten bemannten Raumstation, die sich die Russen nach fünfzehnjährigem Betrieb nicht länger hatten leisten können, was Werner bedauerte, war es ihm früher selber doch verschiedene Male gelungen, den künstlichen Trabanten in günstigen nächtlichen Konstellationen auszumachen und mit dem Fernrohr seiner rasend schnellen Bahn zu folgen. Raumfahrt war doch das Einzige, was er an Russland je gemocht hatte. Es ging weiter mit den fürchterlichen Folgen einer Ölpest vor der brasilianischen Atlantikküste, wo vor ein paar Tagen der Welt größte Bohrinsel im Meer versunken war. Irgendwelche afghanischen Fanatiker hatten unwiederbringliche, originale Buddha-Statuen aus dem fünften Jahrhundert gesprengt und der neu gewählte Präsident der USA, ein forscher Texaner, der Werner nicht ohne angenehme Empfindung an Präsident Reagan und die achtziger Jahre erinnerte, hatte angekündigt, aus einem Abkommen auszusteigen, das den komplizierten Namen einer japanischen Stadt trug und das Weltklima vor seiner Erwärmung schützen sollte – Werner konnte sich nach fünf Monaten Berliner Winter unter globaler Erwärmung einfach nichts Schlimmes vorstellen. Als die Nachrichten sich schließlich dem Sport widmeten, drehte er das Radio leise.

Er betrachtete die lackierten Rahmen eine Weile und sog noch einmal ihren Geruch nach frischer, gut erledigter Arbeit ein. Er dachte daran, den Besen zur Hand zu nehmen, doch dann erinnerte er sich fast mit einer gewissen Enttäuschung, dass er heute Vormittag vor dem Lackieren ja schon alles bis auf das letzte Staubkorn ausgefegt hatte.

Ein unschlüssiges Gähnen überkam ihn, während er die Halterung aus zwei exakt angebrachten starken Schrauben betrachtete, die das chinesische Universalwerkzeug an der Bretterwand hielten. Da auf der linken Seite kein Platz mehr war, hatte er die zylinderförmige Maschine in ihrem dunkelgrünen Plastikgehäuse unmittelbar neben Werkzeugen platziert, die er von seinem Vater, einem wahrhaft genialen Schlosser und Feinmechaniker, geerbt hatte.

Während sich eine große Sammlung von Dietrichen, Nachschlüsseln und anderem Schließwerkzeug oben auf dem Boden befand, bewahrte er die gröberen und schweren Werkzeuge seines alten Herrn in der Holzhütte auf. Es gab Feilen, Metallhobel, Hämmer und auch einen gusseisernen Schraubstock, den Josef Salem selbst entworfen und auf den Drehbänken der Kraftwerksschlosserei vorne am Kanal angefertigt hatte.

Alexander hatte oft daran gearbeitet, als er noch klein war. Werner hatte immer gestaunt, wie geschickt der Junge sein konnte, er handhabte Werkzeug und Material mit angeborenem Verständnis und einer konsequenten Ernsthaftigkeit, die ihn nicht nur mit väterlichem Stolz erfüllte, sondern ihm die besondere Beziehung zwischen Großvater und Enkelsohn vor Augen führte. Nicht nur, dass sie sich glänzend verstanden, sie verstanden sich ohne Worte. Der Alte zeigte dem Kleinen etwas, geduldig, ohne ihn groß zu ermahnen, lachte nur, wenn das Kind es verfehlte, und machte es ihm wieder vor, wieder und wieder. Der Großvater brachte eine Geduld auf, die ihm selber fehlte und an die er sich bei seinem Vater aus seiner eigenen Kindheit so gar nicht erinnern konnte, aber sicherlich waren die Jahre in Breslau, die er noch mitbekommen hatte, auch höchst angespannt gewesen, als die kleine Firma seines Vaters einen unbestreitbaren Niedergang erlitt und der Bankrott des Ernährers beständig über der Familie schwebte. Später, in den vierziger Jahren, hatte sich das Geschäft wieder gebessert, aber nur, um dann für immer verloren zu sein.

Er nahm den quersitzenden Eisenstab, mit dem man das Flachgewinde drehte, und freute sich über den geölten Lauf und die präzise Kraft, die man über die Backen ausüben konnte. Dann ließ er das Kurbeleisen wieder fallen. Er glaubte, ein Geräusch vom Eingang gehört zu haben, ging aus dem Gartenhaus in die Garage, sperrte auf und hob das letztes Jahr neu eingebaute, äußerst leichtgängige Garagentor zügig an. Er trat einen Schritt auf die Orleansstraße, konnte aber nichts entdecken. Autos parkten, kein Mensch war zu sehen.

Hinten am Ende der Straße lag der Stadtpark. Zwar waren schon einige Bäume in vollem Grün, Forsythien blühten, aber noch hatte der Frühling auf sich warten lassen. An seinem Geburtstag hatte er schon nahezu jedes Wetter gehabt, manchmal war es schon fast sommerlich warm gewesen, er erinnerte sich aber auch einmal, noch als kleiner Junge in Breslau, einen halben Meter Neuschnee erlebt zu haben. Er erinnerte sich an einen seiner schönsten Geburtstage, an dem sein Vater ihm von der Arbeit eine vollständige Sammlung napoleonischer Bleisoldaten mitgebracht hatte, unter denen sich nicht nur ein Reiter, dem Josef in sorgfältiger Kleinarbeit einen kaiserlichen Dreispitz aufgelötet hatte, sondern auch ein Geschütz befand, das er zusammen mit etlichen anderen wertvollen Spielsachen und Lieblingsbüchern auf dem Dachboden des Hauses Am Rathaus Nummer 7–8 versteckte, am Abend, bevor sie Breslau für immer verließen.

Sein Geburtstag war in nicht mehr ganz zwei Stunden. Es war zwar immer noch kühl, tagsüber hatte es geregnet und die Straßen waren noch feucht, aber irgendwie schien ihm jetzt doch eine Ahnung von Milde im sanften Wind zu liegen. Ein ganz leises Wispern und Säuseln, so als würde die Wärme nun nicht mehr lange auf sich warten lassen.

Werner blieb ein paar Minuten auf der Straße, schritt den Gehweg vor dem Grundstück auf und ab, vielleicht würde Alexander ja doch gleich kommen.

Er wusste gar nicht genau, worin die Arbeit bestand, zu deren Erledigung sein Sohn nach Cannes an die Côte d'Azur gefahren war, denn er selbst hatte nur ganz kurz mit ihm gesprochen, mehr ein *Papa, hallo, wie geht's und bis dann*, aber seine Frau Simone hatte längere Zeit mit ihm telefoniert. Alexander hatte seinen Besuch spätestens für heute Nachmittag angekündigt.

Auch damit, dass sein Sohn aus Paris offenbar nicht mehr weggehen wollte, hatte er sich abgefunden. Wenn Alexander dann schon einmal versprach, nach Steglitz zu kommen, war die Freude groß. Aber seit ihrem Telefonat vor zwei Wochen hatten weder Simone noch er selbst irgendetwas von ihrem Sohn gehört. Versuche, ihn telefonisch in seiner Pariser Wohnung zu erreichen, waren fehlgeschlagen. Seiner Frau, die es gestern tagsüber mehrfach versucht hatte, war außerdem aufgefallen, dass Alexanders Anrufbeantworter keine Nachrichten mehr aufzeichnete, sie behauptete, das sei ungewöhnlich. Ob der Junge vielleicht Liebeskummer habe?

Quatsch, beschwichtigte Werner seine Frau, soweit er wisse, habe Alexander mit gebrochenen Herzen bisher nur über den Vorgang des Brechens zu tun gehabt. Der habe doch an jedem Finger ein anderes Mädchen. Simone hatte nur nachsichtig lächelnd den Kopf geschüttelt und es zunächst dabei bewenden lassen. Gestern Abend aber hatte sie dann beschlossen, Alexanders Mobiltelefon anzuwählen – etwas, vor dem sie bislang stets zurückgeschreckt war, weil es Alexander nach eigenen

Worten nur für die Arbeit brauchte und es zum Standard gehörte, dass der Chef der Bar für den Bankettmanager oder wer immer Alexanders unmittelbarer Vorgesetzter war, immer zu erreichen war.

Er konnte den Betrieb nicht dadurch aufhalten, dass er mitten im Getümmel eines großen Festessens oder des Empfangs zum Auftakt einer Hochzeit mit seiner Mutter in Berlin telefonierte. Das leuchtete ein, und das war der Grund, warum sie noch nie die ungewöhnlich kompliziert wirkende Mobilnummer gewählt hatte. Und nicht, weil sie sich Werner Salems Meinung angeschlossen hätte, dass es sich bei der neuartigen, in den letzten Jahren sich ausbreitenden Mode tragbarer Telefone um eine typische Methode von Geldschneiderei handele, ähnlich der Ausgabe dieser Kreditkarten, mit denen man die Leute glauben machte, man würde ihnen etwas schenken. Das war jedoch niemals der Fall. Gar nichts gab es geschenkt.

Jedenfalls hatte sie ihn auch auf dem neumodischen Telefon nicht erreicht, und so wussten sie nicht, ob der Sohn auftauchen würde, wussten nicht einmal, wo er überhaupt steckte.

Werner zweifelte für einen Moment, ob er in seinen abgerissenen Klamotten tatsächlich bis zur Sedanstraße vorlaufen sollte, er blickte an sich hinab und auf die ausgetretenen Schuhe, aber dann musste er lachen und schlenderte los. An der Ecke machte er halt, sah nach links, da er Alexander von der Autobahn kommend aus dieser Richtung vermutete, aber nachdem er zehn Minuten im Licht der Straßenlaternen gewartet hatte, ohne auch nur von ferne das Röhren des luftgekühlten Porschemotors zu vernehmen, seufzte er, drehte um und ging zurück. An dem zur Baustelle gewordenen Haus, das einstmals einem Arzt gehört hatte, blieb er stehen und betrachtete den großen Sandhaufen, welcher sich an der Stelle des Rosenbeets befand, für dessen Pflege ein Gärtner einstmals ganze Nachmittage aufgewendet hatte.

Simone hatte ihm erzählt, dass seine Erben, die in Frankfurt lebten, es nicht einmal für wert befunden hatten, selber nach Berlin zu kommen. Ein Makler hatte den Verkauf des ärztlichen Hauses durchgeführt. Letzte Woche war eine Baufirma angerückt, ein Bagger hatte den gründerzeitlichen Zaun aus schwarz lackierten gusseisernen Streben umgeknickt und seine Fundamente ausgehebelt, um Betonmaschine und Bauwagen Einlass zu gewähren.

Danach befragt, ob ihm persönlich an der Anwesenheit seines Sohnes an seinem siebzigsten Geburtstag etwas liegen würde, hätte Werner Salem mit Sicherheit – während er nachdenklich an der sich anschließenden Reihe Sechziger-Jahre-Mietshäuser vorüberging – abgewiegelt. Wenn Alexander nicht kommen konnte, dann bestimmt, weil ihm etwas mit seiner Arbeit dazwischengekommen war, und für Werner ging die Arbeit vor. Das Private hatte zurückzustehen, das war ein Grundsatz, auf dessen Vermittlung er bei Alexanders Erziehung den größten Wert gelegt hatte.

Das Ergebnis war, dass Alexander im Arbeiten ein immer besser beherrschtes Instrument gefunden hatte, um sich von seinen Eltern zu emanzipieren. Andere Jungen trugen Zeitungen aus. Alexander bediente, und da er das offenbar gut machte, verbrachte er immer mehr Zeit außer Haus.

Werner erinnerte sich oft daran, wie er, ohne Alexander oder seiner Frau, die an diesem Abend im Schlossparktheater war, etwas davon zu sagen, zum »Pentagramm« gefahren war, einem brechend vollen Lokal in Schöneberg. Er glaubte in der Masse junger Leute, von denen etliche verwundert auf seinen Anblick im Trenchcoat mit dunkler Krawatte reagierten, ein paar von Alexanders Freunden ausgemacht zu haben, die ihn allerdings nicht bemerkten. Alexander, viel besser gekleidet als die allermeisten der Gäste, stand in weißem, aufgekrempeltem Hemd hinter der Theke – und arbeitete. Er war dabei, Gläser zu spülen.

Werner hielt sich hinter einer Säule verborgen und sah ihm

einfach nur zu, zunehmend verwundert über die Geläufigkeit der Handgriffe, Alexanders zwischen Spülbecken und Ablage hin- und herspringenden Blick und seine Geschicklichkeit beim anschließenden Abtrocknen der Gläser, wie er sie blitzschnell mit einem Geschirrtuch ausstopfte, drehte, noch einmal von außen drüberging, das Glas abstellte und sich das nächste vornahm. Schließlich wischte er mit dem Geschirrtuch über seinen Arbeitsplatz, trocknete sich sodann die Hände, beugte sich etwas zur Seite, um sich schließlich eine halb abgebrannte Zigarette mit ewig langer Asche zum Munde zu führen, die während seiner Arbeit offensichtlich irgendwo vor sich hin geglimmt hatte.

Alexander nahm einen tiefen Zug, streifte dann mit einem einzigen schnellen Tippen die Asche ab, zog noch einmal, ließ den Rauch wie ein Alter durch die Nasenflügel davondampfen und drückte die Zigarette schließlich aus, mit jenem amüsiert wirkenden, leicht nervösen Zwinkern, das er schon als kleiner Junge gehabt hatte.

Werner Salem wurde übel, so sehr traf ihn der Anblick seines rauchenden sechzehnjährigen Sohnes, der nicht im ordentlichen Steglitz, sondern direkt hinter einem Tresen aufgewachsen zu sein schien.

Werner drückte sich an die Wand und sah Alexander heimlich dabei zu, wie er sich Gästen zuwandte, Bestellungen aufnahm, zwischendurch Bier aus dem Zapfhahn in Pilsgläser rinnen ließ, zwei Whiskys einschenkte und servierte und schließlich ein paar Worte mit einer mindestens zwanzig Jahre älteren Bedienung wechselte.

Als Werner wieder bei seinem in der Akazienstraße geparkten Audi war, kam er sich um Jahre gealtert vor, müde, nicht so sehr wütend als einfach zurückgeworfen. Sicherlich war er enttäuscht, aber weniger von seinem Sohn als von der offensichtlichen Unausweichlichkeit, mit der das Leben darauf bestand, dass sich die Fehler wiederholten.

Denn zu rauchen war ein Fehler, den er selber begangen hatte. Doch hatte er seine eigenen Eltern damals, kurz nach dem Krieg, wenigstens wissen lassen, dass er – von einem Tag auf den anderen – unter die Raucher gegangen war. Sein eigener Vater, der das Rauchen selber während der Flucht aufgegeben hatte, hatte ihm zwar auch eindringlich davon abgeraten, aber dann, nachdem die Entscheidung einmal gefallen war, keinen Widerspruch mehr eingelegt. Dass es ungesund war, danach fragte niemand, es war eine reine Geldfrage. Von da an stellte ihm seine Mutter nach dem Abendessen den Aschenbecher auf den Tisch der winzigen Küche und behandelte ihn so wie die rauchenden Besucher, gewisse Onkel seiner Mutter oder alte Bekannte von ihr aus Breslau. Sein Vater hatte ja keinerlei Familie und keine Freunde, bis auf einen Kollegen aus dem Kraftwerk, der ganz selten zu Besuch war.

Im Stile der Alten ein unzerknicktes Zigarettenpäckchen hervorzuholen, es sorgfältig und bedächtig zu öffnen, ein wohlgeformtes Stängelchen herauszuholen und es sich in aller Ruhe anzustecken war herrlich. Die ganze Stadt lag in Ruinen, man bewegte sich über die Trümmerfelder des Untergangs, und da war es eben eine reine Freude, wenn man ein frisches Päckchen aufriss, und am schönsten war es, wenn man dabei ein sauberes Hemd anhatte, einen angenehm sitzenden Binder und die ganze Zeit auf das strahlende Weiß der Manschetten blicken durfte, das zum Weiß der Zigarette hinüberblitzte und die endlich wieder einmal gänzlich von Werkstattschmiere befreiten Fingernägel zur Geltung brachte, zwischen denen edler, wohlriechender blauer Dunst hervorstieg.

Sobald er es sich hatte leisten können, war er natürlich auf diejenige Marke umgestiegen, von der er schon als Kind geträumt hatte. Er hatte Salem geraucht. Eine *Salem Nummer Sechs* zu rauchen hieß in den zerbombten Straßen Berlins, in dessen übriggebliebenen Kneipen, Trinkhallen und Nachtclubs es hoch herging, einiges. Es war eine feine Zigarette, auf gleichem Niveau wie eine britische *Players* oder die legendären *Lucky Strike*, die man von den Amerikanern bekam. Die französischen *Gauloises* mochte er zwar nicht, die waren ihm viel zu streng, aber auch mit denen kam man weiter. Denn Werner hatte, so wie alle anderen Raucher auch, die Unausweichlichkeit des Schwarzmarkts zu akzeptieren und das Geschehen auf diesem und seine Logik zu verstehen gelernt. Er war geschickt im Tauschen. Sehr geschickt. Und im Verbergen.

Denn zu rauchen war ein Fehler gewesen. Durch die Zigaretten hatte er damals die Bekanntschaft eines vielbeschäftigten Schiebers gemacht, durch den er viele Jahre später, schon in den Siebzigern, in eine fatale Geschichte geraten war, von der er nicht einmal seiner Frau erzählt hatte. Danach hatte er aufgehört und späterhin niemals versäumt, das Rauchen zu verdammen, wann immer der Junge dabei war. Aber Alexanders ganzem Habitus und den ewig gleichen, jedem Raucher aber unausweichlich lustvollen Gesten und Haltungen nach zu schließen, rauchte der Junge schon lang. Ja, das hatte ihm weh getan. Er musste sich resigniert eingestehen, keinen großen Einfluss auf die Entwicklung des Jungen gehabt zu haben.

In den Jahren danach hatte er oft darüber nachgedacht, ob an jenem Abend die Gelegenheit gewesen wäre, Alexander wieder näherzukommen. Werner Salem leitete eine Autowerkstatt mit siebzig Leuten, aber sein Chef war der Polizeipräsident von Berlin – es wäre ihm ein Leichtes gewesen, eiskalt und bebend an der Bar aufzutauchen, mit leiser Stimme nach dem Betreiber zu fragen und ihm klarzumachen, dass ihn die Beschäftigung eines Sechzehnjährigen nach 22 Uhr in so einem Etablissement die Lizenz kosten könne. Werner hätte Alexander ein für alle Mal in diesem Laden unmöglich machen und ihn spielend herausreißen können. Ihm ganz klar zeigen, wer der Stärkere war, ihn nach Hause holen, um all die Heimlichkeiten aus der Welt zu schaffen und reinen Tisch zu machen. Er tauschte sich nur mit seiner Frau Simone darüber aus und erfuhr dann von ihr, dass sie das mit dem Rauchen längst geahnt hatte: sie hatte es – buchstäblich – gerochen. Sie beschlossen, nichts zu sagen, sondern abzuwarten.

Aber so als wäre diese stillschweigende elterliche Einigung ausreichend, um dem Kind sofort jede Hemmung zu nehmen, machte Alexander ein paar Wochen später keinen Hehl mehr daraus, dass er rauchte, und fing an, seine Zigarettenpackungen offen in seinem Zimmer herumliegen zu lassen; es jagte seinem Vater einen zunächst fassungslosen, dann aber amüsierten Schrecken ein, als er sah, dass sein Sohn Alexander Salem rauchte. Natürlich. *Salem Nummer Sechs.*

Alexanders Leben war, zumindest soweit sein Vater wusste, ohne Komplikationen verlaufen; nur am Ende des Gymnasiums gab es einmal Schwierigkeiten. Alexander wäre fast durchgefallen, rettete sich aber in letzter Sekunde mit einer fabelhaft guten Arbeit in Latein. Er machte das Abitur, nicht besonders gut, aber auch nicht ganz schlecht, Durchschnitt 2,8, und zu ihrer beider Überraschung kündigte er ihnen bald danach an, Psychologie an der FU studieren zu wollen. Überraschend war das aus zwei Gründen. Einerseits hatten beide Eltern fest damit gerechnet, ihr Sohn werde, wenn schon, dann eine Lehre im Hotelfach machen, aber davon wollte der gar nichts wissen. Wozu, hatte er lässig konstatiert, das sei doch nur ein Job und den beherrsche er längst; tatsächlich hatte Alexander sich vom Bierzapfer zum Barkeeper einer teuren Bar hochgearbeitet, die nach ihrer grünen Eingangstür benannt war. Andererseits schmerzte es den Vater ein wenig, seinen Sohn, der seiner Meinung nach eindeutig eine technische Begabung hatte, sich endgültig aus dieser Sphäre verabschieden zu sehen. Früher hatten nicht nur der Großvater, sondern auch Werner mit Alexander an kleinen Maschinen gebaut, Übersetzungen konstruiert und es war ihm, dem soliden Automechaniker, aufgefallen, wie schnell sein kleiner Sohn grundsätzliche mechanische Prinzipien begriff. Vor allem aber ihn mit seinem eigenen Vater arbeiten zu sehen, an dessen handwerkliche Qualitäten Werner selbst nicht heranreichte, hatte ihn mit echter Freude erfüllt. Die Vorstellung, Alexander könnte Maschinenbau studieren und tatsächlich Ingenieur werden, gefiel ihm, und wenn er ehrlich war, unterstützte er Alexanders mechanische Begabung so explizit, dass es schon fast wieder einer Beeinflussung gleichkam. Aber gut, genutzt hatte es nichts. Der Sohn ging seine eigenen Wege.

Sein Psychologiestudium lief überraschend gut. Nach dem dritten Semester überraschte sie Alexander mit seiner Entscheidung, Berlin zu verlassen und für ein paar Auslandssemester nach Paris zu ziehen. Dagegen konnten sie nichts haben, auch wenn es seine Frau natürlich schmerzte, dass ihr Kind so weit weggehen wollte. Auch Werner fand den Gedanken schmerzlich, aber da es der Ausbildung diente, hielt er sich zurück, ja freute sich sogar, als Alexander ihn um eine etwas höhere Unterstützung bat, die Preise in Paris seien so hoch. Aber auch in Paris fand Alexander bald einen Job in einer Bar, begann dann, nach einem guten Jahr, sogar im näheren Ausland, Italien, Belgien und der Schweiz zu arbeiten. Manchmal schrieb er ihnen eine Postkarte. Das Letzte, was sie von seinem Studium hörten, war schließlich nach etwa zwei Jahren die Nachricht, er habe es abgebrochen. Die Arbeit in der Gastronomie sei das, was er machen wolle. Er verdiene gut. Bräuchte auch die monatliche Unterstützung nicht mehr. Punkt.

Dass er nicht fleißig gewesen wäre, konnte man jedenfalls nicht sagen, und Werner, der die Leidenschaft seines Sohnes für teure Anzüge sogar mit vager Sympathie aufnahm, hatte nicht schlecht gestaunt, als Alexander letztes Jahr mit einem antiken Porsche angefahren kam. Allein die Tatsache, wie hervorragend er verdiente, musste man würdigen, auch wenn sie sonst von seinem Leben abenteuerlich wenig mitbekamen. Er hatte wohl immer wieder mal eine Freundin, aber Genaues wussten sie nicht.

Als er wieder vor seinem Haus stand, entdeckte Werner, dass das Eingangstörchen des Gartens offen stand, er schloss es, wunderte sich ein wenig darüber und ging dann durch die Garage wieder in den Garten.

Nachdem er aufgehört hatte, in der Garage privat an alten Autos zu schrauben, sie aufzupolieren und mit Gewinn wieder zu verkaufen, hatte er sich den Wunsch erfüllt und sich aus Holz ein gar nicht so kleines Gartenhaus gebaut. Das Verkaufen der Autos hatte ihm eigentlich mehr Spaß gemacht als alles andere, doch konnte er diesem Nebenerwerb, nachdem er bei der Polizei angefangen hatte, natürlich nicht länger nachgehen. Schließlich wollte man ihn verbeamten.

In der Hütte warf er einen letzten Blick auf die frisch lackierten Rahmen, machte das Radio aus, knipste, ein wenig enttäuscht von seiner Müdigkeit und Alexanders Fehlen, das Licht aus und sperrte die Tür des Gartenhauses zu. Er nahm die nach unten in den Keller führende Treppe, wo das Haus einen zweiten Eingang besaß. Oben im Wohnzimmer saß Simone vor dem Fernseher, er glaubte irgendetwas aus einer Nachrichtensendung zu hören. Vielleicht war sie auch schon eingeschlafen, denn auf einen schwachen Ruf hin kam kein Laut von ihr.

Er ging in die Küche, um einen Schluck Wasser zu trinken, und als er das Licht über der Dunstabzugshaube anknipste, sah er auf dem Küchentisch eine Flasche Rotwein. Es roch nach einem sehr alten Keller. Werner trat an die Flasche heran – und staunte. Er wusste nicht wirklich viel über Wein, obwohl er ihn gerne trank, aber das musste eine außerordentlich wertvolle Flasche sein. Sie war aus dem Jahr 1931, seinem Geburtsjahr.

Er nahm die Flasche mit ins Wohnzimmer hoch. Er weckte seine Frau ein bisschen barsch, fragte sie, ob sie die Flasche auf den Küchentisch gestellt hätte, aber sie schüttelte den Kopf, wisse nüscht von.

Sein Herz tat einen Hüpfer. Das konnte nur Alexander gewesen sein, er war hier eingetroffen, Schlüssel hatte er ja noch, und hatte die Flasche auf den Tisch gestellt. War er gleich wieder ausgegangen? Das wäre nicht untypisch.

Doch er konnte nicht widerstehen, ging die Treppe nach oben, zu Alexanders altem Zimmer, das seine Frau für den angekündigten Besuch hergerichtet und dessen Bett sie frisch bezogen hatte, drückte die Klinke und tatsächlich – die Vorhänge waren vorgezogen, und in dem Bett lag niemand anderer als sein Sohn und schlief, leise schnarchend.

Lächelnd und so leise wie möglich schloss er die Tür, ging wieder nach unten und holte sich seinen großen, schon ein paar Jahre alten Weinführer, den er damals über einen Buchclub erworben hatte. Mit großem Vergnügen sah er auf der Wohnzimmeruhr, dass es kurz vor zwölf war, setzte sich unter die Wohnzimmerlampe, unter deren hellem Licht er am besten lesen konnte, und studierte das Etikett des exquisiten 31er Jahrgangs noch einmal. Er drehte die Flasche genießerisch hin und her und besah sich jeden Buchstaben einzeln. Ziemlich in der Mitte war ein kleiner, aber eindeutiger Fleck von dunkelroter Farbe. Der Blutstropfen war, so zumindest schien es auf dem Hintergrund des siebzig Jahre alten, vergilbten Papiers, ganz frisch.

KAPITEL 11

Block

Gibson war nicht nur der Ghostwriter und beste Freund des Entfesselungskünstlers Houdini gewesen, sondern auch Erfinder und Autor einer Roman-Serie um einen mit mentalen Fähigkeiten ausgestatteten Helden, *The Shadow*, dessen tiefer Blick in die Abgründe des menschlichen Herzens ihn zu einem unbestechlichen Feind des Verbrechertums jeder Art gemacht hatte. Seine Abenteuer wurden auf jeweils gut achtzig Seiten billigen Papiers abgehandelt, erschienen alle vierzehn Tage in New York und wurden bis in die hintersten Winkel Amerikas geliefert. Gibson veröffentlichte die allermeisten der Bücher unter dem Namen Maxwell Grant, als Autor ebenso geheimnistuerisch wie sein Held, der seine Fähigkeit hinter den deutschen Linien erworben hatte, als Spion mit dem Decknamen »Dark Eagle«, und was der Geheimnisse um ihn noch mehr waren.

Es war eines jener Heftchen, in welchem das Kind einer Walsenburger Bergarbeiterfamilie, ein kleiner Junge namens Stephen Browning, zum ersten Mal vom »Schatz der Atlanter« las. *The Shadow,* der sich hinter der Tarnung eines stadtbekannten Playboys mit Namen Lamont Cranston verbarg, besaß nämlich einen Rubinring, dessen hypnotische Wirkung Cranston alias *The Shadow* immer wieder half, Verbrecher und finstere Verschwörer zu paralysieren oder ihnen wichtige Informationen abzupressen.

»Der erschrockene Mann sah sich plötzlich durch azurblaue Wolken segeln, losgelöst wie in einem Traum, wie in einer Fan-

tasie, und er verlor allen Halt. Doch die kalte, harte Stimme des Schattens holte ihn zurück, zwang ihn, sich auf den mystischen Rubinring zu konzentrieren, dessen Herkunft aus dem verborgenen Schatz der Atlanter ein Geheimnis war, das nicht einmal The Shadow/Der Schatten *selbst kannte.«*

Das Geständnis des schmierigen Schmugglers schließlich, dass er und seine Bande mit Drogen gefüllte Holzfässer ausgerechnet über die Niagarafälle ins Land brachten, faszinierte Stephen weniger als jene Erwähnung des Atlanter-Schatzes, dessen angebliche Existenz Gibson an keiner Stelle seines wuchernden Werkes wiederaufnahm.

Wie eine einmalig aufgetauchte Sternschnuppe, eine bloße Idee, vielleicht sogar ein Versehen, stand jener Halbsatz solitär im gewaltigen Werk des Vielschreibers und reizte die Fantasie eines kleinen Jungen in Colorado.

Es war die unvermittelte Zusammenhanglosigkeit, Unerklärtheit, Dunkelheit, die unausgeleuchtete, großspurige Behauptung jener drei Wörter, die ihn das Heft atemlos verschlingen ließen. Angekommen auf der letzten Seite, empfand Stephen zunächst maßlose Enttäuschung, ja sogar Wut auf den Autor, der sich so etwas erlaubte. Was war denn nun mit diesem Schatz? Wieso erfuhr man nichts mehr darüber? Kam es im nächsten Heft?

Doch weder in der folgenden noch in irgendeiner anderen Ausgabe erwähnte Gibson den Schatz der Atlanter auch nur mit einer Silbe – als ob es ihn gar nicht geben würde, ein Umstand, gegen den sich Stephens Lesergeist unduldsam enttäuscht zeigte. Wieder und wieder sagte er sich die drei Wörter vor, notierte sie an Ränder von Schulheften und sann darüber nach, was sich dahinter verbergen mochte, bis er schließlich, von seinen handschriftlichen Versuchen enttäuscht, die überhaupt nichts mit dem gedruckten Original zu tun zu haben schienen, die Abwesenheit seines humorlosen Vaters nutzte, der übers Wochenende zu einem Verwandtenbesuch nach Denver gefahren war, um dessen Reiseschreibmaschine aus der Wohnzimmervitrine zu entwenden und auf sein winziges Dachzimmer zu verschleppen. Schon als er einen der winzigen, am Griff baumelnden Schlüssel in das Schloss steckte, pochte das Glück durch seinen Körper, und als er es schließlich vermocht hatte, ein Blatt Papier über die erregend tackernde Walze einzuspannen, und er tatsächlich zum ersten Mal zu tippen beginnen konnte, da war er wie berauscht vor Freude. Sein Ziel bestand darin, *Der Schatz der Atlanter* zu tippen, den Titel des Romans, den er schreiben wollte, aber einmal vergaß er, die Hochstelltaste für die Großbuchstaben zu drücken, ein anderes Mal drückte er diese zu oft oder löschte einen Buchstaben.

Entsetzt sah er den Vorrat an Blättern schwinden, da er sich jedes Mal wieder anders vertippte und eine neue Seite einspannen musste. Als die durch waren, kam er auf den Gedanken, es einfach auch auf den Rückseiten zu probieren, bis er vielleicht dreißigmal vergeblich *Der Schatz der Atlanter* geschrieben hatte und es ihm schließlich nach Stunden nervenaufreibender Wiederholungen gelang, eine einzige fehlerfreie Überschrift fertigzustellen, vom Kampf mit der Schreibmaschine völlig erschöpft, aber auch nicht wenig stolz. Dann verräumte er die Schreibmaschine und versteckte die Seite mit dem Titel vorsorglich unter seinen Schulsachen.

Wie ein Süchtiger dachte er in der Nacht an die Verlockung der väterlichen Schreibmaschine und schon am nächsten Tag versuchte er es wieder, wollte weiterschreiben, nachdem er ja nun schon den Titel seines Romans fertig hatte. Doch musste er feststellen, dass es auch noch eine andere, wesentlichere Hürde gab: Es fehlte ihm an Material.

Es war der nächste Nachmittag, die Maschine stand auf seinem Bett, er kniete davor, bereit, sein Bestes zu geben, aber er wusste nicht, worum es in *Der Schatz der Atlanter* gehen sollte, und sosehr ihn der geheimnisvolle Titel auch mit den Sehnsuchtsstoffen der Imagination lockte, begann ihn der

Mangel an Stoff augenblicklich zu martern. Da seine Finger endlich tippen wollten, ließ er sie »Es war« schreiben, staunend, weil er gar keinen Tippfehler machte, aber dann im nächsten Augenblick auch schon wieder ratlos, da ihm nichts anderes einfiel, als dem »Es war« ein »ein schöner Tag« hinzuzufügen, dies allerdings erst nach fünfzehn Minuten qualvoll-intensiven Nachdenkens.

Nie hatte er vergessen, wie er danach die so beschriebene Seite herausdrehte, um sich alles noch einmal durchzulesen. Der Titel gefiel ihm ganz hervorragend, besser denn je, machte neugierig, doch der erste Satz danach ließ ihn in ein großes Loch des Widerwillens stürzen. Entsetzt sah er der Tatsache entgegen, dass er gezwungen sein würde, ein neues Blatt einzuspannen und von vorne anzufangen, jetzt wo die Seite durch den bescheuerten ersten Satz versaut war. Er hätte heulen können. Und er musste den Titel dreimal schreiben, um dann wieder nicht zu wissen, wie es weitergehen sollte.

Aber er gab nicht auf, und so entspann sich ein zäher Kampf mit der Imagination und der Maschine, in den sich bald auch der Besitzer des Geräts, sein Vater, einschaltete, mit einer kräftigen Ohrfeige und dem Wegsperren des heiß geliebten Geräts. Doch da Stephen keine Ruhe gab, das Essen verweigerte, gab der Vater schließlich nach, verständnislos zwar, aber immerhin. Der Weg war frei. Ein gutes halbes Jahr später hatte Stephen den Roman fertig: Ein mental begabter Held kämpft gegen Mächte an, die die Wahrheit über den Schatz der Atlanter zu verdunkeln trachten und in diesem Fall durch einen humorlosen Bergwerksbesitzer verkörpert werden, der den kindlichen Vorläufer Luzifer Camdens an einer Stelle mit seinen gewaltigen Pranken niederschlägt, freilich ohne ihn ganz besiegen zu können.

Stolz und atemlos beglückt, tippte Stephen ganz am Ende ein frisches Deckblatt, auf dem er den Titel mit kostbaren Majuskeln schrieb, um dann darunter ein »von« zu tippen, innezuhalten und sich schließlich aus einem seltsamen Geistesblitz heraus den Namen eines freundlichen Nachbarhundes zu geben, eines Spürhundes, der Hawk gerufen wurde.

Viele Jahrzehnte später war sein Freund, Adlatus und wichtigster Berater in sämtlichen wirtschaftlichen und rechtlichen Fragen, Milton, der Prächtige, auf die Idee einer Stiftungsgründung gekommen, da es enorme steuerliche Vorteile hätte, einen beträchtlichen Teil der laufenden Kosten und der Aufwendungen für Unternehmungen und Recherchen über solch ein rechtliches Konstrukt laufen zu lassen, welches einen überdies vor gewissen Nachstellungen und Recherchen lästiger Journalisten schützen könne.

Hawk war einverstanden, ohne genau zu wissen, welchem Zweck eine solche Stiftung gewidmet sein könnte, doch dann kam die Tatsache hinzu, dass er bereits viele Stücke aus dem Nachlass des bewunderten Vielschreibers besaß, etwa dessen schwere Schreibmaschine, eine Olympia, der Gibson den zärtlichen Namen »Helena« verliehen hatte. Milton war es, der schließlich auf das Haus in der Gay Street aufmerksam geworden war, Walter B.s ehemaliges Wohnhaus, das auch die Karikatur zeigte, die Hawk im Esszimmer aufgehängt hatte: *The Shadow*, ausgehbereit in der Tarnung des Playboys, mit Smoking und Zylinder, dahinter Gibson über seiner Schreibmaschine. Deutlich war die Nummer 12 zu sehen. Auf der Gründung der Gibson-Stiftung schien eine wohlwollende Notwendigkeit zu liegen. Doch ganz anders als Gibson, der über Jahrzehnte an drei bis vier Büchern gleichzeitig zu schreiben in der Lage gewesen war, erlebte Hawk in den auf das aufwändigste renovierten Innenräumen den perfekten Alptraum seiner Autorenexistenz.

Seine Hände wie zur Meditation auf die Tastatur der steinschweren Helena gelegt, verbrachte er seine Tage wie gelähmt, manches Mal zitternd durch die Anstrengung, die es ihm bereitete, nicht schreiben zu können. Auch wenn seine Fantasie ihm Bilder so vieldeutig wie Wolken vorgaukelte – er sah, aber er konnte nicht schreiben. Dennoch setzte er sich jeden Tag wieder an die Maschine, verbrachte zehn Stunden oder mehr, nur unterbrochen von zerstreuten Mahlzeiten, Besuchen auf der Toilette oder wenn sich der Hund seines Onkels nicht länger abhalten ließ, sich herandrängte, knurrend auf den Rücken drehte und seine Streicheleinheiten einforderte.

Nach außen, in der Kommunikation mit dem Verlag, die Milton ihm glücklicherweise vollständig abnahm, drang nichts von seiner Schreibkrise. Dort hieß es nur, Browning arbeite konzentriert am spektakulären vierten und letzten Teil des Luzifer-Camden-Epos, in dem das Geheimnis der Atlanter aufgedeckt und ihr verborgener Schatz endlich gehoben werde. Spätestens nächstes Jahr werde er damit fertig sein.

Er zitterte wie ein Kind. Er hätte über alles schreiben können, dachte er, aber gerade nicht über Anfang und Ende. Manchmal, in den schrecklichsten Momenten, erschien es ihm, als wäre das Buch bereits geschrieben. Als sähe er die bereits gesetzten Seiten klar vor sich und die tatsächliche fertige Buchausgabe selber, so frisch und zart knisternd unter den Fingern.

So schrieb er gar nichts, unfähig, etwas anderes zu tun als die Finger in fürchterlicher Anspannung auf Helenas schönem Tastenleib ruhen zu lassen, bis er es nicht mehr aushielt und abwechselnd Johanna Meisters Plan und dann wieder die Fotografie des seltsamen Reifs betrachtete, der irgendwo in Europa darauf wartete, entdeckt und gehoben zu werden. Was war das nur für ein Ding?

Vierzig Jahre nach jenem Walsenburger Nachmittag, nach Tausenden getippter Seiten, ruhte alles Hoffen auf diesem aus unzähligen Fitzelchen zusammengeklebten Dokument und der aufwühlenden Fotografie.

Doch anstatt sich endlich schreibend zu entladen, marterte er sich weiter, ja noch mehr, ging irgendwann völlig zerschlagen ins Bett, um wild zu träumen.

Im Traum, ja, dort lag das Buch der Geschichte offen vor ihm, mit Seiten, so groß wie Alpentäler, und nichts wollte Hawk lieber, als darin zu lesen, auch wenn er beim Umblättern einen Lufthauch von Orkanstärke hervorrief. Doch das Labyrinth aus Unglück, das er auf diese Weise betrat, hatte ihn bald schon schwach werden lassen, ließ ihn taumeln, straucheln und schließlich, nahe daran, ganz zu versinken, zwang es ihn zum Tauchen und Auftauchen, und wo er an die Oberfläche kam, ruderte er zwischen Blutrot und Gold, zischte durch reißende Ströme, schnappte einen Blick auf Noahs Arche, die über giftgrünen Wassern schwebte, und alles, jede farbige Strömung mischte sich mit den anderen zu Zeichen, die er nicht zu deuten wusste.

Ein Schatten tauchte auf, vielleicht Camden, vielleicht aber auch einer seiner Verfolger, ein violetter Spuk auf einer gepflasterten europäischen Gasse. Hawk fühlte tödliche Enge, etwas Raumgreifendes, eine steinerne Lawine näherte sich, er dachte, zerspringen zu müssen, doch dann erhob sich das Heranbrausende, das felsige Wimmeln wurde zu einem Orgellaut und es war Hawks Traumselbst, als könnte es Musik hören, den glasklaren Klang einer Kathedralenakustik, oder vielleicht war der Klang auch das Gotteshaus selbst, ein Palast, gebaut aus den Hundertsteln Zwischentönen einer mammutbaumgroßen Schalmei. Doch wie er sich auch wand und seine Figürchen hin und her rochierte, er selbst oder jene Funktion seiner selbst, die träumte, fand keinen anderen Ausweg. Alle Richtungen wurden zu einer, einer einzigen, finalen: Camdens Tod. Nun begriff sein Traumselbst alle die bedrückenden Anspielungen. Er träumte den Tod des Helden, eine Unmöglichkeit, und doch die einzige Lösung. Camden würde sterben.

Ein dumpfer Schlag aus dem oberen Stockwerk ließ ihn erwachen. Milton hatte wieder einen seiner merkwürdigen, in letzter Zeit häufigeren Wutanfälle. Der Traum fiel nicht von ihm ab; er vergaß ihn nicht. Er blieb. Gefroren. Hawk war wie im Eis.

Er lag auf dem Bett, in welches man das Sofa in der Bibliothek verwandeln konnte. Der Raum war lückenlos verdunkelt. Auf dem Weg zum Wecker streifte seine Hand das Wasserglas und die Packung mit Schlaftabletten, er hob sie an und wunderte sich, wie voll die Schachtel noch war. Er ließ sie wieder fallen und seine Hand erreichte tastend den kleinen, mit phosphoreszierenden Lettern versehenen Wecker, hob ihn tief vor sein Angesicht und sah, dass es kurz vor sechs Uhr nachmittags war. Hatte er tatsächlich so lange geschlafen?

Er musste lachen, als er im ersten Versuch scheiterte, sich vom Schlafsofa zu erheben, aber dann ließ er sich halb rollen, plumpste auf den Boden und wanderte auf allen vieren zum Tisch, auf dem er Papier und Stifte wusste, und obwohl der Raum noch immer vollkommen dunkel war, zögerte er nicht und begann zu fühlen und zu spüren, was seine Hände plötzlich konnten, er begann – zu schreiben.

Seit über zehn Monaten hatte er keine Zeile geschrieben, ein unvorstellbar langer Zeitraum. Nicht nur sein geplagter Geist, auch sein Körper hatte unter seiner Unfähigkeit zu leiden gehabt, doch nun, obwohl es nur dunkel-nächtliches Gekritzel mit einem dicken Filzstift war: Er schrieb, und auch wenn es nur ein paar Wörter waren, die er schrieb: er schrieb.

»Aus dem Eis/Camden stirbt.«

Mit der bekritzelten Seite in der Hand raffte er sich schließlich leicht benommen auf, fand die Fernsteuerung der Verdunkelungsanlage und versetzte den Jalousien einen kurzen Stromstoß, der augenblicklich Hunderte Schlitze aus Abendlicht in die samtige Dunkelheit der Bibliothek riss. So stand er auf, in der seit drei Tagen getragenen Hose, dachte an Wotan, der sich in den Händen eines professionellen Dogwalkers befand, eines Koreaners von eiserner Disziplin und sanftem Wesen, und als er auf dem Flur Richtung Badezimmer ging, hörte er erneut das stöhnende Quietschen von Miltons altem Bett.

Hawk war schon sehr lange nicht mehr oben gewesen, in

Miltons Reich. Beim Einzug vor zwei Jahren, um genau zu sein, und schon damals war es Hawk seltsam vorgekommen, dass Milton darauf bestanden hatte, das alte, aus einem verkommenen Motel in New Jersey stammende Bett in ihr neues Domizil in der Gay Street zu transportieren. Ansonsten ritt sein Freund auf jeder neuerlich heranbrandenden Welle technischer Innovation, ja er schwamm ihr sogar noch entgegen, wie kürzlich, als er einen Trip nach Japan auf sich genommen hatte, nur um ein spezielles, zur Aufnahme bei vollkommener Dunkelheit geeignetes Objektiv zu erwerben, das von einer kleinen Firma in Osaka entwickelt worden war und vielleicht erst in ein paar Jahren auf dem amerikanischen Markt zu haben sein würde.

Seit Hawk Milton kannte, war dieser immer wieder für ein paar Tage verschwunden, ohne Ankündigung, manchmal tauchte er einfach nur in Brooklyn ab oder besuchte eine Cousine in den Hamptons, manchmal aber betrat er grinsend den Flur und sein sehniger, von angeschwollenen Adern gefurchter Arm schwenkte fröhlich seine Reisetasche, die – angefüllt mit Miltons Equipment – für gewöhnlich so schwer war, dass Browning sie kaum über den Boden hätte schleifen können. Auf seine Frage, wo er denn gewesen sei, erhielt Hawk dann die unwahrscheinlichsten Auskünfte, erfuhr nicht nur von spontanen Reisen an die Westküste (wo Milton ein paar alte Freunde hatte, Surfer, deren Wohnwagen in Huntington Beach standen), sondern nahm auch Präsente entgegen, die ihm sein Gefährte aus Panama City oder Reykjavik mitgebracht hatte und zur Begrüßung grinsend entgegenstreckte, wie vor einer gewissen Zeit die Flasche vietnamesischen Branntweins. In ihrem dickwandigen Glas befand sich eine kleine, zornig aufgerichtete Kobra. War die Flasche entkorkt, entströmte ihr ein Geruch nach Reinigungsbenzin. Sie stand wie ein grausiger Götze auf einem Bord über dem Herd, und manchmal, wenn sich Hawk spätnachts noch einen Tee zubereitete und darauf wartete, dass sich das Wasser über dem Flammenkreis erwärmte, fragte er sich, welcher Art die Gebete zu sein hätten, um von der Kobra im Schnaps erhört zu werden.

Er holte sich Orangensaft aus dem – wie durch einen Zauber stets frisch befüllten – Kühlschrank und schlurfte zurück ins Arbeitszimmer, jetzt bereit, die Jalousien zu heben und das späte Nachmittagslicht hereinzulassen. Den köstlichen Saft aus der Tüte schlürfend, setzte er sich an Gibsons Schreibtisch.

Sein Traum von heute hatte ihm zwei Dinge mitgeteilt, den Anfang und das Ende der Geschichte betreffend. Am Anfang der Geschichte war Eis. Und Camden würde sterben, der Held würde sein Leben lassen.

Er dachte an die Kobra, dann legte er den Plan aus der Hand und betrachtete die Fotografie des Reifs. Plötzlich bemerkte er, wie sich seine Nackenhaare aufstellten, wie das Singen einsetzte und sich ein neues Bild einstellte, denn den Reif betrachtend sah er den Ouroboros, die Weltenschlange, die sich in den Schwanz biss, doch dann ließ die Schlange los und der Kreis klappte in zwei Halbkreise auf. Ein Reif, den man aufmachen kann, dachte Hawk, nahm die Lupe zur Hand und studierte jedes Detail der Fotografie. Tatsächlich, wenn man sich vorstellte, dass man den Reif an den seltsamen Schlitzen aufmachen könnte, würde das Ganze Sinn machen. Aber was wäre ein solcher Reif, und wie würde er wieder verschlossen?

Mit glühenden Backen betrachtete er jetzt wieder den Plan des verschlungenen Gebäudes. Dort lagen der Schatz und der Reif, der sich öffnen ließ, und dort würde Camden auf seinen Minotaurus treffen. Noch gab es keinen Weg durch das Labyrinth, noch hatte das todbringende Ungeheuer kein Gesicht – doch glaubte Hawk jetzt einen Anhauch zu spüren. Einen ersten Schatten. Voll Ergriffenheit dachte er an die Kobra, schloss tief einatmend die Augen und spürte die Lage jedes einzelnen seiner Finger auf der Tastatur. Wenn er auch immer noch nicht tippen konnte, so begann er wenigstens, daran zu glauben, es eines Tages wieder zu können. Bald.

KAPITEL 12

Ein schweres Essen und andere Kleinigkeiten

Heute war Werner Salems siebzigster Geburtstag, und in dem Haus in der Orleansstraße herrschte den ganzen Vormittag über jene bedeutsame Stimmung, die die Salems seit ihrer Zeit als junge Eltern stets besonders geliebt hatten. Sie waren wach und tätig, das Kind schlief. Und sie würden es nicht wecken.

Alexander war immer schwer aus dem Bett zu bekommen gewesen, aber während der ersten Schuljahre waren die Morgenstunden ein nervenaufreibender Kleinkrieg mit einem sich mit Händen, Füßen und etlichen simulierten Krankheiten gegen das Aufstehen wehrenden Kind geworden. Als Alexander angefangen hatte, in Kneipen zu arbeiten und viel zu früh schon viel zu spät ins Bett zu gehen, kam er dann oft, wiewohl rechtzeitig geweckt, erst eine Viertelstunde vor Schulbeginn in die Küche gehastet, trank eine Tasse Kaffee und ging ohne einen Bissen aus dem Haus. So waren die streitlosen Wochenenden und Ferien, in denen Alexander bis in die frühen Nachmittagsstunden im Bett bleiben konnte, auch ihnen die liebsten Tage.

Der Sohn der Salems hörte erwachend seine Eltern rumoren, wusste seine Mutter in der Küche beschäftigt, die genau unter seinem alten Zimmer lag, und von draußen, aus dem Garten, vernahm er gelegentliche Klopfgeräusche, sein Vater machte sich offenbar an der Hütte zu schaffen.

Der Schmerz in seinen Fingern war heftig, aber es war nicht jenes giftige Brennen allein, das ihn einen gepressten Fluch von sich geben ließ, sondern vor allem die Erinnerung an die Katastrophe in dem Bistro, als er vollkommen die Kontrolle verloren, dem Kellner den Telefonhörer aus der Hand gerissen und ihm einen Schlag in den Magen versetzt hatte, dass der wimmernd hinter der Theke zusammenbrach, wie ein Kind beide Arme um den Kopf gelegt.

Dann kam auch schon der betrunkene Bruder auf ihn zugestürzt, Alexander drehte sich nicht schnell genug und der Versuch, die Flasche *Jack Daniels* mit seiner Hand aufzufangen, misslang ihm gründlich.

Die Flasche knallte auf seine Fingerspitzen, entglitt dem Betrunkenen und zerbarst auf dem Boden. Gleichzeitig tat es explosionsartig weh und seine beiden Finger hingen schlaff gekrümmt nach vorne, ein Anblick, der etwas Skurriles besaß und den Betrunkenen irritiert einen Schritt nach hinten treten ließ. Alexander, den die Verletzung mit einem Schlag ernüchtert hatte, versetzte ihm mit der Linken einen Stoß an die Schulter, dass der an den Tresen taumelte, dann schnappte er sich Geldkoffer, Gepäck und die Zigaretten und rannte ungelenk, seine schmerzenden Finger hilflos von sich gestreckt, zu seinem Wagen zurück.

Zitternd öffnete er den Kofferraum, schmiss das Gepäck hinein und fuhr mit quietschenden Reifen zu seiner Wohnung, parkte in der zweiten Reihe auf der Straße und brachte den Reisekoffer nach oben. Das Schließwerkzeug, das er mit sich führte, würde er in Paris lassen. Er hatte es sich zu seinem Gesetz gemacht, in seiner Vaterstadt weder jemals zu arbeiten noch überhaupt Gegenstände oder Werkzeuge mit sich zu führen, die ihn mit seiner nächtlichen Tätigkeit verbanden. Er war so panisch, dass er sich nicht einmal die Zeit nehmen wollte, seinen stakkatoblinkenden Anrufbeantworter abzuhören.

Knapp drei Stunden lang raste er Richtung Osten, bis auch der breiig pulsierende Schmerz in seinen Fingern nicht mehr verhindern konnte, dass ihm die Augen zufielen. Bei Metz, kurz vor der deutschen Grenze, fuhr er ab und nahm sich ein Zimmer in einer Raststätte. Mit Verbandszeug aus dem Erste-Hilfe-Koffer des Wagens und einem Bierdeckel, den er brach und zusammenfaltete, schiente er die beiden Finger, überrascht, wie schnell der Schmerz nachließ. Bis in die Morgenstunden blieb er wach und trank, was der Kühlschrank des schäbig eingerichteten Zimmers hergab. Immer wieder ging er die letzten vierzig Stunden durch, ein Delirium aus Schwäche und Fehlern, und rauchte eine Zigarette nach der anderen aus der fatalen Schachtel *Gauloises*, bis ihn der Schlaf überwältigte.

In Berlin eingetroffen, hatte er den Porsche in der Sedanstraße geparkt, Gepäck, Geldkoffer und die Flasche Rotwein für seinen Vater mit nach oben genommen, den Wein auf dem Küchentisch deponiert und sich in sein Zimmer verzogen, ohne seiner Mutter, die alleine vor dem Fernseher saß und schlief, auch nur einen Kuss auf die Wange zu drücken, geschweige sie zu wecken. An Leib und Geist zerschlagen, verkroch er sich, ohne zu duschen, in sein altes, frisch bezogenes Bett und fand in einen traumlosen tiefen Schlaf, wie tot.

Jetzt verspürte er den brennenden Durst eines mächtigen Katers und sein Kopf schmerzte, als er aufstand, um auf die kleine, auf der Etage befindliche Toilette zu gehen und ein paar Schlucke vom Wasserhahn zu trinken. Der den Flur erfüllende Duft aus der Küche konnte nur von einem Braten herrühren, einem schweren, in dicker Soße köchelnden Stück Rindfleisch, wie er es niemals irgendwo anders gegessen hätte als bei seiner Mama am Tisch.

Anstatt zu duschen, zog er sich das letzte frische T-Shirt über, warf einen Blick unter das Bett, unter dem der Geldkoffer lag, und dann ging er, ansonsten nur noch mit seinen Shorts bekleidet, hinunter in die Küche. Als er seine Mama sah, konnte er nicht anders, als breit zu grinsen.

»Da bist du ja endlich! Bald wäre ich nach oben und hätte dich rausgeholt.«

»Die Autofahrt gestern war die Hölle. Riecht köstlich. Noch Kaffee da?«

»Was hast du denn mit deinen Fingern gemacht?«

Sie ergriff die Hand ihres Sohnes und betrachtete entsetzt den provisorischen, fleckigen, verschmutzten Verband.

»Nicht so schlimm, wie es aussieht«, sagte Alexander und gab der Hand seiner Mutter einen flüchtigen Kuss, um sich dann Kaffee einzuschenken.

»Ein Gast – natürlich der letzte – hatte zu wenig Geld dabei, um seine Rechnung zu begleichen. Wollte mir eine Flasche über den Schädel hauen. Ich habe gerade noch die Hand dazwischengebracht, sonst hätte er mich voll getroffen.«

»Und was ist mit deinen Fingern …«

»Der Nagel am Zeigefinger ist abgebrochen, hat ziemlich geblutet. Und ich glaube, die Sehnen sind gerissen.«

»Warst du etwa nicht beim Arzt?«

»Nö. Hatte keine Zeit. Ich kann die Finger ab dem Mittelglied auf jeden Fall nicht mehr bewegen.«

»Wo ist das passiert? Etwa jetzt, als du in Cannes warst?«

»Nee, da war ich schon wieder zurück. Ich hab … kurzfristig in einem Club an der Bastille ausgeholfen, wo jemand krank geworden ist. Bin eingesprungen.«

Den Club gab es wirklich, ein edles, mit viel stillem Kapital ausgestattetes Etablissement. Alexander hatte mit François, dem Geschäftsführer, in dessen erster, weitaus weniger glamourösen Lokalität er gelegentlich an der Bar gearbeitet hatte, eine Vereinbarung getroffen. Er durfte sich ungefragt auf ihn berufen. François war sein stehendes Alibi, eine sichere Deckung, hinter die er sich im Zweifelsfall zurückziehen konnte.

Viele seiner Kollegen bezahlten eine Professionelle, selbst Ehemänner wollten auf diese Weise sichergehen. Gab es ein Problem und brauchte man ansatzlos und sofort ein Alibi, dann hatte man die betreffende Zeit eben mit Valentine oder

Anouschka verbracht und konnte jeden Ermittler zu ihr schicken, ohne sich zuvor absprechen zu müssen. Tauchte die Polizei auf, wusste sie genau, wie sie sich anzustellen hatte. Für Alexander, der es fertigbrachte, sich beim ersten Zusammensein noch in fast jede Frau zu verlieben, beim zweiten die tiefsten Liebesschwüre von sich zu geben und nach dem dritten jegliches Interesse zu verlieren, wäre das niemals in Frage gekommen. Auf eine Frau, selbst eine Professionelle, hätte er sich bei einer so wichtigen Sache wie seiner Rückfahrkarte in die bürgerliche Welt seines Steglitzer Elternhauses niemals verlassen. Frauen waren zu gefährlich, von seiner Mutter natürlich abgesehen.

Für François hatte er kurz nach seiner Ankunft in Paris gearbeitet. Nicht dass er ihn später über den wahren Inhalt seines beruflichen Lebens in Kenntnis gesetzt hätte. Doch war der Wirt nicht dumm.

Eine Hand wusch die andere. Zum Ausgleich, dass er in einem möglichen Notfall für ihn geradestehen würde, beförderte ihm sein ehemaliger Barkeeper nämlich immer wieder mal einen Koffer nach Genf, in welchem sich das befand, was in verborgenen, dem gewöhnlichen Publikum nicht zugänglichen Räumen des Clubs erwirtschaftet wurde. Dort trafen sich gewisse reiche und einflussreiche Herren regelmäßig zum Glücksspiel; und dort war es überdies möglich, gutes Kokain und andere, dem luxuriösen Aspekt nächtlichen Lebens zugehörige Substanzen zu erwerben und zu konsumieren, auf Wunsch auch in Gesellschaft. Es wurden – bei Stammkunden – manchmal auch kleine Botengänge durchgeführt. Keine wirklich große Nummer.

Von der glimpflich ausgegangenen Episode in seiner späten Gymnasialzeit abgesehen, war Alexander noch nie mit ermittelnden Behörden zusammengestoßen – und deshalb war er auch noch nie auf François und den *Club Betrand* zurückgekommen. Er wunderte sich fast, wie selbstverständlich er jetzt, bei der ersten Gelegenheit, sein richtiges, offizielles, wasserfest konzipiertes Alibi ins Spiel brachte, schließlich hätte er seiner Mutter ja einfach alles erzählen können, sogar die Wahrheit oder zumindest einen Teil von ihr. Aber ihm war, als ob er sich auf ein Verhör vorzubereiten hätte, das er nur dadurch überstehen könnte, dass er selbst mit äußerster Kraft an die Wahrheit seiner Erfindungen zu glauben begann. Glauben. Er musste einfach glauben, dass alles gut werden würde.

Seine Mutter war unterdes erbleicht, fasste sich aber sogleich wieder. Ob er nicht gleich nach dem Essen zum Hausarzt der Familie gehen wolle? Alexander wiegelte ab, sprach von einem Arzt in Paris, den er kenne, der sei ihm lieber. Außerdem versicherte er ihr, dass er kaum Schmerzen habe. Ärzte waren das letzte Thema, mit dem er sich beschäftigen wollte, was zum Großteil auch daran lag, dass er seit dem Auslaufen seines Studentenstatus nicht mehr krankenversichert war, schon Jahre nicht mehr, wovon seine Mutter natürlich nichts wusste. Er selber versuchte, so wenig wie möglich daran zu denken, und vertraute einfach darauf, dass ihm schon nichts passieren würde, das sich nicht mit einem beherzten Zugriff auf sein Nummernkonto lösen ließe. Irgendwann würde er sich um eine Versicherung kümmern. Aber heute, jetzt, auf keinen Fall. Er schnappte sich die Thermoskanne, in der seine Mutter den vom Frühstück übriggebliebenen Kaffee aufzubewahren pflegte, schenkte sich eine Tasse ein, die er schwarz ließ, und dann gab er seiner Mutter einen Kuss auf die Wange.

»Will mal sehen, wo Papa steckt.«

Sein Vater, der den ganzen Vormittag draußen verbracht hatte, war gerade dabei, mit geröteten Wangen den Tisch in dem kleinen Esszimmer zu decken. Als Alexander ihm die linke Hand mit einem verlegenen Grinsen zum Gratulieren hinstreckte und die rechte, bandagierte in die Höhe hielt, wurde sein Vater noch steifer, als er sowieso schon war. Alexander versicherte ihm, das Ganze sei harmlos, und Schmerzen habe er auch kaum mehr. Er werde schon wieder – der Vater müsste ihm nur netterweise nachher das Fleisch vorschneiden.

Das Essen war vorzüglich – rheinischer Sauerbraten mit Klößen und Rotkraut und ein paar Flaschen vom besten Wein des Hauses. Den »Napoleon«, wie der Vater sich vergnügt ausgedrückt hatte, den wolle man am Abend vor Alexanders Abfahrt gemeinsam trinken. Das wünsche er sich noch zu dem Geschenk hinzu, es sei ja nun – immerhin der Siebzigste.

Alexander beschämte dieser Nachsatz, »Immerhin der Siebzigste«. Die Stimme seines Vaters war von einem noch niemals zuvor an ihm wahrgenommenen Gerührtsein erfüllt, einem Greisenton, bei dem man das kalte Nasentröpfchen gerinnen sah.

Alexander erklärte sich einverstanden, lächelte seiner Mutter zu, die ihm strahlend zunickte und meinte, dass er ja dann vielleicht am Sonntag in der Früh nach Paris zurückfahren könne. Der besseren Verkehrssituation wegen. Dann solle er aber bitte, erwiderte seine Mutter, heute oder morgen zum Arzt, es müsse ja nicht unbedingt ihr alter Hausarzt sein.

Er murmelte »In Ordnung« und verließ das Esszimmer. Als er von der Toilette zurückkam, hörte er noch auf dem Flur, wie sein Vater mit beschwichtigendem Tonfall irgendetwas davon erzählte, dass sie sich nur ja keine Sorgen zu machen brauche, Alex käme mehr als gut zurecht, sei doch offensichtlich, sie solle sich da nicht täuschen, er sei schlau und halte sich eben Optionen offen.

Es war der typische Tonfall eines Gesprächs seiner Eltern über ihn, und zwar in jener Ausführung, in welcher sein Vater eine plötzlich erwachte grundlegende Sorge seiner Mutter durch Verweis auf seine, Alexanders, Begabung zu zerstreuen suchte. Absurd.

Seiner Mutter stand er viel näher, immer schon, und immer schon war es ihm seltsam vorgekommen, wenn sein Vater ihn – so als ob er ihn gut kennen würde – verteidigte. Weniger als Werner Salem konnte man wohl kaum von seinem Sohn wissen, dachte Alexander, den der unerschütterliche Tonfall, den sein alter Herr hervorbrachte, berührte.

Als er wieder am Tisch saß, erhob sein Vater das Glas, sie stießen an, und fast im selben Tonfall wie zuvor, wie um einen Beweis zu führen, fragte er Alexander noch einmal nach dem geschenkten Wein. Wie er denn überhaupt an die Flasche gekommen sei?

Es war bei einer Auktion in London, auf der er für einen Veranstalter sechs Kisten Jahrgangschampagner ersteigern sollte, den sich ein Ehepaar aus Paris zur Ausrichtung seiner goldenen Hochzeit gewünscht hatte.

Es sei reiner Zufall gewesen, dass er den 31er im Katalog entdeckt hätte, eine winzige Position in einem hundertvierzig Seiten starken Katalog seltener Flaschen. Er habe dann als Einziger ein Gebot auf den Château de Pompou abgegeben und die Flasche folglich günstig bekommen.

Sein Vater erklärte, aha, sehr interessant, am Ku'damm gäbe es jetzt ja seit einigen Jahren dieses Auktionshaus, in dem eigentlich nie jemand säße, außer Touristen und Leuten wie ihm, die nicht mal zehn Mark bieten würden. Stattdessen rede der Auktionator in einer Tour.

Ob denn bei einer Auktion wie der, von der Alexander erzählt habe, auch etwas über die Stücke gesagt würde?

»Ja, natürlich«, gab Alexander zurück und fragte sich dann im Folgenden, ob es seine Eltern wohl bemerkten, wie unwohl es ihm währenddem wurde, was sein Vater jetzt mit großer Ausführlichkeit erzählte.

»Ich hab nachgesehen, den Château de Pompou gab es überhaupt nur bis 1934. Dann kam es durch einen rätselhaften Virusbefall zum Verlust der Rebstöcke, und der örtliche Präfekt ließ das Haus und die Rebfelder komplett niederbrennen. Die Katastrophe der aus Amerika eingeschleppten Reblaus war gerade erst überstanden, und da wollte man kein Risiko eingehen.

Hunderttausend Strohballen wollen die verteilt haben, getränkt mit Petroleum. Das Feuer hat angeblich drei Tage gebrannt.«

»Dann ist das also ein Wein, den es gar nicht mehr gibt?«, fragte Simone.

»So ist es. Seit den Siebzigern werden dort zwar wieder Rebstöcke kultiviert, aber man liefert nur Trauben für den Verschnitt.«

Sein Vater wurde vertraulich, als er seiner Frau, mit einem zwinkernden Seitenblick zu Alexander erklärte, dass die letzten Jahrgänge Pompou, angefangen mit dem 30er, äußerst rar seien. In seinem Weinlexikon vom Buchclub stünden acht Sterne, die höchste Kategorie.

»Ach wirklich?«, sagte Alexander, bemüht, die Unruhe, die das Thema bei ihm auslöste, zu verbergen. »Ich hab eigentlich nur auf das Jahr geachtet, und da die Flasche ja relativ günstig herging …«, er blickte seinen Vater müde an und verdüsterte runzelnd die Augenbrauen.

»Ja, Alex, ich wollte Mutti ja auch nur erklären, was für ein kostbares Stück du mir da geschenkt hast.« Er schniefte leicht. War wohl erkältet.

Während der Kaffee durch die Maschine lief und der Vater – wie immer bei solchen familienfestlichen Gelegenheiten – mit dem Abwasch des Kochgeschirrs begonnen hatte, fragte ihn seine Mutter nach den Umständen seines Auftrages aus. Sie konnte sich nicht erinnern, dass er ihr einmal schon etwas Ähnliches erzählt hätte. Alexander murmelte unbestimmt, dass er immer wieder auch zu Organisationsarbeiten bestellt werde, dass die Reise nach London aber eher ein Gefallen für einen Freund gewesen sei, und der sei über die Maßen großzügig gewesen, konnte er nun doch den gewünschten Champagner servieren und ihn zum Siebenfachen des Einkaufspreises abrechnen.

»Klingt nach einer guten Alternative.«

»Was? Soll ich Weinhändler werden?«

»Ja, genau«, sie überlegte und sagte dann in munterem Tonfall, »stell dir vor, Peter hat sich auch selbstständig gemacht.«

Wer? Sprach sie tatsächlich von *seinem* Peter, der einmal sein bester Freund gewesen war, den er aber schon mindestens fünf Jahre nicht mehr gesehen oder gesprochen hatte?

»Was macht er denn?«

»Er hat die alte Wohnung seiner Eltern verkauft und ist weggezogen.«

»Peter, weg aus Steglitz? Kann nicht sein …«

»Doch, er hat einen Laden oder eine Garage, ich weiß auch nicht genau …«

»Wo denn?«

»Ich glaube, in Neukölln.«

Wenn das kein Abstieg war! Aus Steglitz' geballter Spießerhässlichkeit, die Alexander nur zu gerne gegen Paris, die eleganteste Stadt der Welt, getauscht hatte, war Peter also nach Neukölln gezogen, Berlins letzte Gegend.

Nicht dass er nicht manchmal an seinen alten Freund gedacht hätte, dafür waren sie doch einige Jahre zu eng miteinander gewesen, doch dann kam es zu jener brenzligen Affäre an der Beethoven-Oberschule. Alexander hatte dem Direktor der Schule und gewissen Lehrern früher schon einen Haufen Streiche gespielt, vertauschte Aktentaschen oder eine lebhafte Rattengroßfamilie, die sich wundersamerweise über Nacht im Büro des Chefs einquartiert hatte, gingen auf seine Rechnung.

Schülerintern besaß er einen Ruf darin, sich stets geschickt zu entziehen, doch einmal, in der zwölften Klasse, als Alexander in die Schule eingedrungen war, um den Text einer Chemieklausur zu besorgen, wäre es dem ermittelnden Direktor fast gelungen, ihn zu erwischen, was mindestens seinen Rauswurf nach sich gezogen, vielleicht aber sogar ein Strafverfahren erzwungen hätte – aber auch hier gelang es Alexander im letzten Moment davonzukommen, und zwar deshalb, weil Peter ihm geholfen hatte. Es war jener unscheinbar im Windschatten des großen Alexander segelnde Peter Plahn, der damals urplötzlich die Lösung parat hatte. Allen, die damals eingeweiht waren, erschien Peter wie der alles überflügelnde Held, Peter Plahn, der Mann mit der rettenden Idee. Dass die anderen gerettet waren, Peter aber schließlich die Schule verlassen musste, dass er sich gleichsam für ihn geopfert hatte, das ärgerte Alexander insgeheim. Er wollte nicht dankbar sein müssen und begann sich von ihm zu distanzieren.

Dass Peter dies offenbar gar nicht auffiel, schürte ein giftiges Gefühl der Verachtung in Alex, da sein Freund immerfort weiter seine Nähe suchte, Pläne für gemeinsame Unternehmungen hatte, mit Alexander zusammen sein und über Frauen reden wollte und schließlich aus allen Wolken fiel, als sein bester Freund ihm sagte, dass er nach Paris gehen würde.

Alexander grinste schmerzhaft, stieß sich von der Tischkante ab und ließ den Stuhl kippeln. Nach einer quälend langen Schweigesekunde sagte er,

»Mama, es war köstlich. Ich glaube, ich trinke einen Kaffee und lege mich gleich noch hin.«

Der viele Rotwein randalierte in seinem Schädel und hatte sein Blut zähflüssig träge werden lassen. Er fühlte sich müde bis ins Mark. Hätte er die verdammte Flasche vielleicht doch besser einfach behalten und seinem Vater irgendetwas anderes geschenkt.

Bisher war es ihm erstaunlich gut gelungen, nicht an die Szenen im monegassischen Weinkeller zu denken, er vermochte jeden ersten Anflug einer Erinnerung, die dorthin führen würde, schon im Ansatz wegzudrängen. Aber sich währenddessen auch noch mit seiner Mutter zu unterhalten war anstrengend. Er musste sich dringend ausruhen, wollte wieder ins Bett, musste unbedingt schlafen.

Die Kaffeemaschine röchelte, man hörte das Klappern der Tassen, die sein Vater auf das Tablett stellte und gleich danach hereintrug. Es gab die Lieblingstorte seines Vaters, Schwarzwälderkirsch, und Alexander aß zwei große Stücke, erfreut, dass er die von Rum und Kirschsaft durchweichte Köstlichkeit mit einer in der rechten Hand geführten Kuchengabel einwandfrei verspeisen konnte. Der Vater lobte das Essen, machte Witze, dass es ja dann die nächsten Monate wohl nichts geben könne, und meinte schließlich, wieder ernst geworden und fast mit bittendem Tonfall, dass Alexander darüber nachdenken solle, vielleicht ein wenig länger zu bleiben. Arbeiten könne er mit seiner Verletzung ja doch nicht und …

»Was ist denn das?«

»Mein Handy«, sagte Alexander mit steinerner Miene, »liegt oben im Zimmer. Entschuldigt mal bitte …«, er stand vom Tisch auf, eilte nach oben.

Es war tatsächlich Narcilo. Alexander erstarrte. Sein Vermittler begrüßte ihn freundlich, fügte dann, mit einem noch freundlicheren Tonfall, hinzu, dass er ihn schon mehrfach vergeblich angerufen habe.

»Einen Moment bitte …«, sagte Alexander ein wenig barsch, mit heiserer Stimme, nahm das fast ausgerauchte Päckchen *Gauloises* vom Schreibtisch und ging hinaus in den Garten. Als er unten war, zündete er sich eine Zigarette an und setzte dann, nachdem er einen tiefen Zug genommen hatte, hinzu, »entschuldige bitte. Ich bin bei meinen Eltern.«

Ungerührt erklärte ihm Narcilo, dass er durchaus wisse, wo er sich befände, das sei auch der Grund, warum er ihn anrufe. Er wolle ihn nämlich um eine Kleinigkeit bitten. Une Petitesse!

»Worum geht es?«, fragte Alexander ungelenk, irritiert, dass Narcilo seinen Aufenthaltsort kannte. Seine Stimme rutschte ihm aus und es kam ein gewisser, für das Verhältnis zwischen kleinem Artisten und großem Impresario gänzlich unangebracht distanzierter Ton hinein, über den er selbst leicht erschrak. Also setzte er noch ein gespielt interessiertes »Arbeit?« hinzu.

Währenddessen hatte Narcilo ihn bestens gelaunt davon zu

überzeugen versucht, dass die besagte Kleinigkeit diesen Namen tatsächlich verdiene. Zufälligerweise läge nämlich in einem Hotelzimmersafe in Berlin heute Abend ein Päckchen, das für Narcilo selbst bestimmt sei. Der fünfstellige Zahlencode des Safes sei ihm bekannt. In dem Paket – von normalen Ausmaßen – befände sich nichts Verderbliches, auch sei es ihm nicht eilig. Er hege die Hoffnung, in Alexander nicht nur den Abholer, sondern auch den Überbringer sehen zu dürfen. Alexander könne ruhig noch ein paar Tage in Berlin bleiben, gerne auch länger, und es dann einfach mitnehmen. Entscheidend sei nur die Einhaltung des Zeitfensters für die Abholung – es handele sich um einen zusätzlich mit Zeitschloss gesicherten Safe, der nur eine halbe Stunde am Tag zu öffnen sei. Nämlich zwischen 20 Uhr 09 und 20 Uhr 39.

»Warum brauchst du gerade mich? Das könntest du doch einem ganz normalen Kurier mitgeben?«

Narcilo schwieg. Dann sagte er, ganz ruhig, dass die Hotelzimmertür leider verschlossen sein werde. Er brauche jemanden, der aufschließen könne.

»Aber du weißt doch genau, dass ich in Berlin nicht arbeite. Es ist mein eisernes Gesetz. Ich würde dir wirklich jeden Gefallen der Welt tun …«

Nicht um jeden Gefallen habe er ihn gebeten, sondern um diesen, erwiderte Narcilo, eisern. Es sei vielleicht gegen *sein* Gesetz – aber es gäbe ja auch noch andere, umfassendere Vereinbarungen, die man einhalten müsse, und bezogen darauf ließe sich doch bestimmt einmal eine Ausnahme rechtfertigen.

»Ja aber, hör zu, ich hab mir …«, erwiderte Alexander, um dann erschrocken abzubrechen. Natürlich konnte er Narcilo nicht von seiner Verletzung erzählen, niemals. Narcilo war der Einzige, der über sein berufliches Leben Bescheid wusste, aber nicht einmal er wusste alles. Die Geschichte mit dem betrunkenen Gast, die er seinen Eltern erzählt hatte, könnte er Narcilo auf keinen Fall auftischen. Was sollte er dann sagen? Er wusste zwar nicht, wie er es anstellte, aber Narcilo war in der Lage, sich Informationen in Kriminalpolizeiqualität zu besorgen, wenn es ihm drauf ankam. Er durfte jetzt nicht den Fehler machen, ihm irgendwas zu erzählen.

»D'accord. Ich erledige die Sache für dich. Sag mir die Adresse ...«

Als das erledigt war, wünschte Narcilo ihm einen Guten Tag und beendete das Gespräch, mit einem Mal sehr kurz angebunden. Alexander starrte auf seine verbundenen Finger, die ungeschickt die fast verbrannte Zigarette hielten, dann betrachtete er hilflos die Schneeglöckchen auf dem von Feuchtigkeit triefenden Rasen seiner Eltern, stampfte mit dem Fuß auf ein schwappendes Grasbüschel und entdeckte, dass das Fenster am Gartenhaus neu gestrichen war. Er trat näher und blickte durch die Scheibe.

Eher ahnte er es, als es tatsächlich zu sehen – aber am Ende der Werkbank glänzte etwas, bei dem es sich nur um den alten Schraubstock des Großvaters handeln konnte. Es war die erste Mechanik, mit der es Alexander je bewusst zu tun bekommen hatte – aus Gusseisenteilen vom Großvater selber zusammengesetzt und unverrückbar an der Werkbank angeschraubt, war er die Unverwüstlichkeit selbst. Kaum dass er seine Hände frei benutzen konnte, hatte ihn der Alte zum Spiel an den Schraubstock gehoben, später stand stets ein Stuhl bereit, auf dem stehend Alexander lernte, das schwere, aber gut geschmierte Schraubengetriebe zu bedienen, mit dem man die beiden Backen so fest zusammendrehen konnte, dass breite Nagelköpfe binnen weniger Augenblicke vollkommen geplättet waren.

Alexander lernte, ohne schmerzhafte Quetschungen der Finger die Fingernägel der linken Hand einzuzwicken und wieder freizugeben, Hölzchen malmend auf Streichholzdicke zu quetschen und dicke Pakete aus zusammengefalteten Papierseiten herzustellen. Später half ihm der Großvater dabei, aus einem

Rohling seinen ersten eigenen Dietrich zu feilen. »Das muss ein Stadtjunge können!«, hatte er immer dazu gesagt, verschwörerisch gegrinst und ihm gezeigt, wie er die Feile halten sollte.

Er genoss jetzt das Zittern, zu dem die kalte Luft seinem Körper verholfen hatte. Er musste anfangen, ein bisschen auszunüchtern. Laut Narcilos Angaben hatte er ein paar Stunden, bis er das Paket in Charlottenburg abholen sollte.

Es gab eigentlich nur zwei Probleme: Er hatte kein Werkzeug und er wusste nicht, ob er, gehandicapt, wie er war, überhaupt etwas damit hätte anfangen können, aber Problem Nummer zwei kam später. Er überlegte, wie er an Werkzeug gelangen konnte. Notfalls würde er einen Schlüsseldienst anrufen und ihm viel Geld geben. Aber ideal war das nicht. Schlüsseldienstlern traute er einfach nicht über den Weg. Wussten viel und taten meistens blöd.

Er betrachtete noch einmal den fast ganz von Dunkel umgebenen Großvaterschraubstock. Dann kam ihm die Idee. Natürlich.

*

Sein Vater war auf seinem Spaziergang im Stadtpark und bekam also nicht mit, dass Alexander sich die Taschenlampe von seinem Schreibtisch auslieh, seine Mutter stand in der Küche und nickte nur, als er ihr im Vorbeigehen sagte, dass er noch jemanden in der Stadt treffen wollte, vielleicht irgendwo ins Kino ginge. Als er oben war, öffnete er die Tür zu seinem alten Zimmer, ging hinein, zog die Schuhe aus, ging wieder hinaus und schloss die Tür laut von außen. Er schlich auf Socken nach oben in das Dachzimmer. Bei geschlossenen Läden war es jetzt vollkommen dunkel. Für einen Moment überlegte er, auf Licht zu verzichten, aber wozu, seine Mutter würde so oder so nichts mitbekommen. Er sah sofort, wo der große Lederkoffer stand, der noch aus Breslau stammte und schon während der Flucht zur Rettung wesentlicher Werkzeuge des Großvaters benutzt worden war. Dort – das wusste Alexander – hatte sein Vater das Schließwerkzeug des Großvaters aufbewahrt.

Es fing damit an, dass sein Vater den Koffer doch tatsächlich abgesperrt hatte. Unfassbar. Er suchte eine Weile, dann fand er Draht, der um das brüchige Bein des in der Ecke abgestellten Korbsessels herumgeschlungen war, der früher im Wohnzimmer am Blumenfenster gestanden hatte. Er wickelte ein Stück Draht ab, bog es zurecht und brachte die beiden simplen Schlösser auch mit links ganz leicht auf. Das tat ihm erstaunlich gut. Er ließ sie hochschnappen.

Zu seiner Überraschung war der Koffer randvoll gefüllt und bot auf den ersten Blick überhaupt kein Werkzeug. Ganz oben lag der alte, aus Sackleinen gemachte Rucksack seines Großvaters. Den würde er bestens brauchen können. Darunter lagen ein paar Binder, ein Hemd, und ein großes gerahmtes Familien-Gruppenfoto, das er nicht kannte und das ihn für den Moment auch nicht weiter interessierte. In der zweiten Schicht stieß er auf ein paar alte, in altdeutsch-gotischer Schrift gedruckte Bücher, er öffnete eines, *Josef Salem* stand in fast unlesbar winzigen Buchstaben in der oberen Ecke des Frontispiz, es war offensichtlich ein Fachbuch. Weiter unten in der Kiste kam er der Sache schon näher.

Eine seltsame Bewegung erfasste ihn, als er neben Hämmern, Zangen, kleinen Eisensägen und Feilen endlich auch der selbstgemachten Schließwerkzeugsammlung ansichtig wurde, an deren Herstellung er sich selbst noch genauestens erinnern konnte.

Eines späten Herbsttages nämlich hatte der Großvater den Zehnjährigen aufgefordert, sich anzuziehen und ihn in den Stadtpark zu begleiten, auf dessen Wegen er Ausschau zu halten begann. Das beste Material nämlich, um sich Diamanten, Spiralen und Schlangen selbst anzufertigen, findet man in der Stadt auf der Straße: aus den großen Rechen der Straßenkehrer herausgebrochene Zinken, etwa einen Zentimeter breit, aus dem strapazierfähigsten Stahl geschnitten, den es gibt. Fünfundzwanzig Werkzeuge aus gefundenen Zinken hatte er damals angefertigt, ihre Spitzen verjüngt und eingebogen, hakenförmig oder wellig zugefeilt. Alexander fand auch noch zwei stabile Spanner. Er hatte alles, was er brauchte, und packte es in den Rucksack. Auf seinen Opa war eben Verlass.

*

Alexander, mächtig Alkohol im Blut, lenkte den Wagen vorsichtig durch den letzten Feierabendverkehr. Er wusste zwar nicht genau, wie er in das Hotel in der Meinekestraße kommen sollte, aber er würde es schon schaffen, er würde das Paket besorgen, und dann würde er es Narcilo bringen. Seit er das Werkzeug seines Großvaters an sich genommen hatte, war er zuversichtlich. Seine Erschöpfung hatte sich noch einmal zurückdrängen lassen und war starker, brauchbarer Aufmerksamkeit gewichen.

Der dichte Verkehr forderte ihn, er versenkte sich ganz ins Schalten und Bremsen, genoss das satte Klicken des Blinkers. Was er tat, fühlte sich glasklar an, seine Verwirrung und auch die Furcht, die sich während des Gesprächs mit Narcilo breitgemacht hatten, verschwammen wie die Lichter der Autos vor ihm, die ein anderes Ziel hatten und lautlos abbogen.

Vielleicht schickte ihm ein Glücksgott diesen Safe! Denn wenn er erst drin war, war der Rest eine Kleinigkeit, aber es würde ihm die Chance geben, alles wieder in Ordnung zu bringen.

An einer ARAL in Schöneberg fuhr er ab, tankte für einen dreistelligen Betrag, und als er mit einer Dose Red Bull an der Kasse stand und sich überlegte, welche Zigaretten er noch mitnehmen sollte, da ihm die deutschen *Gauloises* ja noch nie geschmeckt hatten, wirbelten die pure Sucht, sein Geschmackssinn, die Erinnerung an seinen Großvater und jener vage Hoffnungsschimmer wild durcheinander und er verlangte noch ein Päckchen: *Salem Nummer Sechs*.

Seine erste Marke, die Peter angeschleppt hatte und die sie hinter der Turnhalle gequalmt hatten, obwohl sie ein bisschen stark war. Aber der Name! Wieder war sein Großvater der Einzige, dem er sein Geheimnis verriet, und der wurde erst bleich, dann rot, als er des zartgrün-goldenen Softpacks ansichtig wurde, das Alex eines Tages, mit vierzehn, aus seiner Jeansjacke zog.

»Ach nee, tu das ni!«, hatte er lächelnd gemurmelt, ungläubig den Kopf geschüttelt und für einen winzigen Moment so geguckt, als wolle er sich selbst gleich eine nehmen. Alex hielt ihm das Päckchen hin, doch der Alte, immerzu den Kopf schüttelnd, murmelte etwas Unverständliches, leicht Ärgerliches, sah ihn traurig an und sagte, »mach den Fehler ni …«, fügte dann jedoch, als Alexander die Zigaretten schüchtern und mit leicht besorgtem Ausdruck wieder einsteckte, hinzu, »mach da keen Kopp. Ich sag nüscht«, und wuschelte ihm mit Verschwörermiene übers lockige Haar. Ach Opa, dachte Alex, steh mir bei!

Er platzierte die Schachtel *Salem*, die er schon zwanzig Jahre nicht mehr geraucht hatte, auf dem Nebensitz, schlürfte die Dose aus, deren krasse Mischung aus Zucker, Säure und Koffein ihm scharf in den Magen schnitt, und fuhr los, darauf verzichtend, gleich eine zu rauchen. Er würde sich jetzt zusammenreißen, die Petitesse erledigen, und danach, wenn alles geschafft wäre, würde er eine echte *Salem* rauchen.

Dass Narcilo ihn um diese Kleinigkeit gebeten hatte, schien ihm wie ein Zeichen: Er würde die Gelegenheit der Übergabe nutzen und reinen Tisch mit seinem Vermittler machen. Er würde ihm nicht nur von dem verkorksten Job in Monaco erzählen, sondern auch von der Geschichte in Antwerpen, wo er in die Villa einer Studentenverbindung eingestiegen war, um alte Schwerter zu stehlen. Er würde sogar über seinen dreistesten Raub sprechen, seinen Besuch im Museum von Solothurn, den er im Auftrag eines Sammlers von Werken des genialen Füsseli ausgeführt hatte, der auch noch im Nachbarkanton lebte und den Solothurner Affen, wie er sich ausgedrückt hatte, das Bild nicht gönnte. Da war er einfach am helllichten Tag hineinspaziert und hatte das kleine Format aus dem Rahmen geschnitten.

Er überschlug das Honorar, das er für diese und noch ein paar andere kleine Nebenjobs bekommen hatte, und kam auf die Summe von 80 000 Pfund, davon vierzig Prozent, na ja, das Geld des Briefmarkensammlers, das unter dem Bett in seinem Kinderzimmer ruhte, würde nicht genügen, aber es wäre eine erste Anzahlung, um Narcilo im Nachhinein an seinen Jobs zu beteiligen.

Alexander hatte Psychologie studiert, ein Ausweichfach, das in den ersten Semestern einen erfreulich technischen, statistisch-mathematischen Eindruck auf ihn gemacht hatte, aber er war kein guter Psychologe. Er schätzte die Leute gern ein, aber er verschätzte sich – er ging auf eine falsche Weise stets von sich selbst aus, und deswegen war er davon überzeugt, dass Narcilo die freiwillige Aushändigung von so viel Geld besänftigen würde. Hatten sie je über etwas anderes gesprochen als Geld? Das Geld würde es wieder heilen, ganz sicher.

*

Alexander hatte bis kurz vor 20 Uhr im Auto gewartet, dann den Großvaterrucksack geschnappt und sich auf den Weg gemacht. Das Hotel war in der Tat eine Pension, in einem typischen Charlottenburger Haus mit prächtiger Fassade und säulenbewehrtem Eingang. Auf dem Klingelschild sah man, dass die Pension die ersten beiden Stockwerke einnahm, es darüber aber auch noch ganz normale Wohnungen gab. Er drückte auf die erstbeste der Klingeln, ohne Ergebnis, aber bei der nächsten schon ertönte die Stimme einer alten Frau.

»Muss an die Briefkästen. Benachrichtigung für …« – und er nannte einen der Namen auf dem Klingelschild. Sie drückte – mit einer minimalen Verzögerung – auf den Türöffner. Alexander war im Haus. Im ersten Stock war das Schild der Pension, zusammen mit dem Hinweis, dass sich die Appartements mit den Nummern 200–216 im zweiten Stock befänden. Er musste grinsen, das fragliche Zimmer war also oben, er würde nicht einmal an der Rezeption vorbeimüssen.

Er lief lautlos über den roten Sisalteppich, erreichte die obere Tür, wollte schon das Werkzeug herausholen, aber dann sah er, dass es einen altmodischen, elektrischen Drücker gab, der aussah, als stammte er direkt aus den Dreißigern. Er probierte ihn, es summte und auch diese zweite Tür war offen.

Einige sich den Flur entlangziehende Jugendstilleuchter zierten moosgrüne, wie Marmor strukturiert wirkende Wände. Links war eine kleine Nische, in der hellbraune, edle Ledermöbel und ein altmodischer Zeitungsständer aus dunklem, glänzend lackiertem Holz standen. Ohne ihn hätte wenig an ein Hotel erinnert, so gepflegt privat wirkte der Flur, von dem, in einigem Abstand, sechs Türen abgingen, drei auf jede Seite.

Bislang lief alles problemlos, doch als er nun der Schlösser ansichtig wurde, die erst vor Kurzem in die alten, mahagonifarben lackierten Türen eingebaut worden waren, erschrak Alexander. Es handelte sich dabei um eine Neuentwicklung von CES, mit der er noch nie zu tun gehabt hatte. Er hatte in einer Fachzeitschrift darüber gelesen, das Prinzip hatte ihm imponiert, es würde lange dauern, das Schloss zu öffnen, wenn er es überhaupt schaffte. Ein Blick auf die Uhr sagte ihm, dass es schon Viertel nach acht war, es blieben ihm noch zwanzig Minuten. Er spürte, wie ihm der Schweiß ausbrach, während er den Flur weiter nach hinten durchging, dann stand er vor der Tür mit der Nummer 216. Für eine Sekunde hatte er noch gehofft, dort vielleicht auf ein weniger sicheres Schloss zu treffen, aber auch dort blickte ihm das schmalzüngig imponierende Schlüsselloch aus der Velberter Schlossfabrik entgegen. Zum Glück hatte er vorhin noch das Brecheisen aus dem Porsche geholt. Er würde sich gar nicht lange mit dem Schloss aufhalten, sondern es gleich mit roher Gewalt versuchen. Schlecht!

Er biss sich auf die Lippen, als er das Eisen zwischen Tür und Rahmen ansetzte. Er drückte und wäre fast gestürzt. Die Tür war nur angelehnt gewesen und stand mit einem Schlag weit offen. Alexander akzeptierte dieses Glück sofort. Ja, das Schicksal meinte es gut mit ihm, wollte ihn davonkommen lassen. Jetzt noch den Safe aufgefingert und seiner Versöhnung mit Narcilo stünde nichts mehr im Wege.

Er schloss leise die Tür, holte die Taschenlampe seines Vaters aus dem Rucksack und leuchtete den Raum aus. Links war noch eine Tür, die halb offen stand. Vor ihm stand eine Kommode, wie prädestiniert, unter einem Fernseher vielleicht auch einen Hotelsafe zu bergen. Er trat heran, klappte die beiden Flügeltüren auf und sah das Modell. Es war dunkelgrün lackiert, gleichfalls nagelneu, ein Safe mit digitaler Codierung, den er hätte aufbohren und dann kurzschließen müssen, um ihn zu knacken. Den fünfstelligen Code hatte er im Kopf, ging in die Hocke und hatte gerade die erste Ziffer eingetippt, als im Nebenzimmer plötzlich das Licht anging. Eine wohlvertraute Stimme sagte:

»Ah, Monsieur Salem. Pünktlich wie die Eisenbahn. Bonsoir.« Alexander erstarrte.

Er hatte Narcilo fast zwei Jahre nicht mehr gesehen, aber es kam ihm vor, als hätte der – immer schon wohlbeleibte – Spanier in dieser Zeit seinen Körperumfang verdoppelt. Er füllte – mit einem schwarzen, seinen Körper vollständig bedeckenden Hemd und einer weiten schwarzen Hose bekleidet – den ausladenden roten Sessel gänzlich aus, seine fleischigen Hände ruhten, mit großen Ringen geschmückt, auf den Armlehnen wie Maden, die einen Verdauungsschlaf hielten. Neben dem Sessel stand eine Stehlampe, die ein Tischchen beleuchtete, auf dem ein Glas Mineralwasser sprudelte und ein brauner Umschlag ruhte. Narcilo rührte sich nicht, bot Alexander keinen Platz an.

Er erhob seine Stimme, aber es war nicht der gelassene Plauderton, den Alexander von ihm kannte. Er tranchierte ihn.

»Es ist wirklich schade, weil du Talent hast, Alex – aber du hast es dir einfach versaut. Wieso? Keine Ahnung. Warum? Ich habe irgendwann aufgehört, mich das zu fragen.«

Narcilo machte eine scharfe Bewegung mit seinem Kopf, hühnerhaft, jedenfalls unerwartet flink, die mit Fett gefüllten Hautsäcke an seinem Hals schwabbelten seltsam jugendlich.

»Mein Vater hatte eine Gastwirtschaft bei Valencia, in einem kleinen Ort. Dort in der Bodega war eine Stube unterm Dach, und wann immer ich kommen und wie immer ich heimkehren sollte, arm oder reich, als Ehrenmann oder als Flüchtling …« – er machte eine Pause, betrachtete Alexander und fuhr dann mit fürchterlich sanfter Stimme fort, »dort stand ein Bett und eine Schüssel Bohnen wartete auf mich. Wo immer ich war, ich wusste, dort gehöre ich hin …«

Narcilo hatte zu Ende gesprochen, öffnete seinen Mund noch einmal, leicht schmatzend, dann holte er ein blütenweißes Taschentuch heraus, wischte sich über die Lippen und sah ihn an, mit leicht wässrigen Augen.

»Narcilo, ich weiß nicht, was ich sagen soll. Wenn du mich sprechen willst … wozu dieser Aufwand?«

»Ich wollte dich finden. Eine lange Zeit, seit wir das letzte Mal gesprochen haben.«

»Schon. Ja. Hab nicht viel von dir gehört.«

Narcilo sah ihn immer noch scharf an, aber jetzt trat ein Zug verachtender Müdigkeit hinzu, ein aggressives Desinteresse, das Alexander fast körperlich weh tat.

»Tja, gab nichts Richtiges für dich, eine Sache vielleicht, aber da konnte ich dich mal wieder nicht erreichen. Letztes Jahr im August …«

Das war die Zeit des Solothurn-Jobs gewesen, an den er noch einen Urlaub am Comer See drangehängt hatte. Alexander schluckte.

»Tut mir leid. Da war ich im Urlaub.«

»Hmgrgh …«, machte Narcilo, schnaufte noch einmal tief und sagte dann mit leiser Stimme:

»Lille.«

»Bitte?«

»Hm, die Stadt Lille, schon mal da gewesen?«

Lille. Alexander musste zwinkern, hätte sich gerne gesetzt und stützte sich mit seiner linken Hand auf das Tischchen. Lille …

»Nein.«

Narcilos Wut steigerte sich. Am Ende kochte er, und es sah fast so aus, als wollte er aufstehen.

»Erinnerst du dich an diesen älteren Juwelensammler, für den du vor zwei Jahren in Lille warst? Wie war doch gleich noch sein Name?«

Dovre. Ein gewisser Marschall Dovre war einer der ersten Kunden gewesen, für den er ohne Narcilo gearbeitet hatte.

Alexanders Knie wurden ihm weich, während Narcilo ihn mit wieder beruhigter Stimme darüber aufklärte, dass der würdige alte Herr, der ihn mit einer todsicheren Sache beauftragt hatte, ein alter Schauspieler mit Sozialrente gewesen war, den er manchmal beschäftigte. Narcilo war ein Gerücht zu Ohren gekommen und er hatte wissen wollen, woran er mit Alexander war, also hatte er ihm einen Lockvogel geschickt und Alexander hatte prompt angebissen. Seitdem habe er im Stillen beobachtet, wie Alexander seine eigenen Wege gegangen sei. Mit dem letzten Vorfall allerdings sei das Maß voll.

»Wovon um Himmels willen sprichst du?«, Alexanders Stimme zitterte. Seine Hände, die immer noch in den Handschuhen steckten, hatte er zu Fäusten geballt, weil ihm sonst nichts einfiel, was er gegen ihr Zittern hätte tun können.

Narcilo griff sich den Umschlag und holte einen Packen Fotos heraus, die er in Alexanders Richtung auf den Tisch fallen ließ. Das erste Foto zeigte einen verwüsteten Innenraum, von dem Alexander wusste, dass er ihn kannte, aber er brauchte einen Moment – dann fiel sein Blick auf eine zerschlagene, große Pendeluhr, die halb umgestürzt inmitten eines Gewirrs durcheinandergeworfener Stühle lag. Er kannte diesen Ort. Das war Meister Xings Werkstatt in Paris.

Er nahm den Packen an sich. Mit Grauen sah er die Vollständigkeit der Zerstörung jenes trotz Überfülltheit äußerst wohlgeordneten Handwerkeridylls, in dem Werkzeuge, Hilfsmittel und Maschinen fast aller feineren und freien Künste gestanden hatten. Nun war alles durcheinander, wenn nicht zerstört. Ein schweres Seufzen entrang sich ihm, da das letzte Foto einen arg lädierten Meister Xing zeigte: Ein Auge war vollständig zugeschwollen, beide Hände furchterregend dick bandagiert, sein großer Mund hatte einen kindlich-bebenden Ausdruck und auf seiner braunen Glatze prangte eine dunkelrot verkrustete, fast handtellergroße Läsur. Er sah zum Erbarmen aus.

Narcilo berichtete ihm mit eiskalt resümierender Stimme, dass man Xing nicht nur die Zähne eingeschlagen hatte, nein, noch viel schlimmer: Man hatte dem Meister die Hände genommen. Die Nachricht habe sich in Paris wie ein Lauffeuer verbreitet. Er könne es dem Chinesen danken, dass aber noch niemand wisse, was genau dahinterstecke.

»Wenn sich erst einmal rumspricht, dass Xing dir diese Scheiße zu verdanken hat, dann bist du verbrannt. Das bist du wahrscheinlich sowieso schon. Verfluchte Scheiße – *ich* habe dich mit Xing bekannt gemacht!« Er machte eine Pause, atmete aus und wischte sich noch einmal den Mund.

»Worum ging es bei der Geschichte?«

»Ein Briefumschlag.«

»Hast du sauber gearbeitet? Oder hast du versucht, jemanden aufs Kreuz zu legen?«

»Ich schwöre dir, es war alles in Ordnung. Ich habe keinen Fehler gemacht.«

»Warum hat man Xing so zugerichtet?«

»Narcilo, glaub mir doch! Ich weiß es nicht.«

Mit einem Blick, in den er den Rest seiner Willenskraft legte, beteuerte er es. Er glaubte selber so fest daran, dass ihm für einen Moment tatsächlich so war, als könne er die Katastrophe im Weinkeller, das Feuer jenseits der Autobahn und den fatalen Besuch in dem Bistro damit ungeschehen machen. Seltsame Zuversicht breitete sich aus.

»Ich kann mir vorstellen, dass das seltsam klingt, aber ich hatte dir alles erzählen wollen. Ich schwöre es. Ich wollte das Paket abholen und bei der nächsten Gelegenheit vorbeibringen und dann hätte ich dir alles erzählt.« Alexander trat einen Schritt auf ihn zu und sprach mit beschwörender Stimme weiter.

»Es hat so nebenbei angefangen, kleine Geschichten, ich wollte dir mit so Kleinzeug einfach nicht die Zeit stehlen. Dann wurde es mehr, ich gebe es zu, die letzte Geschichte hätte ich auf jeden Fall mit dir besprechen sollen. Aber ich hatte ja die Absicht, dir alles zu sagen.«

Fast hätte er jetzt Narcilos Hand ergriffen, kam dem grollenden Fleischberg näher, doch der blickte ihn kalt und gleichgültig an. Alexander fiel nichts anderes mehr ein, also sagte er:

»Narcilo - ich hab vorhin im Auto darüber nachgedacht, es sind fast vierzigtausend Pfund, die dir gehören ...«

Narcilo sah plötzlich sehr müde aus.

Er ließ schnaufend Luft durch die Nase ab, als wäre schlechter Geruch um ihn her, senkte die Lider für einen Moment, und als er sie wieder aufschlug, betrachtete er Alexander nachdenklich-gleichgültig.

»Du bleibst in Berlin. Und ich will, dass du erreichbar bist.«

»Aber ich kann doch nicht einfach wieder bei meinen Eltern einziehen ...«

Das Gesichtsfleisch des Spaniers fiel um einen Grauton ins Dunkelherbe, er machte eine Bewegung, die sich über den ganzen Körper zitternd fortsetzte, fasste den Griff seines Sessels fester, erhob sich tatsächlich und betrat ein drittes Zimmer. Nach einer Weile hörte Alexander ihn nebenan auf Spanisch telefonieren, maschinengewehrschnelle Silben herausfeuernd. Bestens gelaunt, so wie er ihn kannte.

Als er begriff, dass das Gespräch jetzt tatsächlich zu Ende war, nahm er den Rucksack seines Großvaters und schlich auf die Straße. Der Weg zu seinem Auto kam ihm weit vor. Er nahm die Schachtel zur Hand, öffnete sie und klopfte sich die erste Salem heraus. Er gab sich Feuer und rauchte, ohne den Porsche anzulassen. Er inhalierte tief, noch einmal, tiefer, aber er fühlte wenig, fast nichts – ja es war so, als wäre die Zigarette lebendiger als er selbst.

KAPITEL 13

Ein alter Kämpfer steht zu seinem Wort

Na, Bronski – gilt's noch?«

»Wegen mir schon. Aber sind Sie sicher, dass Sie sich das antun wollen?«

»Wie bitte? Meinen Sie etwa, dass ich mich fürchte?«

»Letztes Mal hab ich mich gefürchtet – Sie haben ja fast keine Luft mehr bekommen.«

»Hören S' doch auf … mein ganzes Leben bin ich schon Asthmatiker.«

»Ich mach mir Sorgen, dass die Leitung mich belangt, wenn Ihnen doch noch mal was passiert. Am End bin ich noch schuld, wenn Sie eine Stufe höherrutschen.«

»Schaun S', dass Ihnen über die Häuser schlagen. Sie werden sich wünschen, Sie hätten den Mund g'halten. Vom Brett fegen werd ich Sie!«

Bronski folgte Magister Gracher nach draußen, der mit einem mit Ohrenklappen versehenen Tirolerhut, einem Schal und der in roter Signalfarbe gehaltenen Daunenjacke ausgerüstet war, die er von einer sehr entfernten Nichte zu Weihnachten bekommen hatte.

Seit einem Jahr war Grachers Zittern so stark geworden, dass er dauernd die kleinen Figuren auf dem normalen Brett umschmiss, wenn er zog, deshalb hatten sie nach draußen wechseln müssen, wo es ein bislang kaum je von irgendwelchen Bewohnern benutztes großes Parkschachspiel gab. Das Problem war nur, dass der mit den zitternden Händen Geschlagene regelmäßig alle diese Kleidungsstücke wieder ablegte, wenn ihm heiß und heißer wurde. Außerdem war er mit einer fatalen Neigung geschlagen, jede Verschlechterung der Stellung mit einer neuen unüberlegten Panikreaktion zu beantworten und sich immer mehr in seine eigenen Fehler zu verstricken.

Den ganzen Winter war es so gegangen und Bronski hatte es aufgegeben, den fünf Jahre Älteren an die fürchterliche Bronchitis zu erinnern, die er sich auf diese Weise durch das nachmittägliche Schachspiel draußen im Garten zugezogen hatte. Fast hätte ihn die erledigt.

Um nicht den geringsten Zweifel aufkommen zu lassen, wer diesmal Weiß hatte, stürmte der mit zwei künstlichen Hüftgelenken ausgestattete Gracher leicht hinkend an das von vielen Wintern und Sommern abgeschliffene Spielfeld, um dann vor den gerade zögerlich erblühten Forsythien, die unter noch kahlem Hartriegel und anderen, kürzlich zurückgeschnittenen Sträuchern standen, hin und her zu laufen und die teilweise am Rande, zum Teil sich noch in der letzten Endspielstellung befindlichen, ein Meter großen Figuren hinter seine Linien zu tragen. Als er mit seinen eigenen fertig war, half er dem gemächlich agierenden Bronski, dessen schwarze Truppen zu sammeln.

Kaum war alles aufgebaut, trug er auch schon seinen Damebauern zwei Felder nach vorne, d4, und blickte Bronski herausfordernd an, da er vorgestern wieder die Schachkolumne in der Kronenzeitung studiert und dort eine neue Variante gelernt hatte, die er nun in die Tat umsetzen wollte.

Bronski, der sich die Zeitung natürlich auch angesehen hatte, strich sich lächelnd den Schnurrbart und spielte das, was sein Gegner erwartete, nämlich seinen Damebauern zweischrittig dagegen, d5. Gracher gab ein angriffsartiges Hüsteln von sich und brachte nun seinen c-Bauern gleichfalls zwei Schritte nach vorn. Dabei war schon ein erstes enthusiastisches Keuchen seiner geschwächten Lungen zu vernehmen. Es lief alles nach Plan, zumindest so lange, bis Bronski zog, und zwar keineswegs mit einem Schritt seines Königsbauern. Er trug sein Pferd auf c6. Chigorins Verteidigung.

Gracher verharrte irritiert, anstatt aber die neue Situation etwas zu überdenken, überstürzte er es geradezu und spielte die Variante aus der Zeitung einfach weiter, im Glauben, er könne Bronski durch Beharren auf seiner Strategie quasi zurückzwingen. Bronski lächelte und spielte weiter, den in ein paar Zügen sich unweigerlich vorbereitenden Tausch seines Läufers gegen einen Gracher'schen Springer schon im Blick.

»Herr Bronski …«

»Schwester Thadea?«

»Hab mir schon gedacht, dass Sie hier heraußen san. Guten Tag, Herr Gracher.«

Magister Gracher gab nur ein erschöpftes Röcheln von sich und nutzte die sich durch die Ankunft von Schwester Thadea ergebende Spielunterbrechung, um sich seines Schals zu entledigen.

»Bitte, schauen S' her. Das hatten wir ja noch nie, doch, letztes Jahr, als die alte Frau Hullicek mit ihren 85 Jahren noch von einem Onkel etwas geerbt hat. Stellen Sie sich vor, plötzlich war sie wieder flüssig. Wär fast schon verlegt worden, da kam die Rettung hereingeflattert …«

Bronski blickte auf den Umschlag in den Händen der Finanzchefin des Heims, die ihn missgünstig anstarrte. Er versuchte zu lächeln.

»Wann kam's denn an?«

»Grad vorhin war der Postbot da …«

»Danke.«

Bronski blickte der davoneilenden Ökonomin des Wohnheims nach. Verdammter Alptraum, dachte er.

Sein Spielpartner war gerade mit sich selbst beziehungsweise mit dem Eigenleben seiner linken Hand beschäftigt, die sich so schwer vom Ende seines Schals lösen konnte, also schlitzte Bronski mit seinem Daumennagel den Umschlag an, riss das

Papier in zwei, drei Bewegungen auf und zog das Textblatt nur einen Fingerbreit heraus. Ein Zahlencode: »17 5 148 31 …«

Ohne einen Kommentar steckte er das Telegramm in die Innentasche seines Mantels, führte ein paar stille Züge aus, trickreich, subversiv und kompliziert und brachte damit seine Dame in eine für Gracher sehr günstige, weil gefährliche Position, die der Magister allerdings gar nicht bemerkte. Bronski musste noch zwei weitere Züge machen und Grachers Turm förmlich zum Schlagen zwingen.

»Ah!«, schnaufte Gracher und »Ahrg!«, als er seinen Turm schrecklich gebeugt hinüberschleppte, auf h4, wo Bronskis Dame stand.

»Sakra!«

»Geh, was hab ich Ihnen g'sagt«, röchelte der glückstrunkene Gracher, »in meiner Jugend war ich Zweiter von Nussdorf!«

Er schob Bronskis wichtigste Figur zur Seite und stellte schnaufend seinen Turm ab. Dann schleppte er die schwarze Dame vom Feld, und da seine Hände auf diese Weise fixiert waren, bemächtigte sich das Zittern seiner Beine, die ziemlich ins Schlenkern kamen. Zwischendurch schien es, als würde Gracher es nicht schaffen.

»Da ist natürlich nicht mehr viel auszurichten …«, sagte Bronski mit betont bitterer Stimme, nachdem Gracher hinter seine Linien zurückgeschlurft war. Jetzt erst bemerkte Bronski, dass der andere seine Hausschuhe anhatte.

Er holte erneut Luft und rief, die Hände in die Seiten gestützt: »Ihr Zug!«, und dann, nachdem Bronski keine Anstalten machte, zu ziehen, fügte er, so breit grinsend, dass es eine Art Stottern gab, hinzu, »Sie werden's doch nicht etwa aufgeben?«

»Ohne meine Dame hat's nicht viel Sinn. Gratuliere.«

Der Gewinner musste sich auf die Bank hinter dem steinernen Spielfeld setzen, zunächst unfähig, Bronskis Abschiedsgruß zu erwidern, und erst als dieser sich konzentriert gegen die unberechenbare Schwingtür zum Seitenflügel stemmte, erreichte ihn Grachers heiserer, in ein paar Stücke zerbrochener Ruf:

»Bronski! Meinen S', ich wüsst … nicht längst, dass Sie … sich Ihre Einfälle beim Schach … immer aus der Kronenzeitung abschauen?«

Auf seinem Zimmer entledigte sich Bronski des Mantels und hängte ihn an die Garderobe, seine Schuhe ließ er an, nahm das Telegramm aus der Innentasche und warf einen Blick auf den aus einer Folge von Zahlen bestehenden Text. Die erste Zahl war die 17. Mit dem Zettel in der Hand ging er an sein Bücherregal, das links neben der Tür in die Wand eingebaut und recht schmal war und ihm Platz für ein paar Dutzend Bücher bot, die letzten Bände einer ehemals großen Sammlung, die durch ein paar Umzüge dezimiert und schließlich, mit Bezug des günstigeren Zimmers, zusammengeschmolzen war auf einen Restbestand, der schon nicht einmal mehr eine Essenz genannt werden konnte, sondern eher eine zufällige Auswahl dessen, was er im Laufe seines Lebens gelesen und besessen hatte.

Seine Karl-Kraus-Originalausgaben etwa, die hatte er behalten. Die »Walpurgisnacht« war vom Autor sogar mit Datum und Unterschrift signiert, Melville war darunter, »Moby Dick«, »Billy Budd«, und Hemingway, »In einem anderen Land«.

Aber selbst diese seine Lieblingsbücher hätte Bronski, ohne zu zögern, weggegeben, wäre es ihm dadurch gelungen, die Bücher des deutschen Nationaldichters zu retten, Goethe, die ganz unten in seinem Regal standen. Es waren nur noch drei Bände, und denjenigen unter ihnen, der die Nummer siebzehn trug, holte er jetzt heraus: »Reineke Fuchs«.

Mit Buch und Telegrammtext setzte er sich an den Schreibtisch und knipste das Licht an, da der Schreibtisch ungünstig in einiger Entfernung vom Fenster aufgestellt war. Sein jetziges Zimmer war nicht nur klein, sondern auch noch unglücklich geschnitten, aber auf den Schreibtisch hatte er einfach nicht verzichten wollen, als er auf Druck der Ökonomin aus dem größeren Zimmer auf der Gartenseite hier nach unten gezogen war.

Nach der 17 kam die 5. Bronski blätterte zum fünften Gesang der Dichtung, jenem Teil, in welchem der diebische Fuchs seinen Vater verleumdet und sich fürchterliche Lügen ausdenkt, um dem königlichen Strick zu entgehen, so viel wusste Bronski, doch erst als er der Anweisung der dritten Zahl gefolgt war, 148, und seine Augen über die Hexameter laufen ließ, stutzte er, weil er den Absender des Telegramms zu ahnen begann.

Die vierte Zahl war die 31, er ging an die betreffende Stelle, hatte den ersten Buchstaben des Klartexts und damit den Ausgangspunkt für die Dechiffrierung gefunden. Dann kam eine 3, er zählte drei Zeichen weiter und in den Abständen, die ihm die weiteren Zahlen vorgaben, sprang er nun schnell, alles bis auf die Leerzeichen zählend, durch den Text, von Buchstabe zu Buchstabe, setzte kleine Markierungen und notierte den Klartext auf einem Blatt Papier.

„Wo sind sie zu finden,
Die sich selber verderben, nur Euch das Leben zu fristen?“
König und Königin hatten indes den Schatz zu gewinnen
Große Begierde gefühlt; sie traten seitwärts und riefen
Reineken, ihn besonders zu sprechen, und fragten behende:
„Saget an, wo habt ihr den Schatz? Wir möchten es wissen.“
Reineke ließ sich dagegen vernehmen: „Was könnt' es mir helfen,
zeigt' ich die herrlichen Güter dem Könige, der mich verurteilt?
Glaubet er meinen Feinden doch mehr, den Dieben und Mördern.
Die euch mit Lügen beschweren, mein Leben mir abzugewinnen.“
„Nein“, versetzte die Königin, „nein! So soll es nicht werden!
Leben lässt Euch mein Herr, und das Vergangne vergisst er.“

Zehn Minuten später hatte er die Nachricht vor sich liegen:

ONBEGINNTWIENANKUNFTHEUTETREFENMINÖRITENNEUNUR

Nichts bewunderte Bronski so sehr wie Effizienz und jenes simple, aber hundertprozentig sichere Codierungssystem war effizient. Bronski hatte zahlreiche Methoden kennengelernt, Nachrichten sicher zu verschlüsseln, irgendwann war Technik dazugekommen, am Ende sogar Elektronik, von der er rein gar nichts mehr verstanden hatte. Auf jene erste, unaufwändige und absolut sichere Methode aber hatte er immer dann zurückgegriffen, wenn er abseits des offiziellen geheimen Dienstweges mit jemandem kommunizieren wollte. Es war ein Schlupfloch, eine vertrauliche Verabredung, dazu bestimmt, nur im Notfall zum Einsatz zu kommen.

Die Agentin mit dem Tarnnamen »Johanna Meister« hatte ihn noch nie mit dem Reineke-Code kontaktiert. Dass sie sich eine so anspielungsreiche Stelle aus dem Text ausgesucht hatte, mochte ein Zufall sein, Bronski jedenfalls war dennoch gereizt. O N BEGINNT! Nach all den Jahren, endlich.

Aus der Ferne des Nachmittags hörte er Sirenen. Wenn er die Straßenbahn nähme, würde er nicht länger als eine Stunde brauchen, um bis zu ihrem Treffpunkt am Minoritenplatz zu kommen, er hatte also noch Zeit und in einer guten Stunde gab es Abendbrot. Während er sich anzog, konnte er hören, wie die deutlich lauter gewordene Sirene um die Ecke bog.

Er zog die Schublade des Nachtkästchens heraus, wo zwischen großen Taschentüchern ein paar hundert Schilling ruhten, sorgsam an seinem Bankkonto vorbeigeschleust, auf dem Schwester Thadea sie zweifellos entdeckt hätte.

Im Eingangsfoyer wimmelte es von flüsternden und besorgt Ausschau haltenden Mitbewohnern, und Bronski, der noch seine Abwesenheit beim Abendbrot auf der dafür vorgesehenen Liste eintragen musste, sah nur noch mit einem Auge, wie irgendjemand auf einem Bett festgeschnallt nach draußen gerollt wurde, der, wie das hier öfters vorkam, mit Hausschuhen angetan war.

*

Vom Wohnheim der Caritas ging er, so schnell er eben konnte, zur Barawitzkagasse, wo er eine Trambahn direkt zum Schottentor bekommen konnte, die 37er musste es sein. Längere Zeit schon war er nicht mehr in die Innere Stadt gefahren, und er ertappte sich zwischendurch dabei, den Fahrplan der Linie nervös zu studieren, ob er auch richtig wäre, doch als sie an die Haltestelle Schottenring kamen, ein paar Stationen vor seinem ursprünglichen Ziel, beschloss er, auszusteigen und mit der U-Bahn zum Stephansplatz zu fahren. Dort mühte er sich über die Rolltreppen, ignorierte etwas bang die Buden und Stände, bei denen man etwas essen konnte, und suchte sich den Weg zur Seilergasse. In der Buchhandlung Landau war er schon lange nicht mehr gewesen, er betrat den geräumigen Laden, doch die ausgestellten Bücher und ihre Autoren sagten ihm nichts, zu viele Amerikaner für seinen Geschmack, und er musste sich zwingen, nicht sofort wieder zu gehen. Fünf Minuten stöberte er, dann fragte er nach einer Neuausgabe von »Reineke Fuchs«, man hatte eine illustrierte Jugendausgabe da, aber er blätterte nur ein wenig darin herum, so lange, bis er es nicht mehr aushalten konnte.

Als er wieder auf der Straße war, fing es an zu regnen, und fast erfreut über diesen glücklichen Umstand, ging er schnell ein paar Häuser weiter, wo sich das Gasthaus befand, in welchem er vor ein paar Jahren noch oft gesessen hatte. Er suchte sich einen kleinen Tisch am Fenster, bestellte sich ein Rahmgulasch, klopfte einen nervösen Takt mit seinen Fingern, bis es eintraf, und dann verzehrte er es zusammen mit zwei frischen Semmeln, wofür er keine zehn Minuten brauchte. Wohlig gefüllt, blieb er dann noch eine Weile sitzen und betrachtete das Telegramm und den Klartext, bevor er beide in Fetzen riss und in den Aschenbecher warf. »O N BEGINNT«. Fast hätte er nicht mehr daran geglaubt, dass aus »Operation Nordpol« jemals noch etwas werden könnte.

Bronski war sein ganzes Leben bei der »Operativen Außengruppe« der Abteilung fünf gewesen, einer Art Personalabteilung, deren Aufgabe es vor allem war, frische Kräfte zu finden, auszubilden und zu überprüfen. Deswegen wäre er eigentlich gar nicht zuständig gewesen, doch der stellvertretende Minister selbst hatte ihn angewiesen, der Sache nachzugehen und sich mit dem Informanten zu treffen. Es handelte sich um den Stuttgarter Waffen- und Nazi-Devotionalienhändler Meinhard Battermann, einer der widerlichsten Menschen, mit denen Bronski je zu tun gehabt hatte. Battermann, stolzes Mitglied der Waffen-SS, der bei besonderen Anlässen eine Gala-Uniform Himmlers zu tragen pflegte und nicht die geringsten Hemmungen hatte, mit stolzerfülltem Grinsen mit seinem Geheimwissen und seinen Kontakten zu Altnazi-Kreisen zu prahlen. Dennoch aber wollte er sein Wissen an die Kommunisten verkaufen, sogar mit dem größten Vergnügen. »Hauptsache, es sind Deutsche!«, hatte er das jovial kommentiert.

Als der Vorgang irgendwann, nach drei bis vier Zwischeninstanzen, zu denen auch der Schreibtisch des Ministers gehört hatte, bei ihm landete und er nun etwas aus der Sache machen sollte, hatte er, wie schon oft, die Zähne zusammengebissen und die »Operation Nordpol« aus der Taufe gehoben.

Die Firma tanzte auf vielen Hochzeiten, und eine davon bestand nun einmal darin, von den Nazis bis unmittelbar vor Kriegsende versteckte (meistens geraubte) Kunstwerke, wertvolles Porzellan unter den Treppenstufen der Villen hochrangiger Parteimitglieder oder von SS-Sonderkommandos vergrabenes Gold aufzuspüren, auf dem internationalen Markt zu Devisen zu machen oder aber gegen westliche Hochtechnologie einzutauschen.

Battermann behauptete, von einem Schatz Kenntnis zu haben, dessen Umfang und Wert jedes andere verborgene Vermächtnis des Tausendjährigen Reichs in den Schatten stelle, ausgenommen vielleicht das Bernsteinzimmer. Eine auch ihm, Battermann, nicht genauer bekannte SS-Sondereinheit, die unter dem Namen »Forschungsauftrag Gemma« firmiert habe, habe die Stücke zusammengetragen und versteckt.

Er wisse zwar nicht genau, woraus der viele hundert Teile umfassende Schatz bestünde – er habe als junger SS-Mann damals nur die versiegelten Holzkisten gesehen, bevor sie in die hochgesicherte Schatzkammer kamen. Was er aber sagen konnte, war, dass es sich bei den in den Kisten verpackten Gegenständen um unschätzbar wertvolle Altertümer gehandelt haben müsse. Der Reichsführer selbst, der Herr der KZ-Industrie und der vielleicht mächtigste Mann unter Hitlers Granden, habe sich bei der Verladeaktion gezeigt, an der Battermann als einer von einem guten Dutzend Männern einer SS-Eliteeinheit teilgenommen habe. »Himmler persönlich!«

Bronski hätte kotzen können. Das Land brauchte Devisen und Computer. Nichts durfte versäumt werden, und war es noch so widerlich. Er machte sich an die Arbeit.

Das Ganze ging zäh voran, denn Battermann wusste viel weniger, als nach seinem äußerst selbstsicheren Auftreten zu vermuten gewesen war.

Immerhin aber konnte er Bronski mit Kontakten nach Spanien weiterhelfen, zu Mitgliedern des sogenannten »Ritterkreises«, einer Vereinigung ehemaliger hochrangiger Angehöriger von Nazi-Organisationen, die über ein erstaunlich dichtes, weltweit gespanntes Netzwerk Gleichgesinnter verfügten, zumeist hochbetagte Männer, die jetzt – am Ende ihres Lebens – bereit waren, mit ihren Geheimnissen herauszurücken. Natürlich immer gegen Bezahlung.

Alles, was sie über »Forschungsauftrag Gemma« und den Schatz in Erfahrung hatten bringen können, kam aus dieser Quelle. Die Leute des »Ritterkreises« verkauften ihnen überdies Fotos, Zeichnungen und Pläne. Zwar blieb der genaue Hintergrund von »Forschungsauftrag Gemma« dunkel – an der Existenz seines Schatzes allerdings bestand schon bald kein Zweifel mehr.

Im Herbst 1988 traf Bronski auf seiner ersten und bislang letzten Reise nach Chile einen Mann namens Gottfried Teller. Teller war der letzte Informant in dieser Angelegenheit und war aus der kleinen Stadt im Norden des Landes, wo er lebte, nach Santiago gereist, vom Krebs gezeichnet. Er war »als Wissenschaftler« an der Zusammenstellung des Schatzes beteiligt gewesen, war der Assistent Gemmas, murmelte etwas von unvorstellbar alten »Beweisstücken« und brachte zum Ausdruck, dass er sich um seines Wissens willen verfolgt fühle. Von wem? Nun, die HVA sei sicher nicht die einzige Adresse, der der gottverdammte Battermann einen Hausiererbesuch abgestattet hätte.

Als ihm Bronski Andeutungen über den Umfang der bereits recherchierten Informationen und Dokumente machte, zeigte der Alte sich beeindruckt. Ob er dem noch etwas hinzuzufügen hätte? Allerdings. Er präsentierte ihm den handgezeichneten Lageplan des Gebäudes, in dem der Schatz liege. Auch könne er ihm sagen, wo das Gebäude stünde. Bronski roch Morgenluft. Was er dafür wolle? Nichts weiter, als auf deutschem Grund zu sterben und in deutscher Erde begraben zu sein. Ihm blieben nur noch ein paar Monate, höchstens.

»Vielleicht«, hatte der Greis gemurmelt und den Oberst mit schlierigen Augen angeblickt, »vielleicht schickt Sie der Himmel.«

Doch obwohl Bronski – nachdem er den Lageplan als erstes Pfand erhalten hatte – mit Unterstützung der Rechtsabteilung des Ministeriums und der Botschaft in Santiago eine schnelle Einbürgerung Tellers zuwege brachte, diesen einen Monat später nach Berlin einfliegen ließ und dem Todkranken ein Bett in einer Sonderabteilung der Charité in Pankow besorgte, wo er Anfang März 1989 verstarb – der Alte blieb ihm leider etwas schuldig, hatte bei den fast täglichen Besuchen, die ihm Bronski abstattete, bis zuletzt die Nerven, den Oberst hinzuhalten. Als er ihm zwei Tage vor seinem Tod die Stadt nannte, in der das Gebäude stünde, war das ein herber Schlag und Bronski behielt die Information für sich. Dann fiel Teller ins Koma und nahm das letzte noch ausstehende Detail mit in sein Grab, das – ganz wie vereinbart – auf dem alten Friedhof in Potsdam lag, in der Nähe des Heldenmädchens.

Wer weiß, was Bronski alles aus der »Operation Nordpol« hätte machen können – wäre da noch Zeit gewesen. Aber an allen Ecken und Enden saßen und kreisten längst die Aasgeier, in die sich die cleversten seiner Kollegen verwandelt hatten, denn natürlich waren diejenigen, die den Staat schützen und bewachen sollten, die Ersten, die von seinem Untergang erfuhren.

Nach außen zeigte man sich unbewegt, aber jeder, der irgendwie konnte, raffte an sich, was möglich war, und versuchte für das Kommende vorzubauen. Riesige Summen wurden verschoben, alte Akten vernichtet und neue Firmen gegründet. Bronski – ohnedies desillusioniert – hätte solch rein kriminelle, dem Untergang der Republik fast mit Freude entgegensehende Energie gerade unter den fähigsten, einstmals ideologisch treuesten Mitarbeitern niemals für möglich gehalten.

Natürlich war damals schon klar, dass immer noch ein paar Leute von der Sache wussten, aber zumindest die Unterlagen selbst schleuste er aus dem Büro und nutzte die Zeit des Sommers '89, um die Spuren der *Operation Nordpol* zu verwischen.

Nazi-Devotionalien alleine brachten schon unglaubliche Summen. Doch ein von den Nazis gesammelter Schatz echter Altertümer mochte viele Millionen wert sein. Und das war es doch, worum es jetzt plötzlich nur noch ging: Geld.

Er sah voraus, dass man sich für ihn interessieren würde, die Geheimdienste der BRD gierten ja schon danach, die alten Feinde und Gegenspieler in die Mangel zu nehmen und sezieren zu können. Er musste die Informationen sichern, er brauchte einen »Bunker«, eine Person, der er die Unterlagen anvertrauen konnte.

Bronski war ein Agentenfischer, der seinem Dienst im Laufe

der Jahre über zweihundert Agenten zugeführt hatte. Doch sein bester Fang, die herausragende Perle, die Höchstbegabte, war zweifellos jene junge Frau, die er 1974 bei einem Schwimmwettkampf in Berlin kennengelernt hatte. Renate Voss aus Magdeburg war nicht nur bildschön und intelligent, sondern hatte etwas Glamouröses an sich, die schimmernde Leere einer Schauspielerin, die nur darauf wartete, in eine Rolle zu schlüpfen, und die beim besten Willen nicht wusste, welche. Freimütig gestand sie ihm, sich beim Schwimmen so große Mühe zu geben, weil sie hoffte, dadurch an Fahrkarten ins Ausland zu gelangen. Wasser gab es doch schließlich auf allen Erdteilen. Bronski lächelte, als sie ihm von ihrem Fernweh erzählte.

Renate Voss wurde eine ausgezeichnete operative Agentin des »Sektors Wissenschaft und Technik«, doch 1980, nach dem Stiller-Desaster, wies ihr der Chef selbst, Joscha Lux, eine neue Rolle zu. Der Überläufer Werner Stiller hatte einen ganzen Überseekoffer mit Informationen durch die Schleuse am Bahnhof Friedrichstraße gebracht, was dann in der Auswertung durch den BND fürchterliche Opfer unter den Reihen hochkarätiger Spione in Westdeutschland forderte.

Lux beschloss daraufhin, eine neue Art von Agenten hervorzubringen, die C-Linie. Über ihre Existenz unter einer Tarnung im Operationsgebiet wurden keine Akten angelegt, sie unterstanden Lux direkt und mussten in der Lage sein, zur Not auch jahrelang ohne Kontakt zur Führung zu agieren. Nur die Begabtesten kamen dafür in Frage. Renate Voss war eine von ihnen, Bronskis Lieblingsschülerin.

Bronski entwarf in Lux' Auftrag die Johanna-Meister-Identität, eine tatsächlich existierende Schweizerin, die in Südafrika tödlich verunglückt war und in deren Rolle Renate Voss schlüpfen sollte. Bevor sie ging, übergab er ihr den Reineke-Code. Das verstieß zwar gegen Lux' Anweisungen, aber wenn er schon nichts dagegen tun konnte, dass sie wegging, wollte er wenigstens sicherstellen, sie immer erreichen zu können.

Als er nach einem Bunker für *Operation Nordpol* suchte, fiel ihm als erste Möglichkeit Johanna Meister ein. Niemand außer Lux wusste sonst noch von ihr und der hatte sich schon abgesetzt. Auch in den Rosenholz-Daten tauchte sie nirgendwo auf. Also – auch mangels einer Alternative – wagte es Bronski, schrieb ihr eine Nachricht über Reineke und fuhr nach Bonn-Bad Godesberg, wo sie als Geschäftsfrau getarnt lebte.

Sie trafen sich nächtens, auf einem Parkplatz, dort überreichte er das Material, die Beschreibungen, Protokolle und auf höchstwertigem Agfa-Papier abgezogene Farbfotos der Schatzstücke. Das letzte Detail allerdings, das er von Teller erfahren hatte, verschwieg er ihr. Den Ort.

Wenn es so weit sei, dann werde er ihr den Schlüssel geben, bis dahin aber müsse man zunächst einmal abwarten, wie sich die Lage entwickele. Er sprach darüber, dass er wohl nach Österreich gehen werde, jetzt, frisch berentet, auch wenn natürlich gar nicht klar sei, was die Sieger aus seiner Rente machen würden, wären sie erst an der Macht. Sobald er eine neue Adresse habe, werde er sie ihr mitteilen. Als festen Treffpunkt schlage er das Palais Dietrichstein am Minoritenplatz vor.

Er brauchte lange für den Weg, und als er das untere Ende des schmalgezogenen Minoritenplatzes erreichte, blieb er stehen und ruhte sich aus, mit einer Hand an eine Laterne gestützt. Es war erst kurz nach acht Uhr, doch als er die Gasse weiter nach oben blickte, sah er Johanna Meister unter einem gelben Regenschirm an der Eingangstür des Palais stehen, dessen von Fenstern wimmelnde Fassade strahlend hell erleuchtet war. Sie trug einen eleganten hellen Regenmantel, hatte ihr blondes Haar hochgesteckt und Bronski war es, als könne er ihre geschminkten Lippen in der Dämmerung leuchten sehen. Wie schön sie immer noch war!

Er schnaufte ein wenig, richtete sich auf, ging dann direkt auf sie zu, und als sie sich ihm zudrehte, ihrem Regenschirm eine muntere Drehung versetzend, und ihn anlächelte, da gab ihm das Bedauern darüber, unter welchen Umständen sie sich sahen, einen Stich.

Johanna hatte ihn sofort erkannt, auch wenn seine ihr von früher bekannte Erscheinung gleichsam wie zurückgetreten war und einer matten Erschlaffung und Weichheit Platz gemacht hatte. Sein immer noch kurzgehaltener dünner Schnurrbart war so schlohweiß wie sein Haar und es kam ihr vor, als wäre er mittlerweile zwei Köpfe kleiner.

»Bin froh, dass du dich endlich gemeldet hast, Johanna. Wer weiß, wie lange ich noch auf dem Posten bin. Hast nicht mehr als den Koffer?«

Johanna schüttelte den Kopf. »Hässliches Wetter hier. Du weißt bestimmt, wo wir einen Kaffee trinken können.«

Sie beugte sich ein wenig, übergab Bronski den Regenschirm, hakte sich bei ihm unter und zog ihren kleinen Koffer hinter sich her. Auch wenn er nicht mehr besonders viel riechen konnte, bemerkte er den Duft ihres Haars und eine behagliche Wärme, die von ihr ausging. Das Klacken ihrer Schuhe auf dem Pflaster zusammen mit dem kleinen Rollgeräusch des Koffers gefiel ihm.

»Von wo bist du gekommen?«, fragte Bronski schnaufend, es fiel ihm schwer, den Schirm zu halten. Er bemerkte die Sekunde eines Zögerns, bevor sie lächelnd sagte:

»Mein Flieger kam aus Madrid.«

»So, in Spanien warst du ...« Das Haus des Ritterkreis-Offiziers in Andalusien tauchte vor ihm auf, jener gepflasterte Weg, den Bronski bei vierzig Grad im Schatten nach oben gegangen war. Als wäre es gestern gewesen.

»Kommst noch viel rum?«

»Bin nur unterwegs. Nachher, kurz nach Mitternacht, geht auch schon wieder mein Zug.«

Sie erreichten das neue Café »Central«, weitläufig, möbliert und erhellt wie ein Palast, und während sie sich einen Tisch suchten, genoss Bronski die Prächtigkeit des Raums. Ganz so, als flössen ihm aus der vielstimmigen Belebtheit neue Kräfte zu, fühlte er sich mit einem Mal wieder klar, schließlich war er hier zu Hause gewesen.

Während sie einen Blick in die Karte warfen, überschlug er, wie viel Geld er noch in der Tasche hatte, und er war froh, als die Frau, die sein Bunker war, nur ein Wasser und einen Kapuziner bestellte.

»Der ist aber mit Sahne, sag ich Ihnen gleich«, murrte der Kellner.

»Es heißt, die vielen Wasseradern, auf denen die Stadt gebaut wurde, sind schuld, dass wir Wiener so grantig sind«, erklärte Bronski und strich sich den Schnurrbart. »Ich hab dir wahrscheinlich nie erzählt, dass ich in Döbling auf die Welt gekommen bin?«

»Nein, darüber haben wir nie gesprochen. Steht dein Elternhaus noch?«

»Ja. Mein Vater hat es damals rechtzeitig verkauft. Heute ist eine Immobilienmaklerfirma drin. Bin aber nur dran vorbeigegangen. Kann dir nicht sagen, wie es drinnen ausschaut.«

»Einen Makler habe ich zuletzt auch gebraucht. Hab meine Wohnung in Godesberg verkauft.«

»Schade. War ein schönes Platzerl …«

»Ja, aber …« Sie zögerte einen Moment, irritiert von dem plötzlich leicht müden, so auffällig wienerischen Tonfall Bronskis. Der hatte auch früher einen Akzent gehabt, aber natürlich hatte die Rückkehr in seine Heimat diesen wieder stärker hervortreten lassen. Nun kam ihr der Mann mit einem Mal wirklich alt vor. Als hätte seine in den alten, kindlichen Klang zurückgefallene Stimme ihren Träger in Sekunden um zwanzig Jahre altern lassen.

»Ich habe einen guten Preis bekommen, und das andere ist – es gibt jetzt nichts mehr, was mich hält.«

»Deine GmbH?«

»Hat nicht funktioniert. Kann gut sein, dass mich meine

beiden Partner reingelegt haben. Ein Schiff, vollbeladen mit Bauteilen aus Taiwan, das uns gemeinsam gehörte, ist verschollen, das war vor knapp drei Jahren. Leider hatte Schellenberg die Versicherung nicht korrekt bedient gehabt. Wir waren pleite, ich habe aber gute Gründe zu glauben, dass …«

»Das Schifferl war gar nicht untergegangen, meinst du?«

»Es ist niemals losgefahren.«

»Wenn ich ehrlich bin«, sagte Bronski ernst, »so etwas zu hören überrascht mich nicht. Du warst immer schon zu leichtgläubig.«

Da war er wieder, Bronski, der sie entdeckt, losgeschickt und zurückgerufen hatte, seine »Dame«, wie er sie immer wieder nannte. Doch dann hatte er sie freigeben müssen, da sie zu einer Agentin wurde, die Lux, dem Chef, direkt unterstand. Mit der brisanten Übergabe des »Nordpol«-Materials war er ihr wieder nahegekommen. Doch waren die Zeiten vorbei, in denen er ihr vorschreiben konnte, was sie zu tun hatte.

Energisch strich sie sich eine Haarsträhne zurück, schlug die Augen nieder und sagte dann mit zurückgenommener Stimme:

»Wenn ich ›Nordpol‹ abgewickelt habe, habe ich erst mal wieder Luft. Für lange Zeit. Nur darum geht es jetzt.«

»Sicherlich. Ich frage mich nur, ob du tatsächlich dazu in der Lage bist. Sei mir nicht bös, aber du weißt selber, dass es die eine Sache ist, Informationen zu besorgen, und darin warst du immer hervorragend. Aber die technische Seite des Ganzen! Teller hat uns damals nur grobe Andeutungen gemacht – aber die Anlage muss gesichert sein wie eine Festung. Wie willst du das schaffen?«

»Gilarijs wird sich darum kümmern. Er hat entsprechende Kontakte.«

»Gilarijs Kulautis, ausgerechnet. Dem ist doch nicht zu trauen. Der hat schon immer ein doppeltes Spiel gespielt …«

»Ich kenne ihn besser …«, sagte Johanna trotzig. Es war einfach nicht zu fassen, dass Bronski immer noch, aber nun fast schon mit einem Anflug von Altersstarrsinn, jeder Idee, die von ihr selbst stammte, nur Zweifel entgegenbrachte.

»Ich weiß, dass du Gilarijs nicht ausstehen kannst. Aber er ist mein Freund.«

»Es ist wie immer – du bist zwar in den abenteuerlichsten Geschäften unterwegs, du hast selber schon einiges gedreht – aber im Grund deines Herzens bist du naiv, und schlimmer noch, du hast einfach überhaupt keinen Instinkt, du vertraust den Leuten blind!«

»Ich habe mein Lehrgeld bezahlt. Ich weiß, was ich tue!«

»Wie du überhaupt überleben konntest, ist eigentlich fast ein Wunder.« Amüsiert drehte er seine Augen nach oben und schüttelte sanft den Kopf.

»Du unterschätzt mich. Wie schon immer.«

»Nein, ich schätze dich hoch. Und um es gleich einmal zu sagen: Soweit ich kann, werde ich dir helfen. Ich wusste immer, dass du etwas draus machen würdest. Deswegen habe ich dir die Unterlagen ja auch anvertraut.«

Bronski machte eine Pause und blickte sie lächelnd an. Mitten in einer Besprechung pflegte er oft wortlos abzubrechen und das für ihn typische Lächeln aufzusetzen, das Bronskilächeln, das so gütig und weise war, zusammen mit seinen hellwachen, stahlblauen Augen aber nur eines ausstrahlte: wissende Autorität. Immer noch.

Doch mit einem Mal trübte sich Bronskis Blick. Er rührte noch einmal in seinem fast ausgetrunkenen Kaffee, nahm ein letztes Schlückchen und sagte dann:

»Johanna, ich hoffe, dir ist klar, dass dein Auftraggeber diese Information … nun …«

»Was denn? Ach so.« Sie war weniger entsetzt, als Bronski befürchtet hatte, schien nur überrascht.

»Verstehe. Es geht um Geld.«

Bronski schien froh, dass sie so schnell verstanden hatte, und beugte sich ein wenig näher zu ihr.

»Wie viel könntest du mir jetzt geben? Als Anzahlung?«

»Wie? Sofort?«

Bronski sah sie mit einem seltsamen Blick an, den sie noch nie an ihm wahrgenommen hatte. Er war keineswegs hilflos, ein seltsames Flackern war darin. Den Flug nach Wien hatte sie bar bezahlt. Von den zehntausend Dollar, die ihr der Maskierte ausgehändigt hatte, waren noch über 9000 da.

»Viertausend Dollar.«

Bronski blickte unglücklich in die Ferne, biss sich auf die Lippen, sagte aber kein Wort.

»Fünftausend.«

Da der Alte immer noch schwieg, erhob sie sich lächelnd, entschuldigte sich, kam an einer freundlich blickenden, blutjungen Toilettenfrau mit schwarzen Locken vorbei und schloss sich in einer Kabine ein. Sie holte den Umschlag mit dem Geld des Maskierten heraus, ließ fünftausend Dollar drin und verteilte die restlichen Scheine auf die Taschen ihres Sakkos.

*

»Also gut«, sagte Bronski und steckte den Umschlag ein. »Der Schatz liegt in Berlin.«

»Wie bitte? Aber wieso haben wir uns dann nicht darangemacht, als noch die Zeit dazu gewesen wäre?«

»Die Zeit gab es nie, meine Liebe. Ich spreche von Westberlin.«

»Wie würdest du vorgehen?«

»Schau, dass du dir eine Liste der Bauwerke besorgst, die von ihren Ausmaßen überhaupt dafür in Frage kommen, und dann legst du sie übereinander. Den Plan hast du doch noch?«

»Ja, natürlich. Verwahrt an einem sicheren Ort.« Ihr Blick flackerte, und kurz kniff sie die Augen zusammen.

Bronski nickte und gab dann noch zu bedenken, dass es sich bei dem Plan möglicherweise nicht um ein Gebäude, sondern um einen Bunker handelte.

»Teller machte einmal, ohne es richtig zu bemerken, eine Anspielung, die man so hätte verstehen können. Er sprach jedenfalls davon, dass sie den in Kisten verpackten Schatz ›nach unten‹ gebracht hätten. Kann aber auch nur so eine Redensart gewesen sein.«

Johanna war unwohl und zugleich fühlte sie Erleichterung. Eine Operation mitten in Berlin barg ihre Risiken. Andererseits – wäre das Gebäude in irgendeiner Kleinstadt gewesen, wäre die Operation vielleicht noch riskanter. Berlin war groß genug, um Deckung zu bieten.

Sie legte ihre Wange auf die seine, fast war es, als würde sie sich zu ihm hinabbeugen. Sie nahm einen ungleichmäßig rasierten Altmännerbartwuchs wahr und jetzt zum ersten Mal auch einen seltsam abgestandenen Geruch, eine Mischung aus Muffigkeit, Kochgeruch und Desinfektionsmittel.

»Wenn alles vorbei ist, bekommst du deinen restlichen Anteil. Ich melde mich bei dir.«

Als er sah, wie sie beherzt auf den jungen Schlafwagenschaffner zutrat, den Koffer abstellte, um diesem die Tickets zu reichen, konnte er eine Träne nicht unterdrücken. Da ging sie hin, seine Musterschülerin, warf ihm ein letztes Lachen zu und folgte dem Schaffner, der ihren Koffer trug, in den Schlafwagen. Ein blonder Traum.

Er prüfte noch einmal, ob der Umschlag noch da war, verließ die Haupthalle, und in einem Seitenflügel des Bahnhofs, wo neben Fahrradständern auch ein paar Telefonzellen waren, wählte er eine für seinen alten Verstand zu komplizierte Telefonnummer, die er sich auf einem Zettel notiert hatte.

»Ja?«

»Ich habe es ihr gesagt.«

»Hervorragend. Morgen früh erhalten Sie per Kurier einen Schlüssel für das Schließfach an der Hauptpost. Wie Sie es gewünscht haben.«

Bronski brachte es nicht einmal über sich, danke zu sagen.

Er legte auf, zerknüllte den Zettel mit der Telefonnummer, warf ihn in eine Ecke und verließ den Bahnhof. Er war sterbensmüde von dieser langen Reise durch die Nacht und wollte heim, nur noch froh, dass das Ganze endlich vollbracht war – zumindest für ihn.

1927

In Essen, wo der Nachtzug aus Breslau am späten Vormittag angekommen ist, hält er sich ein paar Stunden auf, hat aber keine Lust, durch die Stadt zu gehen, sondern bleibt bedrückt in der Nähe des Hauptbahnhofs.

Kurz bevor am späten Nachmittag ein Zug nach Velbert geht, trinkt er noch schnell und mit atemlosen Schlucken ein Bier und blickt dabei über den Bahnsteig, an dem er in der Nacht seiner Flucht den Zug nach Berlin bestiegen hat, den letzten, der die vom Kampf gegen die französischen Besatzer noch immer aufgewühlte Stadt in jener Nacht verlassen sollte. Damals war er ohne Fahrschein eingestiegen, heute prüft er, bevor er den Zug mit der mächtigen Lokomotive betritt, ob sich der in Breslau gelöste Fahrschein wirklich noch in der Innentasche seines Sakkos befindet, zusammen mit der Meldebestätigung aus Breslau, die er stets bei sich führt, um sich im Zweifelsfall sofort ausweisen zu können.

Wie leicht es damals, im Dezember 1923, gewesen war, für einen Teil seiner Goldmünzen einen Beamten zu finden, der ihm nagelneue Papiere ausstellte. Nur der Name, den er annehmen sollte, wollte Josef nicht einfallen. Keinen Namen, den er schon einmal gehört hatte, wollte er sich wählen, jeder schien ihm verdächtig. Die Zeit drängte, der Beamte wollte die Sache möglichst schnell hinter sich bringen. Und da glaubte er es mit einem Mal zu wissen.

Schweigend sitzt Josef Salem in der dritten Klasse, streicht sich den schmalen Schnurrbart, den er seit etwa einem Jahr trägt, und als der Zug nach etwas mehr als zwei Stunden Heiligenhaus passiert, zieht er sich sorgenvoll seine Mütze tief ins

Gesicht. Die Stimmen der Leute, die jetzt ins Abteil zusteigen und sich im Velberter Platt über eine bevorstehende Hochzeit unterhalten, machen ihn nervös.

Vom ersten Tag seiner Flucht an hat er versucht, sich den breitgezogenen gemächlichen Ton abzugewöhnen und »Wäsche« anstatt »Wäche« zu sagen, doch als er die beiden alten Leute jetzt so reden hört, wird ihm ganz schwach zumute, er fühlt sich schon ertappt, so hilflos macht ihn der schöne Klang ihrer Sprache. Mit feuchten Augen starrt er auf das in der Dämmerung liegende Land, während der Zug die letzte Steigung durch die bereits abgeernteten Felder nimmt, bis hinauf auf Velberts kahlen Rücken.

Dann erreicht der Zug den neuen Bahnhof, an dem seine Flucht ihren Anfang genommen hatte. Josef zögert keine Sekunde und folgt den alten Eheleuten auf den Bahnsteig und weiter hinaus auf die Bahnhofstraße. Sein Herz schlägt stärker, als er die Oststraße überquert und an der Ecke zur Friedrichstraße das Kaufhaus Aaron stehen sieht, das größte Geschäft der Stadt.

Gerade wird es geschlossen, ein Ladenschwengel ist dabei, das Pflaster vor dem Laden zu kehren, und Josef erinnert sich, wie er der schönen Marie im Sommer vor vier Jahren dort Strümpfe kaufte, mit Geld, das er vor seinem Vater versteckt gehalten hatte.

Seit Jahrhunderten zieht sich das Straßendorf Velbert entlang der Friedrichstraße, an der sich neben zahllosen teuren Geschäften, den Praxen von Ärzten und Anwälten auch so große Anwesen befinden wie die Fabrik von Herminghaus und weiter unten das Werk von Carl Eduard Schulte, der seine Schlösser unter dem Namen CES in die ganze Welt vertreibt.

Nach wenigen Minuten ist Josef an der alten Kirche angelangt, wo links die Straße beginnt, aus der er stammt: die Milchstraße. Auf der Milchstraße stehen Fachwerkhäuser, niedrige, zum Teil windschiefe Bauten, dicht aneinandergedrängt und zahllos, in deren Stuben und Hinterhöfen sich das Universum der kleinen Velberter Schlosser ausbreitet, deren oft winzige Werkstätten mit ihren Blasebälgen und Schmiedefeuern sich den so dicht wie nirgendwo auf der Welt bevölkerten Raum mit den Wohnungen der Arbeiterfamilien, kleinen Geschäften und den vielen Kneipen teilen. Hier mischen sich die Ausdünstungen der Schmiedefeuer mit den nicht kanalisierten Abwässern etlicher Tausend Bewohner zu einem unverwechselbaren Geruch. Fast glaubt Josef die Schläge der Hämmer und das sirrende Singen der Schleifsteine zu hören, das Feilen und Ätzen und das Brodeln des kochenden Metalls, das in Form und zu Schlüsselrohlingen gegossen wird, während die Mütter ihre Säuglinge mit Mohnlutschern betäuben und die Kinder, die noch nicht alt genug sind, um zu arbeiten, sich barfuß und mit zerrissenen kurzen Hosen über die staubige Straße jagen.

Es war der Mangel an Rohstoffen und die Kargheit ihrer Äcker, die nicht genug Ertrag brachten, um davon leben zu können, die die armen Velberter Bauern schon vor Jahrhunderten nebenher das Schlosserhandwerk betreiben ließen. Dass es gerade Riegel und Schlösser waren, war dabei kein Zufall. Denn die Gegend war ja nicht nur arm, sondern auch höchst unwegsam – alles, was sie brauchten, um es zu verarbeiten und damit zu veredeln, musste von weit her, vom Rhein und von der Ruhr mühsam über die Berge hochgeschleppt werden.

Also verlegten sie sich auf eine Kunst, bei der der Materialverbrauch gering und das Wissen, das hinter der Formung des Materials steckte, groß und speziell war. Wie in der bei den Schweizer Bauern gepflegten Kunst des Uhrenbaus wird nirgendwo so viel Wissen in so wenig Material eingearbeitet wie bei Schlössern.

Nun waren sie in Velbert nicht gerade erfinderisch und bauten ihre Schlösser Jahrhundert für Jahrhundert auf dieselbe Weise. Der Vater zeigte es dem Sohn und der dem seinen. Doch mit dem Bau der Eisenbahn konnte man auf einmal billige

Arbeitskräfte, westfälische Bauernsöhne, und das Rohmaterial, Eisen und Kohle, im großen Stil bewegen. Und während man in Solingen auf die dort immer schon beheimateten Messerschmiede zurückgriff, verlegte man sich in Velbert natürlich auf die Schlüssel- und Schlossindustrie, gab es hier doch alteingesessene Hersteller und die besten Schlosser Deutschlands, die den auf der Suche nach Arbeit einströmenden Bauernsöhnen das Handwerk beibringen konnten, das man nun industriell betrieb. Die neuen Industriestädte wuchsen mit ungeheurer Geschwindigkeit, da das Deutsche Reich, das Land mit dem höchsten Bevölkerungswachstum in Europa, jedes Jahr um 500 000 Einwohner zulegte.

Die neuen deutschen Industrien taten dabei zunächst nichts anderes, als die englischen zu kopieren und deren Produkte zu fälschen, die Erfindergabe und die Innovationskraft der englischen Ingenieure schamlos auszunutzen und nicht nur den heimischen, sondern auch den englischen Markt so lange und dreist mit fast gleichwertigen, aber – aufgrund der europaweit niedrigsten Löhne – konkurrenzlos billigen Produkten zu überschwemmen. So lange, bis es den Engländern 1886 zu bunt wurde und sie das Gesetz erließen, die Kopien aus Deutschland mit einem Kainsmal zu versehen, damit der patriotische britische Konsument wusste, warum das Messer oder das Schloss so billig war, welches er anstatt des teuren englischen Originals zu kaufen beabsichtigte: Es war »made in Germany«.

Josef, dankbar für die Dunkelheit im Milchstraßenviertel, die Mütze tief in die Stirn gezogen und den Kragen hochgeschlagen, geht durch die Gassen, von einer Kneipe zur anderen. Alle sind gedrängt voll von Arbeitern, die ihr Abendbrot zu sich nehmen. Josef fragt vergeblich im verqualmten »Wiener Hof« und im »Rheinischen Hof«, ob einer etwas von Karl Schwarz aus Lippe zu erzählen weiß, aber selbst im »Stüttgen«, wo Karl am allerhäufigsten zu Gast gewesen war, tut man so, als habe man nie von ihm gehört.

»Kommen doch jedes Jahr fünfhundert Kerle aus Westfalen …«, meint der Wirt und starrt ihn mit alkoholbenebeltem, aber immer noch durchdringendem Blick an.

Josef geht in die städtische Herberge, aber an jenem Ort, an dem sein bester Freund zeitweise Wohnung genommen hatte, bedient eine jüngere sterbensbleiche Frau, deren zu dicken Knollen aufgetriebene Handgelenke auf frühkindliche Rachitis hindeuten. Sie blickt ihn aus dunkel geränderten Augen an und verliert sofort jedes Interesse, als sie begreift, dass nichts an ihm zu verdienen sein wird.

Dann steht Josef vor dem Haus, in dessen hinteren Bereichen er und Karl gearbeitet hatten, er geht vorsichtig, das Gesicht beständig der Wand zugedreht, durch das schmale Tor, und tatsächlich brennt in Meister Brenners Schmiede noch Licht, er fürchtet, ertappt zu werden, doch seine Hoffnung, Karl womöglich über einen der Schraubstöcke gebeugt zu sehen, wie er einen Rohling zurechtfeilt und sich ein Liedchen dazu pfeift, ist mit einem Mal so stark, dass er alle Vorsicht fahren lässt und direkt an die Scheibe tritt. Doch der Mann, den er bei Funzellicht über seine Arbeit gebeugt sieht, ist weder Karl noch Meister Brenner, es ist jemand, den er noch nie gesehen hat.

So behaglich sieht die Werkstatt aus, genau wie früher, und Josef denkt daran, wie Karl und er den Topf mit glühendem Stahl durch die Werkstatt getragen hatten, um die Rohlinge zu gießen, eine Arbeit, für die man gut zusammenarbeiten, sich blind verstehen muss, da die Trage mit dem Stahltopf schwer und sein Inhalt achtzehnhundert Grad heiß ist.

Ein paar Minuten sieht er zu, dann wagt er es, klopft an die Tür und betritt die Schmiede. Der andere sieht von seiner Arbeit auf, er hat hohle, bleiche Wangen, und nachdem Josef ein paar Sätze mit ihm gewechselt hat, beginnt er, dem es schwerfällt zu atmen, heftig zu husten und spuckt blutigen Schleim in eine Ecke der Werkstatt.

Die Werkstatt gehöre schon ein paar Jahre nicht mehr Meister Brenner, der habe aufgehört, und als Josef nachfragt, meint der andere nur, irgendetwas sei da vorgefallen, ein Unglück, er wisse es nicht genau.

Josef erstarrt, fragt nach seinem Freund, aber den Namen Karl Schwarz hat der andere nie gehört. Und Meister Brenner? Der habe letztes Jahr alles verkauft und sei weggezogen. Wohin, könne er nicht sagen. Josef spürt einen bitteren, herben Geschmack auf seiner Zunge, den er vergeblich hinunterzuschlucken versucht.

Auf dem Weg nach draußen bleibt er noch einmal stehen und betrachtet die Stelle auf dem Hof, an der er Karl damals niedergeschlagen hat. Karl, seinen besten Freund, den er liebte wie einen Bruder und dem die schöne Marie so viel mehr zugetan war als ihm.

Immer wieder sah er alles vor sich, ihren Streit, der so schnell böse geworden war, die glühende Zange in seiner Hand. Vier Jahre, seit seiner Flucht, hat er an nichts anderes gedacht als an jenen Abend im Herbst 23. Er hat gehofft und sich gefürchtet, aber die Hoffnung war immer stärker gewesen. Doch jetzt weiß er, dass er ihn getötet hat. Seinen besten Freund.

Er wird niemals mehr Josef Brenner sein, auch den hat er an diesem Abend erschlagen.

DRITTER TEIL

HANDSCHELLEN, KETTEN UND SCHLÖSSCHEN

»Es ist schön, Baudru oder ein anderer zu sein, die Persönlichkeit wie ein Hemd zu wechseln und seine Erscheinung, die Stimme, den Blick und die Schrift zu wählen. Aber es kann vorkommen, dass man sich selbst bei alledem nicht mehr erkennt, und das ist sehr traurig. Gegenwärtig ist mir so zumute wie einem Mann, der seinen Schatten verloren hat. Ich werde mich auf die Suche nach mir selbst begeben … und mich wiederfinden.«

Maurice Leblanc, »Arsène Lupin«

14. KAPITEL

Unter Epigonen

Ein Nachtschattenalptraum zerrte Hawk durch Hannibalische Arenen, vor einem maskierten Mann mit nacktem Oberkörper, Fischernetz und Dreizack gelang ihm die Flucht, ein Abstieg in Labyrinthe, die ihn mit den dunkelsten Abwässern des alten Rom tauften, um ihn schließlich auf seinem von einem großen Fleck geschwärzten Laken abzusetzen. Er schnappte nach Luft, als er erwachte, stark davon beeindruckt, dass die Atmosphäre des Traums von der seltsamen Empfindung einer Verflüssigung geprägt war, so als wäre er »Wassermann« und würde bei Gefahr durch die Ritzen eines Kanaldeckels sickern.

Beim Aufwachen war er so verschwitzt, dass er gegen seine Angewohnheit aufstand, um eine ausgiebige Dusche zu nehmen. In der Küche richtete er das übliche Chaos an, das entstand, wenn er sich mit dem italienischen Espressokocher einen Kaffee machte, er vergaß den Deckel zu schließen, und als es lossprudelte, zierten Dutzende kleiner Kaffeespritzer die Fliesen, ein paar trafen Hawk auch an der Hand, er zischte empfindlich auf und ging dann mit der gefüllten Kaffeetasse und einigen Madeleines zurück in die Bibliothek, öffnete die Jalousien ein wenig und setzte sich an die schöne Helena.

Sein Blick fiel zunächst auf den Notizzettel, auf dem er sich »Aus dem Eis/Camden stirbt« notiert hatte, Anfang und Ende. Aber schon wieder waren Wochen vergangen, ohne dass er auch nur einen einzigen Satz geschrieben hätte. Immer wieder ordnete er die paar Hinweise, die er besaß, die Fotografie des seltsamen, vermutlich aufklappbaren Reifs und das Labyrinth der erschlichenen Schatzkarte. »Aus dem Eis/Camden stirbt.«

Miltons durch die Decke dringende Stimme riss ihn aus seinen Überlegungen. Offenbar führte er gerade wieder ein Gespräch mit Frau Meister. Zwar war es ihr bald schon nach ihrem Besuch in New York gelungen, in Erfahrung zu bringen, dass der Schatz in Berlin lag (eine, wie Hawk fand, nicht allzu üble Entscheidung der Geschichte ...), seitdem hatte sie, die schon lange erstes Geld erhalten hatte, aber noch immer nicht das Geringste herausgefunden. Doch im Übrigen sei sie Tag und Nacht bei der Arbeit. Worin diese genau bestünde, was sie alles schon unternommen habe, welche Hilfsmittel sie benütze, alles Fragen, auf die Milton keine Antwort bekam.

Doch so gebrüllt wie heute hatte er noch nie. Zunächst hörte Hawk ganz gerne zu, erfüllt von leisem Stolz über die Durchsetzungskraft seines Gefährten, der die unmöglichen Dinge möglich machte und die verschlossenen Türen öffnete.

Doch da Miltons Heftigkeit nicht nachließ, sondern nur immer wieder von minutenlangen Erklärungen seiner Gesprächspartnerin unterbrochen wurde, um sich dann von Mal zu Mal zu steigern, wurde es Hawk schließlich unbehaglich zumute. Miltons Stimme verwandelte sich, bekam etwas Schrilles, Krächzendes, je mehr er sich erregte.

Dann war das Gespräch offenbar zu Ende, Milton schrie noch einmal ein paar Mal »verdammte Nutte«, stampfte erregt in seinem Zimmer oben auf und ab, kam dann aber ziemlich zügig die Treppe herunter und ging in die Küche.

»Machst du eine kleine Pause?« Milton putzte die kaffeegesprenkelten Fliesen, lehnte sich an den mannshohen Kühlschrank und starrte Hawk an.

»Es war so laut vorhin, ich konnte mich gar nicht mehr konzentrieren.«

»Aha.«

»Ja. Ist gerade eine schwierige, äh … Stelle, an der ich sitze.«

»Wie bitte?«

»Die Stelle, an der ich gerade arbeite, ist ziemlich … äh … vertrackt.«

»Herrgott noch mal, wovon redest du? Du hast den ganzen Tag keinen einzigen Buchstaben getippt. Meinst du, ich bin bescheuert? Was für eine Stelle denn? Du schreibst doch keine Zeile!«

Hawk war sprachlos, zunächst, dann aber fühlte er mit einem Mal entsetzliche Wut. Was bildete sich Milton nur ein!

Ja, es stimmte, seit über einem Jahr habe er keine einzige Zeile geschrieben, sei innerlich halb gefroren, ließe sich aber nicht unterkriegen, sondern suche nach etwas, das ihn inspirieren würde. Milton habe versprochen, ihm zu helfen.

Stattdessen habe er noch immer nichts erreicht. Wozu hätten sie den ganzen Aufwand mit dem Hotel und der Einladung Johanna Meisters überhaupt betrieben, wenn dann doch nichts dabei herauskäme?

Hawk bemerkte plötzlich, wie herrlich es war, sich gehen zu lassen, und schrie jetzt auch. Milton wolle ein Manuskript sehen? Dann solle er gefälligst die Sache in Berlin voranbringen – wie bescheuert Milton eigentlich sei, nicht zu kapieren, dass ein Buch, welches an dem Handlungsort Berlin ende, ein gänzlich anderes wäre, sein müsste, als eines, das sein Finale in Kapstadt oder dem alten Rom hätte. Wie vernagelt müsse man eigentlich sein? Vor dem Schreiben käme das Denken.

»Verschaff mir endlich Gewissheit.«

Milton erwiderte nichts, sondern starrte nur wutentbrannt auf die Wand hinter dem Esstisch, so als ob dort in flammenden Buchstaben jenes Detail ihrer Abmachung zu sehen gewesen wäre, das Hawk tatsächlich recht gab.

Ohne noch ein Wort zu sagen, ließ er einen kaum wieder zur Besinnung gekommenen, gänzlich ratlosen Hawk zurück und ging nach oben.

Der verbrachte noch drei verzweifelte Stunden vor der Schreibmaschine, dann beschloss er, so etwas wie eine Mittagspause zu machen, vielleicht hätte Milton Lust, mit ihm essen zu gehen. Er ging in den Flur, rief nach ihm, Milton war offenbar nicht zu Hause, hatte aber an mehreren Stellen im Haus Zettel hinterlassen, auf denen stand, dass Hawk unbedingt mit dem Anwalt Tuinstra telefonieren solle, bis 2 p. m.

Auf eine störrische, dennoch gehorsame Weise, wie ein zwar noch gegen das Behandeltwerden murrender, aber dennoch brav jede Tablette schluckender Patient, wählte er die Amsterdamer Nummer, hielt sich den kalten Hörer ans Ohr, lauschte der leicht heiseren Stimme der Assistentin, ließ einen Moment vergehen, um sich schließlich mit einem heiseren »Entschuldigung. Browning« zu erkennen zu geben. Einen winzigen Augenblick später hatte er den Anwalt am Apparat.

»Prima, dass du dich meldest. Ich hoffe es geht dir gut? Fein. Dein griechischer Verlag hat uns schon vor einer guten Weile mitgeteilt, dass sich mal wieder jemand aufgemacht hat, an deinen … ähm, Zuckerstückchen zu … äh, sagen wir mal … lutschen.«

Der Anwalt überdachte die Wirkung, die die direkt aus dem Niederländischen übersetzte Wendung auf seinen weitentfernten amerikanischen Gesprächspartner hatte. Stephen Hawk Browning schwieg, und der Anwalt setzte mit einem präzisierenden Seufzen hinzu, dass es um eine neue Plagiatsklage gehe.

Der Anwalt war ein Spezialist für Urheberrecht, und seine Kanzlei besaß eine fast hoheitliche Stellung darin, den Wellen nachzuspüren, die solche Brocken wie Hawk Brownings Romane auf den Märkten der Welt auslösten. Die Kanzlei hatte ihre Augen auf den Büchergrabbeltischen des Westens, Asiens und Südamerikas und verfolgte dort Fälschungen, bot ihren Klienten aber vor allem auch Schutz vor der anderen Art von Blutsaugern, die sich einem derart erfolgreichen Autor wie Hawk zwangsläufig an die Fersen hefteten.

In diesem Fall war ein unbekannter Schriftsteller aus Zypern auf die Idee gekommen, Hawk habe von ihm abgeschrieben. Tatsächlich handele es sich bei dem fraglichen Buch um einen in den sechziger Jahren in einem Athener Verlag publizierten Atlantis-Roman, der hauptsächlich auf der Mittelmeerinsel spiele und der es sogar zu einer englischen Übersetzung gebracht habe, wenn auch nur bei einem kleinen Verlag auf Malta. Zwar könne man gewisse Motivähnlichkeiten feststellen, aber das sei natürlich dem Thema geschuldet. Von der Seite drohe gar keine Gefahr und er würde Hawk auch gar nicht erst belästigt haben, wenn ihm Milton, den der Anwalt Mr. Donovan nannte, nicht unlängst davon erzählt hätte, dass Pläne bestünden, den vierten und abschließenden Luzifer-Camden-Roman mit einer Art Schatzsuche zu beenden?

Hawk musste würgen. Für eine Sekunde war er so verwirrt, dass er sich gar nicht mehr erinnern konnte, wer Luzifer Camden eigentlich war. In weiter Ferne, fast schon am Horizont verschwunden, tanzte etwas in leichtem Wellengang auf und ab, das er hätte sein können, seine Figur.

»Ich bin mir noch nicht sicher.«

»Ach so, bei Mr. Donovan klang es, als wäre der Schluss überhaupt das Einzige, das schon feststeht.«

»Wieso – wäre das ein Problem?«

»Wenn der Text tatsächlich auf eine Schatzsuche hinausläuft, der Schatz der Atlanter und so, dann müssen wir aufpassen. Wird auf jeden Fall dummen Ärger mit sich bringen, jetzt, wo wir von dem Buch offiziell wissen, meine ich.«

Hawk dachte müde an das einzige bewusste Plagiat, das er jemals begangen hatte, als er die Worte »Der Schatz der Atlanter« von Walter B. Gibson abgeschrieben hatte. Aber das war natürlich noch niemandem aufgefallen.

Hawk sagte nichts, auch der Anwalt schwieg, und ein wenig war es, als würde der zwischen ihnen liegende Ozean weißen Rauschens hochschwappen und sie mit sich nehmen.

Nach einer Weile vernahm Hawk ein Räuspern, und der Anwalt fragte ihn, wie weit er denn schon sei.

Hawk wurde heiß. Der einzige Schutz, den er noch besaß, bestand darin, mit niemandem über die Schreibblockade zu sprechen, sondern einen Schein hochgespannter, aber kontrollierter Professionalität zu wahren.

Zwar bekam seine Lektorin rein gar nichts zu lesen, hörte aber von immer neu erfundenen Handlungssträngen, Nebenschauplätzen und Charakteren, die er in mühsamer Kleinarbeit entwickelt und dann wieder verworfen habe, Gott sei Dank. »Kill your favorites!« – wie Hemingway immer gesagt hatte.

Kein Wort über den Block. Zu niemand.

Mit dem Anwalt war das plötzlich anders – Hawk war nahe dran, dem jovialen Holländer, den er noch nie persönlich getroffen hatte, die Wahrheit zu beichten, fast wollte er in Tränen ausbrechen, aber nach ein paar für beide Seiten unangenehmen Sekunden ratlosen Schweigens gab er schließlich einen erschöpften Klagelaut von sich, stammelte etwas von Leitmotiv und Gesamtkomposition, und der Anwalt nutzte die erste Gelegenheit, um sich überschwänglich zu entschuldigen, ihn überhaupt mit der Sache belästigt zu haben. Auch der Grieche oder Zypriot oder was er sei, werde letztlich kein Problem darstellen.

Sollte ihre Suche in Berlin überdies Erfolg haben und könnte man beweisen, dass es jenen Schatz tatsächlich gäbe, so würde sich Hawk dann ja auf ein Faktum beziehen, und von der Wirklichkeit könne man natürlich beliebig abschreiben – sofern man die Rechte an ihr besitze. Und dafür würden Mr. Donovan und er selber, der Anwalt, schon sorgen, nur keine Angst.

Das Gespräch ging unter noch ein paar weiteren derartigen Aufmunterungen zu Ende, aber dieser letzte, deutliche, sich auf die »Rechte« beziehende Satz beschäftigte Hawk, er erinnerte sich nämlich plötzlich an einen früheren Kommentar des Anwalts, der sicherlich spaßhaft gemeint gewesen war und der sich auf den anderen Aspekt jener seltsamen Ausfransung bezog, der Hawks Werk schon weit vor seiner Vollendung unterlag.

Denn etwa seit dem Erscheinen des zweiten Romans, KELCH, hatte sich die schöpferische Fantasie ungezählter anderer nicht nur auf die Idee geworfen, Hawk habe von ihnen abgeschrieben, nein, fast jeden Monat trafen auch ganze Pakete von Fälschungen ein, Bücher, die unter seinem Namen veröffentlicht worden waren und vorgaben, Luzifer-Camden-Romane zu sein.

In Brasilien und Argentinien, Südafrika, in Indien, Hongkong und den anderen Millionenstädten Chinas wimmelte es von Neuschöpfungen seiner Figur, Abspaltungen, Einzelstücken, aber auch ganzen Reihen, die sich wie die Zweige eines Familienstammbaums ausbreiteten und die Auslagen der fliegenden Buchhändler in Rio und Delhi in allen Farben der Druckindustrie erblühen ließen.

In diesem Zusammenhang – und genau daran hatte sich Hawk gerade erinnert – hatte der Anwalt einmal ausgeführt, die Fälschungen seien mittlerweile so gut geworden, dass die Kanzlei und ihre Agenten sie oft nur noch mit Mühe von den jeweiligen, je nach Land ja immer verschieden ausfallenden Originalausgaben von Hawks Romanen unterscheiden konnten. Und wenn er wolle, so der Anwalt, könnte Hawk diese Bücher selber noch einmal herausbringen, denn er besäße ja natürlicherweise die Rechte auch an den Fälschungen, die unter seinem Namen veröffentlicht worden seien.

Er starrte auf die Garderobe, auf der Houdinis Zylinder und ein schwarzes Cape ruhten, und dachte darüber nach, dass Milton diese als Belege für die Recherchetätigkeit der Kanzlei jedes halbe Jahr eintreffenden Bücherpakete irgendwo im Keller aufbewahrte. Es musste mittlerweile schon ein ganz schöner Haufen sein. Da er nicht wissen konnte, wann Milton wieder nach Hause käme, zögerte er nicht länger.

Der Keller – den er noch nie betreten hatte – war feucht, roch nach Mäusedreck und war zu Hawks Überraschung regelrecht überfüllt. Milton hatte dort unten ausrangierte Surfbretter, eine alte Leiter, viele halb volle Farbeimer, Pinsel jeder Größe, Werkzeug und mottenlöchrige Pullover angehäuft.

Ein wunderliches, einem kindlichen Geist entsprungenes Chaos, das Hawk faszinierte, als er Pappkartons und altertümliche Holzkisten mit den seltsamsten Inhalten öffnete. Warum nur besaß Milton einen ganzen Computerbildschirmkarton voller abgetragener Ballerinaschuhe? Und wie war er an jene Kostüme gekommen, die aus der Inszenierung eines Shakespeare oder Marlowe hätten stammen können, an jenes enggeschnittene rote Wams und jenen federgeschmückten Hut? Was war das überhaupt für eine Feder?

Er nahm den Hut zögerlich heraus, wog ihn in den Händen und war sogar fast versucht, ihn aufzusetzen, doch als er ihn anhob, bemerkte er einen schweren, schwefligen Geruch, der seine Nase bitter reizte, vielleicht so etwas wie extravagantes Mottenpulver, gemischt mit jahrzehntealtem Staubgeruch. Hawk schüttelte sich schaudernd, die Federspitze streifte an seiner Nase vorbei, der Reiz fuhr ihm durch sämtliche Nervenstränge und gleich danach überkam ihn ein mächtiger Nieser. Er wischte sich die Nase mit dem Ärmel seines Pullovers und warf den Staubfänger zurück in die Kiste. Genug jetzt. Wo waren die Bücher?

In einem Regal in der Ecke fand er sie, in allen Farben und Formaten, in zahllosen Sprachen, und auf allen stand sein Name. Willkürlich griff er sich ein paar Bände heraus, auf Englisch und Spanisch, und dann – sich gruselnd bei der Vorstellung, Milton könnte nach Hause kommen und ihn hier entdecken – drehte er sich um, sperrte den Keller zu und lief nach oben, wo er sich in seinem Arbeitszimmer mit ihnen einschloss.

Einer der englischen Titel hieß »Luzifer Camden und die Rache des Moguls«. Hawk vermutete richtig, dass es sich hierbei um einen indischen Titel handelte. Interessanterweise war Camden auf dem Titelbild aber gar nicht indisch oder asiatisch angehaucht dargestellt, sondern ein streng blickender Kaukasier im schwarzen Anzug, der von einem Trupp düsterer dunkelhäutiger Gesellen umringt war, die eng geschnittene beigefarbene Regenmäntel trugen und in skurrilen Kampfsportposen um die Figur des Helden herumstanden. Zwischen den schlichten Titeln von KELCH, SPEER und LEUCHTER – den von Hawk selbst publizierten Originalen – und dieser bunten, in einer Schweizer Berglandschaft spielenden Szene gab es keine Verbindung, das Spätere schien sogar wesentlich älter zu sein als das Original.

»Die Rache des Moguls« mit seinem billigen Papier, den grellen Druckfarben und der comicartigen Zeichnung des Helden im Kampf mit den dunklen Mächten hätte sich ohne Probleme in einer der einschlägigen Walsenburger Auslagen der frühen sechziger Jahre befinden können, die er als Kind fast jeden Nachmittag durchstöbert hatte, um zu sehen, ob es schon einen neuen »Shadow« oder etwas Ähnliches gab – auch wenn es gegen alle Logik war, da die Hefte tatsächlich ja nur einmal in vierzehn Tagen mit dem Postlaster aus Manitou Springs angeliefert wurden.

Manchmal aber hatte er etwas übersehen, und wenn er denn auf diese Weise zwischen all den Heften, die ihn nicht interessierten (am schrecklichsten: jede Art von Western! Indianer; Cowboys und Saloon-Schlägereien: etwas Furchtbareres konnte er sich gar nicht vorstellen!), herumstöberte, um dann doch einmal einen echten »Shadow« zu entdecken, dann warf er einen unauffälligen Blick zur Kasse, da es eigentlich verboten war, zu lesen, wenn man das Heft nicht erwarb.

Allerdings genoss der junge Browning den Ruf, der Erste seiner seit drei Generationen in den Kohleminen Walsenburgs tätig gewesenen Familie zu sein, der sich für etwas anderes als eine Kopie des Lebens seiner Vorfahren interessierte. Man duldete den kleinen Jungen am Pulp-Regal, und manchmal schenkte ihm der Besitzer des Drugstores ein paar übriggebliebene Hefte. Man wusste ja, wie knapp ihn seine Mutter mit Geld hielt.

Mit ebensolcher herzklopfender Freude las Hawk also nun einen unter seinem Namen veröffentlichten Roman – er wusste nicht, was ihn erwartete und *warum* er eigentlich las, und eigentlich las er auch nicht: er verschlang die Sätze wie ein beinahe Verhungerter. Es brauchte nur zwei Seiten, bis Hawk ungefähr im Bild war. Camden sah sich einer Verschwörung des pakistanischen Geheimdienstes ISI ausgesetzt, es gab Anspielungen auf ein gerade erst zurückliegendes Abenteuer in Kashmir. Dann beförderte ihn die Erzählung, so schnell, dass es Hawk kalt über den Rücken lief, in ein Hotelzimmer irgendwo an der Côte d'Azur, in welchem sich ein schattenhafter Bösewicht auf eine Untat vorbereitete und dazu die feinsten und gefährlichsten Instrumente ausbreitete. Da war er, Camdens Mörder.

*

Und so kam es, dass Milton bei seiner Rückkehr in der Dämmerung eine verblüffende, scheinbar von Grund auf veränderte Atmosphäre vorfand, mischte sich doch jenes lang vermisste Grundgeräusch Hawk'scher Existenz, das Klacken der Schreibmaschine, unter die Tritte seiner Cowboystiefel.

Gebannt ging er ein paar Schritte über den Flur, dunkel zurückhaltend gestimmt, da er einsam eine mächtige Entscheidung getroffen hatte. Sein Einfluss auf Hawk würde geringer werden, das war eine der Konsequenzen, mit der er sich in den letzten Stunden herumgeschlagen hatte – ein Risiko.

Doch so, als ob verbündete englische Mächte ihm zu Hilfe kommen wollten und ihm schon im Voraus ihr Wohlwollen sandten, hatte sich der Wind in der Gibson-Stiftung offenbar schon gedreht.

Er stellte die Pakete neben die Tür, hielt still und lauschte dem ungebremsten, niemals abreißenden, bei manchen Passagen sogar in ein beeindruckendes Stakkato verfallenden Strom altertümlicher Tippgeräusche, unterbrochen einzig vom olympischen Glockenklang am Ende einer Zeile. Hawk schrieb.

Es gab die Vereinbarung, Hawk niemals zu stören, wenn er arbeitete, eine Angewohnheit, an die er sich zuletzt fast schon höhnisch gehalten hatte, die ihm jetzt einzuhalten aber schwerfiel.

Er trug die Pakete, die er vorhin bei Lieberman & Schwarz abgeholt hatte, nach oben, holte die großen Koffer aus dem begehbaren Kleiderschrank und warf sie geöffnet aufs Bett. Trotz der guten Nachricht stand sein Entschluss fest. Er hatte schon halb fertig gepackt, als er hörte, wie die Tür von Hawks Arbeitszimmer aufging.

»Milton«, sagte Hawk dann als Erstes, als der mit angespannter Miene in die Küche kam, »da ist vorhin noch was mit der Post für dich gekommen. Und ...«, fügte er mit hastiger Stimme und einem bittenden, furchtsamen Blick hinzu, »falls es dich interessiert – ich habe heute ein Kapitel geschrieben. Das erste.«

Milton sagte ihm, dass das eine fabelhafte Nachricht sei, aber an seiner Zurückhaltung erahnte Hawk, dass es noch einen Nachsatz geben würde. Milton schilderte ihm, wie sehr ihm ihr Streit heute Morgen zu denken gegeben habe – vielleicht sei es wirklich das Beste, sich erst einmal aus dem Weg zu gehen. Hawks Lippen bebten. Er mochte den letzten Satz nicht glauben.

»Ich fliege morgen früh selber nach Berlin. Ich hab dir versprochen, den Schatz zu finden. Bevor ich ihn nicht habe, siehst du mich nicht wieder.«

KAPITEL 15

Aufsperrservice Plahn 24

Mit der Mafia der üblichen Schlüsseldienste, die eigentlich eine falsche Bezeichnung trugen, weil sie sich besser Aufbohr- oder noch besser Schlosszerstörungsdienste hätten nennen sollen, hatte Peter Plahns Berliner Schlüsseldienst nicht das Geringste zu tun.

»Aufsperrservice Plahn 24« hatte es sich zum Ziel gemacht, seinen Kunden, denen – aus welchen Gründen auch immer – ein Missgeschick unterlaufen war, eine zerstörungsfreie Öffnung der betreffenden Schlösser anzubieten. Die allermeisten Fälle ausgesperrter Mitbürger, die im Bademantel kurz zur Nachbarin rübergegangen waren und denen die Tür zugefallen war oder die sturzbetrunken in den frühen Morgenstunden vor ihrer Wohnung standen und sich einfach beim besten Willen nicht mehr erinnern konnten, wo sie ihren Schlüsselbund gelassen hatten, waren nämlich recht einfach zu lösen.

Ein überwältigender Anteil der etwa in Berliner Haustüren verbauten Schlosszylinder war massenindustriell gefertigte, untere Mittelklasse, meistens Zylinder mit nicht mehr als fünf Stiften. Normalerweise hatten die versehentlich Ausgesperrten darauf verzichtet, die Schlösser auch zu verriegeln, meistens war die Tür sogar einfach nur ins Schloss gefallen. Solche fünfstiftigen, zugefallenen Billig-Schlösser von ABUS oder BURG oder Zeiss konnte ein versierter Schließtechniker manchmal tatsächlich mit der sprichwörtlichen Scheckkarte öffnen, abhängig davon, wie viel Spiel die Tür hatte. Saß sie für diese einfachste aller Öffnungsmethoden zu streng, dann wurde die kleine Werkzeugtasche hervorgeholt, ein Spanner und ein passender Diamant ausgewählt und binnen maximal fünfzehn Minuten waren die Stifte gesetzt, der innere der beiden Zylinder konnte mit Hilfe des Spanners – mit dem der Schließtechniker das Drehmoment erzeugte, das normalerweise vom Schlüssel ausging – in Bewegung versetzt werden, und die Tür war entsperrt.

Die meisten Leute, die täglich – und wie oft nicht allzu sorglos – mit mehreren Schlüsseln und den zugehörigen Schlössern beschäftigt waren, hatten noch niemals ein Schloss von innen gesehen oder wenigstens einmal darüber nachgedacht, wie es wohl aufgebaut sein mochte. Dieses allgemein verbreitete, vollkommene Unwissen gab Spezialisten wie Peter Plahn etwas Magisches. Die nervliche Spannung, in der sich die allermeisten aus ihrem Leben Ausgeschlossenen befanden, trug dazu bei, im Schließtechniker weniger den Techniker als den Zauberer zu sehen, der mit leichter Hand vermochte, was einem selbst unmöglich war.

Immer wieder blickte Peter mit einem Lächeln vollkommen verblüfften Hausmännern und Studentinnen ins Gesicht, Ärzten und Armen, Langzeitarbeitslosen und Beamten, und alle waren derart froh, ihre vermissten Wohnräume wieder betreten zu dürfen, dass sie sich keine Gedanken machten, wie genau der Techniker die Öffnung herbeigeführt hatte. Wie sollte man auch lernen zu zaubern?

Obwohl doch jedermann frei zugänglich, stellte das Wissen über Bauart und Wesen mechanischer Schlösser immer noch, vielleicht mehr denn je, eine Art urbanen Geheimwissens dar. Je einsamer ein Mensch lebt, desto mehr weiß er in der Regel über alles, was seinen unmittelbaren Lebensraum betrifft, Bescheid, und die meisten Bauern können bis heute mit einem Draht ein einfaches Vorhängeschloss aufstochern.

In den Städten jedoch, wo es immer schon Dienstleistung

gab, spezialisierte man sich: Schlosser, Schlösserbauer und Schließtechniker waren schon seit Jahrhunderten ein eigener Schlag, dringend erwünscht und dennoch gefürchtet und stets allen möglichen Verdächtigungen ausgesetzt. Schon in den Schriften des frühen Mittelalters, die sich um die *Schlossmacher und Riegler* drehten, gab es immer wieder Warnungen vor nachgemachten Schlüsseln und zu einfach konstruierten Schlössern. Eindeutige Gesetze der Zunft wurden erlassen – wer als ehrbarer Riegler dagegen verstieß, musste mit drastischen Strafen rechnen, waren die Produkte der Schlosser doch einem zentralen Anliegen gewidmet: der Sicherheit von Haus und Hof, von Hab und Gut.

Daran hat sich bis auf den heutigen Tag nichts verändert – auch wenn der zünftige Schlossmacher von einst weitgehend durch einen anderen Phänotyp ersetzt wurde: den gemeinen Schlüsseldienstler.

Was so ein Schlüsseldienstler eigentlich tun solle (die verdammte Tür aufbekommen), davon hatte man eine gewisse Vorstellung, was er aber wirklich tat, das wussten nur die Eingeweihten.

Und hier fingen Peter Plahns Probleme an. Er war nämlich der festen Überzeugung, dass jeder ordentliche Schließtechniker bei einem Kunden dieselbe Sorgfalt und vor allem Vernunft walten lassen solle, als handele es sich um die eigene Tür, und das hieß doch, dass man zunächst alles Machbare versuchte, um das betreffende Schloss zerstörungsfrei zu öffnen.

Nahezu jeder andere in Deutschlands Großstädten arbeitende Schlüsseldienst ging genau anders vor. Da kam ein erstaunlich gutgelaunter Typ, dem in dem Schnellkurs, den man ihm verpasst hatte, vor allem eines beigebracht worden war: Guten Tag zu sagen, einen Blick auf das Schloss zu werfen, die Stirn besorgt in Falten zu legen, den armen Kunden einen Vordruck unterschreiben zu lassen und dann – nach einem kurzen Blick auf Ausweis oder Führerschein des Ausgesperrten – die Bohrmaschine auszupacken und das Schloss unter Höllenlärm und Getöse aufzubohren.

Nicht technisches Geschick oder wenigstens Verständnis führten den sogenannten Kollegen die Hand, sondern lediglich der Gedanke an einen möglichst hohen Profit – denn natürlich wünschte der Kunde in 99 Prozent der Fälle gleich noch den Einbau eines neuen Zylinders.

Nicht am Bohren verdienten die normalen Schlüsseldienstler, nein, den eigentlichen Reibach machte man beim anschließenden Einbau eines neuen Schlosses, für das in der Regel das Sieben- bis Achtfache des Netto-Einkaufs-Preises berechnet wurde.

»Aufsperrservice Plahn 24« nun aber, eine seit August 1999, also schon fast zwei Jahre ins Gewerberegister des Bezirks Neukölln eingetragene Firma, hatte sich seinen Namen mit Bedacht gewählt: Hier wurde nicht zerstört, sondern geöffnet. Sicherlich verlangte er wesentlich mehr für die Öffnung als die anderen fürs Bohren – dafür aber blieb den unglücklichen Kunden, die meistens nur ein dummes Versehen vor verschlossener Türe stehen ließ, erspart, einen neuen Zylinder einbauen lassen zu müssen. Die Gesamtrechnung lag mindestens um die Hälfte unter der durchschnittlich fälligen Rechnung eines gewöhnlichen Aufbohrdienstes. Das war merkwürdigerweise der Grund, warum sein Geschäft so schlecht lief.

Er stand allein gegen die Mafia. Die Mafia der Schlüsseldienstbranche beherrschte nicht nur das Geschäft, weil sie die Zugangswege kontrollierte, sie versuchte Schlüsseldienste, die den anderen, den technisch-versierten Weg verfolgten, mit allen Mitteln an einer normalen Geschäftsentwicklung zu hindern.

Zunächst war es nämlich so – was überhaupt keiner der normalen Kunden wusste –, dass nahezu alle Nummern von Firmen, die im Branchenbuch unter »Schlüsseldienste« aufgeführt waren, in nicht mehr als zwei Telefonzentralen zusammenliefen, und zwar nicht einmal notwendigerweise in derselben

Stadt. Wählte man eine Berliner Nummer, wurde man nach Hamburg durchgestellt, klagte dort sein Leid, dann erfuhr man, wie viel die Öffnung kosten würde (also das Bohren), willigte ein und der Mann, der in Hamburg saß, rief dann einen der zahllosen Einzelkämpfer an, die nicht viel mehr Ausrüstung besaßen als Bohrmaschine, Kabel und Werkzeugkasten und natürlich einen höchst vertrauenerweckenden Blaumann, auf dem »Schlüsseldienst Sowieso« stand. Der Hamburger Makler vermittelte an jedem Abend Dutzende Aufträge über das ganze Bundesgebiet. Das gelang ihm, weil er die Kunst der Annonce besser beherrschte als Leute wie Peter.

Der Makler schaltete ein Dutzend ganz unterschiedlich gestaltete, große und kleine Annoncen, in allen wichtigen Branchenblättern, mit Firmen, die auffällig oft unter »1A-Schlüsseldienst«, »Abertop!-Schließtechnik« oder »Aalen, Manfred – Türöffnung preiswert, schnell, zuverlässig« firmierten.

Die Erfahrung zeigte nämlich, dass die meisten Leute, die von der verschlossenen Wohnungstür irgendwo hingegangen waren, um einen Blick in ein Branchenbuch zu werfen, die Suche mit der ersten Sichtung einer auffälligen Annonce einstellten. Noch einfacher war es, wenn Leute die Telefonauskunft anriefen: Man ließ sich die ersten zwei oder drei vorlesen, schrieb deren Nummern auf einen Zettel und rief an. Deswegen hatte Peter seine Firma auch »Aufsperrservice« genannt, aber das »u« hinter dem »A« beförderte seine Anzeige im Branchenbuch schon nach hinten.

Der Großmogul und seine Leute, die von Hamburg aus die Fäden zogen und über unzählige, freischwebende Schließtechniker in allen möglichen Städten wachten, vermittelten Peter natürlich nicht nur keine Aufträge, nein, es war ärger: Sein abweichender Service (der noch dazu die Preise kaputtmachte) und seine revoluzzerische Firmenphilosophie hatten längst Widerwillen erregt. Immer wieder mal fand Peter die Schlösser seines alten VW-Bully mit Superkleber traktiert, eine Scheibe seines Ladens eingeschmissen oder sich von einer äußerst besorgt klingenden Hausfrau, die sich ausgesperrt haben wollte, um zwei Uhr morgens in den tiefen Neuköllner Süden bestellt, wo dann an der vermeintlichen Adresse überhaupt nichts war außer der eindeutigen Botschaft: *Fick Dich Du Hirnverbrannter Idiot!*

Aber er hatte zudem auch noch Schwierigkeiten und Ärger mit seinen wenigen Kunden, die manchmal nicht einsehen wollten, wie viele Vorteile seine Methode hatte. Gerade eben, es war abends kurz nach acht Uhr, war er von so einem Auftrag namens Peter-ärger-dich-nicht zurückgekehrt.

Er hatte das Werkzeug abgeladen, noch in der vollen Montur ein Weizenbier aufgemacht und sich dann mit dem Bier weitergeärgert. Der Kunde war ein türkischer Ladenbesitzer, der den letzten Schlüssel zu einem Hinterraum verloren hatte, den er als Warenlager benutzte. Was eine Öffnung kosten würde? Peter nannte einen Preis für die Anfahrt, alles Weitere müsse man vor Ort sehen. Der andere zögerte einen Moment und gab ihm den Auftrag.

Es war mehr oder weniger ums Eck, oben in der Weisestraße, wo Rafael Malepartos Wohnung war, um die er sich ja auch endlich einmal kümmern musste, und Peter hatte sich das Rad geschnappt, war über den Columbiadamm gehüpft und nach fünf Minuten beim Kunden eingetroffen. Um die graue Stahltür, die man über einen kleinen Flur erreichte, standen ungefähr fünf Männer unterschiedlichen Alters und diskutierten den Fall mit gedrückter, leiser Stimme und sparsamen, weichen Gesten. Einer sagte überhaupt nichts, sondern starrte nur mit tief eingefallenen Wangen und melancholischen Augenringen zur Tür. Peter nickte ihm zu, und tatsächlich, es war der Eigentümer. Peter sagte »Merhaba« und der Mann gab ihm mit einem leichten Zucken der Augenbrauen die Hand, als sei Peter ein Trauergast. Grabesstimmung. Da musste man den Leuten von Anfang an die Beklemmungen nehmen.

»So, dann wollen wir mal. Das Türchen werden wir gleich aufhaben …«

Die Tür selber war sehr stabil, eine alte Brandschutztür, aber das Schloss lachte ihm freundlich entgegen. Es war ein altes, in den sechziger Jahren massenhaft verbautes Zylinderschloss von BURG, sehr robust, aber ganz leicht zu öffnen. Man traf es in alten Westberliner Vierteln wie hier in Neukölln massenhaft an Kellertüren, auf Dächern oder eben in solchen Hinterzimmern kleiner Läden an. Klassischer Fall. Viertelstunde Arbeit.

»Tja«, fing Peter an, und trat einen kleinen Schritt zurück, »den Typ kenne ich. Zur Anfahrt kämen dann noch mal vierzig dazu, wären im Ganzen fünfundsiebzig deutsche Märker.«

Der Ladenbesitzer atmete tief ein, beulte seine eine Wange ein wenig aus, ließ Speichel zusammenlaufen und machte dann ein unmerkliches Schmatzgeräusch. Traurige Augen fixierten Peter. Schließlich nickte er, es war ja doch unvermeidlich.

Peter holte den einfach gestalteten Auftragsvordruck heraus, den er dem Gemüsehändler aushändigte. Der gab das Schriftstück dann an einen jüngeren Mann, der bestätigte, dass alles in Ordnung sei, und dann wurde unterschrieben.

Nachdem er den Auftrag wieder bei sich verstaut hatte, drückte Peter dem Händler seine Kabeltrommel in die Hand, mit der Bitte um Strom. Der Händler gab das Kabel an einen der älteren Männer weiter, und nach einer Minute hatte Peter sich mit seiner mobilen Halogenstehlampe ein ausgezeichnetes Arbeitslicht gebaut. Für das Schloss hier würde er mit seinem Lieblingswerkzeug auskommen, dem ganz einfachen: einem schönen stabilen Spanner und einem wohlgeformten, mittleren Diamanten. Der Diamant ist das wichtigste aller Schließwerkzeuge, das dankbarste und vielseitigste, und besteht aus einem vieleckig angeschliffenen Kopf, der an einer stabilen Stahlführung angebracht ist, welcher aber dünn genug sein muss, um ihn mit leichter Hand in das Innere eines Zylinders eindringen zu lassen. Dort übrigens nützte ihm auch das hellste Licht nichts – die Kunst des Schließens besteht ja eigentlich darin, mit den mit feinfühligen Instrumenten ausgestatteten Fingern zu sehen.

Peter hatte gerade angefangen, als sich ihm barsch eine Hand auf die Schulter legte.

»Was bitte machen Sie da?« – Peter drehte sich um, die beiden Werkzeuge in der Hand. Die ganze Mannschaft hinter ihm hatte die Hände in die Hüften gestemmt und sah alles andere als zufrieden aus. Das fahle Gesicht des Besitzers hatte einen leichten Rotton bekommen.

Es war ihm anzusehen, dass er Peters Methode nicht über den Weg traute. Peter erklärte es ihm. Der Händler diskutierte auf Türkisch mit dem Ältesten der anwesenden Männer und ließ ihn schließlich wissen, dass ihm das Ganze äußerst merkwürdig vorkomme. Normalerweise – und hier merkte man, dass er wohl schon öfter in seinem Leben einen Schlüssel verlegt hatte – würde das Schloss aufgebohrt und durch ein neues ersetzt.

Ja, gab Peter zu, aber vielleicht sei ihm aufgefallen, dass seine Firma unter der Bezeichnung »Aufsperrservice« ins Branchenbuch eingetragen sei, erntete für diesen Hinweis aber nur die Gegenfrage: »Sie sind Schlüsseldienst oder nicht?«

Wieder brach das Gespräch ab und die fünf diskutierten jetzt heftiger. Peters Türkisch war nicht besonders, aber er hörte heraus, dass sie ihn für einen Betrüger hielten. Vermutlich dachten sie, er würde das Schloss irgendwie ausforschen, um dann eines Tages wiederzukommen und zu sehen, was der Händler neben Mokkapulver und Ülker-Keksen sonst noch so eingelagert hatte.

Peter hörte eine halbe Minute zu, dann holte er seinen Makita-Bohrhammer heraus, kabelte das Teil ein und bot dem Ladenbesitzer an, dass er ihm das Schloss selbstverständlich auch aufbohren und ein neues einbauen könnte. Das sei kein Problem. Es koste nur mehr.

Der Ladenchef wurde allmählich ungehalten – wie viel mehr

das »Normale« – so nannte er doch tatsächlich die Zerstörungsvariante – mit anschließendem Schlosseinbau kosten würde?

Peter, der aus Prinzip nur erstklassiges Material verbaute, hatte eigentlich nur einen Zylinder dabei, der für diese Tür in Frage kam: er war von BKS, eine Neuentwicklung und das Beste, was seit Jahren an kleinen, fünfhebigen Teilen auf den Markt gekommen war. Natürlich nicht ganz billig.

»Letztes Mal hab ich fünfzig weniger bezahlt!«

»Bei wem, letztes Mal? Bei mir? Kann mich nicht erinnern, schon mal hier gewesen zu sein.«

Der andere machte ein feindseliges und zugleich uninteressiertes Gesicht und sagte, dass er das nicht zu zahlen bereit sei. Komme gar nicht in Frage. Hundertzwanzig. Letztes Wort.

Peter hatte eingewilligt, sich die Brille zurechtgeschoben und die Zähne zusammengebissen. Dann warf er die Bohrmaschine an, um das alte Schloss aufzubohren und durch das BKS-Schloss zu ersetzen. Da das gute Stück im Einkauf ziemlich teuer war, würde er wenig verdienen. Aber nicht nur das – der Ladenbesitzer war alles in allem nicht zufrieden und würde ihn bestimmt nicht mehr anrufen. War natürlich ein Schuss ins Bein: Geschäftsleute waren Multiplikatoren, aber hier würde man nicht gut über ihn sprechen. Also hatte Peter gar nicht erst gefragt, ob er einen Stoß seiner Flyer auslegen dürfte, sondern nur das Geld kassiert und war in den Laden zurückgefahren.

Eigentlich hätte er noch seine Abrechnung von letzter Woche machen müssen, zu der er am Samstag nicht mehr gekommen war, so wie am Samstag zuvor, und auch noch dem davor, sodass die Abrechnung von letzter Woche zu derjenigen des letzten Monats geworden war, und – war das wirklich ein Wunder – auch die anderen Monate waren alle noch nicht kontiert, sondern bildeten ein dichtes Geflecht ineinandergestapelter Zettelsammlungen, die in dem zwischen Laden und Wohnung liegenden geräumigen Flur aufbewahrt wurden, der sein Büro war.

Er trat mit dem Weizenglas in der Hand an den schweren Schreibtisch mit lederner Auflage, den er aus der alten Wohnung der Familie mit hierhergenommen hatte, legte den Auftrag und die Quittung irgendwie ineinandergefaltet auf den dafür in Frage kommenden Haufen und seufzte erleichtert, als er beschloss, dass dieser Montagabend nicht der richtige Zeitpunkt war, um mit jener herkulischen Arbeit zu beginnen.

Er rümpfte ein wenig die Nase und schob seine Brille nach oben. Hinter jeder dieser kleinen, ineinandergefalteten Päckchen stand ein Auftrag, eine eilige Fahrt und allzu oft eines jener unerfreulichen Missverständnisse.

Irgendetwas in seiner Kommunikation mit den Kunden war nicht in Ordnung: Er fühlte sich wie ein Aufklärer, der aber doch viel zu sehr in die komplizierten Mühen des überhaupt nicht aufgeklärten Tagesgeschäfts verwickelt war. Warum nur wollten alle lieber zerstörte Schlösser als einfach nur geöffnete haben? Das musste er endlich begreifen!

Eigentlich – hatte er immer wieder gedacht, so auch jetzt –, eigentlich bräuchte er jemanden. So etwas wie eine Sekretärin, die sich auch um alles andere kümmern könnte, sodass er endlich den Kopf frei bekäme.

Plötzlich ging die Glastür auf und riss ihn aus seiner Selbstständigenmelancholie. Draußen auf der Wissmannstraße trugen die Amseln die letzten Streetfights aus und von irgendwoher hörte er eine Glocke schlagen. Er drehte sich seinem Besucher entgegen und hatte das unangenehme Gefühl, dass etwas nicht stimmte. Es war ein schwarz gekleideter Mann, mit Sonnenbrille, elegantem Mantel und schwarzen Glacéhandschuhen, der ihn ganz ruhig ansah. Peter gefror und schob sich im selben Augenblick mechanisch die Brille zurecht.

Dann aber begriff er.

»Ist nicht wahr!«

»Hatte gerade in der Gegend zu tun«, sagte Alexander und grinste Peter an.

Peter nahm einen letzten Schluck, stellte das Glas auf einem dicken Packen alter Aufträge ab, deren trockenes gelbes Durchschlagpapier die perlenden Tropfen aufsaugte. Er strahlte einigermaßen verwirrt in Alexanders Richtung, verschwand nach ein paar Sekunden wortlos, um mit einem in Zeitungspapier eingeschlagenen Gegenstand wieder aufzutauchen, den er auf den niedrigen Tresen legte. Er sah seinen Gast erwartungsvoll an.

Schwarzbehandschuhte Finger strichen das Papier auseinander und legten ein altes Schloss frei, das Jahrzehnte unter freiem Himmel mit dick krümeligem Rost überzogen hatten. Der Form nach ein typisches Hebelschloss, wie man es etwa an Friedhofstoren finden konnte, vielleicht an die fünfzig Jahre alt. Doch ein Detail schien Alexander ungewöhnlich: Der unten sitzende, quer zu bedienende Spanner hatte die Form eines weitgeschwungenen Blattes, ungewöhnlich groß.

»Na?«, sagte Peter grinsend und versetzte dem Hereingeschneiten einen Knuff in die Seite. Alexander nahm die Schließmechanik in die linke Hand, legte den rechten Daumen auf den Spanner und versuchte, ihn nach links zu bewegen.

Kurz bevor sich das eingerostete Ding bewegte, öffnete sich der paradiesische Garten hinter der schweren Eisentür, in welcher das alte Schloss einstmals eingebaut war. Ein gekiester, verheißungsvoll vernachlässigter Weg führte von ihm zur Rückseite einer bretterbeschlagenen Hütte. Der Riegel schnappte auf, und Alexander war es, als hörte er das Quietschen der aufschwingenden Gittertür.

»Ist das wirklich vom Ruderclub?«

Peter klatschte in die Hände.

»Kannst du dich erinnern, das eine Mal, als sie uns erwischt haben? Wir konnten uns einfach nicht losreißen.«

»Ein Damenachter unter der Dusche! Werd ich nie vergessen. Wie kommst du zu dem Ding?«

»Der Club hat das Gelände aufgegeben, und gestern bin ich

zufällig vorbeigekommen, kein Mensch mehr da, die Tür war aus den Angeln gerissen, und da konnte ich einfach nicht widerstehen und hab die feine Eisensäge aus dem Rucksack geholt. Weizen?«

Alexander hatte schon am Nachmittag mit Kaffee und Grappa angefangen und danach eine Flasche italienischen Weißweins getrunken. Frühnachmittägliches Saufen war sein Mittel gegen die depressive Schläfrigkeit, die ihn stets nach dem Mittagessen überkam.

Das viele Essen machte ihn durstig, und so band er sich jeden Tag nach dem Essen eine Krawatte, schnappte sich seine nagelneuen Handschuhe und ging durch den Stadtpark in irgendein Lokal an der Schlossstraße, um sich volllaufen zu lassen. Weiterziehend soff er sich durch Steglitz bis nach Schöneberg, besuchte die alten Kneipen, in denen ihn niemand mehr kannte oder zu kennen schien, jedenfalls blieb er stets allein, ein unnahbarer Trinker im schwarzen Anzug, der irgendwann in den Morgenstunden aus einem Taxi fiel, in den frühlingshaft duftenden Stadtpark kotzte, um sich dann nach oben in sein Jugendzimmer zu schleppen.

»Tja«, sagte er, »immer her damit!«, und zog seinen Mantel aus.

Peter spülte ein Glas, dann ließ er die Jalousie vor dem Schaufenster herunter, und sie setzten sich hinter den Tresen an den runden Tisch, auf dem sich Fachzeitschriften und Herstellerkataloge türmten. Alexander steckte sich eine Zigarette an, und als Peter das leuchtend grüne Päckchen sah, konnte er sich nicht zurückhalten, schnappte es sich und klopfte sich eine Zigarette heraus.

»Glück brauchste im Leben und 'ne Salem Nummer Sechs?« Er schnupperte genießerisch an der eleganten filterlosen Zigarette, bevor er sie vorsichtig in das Päckchen zurücksteckte und aufstand, um einen Aschenbecher zu besorgen.

Dass Peter offensichtlich zum Nichtraucher geworden war,

versetzte Alexander einen Stich. Sie hatten sich beim gemeinschaftlichen illegalen Qualmen auf dem Pausenhof angefreundet und hatten sich später ungezählte Schachteln geteilt. Wie kam er dazu, einfach aufzuhören?

Peter hätte wahrscheinlich auf der Stelle wieder angefangen, hätte er geahnt, Alexander damit eine Freude machen zu können. Wie bei einem glücklichen Traum vermied er es, seinem Wunsch nachzugeben und seinen Freund mit den üblichen Fragen zu bedrängen: Natürlich wollte er wissen, wo Alex gesteckt, was zum Teufel er all die Jahre gemacht hatte und wie es ihm ergangen war.

Doch er trank erst mal in ein paar allzu großen Schlucken sein Weizen aus, und da Alexander problemlos mithielt, holte er gleich noch zwei Flaschen aus dem Kühlschrank, froh, in diesen eine natürliche Moderation des bislang schleppenden Gesprächs zu finden.

Während er sie öffnete, schnappte sich Alexander wieder eine seiner Kippen und ließ mit der anderen Hand das goldene Feuerzeug, das schwer nach Dunhill aussah, eine wohlgeformte Flamme hervorbringen. Das war wirklich gut. Alexander in seinem Tausend-Mark-Stöffchen auf Peters dreibeinigem Stuhl mit Holzlehne, den er letztes Jahr unten an der Hasenheide gefunden hatte, kurz nach Neujahr.

»Ist dir eigentlich kalt?« Peter musste sich ein Lachen prustend verdrücken.

»Wieso?«

»Du wirst dir mit der Kippe noch ein Loch in deinen Handschuh brennen! Ehrlich, das sieht wirklich bescheuert aus …«

Für einen Moment spülte Alexanders Selbstmitleid ein gewaltiges Gespensterschiff durch den Raum, eine einladende Barkasse stummer Verachtung, auf die aufzuspringen ein Dämon von einiger Schönheit ihn lockte. Zahlen bitte.

Doch dann fiel ihm ein, er wusste selber nicht, wie, dass es ja tatsächlich Peter war, der sich gerade über ihn lustig gemacht und ihm gleichzeitig ein frisches Weizen hingestellt hatte, Peter Plahn, niemand anderer, eigentlich unglaublich, aber er begriff, dass er tatsächlich hier war, sicher war, gesichert, auf Freundesland. Freund.

Der Moment, in dem er das dachte, barg zugleich mit der freudvollen Erkenntnis auch einen Schock für ihn: Jetzt, da die erste Lüge ausstand und darauf wartete, dass Alexander anfing, mit ihr zu spielen, konnte er einen Blick auf sich selbst werfen. Irgendwie war er sich entwischt und klebte für einen kurzen Moment an der Decke, sah sich sitzen, ausgehöhlt und erschöpft.

Er wusste einfach nicht, wie er die Kraft aufbringen sollte, Peter irgendeine Geschichte zu erzählen. Aber die Wahrheit? Vielleicht war er doch noch nicht vollkommen am Ende, vielleicht bekam er doch noch den Bogen. Er würde Peter etwas zeigen.

Er streifte zunächst den linken, dann den rechten Handschuh ab und präsentierte Peter die beiden Prothesen, zwei Finger aus hautfarbenem Kunststoff, mit Luftlöchern versehen, die ihm der Hausarzt seiner Eltern verpasst hatte. Sie waren mit Kreppbändern um sein Handgelenk befestigt.

Alexander erzählte Peter, dass die Vordersehnen der beiden Finger gerissen seien, eine Verletzung, die er sich bei einer Rangelei in einem Pariser Bistro zugezogen habe. Spätnachts habe er Zigaretten kaufen wollen, sei in Streit mit einem Betrunkenen geraten und dann sei es passiert.

»Es tut weh, ist aber nicht weiter schlimm. Das Blöde ist nur, dass die Finger gestreckt bleiben müssen.«

»Wie lange musst du die Dinger dranhaben?«

»Acht Wochen …«

Er schlug mit der Zeigefingerprothese dreimal gegen das Glas, als wäre sie ein Kompottlöffel und als würde er gleich einen Toast ausbringen, prostete Peter dann aber nur zu, in dessen liebenswürdig harmloses, alles andere als misstrauisches Gesicht zu blicken ihm guttat.

»Und jetzt besuchst du deine Eltern?«

»Arbeiten kann ich damit ja sowieso nicht – und wenn ich ehrlich bin, ich hab ein bisschen viel Hotelluft geschnappt, in letzter Zeit. Brauch mal 'ne Pause. Bisschen Ruhe.«

Was er sich als qualvoll und schwierig vorgestellt hatte, nämlich Peter zu fragen, ob er wüsste, wo er unterkommen könnte, schien mit einem Mal doch ganz leicht. Sein alter Freund ahnte nichts von der Qual der letzten Wochen, in denen er schrecklich damit zu kämpfen gehabt hatte, dass sich Narcilo nicht meldete. Er trug das Telefon zu jeder Stunde des Tages bei sich, es lag neben seinem Kopfkissen, er nahm es mit ins Bad und auf die Toilette. Aber es schwieg.

Das Ganze war ein Nervenkrieg, den er zu Hause bei seinen Eltern nicht durchstehen würde. Doch das erste Ku'damm-Hotel, das er betrat, um sich ein Zimmer zu nehmen, verließ er sofort wieder, angewidert von der Vorstellung, womöglich Wochen dort verbringen zu müssen und engere Bekanntschaft mit dem aufgewecktesten der jungen Rezeptionisten zu schließen.

Er kaufte sich Zeitungen, führte ein paar Telefongespräche mit Maklerbüros und kontaktierte eine Mitwohnzentrale – doch nichts davon kam in Frage, da er sich nicht in der Lage sah, mit irgendwelchen Leuten über Badezimmer zu verhandeln, die man regelmäßig lüften musste, Kautionen bei Notaren zu deponieren oder Meldescheine vorzulegen.

Was er brauchte, war ein Versteck und kein Untermietzimmer in einer Mädchen-WG. Aber er hatte in Berlin einfach keine Kontakte mehr. Außer einem natürlich. Dem immerwährenden.

»Was um alles in der Welt hat dich ausgerechnet nach Neukölln gebracht?«

»Gefällt dir die Lage etwa nicht?«

»Doch, doch, spitzenmäßig. Ich hab sofort 'nen Parkplatz bekommen. Meinst du, ich kann meinen 911er überhaupt stehen lassen?«

»Ich garantiere für nichts.« Peter lächelte.

»Und du hast dich selbstständig gemacht. Und die Miete?«

»Ich hab's gekauft. Hab die Adolfstraße geräumt, die Bude zu Geld gemacht und bin hier eingestiegen. Ich bin jetzt ein echter Neuköllner mit Grundbucheintrag.«

»Dann kann man ja nur gratulieren.«

Peter lehnte sich lächelnd zurück, schob sich aber die Brille auf eine äußerst kühle Weise zurecht und Alexander dachte daran, dass Peter denselben provinziellen Lokalpatriotismus, den er damals für sein Steglitz schon an den Tag gelegt hatte, nun absurderweise in Neukölln zur Schau stellte! Peter hätte in Pjöngjang wohnen können – ganz egal, wer etwas gegen seine Gegend sagte, der konnte sich auf was gefasst machen.

Also steuerte Alexander einen Versöhnungskurs mit weiter Anfahrt und erzählte über sein Leben in Paris, beziehungsweise die Version davon, die zu erzählen er sich entschlossen hatte.

Peter hörte lächelnd und aufmerksam zu, beobachtete, wie sein alter Freund eine Zigarette nach der anderen durchzog, mit seinen Fingerprothesen klapperte. Peter hätte auf der Stelle sein eigenes Bett für ihn geräumt, aber Alexanders Ton rief eine überraschende Gereiztheit in ihm hervor. So gern er ihn hatte, so selbstverständlich er sein Auftauchen nach Jahren akzeptieren konnte, er reagierte empfindlich, wenn es um Berlin ging, und vor allem, wenn jemand darüber sprach, der nie woanders als in seinem feudalen Elternhaus in Steglitz gelebt hatte, wegen der hysterischen Ehefrau irgendeines französischen Bonzen Hals über Kopf nach Paris gezogen war und jetzt große Töne spuckte, als wäre ein zweiter Graf von Luxemburg aus ihm geworden.

Und Peter merkte, dass etwas nicht stimmte, er roch den Braten schon, als Alexander noch umständlich von Paris und einer gewissen Ermüdung sprach, mit dem hohen Ton desjenigen, dem es gelungen ist, zu einer selbstverständlichen Existenz in dieser komplizierten, teuren und anstrengenden Metropole zu finden, der sich nun aber nach einfacheren Verhältnissen sehnte, eine Auszeit von der Herausforderung wahrhaft metropolitanen Lebens nehmen und eine Hütte auf dem Land finden wollte.

Peter leerte den Aschenbecher, holte die letzten zwei Biere aus dem Kühlschrank und ließ Alexander reden. Der spürte wohl, dass Peter ihm mit zunehmender Distanz zuhörte. Sollte er ihn jetzt einfach fragen, ob er ihm bei der Suche nach einer Wohnung *helfen* könnte? Nach Hilfe rufen? Vielleicht.

Er nahm lieber noch einen tiefen, mittlerweile labberig schmeckenden Schluck Bier und steckte sich eine *Salem Nummer Sechs* an, deren original Pfälzer Virginiatabak seinen armen Bronchien den letzten entscheidenden Schlag versetzte und einen so furchterregenden Hustenanfall auslöste, dass Peter ihm eine Hand auf die Schulter legen musste. Alexanders Gerede hatte ihn genervt, aber jetzt dauerte ihn sein alter Freund. Dass er schon bei seinem Auftauchen angetrunken war, hatte Peter wohl bemerkt, in der letzten halben Stunde aber hatte er schwer abgebaut, totenbleich krümmte er sich jetzt auf dem wackligen Stuhl und hustete sich die Lunge in Fetzen. Endlich kam er zur Ruhe, machte sich die Krawatte ab und wischte sich mit der linken Hand erschöpft die Tränen aus dem Gesicht. »Merde«, sagte er und blickte Peter mit glasigen Augen an.

Peters Badezimmer lag in der an das Ladengeschäft sich anschließenden Wohnung, deren zehn Meter langen, mit alten Dielen ausgelegten Flur Alexander müde durchschritt. Die Wände hatte Peter von allem Putz befreit und ein solides Ziegelwerk aus den ersten Jahren des 20. Jahrhunderts freigelegt, dessen Relief eine Reihe starker Deckenstrahler betonte, Alexander aber düster an den Keller in Monte Carlo denken ließ. Die Unfertigkeit des Badezimmers war ihm angenehm. Der schlauchartige Raum besaß an seinem Ende zwar schon eine frisch eingebaute Kloschüssel, aber die uralte zinnerne Badewanne war mit den Trümmern schon abgeschlagener gräulicher Altkacheln befüllt, deren allergrößter Teil immer noch die Wände verunzierte. Ein auf dem Badewannenrand balancierender Maurerhammer, Arbeitshandschuhe und ein paar Meißel wirkten wie mitten in der Arbeit liegen gelassen.

Er zog das Sakko aus, krempelte sich das weiße, nicht mehr blütenreine Hemd hoch, drehte den Hahn auf und spritzte sich so lange kaltes Wasser ins Gesicht, bis er sich reif fühlte, einen zögerlichen Blick in den Spiegel zu riskieren, welcher einen massiven, gewitterblitzartigen Sprung aufwies, der das Gesicht eines jeden Betrachters in zwei auf diese Weise ein wenig gegeneinander verschobene Hälften teilte.

»Was für eine hässliche Fresse …«, dachte Alexander und starrte sich selbstquälerisch an, bleckte die Zähne und schob sein janusartiges Abbild hin und her, so als wolle er es mit Hilfe des Risses in zwei Hälften sägen. Ja. Sägender, ritzender Schmerz wäre schön gewesen, etwas, an das er sich hätte halten können, er spürte es unter seinen Füßen schwanken, ein Gefühl, das sich verstärkte, je mehr Aufmerksamkeit er ihm schenkte, sodass er sich schließlich an dem gelbkrustigen, mit Farbspritzern besprenkelten Waschbecken festhalten musste. Er streckte die Zunge heraus und tat so, als würde er mit ihrer Spitze über den Sprung lecken, stellte sich vor, wie der Scherbenschnitt schmecken könnte, jener eiserne Geschmack frischen Bluts, er beugte sich vor, doch als seine Zunge das eiskalte Spiegelglas berührte, ekelte ihn die Vorstellung. Er stieß sich ab, schnaufte aus, fuhr sich mit den nassen Händen durch sein Haar, nahm das Sakko vom Wannenrand und ging zurück. Er durchschritt langsam den hellerleuchteten Flur, warf einen heimlichen Blick in eines der Zimmer, dessen Tür offen stand, wagte es aber nicht, Licht anzumachen oder gar die Schwelle zu übertreten – doch sah er mit dem vom Flur hereinfallenden Licht genug. Elegante schmale Tische, auf denen Bücher und Kataloge aufgereiht waren, und dazwischen große, offene Regale, die auf den ersten Blick als Sammelschränke zu erkennen waren, in deren unterschiedlich großen, zahllos über- und nebeneinander angeordneten Fächern je ein Gegenstand ruhte. Schlösser.

Alexander schüttelte sich, da er an Grimskis philatelistische Schätze denken musste, denen er vor knapp einem Monat ein wahrscheinlich falsches Stück hinzugefügt hatte.

Doch der Anblick der Sammlung seines alten Freundes, die dieser in den Jahren seiner Abwesenheit zusammengetragen haben musste, löste auch noch einen widersprüchlichen Reiz ganz anderer Art aus, war es doch der junge Salem aus der 7b gewesen, der dem fast auf den Tag genau gleich alten Plahn aus der Parallelklasse gezeigt hatte, wie man mit Schlössern umging. Doch wo sich Alexander die Kenntnis der Schließtechnik, die von seinem Großvater stammend spielerisch intuitiver Natur war, einfach nur zu Nutze machen wollte, um sich *Zugang* zu verschaffen, hatte Peter sofort angefangen, nach den technischen Details zu fragen, hatte Schlösser demontiert und studiert. Ja, irgendwie war es so, dass sich Alexander mehr für das Werkzeug interessierte, den universalen Dietrich, weil er wissen wollte, was hinter dem Riegel war, während Peter stets wissen wollte, wie der im Schloss verborgene Mechanismus funktionierte.

Alex konnte sich erinnern, wie fasziniert Peter gewesen war, als er sich das erste Mal mit dem schon hochbetagten Opa unterhalten und sich ein Gespräch über eine Besonderheit gewisser Zahlenschlösser entwickelt hatte, an dessen Ende Großvater Peter ein wertvolles antikes Bügelschloss schenkte, das über der Werkbank im Gartenhaus hing. Alexander wurde von so jämmerlicher Eifersucht und Missgunst gepackt, dass er nur noch schmollend fortlaufen konnte, um die Tränen seiner Wut zu verbergen.

Er war sich fast sicher, dass er jenes mit feinen Gravuren geschmückte Bügelschloss irgendwo in diesem erstaunlich aufgeräumten Zimmer vorfinden würde. Womöglich war es das erste Stück von Peters Sammlung. Dass sein bester Freund aus

Jugendtagen aus dem gemeinsamen, vor ihren Mitschülern verborgenen Hobby einen Beruf, ja eine Leidenschaft gemacht zu haben schien, befremdete ihn mehr und mehr, je länger er jenen Raum mit Artefakten der Schließtechnik und den aufgereihten Gesetzeswerken des Mechanischen ausspähte. Ein unbehaglich lähmendes Gefühl sagte ihm, dass Peter, der ehrbare Schlüsseldienstler, wahrscheinlich alles andere als begeistert wäre, würde er erfahren, wozu Alex sein Wissen in den letzten Jahren genutzt hatte. Peter hatte ja noch in ihrer gemeinsamen Berliner Zeit seltsam moralisierende Ansätze entwickelt, war sogar irgendeinem piefigen Verein beigetreten, der sich die Verbreitung schließtechnischen Wissens unter der Bevölkerung zum Ziel gesetzt hatte. Einem Dieb würde Peter niemals helfen.

Der hatte in der Zwischenzeit den telefonischen Hilferuf eines ausgesperrten Mitbürgers aus dem Neuköllner Süden erhalten und sein Kommen in den nächsten vierzig Minuten versprochen. Während Kaffee durch den Automaten lief, räumte Peter den Tisch ab, kümmerte sich um sein Werkzeug und beschloss, ein paar Billigschlösser mit einzupacken, Material, das er eigentlich nicht verbaute. Aber wenn die Leute unbedingt verarscht werden wollten, dann würde sich Peter nicht länger dagegen wehren.

»Alex, ich muss gleich noch mal los, nimm dir einen Kaffee, wenn du willst. Alles klar bei dir?«

»Mir geht's gut.« Während er sich eine Tasse einschenkte, beobachtete er mit Sorge Peters Aufbruchsvorbereitungen, der sich schließlich grinsend noch seine Blaumannjacke mit dem in prächtigen weißen Lettern aufgedruckten »Aufsperrservice Plahn 24« überzog und sich mit seiner stark gezuckerten Tasse schwarzen Kaffees neben ihn stellte.

»Tja, der Abend ist ja nun eindeutig angebrochen …«, sagte Peter, suchte nach einer Fortsetzung dieses Satzes, zu der es aber nicht kam, da sich sein Telefon meldete und Alexander zusammenzucken ließ.

»Kaum zu glauben, du bringst mir wohl Glück ...«, sagte Peter und führte ein kurzes Gespräch mit einer jungen Frau, die sich genau in der anderen Richtung, in Kreuzberg, vor verschlossener Tür fand. Sie akzeptierte klaglos seine Anfahrtspauschale, war auch sonst einverstanden, und er nannte ihr die üblichen vierzig Minuten Wartezeit, die er niemals würde einhalten können, da er ja mit dem Fahrrad unterwegs war.

»Wie wär's, wenn ich dich fahren würde?«

»Vorausgesetzt, dein 911er steht noch da?«

»Sozusagen.«

»Alles klar. Dann fehlt bloß noch eines ...«

Er ließ seinen randvoll mit Werkzeug gefüllten Rucksack auf den Boden plumpsen, ging nach hinten, um nach einer knappen Minute wiederaufzutauchen und grinsend die andere seiner beiden Blaumannjacken mit dem Aufsperrservice-Aufdruck zu präsentieren.

»Willkommen bei *Aufsperrservice Plahn*!«

Der erste Auftraggeber war ein älterer Herr mit kurzen stacheligen Beinen, die aus einem dunkelblauen, sich weit wölbenden Bademantel staken. Er hatte von der Wohnung einer Nachbarin aus telefoniert, die seine Identität bestätigte. Normalerweise ging nichts ohne irgendwelche Ausweisdokumente, aber wer nimmt schon seinen Pass mit, wenn er Bier aus dem Keller holen will?

Peter bemerkte, dass an der Nachbartür dasselbe Fabrikat eingebaut war, das ziemlich nach Erstbezug aussah, also ließ er sich den Schlüssel der Nachbarin zeigen, stellte fest, dass er keinerlei Besonderheiten aufwies, fragte, ob die Schlösser schon einmal ausgetauscht worden seien, was die Nachbarn verneinten.

Während Peter einen kleinen Moment in freundliches Nachdenken versank, übernahm Alexander mit ein paar Bemerkungen eine Art atmosphärischer Aufheiterung, die Fahrt nach Gropiusstadt bei offenem Fenster mit ein paar weiteren, schnell brennenden Zigaretten, inklusive einer etwas riskanten Ampel, für deren goldenes Licht er den Motor in den zweiten Gang schaltete, um ihn in etwas mehr als drei Sekunden auf 7000 Umdrehungen zu bringen, hatte ihm gutgetan.

Dort oben, im siebten Stock eines gutgemeint angelegten Hochhauskomplexes, unter dem gelben Flurlicht, fand er sich wieder erfreulich nüchtern.

Es war angenehm und leicht, ein paar beruhigende Worte mit dem Kunden zu wechseln, weil dessen Sorgen so lächerlich klein waren. Und es war ganz und gar faszinierend, nebenbei zu beobachten, wie Peter arbeitete.

Der hatte sich das passende Werkzeug geholt, den anderen den Rücken zugekehrt und, ganz anders, als er einen solch einfachen Fall normalerweise gehandhabt hätte, keinen Auftragsschein geschrieben, sondern beschlossen, einen anderen Weg zu gehen.

Es dauerte keine Minute, dann hatte er die fünf Stifte identifiziert, einer nur machte ihm eine kleine Schwierigkeit, dann konnte er entsperren, stieß die Tür auf und begann zusammenzupacken.

Der Mann im Bademantel hatte den Vorgang gar nicht richtig mitbekommen, stand jetzt, gerade einmal zehn Minuten nach Ankunft, wieder vor offener Tür und war leicht verwirrt, da seine Wohnung seine panische Abwesenheit offensichtlich gar nicht bemerkt zu haben schien und ihn ohne weiteres wieder gelassen aufnahm.

Peter ließ sich nur die Anfahrt bezahlen, strich fast dieselbe Summe noch mal als euphorisch gegebenes Trinkgeld ein und dann schossen sie in Alexanders Porsche denselben Weg wieder hinab, über den Hermannplatz nach Kreuzberg, in die Wiener Straße. Dort fanden sie vor dem Haus keinen Parkplatz. Alex ließ Peter aussteigen, wollte den Wagen parken und würde nachkommen.

Der Aufsperrservice wurde im hinteren Seitenflügel eines leicht heruntergekommenen Altbaus von einer jungen Frau erwartet, die Peter schon bei ihrer Ankunft sofort ihren Personalausweis hinhielt, den sie zusammen mit ihrem Handy und einem Packen Bargeld in Händen hielt. Mit entschuldigendem Tonfall berichtete sie, dass sie es schon überall versucht habe, aber von den Nachbarn sei niemand da, nur der eine Typ unter ihr, der sie aber hasse.

Peter fragte, wozu sie den Nachbarn benötigen würde, und die junge Frau erzählte ihm, dass sie dämlicherweise den Schlüssel erst letzte Woche verloren hatte, man da aber wenigstens an Strom für die Bohrmaschine gekommen war.

»Scheiße, der Idiot wird mich umbringen, letzte Woche beim Bohren kam er zehnmal hoch und hat rumgebrüllt. Der Kerl ist ein Nazi …«

Ohne darauf einzugehen, fragte Peter, ob sie denn im Inneren der Wohnung noch einen Ersatzschlüssel für die Tür hätte, und da dem so war, war der Fall klar.

Als Alexander eine Viertelstunde später eintraf, stand Peter kurz vor der Öffnung – allerdings war das Schloss nicht ganz korrekt eingebaut worden, die Tür stand unter Spannung und Peter hatte oben einen kleinen Hebel einpassen müssen, um auszugleichen.

»Könntest du vielleicht oben ein wenig Druck geben, Alex?«, und tatsächlich – nachdem Alexander begriffen hatte, wie er ansetzen musste, funktionierte es, die Hebelgesetze gaben dem Schnapper Spiel und die Tür war auf. Peter ließ sich sagen, wie viel sie letztes Mal bezahlt hatte, überlegte erst, fünfzig Prozent abzuziehen, blieb dann schließlich zwanzig Prozent unter dem Preis des konventionellen Kollegen. Wäre er nicht schnell zurückgewichen, er hätte sich eines Kusses kaum erwehren können. Er hoffte, sie vielleicht bald einmal vor verschlossener Tür wiederzusehen, und reichte ihr eine großformatige Visitenkarte.

Nachdem Peter das Werkzeug verstaut hatte, schlug er Alexander freundlich auf die Schulter.

»Ist doch wirklich zu schade, dass du aufgehört hast!«

»Womit aufgehort?«

»Ach komm, du wirst mir doch nicht erzählen, dass du in den letzten Jahren noch groß mal ein schwieriges Riegelchen bearbeitet hast, oder so. So wie du dich grade angestellt hast ...«

»Wie bitte?«

»Du hättest ja fast den Rahmen splittern lassen, also ich muss schon sagen ...«

Es stimmte, Alexander hatte sich vorhin für einen Moment ziemlich unbeholfen angestellt, nicht mit Absicht zwar, aber, wie es schien, mit einem glücklichen Händchen.

»In den letzten Jahren standen halt andere Sachen auf dem Programm, Kompottschüsseln durch die Gegend schleppen und so. Ich bin mir aber sicher, dass ich nur ein bisschen üben müsste. Was man einmal in den Fingerspitzen hatte ... obwohl ...« Er betrachtete verdutzt grinsend seine rechte Hand, deren Prothesen wie schon die ganze Zeit zuvor unter dem schwarzen Handschuh verborgen waren.

Als sie auf den Kottbusser Damm zurückkamen, fragte Peter, ob ihm Alexanders Chauffeurdienste noch für einen kleinen Transport zur Verfügung stünden. Sein VW-Bully, das herzallerliebste und eigentlich zuverlässigste Auto, das er jemals besessen habe, sei nämlich gerade von einer rätselhaften Anlassschwäche befallen und stehe auf einem Parkplatz an der Yorck-Straße.

»Klar«, sagte Alexander, »wohin soll's denn gehen?«

»Erst zu mir in den Laden, wo wir eine kleine Kiste abholen, und dann in den Vereinssaal.«

»Vereinssaal?«

»Wahrscheinlich kannst du dich nicht erinnern, aber du warst noch in Berlin, da bin ich schon meinem Verein beigetreten.«

»Wie hieß der gleich noch mal?«

»Sportsfreunde der ... Sicherheitstechnik.«

»Au ha.«

»Gerade für dich, mit deiner Aufsperrschwäche, wäre der Verein ideal, um deine Kenntnisse aufzufrischen. Morgen wäre zum Beispiel freies Training.«

»Mal sehen.«

Als sie oben an der Wissmannstraße waren, blieb Alexander rauchend im Wagen und ließ den Motor laufen, während Peter zunächst sein Werkzeug auslud, in den Laden brachte und nach einer Minute mit einer offenbar schweren, an zwei Metallbügeln zu tragenden hellen Holzkiste wiederkam, die grade noch so in den Kofferraum passte.

Dann dirigierte er Alexander auf die Hermannstraße, ließ ihn nach gut hundert Metern links einbiegen und schließlich am Boddinplatz haltmachen. Sie stiegen aus, Alexander fasste einen der Griffe mit seiner unverletzten linken Hand, und gemeinsam schleppten sie die Kiste ums Eck. An einem Haus, in dem auch eine Kneipe untergebracht war, drückte Peter das nur angelehnte Tor auf.

Sie überquerten einen gepflasterten Hinterhof, auf dem Fahrräder und Kinderwagen standen und eine Reihe großer Müllcontainer, die offensichtlich zur Kneipe gehörten. Ein paar Fenster und eine Tür zur Küche gingen auf den Hinterhof. Schließlich erreichten sie das Rückgebäude, das vollständig dunkel war, nur ganz oben, in einem einsamen Fensterchen, brannte Licht.

Peter holte seinen an einer Zugschnur angebrachten Schlüsselbund heraus, sperrte die Tür auf, machte Licht und sie standen in einem großen Saal mit breiten, rotlackierten Dielen, der von halbkugeligen Bogenlampen erhellt wurde und bis auf ein paar Tische und Stühle leer war. An der Seite waren etliche Stühle aufeinandergestapelt.

Die Wände waren dunkelgrün tapeziert und vollständig schmucklos, an einigen Stellen aber sah man helle Quadrate und Rechtecke.

Sie wuchteten die mit einem Vorhängeschloss gesicherte, schwere Kiste auf einen Tisch, Peter entsperrte, machte die

Kiste auf, und Alexander verstand, warum sie so schwer war: Sie war angefüllt mit Vorhängeschlössern aller Bauarten und Typen, losen Riegeln und auch zahllosen Türschlosszylindern, denen man aufgrund ihrer Beschädigungen ansah, dass sie teilweise ausgebaut worden waren. Manche der Schlösser waren nagelneu, einige andere erinnerten eher an das verrostete Hebelschloss vom Ruderclub. Ganz obenauf lagen auch altmodische Handschellen, die in Alexander einen unwiderstehlichen Drang auslösten, sie in die schwarzbehandschuhten Hände zu nehmen und zu betrachten. Die eingeprägte Schrift auf dem Stahl war kyrillisch.

»Russische Handschellen!«, sagte Peter vergnügt, »habe ich letztes Jahr auf dem Polenmarkt vorne am Ufer mitgenommen. Was hast du?«

»Nichts. Das ganze Zeug ist für den Verein?«

»Jo, ich bin der Trainingsleiter, und hier in meiner Schatzkiste ist für jeden was dabei, zum Üben.«

Peter erwähnte nicht, dass er dem Verein seit dem Tod des legendären Lars Lennox sogar vorstand.

Vielmehr schilderte er Alexander mit Begeisterung, dass zu den offenen Trainingsstunden nicht mehr nur die reinen Technikfreaks der Anfangsjahre kämen, zu denen er selber ja auch gehört habe, sondern man inzwischen auch ganz normale Bürger darunter fände, Beamte, Hausfrauen, Schüler – alle aber wären auf den Reiz des Schlossöffnens gekommen, gewillt, die Technik zu begreifen, nachdem sie auf die eine oder andere Weise verstanden hätten, wie unzuverlässig sie eigentlich sei.

»Viele kommen zu uns, nachdem bei ihnen eingebrochen wurde! Der Schock bringt die Leute zum Nachdenken, wie leicht sich die üblichen Schlösser und Sicherheitsvorkehrungen überwinden lassen.« Peter zitierte den Spruch von Lennox, welcher den Verein in den frühen achtziger Jahren gegründet und ihm sein bis auf den heutigen Tag gültiges Motto gegeben hatte: »Sicherheit ist eine Illusion!«

Alexander widersprach nicht.

»Du willst mir doch nicht sagen, dass ihr eine Hausfrauenvereinigung geworden seid?«

»Alles dabei. Es gibt natürlich auch noch ein paar ganz andere Kaliber. Schon mal was von den ›Urban Intruders‹ gehört?«

»Nein.«

»Das sind junge Kerle, die sich einen Spaß draus machen, einfach quer durch die Stadt zu gehen, genau wie wir damals, aber – ich sage dir – die drehen ganz andere Dinger. Seit die Mauer offen ist, ich meine, weg, begreifen wir ja erst, wie die Stadt eigentlich aussieht. Egal, ob es die Abwasserkanäle sind, Geister-U-Bahn-Schächte, leerstehende Kasernen, Tresorräume alter Bankhäuser oder irgendwelche Industriebrachen mit Kellern, so groß wie Turnhallen – die gehen einfach rinn, machen ein paar Fotos und freuen sich …«

»Verstehe. Urban Intruders.« Alexander lächelte mitleidig.

»Glaub's mir, die Jungs sind gut. Letzte Woche hat es einer von denen bis in den Privatbunker von Erich Honecker geschafft! Ich hab die Fotos noch nicht gesehen, aber was ich gehört habe, muss das eine einmalig abgefahrene Bude sein.«

Alexander zögerte ganz kurz, setzte ein fragendes Lächeln auf:

»Habt ihr keine Schwierigkeiten mit der Polizei?«

»Als Verein haben wir klare Grundsätze – und in denen steht, dass es uns nur um die Vermittlung schließtechnischen Wissens geht, das man ausschließlich an eigenen Schlössern oder mit ausdrücklicher Billigung des Eigentümers anwenden dürfe.«

»Und hatten deine Intruders etwa Honeckers Erlaubnis?«

»Mann, Scheiße, nein. Aber was soll ich machen? Ich kann denen ja nicht vorschreiben, was sie irgendwann in ihrer Freizeit machen. Aber ich weiß, dass die Jungs einen eisernen Grundsatz haben …«

»Ja?«

»Wo immer sie auch hingehen – sie rühren nichts an und lassen absolut niemals auch nur die kleinste Kleinigkeit mitgehen. Sie wollen nur rein und sehen, was es gibt, und knipsen. So, und jetzt rüber zu Joachim. Nachdem du zum Mitarbeiter des Abends gewählt wurdest, gibt die Firma einen aus.«

Sie gingen über den Hof zurück und betraten die Kneipe von der Straße her. Sie trug den Namen »Reuterhof«, hieß unter eingeweihten Neuköllnern aber nur »Teufels Küche«, wurde sie doch seit vielen Jahren von Joachim Teufel betrieben, einem erstaunlich rüstig gebliebenen Sechzigjährigen mit grauem Haar und solariumsgebräunter Haut, der seine blendende Erscheinung auf eine strenge Diät zurückführte. Er ernährte sich von nichts anderem als blutigem Steak und Tiefkühl-Pommesfrites.

Als die beiden an die Theke traten, begrüßte sie der Wirt, fragte, ob sie eben ein solches Steak wünschten, aber sie bestellten nur Weizenbier.

Als Teufel es servierte, zwinkerte er Peter zu.

»Letztes Mal wart ihr aber janz schön ordentlich!«

»Ja, ich hab's allen klar gesagt, dass die Sache vor zwei Wochen eine Schweinerei war. Wird nicht mehr vorkommen.«

»Schon jut. Morjen habt a wieder, wa?«

Peter nickte, Teufel richtete beiden einen Deckel ein und wünschte seinen Gästen das Bier zum Wohle.

»Morgen?«

»Ja, das Training. Die meisten bringen selber auch noch die neuesten Schlösser mit und dann wird gepickt. Wir haben super Picker dabei, die machen dir ein BKS Janus unter einer Stunde auf. Kann man echt noch was lernen. Komm doch vorbei!«

Alexander fühlte, dass der richtige Zeitpunkt gekommen war, Peter endlich nach der Wohnung zu fragen.

»Ich hab das vorhin für einen Scherz gehalten, ehrlich gesagt. Das sind ja Neuigkeiten. Du willst wirklich nach Berlin zurück?«

»Nur für den Sommer, oder so.«

»Wieso bleibst du nicht bei deinen Eltern?«

»Komm schon … ich will … allein sein.«

»Tja, es ist echt ein Wahnsinnszufall, weil ich dir eigentlich helfen könnte, aber andererseits … ist wirklich zu schade.«

»Was denn?«

»Rafael, ein guter Bekannter, ein Argentinier, hat mich gebeten, seine Wohnung zu vermieten. Er ist bis zum Jahresende im Ausland, die Bude ist nicht gerade billig, schön ist sie auch, hat aber einen entscheidenden Nachteil.«

Nun grinste Peter breit und freute sich an Alexanders Ungeduld.

»Jetzt sag schon …«

»Sie liegt im tiefsten Neukölln. Quasi hier ums Eck …«

Weiter weg als Neukölln konnte man von Steglitz' Orleansstraße gar nicht entfernt sein. Es war eine Gegend, in der Alexander seinen Eltern garantiert nicht ein einziges Mal zufällig über den Weg laufen würde.

»Ja, und jetzt? Soll ich mich auf den Boden knien und dich um Verzeihung bitten, dass ich Neukölln vorhin beleidigt habe? Tut mir echt leid. Ist wirklich 'ne Scheißgegend, aber hier wohnen? Jederzeit!«

»Du willst sie sehen?«

»Unbedingt. Wann?«

»Wenn du willst, sofort. Ich hab die Schlüssel vorhin, als wir die Kiste geholt haben, gleich mitgenommen. Hab schon so was gerochen. Zahlen bitte, Herr Teufel!«

KAPITEL 16

Lücke

Wie eine kleine harkige Stelle an einem Fingernagel, die nicht richtig gefeilt worden war und an der man immer wieder hängen bleibt, bis ein kleiner Riss daraus geworden ist, den man in der Eile und ohne dass es jemand mitbekommen soll, mit den Zähnen zu bearbeiten beginnt, sich dabei ungeschickt das Nagelbett blutig reißt und schließlich den ganzen Nagel verliert, da man ihn, das Blut ablutschend, frustriert abnagt, um die eingerissene Stelle auf diese Weise zu beseitigen.

Doch mit welcher Art Feile hätte Johanna Meister das fürchterliche Grau bearbeiten sollen, das sich von der Stelle der winzig kleinen Undeutlichkeit ausbreitete, die sie damals nach ihrer Ankunft in New York zum ersten Mal bemerkt hatte? Damals war sie einfach darüber hinweggegangen, hatte das Fehlende auf der Zeichnung ergänzt, es war ja nur eine Kleinigkeit, aber bald musste sie feststellen, dass sich ihre gewohnt glasklare und vollständige Erinnerung an den Lageplan des Schatzes an dieser Stelle nicht wiederherstellte.

Der Fleck alleine wäre ihr vielleicht nicht so besonders schlimm erschienen, ein graues Areal, in dem eine kleine Linie verschwand, die ansonsten entweder links- oder rechtsherum weitergelaufen wäre. Aber das Grau begann nach einer Weile auszustrahlen, verunsicherte Johanna, die sich nicht erinnern konnte, schon einmal etwas vergessen zu haben, was sie irgendwann ihrem Gedächtnis anvertraut hatte, natürlich nicht.

Der große Unterschied zu den früher fotografisch memorierten Dokumenten bestand darin, dass sie diese kaum länger als ein paar Tage gespeichert behalten hatte, um sie dann, sobald sie in den Händen des Dienstes waren, augenblicklich wieder zu löschen. Sie war auf der letzten Etappe ihrer Ausbildung sogar immer wieder auf die Wichtigkeit der sauberen Löschung hingewiesen worden, um das wundervolle fotografische Instrument, das man aus ihrem Gedächtnis gemacht hatte, vor Überbelastung zu bewahren.

Aber nun war die Lücke da, und jeden Morgen wieder, wenn sie den Plan reproduzierte, versuchte Johanna, sie zu ignorieren. Doch seit sie sich in Berlin eingerichtet und mit der Suche nach dem Gebäude begonnen hatte, das zu dem Lageplan aus der Akte passte, hatte sie immer wieder feststellen müssen, dass sie in Momenten der Erschöpfung unwillkürlich das Bild des Plans aufrief, um die Lücke zu betrachten. Vorderhand tat sie das mit der Absicht, zu prüfen, ob sie womöglich gewachsen war, aber es war auch eine befremdliche Lust darin, die Lücke zu studieren.

Gewiss waren auch früher schon manchmal Unstimmigkeiten in den Gedächtniskopien aufgetreten, die sie von Aufsichtsratsprotokollen, Bauplänen und den Eingangsbereichen nagelneuer Hightechfabriken zog, aber diese nur ganz selten auftretenden Fehler waren von irgendeiner Instanz ihres Gedächtnisses stets homogenisiert worden, und auf den ersten Blick, den Johanna bei der technischen Auswertung auf die Gedächtniskopie warf, nicht zu erkennen. Erst wenn sie begann, Buchstabe für Buchstabe abzulesen und an den protokollierenden Offizier weiterzugeben, oder wenn sie mithilfe derjenigen Spezialisten, die man *Künstler* nannte, skizzierte und beschrieb, was der andere dann ausmalte, stieß man auf erste Fehler, Buchstabendreher und Fehlschaltungen, eine absurd vergrößerte blecherne Mülltonne oder eine Tür, wo keine sein konnte.

Die Lücke, die sich damals in New York aufgetan hatte, war von anderer Natur. Nach wie vor sah sie die perfekte Gedächtniskopie des originalen Plans vor sich. Sie nahm genau die Knicke und Falten des Papiers wahr, konnte die Kopie nah genug heranholen, um die Form zarter Wasserflecken zu bestimmen, die von irgendeinem Sommerregen herrühren mochten, und auch die feinen Schriftzüge der sorgsam angebrachten, wenngleich etwas kryptischen Legende standen ihr gezirkelt scharf vor dem inneren Auge.

Aber dann gab es ebenjenen Fleck, ein erloschenes fahles Schwarz, das alle Farben und Nuancen mit sich genommen hatte. So unheimlich. Und faszinierend.

Tagsüber saß sie im Hinterzimmer eines Wilmersdorfer Reisebüros, das sich auf Pauschalreisen für ambitionierte Waidmänner spezialisiert hatte und gestressten Vorstandsvorsitzenden oder abenteuerlustigen Firmenerben die Jagd in abgeschiedenen, mit viel großem Wild gesegneten Regionen Zentralasiens ermöglichte.

Das Büro gehörte einem alten Freund von Gilarijs, der ein vollständiges Paket von Luftbildaufnahmen Berlins hatte besorgen können, die alle ziemlich genau um das Kriegsende herum gemacht waren und aus einem Archiv der GUS stammten. Dazu hatte sie noch von Bonn aus alte Generalstabsstraßenkarten besorgt und einen nagelneuen Plan der wiedervereinigten Stadt.

Insgeheim war sie ungeheuer erleichtert, dass sie die sowjetische Zone vollständig außen vor lassen und sich alleine um die drei anderen Sektoren kümmern konnte. Sie hatte ganz im Nordwesten mit Spandau angefangen, ging dann nach Zehlendorf und arbeitete sich so, Kartenmaterial und Aufnahmen immer wieder in Übereinstimmung bringend, sehr langsam über das Gebiet des alten Westberlin voran. Der Vorgang war eigentlich einfach: Es kamen nur Gebäude in Frage, die kurz vor Kriegsende noch standen, sonst hätte man ja schwerlich einen Schatz dort verstecken können.

Die Zerstörungen waren riesig, hatten die Straßen und Plätze aber nur selten gänzlich ihrer Grundanlage berauben können, und manchmal sogar konnte man in den Schuttfeldern lesen wie in den Plänen eines göttlichen Architekten, der einen neuen Entwurf ersonnen und – ein Kind mit Kieselsteinen – auf seinem Spielgrund skizziert hatte.

Doch obwohl sie sich schnell an den beständigen Umgang mit von oben fotografierten skelettierten Wohnblöcken und in Schutt und Asche liegenden Straßen gewöhnt hatte, zwischen denen dann in lockerer Folge übrig gebliebene Großbauten standen, fielen ihr die Stunden in dem Zehlendorfer Büro schwer.

Immer wieder visualisierte sie den Plan, und sobald das Bild klar stand, schob sie ihn, so gut es ging, über das vor ihr liegende fotografierte Gebäude, eine Übung, die ihr meistens noch ganz gut gelang. Das anschließende *Blenden* allerdings, eine Technik, mit der sie schon zu ihrer besten Zeit Schwierigkeiten gehabt hatte, strengte sie sehr an.

Wenn es gut lief, schaffte sie fünfzehn Häuser am Tag, in der Regel waren es aber nicht mehr als zehn. Sie verließ das großzügig eingerichtete Büro zunehmend beunruhigt von der Langsamkeit, mit der sie vorankam. Einmal hatte sie in vier Stunden nur drei Gebäude geschafft.

Wenn sie in diesem Tempo weitermachte, dann würde sie die Geduld ihrer amerikanischen Auftraggeber aufs Äußerste strapazieren müssen. Nach dem letzten, ziemlich katastrophal verlaufenen Telefongespräch mit dem einen der beiden, der sich als Don vorgestellt hatte und so etwas wie der Operationsleiter zu sein schien, war ihr mulmig geworden, mehr als das: Sie hatte Angst bekommen, Angst zu versagen.

Sie verbrachte eine entsetzlich unruhige Nacht, wüster Halbschlaf, durchzogen von gehetzten Träumen, in denen sie durch eine Riesenversion der Schatzkarte stöberte, sich an Ecken und Kanten verfing und immer wieder vergeblich versuchte, sich aus den Mauern, zu denen die Linien und Striche des Plans gewachsen waren, zu erheben. Einmal während jener endlosen dunklen Mauerschau, in den frühen Morgenstunden – während ihr reproduzierender Geist das Labyrinth immerzu erschuf und abriss, um es gleich wieder entstehen zu lassen –, dachte sie an die Lücke, die irgendwo lauerte. Was würde passieren, käme sie im Traum an jene Stelle? Wäre auch dort jener schrecklich neutrale, undefinierbare Unstoff anzutreffen, angewachsen zu einem räumlichen Nichts – einem imaginären Abgrund?

Noch als es dunkel war und die ersten Amselhähne gerade erst angefangen hatten zu singen, stand sie auf, setzte sich in ihrem Pyjama an den Tisch ihres Pensionszimmers bei der Wilmersdorfer Witwe und begann sofort damit, die Gedächtniskopie aufzurufen.

Wie in einer Verlängerung des schlimmen Traumes strahlte ihr die Lücke entgegen, von einem unbegreiflich nächtlichen Licht erhellt, bei dessen Anblick sie einen Schmerz in ihrem Hinterkopf empfand, als hätte man mit einer heißen Nadel hineingestochen. Die Lücke war größer geworden, und nun hatte sich das Grau nicht nur die Ecke geschnappt, sondern auch den Teil eines Flurs, der zu ihr geführt hatte. Mit panisch schlagendem Herzen stellte sie fest, dass auch der Teil eines Schachts oder was das war, jedenfalls einer schmalen Röhre angefressen war, der auf der anderen Seite der Lücke war. Sie war offenbar in alle Richtungen gewachsen.

An allem hatte sie zu zweifeln gelernt, aber ihre Begabung zum fotografischen Gedächtnis schien ihr das einzig wirklich Sichere. Die Zuversicht, mit der sie *Operation Nordpol* zu ihrem Vorteil zu Ende zu spielen gedacht hatte, ganz alleine (wenn auch mit der Unterstützung Gilarijs'), ruhte auf der Tatsache, dass der Schlüssel zum Schatz niemand in die Hände fallen und nicht verloren gehen konnte – da er am sichersten Ort der Welt aufbewahrt wurde. Die sich vergrößernde Lücke verunsicherte sie bis ins Mark.

Sie blickte durch das Fenster auf die gerade ergrünten Bäume hinter dem Haus, die in einer gepflegten, aber ungewöhnlich geschnittenen Anlage standen, dachte darüber nach, wie jener langgezogene, trapezförmige Hinterhof wohl zustande gekommen sein mochte, aber dann verstand sie – hinter dem Haus, in dem das Reisebüro war, hatte es einmal ein Rückgebäude gegeben. Worüber dachte sie nur nach, sie musste doch weiterkommen.

Immer öfter verließ sie die Konzentration, schweifte sie von der vor ihr liegenden Ruinen- und Trümmerfotografie ab, um die Lücke zu betrachten, stets von der Sorge erfüllt, sie könne möglicherweise schon wieder gewachsen sein.

Gegen vierzehn Uhr machte sie eine Pause, ratlos, was sie nur tun könnte, um einerseits schneller zu werden, andererseits einer weiteren Ausweitung der Lücke entgegenzuarbeiten. Sie wusste, dass es das Beste gewesen wäre, das Erinnerungsdokument zu löschen. Aber bei dem Gedanken allein schüttelte es sie. Das durfte niemals geschehen.

Sie klappte ihre Unterlagen zu, versperrte sie in dem geräumigen Schreibtisch, dessen Schlüssel sie vorne bei der Sekretärin abgab, zog sich ihren Trenchcoat über und ging nach draußen.

Morgens war es noch bedeckt gewesen, doch mittlerweile schien die Sonne und zeigten sich die Wilmersdorfer Straßen so aufmunternd hell und freundlich, dass ihr ganz weh ums Herz wurde. Wenn sie nur wüsste, wie sie zur Ruhe kommen sollte, ohne die energetische Spannung zu verlieren, die sie brauchte, um die Erinnerungskopie präsent und verfügbar zu halten.

Sie wollte zu einem altmodischen Café, in dem sie schon ein paar Mal ihre Pause verbracht hatte, ging schnellen Schritts, und als sie den kleinen Platz erreicht hatte, an dem das Café lag, fand sie sich gefasster. Sie trat durch die Glastür, nickte der Bedienung zu, holte sich eine Zeitung und setzte sich, ohne den Mantel auszuziehen, an einen der Tische an der Wand. Sie bestellte einen schwarzen Tee und las die Zeitung durch. In Istanbul hatte sich am Vortag eine Geiselnahme in einem Luxushotel ereignet, die unblutig zu Ende gegangen war. Tschetschenische Terroristen.

Dann klingelte das Telefon. Sie atmete einmal tief aus, strich sich eine Strähne zurück und ging dran.

»Einen schönen Tag …«, der Mann, der sich Don nannte, schien ausgesprochen guter Dinge, »endlich weiß ich mal, wie spät es ist, wenn ich mit Ihnen spreche …«

»Wie darf ich das verstehen?«

»Schon was vor heute Abend?«

»Sie sind in Berlin?«

»Seit ein paar Tagen. Hab mich schon mal ein wenig umgesehen. Wir wollen das hier doch mal zu einem guten Ende bringen, oder?«

»Daran habe ich keinen Zweifel …«

Don teilte ihr mit, dass er seine Koffer im Hilton abgestellt habe, einer Örtlichkeit, von der er ganz offensichtlich annahm, dass Johanna sie kannte, da die Nennung dieses Namens mit einem zufriedenen, gleichwohl erwartungsvollen Schmatzen einherging. Das Hilton? Na?

Sie überlegte einen Moment, beschloss einfach nachher selber herauszufinden, wo das Hilton war, und wollte eine Uhrzeit vereinbaren, aber sie brauchte wohl einen Tick zu lang. Don murmelte etwas Unverständliches, kramte herum, und dann nannte er den Namen der Straße.

»Moirenstraße?«, fragte Johanna rätselnd, Don wiederholte den Namen und dann wurde es ihr mit einem Mal klar, »Meinen Sie etwa *Mohrenstraße*?«, und Don sagte »absolutely« und dass es nicht weit vom Checkpoint Charlie entfernt sei.

Ein Witz. Milton war im Hotel am Dom abgestiegen, jenem Ort also, an dem ihre Verwandlung in Johanna Meister einstmals ihren Anfang genommen hatte. Dort war sie zum letzten Mal mit Joscha Lux zusammengetroffen, an einem Tisch in der oberen Lobby.

Niemals wollte sie dorthin zurückkehren, aber Milton, der Quälteufel, ging davon mit der größten Selbstverständlichkeit aus. In der oberen Etage, erzählte er ihr mit liebenswürdiger

Freundlichkeit, gäbe es ein italienisches Restaurant, dessen Küche Johanna, da sei er sich sicher, ebenso ansprechend finden werde wie die des Restaurants in New York. Kleine Pause. Alles klar, dann würden sie sich um acht dort sehen. Er legte auf.

Johanna rollte die Zeitung wieder zusammen, warf einen Blick auf ihre Cartier, legte einen grünen Fünf-Mark-Schein auf den Tisch und verließ das Café in Richtung eines Taxistandes, den es weiter vorne, kurz vor der Hauptstraße, gab. Sie musste ins Wasser. Schwimmen. Sofort. Adieu Dr. Lermontova!

*

Eine Stunde später hatte sie sich den an der Kasse neu gekauften Badeanzug angezogen, Schwimmmütze und Brille übergestreift und sich auf einer Mittelbahn der Schöneberger Schwimmhalle ins Wasser gleiten lassen. Die Freude darüber strömte durch ihre Adern, ihr Körper erkannte sofort, was zu tun war, ihr Atem begann sich zu lösen, kaum dass sie zehn Bahnen geschwommen war, keine dreihundert Meter, eine Distanz, bei der sie früher noch nicht einmal warm gewesen wäre. Doch nun schwamm sie zum ersten Mal seit Jahren und fand alles an seinem Ort, wenn auch seltsam verkleinert. Als wäre sie in eine kindliche Hülle geschlüpft, so erlebte sie ihre Rückkehr ins Wasser. Die Leichtigkeit, mit der sich ihr Körper an alles erinnerte, die Fraglosigkeit der Bewegung.

Die Gabe des fotografischen Gedächtnisses hatte Johanna immer schon besessen. Seit sie denken konnte, hatte es bei ihr eine sich ständig fortsetzende Aufzeichnung aller Ereignisse gegeben, ein Band, das neben der Realität lief, eine Verdopplung, die man nicht bemerkte, da sie im Einklang mit der Wirklichkeit stand.

Doch irgendwann, sie war eben erst dreizehn geworden, begann das Band erstmals zu stocken, während die Realität weitersprudelte und sich ein Riss auftat, der sich zwar von selber schloss, aber es passierte wieder, öfter, und die immer häufigeren Risse fügten sich zu immer chaotischeren Mustern. Vor allem in der Nacht, wenn sie ihre glasklaren, wenngleich wild durcheinanderwirbelnden Eindrücke zu ordnen versuchte, unter der Bettdecke, um auch das wenige Licht, das von der Stählfeldstraße noch durch die Vorhänge drang, auszuschalten.

Es stellte sich als günstig heraus, wenn es ihr gelang, nur ihren eigenen Atemzügen zu lauschen, während sie nachdachte, dann beruhigte sich die Flut ihrer Erinnerungen leichter und ließ sich besser ordnen und die Stunden der Schlaflosigkeit schenkten ihr irgendwann jene wohltuende Trance, die fast so erfrischend wie Schlaf war.

Vielleicht war es seltsam, dass sie nicht einmal mit ihrer Mutter jemals darüber sprach – aber sie begriff ja erst allmählich, dass offenbar nicht jeder Mensch dieses Phänomen kannte. Es war ihr vorher nie aufgefallen, dass niemals irgendjemand etwas in dieser Art erwähnt hatte – dass es in deren Welt offenbar gar keine Wörter dafür gab. Das Entsetzen darüber schloss ihr den Mund. Niemand schien ihr ihre Verwirrung zu verübeln – so blieb sie ganz allein damit.

Es war dann jene Entdeckung des Schwimmens gewesen, die ihr endlich weiterhalf, an einem frühen Nachmittag im frühen Juni, als es eigentlich viel zu kalt zum Baden war, sie aber plötzlich die Sehnsucht überkommen hatte, ins Wasser zu steigen, eine bilderlose, gefühlte Erinnerung an jene Sommertage, die sie als Kind dort verbracht hatte, regungslos und alleine von der Strömung des Gewässers (das eigentlich nur eine Verbreiterung der Ehle auf fünfzig Meter war, des Flusses, der nicht weit nach Biederitz in die Elbe mündete) bis in die Spitze getragen, wo sie irgendwann an das sandige Ufer trat, um den Weg zurück zum Strandbad zu nehmen. Während des Sommers drangen manchmal die Klänge fremder Feste über den See herüber, angefüllt mit einer großfamiliären Ausgelassenheit des Lachens, die sie nicht kannte.

Das Wasser der Ehle war viel zu kalt, um sich treiben zu lassen, sie hatte schon auf dem Steg in ihrem Badeanzug gefroren, und als sie erst drin war, empörte sich ihr magerer Körper gegen die Zumutung, sie schnappte nach Luft, überzeugt davon, es keine Sekunde länger auszuhalten, wollte schon wieder aus dem Wasser steigen, aber dann besann sie sich, sie konnte ja ein wenig schwimmen, und die Sehnsucht, doch noch den hinter der Biegung des Sees verborgenen, kieferngesäumten nördlichen Strand zu erreichen, brachte sie in Bewegung. Zunächst machte sie Brustzüge, und als sie nach ein paar Dutzend davon nicht mehr konnte, wechselte sie zum Kraulen. Es fiel ihr schwer, und da sie zunächst versuchte, über Wasser auszuatmen, fand sie keinen Rhythmus, verschluckte sich ein paar Mal und mit ihren Armzügen bremste sie eher. Ihr erster Versuch, den See im Freistil zu durchqueren, war technisch unbeholfen, doch bei dem Bestreben, eine Harmonie zwischen Atmung und Armzügen zu finden, die sie ins Gleiten bringen würde, tat sich jener Hohlraum auf, in welchem die zwei nebeneinander herlaufenden Spuren ihrer Wirklichkeit Platz fanden und zurück zu einem befriedeten Gleichgewicht miteinander kamen. Nebeneinander sein konnten, ohne ständig in Konflikt miteinander zu geraten, so wie es früher gewesen war – damals, als sie noch ein Kind war, das es normal gefunden hatte, dass man die bis zum letzten Ästchen deutlich abfotografierte riesige Buche am Ende der Straße betrachten und sich vor dem Einschlafen daranmachen konnte, ihre Blätter zu zählen.

Schon nach drei Wochen schwamm sie ans nördliche Ufer, stieg dort aber nicht mehr an Land, um zurückzugehen. Das Schwimmen war ihr Versteck, und aus dem einstigen Ziel nur noch ein Wendepunkt geworden. Sie lernte immer besser unter Wasser auszuatmen, zweimal zu ziehen, den halb untergetauchten Kopf zu drehen, ganz ruhig einzuatmen, sich wieder in die Streckung ihres linken Arms zu schmiegen und auf diese Weise zügig durchs Wasser zu gleiten.

Ihr erster Gedanke nach dem Aufwachen galt dem Wetter.

Da durfte es ruhig kühl sein, solange es nur nicht regnete. Dann prüfte sie ihren Badeanzug, den ihre von der Arbeit heimgekehrte Mutter jeden Abend auswusch, mehr oder weniger sorgfältig auswrang und mit summendem Wohlwollen auf die Leine über der Badewanne hängte, bevor sie dann selber schlafen ging. Wenn der Anzug noch feucht war, erfasste sie bei der Berührung des kalten Stoffs regelmäßig ein seltsamer Schauer wie in Vorahnung des großen Wassers, in das sie später steigen würde. Nach der Schule gab es Mittagessen bei ihrer Großmutter, in deren Küche sie dann ihre Schularbeiten machte und so lange saß, bis sie es nicht mehr aushalten konnte und schwimmen ging. Für gewöhnlich wurde sie mit den Hausaufgaben nur fertig, wenn es regnete.

Aber auch an Regentagen schritt sie irgendwann auf den längeren der beiden Stege des Biederitzer Strandbads. Erstaunlich oft war sie dort ganz allein, manchmal war ihr Handtuch aber auch nur eines unter vielen und sie ließ sich in die Ehle gleiten, während kleine Jungs wie verrückt ins Wasser sprangen, um kleine Mädchen zum Kreischen zu bringen.

Ihre eigene Verfassung war jeden Tag anders, manchmal war sie todtraurig und die Sonne schien und manchmal ließ ein schwerer Sommerregen die Oberfläche der Ehle kochen und sie atmete nicht einfach nur aus, sondern schrie vor Glück, im Wasser zu sein.

Es dauerte ein paar Minuten, bis das Schwimmen alle Unterschiede ausglich. Dann war ihr mit einem Mal nicht mehr kalt, sie fand sich im Rhythmus und konnte sich darauf konzentrieren, so energisch wie möglich zu ziehen, sich Schlag für Schlag im Wasser wegzudrücken, sich im gleichen Moment nach vorne zu strecken, eine sich drehende Spindel, die durch die Textur der Ehle glitt und in aller Ruhe nachdenken und ordnen konnte.

An einem sonnigen, aber relativ kühlen Septembertag aber, der sie, wie schon die Tage zuvor, als einzige Schwimmerin unter zahlreichen Anglern am Biederitzer See sah, überkam sie auf den letzten zwanzig Metern vor dem Erreichen des Stegs eine seltsame Unruhe.

Zwar fühlte sie sich erschöpft, aber die Aussicht, nach ein paar letzten Zügen an der kleinen, verrosteten Treppe am Ende des Stegs anzuschlagen und aus dem Wasser zu steigen, gefiel ihr ganz und gar nicht.

Sie war schon zweimal oben gewesen, hatte den See also fünfmal durchquert, und obwohl sie eigentlich sicher war, nicht mehr zu können, schwamm sie zwar an den Steg, berührte das rostige Metall aber nur, um sich wieder abzustoßen, so fest sie konnte.

Ihr ganzer Körper protestierte, sie spürte kaum noch ihre Arme, dafür begannen ihre Lungen zu brennen und nach weiteren zwanzig Metern war sie wie zerschlagen, schwamm aber weiter, sich nur noch auf ihren Willen und gar nicht mehr auf ihren Körper konzentrierend, denn je größer die Schmerzen in den Armen wurden, desto neugieriger wurde sie auf den Moment, an dem es tatsächlich nicht mehr gehen würde. Immer noch einmal zog sie, schob sich voran und dachte nicht darüber nach, das Nordufer oder irgendein anderes Ziel erreichen zu wollen. Sie machte nur einen Zug nach dem anderen. Und sie hob sich nichts für den Rückweg auf.

Es war ihre Großmutter, die sie aus dem Wasser zog und dabei fast in den See gefallen wäre, da ihre Enkelin nichts zu hören und nichts zu sehen schien und drauf und dran war, erneut zu wenden und wieder auf den See hinauszuschwimmen.

Sie hievte sie auf den Steg und dann hing ihr das blaulippige Mädchen in den Armen, kalt wie ein Fisch und unfähig zu erklären, was geschehen war.

Die Sonne war schon hinter den Bäumen am westlichen Ufer der Ehle verschwunden, und obwohl ihre Oma, mit heiserer Stimme schimpfend, sich sofort um ihren nassen Badeanzug kümmerte, sie trockenrubbelte und ihr beim Anziehen behilflich war, schlotterte sie am ganzen Leib, als sie mit der kopfschüttelnden Oma nach Hause ging. Diese prophezeite ihr einen baldigen Schnupfen und sie nickte nur, selig und unbeschreiblich glücklich, da ihr nämlich, ganz gegen ihre Gewohnheit, überhaupt nicht kalt war. Das Zittern ihres ganzen Leibes war vielmehr der Nachhall einer ersten Begegnung mit dem, was sie für sich selbst den *schönen Zustand* nennen, über welchen sie aber erst Jahre später überhaupt sprechen sollte, und zwar mit Dr. Lermontova, einer russischen Psychiaterin, die sie bei ihrer Sonderausbildung als Spezialistin für ungewöhnliche mentale Phänomene kennenlernte, unter deren Einfluss sie erst die ganzen Möglichkeiten ihrer fotografischen Gabe entwickeln sollte.

Johanna überholte zu ihrer eigenen Überraschung einen stilistisch ziemlich ordentlichen Schwimmer, der zwei Bahnen links von ihr unterwegs war und mit dem sie lange Zeit gleichauf gelegen hatte. Jeden zweiten Schlag hatte sie ihn schaumquirlend kraulen sehen, und als sie einmal ein wenig angezogen hatte, da hatte er versucht mitzuhalten, ein kleiner nachmittäglicher Wettkampf zwischen Unbekannten. Nun aber, nach einer guten halben Stunde und etwa zwölfhundert Metern, hatte sie ihn mit einem Mal hinter sich gelassen und überrundete ihn das erste Mal. Sie dachte nicht an die Lücke, nicht an die Fotografien des zertrümmerten Berlin. Sie schwamm, jenseits der Zeit und ganz allein.

Während ihrer Schulungen in der ČSSR lernte sie noch ein paar andere extrem Begabte kennen, denen man, so wie ihr, beizubringen versuchte, ihre speziellen Fähigkeiten zu entwickeln und für geheimdienstliche Operationen aller Art nutzbar zu machen.

Es gab zwei ungarische Genies des Kopfrechnens und jeder Form mathematischer Weltbeschreibung, die einen beliebigen Gegenstand binnen Sekunden in eine Gleichung bringen und harmlos scheinende Zahlen als Produkt zweier Primzahlen entlarven konnten und die ihre freie Zeit mit Schach ohne Bretter, Figuren oder Zetteln verbrachten und sich nur die Notierungen zuriefen.

Eine Frau aus der Nähe von Kiew, die Pflanzen als leuchtende, leistönig singende Wesen wahrnahm und eine zarte Begabung im Lesen von Gedanken und Wahrnehmungsbildern anderer Menschen besaß, hatte sie bei ihrer ersten Begegnung umarmt, als wären sie alte Freundinnen – und sie waren es.

Sie alle waren Teil eines geheimdienstlichen Forschungsprojekts, in welchem der materialistische Ansatz bei der Erkundung des Bewusstseins äußerst bizarre und abwegige Seitentäler der Seele durchwanderte, um schließlich die gänzlich im Nebel liegenden Gipfel psychischer Kräfte zu besteigen. Es gab Gedankenübertragung und telekinetische Phänomene? Gut, dann waren sie eben Teil der menschlichen Natur, und auch wenn es noch keine wirkliche Theorie gab, die sie erklärte, so würde sie sich doch eines Tages finden. Bis dahin suchte man intensiv nach auffällig Begabten, gewann sie und versuchte dann, sie für die Sache wissenschaftlich-systematisch und mit hohem Aufwand zu fördern.

Der Westen besaß die effizientere Wirtschaft und die überlegene Technologie, aber man selbst hatte möglicherweise ein besseres Gespür für die Entwicklung menschlicher Talente.

Im Falle der paranormal Begabten war man etwa bereit gewesen, mit dem Grundsatz zu brechen, dass zukünftige, mit einer neuen Identität ausgestattete Agenten nur mit den Vorgangsführern zusammenkamen. Denn Dr. Lermontova, die wissenschaftliche Leiterin des Projekts, war der Meinung, dass Überbegabten eine Begegnung mit Menschen ihres Schlags helfe, ihre Fähigkeiten nicht nur auszubilden, sondern auch unauffällig in ihr tägliches Leben zu integrieren. Sie hatte herausgefunden, dass viele ungewöhnlich Begabte sich oft auf eine verquere oder manchmal gar krankhafte Weise für einzigartig hielten, halten mussten. Um mitarbeiten zu können, brauchten die Ausgewählten ein Gefühl der Sicherheit – dazu gehörte, unter Menschen zu sein und sich dennoch nicht verstecken zu müssen.

Alle besonders Begabten kannten dieselbe, mitunter gähnende Einöde und die bedrückende Abwesenheit verwandter Seelen, aber jeder hatte etwas anderes daraus gemacht. Johanna war glücklich darin gewesen, durch das Schwimmen einen eigenen Weg des Umgangs mit ihrer plötzlich problematisch gewordenen Sonderbegabung gefunden zu haben, diesen Ereignisraum, der sie in den *schönen Zustand* versetzte, fast immer, wenn sie es brauchte, weshalb sie in den ersten Jahren auch nicht mehr lange ohne Wasser sein konnte. Aber da das Schicksal es ja nun einmal so gewollt hatte, dass sie am Biederitzer See und damit vor den Toren Magdeburgs lebte, sollte es ihr daran auch nicht mangeln.

Ende Oktober war es ihr endgültig zu kalt geworden, um in der Ehle schwimmen zu gehen, und deshalb fuhr sie Anfang November zusammen mit ihrer Oma nach Magdeburg, wo die Schwimmhalle der Werktätigen stand, ein Palast des Schwimmens mit seinen prächtigen Fünfzigmeterbahnen. Bald schon durfte sie mit dem Bus alleine nach Magdeburg fahren, und bereits im Januar, man schrieb das Jahr 1971, traten ein paar freundliche Funktionäre auf sie zu und überzeugten sie und später auch ihre Mutter, Mitglied des SC Magdeburg zu werden.

Doch wiewohl sie die fleißigste junge Schwimmerin war, die ihre Trainerin je erlebt hatte: ihrer Sportkarriere war eine natürliche Grenze gesetzt, da ihr das Schwimmen kein Selbstzweck war. Ihr fehlte im Wettkampf einfach der letzte Biss. Sie liebte das Schwimmen, wie man das Seil liebt, an dem man sich aus einer beklemmenden Felsspalte zieht, und so gab sie sich alle Mühe, es hervorragend zu lernen, aber nicht wegen der Wettkämpfe – die machte sie mit –, sondern ganz allein wegen des *schönen Zustands*.

War der *schöne Zustand* erreicht, stellte sie zweierlei fest: Obwohl sie weiterhin schwamm, ihren Körper spindelgleich drehte und sich Schlag um Schlag nach vorne zog und atmete und zog, war sie eigentlich – eingeschlafen. Ihr Tagesbewusstsein ruhte, dennoch aber war sie wach, ungebunden, endlich frei, sich in jener fantastischen Ereignisleere des Schwimmens um ihr überbordendes Gedächtnis zu kümmern. Immer wenn der *schöne Zustand* einsetzte, konnte sie durch das kristallene Labyrinth ihres Gedächtnisses streifen, sich besehen, was sie wollte, und dadurch erst begreifen, dass die Tagesalptraumgewitter, unter denen sie so gelitten und die sie die Nächte hindurch zu ordnen versucht hatte, gar nicht ungeordnet, sondern nur von rasender Fülle waren.

Vier Jahre später, die Schule lag schon hinter ihr, als sie auf einem Sektempfang bei ihrem ersten und letzten internationalen Wettkampf, einer Studentenmeisterschaft, einen gewissen Herrn Bronski kennenlernte, hatte sie ihr Gedächtnis durch das tägliche Training und auch durch eine gewisse Beruhigung ihres Seelenlebens einigermaßen im Griff. Zwar wusste sie noch lange nicht, wozu sie und ihr Gedächtnis tatsächlich einmal fähig sein würden, aber es fiel ihr leicht, ganze Buchseiten auswendig zu lernen und anschließend wieder zu reproduzieren.

Seit einem Jahr studierte sie Sport und Englisch in Erfurt. Das Studium lief gut und war ihr vollkommen gleichgültig. Jener schnurrbärtige Mann im eleganten hellbraunen Anzug allerdings, der ihr knapp bis an die Schultern reichte, faszinierte sie sofort. Herr Bronski machte keinen Hehl daraus, dass sie ihm gefiel.

Er interessierte sich für ihr Studium, schüttelte traurig lächelnd den Kopf, als sie ihm erzählte, dass sie das Schwimmen aufgeben werde, und schwärmte ihr dann von einem Wettkampf in Stockholm vor, den er vor kurzem besucht habe.

Was er mit seiner altmodischen österreichischen Diktion erzählte, war liebenswürdig formuliert, doch schien hinter allem noch ein anderer Sinn zu stecken, den sie nicht verstand, aber höchst anziehend fand, denn immer wieder ließ er die Namen ferner Städte aufblitzen, lächelnd und so, als ob gar nichts dabei wäre, *geschäftlich* in Zürich oder Paris zu sein und dort einen Kaffee zu trinken oder ins Museum zu gehen. Ihr Gedächtnis bombardierte sie mit Fotos, Stadtplänen, die sie träumerisch in ihrer Fantasie abgegangen war und dabei memoriert hatte. Sie hielt sich an ihrem Glas fest, atmete, so ruhig sie konnte, und wehrte zwischendurch den Versuch einer gewissen Paula aus ihrer Mannschaft ab, sich zu ihr und Bronski zu stellen, indem sie der mittelmäßigen Rückenschwimmerin die Lüge ins Ohr flüsterte, der Mann sei ein Onkel von ihr, den sie lange nicht gesehen habe und mit dem es wichtige Familienangelegenheiten zu besprechen gäbe.

Als sich der Empfang kurz danach auflöste, erwähnte Bronski beiläufig eine demnächst eintreffende Gruppe schwedischer Geschäftsleute, um deren Betreuung er sich kümmern dürfe. Wie sie ihm erzählt habe, spräche sie ja gut Englisch. Ob sie sich vorstellen könne, ihm und ein paar Kollegen vielleicht zur Hand zu gehen? Sie schlug die Augen nieder und betrachtete das feine Schuhwerk Bronskis. Ein paar Sekunden lang träumte sie, dann blickte sie Bronski an und sagte Ja. Dieser Mann war ein Schlüsselträger, und ganz gleich, welche Tür er ihr aufsperren würde: sie würde versuchen, hindurchzugehen.

*

Die Schöneberger Schwimmhalle war an diesem Tag nicht besonders gut besucht, sodass es sich vorzüglich Bahnen ziehen ließ. Doch so wie sie hier schon nach nicht einmal 300 Metern an den *schönen Zustand* gerührt hatte, kam auch der tote Punkt wesentlich früher. Sie überwand ihn, konnte dabei sogar etwas an Tempo zulegen und schwamm dann ruhig weiter.

Sie schaffte es, sich allein auf die eigenen Atemzüge zu konzentrieren und sich noch tiefer zu versenken, bis sie schließlich zweifelsfrei jenen verblüffenden Zustand erreicht hatte, in welchem ihr Bewusstsein schlief.

Es hatte gedauert, bis Bronski überhaupt darauf kam, dass diese Renate Voss nicht nur zu fast jeder Schandtat bereit war und in so gut wie jede Rolle schlüpfte, die ein ehrgeiziger Einsatzplan verlangte, sondern darüber hinaus auch über ein ungewöhnliches mimetisches Talent verfügte.

Nach etwa zwei Jahren bewahrte sie die Abteilung vor einem folgenschweren Irrtum, da sie in der Lage war, einen Brief im Wortlaut wiederzugeben, der auf dem Hotelschreibtisch eines schwer einzuschätzenden Schweizer Kontaktmanns gelegen hatte und genau das Gegenteil dessen sagte, was die Abteilung vermutet hatte.

Wie das möglich sei, wollte Bronski wissen. Sie erklärte einfach nur, immer schon ein gutes Gedächtnis gehabt zu haben, aber die Tests, die ein Spezialist im militärmedizinischen Forschungsinstitut bald darauf mit ihr durchführte, bestätigten, dass ihre Fähigkeiten mit einem *guten Gedächtnis* allein nicht zu erklären waren.

Als Lux sie ausersehen hatte, unter einer neuen Identität nach Bonn zu gehen, wurde sie in das geheime Ausbildungszentrum im Böhmerwald geschickt, wo sie in dem mentalen Übungsparcours von Frau Dr. Lermontova schließlich lernte, ihr Gedächtnis unabhängig vom *schönen Zustand* zu kontrollieren, unabhängig vom Schwimmen im täglichen Leben einzusetzen, ein präzise eingestelltes Instrument, das sie mit kaltem Herzen handhaben konnte.

Lermontova hätte ja liebend gerne ein paar vernünftige Spritzen gesetzt, Mischinjektionen. Doch die ehrgeizige Elitepsychiaterin hatte sich damit schon einmal einen kompletten Jahrgang mental Hochbegabter versaut, einige Aspiranten hatten ihre Fähigkeiten eingebüßt, drei von ihnen konnten nach den ehrgeizigen Cocktails sowjetischer Laborchemie nie wieder ohne ärztliche Aufsicht leben.

Seitdem verfolgte sie einen anderen, biodynamischen Kurs. Beim Fall der Renate Voss aus Deutschland sah sie die Aufgabe darin, das Gedächtnis zu isolieren und aus dem bisherigen komplizierten Netz der Lebensgewohnheiten zu lösen. Also trainierte sie der bildschönen jungen Frau systematisch das Schwimmen ab. Lermontova ermunterte sie zu reiten und schickte sie mit einem erfahrenen Piloten in einer Trener Z-26 auf Sturzflüge und Loopingkaskaden. Renate trainierte sieben Arten von Mnemotechnik und erhielt Yogastunden von einem Sibirier, der zehn Jahre in Pradesh gelebt hatte und sie lehrte, ihren Atem in jeder erdenklichen Situation unter Kontrolle zu halten. Um sie abzuhärten, arbeiteten sie versuchsweise auch mit amerikanischen Methoden wie Schlafentzug und tagelanger künstlicher Dunkelheit.

Und tatsächlich, die Psychiaterin behielt recht. Renate bekam nicht nur ein exzellentes fotografisches Werkzeug von ungeahnter Qualität, sondern machte auch in der Kunst der Verstellung immer größere Fortschritte. Es war so, als ob sie den *schönen Zustand* eingefroren hätte, ein permanent kontrolliertes Außersichsein, das ihr mit Eiseskälte in jede beliebige Rolle zu schlüpfen und dabei blitzschnell Daten zu erfassen erlaubte. Das Schwimmen gab sie auf, so wie sie ein paar Jahre später die alte Haut der Renate Voss abstreifen sollte, um Johanna Meister zu werden.

Nach fünfzig Minuten und 2200 Metern, die sie ohne Unterbrechung geschwommen war, schlug sie schließlich an, fasste mit beiden Händen an den Beckenrand und hob sich leicht wie eine Feder aus dem Wasser. Sie erkannte die wohltuende Erschöpfung des ganzen Körpers wieder, jenes befriedete Ausgeschwommensein, aber wichtiger noch war ihr ihr Gemützustand: als hätte sie sich ausgiebig an den Strahlen einer inneren Sonne gewärmt. Zwar waren die Momente des *schönen Zustands* nur kurz gewesen, dafür aber, so erschien es ihr, von solcher Intensität, dass ihr ganz wehmütig und dankbar ums Herz wurde. Die verborgensten Erinnerungen an das nächtliche Biederitz, die Anzahl und die Beschaffenheit der Bretter, aus denen der Steg des Strandbads gezimmert war, der leicht säuerliche Geruch, den der flachsige Haarknoten der Großmutter verströmte, und jenes Sternbild aus sieben unterschiedlich großen, warzigen Muttermalen, das ihre Mutter auf ihrem linken Unterarm trug, hatten sich mit einem Mal zu einem sich drehenden Wirbelsturm verbunden, dessen Klarheit sie gleichzeitig faszinierte und erschreckte – doch dann gab sie nach und es war ihr, als wäre sie wieder ganz am Anfang.

Sie ging duschen, föhnte sich mit einem der durch fünfzig Pfennig in Betrieb zu setzenden großen Haartrockner, sorglos wie schon lange nicht mehr. Als sie fertig war und ihre Sachen gepackt hatte, blieb sie einen Moment auf der Bank sitzen. Sie atmete ruhig und vollkommen gelassen, schloss die Augen und rief mit, wie es ihr schien, gänzlich erfrischten Kräften die Gedächtniskopie auf.

Die Lücke war größer geworden.

KAPITEL 17

Ein wildes Tier wird Mutter

Obwohl Ursula der Großen baldigst zu erwartende, ja genau genommen überfällige Niederkunft ihr eigentlich nicht die geringste Zeit lassen sollte, wollte Grit wenigstens ein paar neue Stichworte zu ihrem Artikel hinzufügen.

Sie sah ihrem drei Jahre alten PC beim Hochfahren zu, dankbar, sich währenddessen einer ungeklärten Stelle an einem ihrer Fingernägel annehmen zu können, also den Nagel nervös zwischen der hilfreich engen Spalte ihrer Schneidezähne so lange schabend auf und ab zu führen, bis sich die Maske gänzlich hergestellt hatte, was lange genug dauerte, um auch den widerspenstigsten Nagel noch befriedigend zu glätten.

Dann wählte sie sich bei ihrem Provider ein, lauschte der befreienden Melodie und dem rhythmisierten farbigen Rauschen danach, bis sie schließlich online war und die Baustelle ihres Artikels aufsuchte.

Die intensive Nutzung des Internets hatte sie sich erst durch die Arbeit an ihrem Artikel angewöhnt. Zuvor hatte sie es vor allem benutzt, um mit ihrer besten Leipziger Freundin zu kommunizieren, die für das praktische Jahr ihres Medizinstudiums vor einer Weile nach Südafrika gegangen war. Von der Institutsbibliothek aus, wo es einen Computer gab, der immer online war, schrieb sie Manu E-Mails und las, was ihre Freundin unten in Durban erlebte, zwischen wochenendlichen Segelturns und Messerstich- und Schusswundenbehandlungen wochentags in der Klinik. Dagegen konnte sie nur mit Rangeleien unter Jungtieren und der einen oder anderen Schnapsleiche dienen, die sie ab und an im Hausflur antraf, wenn sie frühmorgens aus dem Haus ging, um nach Ursula zu sehen.

Das Modem war ein taschenbuchgroßer weißer Kasten, den sie in einem Gebrauchtelektronikladen an der Hermannstraße gekauft hatte. Von einem leptosomen Kommilitonen mit blühend-verpustelter Gesichtshaut und strahlend weißen Tennissocken ließ sie sich zeigen, wie man das Ding installierte. Heinz-Ulf, der ebenfalls bei Professor Topfboden am Institut für Wildbiologie studierte, verfolgte sie seit ihrem Wechsel an die FU mit unverhohlener, irgendwie ja auch rührender Sympathie und nahm jede Gelegenheit wahr, sich mit ihr zu unterhalten und ihr zu sagen, wie schön er es finden würde, einen Kaffee mit ihr zu trinken oder sie auf der Semesterparty in der Rostlaube zu sehen.

Als es um das Modem ging, schien er überglücklich und Grit plagte währenddessen ein schlechtes Gewissen, weil es offensichtlich war, dass Heinz-Ulf sich vorstellte, sie von jetzt an öfter in ihrer Neuköllner Wohnung zu besuchen und etwas von einem See in Mecklenburg zu erzählen, an dem er letzten Sommer gezeltet habe, wo es Fischottern und Reiher in rauen Mengen gäbe. Doch hatte sie seitdem auf keine seiner Nachrichten auf ihrem Anrufbeantworter reagiert und nur einmal eine ausweichende E-Mail zurückgeschrieben, des Inhalts, sie sei – sicherlich ebenso wie er – total mit ihrer Diplomarbeit beschäftigt, hoffe aber, wenn diese abgegeben sei und der Prüfungsstress hinter ihr liege, einmal einen Kaffee mit ihm zu trinken – einen jener ominösen, in Mode gekommenen Café au Laits vielleicht, auf deren gemeinsamen Verzehr sich die Hoffnungen so vieler sehnsüchtig (und vergeblich) Verliebter bekanntermaßen richten, und zu denen es niemals kommt. Er tat ihr leid, er war ja ein netter Kerl.

Gab es ein vernichtenderes Urteil über einen Mann?

Nach gut zehn Minuten – und einem Bittgebet, kein Computerproblem zu bekommen, da die letzte Sicherungskopie der Diplomarbeit schon einige, viel zu lange Zeit zurucklag – erreichte sie endlich die Seite der entstehenden Enzyklopädie, überflog die Mitteilungen der Administratoren, die über die geplante Anschaffung zweier großer Server berichteten und zu freiwilligen Spenden aufriefen, und schließlich – mit einem leicht nervösen Blick auf die Uhr, die ihr sagte, dass es schon wieder kurz nach 14 Uhr war – öffnete sie endlich das Fragment ihres Artikels, der hauptsächlich aus Skizzen, locker zusammengefassten Ideen und Hinweisen auf noch zu recherchierende Details bestand, ein Inselreich aus Pontons, das sie mit dem Vergnügen betrat, eines Tages ein vollwertiges Mitglied des faszinierendsten Gemeinschaftsprojekts zu sein, von dem Grit, die stolze Forscherin, je gehört hatte.

Sicherlich gab es zum Stichwort ihres Artikels bereits einen Eintrag in der englischsprachigen Ausgabe, Grit war also nicht überhaupt die erste, sondern nur die erste Deutsch schreibende Wikipediastin, aber die amerikanische Version war ihr nicht ausführlich genug, es fehlten einige wichtige Aspekte, die eben vielleicht (oder ganz sicher) auch nur aus europäischer Perspektive zu klären waren.

Sie kam mit der Geschwindigkeit einer Schnecke voran, Lippen und Nägel kauend und wieder alles verwerfend, Skizzen und Stichworte sammelnd, zukünftige Verweise und Pläne, alle herbeigeholt und an den Platz gestellt von der ernsten Lust, es möglichst gut zu machen.

Denn spätestens seit sie bei den Recherchen für den Artikel herausgefunden hatte, dass das geliebte wilde Tier, über das sie forschte und schrieb, genau am 17. Oktober 1492 das Universum der schriftlichen Weltbeschreibung und Literatur betreten hatte, war ein wissenschaftlicher Ehrgeiz in ihr entbrannt.

Denn niemand anderer als der von den Schätzen Asiens träumende Goldsucher Kolumbus war der erste Mensch, der je etwas über ihr Lieblingstier zu Papier gebracht hatte.

Am inneren Knick des Long Island Sounds, ungefähr dort, wo sich heute das Städtchen Glen Cove befindet, schlossen er und seine schwer bewaffneten Begleiter ein ausgezeichnetes Tauschgeschäft ab, und dabei konnte Kolumbus, neben einer nahe ans Wasser gebauten Fischerhütte, einige eigenartige Tiere beim Spiel beobachten, die ihm noch niemals zuvor untergekommen waren und deren äußere Erscheinung und ihr ausgelassenes, sich gegenseitig umherjagendes Spiel den Admiral am ehesten noch an Hunde erinnerten, auch wenn die offenkundig sehr geschickten Pfoten mit ihren langen Krallen den vermeintlichen Kötern, die allerdings überhaupt nicht bellten, auch etwas Affenartiges gaben.

Seit der glücklichen Ankunft in dem für Indien gehaltenen Erdteil war der exilierte Genueser fast jeden Tag, einem zweiten Adam gleich, mit der Aufgabe beschäftigt, irgendein den Gelehrten Seiner Spanischen Majestät gänzlich unbekanntes Einzelstück aus Gottes erschaffener Natur zu finden.

Es war das ausgelassene Spiel und die charakteristische Zeichnung um die Augen dieser seltsamen Hunde, die ihn darauf brachten, den Seiten seines Log- und Tagebuchs in diesem Fall den »Perro mastin« hinzuzufügen, den Clownshund.

Wenn er auch der Erste war, der jemals etwas über dieses Tier schrieb, so folgte die bildgreifende, deutlich inspirierte Art seiner Benennung doch genau derjenigen, mit der es auch die unzähligen Indianerstämme der beiden Amerikas immer schon gehalten hatten. Die Azteken nannten das Tier Mapachitl, »Der alles anfasst«, bei anderen hieß es »Der mit den Händen kratzt« und jene für ihre spirituelle Tiefe berühmten Dakota-Sioux sahen in ihm den Weekah tegalega, »Den Magischen mit dem gemalten Gesicht« – trugen die Indianer während ihrer kultischen Tänze doch eine ganz ähnliche Bemalung auf ihren Gesichtern.

Um kaum ein anderes Tier ranken sich so viele indianische Fabeln, in welchen der Magische stets die Rolle des Klügsten und Trickreichsten spielt, der seine Intelligenz aber häufig vor allem dazu einsetzt, die anderen übers Ohr zu hauen. Ein Dieb mit sensitiven Fähigkeiten. Ein Spieler von großer Intelligenz, aber auch eigensinnig, unbelehrbar. Manchmal hinterhältig. Und, da sein Verstand und seine Aufmerksamkeit niemals ruhen, immer gefährlich.

Das am meisten verbreitete Raubtier der beiden Amerikas kam Mitte des 19. Jahrhunderts nach Deutschland, wo man seinen schwarzen Pelz, den man hier auf gut Altdeutsch Schump hieß, gleichfalls schätzte und die sich prächtig vermehrenden Tiere, deren Körper er bedeckte, sorgsam gefangen zu halten wusste.

Ein Name, soviel war Grit klar, war keine Kleinigkeit. Der Name spiegelte die Erfahrungen mit dem Tier, reichte von daher bis an die Anfänge zurück, und im Falle des Schump, des deutschen Waschbärs, waren die Anfänge des Zusammenlebens eben Zucht und Gefangenschaft gewesen, und es waren die Gefangenen der Spezies, nach denen man sie schließlich hier benannte: entwickelten die eingesperrten Tiere doch die Angewohnheit, ihre von ihrem Wärter zugeteilte Nahrung möglichst an ein fließendes, jedenfalls frisches Wasser zu tragen, um es in diesem lange Zeit plätschernd herumzuwerfen.

Anders als die Dakota sahen die Deutschen darin einen Reinwaschungsprozess, und so kamen die Tiere endlich zu ihrem deutschen Namen: Waschbären. Aber man hätte sie besser »Spielbären« oder »Sehnsuchtsbären« nennen sollen, da es den Tieren nicht darum geht, irgendetwas zu säubern, sondern weil sie, wenn in Gefangenschaft lebend, auf diese Weise eine offensichtlich in ihren Genen verankerte Erinnerung an das Grund- und Urvergnügen ihrer Spezies wecken wollen: den köstlichsten Teil ihrer Nahrung an und in den Flüssen zu finden, im munteren Spiel spätsommerlicher Dämmerung Krebse zu angeln, sie mit ihren geschickten Krallen und Zähnen zu knacken und auszuschlürfen.

Dieses Vergnügen blieb ihnen in Deutschland lange Zeit verwehrt, doch dann kam 1934 ausgerechnet ein Geflügelzüchter auf die Idee, zwei Paare zur selbsttätig-natürlichen Vermehrung ihrer Pelze in seiner Nordhessischen Heimat auszusetzen. Ein fast allmächtiger Waidmann erteilte ihm dazu die Erlaubnis, da er in den seiner Obhut anheimgegebenen deutschen Revieren nichts gegen ein weiteres Tier einzuwenden hatte, das man jagen konnte – im Gegenteil. Der Reichsjägermeister Göring bemühte sich später auch selber immer wieder darum, den neueingeführten Waschbärenbestand durch Abschuss kleinzuhalten, aber schon ein paar Jahre nachdem er selbst dem Urteil seiner Nürnberger Richter durch Zyankali zuvorkam, hatten die Waschbären nicht nur die Ederseegegend erobert, sondern waren bis an die Stadtgrenzen Kassels vorgedrungen, welches bald danach schon Europas Waschbärenhochburg wurde und auch blieb.

Der zweite Stamm deutscher Raccoons verdankt seine wildernde und freie Existenz Ereignissen des Zweiten Weltkriegs, einer Nacht des Frühlings 1945, als der zufällig aus der Stadt Columbus im Bundesstaat Ohio stammende Fred Drewry bemerkte, dass er mit seinem B-25-Mitchell-Bomber die Stadtgrenzen Berlins bereits hinter sich gelassen hatte, ohne seine den Hafenanlagen Treptows zugedachte explosive Last vollständig gelöscht zu haben: eine letzte Bombe war übrig.

Die starke Bewölkung dieser frühen Morgenstunden, die ihn über sein Ziel hatte hinausschießen lassen, riss mit einem Male auf, Drewry erkannte sein Versehen, und da außerhalb der Stadtgrenzen Berlins kaum mit Flak-Feuer zu rechnen war, ging er mit seiner Maschine tief nach unten, um nach anderen Zielen Ausschau zu halten. Über dem Dörfchen Wolfshagen schließlich, keine vierhundert Meter hoch, entdeckte er neben der üblichen Wohnbebauung und einem prächtigen, rosafarbenen Schloss einen von zahllosen Zäunen durchzogenen, gehegeartig angelegten Garten, und da er seiner Suche überdrüssig zu werden begann und zu seiner Basis zurückkehren wollte, beschloss er einfach, das kleine, aus Backsteinen gebaute Gartenhäuschen zu treffen, mehr als Wette mit sich selbst, denn aus militärischen Gründen.

Die Mehrheit der Wolfshagener Waschbärenzucht verlor ihr Leben, aber gut zwei Dutzend Exemplaren gelang an jenem Tag die Flucht. In den sanften Hügeln der Märkischen Schweiz mit ihren alten Eichen und stillen kleinen Seen fanden sie ein prächtiges Reservat, das sie in den nächsten Jahrzehnten in der dämmrigen Regsamkeit ihres Kleinbärenwesens besiedelten, um sich – ganz wie ihre hessischen Verwandten – unerschrocken und trotz ganzjähriger, zum Teil brutaler Bejagung beständig auszubreiten.

Vermutlich erreichte der erste Waschbär schon in den frühen achtziger Jahren die Stadtgrenzen Berlins, des Ostteils zumindest, ohne sich allerdings weit in das an Grünflächen arme Innere der Hauptstadt der DDR vorzuwagen, wo ohnedies eher noch der Mangel an jenen allgegenwärtigen Abfallbergen herrschte, die die Städte des Westens damals schon hervorbrachten und aus welchen sich der geschickte, alles, aber wirklich auch alles fressende Kleinbär wie kaum ein anderes Tier zu ernähren versteht.

Den Fall der Mauer erlebte Grit mit ihren elf Jahren fast als etwas Selbstverständliches, passte der staatliche Umbruch doch genau zu jenem Aufgehen neuer Tore, dem Umzug zu einer entfernten Tante nach Leipzig und dem Besuch des Gymnasiums, der sie in jenen späten achtziger Jahren glücklich beschäftigte. Heimweh hatte sie nach ihrer Oma, nicht nach der DDR.

Erst seit ihrer Arbeit über den Waschbären hatte sie erstmals intensiv über den Mauerfall nachgedacht, ließ dieser doch den Maskierten mit den geschickten Händen schließlich von Süden her die vormals abgeschlossene Insel Westberlins betreten – wann das genau geschehen war, darüber hatte selbst eine der neuen abendländischen Existenz des Waschbären ganz und gar verpflichtete Wissenschaftlerin wie Grit nur Vermutungen.

Grit war Diplomandin am Institut für Wildbiologie und Zoologische Migration, angesiedelt in einer gründerzeitlichen Villa in Dahlem und Teil des letzten großen Forschungsprojekts von Professor Wilhelm Topfboden, der kurz vor seiner Emeritierung stehenden Koryphäe neozootischer Wildbiologie, dem sich mit jenen Tieren aller Gattungen beschäftigenden Forschungszweig also, welche sich an die Eroberung neuer, den fernen Vorfahren ihrer jeweiligen Spezies noch gänzlich unbekannter Lebensräume gemacht hatten.

Als einer der ersten Forscher überhaupt hatte Topfboden in den frühen sechziger Jahren über die Ausbreitung des Kartoffelkäfers geforscht, des viel gefürchteten Paradebeispiels unter den Neozoen, an welchem man den erstaunlich tiefgehenden Einfluss des Menschen und seiner Handels- und Kolonisierungsbestrebungen auf die Zusammensetzung der freien Wildbahn studieren konnte. Immer mehr, so zeigte sich, bedrohte die vom Menschen verursachte Ausbreitung einzelner Arten die Vielfalt der Arten im Ganzen und dabei war doch genau jene Diversität der Lebensformen das wichtigste Kriterium des ökologischen Gleichgewichts, das, einmal gestört, binnen kürzester Zeit zusammenbrechen konnte.

Noch immer begann Topfboden seine jährliche Vorlesung, die er im Untertitel längst als »Einführung in eine Biologie der Globalisierung« auswies, mit dem Kartoffelkäfer. Dieser habe ja ursprünglich mit der Kartoffel überhaupt nichts zu tun gehabt, sondern habe sich in seiner Heimatgegend Colorado allein an der Büffelklette schadlos gehalten.

Professor Topfboden war ein gütig dreinblickender Mann mit geflochtenem Knebelbart und kleiner runder Brille, der – wiewohl aus alter Braunschweiger Bankiersfamilie stammend – sich gerne wie ein Bauer gab und kleidete und es liebte, mit seinen Wanderstiefeln den Vorlesungssaal des Lehrstuhls zu betreten, um dort Erdkrumen und in Form getretene Blätterklumpen zu hinterlassen, da er die Angewohnheit hatte, während des Dozierens immer wieder von seinen mit altakademischer Liebenswürdigkeit verfassten Manuskripten abzuweichen und wild aufzustampfen, wenn ihn etwas erregte.

Der 1877 zum ersten Mal in Deutschland aufgetauchte Kartoffelkäfer (»Der erste tierische Superstar der Globalisierung, auch Coloradokäfer genannt …«) zum Beispiel erregte Professor Topfboden – schließlich kam zunächst, Jahrhunderte zuvor, die Kartoffel aus Südamerika nach Europa, wo sie half, die in jedem Jahrzehnt mindestens einmal stattfindenden Hungersnöte zu lindern. Im Gepäck der europäischen Auswanderer nach Nordamerika befanden sich Kartoffelknollen, und genau jene immer tiefer in die Weiten der nordamerikanischen Prärie vorstoßenden Kolonisten seien es schließlich gewesen, die den dort lebenden, bis dahin völlig unauffälligen Käfer überhaupt erst auf den Kartoffelgeschmack gebracht und ihm durch diese neue, wesentlich gehaltvollere südamerikanische Nährfrucht zu so explodierender Vermehrung verholfen haben, bis es dann auch nur eine Frage der Zeit gewesen sei, bis *Leptinotarsa decemlineata*, der Zehngestreifte, mit Kartoffellieferungen aus der Neuen in die Alte Welt gekommen wäre, nach Europa, wo es ihm »natürlich« dann auch noch an natürlichen Fressfeinden gefehlt habe, sodass er zu einer gottesgeißelartigen Plage habe werden können, die sich beständig, Jahr für Jahr, Hektar für Hektar von West nach Ost vorangearbeitet habe, der Schrecken ganzer, durch die Einführung der Kartoffel zum ersten Mal in ihrer Geschichte deckend ernährter Völker.

Als der Käfer in den fünfziger Jahren fast die Hälfte der Anbaufläche der damaligen DDR befallen habe, habe sich die – mangels chemischer Keulen – gegen die Plage ohnmächtige Führung des Landes nicht anders zu helfen gewusst, als dem Tier den Namen »Amikäfer« zu verleihen und sein massives Erscheinen auf den volkseigenen Kartoffeläckern mit einem systematischen nächtlichen Abwurf aus amerikanischen Flugzeugen zu erklären. Indirekte biologisch-ideologische Kriegsführung.

Doch war es weniger des Professors zitternde, fußstampfende Erregung angesichts der Explosion der weltweiten Individuenzahl sogenannter Amikäfer, die Grit aus Leipzig nach Berlin an die FU hatte wechseln lassen, sondern jenes letzte große Projekt, das sich der empathisch erregbare Gelehrte vor seiner Pensionierung vorgenommen hatte: die »Arche Berlin«.

Darin hatte Topfboden vierzig Jahre Forschung an Neuland betretenden Tieren, den bewunderten und gefürchteten Neozoen, mit einem anderen, durchaus verwandten Aspekt evolutionärer Biologie verbunden: die in den letzten gut zehn Jahren auffällige, aus dem Wegfall der massiven Grenz- und Sicherheitsanlagen resultierende Inbesitznahme der großen Stadt Berlin durch wilde Tiere. Es kamen Marder und Dachse, Wildschweine und Greifvögel, Schalenwild und Füchse und natürlich jener zweifach neue, überaus erfolgreiche und durch nichts aufzuhaltende räuberische Kleinbär, dessen Erforschung sich Grit verschrieben hatte.

»Unsere Tierwelt beginnt die Städte zu erobern, neue Lebensräume zu erschließen und unsere Vorstellung vom Gegensatz zwischen Stadt und Land auf den Kopf zu stellen …«, hatte Professor Topfboden gut gelaunt, mit einem aufgekrempelten blaukarierten Flanellhemd, über dem sich rot-weiße Hosenträger spannten, ausgeführt und die gut zwei Dutzend seiner Studenten, die sich im Besprechungszimmer hinter der Institutsbibliothek eingefunden hatten, mit einer Karte Groß-Berlins vertraut gemacht, voller weißer Flecken und unbekannter, unerforschter Zonen, ganz ähnlich einem noch von niemand betretenen Dschungel, von dem man nur Fläche und grobe Strukturierung durch Flüsse und Freizonen kennt.

»Eine noch leere Karte der Stadt, eine Karte, die so tut, als gäbe es uns, die Menschen, nicht, sondern als gehörten die Straßen und Gärten, die Parks und die Flüsse, die Güterbahnhöfe mit ihren Gleisanlagen, die Dachböden und verlassenen Lagerhallen und die Kanäle und Untergründe …« Hier hatte der

Professor abgesetzt und sich mit der Linken in den einen Strang seines Knebelbarts gefasst, um ihn mit den Fingern gleichsam auszukämmen.

Er gab ein schmatzendes Geräusch von sich und Grit sah, wie Topfbodens Zunge zwischen dem weißen Barthaar hervorblitzte und über seine Lippen leckte – bevor er vergnüglich grinsend weitersprach,

»Wir wollen so tun, als gehörte all das, die ganze Stadt Berlin, den Tieren. Ein rettendes Schiff in stürmischer Zeit, auf der die bedrängte Kreatur Zuflucht vor der immer mehr Land in immer schnellerer Zeit verbrauchenden Agrarindustrie findet. Berlin, die Stadt der Tiere!

Wir werden die Ersten sein, die dieses neue Universum vermessen, ergründen und tatsächlich ein vollständiges, vernetztes Bild entwerfen vom Leben der Tiere in unserer Stadt, der Arche Berlin …«

Der Professor ließ seinen Blick über die anwesenden Studenten schweifen, stemmte die Arme in die Seiten und gab einen zunächst fast verwirrenden Überblick über die mehr als dreißig Forschungsprojekte, unter denen sich jeder der angehenden Wildbiologen eines auszusuchen hatte. Manche der Projekte seien wegen ihres Umfangs auch für zwei oder drei Diplomanden ausgelegt, man möge sich bitte auch vorrangig um diese bemühen, etwa das große Teilprojekt über das Sozialleben der Berliner Jungrabenverbände, das vier Diplomanden die Gelegenheit geben werde, ihr Können zu beweisen.

»Herr Piplitzka hier«, und damit wies er auf seinen knochendürren, glatzköpfigen Assistenten, der die ganze Zeit wie versunken vorne in der ersten Reihe gesessen hatte, »wird Ihnen im Einzelnen die technischen Aspekte erläutern. Also dann – Waidmannsheil!«

Als es schließlich so weit war und ihre Mitdiplomanden allesamt aufstanden, um sich auf die zu vergebenden Themen zu stürzen, warf sie einen flüchtigen Blick auf Heinz-Ulf, der, ganz wie sie es befürchtet hatte, mit einem halbgaren Grinsen auf sie zusteuerte, drängte sich kurzentschlossen und ein wenig ruppig an die Liste heran, überflog die Themen und hakte alles ab, bei dem es auch nur einen Verdacht auf Kooperation mit einem anderen Diplomanden gab. Sie wollte ein Thema, das mit keinem anderen in näherer thematischer oder räumlicher Verbindung stand. Ganz unten auf der Liste wurde sie fündig – entdeckte sie dort doch zu ihrer Überraschung die – ganz allein stehende – Untersuchung der Fortpflanzungsgewohnheiten von *Procyn lotor* in frisch besiedeltem urbanem Raum. Niemals hätte sie vermutet, sozusagen mitten in Berlin auf jenes mythische Tier ihrer vom Leben der Indianer inspirierten Kindertage zu stoßen, den fremden Exoten und immer noch weitgehend unerforschten Neuankömmling in der freien Wildbahn Europas, Kolumbus' Clownshund, den Räuber mit der Maske.

Seitdem Grit sich derart schnell entschlossen das Waschbärprojekt geschnappt hatte, war fast ein Jahr vergangen. Die ersten Monate hatte sie damit verbracht, nach einem geeigneten Waschbärvorkommen und einem entsprechenden Revier zu suchen, und hatte es im nördlichen Neukölln entdeckt.

Über das südliche Britz waren die nächtlichen Kleinbären wohl gekommen, wo nicht nur Gartenkolonien, sondern auch ganze Eigenheimviertel mit grünenden Gärten ihnen den Weg aus dem Umland schmackhaft machten. Nördlich des S-Bahn-Rings stießen sie dann auf die großen Friedhöfe Neuköllns, die gewaltige Freifläche des Flughafens Tempelhof und den englischen Garten des Volksparks Hasenheide. Dessen Bestände alter Eichen, Platanen und Ahorn, zusammen mit den vielen leerstehenden, unausgebauten Dachgeschossen, Gartenhäuschen, leicht zugänglichen alten Kellern und Schuppen waren das ideale Revier, und deshalb hatten sich in den letzten Jahren auch genau dort die Beschwerden von Bewohnern über das Unwesen der hoch geschickten Kletterer, Mülltonnendurchwühler und Türöffner gehäuft. Neukölln war Waschbärengegend.

Das Bezirksamt hatte zwei dicke Aktenordner solcher Beschwerden gesammelt, die der zuständige Beamte mit grummeligem, aber ganz und gar behaglichem Grundton herausholte und Grit offenlegte, so als habe er schon lange darauf gewartet, endlich jemandem seine bürokratischen Erfahrungen mit jener wilden Kreatur darzulegen, die klare Aktenlage, nach der der Waschbär ein eindeutig spürbares Problem geworden war.

Wohnkomfort, Ordnungssinn und auch Sicherheitsbedürfnisse der Bürger litten unter der Anwesenheit dessen DERALLESANFASST in der Neuköllner Stadtlandschaft, die dadurch stellenweise, eben dort, wo er lebte, zur freien Wildbahn geworden war. Ein Hausmeister musste schon einen Jäger holen, wollte er die Tiere aus den ihm unterstehenden Anwesen vertreiben. Und häufig misslang dies. Waschbären waren verdammt hartnäckig.

Grit verbrachte ein paar Vormittage auf dem Bezirksamt, las sich die Beschwerdebriefe und Vermerke durch und verortete die Adressen der Absender auf einem Stadtplan. Bald schon hatte sie ein Gebiet südlich eines der Friedhöfe ausgemacht, die Gegend rund um die Thomasstraße.

Piplitzka und, tja, welche Überraschung, Heinz-Ulf, hatten ihr geholfen, in unmittelbarer Nähe der Häuser mit den meisten Klagen praktikable Lebendfallen aufzustellen, kompliziert genug, um die Ratten und Füchse abzuhalten, allein der Geschicklichkeit eines Waschbären zugänglich.

Nach einigen gescheiterten Versuchen fingen sie zwei Fähen und einen Rüden, die sie alle mit Sendern versahen und denen Grit recht und schlecht folgen konnte. Diese drei Tiere führten sie allmählich zu den Orten, die im Leben jeder Waschbärpopulation die größte Rolle spielten, die Sammelplätze – ihre Spiel-, Schlaf- und Liebesstätten – und auch die Orte, an denen sie ihre Jungen bekamen.

Unweit dieses Reviers nahm sie sich selber eine günstige und eigentlich ganz schöne Altbauwohnung, in einem Haus mit renovierter Fassade und relativ neuem Treppenhaus, einem kleinen Balkon und einem Badezimmer, das überraschend groß war und ein Fenster und eine Badewanne besaß. Es handelte sich um eine alte, freistehende Wanne auf Füßen, auf die sie bei der Besichtigung nur einen Blick hatte werfen müssen, um zu wissen, dass sie die Wohnung nehmen wollte. Eine Mietgarantie vonseiten ihres Onkels war hilfreich.

Sie schaffte es, dem wachsenden Fragment ihres Enzyklopädie-Artikels ein paar Stichworte hinzuzufügen (Präsident Coolidge/Waschbärhalter, Weißes Haus, Amerika, neue Einrichtung für Oval Office [Monica!]), speicherte alles ab, verließ das Netz und fuhr den Rechner herunter, schnappte sich ihre Jacke und den grünen, prallgefüllten Rucksack, um sich in großer Eile zum Eingang des Hauses aufzumachen, in dessen Dachgeschoss Ursula die Große, ihre Lieblingswaschbärin bald niederkommen würde, konnte sein morgen, konnte sein heute Nacht. Jetzt war es kurz nach 15 Uhr und wirklich höchste Zeit.

Alle ihre Schlüssel – für Wohnungs- und Haustür, Fahrrad, Haustür Thomasstraße und Vorhängeschlösser, mit denen das dortige Dachgeschoss gesichert war – hatte sie an einem am Spiegel im Flur hängenden blauen Band befestigt, das sie sich um den Hals legte. Sie betrachtete sich einen Moment im Spiegel, strich sich eine Strähne ihres korkenzieherlockigen Haars aus der Stirn und warf sich ein aufmunterndes Lächeln zu. Wenn nur Ursula hoffentlich nicht schon Mutter war, bis sie es in die Thomasstraße schaffen würde.

Unten im Hof beugte sich ihr Wuschelkopf gerade über ihr Fahrradschloss, welches sie regelwidrig an einem der Holzbalken des Mülltonnenhäuschens angebracht hatte, als sie jemanden hinter sich bemerkte.

Es war ein Mann, bestimmt zehn Jahre älter als sie, in schwarzer Hose und Weste, der unter einem gebrauchten, aber teuer wirkenden weißen Hemd mit Umschlagmanschette schwarze Glacéhandschuhe trug. Auf den ersten Blick sah er fast wie der Butler eines exzentrischen Hauses aus, da er mit den edlen Handschuhen zwei prall mit Müll gefüllte hellgrüne Plastiktüten hielt, eine davon randvoll mit ausgequetschten Limetten, Zigarettenkippen, Schnaps- und Weinflaschen.

Sie entschuldigte sich, der Handschuhträger mit seinen Mülltüten trat einen Schritt zurück, um sie durchzulassen. Als sie sich an ihm vorbeischob und ihm einen verhaltenen Blick zuwarf, sah sie, dass er ziemlich unrasiert war, aber seine dunklen, leicht melancholisch dreinblickenden Augen, mit denen er ihr einmal kurz zuzwinkerte, gefielen ihr.

Er war braungebrannt, ein gutaussehender Mann, wirkte aber irgendwie erschöpft und ein wenig düster, eine Mischung, die sie interessant fand, und als sie die große Tür zum Hof aufstieß, warf sie im geeigneten Moment einen kurzen Blick zurück, aber der groß gewachsene, trotz oder gerade wegen seiner leichten Erschöpfung sehr elegant wirkende Mann war voll und ganz damit beschäftigt, seinen Müll zu entsorgen, und achtete nicht auf sie. Na gut, jetzt aber los, beeil dich, Grit.

*

Alexander nahm erfreut zur Kenntnis, dass die Mülltonnen gerade erst geleert worden waren, und so konnte er seine beiden Tüten schwungvoll versenken. Nichts hasste er mehr, als wenn er unmittelbar nach dem Aufstehen den Müll einer versoffenen Nacht auf Bergen vollgeschissener Windeln zu deponieren hatte.

Er war gegen 14 Uhr aufgewacht und dann noch eine Weile auf der Matratze liegen geblieben, mit einem diffusen Kater ringend.

Unmittelbar nach dem Aufwachen wollte der Kater eine Zigarette, aber gestern Abend hatte er zweieinhalb Schachteln weggequalmt, jedenfalls gab es in der ganzen Wohnung nur noch heruntergerauchte Stummel.

Er zog sich an, trank ein Glas Wasser und leerte mit einem latenten Übelkeitsgefühl den Aschenbecher und die letzten Gläser mit den Überresten starker Caipirinhas aus, sammelte die diversen Flaschen ein und entdeckte ein zerbrochenes Weinglas auf der Terrasse, schon das dritte, seit er in dem Dachgeschoss des Argentiniers Maleparto wohnte. Wenn er auszog, würde er ihm einen Satz neuer Gläser schenken.

Als der Müll entsorgt war, überlegte er für einen Moment, wie er sich fühlte, und eigentlich verspürte er gar keine Lust zu rauchen, jedenfalls nicht so viel, vielleicht eine, und genau wegen dieser einen ging er dann doch aus dem Haus, um den am Eck liegenden Gemischtwarenladen mit der großen Tabakauswahl aufzusuchen und sich schnell eine Packung zu holen.

»Salem, stimmt's?«, sagte der Inhaber des Kiosks und dann, mit einem Grinsen, »aber bitte nicht wieder so einen großen Schein.«

»Nein, ich hab Kleingeld.« Alexander zählte das Geld auf den Tresen und ging über die gepflasterte Straße zurück.

Als er im zweiten Stock angekommen war, unangenehm davon berührt, wie schlapp er sich vorkam, hielt er und studierte die namensschildlose Tür. Er war sich ziemlich sicher, dass das Mädchen mit dem lockigen Blondschopf hier wohnte, er glaubte hinter der Tür gleichsam den frischen Duft zu riechen, der ihm vorhin im Hausflur aufgefallen war.

Die nächsten drei Stockwerke versuchte er mit mehr Schwung anzugehen, als er oben war, keuchte er gehörig. Er sperrte Malepartos Wohnung auf, und immer noch außer Atem zog er die schwarzen Handschuhe aus und machte sich daran, einen Kaffee zu kochen. Seine beiden Fingerprothesen klapperten, als er schließlich den blubbernden Espresso umständlich aus der Kanne in eine Schale goss. Er schüttete die letzte Milch aus einer Tüte dazu, die er ordentlich zerquetschte und dann in eine frische Mülltüte warf. Er öffnete die Packung Salem, entzündete sich eine Zigarette, ging auf die Terrasse und setzte sich auf die kleine, wettergegerbte Baumarktholzbank in die Sonne.

Als wäre er ein Reptil, das monatelang im Dunkeln herumgeirrt war, überkam ihn eine frische, dankbar aufgenommene Gedankenleere. Er rauchte, trank zuweilen, die Augen geschlossen.

Erst als ein fernes Brummen aus östlicher Richtung zu hören war, das kontinuierlich lauter wurde, öffnete er die Augen wieder, blinzelte zu seiner linken Seite hinüber und bestaunte, wie schon etliche Male vorher, die Erscheinung einer viermotorigen Propellermaschine, die so tief und nahe über dem Zinnenmeer der Hausdächer und ihrer ungezählten Kamine und Vorsprünge vorüberschwebte, dass man mit scharfem Auge das Kleingedruckte auf ihrem Heck lesen konnte.

Dann brachte die Maschine mit einem leichten Wackeln die letzte Häuserreihe hinter sich, schien nur knapp an den Dachrinnen vorbeizuschrammen, sank tiefer, bis sie auch von Malepartos Terrasse aus nicht mehr zu sehen war.

Er steckte sich eine weitere Zigarette an. Es gab da eine keuchende, leicht verschleimte Stelle irgendwo an seinen Bronchien, die er mit ein paar tiefen Zügen von einer frischen Salem beruhigen und auflockern wollte.

Während er die ersten Züge inhalierte, dachte er an den angenehmen Widerstand, den die Pariser Luft hinter den Flügeltüren des Einbauschranks in seinem Schlafzimmer leistete, wenn man diesen geschwind öffnete. Das Schranklicht schaltete sich ein und erhellte eine dicht gefüllte Stange mit Anzügen jeder Farbe, von denen einige noch in den durchsichtigen, knisternden Rüstungen seiner Lieblingsreinigung steckten. Einer war nagelneu, ein dunkelgraues Stück von Boss mit hellzimtigen Nadelstreifen, einen Tag vor seiner Abreise nach Monaco vom Änderungsschneider gekommen und folglich noch nie getragen.

In den Fächern darunter befanden sich seine Hemden, die er nicht auf den typischen Drahtbügeln, sondern gebügelt und gefaltet zurückerhielt. Er erwarb in der letzten Zeit ausschließlich Hemden von Barba, weil jedes Einzelne von ihnen in einen wundervollen, stabilen Karton gelegt worden war, um die Reise von Neapel nach Paris anzutreten, und zwar ebenso gebügelt und gefaltet, wie es aus der Handmanufaktur von Francesco Barba gekommen war. Ein Hemd von Barba kostete so viel, wie er früher für einen Anzug bezahlt hatte.

Für einen Moment dachte er an den Koffer mit den Pfundnoten, aus dem er sich schon ein paar Mal bedient hatte, einmal, um Peter die Miete für drei Monate im Voraus geben zu können, der sie dann an Maleparto weiterschickte, und dann immer wieder, wenn er Geld für das tägliche Leben brauchte. Er hatte darauf geachtet, die Pfundnoten jeweils bei verschiedenen Bankfilialen rund um den Hermannplatz zu wechseln.

Er nahm das Mobiltelefon aus der Tasche, aber er wusste ja, dass kein Anruf hereingekommen war, trank seinen Kaffee aus und blinzelte noch einmal in die Sonne. Wieder näherte sich eine Maschine, Alexander blickte auf die Uhr, erschrak, dass es schon wieder fast fünf Uhr war, und steckte sich eine Zigarette an, die aber schon nicht mehr richtig schmeckte. Ihm fehlte etwas. Ein Drink.

Aber es war nichts mehr da, keinen Tropfen hatte er übriggelassen. Er stand auf, ließ sich ein Glas Wasser aus der Leitung, das überraschend gut schmeckte, aber eben leider nur nach Wasser. Ein paar Minuten blickte er, unschlüssig, was er tun sollte, durch die ausladende Fensterfront hinaus und auf den blaustrahlenden spätnachmittäglichen Frühlingshimmel, dann holte er sich endlich den eingeschnürten Lederbeutel seines Großvaters mit dem Werkzeug, suchte sich eine Krawatte aus dem Koffer und verband sich die Augen. Er stellte sich ungeschickt an, zitterte leicht. Dann saß sie endlich richtig. Er atmete durch.

Seine Hände tasteten nach dem Werkzeug, er nahm die Diamantkralle zur Hand, wog sie, aber das sich für gewöhnlich einstellende deutliche Gefühl einer Kraftübertragung vom Werkzeug auf seine Finger blieb aus – er umfasste den tausendfach von seinem Großvater berührten Stahl, mit dem schon zahllosen widerspenstigen Schlössern beigekommen worden war, und nahm ihn in die rechte Hand. Mit der linken griff er sich jetzt eines der Schlösser, die er vor ein paar Tagen bei Peter gekauft hatte, um wieder Übung zu bekommen, wie er sich seinem Freund gegenüber ausgedrückt hatte. Es waren teure Spitzenprodukte von ABUS und Zeiss, aber nichts, was ihm unter normalen Umständen Schwierigkeiten bereitet hätte.

Er nahm das Schloss in die Linke, schnappte sich noch einen Spanner, spannte den Zylinder, setzte mit der Rechten den Diamanten an und versuchte die Stifte zu ertasten.

Doch es waren nicht nur die Prothesen an seinen beiden wichtigsten Fingern, die ihn nicht vorankommen ließen, auch seine linke Hand, mit der er das Drehmoment ansetzte, war seltsam gefühllos, wie ausgeleiert oder überdehnt. Er starrte in die Dunkelheit seiner verbundenen Lider, versuchte sich zu konzentrieren und vielleicht mit etwas größerem Druck vorzugehen, aber genau in dem Moment, in dem er geglaubt hatte, den ersten Stift gesetzt zu haben, rutschte er mit dem Spanner ab, und der Stift setzte wieder zurück. Er legte das Werkzeug leise fluchend aus der Hand. Er spürte einfach nichts. Er hatte darüber hinaus auch nicht die geringste Vorstellung von der Lage der Stifte, seine Finger vermittelten ihm kein Bild vom Schlossinneren, es war, als wären sie ertaubt.

Er riss sich die Krawatte von den Augen und starrte hasserfüllt auf seine Hände, die ganz leicht, unmerklich, doch ohne Unterlass zitterten. Der Schweiß trat ihm auf die Stirn. Was war nur mit ihm los?

Draußen dämmerte es, als er aufstand, um sich eine Zigarette zu nehmen. Zu seinem Entsetzen war die Schachtel leer, unmöglich eigentlich, er hatte sie doch gerade erst gekauft, aber die Aschenbecher ließen keinen Zweifel. Ein paar hatte er auch in seinem Kaffeeschälchen ausgedrückt.

Er zwang sich noch einmal an den Holztisch von Ikea, neben

zwei Stühlen und der Matratze das einzige Möbelstück in der Wohnung, deren Leere ihm anfangs gut gefallen hatte, da sie den Gedanken an seine herrliche Wohnung in Paris wachhielt. Nun aber fühlte er förmlich, wie sich der fremde Raum um ihn herum drängte und es eng und ungemütlich werden ließ.

Er suchte sich ein anderes Schloss aus, diesmal ohne sich die Augen zu verbinden, wählte einen anderen Spanner, mit breiterem Kopf, und nahm einen spitzgebogenen Fühler, aber wieder waren ihm seine Prothesen äußerst hinderlich. Zwischen ihm und dem Stück blieb es kalt. Verzweifelt wechselte er die Werkzeuge von einer Hand in die andere, aber auf diese Weise ging gar nichts. Seine geschwächte Rechte schien überhaupt nicht zu wissen, was sie zu tun hatte, seine Linke stocherte, von dieser unerhofften Beförderung zur ausführenden Hand gänzlich überfordert, nur herum.

Aber so entsetzlich jener Gefühlsverlust auch war, noch schlimmer war es für Alexander, ihn ohne Zigarette ertragen zu müssen. Eine festlich erleuchtete Abendmaschine überquerte den schon dunkel gewordenen Himmel, Alexander blickte ihr hinterher, hielt es dann nicht mehr aus, da seine Hände, wie um ihn noch mehr zu quälen, einfach nicht mehr aufhörten zu zittern.

Er selber fand es lächerlich, zumal es ihm davor graute, dann anschließend wieder die Treppen hochlaufen zu müssen, aber lächerlich und grausam war nicht genug, um ihn abhalten zu können. Er streifte sich die Handschuhe wieder über, holte sich einen großen Schein aus dem Bündel mit Wechselgeld, fest entschlossen, nach unten zu gehen und für einen vernünftigen Vorrat zu sorgen. Als er die Tür schloss, kontrollierte er noch einmal, ob er sein Handy auch dabeihatte, für den Fall, dass Narcilo endlich anrief.

Als er fünf Minuten später den Laden betrat, in dem immer noch der Inhaber saß und gerade eine Butterbrotstulle verzehrte, griff er nach einer Flasche Wodka, schnappte sich eine zweite, die er sich unter den linken Arm klemmte, nahm eine Tüte Toastbrot, zwei Tüten Milch und Espresso und lud das alles an der Kasse ab. Während der Inhaber den ersten Schwung seines Einkaufs in eine der durchscheinenden grünen Plastiktüten räumte, holte Alexander noch ein paar Energy-Drinks, zwei Flaschen Orangensaft und ein Sixpack Bier aus dem Kühlschrank, ging an die Kasse und verlangte noch drei Schachteln Salem.

Der Geschäftsinhaber murmelte irgendetwas, als Alexander ihm den frischen Hunderter hinhielt, aber natürlich nahm er ihn an. Alexander stopfte das Wechselgeld in seine Hosentasche, dann hoben seine behandschuhten Hände die Tüten an, die sich beruhigend schwer anfühlten. Draußen war es Nacht, und die umliegende Dunkelheit ließ das von irgendwelchen Leuten abgeladene Sofa unter der Straßenlaterne mit einem Mal einladend aussehen, ein Eindruck, der sich aber sofort mit jenem halbmeterhohen weiß-braunen Mischlingshund verflüchtigte, der gerade dabei war, ausgiebig das plüschige Eck des Möbels zu beriechen, um es anschließend zu markieren.

Schon unten im Hausflur bemerkte Alexander jenen frischen Duft, dem er Stufe für Stufe näherkam, bis er schließlich, schon wieder leicht außer Atem, im zweiten Stock auf die offene Wohnungstür stieß. Das Licht brannte, er blieb stehen, zunächst hörte er nichts, überlegte weiterzugehen, dann aber tauchte das Mädchen mit dem blonden Lockenkopf auf, mit geröteten Wangen, die eingedrehte Schnur ihres Telefons hinter sich herziehend.

»Ja, aber wenn ich Ihnen doch sage, dass der Hausbesitzer selber damit einverstanden ist.«

Ihr Gesprächspartner erwiderte etwas, Grit hörte zu, unterbrach ihn dann aber mit leicht hysterischer Stimme.

»Nein, ich kann den Eigentümer nicht erreichen. Der wohnt in München.« Erneut hörte sie zu, blickte den Flur entlang, machte große Augen, als sie den gutaussehenden Mann mit den schwarzen Handschuhen entdeckte, und obwohl sie am Telefon offensichtlich Ärgerliches hörte, hob sie ihre feingliedrige Hand, winkte ihm zu und kam gar nicht darauf, die Tür zu schließen, während sie wieder feurig weitersprach.

»Noch mal: Der Eigentümer hat damit nichts zu tun, es war der Hauswart, der es ausgetauscht hat … keine Ahnung, es ist Samstagabend, ich schätze, der ist raus in seinen Schrebergarten gefahren … Nein … hören Sie doch zu, ich muss einfach … ach Mist. Tschuldigung. Ja.«

Sie knallte den Telefonhörer auf den Apparat, stellte ihn ab, strich sich zornig eine quirlige Locke aus ihrem Haar und machte einen Schritt auf Alexander zu.

»Machst du 'n Fest?«

»Nein, um das bisschen auszutrinken, brauche ich niemanden.«

»Schade. Könnte einen Schluck vertragen.«

»Ich hab's gehört …« Er machte eine unentschiedene Drehung, träge knisternd von den beiden Plastiktüten nachvollzogen, die abzustellen er sich aber noch nicht entschließen konnte.

»Worum geht's denn?«

Grit holte zornig Luft, ihre geröteten Wangen und ihr wild entschlossener, wütender Blick reizten Alexander. Sie schien wirklich angegriffen, aber wie hübsch sie dabei war …

»Ach, ich …«, noch einmal brach sie ab, schien in Gedanken zu fluchen, dann riss sie sich zusammen und erklärte Alexander die Sachlage.

Es gäbe ganz in der Nähe ein Haus, dessen Dachgeschoss sie dringend betreten müsse, aber der ihr und ihrer Arbeit im Haus von Anfang an alles andere als gewogene Hauswart habe doch tatsächlich von gestern auf heute das Schloss am Dachboden ausgewechselt … jedenfalls passten die Schlüssel oben nicht mehr, und jetzt … Sie warf ihm einen lodernd zornigen Blick zu. Den ganzen Nachmittag habe sie damit vertrödelt, bei

Leuten geklingelt, aber niemand hätte ihr helfen können. Am liebsten hätte sie die Tür eingetreten.

»Grade habe ich mit zwei Schlüsseldiensten telefoniert. Aber da ich da oben natürlicherweise nicht wohne, haben die sich geweigert, mir aufzumachen. Ach, ich könnte wahnsinnig werden. Ich muss da einfach rein …«, fügte sie mit leiser Stimme hinzu.

»Hab ich da vorhin etwas vom Hauseigentümer gehört?«

»Ja, schon, irgendein Ingenieur oder was er ist, der in München wohnt. Hat das Haus geerbt. Aber der schimpft selber über den Hauswart.«

»Trotzdem, er könnte dem Schlüsseldienst vielleicht die Erlaubnis geben?«

»Könnte. Ich kann ihn aber nicht erreichen. Der ist bestimmt übers Wochenende weggefahren. Scheiße.« Wie bezaubernd sie war.

Alexander spürte das Gewicht der Plastiktüten, seine verwundeten Finger schmerzten, und er spreizte und öffnete seine Hände, so gut es ging.

»Du musst da unbedingt rein, in das Dachgeschoss?«

»Ja.« Sie blickte ihn aufmerksam an.

»Über was für ein Schloss sprechen wir? Ein eingebautes Türschloss?«

»Ne, ein Vorhängeschloss, aber ein großes. Warum fragst du? Kennst du dich etwa mit so was aus?«

»Schon möglich.«

Er sprintete über die Treppen nach oben, kam ins Keuchen, hielt sich aber nicht damit auf, und als er Malepartos Bude betrat, achtete er auch nicht auf sein stark klopfendes Herz.

Er stellte die Tüten ab, trat an den Tisch, wo noch das Werkzeug seines Großvaters herumlag, sortierte die Stücke zurück in den Lederbeutel, zog sich das Sakko über und steckte die Werkzeuge in die Tasche.

Erst als er schon fast wieder unten bei ihr war, fiel ihm ein, dass er vergessen hatte, Zigaretten mitzunehmen. Er wollte kehrtmachen und sich versorgen, aber das Mädchen, das mit einer dicken Jacke und Jägerrucksack vor verschlossener Tür stand, strahlte ihm so erwartungsfroh und sichtlich aufgeregt entgegen, dass er alles dafür getan hätte, mit ihr zu gehen. Auf keinen Fall wollte er jetzt wieder nach oben laufen. Sie roch gut.

Grits Fahrrad stand vor dem Haus, aber gerade als Alexander etwas von seinem Porsche erwähnen wollte, fuhr ein gelbleuchtendes Taxi Richtung Hermannstraße vorbei, das Grit, ohne zu zögern, aufhielt, um gleich eine Kurzstrecke für fünf Mark anzumelden.

Sie saßen im Taxi, und nachdem Grit dem Fahrer die Adresse mitgeteilt hatte, stellten sie sich einander erst einmal vor.

Grit lächelte und blickte auf ihre samtig schimmernden Hände, an deren Fingern der eine oder andere Nagel ziemlich malträtiert aussah. Alexander genoss die Intensität ihres Dufts, der den alten Mercedes mit seinen rauchgeschwängerten Plastiksitzen unbeirrbar veredelte, fühlte sich von ihrem energischen, buchstäblich vor Energie sprühenden Wesen wie betäubt.

Er verdrängte den Gedanken an eine Zigarette. Zum ersten Mal in seinem Leben war er selber genervt von seiner unablässigen Sehnsucht danach, zu qualmen, und war sogar, ein noch seltsameres Gefühl, insgeheim froh, Grits Duft nicht durch Rauch zu vertreiben.

Sie bogen an einer Friedhofsmauer links ab und kurz danach ließ Grit den Wagen halten. Die Straße verlief parallel zum Friedhof, dessen riesige alte Bäume das frische Grün ihrer Blätter im Wind wiegten.

Es war ein Eckhaus, auf dessen Dach zwei rote Signallichter angebracht waren. Der Eingang des Hauses war durch zwei kleinere Säulenträger geschmückt, und wäre Alexander alleine gewesen, hätte er sich vielleicht mit Schrecken an ein gewisses Hotel in Monaco erinnert. So aber beobachtete er nur, wie Grit die Eingangstür öffnete, den Hausflur betrat und Licht machte.

»Komm schon«, sagte sie, wiegte energisch lächelnd den wuscheligen Kopf, und so ließ er die beiden fragenden Karyatiden achtlos hinter sich und stieg mit Grit die fünf Treppen des lange nicht mehr renovierten Treppenhauses nach oben.

Dann waren sie auf dem Absatz, der vollgeräumt war mit leeren Bierkisten, einem Bügelbrett und einer Kiste mit alten Äpfeln, von denen ein säuerlicher Geruch ausging. Die Tür zum Speicher war eine alte Brandschutztür, aus der man das Schloss ausgebaut hatte, um die Tür stattdessen mit einem außen angebrachten Riegelscharnier zu sichern, in das man ein Vorhängeschloss eingehängt hatte.

Die Riegel waren schon älter, aber das Schloss glänzte ohne einen Kratzer. Allerdings hatte sich der Hausmeister nicht gerade in Unkosten gestürzt und ein billiges Baumarktschloss erworben. Es sah massiv aus, aber das war auch schon alles. Alexander schnalzte mit der Zunge.

»Du hast mir überhaupt noch nicht gesagt, warum du da eigentlich rein willst? Was erwartet uns hinter dieser Tür?«

»Eine hochträchtige Waschbärin, die ich seit dreizehn Monaten begleite.«

»Waschbären?«

»Ist meine Diplomarbeit. Kannst du nun die Schlösser aufmachen oder nicht?«

»Du wirst sie aufmachen.«

»Wie bitte?«

Alexander holte das Werkzeug aus seiner Jackentasche.

»Bist du Links- oder Rechtshänderin?«

»Rechts.«

»Umso besser.«

Er drückte Grit den Spanner in die linke, den Diamanten in die rechte Hand.

»Hör zu, ich kann es leider nicht selber machen, ich bin verletzt.«

»Deswegen die Handschuhe?«

»Ja. Hör zu.«

Er stellte sich hinter Grit, nahm ihre beiden Hände, die die Werkzeuge unschlüssig, aber keineswegs unwillig hielten, und zeigte ihr, wie sie den Spanner anzusetzen hatte.

»Spürst du da etwas Spiel, wenn du den Spanner hin und her bewegst?«

»Ja.«

»Das ist der Zylinder. Damit das Schloss aufgeht, muss er sich drehen. Der Widerstand, den du spürst, stammt von den Stiften, die die Drehung verhindern, solange sie nicht gesetzt sind.«

»Wie kann man sie … setzen?«

»Nimm den Diamanten, genau so, halte die Spannung, sonst rutschen die Stifte zurück, und jetzt führ den Diamanten in das Schlüsselloch, bis es nicht mehr geht. Spürst du's?«

»Ja. Ja, da ist was. Jetzt?«

»Mit der Spitze des Diamanten fährst du jetzt etwas hin und her und drückst gleichzeitig nach oben.«

»Okay.«

»Merkst du, dass sich etwas bewegt?«

»Nein … doch …«

»Das ist der hinterste Stift. Spürst du, dass du ihn nach oben drücken kannst? Gut. Schiebe ihn schön langsam nach oben, nicht zu fest, nur so lange, bis du merkst, dass der Stift einrastet.«

Alexander sah, wie Grit instinktiv die Augen geschlossen hielt, während sie versuchte, seiner Erklärung zu folgen. Sie spürte die Beweglichkeit des Stiftes genau, scheiterte aber die ersten Male an dem Zusammenspiel des Spanners mit dem Diamanten.

»Jetzt … ich glaube, er sitzt.«

»Gut. Jetzt kommt der nächste. Aber Vorsicht – du musst jetzt unbedingt die Spannung halten, sonst geht der erste Stift, den du schon gesetzt hast, wieder nach oben.«

Grits Haar kitzelte ihn, die duftende Wärme, die von ihr ausging, gefiel ihm so gut, dass er die ganze Nacht so hätte verbringen können. Aber Grit machte ihre Sache ausgezeichnet.

»Wie viele Stifte sind es?« – Sie hatten das nicht nachgeprüft, aber Alexander war sich sicher.

»Fünf.«

»Also gut, dann habe ich noch zwei.«

Alexander war es fast, als könne er Grits Konzentration spüren. Er musste lächeln. Plötzlich war es so weit.

»Jetzt musst du drehen!«

»Wie denn bloß …«

»Na eben so, als würde der Schlüssel stecken. Dreh.«

Grit drehte mit dem in der linken Hand liegenden Spanner, und zu ihrer Verwunderung war da kein mechanischer Widerstand mehr. Das Schloss sprang auf.

»Das kann nicht wahr sein!«

»Excellent, Mademoiselle.«

»Es ist tatsächlich auf!«

»Ich hab es dir doch gesagt.«

Grit gab ihm das Werkzeug, drückte dabei seine im Handschuh steckende Hand und ließ sie nicht mehr los.

»Sei ganz leise.«

Durch die dunkle Nacht des Dachgeschosses führte sie ihn sicher entlang des Tunnels aus festgezurrter starker Plane hin zu der auf den Bodendielen ruhenden Leiter. Schweigend richtete sie die Leiter auf, lehnte sie an einen Balken, und Alexander folgte Grit auf den Zwischenboden, wo sie sich, gesichert durch Sperrholzplatten, einen Beobachtungsplatz eingerichtet hatte.

»Zieh die Leiter hoch«, flüsterte sie.

»Werden wir sonst von der Waschbärin angefallen?«

»Mit einer hochträchtigen Fähe ist nicht zu spaßen.«

»Wo ist sie?«

»Dort drüben ist ein kleiner Hocker, setz dich da hin …« Grit hatte ihren Rucksack abgestellt, kramte darin und reichte Alexander ein schweres Fernglas. Es handelte sich um ein Nachtsichtgerät aus alten NVA-Beständen, das Grits Onkel ihr von einem Bekannten aus Leipzig besorgt hatte.

Alexander war überrascht von der guten Qualität des hellgrün-grauen Bildes. Erst begutachtete er ein paar Dachziegel, dann bewegte er den Focus ein wenig nach rechts. Zunächst erkannte er eine Vertiefung im Dachboden, ein Dielenbrett war herausgebrochen und aus der Lücke hatte jemand das als Dämmung benutzte Stroh herausgearbeitet und so eine komfortable Kuhle geschaffen, an deren Rand er das eingerollte Ende eines buschigen, grau-grün gestreiften Schwanzes auftauchen sah. Sofort dachte Alexander an das Bild Old Shatterhands mit seiner Trappermütze. Tatsächlich – eine Waschbärin, denn da das Tier eine irgendwie seltsame Hockstellung einnahm, konnte er eindeutig die Zitzen erkennen, zwischen denen sie wild herumarbeitete.

»Was macht sie da? Leckt sie sich … die Zitzen ab?«, flüsterte Alexander und gab Grit das NSG.

»Nein, das macht sie schon seit ein paar Tagen immer wieder. Sie zupft sich die Haare aus dem Bereich ihres anschwellenden Gesäuges.«

Alexander ließ nur ein gewisses unterdrücktes Ächzen vernehmen, aber Grit, ganz und gar feldforschende Wissenschaftlerin, bemerkte seine Verlegenheit nicht, gab ihm das NSG zum Halten und beschäftigte sich damit, das kleine Periskopstativ aufzubauen, auf welches sie anschließend das Glas aufschraubte.

Sie ließ sich auf dem Hockerchen nieder und notierte auf dem Klemmbrett mit angebrachter kleiner Taschenlampe Datum und Uhrzeit. Dann versank sie in der Beobachtung ihres Lieblings.

Von ferne hörte Alexander jetzt ein tiefes, von einem vernehmlichen Scharren begleitetes Gurren.

»Was macht sie«, fragte er flüsternd.

»Sie wälzt sich auf dem Rücken, den Kopf nach vorne gerollt.«

»Was heißt das?«

»Schwer zu sagen. Es hat mit der bevorstehenden Geburt zu tun, aber vorgestern hat sie das auch gemacht und ist dann aber wieder, als ob nichts wäre, nach draußen auf die Pirsch gegangen.«

»Wann soll sie denn …«

»Niederkommen? 67 bis 69 Tage ist die Tragzeit. Wenn man aber bei der Zeugung nicht dabei war, kann man das natürlich nur ahnen. Auf jeden Fall ist die Große sehr spät dran. In der Regel kommen kleine Waschbären spätestens Ende März. Aber in der Stadt ist eben alles anders.«

Sie machte eine Pause, kein bisschen davon überrascht, auf wie engem Raum sie seit geraumer Zeit mit einem Mann war, ohne ein Atemnotsgefühl entwickelt zu haben. Im Gegenteil.

»Tja, jetzt heißt's warten.«

»Verstehe.«

»Ich würde dich wirklich zu gern sofort auf was einladen, aber …«

»Kein Problem.« Er ging lächelnd in die Hocke.

»Willst du wirklich dableiben?«

»Absolument.«

»Dann nimm dir den Schlafsack da, ja, in dem Sack. Zum Draufsetzen, da vorne kannst du ihn ausrollen.«

Kurz nachdem sie sich wieder in Ursulas Beobachtung vertieft hatte, trat eine Veränderung ein. Die Waschbärin stand da, drückte die Flanken zusammen und schob ihr Becken vor. Grit sah genau das Zittern einer Muskelkontraktion, das über ihren Unterleib lief.

Sie schluckte, das war die erste Wehe. Sie blickte auf ihre Uhr und machte sich eine Notiz. Dann legte sich Ursula wieder hin, eigenartig gurrende Geräusche von sich gebend und an der aufgerissenen losen Diele kauend. Genau um Mitternacht kamen neue Wehen. Ursula stellte sich auf die Hinterläufe, schob den Kopf unter den Bauch und beleckte sich dort.

Eine Stunde später war Ursula sichtlich erschöpft, wechselte dennoch aber unablässig die Lage. Grit sah mit klopfendem Herzen, aber kühl mitnotierend, wie die Wehen regelmäßiger wurden, schließlich kamen sie etwa minütlich. Ursulas Gurren war zu einem Stöhnen geworden.

Grit setzte für einen Moment ab, holte sich einen kleinen Schluck Wasser und fragte Alexander, ob der auch etwas trinken wolle. Aber er war eingeschlafen.

Um kurz nach drei sah Grit, wie Ursula einen Buckel machte und ihren Kopf unter den Bauch legte. Grit bildetete sich ein, ein ganz herzergreifend zartes, jammervolles Girren zu vernehmen, und dann sah sie, wie Ursula sofort die Nachgeburt auffraß, sich dann aufsetzte, ihr Junges vor sich auf den Bauch legte und es trocken leckte. Der übergroße Kopf des wie vor dem Ertrinken gerettet daliegenden Neugeborenen trieb Grit einen Schuss heißer Tränen in die Augen. Sie setzte das NSG ab und schniefte leicht.

»Was ist los?«

»Der erste Welpe ist da«, flüsterte Grit zu ihrem in der Dunkelheit ruhenden Begleiter und notierte die Zeit: 3 Uhr 46.

Wenig später vernahm sie noch ein zweites zartes Girren, und während der erste Welpe auf der Suche nach einer Zitze den schwachen Kopf hin- und herpendeln ließ, holte Ursula auch den zweiten Welpen zu sich und leckte ihn trocken.

Der erwachte Alexander durfte dann beobachten, wie die Waschbärin mithilfe ihrer Brust, mit Armen, Beinen und ihrem Schwanz ein rundes Nest bildete, in dem die beiden Welpen sicher und geborgen waren. Um zwanzig Minuten vor fünf sah es so aus, als ob die Welpen trinken würden.

»Sind das wirklich Schmatzgeräusche?«

»Ja«, sagte Grit, »die Kleinen hauen sich den Bauch voll …«

»Wie winzig die sind … wie viel mögen die wiegen?«

»So sechzig, siebzig Gramm.«

»Ob Ursula auch weiß, was sie zu tun hat?«

»Und ob.«

Alexander sah, wie Grit sich eine Strähne aus der Stirn strich und flüsternd hinzusetzte:

»Und nie würde sie ihre Jungen verlassen.«

Die Bewegung auf ihrem Gesicht blieb ihm verborgen, und sie sagte auch nichts mehr, sondern begann NSG und Stativ abzubauen.

Unten erwartete sie die schon beginnende Dämmerung, in der immer noch die Nachtigallen sangen. Alexander fröstelte ein wenig, als sie an der Friedhofsmauer vorbeikamen, um über die noch menschen- und verkehrslose Hermannstraße nach Hause zu gehen. Sie lag glänzend, von mächtigen Bäumen gesäumt, im Morgenlicht, unter einem spürbar wolkenlosen Himmel. Weit vor Ihnen überquerte ein rotfelliger schlanker Fuchs die Hermannstraße, blieb mitten auf der Fahrbahn stehen und blickte ihnen entgegen, erhobenen Hauptes und wunderschön. Als sähe er sein Totemtier, gab es Alexander einen Stich. Dann hielt es Reineke nicht länger und eiligen Schritts verschwand er, wie der letzte Dieb dieser Nacht in Richtung Tempelhof. Grit und Alexander sprachen kein Wort.

Kurz bevor sie in ihre Straße einbogen, sagte Alexander, wie gerne er einen Kaffee trinken würde, und verschwieg, dass er sich insgeheim auch danach sehnte, zu diesem Kaffee zu rauchen.

In einer Bäckerei kauften sie Croissants, die den Namen nicht verdienten, eine Tüte Milch und Weißbrot. Alexander wollte bezahlen, aber Grit ließ das nicht zu. Sie strahlte über das ganze Gesicht.

Alexander verstand, dass sie ihrem Haus immer näher kamen, hielt sich, ein wenig blass, hinter Grit. Es konnte doch nicht sein, dass sie jetzt tatsächlich, nach so vielen gemeinsam verbrachten Stunden, denselben roten Kokosläufer hinaufgingen, auf dem er sich seit zwei Wochen, düsterer und düsterer werdend, nach oben geschleppt hatte.

Sie waren im zweiten Stock angelangt. Grit sperrte auf und stellte ihren Rucksack in den Flur. Alexander blickte sie an, steif, seltsam befremdet von dem warmen Wohlgeruch, der aus Grits Wohnung strömte.

»Was ist? Willst du keinen Kaffee?«

»Doch, es ist nur …«, Alexander zögerte, dachte an die Schachtel Zigaretten, die oben in Malepartos Wohnung lagen, er könnte sie jederzeit holen, aber er rührte sich nicht von der Stelle, sondern beobachtete, wie Grit sich ihre schweren Wanderschuhe von den Füßen schlenkerte und zurück an die Tür kam. Sie hielt ihren Kopf schief, fuhr sich mit der linken Hand durch ihre Locken, drehte ein paar von diesen ein und stellte sich, so als ob sie über Alexander hinwegsehen wollte, auf ihre strumpfsockigen Zehenspitzen.

So standen sie sich einen Moment gegenüber, Grit blickte schließlich zu Boden, atmete tief ein, summte vergnügt, so als dächte sie über etwas Schönes, in weiter Ferne Liegendes nach, und Alexander konnte nicht anders, als ihre schlanken Füße zu bewundern, deren Knöchel sich wunderschön unter dem seidigen Rot ihrer Strümpfe hervorhoben.

Alexander hatte das starke Bedürfnis zu rauchen, wollte sich gehen lassen und seiner Sucht nachgeben, wie es vor ihm sein Vater und Großvater getan hatten. Aber er wollte auch auf keinen Fall, dass Grits Tür sich schloss, er wollte, dass sie offen blieb, auch wenn er dafür auf die Knie hätte gehen müssen, wogegen er nichts gehabt hätte, im Gegenteil, am liebsten hätte er genau das getan, wäre niedergekniet, um seine unrasierte Wange auf ihren Bauch zu legen, hätte ihren Nabel geküsst und seine Augen dabei geschlossen und nie wieder aufgemacht.

Oben hörten sie beide eine Wohnungstür sich öffnen, ein röchelnder Husten drang durch das Treppenhaus, und begleitet vom Scheppern ausgetrunkener Glasflaschen und einem grummelnden Monolog kam der alte schwäbische Säufer, der zwischen Grit und Alexander wohnte, die Treppen herunter, um seinen frühmorgendlichen Einkauf zu erledigen.

Grit, die sich des wüsten Streits mit dem alten Menschenfeind (der angeblich einen Doktor der Astrophysik besaß) noch bestens erinnerte und nicht die geringste Lust hatte, ihm schon wieder zu begegnen, biss sich auf die Lippen, betrachtete Alexander, der stocksteif vor ihr stand, und dann setzte sie ihren rotbestrumpften Fuß auf den Hausflur, legte, wie um ihrem Jagdbegleiter einen flüchtigen Abschiedskuss auf die Wange zu geben, ihren seidenglänzenden Arm um dessen Schultern – und zog ihn in ihre Wohnung.

KAPITEL 18

Johanna und ihr Meister

Klara Müller, Schweizer Staatsbürgerin, Assistentin einer Handelsgesellschaft mit Sitz in Zürich. Das war ihre erste Legende gewesen. Über Wien und Zürich schickte man sie auf die Hannover Messe des Jahres 1975, wo sie Beziehungen zu einem britischen Unternehmen aufbaute, oder besser, wo sie mit dem Vertriebschef der Firma ins Bett ging, einem fünfzigjährigen, verheirateten Dickwanst, der seine Socken anbehielt und einen unabschüttelbaren Geruch nach Kampfer und Jodtinktur aussandte, da er seit einiger Zeit an einer wunden Stelle in der Tiefe seines Doppelkinns litt, die er mit diesen Hausmitteln zu kurieren versuchte. Er hielt sich für einen begnadeten Liebhaber. Johanna bekam beim dritten Treffen, das in Frankfurt am Main stattfand, schließlich alles, was sie von ihm hatte haben wollen: Konstruktions- und Schaltpläne einer geplanten Baureihe von Steuerungssystemen, Teil eines Auftrags für einen neugebildeten Großkonzern, in dem die wichtigsten westeuropäischen Staaten ihre Rüstungs- und Luftfahrtanstrengungen gebündelt hatten. Nach einem guten halben Jahr verschwand Klara Müller, die einen einwandfreien Berner Dialekt gesprochen hatte, in der Versenkung, und mit ihr all die Requisiten, die Renate Voss benutzt hatte, um Fräulein Müller zu sein, im Wesentlichen nur eine Handtasche mit Geldbeutel, Pass etc. und ein Parfümflakon. Zusammen mit dem maschinenschriftlichen Text der Legendenbiografie und einem Nachtrag über gewisse Änderungen und Ergänzungen, die sich während der

Durchführung der Aktion eingestellt hatten, war das Ganze sicher in der Normannenstraße archiviert, sodass Klara Müller – wäre es denn vonnöten gewesen – jederzeit wieder hätte in Erscheinung treten können.

Aufregende Jahre begannen, und ihr Archiv füllte sich, die Nachlässe der Legenden wurden umfangreicher und die Rollen komplexer – das lag an ihren Aufträgen, die immer riskanter wurden. Die Art, wie sie die vorgegebenen Aufgaben löste, machte sie zu einer der wertvollsten Agentinnen ihres Sektors. Offiziell lebte sie als Lehrerin für Englisch und Sport in Magdeburg.

Nachdem Bronski dafür gesorgt hatte, dass sie ihre Spezialausbildung in der ČSSR erhielt, war sie allerdings – offiziell für Aufgaben im Sportlehrerverband – freigestellt worden und hielt sich viel seltener in Magdeburg auf, als man es für eine junge Frau in ihrer familiären Situation angenommen hätte. Aber ihre Mutter und ein gut funktionierendes Betreuungssystem machten es möglich, dass Johanna mindestens die Hälfte ihrer Zeit unterwegs war.

Im Oktober 1979 wurde sie von Bronski überraschend nach Berlin bestellt. Der Chef wolle sie sehen. Joscha Lux. Der Großmeister persönlich.

»Waren Sie schon einmal hier?«

»Nein.«

»Dachte nur. Sie sahen gerade aus, als hätten Sie einen Geist gesehen.« Milton lachte.

Natürlich hatte sich das Mobiliar geändert und war das vormalige zweitbeste Hotel Ostberlins an Ecken und Enden erneuert worden. Aber der umbaute Raum war immer noch derselbe. Von dem Tisch, an dem sie der Mann, der sich »Don« nannte, erwartet hatte, konnte sie genau zu jener Nische hinüberblicken, wo sie damals gesessen hatten. Auf ihren eigenen Rücken sozusagen.

Don Milton hatte eine Menge Krimskrams auf seinem Platz

liegen, mehrere Telefone, ein Apple-Notebook und ein dickes, altertümlich wirkendes Adressbuch. Unzählige lose Zettel ragten an allen Seiten aus dem Buch heraus. Schien eine Menge Leute zu kennen, der Mann.

Er hatte dichtes, dunkelblondes Haar, das perfekt geschnitten war, nicht zu kurz, und aus dem immer wieder ein paar Strähnen herausfielen. Er war braungebrannt, als ob er gerade vom Segelboot gestiegen wäre, und als er seine Sachen zusammenräumte, fielen Johanna seine elfenbeinfarbenen, perfekt manikürten Fingernägel auf, die sich schön von seinen von Adern überzogenen Händen abhoben. Er trug ein kurzärmeliges hellblaues Hemd, dessen Ärmelbund sich an die Rundungen seines Bizeps schmiegte und sich bei jeder Bewegung seines Oberkörpers in beeindruckende Falten legte.

Die Bedienung trat an den Tisch, beide wünschten nur Wasser zu trinken und bestellten sich jeweils Nudeln.

Bis das Essen kam, versuchte Johanna ihr eigenes Unbehagen, das sie jedes Mal wieder von Neuem packte, wenn sie in Richtung der Nische blickte, durch einen munter zuversichtlichen Bericht über die Arbeit der letzten Wochen zu überspielen.

Während Milton die Zitrone aus seinem Wasserglas fischte, um sie zu verspeisen, erzählte sie von der aufwändigen Recherchearbeit, machte den Vorgang des Luftbildstudiums etwas komplizierter und den bisher erzielten Fortschritt dabei deutlich größer.

»Was ich mich frage – mit welcher technischen Ausrüstung gehen Sie eigentlich vor?«

»Es handelt sich um eine das gesamte fragliche Stadtgebiet einschließende Sammlung von Fotografien. Militärischen Ursprungs, sollte ich vielleicht noch hinzufügen.«

»Und, weiter?«

»Nichts weiter. Ich vergleiche die von oben hervorragend zu erkennenden Grundrisse der Häuser mit dem Plan.«

»Sie vergleichen die Grundrisse.«

»Ja, auf die Weise arbeite ich mich voran, Haus für Haus.«

»Sie arbeiten sich voran.«

Ihr Essen kam, Don Milton führte seine Gabel geschickt drehend und aufspießend gleichzeitig über den Teller, Johanna hingegen musste sich fast ein wenig zum Essen zwingen, und für eine Sekunde kämpfte sie mit der absurden Idee, sich zu entschuldigen, auf die Toilette zu gehen und die Gedächtniskopie zu betrachten, nachzusehen, wie es um die Lücke stand. Sie blickte wieder hinüber zu der Nische, in der sie einst mit Lux gesessen hatte.

Der Spionagechef der DDR, das Mastermind, der raffinierteste Menschenkenner und Psychologe diesseits der Mauer, hatte ihr in zurückhaltendem Tonfall erklärt, wie zufrieden er mit ihrer bisherigen Arbeit für den Sektor Wissenschaft und Technik sei. Auch die Testergebnisse aus der ČSSR habe er studiert und sei beeindruckt. Nach ausgiebiger Beobachtung sei er zu der Überzeugung gekommen, in Johanna eine geeignete Kandidatin für eine sehr anspruchsvolle Aufgabe gefunden zu haben. Er wolle ihr einen Vorschlag machen.

Ohne auch nur mit einem Wort auf die Katastrophe des Überläufers Stiller einzugehen, dessen Flucht Anfang des Jahres Lux über vierzig seiner besten Spione in der BRD gekostet hatte, begann er ihr von der in Südafrika verunglückten Johanna Meister zu erzählen, einer Schweizerin ohne einen einzigen Angehörigen und in allen Details, wie Augenfarbe und Körpergröße, mit ihr, Renate Voss, übereinstimmend. Alles an Unterlagen, Ausweisen usw. sei gesichert beziehungsweise von der Druckerei der HVA in vorzüglicher Qualität angefertigt worden.

Ihr Koffer sei schon gepackt. Wenn sie denn wolle.

Was denn wolle?

Lux schlug ihr vor, unter der Identität »Johanna Meister« nach Bonn-Bad Godesberg zu ziehen. »Mitten in die Höhle des Löwen!«

Sie sagte nicht Nein, aber zustimmen konnte sie auch nicht.

Sie folgte Lux' Ausführungen zunehmend atemlos, trunken vor Sehnsucht nach der Welt und nach Abenteuer.

Ihre Ausstattung mit Geld und Kontakten würde es ihr erlauben, völlig unabhängig zu agieren, so wie es für eine Topagentin angemessen sei, die alleine ihm, dem Chef, unterstehe. Alle ihre früheren Legenden und die Akten über sie würden gelöscht. Sie würde noch einmal ganz von vorne beginnen. Ein unbeschriebenes Blatt.

Don Milton schob seinen Teller von sich weg, den in Windeseile zu leeren ihm gelungen war, ohne auch nur im Geringsten geschlungen zu haben. Johanna hatte kaum die Hälfte geschafft. Der Mann, der sich »Don« nannte, fuhr sich bei geschlossenen Lippen über seine Zähne.

»Es würde viel zu weit führen, wenn ich Ihnen die verschiedenen Gründe nennen würde, die mich ziemlich unzufrieden sein lassen.«

»Ich kann das durchaus verstehen.«

»Sie können das verstehen.«

Wieder lächelte er sie an, schenkte ihnen beiden den letzten Rest Wasser aus der Flasche ein und nahm einen tiefen Schluck.

»Das Hauptproblem ist die Zeit. Wenn alles nicht so verdammt knapp wäre, würde ich nämlich gar nicht hier mit Ihnen sitzen – ganz ehrlich.«

»Wie meinen Sie?«

»Die Karte, der Schatzplan, auf den Sie sich immer beziehen – ohne dass wir ihn bislang gesehen hätten. Wurde uns von anderer Seite angeboten.«

Johanna sagte nichts, runzelte nur aufgeschreckt die Augenbrauen. Der Mann, der sich »Don« nannte, bluffte. Ganz klar.

»Ich bin überrascht, das zu hören.«

»Ich könnte den Plan morgen haben«, sagte Don Milton und grinste gequält, »aber ich gebe Ihnen Zeit bis Ende nächster Woche. So lange werde ich mich ein bisschen umsehen. War nämlich noch nie in Berlin.« Er führte die Serviette an seine vollen Lippen, faltete den Stoff zierlich zusammen, erhob sich und reichte ihr die Hand.

»Machen Sie sich keine Sorgen wegen der Rechnung. Sobald Sie ein Ergebnis haben, rufen Sie mich an. Ansonsten endet unsere Vereinbarung genau in einer Woche. Schönen Abend.«

*

Eine S-Bahn durchquerte die nächtliche Stadt Berlin, leicht, ungehindert und ohne Erinnerung an die Große Mauer, über die eine junge Frau namens Renate Voss einstmals gegangen war, um drüben auf der anderen Seite, weit entfernt, in einer Stadt am Rhein wiederaufzutauchen, neugetauft und mit einer Vergangenheit, die sie fast besser kannte als ihre einstig eigene. Berauscht von ihrem neuen Leben, hatte sie daran gearbeitet, das alte zu vergessen. Vergessensarbeit, mühsam und schmerzlich, von Liebe zu ihrem Land und Sehnsucht nach der Welt jenseits seiner engen Grenzen angetrieben.

Aber scheinbar war ihr das Erlernen ihres neuen Lebens besser gelungen als das Vergessen ihres alten. Ein Abendessen mit einem vor Selbstsicherheit strotzenden jungen Amerikaner, und woran ihr zwanzig Jahre nicht zu denken gelungen war, war wiederaufgetaucht, als ob sie es niemals mit solcher Mühe vergessen hätte.

Am alten berühmten Bahnhof der ehemaligen Westhälfte stieg sie aus, lief über den zugigen Bahnsteig, die Treppen hinunter, am ersten geöffneten Imbiss draußen an der Kantstraße trank sie, doch der Alkohol half ihr nicht, wieder zu vergessen. Es war alles da.

Bronski hatte den Wagen wieder angelassen und steuerte die letzte Station an, zu der er die Agentin zu bringen versprochen hatte, bevor sie die Republik und ihr altes Leben endgültig hinter sich ließ. Es war der Ostfriedhof Magdeburgs.

Als sie ihn erreichten, ließ er den Wagen langsam auf die

Hauptallee rollen, nicht zu weit, um die gerade im Gange befindliche Begräbnisfeier nicht zu stören, aber zumindest so nah, dass sie einen Blick auf sie werfen konnten.

Zwar war die betrauerte Tote als gute Sozialistin bekannt gewesen, dennoch verzichtete man darauf, das »Lied vom kleinen Trompeter« zu spielen. Ihr Tod war die Folge eines tragischen Unfalls, den sie auf der Heimfahrt aus Cheb auf einer winterlichen Straße erlitten hatte. Die Verkehrspolizei der ČSSR hatte den Unfall rekonstruieren können. Gegen Mitternacht musste der Trabant, in dem sich neben ihr noch ein Kollege aus Polen befand, von der ungeräumten Straße abgekommen und zwanzig Meter in die felsige Tiefe gestürzt sein. Es konnte keinen Zweifel daran geben, dass beide sofort tot waren – der Wagen war vollkommen ausgebrannt. Es lag an diesem Umstand, dass die beiden Familien die sterblichen Überreste der Opfer nicht zu sehen bekamen.

Ihre kleine Familie hatte das Begräbnis familiär gestalten wollen, dennoch aber erwiesen der Toten, einer Deutsch- und Sportlehrerin an der Karl-Marx-Oberschule in Magdeburg-Weissel, offizielle Vertreter nicht nur von Schule und Schulamt, sondern auch von der Bezirksleitung der Partei die letzte Ehre.

Renate Voss, mehrfache Magdeburger Meisterin über 100 Meter Freistil, war unter ihren Kollegen und Schülern sehr beliebt gewesen, auch wenn sie in den letzten Jahren durch die freiwillige Übernahme vieler Aufgaben im Sportlehrerverband der DDR nur noch unregelmäßig an ihrer Schule gearbeitet hatte. Selbst das Training der von ihr mit aufgebauten Schwimmmannschaft leitete mittlerweile ein Kollege. Das gesamte Kollegium war erschienen, auch viele Schüler. Die Trauergemeinde war groß.

Als ein Vertreter des Sportlehrerverbands eine Rede hielt, setzte leichter Schneefall ein, die Grabsteine und gekiesten Wege bedeckten sich mit einer zögerlichen Schicht gleich wieder schmelzender Schneeflocken. Als die Rede zu Ende war, nahmen die Hinterbliebenen das Beileid zunächst des Parteisekretärs und des Schuldirektors entgegen, dann formierte sich ein langer Zug. Zahllose Schaufeln Magdeburger Erde fielen auf den Sarg der teuren Toten.

Sie hinterließ ihre Mutter und ein drei Jahre altes Töchterchen, das nichts von der wütenden Trauer ihrer Großmutter ahnte, in deren Armen sie erschöpft und selig schlief, während unbemerkt von der Gemeinde ein schwarzer Lada mit getönten Scheiben langsam rückwärtsfuhr, auf die Straße rollte, um dann einzubiegen und zu wenden und seine Insassen zu ihrem Rendezvous an der Grenze zu bringen.

»Kann das sein, dass du geweint hast?«

»Ja«, sagte Johanna mit tränenerstickter Stimme, »spielt keine Rolle. Gilarijs, du musst … mir helfen.«

»Wo bist du?«

»Berlin. Bahnhof Zoo.«

»Bisschen spät, um noch zu verreisen.«

»Gil – hast du gehört, was ich gesagt habe?«

Sie stützte sich mit ihrer Linken an die gekachelte Wand der Telefonbox. Von hinten hörte sie das Scheppern einer Blechdose, die gewaltvoll getreten worden war.

»Du musst mir helfen, Gil!«

Gilarijs ließ nichts von sich hören, sie lehnte sich mit dem Rücken an die Wand und sah dem Neubrandenburger zu, wie er die Dose zunächst verfehlte, dann aber fluchend traf und ihr zu einem erstaunlichen Auftrieb verhalf. Unter der Unterführung kam ein Taxi vorbei, und die Dose verfehlte es nur knapp.

»Gil?«

»Hanna – das ist jetzt sehr wichtig. Hast du den Plan wirklich? Gibt es ihn überhaupt?«

»Ja.« Sie bekam eine Art Schluckauf. Was war nur mit Gil los? Er wirkte mit einem Mal so geschäftig.

»Also gut, ich komme morgen nach Berlin. Ich weiß nicht, wie, weil ich eigentlich in London sein muss, aber ich komme.

Deine Nummer habe ich. Melde mich sofort. Sorge du nur dafür, dass der Plan da ist.«

»Gil, ich liebe dich.«

»Wie viel hast du getrunken?«

»Schon gut. Also – ich liebe dich nicht.«

KAPITEL 19

Originalschauplatz, fünffach

Dieses Mädchen hieß Manuela, und es ließ sich gut an mit ihr. Über eine Stunde lang arbeiteten sie miteinander, dreimal ließ Milton das Mädchen die Szene wiederholen, las ihr, so emotionslos und unschauspielerisch wie nur möglich, den Text der männlichen Figur vor, um dann dreimal »Thank you« zu sagen. Das erste Mal fröhlich, das zweite Mal ganz leicht genervt, das dritte Mal vollkommen ausdruckslos und ohne weiteren Kommentar. Er fasste sich nur einmal kurz an die Baseballkappe und drückte sie fest auf seine blonden Haare.

»Stimmt was nicht?«, fragte das Mädchen jetzt, hielt sich mit beiden Händen an dem Bündel von Seiten fest und machte einen kleinen Schritt auf ihn zu, der schweigend und mit ernstem Ausdruck auf dem Hockerchen neben der Kamera saß. Seine linke Hand ruhte immer noch auf dem Schalter, mit dem er den Klapperkasten vor einer halben Minute mit einem vernehmlichen Klick ausgeschaltet hatte. Er wusste, dass nichts überzeugender wirkte als ein von starken Gebrauchsspuren gezeichnetes, relativ altes Gerät.

»Hab ich was falsch gemacht?«, fragte sie, ließ die Blätter erschöpft sinken und strich sich eine Falte des braunen BDM-Röckchens glatt. Milton schüttelte unmerklich den Kopf, blickte zu Boden und begann mit leiser Stimme zu sprechen.

»Weißt du, äh, Manu – ela, ich bin ein ganz kleines Licht bei dieser Geschichte, ich bin nur der Idiot, der durch die Gegend fährt, während meine Chefs in Beverly Hills beim Abendessen sitzen und ihr Geld zählen. Ich bin nicht derjenige, der entscheidet, wer besetzt wird oder so, ich liefere denen da oben nur das Material, wenn du verstehst.«

Er seufzte, stand von dem Hockerchen auf, nahm die Kassette aus der Kamera, ging mit ihr an dem Mädchen vorbei und setzte sich auf die linke Seite der Couch.

»Kannst du dir vorstellen, wie viele solcher Kassetten ich schon in der Hand hatte, seit ich scoute?« Er schüttelte sie leicht hin und her, bevor er sie seufzend auf den kleinen gläsernen Beistelltisch legte.

»Im Laufe der Zeit kommt einem einiges unter, die allermeisten sind nicht wirklich gut, aber geben sich wenigstens Mühe.«

Nun blickte er das Mädchen scharf an. Verzog keine Miene, fand jetzt aber, dass ihr das Kostüm hervorragend stand; es sah wirklich überraschend gut aus an ihr, zumal sie ihr blondes Haar, worum er sie gebeten hatte, in Zöpfen trug. Er hatte sie dafür gelobt. Sie war selbstkritisch und auch ein wenig nervös, das hatte Milton gleich gemerkt.

Sie stand unsicher da, ihre schmalen Schultern leicht angezogen und mit einem Ausdruck im Gesicht, als erwarte sie ein vernichtendes Urteil von ihm. Er aber lächelte jetzt fast ein wenig schüchtern und bat sie, neben ihm auf der Couch Platz zu nehmen, was sie nach einem kurzen Zögern auch tat. Sie setzte sich, sehr aufrecht und steif, ganz ans andere Ende.

Er sah sie nicht an, während er wieder von der riesigen Masse an Probeaufnahmen sprach, die er schon gemacht hatte. Seit er hier in Berlin sei, habe er allein schon zehn Kassetten mit anderen Mädchen, die für die Rolle in Frage kämen, bespielt. Das war nicht ganz wahr. Manuela war die Vierte, seit er sich hier in Berlin die Zeit vertrieb, darauf wartend, dass Johanna Meister endlich der Durchbruch gelang.

Viele wollten zum Film und so eine Nebenrolle in einem großen A-Movie – das wisse jeder – könne eine junge Schauspielerin über Nacht ins Geschäft bringen. Wenn man das Zeug dazu habe.

Milton gab sich Mühe, sich so einfach und klar wie möglich auszudrücken, damit das Mädchen, dessen Englisch dürftig war, ihm auf jeden Fall folgen konnte. Sie schien leicht verwirrt, lächelte ihn tapfer an, erschrak dann aber förmlich, als er ihr, so ernst, wie er nur konnte, versicherte, er habe in den letzten Monaten, ja Jahren, überhaupt niemanden erlebt, der so offensichtlich talentiert sei wie sie. Die dritte Version, die sie gerade zusammen erarbeitet hätten, hätte ihm förmlich die Luft geraubt. Das sei wirklich gut gewesen.

Das Mädchen starrte ihn mit großen Augen an, ihre Hände hatte sie gefaltet zwischen ihren Schenkeln liegen, die sie aufgeregt zusammenpresste. Das kurze BDM-Röckchen betonte ihre milchig-blasse Haut. Milton lächelte jetzt, nahm die Kassette noch einmal in die Hand und wog sie fasziniert.

»Ich weiß, wovon ich rede. Wenn die richtigen Leute das zu sehen bekommen, bist du im Geschäft. Ich glaube, du bist wie gemacht für die Rolle! So, nun habe ich es gesagt. Verdammt! Ich glaube, das war ein Fehler.«

»Was?«, fragte das Mädchen, immer noch verwirrt, mit geröteten Wangen, doch schon entschlossen, ihre Chance tatsächlich zu ergreifen. Sie nahm ihre Hände aus dem Griff der Schenkel, rutschte nervös ein paar Zentimeter auf ihn zu und sah ihn fast flehend an. Milton drehte sich ihr ein wenig zu, wagte einen kurzen Blick, aber sehr zurückhaltend, melancholisch, starrte dann wieder auf die Kassette in seinen Händen. Es war dies nun der Beginn, die wichtigste Stelle in der festgelegten Dramaturgie, mit ihm fingen seine Streifen mit den Mädchen jedes Mal an: die erste Reaktion des Mädchens auf das, was er gleich sagen würde. Er war sich eigentlich ziemlich sicher, dass er bei diesem hier, Manuela, den sanften Weg gehen sollte. Meistens war die knallharte, brutale Methode richtig – eröffnete einen logischen Schritt nach vorn, erlaubte dem Mädchen, zu begreifen, was ihr widerfuhr, eine klare Erpressung lockerte sie auf, viele von ihnen rechneten insgeheim sogar damit, manche waren regelrecht erleichtert, dass etwas so Einfaches von ihnen verlangt wurde. Einfach nur Sex.

Dieses Mädchen konnte er wohl auch herumbekommen, aber wenn er sich nicht völlig irrte, war sie jemand, der sich selbst gering schätzte, und deshalb würde sie sehr enttäuscht sein. Er konnte sich ihren leeren Blick auf der Vier vorstellen, sechzig Minuten Traurigkeit. Konnte reizvoll sein – war Enttäuschung doch eine unverhohlen geäußerte Regung, eine echte Emotion.

Deswegen wäre es wirklich schade gewesen, wenn sich Milton durch unbedachtes Vorgehen um dieses Material gebracht hätte – Manu-ela in seiner BDM-Uniform, mit zugeknöpfter Bluse, aber einem verheißungsvoll hervorschimmernden türkisen Höschen unter dem braunen Röckchen sah einfach zu vielversprechend aus.

Wichtig war, dass er es jetzt nicht zu kompliziert machte. Ein hübsches Mädchen, das als Hilfskraft in einem Kaufhaus arbeitete, glauben zu machen, das gütige Schicksal selbst habe ihr diesen braungebrannten blonden Botschafter der amerikanischen Filmindustrie über den Weg geschickt, war leicht, bestand doch solch ein junges Leben oft aus nichts anderem als der Suche nach einem Ausweg aus der Öde und Langeweile.

Milton wusste genau, was es hieß, zwanzig Jahre alt zu sein und in einer Misere zu stecken; die materiellen Verhältnisse spielten dabei übrigens eine viel geringere Rolle als gemeinhin angenommen. Geld allein machte zwar nicht unglücklich, es garantierte aber keineswegs, nicht verzweifelt zu sein. Milton schwieg und starrte auf den bunt gewürfelten Teppich vor der Couch. Schön langsam war es an der Zeit, das Mädchen eine Stufe weiter zu führen. Action.

Es gab einige Standardpositionen, die er auf jeden Fall einnahm, und die die immer selben Bilder mit immer anderen

Mädchen ergaben. Früher hatte er versucht, öfter mal etwas Neues auszuprobieren, aber es war eben gerade die Wiederholung der immer selben Positionen mit unterschiedlichen Mädchen, die ihn faszinierte, später, wenn er sich seine Schätze ansah.

Das Set von fünf verborgenen Überwachungskameras aus dem unerschöpflichen Sortiment des Sicherheitskaufhauses Lieberman & Schwarz, seinem Tempel, ließ sich fast problemlos in jedem Mittelklassehotel der Welt aufbauen, aber am besten ging es in den Zimmern der Hiltongruppe, wo es ihm das Verhältnis von Couch und großzügigem Bett, die Verteilung von Schreibtisch, Lampen, Spiegeln und anderem glitzerndem Krimskrams für gewöhnlich leicht machte, seine geliebten kleinen Objektive zu verstecken. Amerikanischer Standard funktionierte einfach am besten.

Milton spürte, wie sich die Nervosität des Mädchens von Sekunde zu Sekunde steigerte; die drei Probedurchläufe vor der großen Kamera mussten sie angestrengt haben, nun erwartete sie zweifellos, dass er ihr irgendwie weiterhalf. Sie war – mental – genau da, wo das immer gleiche Szenario sie vorsah: Erschöpfung und Hoffnung in der richtigen Balance, zugleich, durch das scheinbare Verschwinden der Kamera, des Aufgenommenwerdens, eine unerwartete, unmittelbar private Stimmung. Man hatte zusammen gearbeitet, war sich durch die Arbeit nähergekommen, nun saß man zusammen auf der Couch.

Die Couch wurde in der Totale von Kamera eins, die am Spiegel des Toilettentisches befestigt war, aufgenommen. Man sah Milton mit Baseballmütze auf der linken Seite sitzend, neben ihm ein Mädchen in Rock und Bluse. Auf den Kniff mit der BDM-Uniform war er kurz vor seiner Abreise aus New York gekommen, ein reiner Zufall.

Ein Bekannter von ihm hatte für ein Butterbrot den gesamten Kostümfundus einer Broadwayproduktion aufgekauft, die schon nach drei Wochen wegen Erfolglosigkeit abgesetzt worden war. Es war ein Musical über die letzten Tage des Dritten Reichs, inklusive einer haarsträubenden Liebesgeschichte zwischen einem BDM-Mädel und einem französischen Spion. Milton hatte sich fünfmal dasselbe Kostüm in verschiedenen Größen herausgepickt, geschneidert für die Mitglieder des Frauenchors. Kaum hatte er im Hilton Berlin eingecheckt, hatte er sich einen kleinen Paravent, eine Kleiderstange und ein paar Extrabügel auf seine Suite bringen lassen, um eine Garderobe einzurichten. Die eigenen Kleider abzulegen war ganz wichtig. Ein Kostüm zog man viel leichter aus.

Er konnte die fortlaufende Präsenz der fünffachen Aufzeichnung spüren, die Lückenlosigkeit, mit der die herrlichen kleinen Kameras arbeiteten, von denen er allein wusste. Wie süß dieses verborgene Wissen doch war.

»Komm doch ein wenig näher«, sagte er, rückte sich die Baseballkappe zurecht und lächelte.

KAPITEL 20

Der mit der schwarzen Hand

Alexander fand es abenteuerlich schön, auf Grits Futon zu erwachen, sofort daran zu denken, dass es tatsächlich Grits Futon war, und sich blinzelnd aus der Kuhle zu erheben, die sein Körper während des Schlafs mit einer dunklen Lache Schweiß ausgefüllt hatte.

Am Morgen fühlte er sich durch und durch geknetet, ausgewrungen, frisch und erschöpft zugleich, und blickte mit einer seltsamen Mischung aus Verwunderung und Stolz auf das nasse Laken, welches er gleich nach dem Aufstehen abzog, zusammenknüllte und sich dann mitunter gerne an die Nase hob. Er hatte früher oft davon gehört, eine der ersten Sensationen des frischgebackenen Nichtrauchers sei die Rückkehr eines subtilen Geschmacks- und Geruchssinnes, freigespülte Nasenflügel und ein Erwachen der auf Zunge, Rachen und Nase verteilten, vormals von Teer und Nikotin verklebten Papillen. Auch wenn er sich gar nicht erinnern konnte, wie es war, schlechter gerochen zu haben, so konnte er sich doch an den Gerüchen um ihn herum berauschen. Tatsächlich – es war ja noch dazu Frühling und die Berliner Luft tat alles, um ihm die Düfte des Wachsenden, Grünenden und intensiv Blühenden zuzutragen.

Mehr aber noch verlangte es ihn nach jenem unwiderstehlichen Duft, den die wilde Biologin absonderte, Grit, die Frau, mit der er genau seit jenem Tag, an dem er die letzte Zigarette geraucht hatte, die Nächte verbringen durfte, seine Meisterin. Die erste Geliebte, die ihn zu fesseln verstand.

Einmal vor ein paar Tagen hatte er an einem von ihr getragenen Schlüpfer gerochen, der auf den weißen Fliesen des Badezimmers liegen geblieben war. Er wollte auf der Stelle wissen, ob es irgendetwas von Grit gab, dessen Geruch ihm unangenehm gewesen wäre. Aber selbst die intimen Gerüche von Grit waren ihm nicht zu intensiv, sondern reizten ihn so sehr, dass ihm von einem Moment auf den anderen die Tränen kamen, wie es auch manchmal in der Nacht geschah, wenn sich ihr Lockenkopf nach der Liebe erschöpft über ihn beugte.

Aber er hatte sich schon daran gewöhnt, sich lachend und leicht atmend durch die Stimmungsschwankungen zu beißen, die wohl vom Nikotinentzug herrührten. Alexander wusste ja, dass er spätestens wieder am Abend in Sicherheit war, wenn Grit zurückkehrte und ihm alles aus der Hand nahm, was ihn bedrückte, und so lernte er eben zu lachen, auch wenn ihm die Tränen der Auszehrung über die Wangen liefen, da seine Tage – trotz des auffällig schönen Wetters und dem Zauber der Gerüche – einer Nebelwand glichen, an der er mühsam, vergeblich, erschöpft und verzweifelt hochzuklettern versuchte, um immer wieder abzugleiten und auf sich selbst zurückgeworfen zu werden.

Auch in der letzten Nacht, wie in fast jeder, die sie miteinander verbracht hatten, war Grits Jagdlust erwacht. Kaum dass sie beschlossen hatten, schlafen zu gehen, und das Licht gelöscht war, war sie wie ausgehungert über ihn hergefallen. Es gehörte zum Spiel, ihren Jagdtrieb zu reizen, indem er sich ihr zu entwinden suchte, die Kontrolle übernahm, sie küsste und entkleidete und sie mit seinen eigentlich überlegenen Körperkräften so lange hinhielt, bis sie nicht mehr anders konnte, als ihn zu überwältigen, zu bändigen und an die niedrigen schwarzlackierten Eisenfüße ihres Betts zu ketten.

Beim Aufwachen streichelte er sich prüfend über seine Handgelenke, lächelte, als er die schmerzenden Kerben spürte, die die Fesseln hinterlassen hatten, welche keine Handschellen, sondern zwei mit Batik versehene Seidentücher von roter und grüner Farbe waren. Er konnte sich nicht erinnern, wie diese beiden Fesseln ins Spiel gekommen waren, woher Grit sie so schnell genommen hatte, so als führte sie diese vorsorglich mit sich, immer auf der Hut.

Irgendwie verstand sie es stets, sich seiner Umarmung zu entwinden und ihn auf die Matratze zu werfen. Dann legte sie sich mit ihrem ganzen Körper auf ihn, küsste ihn wild auf den Hals, betörte ihn, indem sie ihm ihre Zunge ins Ohr steckte, ihre Locken bedeckten sein Gesicht, kitzelten und verwirrten ihn, er schloss die Augen und unversehens fand er sich mit den seidigen Fesseln angetan, prüfte ihre Widerstandskraft mit aller Kraft und gab sich, da sie allen seinen Bemühungen sicher trotzten, in süßer Erschöpfung hin.

Auf diese Weise gefangen zu sein befreite ihn – kam doch alles an Körperbeherrschung, an Plänen und Geschicklichkeit ihrer Durchführung an sein Ende. Ohne es zu wollen, zerrte er immer wieder an den Fesseln, da er sich bei Grit, die nach unten gewandert war, um ihn von den letzten Resten seiner Kleidung zu befreien, für ihre Zärtlichkeiten revanchieren, sie umarmen und küssen wollte. Doch das blieb ihm versagt, er konnte gerade mal seinen Kopf ein wenig heben und fand sich schließlich damit ab, dass es nichts für ihn zu tun gab, als zu empfinden, sodass er einfach die Augen schließen und sich vorstellen konnte, auch diese wären mit einem Tuch verbunden und er selbst ganz und gar darauf reduziert, zu fühlen, was Grit mit ihm anstellte.

Es gab etwas wie ein klares, doch geheimes, mit keinem Wort erwähntes Abkommen zwischen ihnen, und so löschten sie das Licht, bevor sie ins Bett gingen, ließen sich aber, da Grit keine Vorhänge an ihren Fenstern hatte, von den Straßenlaternen beleuchten.

Er ließ seinen Kopf ganze Nächte auf ihrer Brust, auf ihrem Bauch und ihren Beinen ruhen, um dann, wenn er trunken und verwirrt aufwachte, glücklich an ihr entlangzublinzeln, als sei Grit eine Riesin und er der gestrandete, ameisengroße Reisende, der es glücklich zwischen ihre Schenkel geschafft hatte. Eines Nachts sah er das Glitzern einiger Salzkristalle in der Nähe ihres Bauchnabels, dargeboten wie wundertätige medizinische Präparate auf jungfräulichem Grunde.

Grit schlief nicht besonders gut und besaß einen ihm rätselhaften, auch von tiefnächtlicher Liebe nicht zu trübenden Hang zum Frühaufstehen. Alexander hingegen verschlief die Vormittage und erwachte meistens erst von seinem schmerzenden Kreuz, was mit der ihm ungewohnten Futonmatratze zu tun hatte. An manchen Tagen fühlte es sich an, als wäre eine große Eisenplatte mit aller Gewalt und wider die Natur direkt über seinem Steiß angebracht worden, sodass er sich stöhnend zusammenrollte, seine Knie an den Bauch presste und fest umklammerte, bis er einsehen musste, dass nichts gegen den Schmerz half, als aufzustehen. Danach versuchte er es mit gymnastischen Übungen, machte ein paar Klappmesser und immer auch Liegestütze, bei denen sein mit Schweiß bedeckter Bauch Krümel und Haare von Grits Dielenboden aufsammelte.

Ungeduscht und barfüßig schlurfte er dann die zwei Treppen nach oben, betrat die Dachgeschosswohnung, und da sich außer einigen hoch reisenden, prächtig abgezirkelten Haufenwolken ein strahlend blauer Berliner Himmel zeigte, riss er sogleich die Türen zur Terrasse auf, machte sich einen Kaffee mit viel Milch und setzte sich dann auf den hölzernen Liegestuhl, den er bei einem Nachlassverwerter weiter vorne in der Straße gekauft und nach oben geschleppt hatte.

Er war selber überrascht, dass es ihm möglich war, trotz der Tasse Kaffee nicht zu rauchen. Eine Zeit der Wunder. Warum er allerdings das angebrochene Päckchen Salem aufgehoben hatte, konnte er nicht genau sagen – ob es stolzes Mahnmal seines heroischen Entschlusses aufzuhören war, oder ob er eben immer noch nicht ohne Zigaretten in seiner Nähe sein konnte, darüber wollte er nicht nachdenken.

Die Nachmittagsstunden verbrachte er damit, einen Kaffee nach dem anderen zu trinken, da er das unaufhörliche Bedürfnis hatte, irgendetwas mit seinem Mund anzustellen, die Lippen zu stimulieren, sich etwas zuzuführen. Wenn die grausame Leere in seinen Bronchien ihn zu verschlucken drohte, legte er sich auf die Terrasse, krallte sich mit den Füßen an einer der verlegten Tropenholzleisten fest und machte Liegestütze, bis seine Muskeln brannten.

Ansonsten vertiefte er seine Kenntnisse des Tempelhofer Flugplans und sah den einfliegenden Maschinen bei ihren schwankenden Tänzen über den Dächern Neuköllns zu. Zwar hatte er keine Ahnung, woher sie kamen, aber dass etwa jeden Tag gegen 14 Uhr eine kleinere Turboprop der Air France am östlichen Himmel auftauchte und kurze Zeit später eine größere Maschine der Lufthansa, das wusste er schon.

Je nachdem wie der Wind stand, durchquerten die Flugzeuge seinen Terrassenhorizont mit brüllendem Getöse oder aber fast flüsternd, was ihm besser gefiel. Er stellte sich die Passagiere vor, ihre Pläne und die Gründe, die sie auf ihre Reisen gebracht hatten, ihr Unterwegssein, von dem er sich, ebenso wie von dem Zwang, sich eine Kippe nach der anderen in den Mund zu stecken, befreit zu haben glaubte.

Er saß mit Hose und Hemd in der Maisonne, fröstelte manches Mal, wenn Wolken aufzogen. So wie er nicht rauchte, nicht verreiste und nicht arbeitete, hatte er sich auch von den quälenden Gedankengängen der letzten Wochen befreit. Die Verkehrsmaschinen, die alle halbe Stunde auftauchten, um das Theater seiner Dachterrasse zu durcheilen, hatten nichts mit ihm zu tun. Er sah ihnen zu, das war alles.

Dass er seine Nachmittage auf diese Weise verbringen konnte, dazu hatte wesentlich beigetragen, dass er sich vor ein paar Tagen einen Ruck gegeben und einen Anruf im Hotel de France in Monte Carlo getätigt hatte. Er betrat die große Postfiliale an der Karl-Marx-Straße, kaufte sich eine Telefonkarte, zog sich in eine fernliegende Zelle zurück und rief die internationale Auskunft an. Aus der Telefonzentrale des Hotels ließ er sich direkt mit dem Büro des Kellermeisters verbinden, konzentrierte sich auf den Schweizer Akzent und sagte, er habe vor etlichen Wochen mit dem Kellermeister telefoniert und eine große Lieferung auf den Weg gebracht und seitdem nichts mehr gehört, auch die Rechnung sei noch nicht bezahlt.

Alles hatte er sich vorgestellt, aber nicht, dass die mit breitem südfranzösischem Akzent sprechende Frau ihm mit der frohen Botschaft geradezu entgegenstürmte, indem sie ihm – ohne eine Sekunde misstrauischen Zögerns – erklärte, oh ja, das könne schon sein, der Kellermeister habe vor einiger Zeit einen Unfall erlitten, seinen Jahresurlaub genommen und sei erst seit einer guten Woche wieder im Haus.

»Was ist denn passiert?«

»Hat sich im Keller den Kopf angehauen.«

»Ach, ist das wahr? Wie geht es ihm denn?«

»Och, ja, ganz gut. Monsieur Philippe bringt so schnell nichts um. Darf ich ihm was ausrichten? Er ist gerade in einer Besprechung mit dem Bankettmanager.«

»Nein danke, Madame«, Alexander hätte weinen können vor Glück, »nein, ich melde mich einfach wieder.« So war zumindest das geklärt.

Mit der Dämmerung machte Alexander Anstalten, Malepartos Bude zu verlassen, zog sich seine Schuhe und das langsam eine Reinigung benötigende Sakko an, stopfte sich ein paar Scheine in die Hosentasche und streifte sich seinen schwarzen Ausgehhandschuh über die geschienten Finger der rechten Hand.

Auf dem Weg nach unten sperrte er Grits Wohnung auf, warf einen Blick in den Kühlschrank und nahm den Müll mit nach unten, den er im Hinterhof entsorgte, wo neben den mehrfarbigen Mülltonnen mit Windeln vollgestopfte Hasenställe, Bügelbretter und suspekt gesprenkelte Matratzen lagerten und auf ihre Abholung warteten.

Auf das speck- und hundedreckglänzende Kopfsteinpflaster vor seinem Haus getreten, wandte er sich nach links, wo sich ganz am Ende der Straße der Ostrand des riesigen, deutlich tiefer liegenden Flugfeldes befand und der düsteren Gegend eine Grenze aus eingezäuntem, von tausenden Signallichtern in strengen Bahnen durchzogenem Freiraum gab. Er spazierte unter großen Bäumen daran entlang, und wenn sich auf einer der beiden Pisten gerade eine Maschine mit aufbrüllenden Triebwerken daranmachte, zu starten, blieb er stehen und blickte ihr nach, bis sie im dunklen, von nächtlichem Gewölk betupften Himmel über Schöneberg verschwand, während gleichzeitig auf weitgebogener Kreisbahn hellerleuchtete S-Bahnen das Flugfeld an seinem Südrand umrundeten.

Dieses Ineinander des Verkehrs, das sich dort weit unten, über einen Kilometer entfernt, abspielte, erfüllte Alexander mit einer ähnlichen Befriedigung wie die Momente auf der Terrasse, wenn er den Flugzeugen beim Landen zusah. Er hatte mit dem Leben Berlins nichts zu tun, das erst dort unten begann, hinter dem von Scheinwerfern angestrahlten Halbrund des Flughafengebäudes, Schöneberg, Steglitz, die Orleansstraße, in der sein Elternhaus genau dort stand, wo es der Großvater seiner Mutter, Friedrich Simon Genzig, hatte bauen lassen, kurz nachdem er seinem Namen das »von« hinzuergattert hatte.

Hier oben war eine andere Gegend. Drehte er der Illumination des Flughafens den Rücken zu, ging es auf den Herrfurthplatz mit seiner in der Form eines Kreuzes mit gleich langen Schenkeln entworfenen Kirche, deren einstmals über sechzig Meter hoher Turm allerdings nur deutlich beschnitten aus den Ruinen wiederauferstanden war, um dem zunehmenden Flugverkehr Rechnung zu tragen, der zu der Zeit, als die West-Alliierten die von den Sowjets abgesperrte und verriegelte Stadt Berlin aus der Luft versorgten, einen ersten Höhepunkt erreichte, da fast jede Minute ein Transportflugzeug der amerikanischen Luftwaffe einschwebte, vollbeladen mit Schokolade und Mehl, Kaffee, Nylonstrümpfen und Zigaretten.

Rings um die Kirche befand sich eine kreisrunde Grünfläche, auf deren Bänken tagsüber manchmal Leute saßen und Dosenbier tranken. Die Kirche stand im Zentrum einer zweispurigen Straße, einer Allee mit einem großzügigen Promenadestreifen in ihrer Mitte, und auch dort gab es überall Bänke zum Ausruhen und jeden Abend aufs Neue überfüllte Mülleimer, in denen sich die Überreste einsamer Ausschweifungen sammelten.

Wiewohl mitten in der Stadt, war das Straßennetz um den Platz der Genezarethkirche von einer seltsamen Verlassen- und Abgelegenheit, die einerseits sicherlich damit zu tun hatte, dass alle Querstraßen ganz unvermittelt am Zaun des Flughafens ihr Ende fanden. Jenes Abgerissensein aber gab den Straßen und der letzten Häuserreihe vor dem Flugfeld den eigenartigen Eindruck einer Simulation, als wären die Häuser nicht aus den Anfang des 20. Jahrhunderts mit Pferdefuhrwerken aus Köpenick und Templin herangeschleppten Ziegeln aufgebaut und der Straßenbelag nicht mit jenem mittlerweile abgeschliffenen Granit gepflastert, sondern als bestünde alles aus einem universelleren Material, aus dem ein unbekannter Designer jene dunkle Gegend um die Kirche wie eine Insel geformt hätte, und als wären die in allen Farben strahlenden Landebahnlichter die durchscheinenden Strukturen des geheimen Bauplans, der dem Konstrukt zugrunde lag.

Zu dieser düsteren, gleichwohl aber auch anziehenden Unwirklichkeit gesellte sich andererseits ein Hyperrealismus des Niedergangs, auch eine gleichsam mit Händen zu greifende Erschöpfung, so als wäre ein großer, langjährig wütender Sturm über die Häuser und ihre Bewohner hinweggefegt, hätte ihnen alles Glänzende entrissen und sie dann zurückgelassen.

Einstmals war das Quartier mit der Absicht erbaut worden,

auch die Eliten des Reichs, Offiziere, Beamte und Ärzte, auf diese Anhöhe hinter dem Tempelhofer Feld zu locken, um dem frisch zu Groß-Berlin beigetretenen Rixdorf gleichfalls eine ausgewiesene Wohngegend für die besseren Kreise der Gesellschaft zu schaffen.

Das als Amüsierbezirk berüchtigte Rixdorf, in welchem der Unterhaltungswillige einem populären Schlager zufolge »Musike« finden und sich hier vor allem auf Berlins wichtigster Vergnügungsmeile, der Hermannstraße, mit allen dieser Musik zugehörigen Details wie leichten Mädchen, Bier und Schnaps unterhalten konnte, hatte sich dazu extra auch noch in Neukölln umbenannt – in welchem das gewendete Alt-Cölln, das Nachbardorf des kleinen, von Fischern und Schiffern bewohnten Ur-Berlin für altehrwürdigen Glanz und einen Neuanfang sorgen sollte.

Doch flohen im Laufe der sechziger und siebziger Jahre die letzten gutsituierten Bürger aus dem von den Zerstörungen des Krieges nicht betroffenen und vollständig erhaltenen Viertel und seinen herrschaftlichen Häusern, zwischen deren prächtigen Fassaden sich der Triebwerkslärm von immer mehr, immer größer werdenden Flugzeugen brach, bis sich die zahllosen Ladengeschäfte, Restaurants und Tanzhäuser geleert und ihre hellerleuchteten Schaufenster schließlich eines nach dem anderen von den schwarzen Spiegeln trauriger Leerstände ersetzt worden waren. Unberührt schön waren nur noch die großen Platanen auf der Promenade.

In einigen der Läden hatten Leute Wohnung genommen und Alexander blieb bei den Spaziergängen durch den Ort seines Verstecks manchmal, fast zu seiner eigenen Verwunderung, stehen, um jene der Straße offenbarten Lebensverhältnisse zu betrachten, die verstaubten Pflanzen auf den Fensterbänken, hinter denen buntbezogene Couchgarnituren sich den Raum mit beständig laufenden Fernsehern teilten. Auf den Tischen lagen Programmzeitschriften, Coladosen und Flaschenbier, überquellende Aschenbecher und häufig voluminöse Dosen mit Schnitttabak, auf denen die Logos der üblichen Billigdiscounter prangten und aus denen sich ihre Besitzer unzählige Male am Tag bedienten, um mit Hilfe von Drehapparaturen große Vorräte an Zigaretten zu drehen.

Jeden der ungezählten Raucher betrachtete er mit diffuser Faszination, fühlte er sich der Sucht einerseits doch entkommen, glaubte andererseits in den immer wiederkehrenden Gesten, mit denen Menschen Zigaretten konsumierten, auch sich selbst oder besser den Alexander von früher zu entdecken, den es nicht mehr gab.

So war ihm Neukölln ein Zwischenreich – exotisch, dunkel und im Niedergang begriffen. Es war nur eine entlegene Station, nicht nur weit weg von Steglitz, dem Planet der Spießer, sondern auch von jener schönsten aller europäischen Städte, Paris.

Nach Paris hatte ihn eine Frau gebracht, die seine Liebe aber bereits nach wenigen Wochen verschmähte. Unter diesen Umständen hätte er Paris auch hassen können, die indifferent-kalte, schwierige, teure, auf deren Straßen er bald jede Nacht Tränen vergoss, ein *Boche* mit gebrochenem Herzen und ohne Geld, Freunde oder andere Hilfsmittel irgendeiner Art, ein Psychologiestudent ohne die Kraft, seine Vorlesungen zu besuchen oder sich um irgendetwas anderes als sein Leid zu kümmern.

Aber er blieb dort, ohne seinen Eltern von seiner Not zu berichten und ohne Peter – mit dem er damals noch in ständigem Kontakt war – das Ausmaß seiner Verzweiflung auch nur ahnen zu lassen.

Er behielt seine Verzweiflung nicht nur für sich, nein, er kultivierte sie, pflockte die Leucht- und Johannisfeuer seiner Zigaretten in die ausgebrannte Einöde seines Herzens und manövrierte sich so von Tag zu Tag, von Kippe zu Kippe.

Dann ging ihm das Geld aus. Er brauchte einen Job, suchte und fand ihn aushilfsweise, drei Tage in der Woche an der Bar eines großen Bistros an der Rue Poissonière, und damit begann der neue Abschnitt, Alexanders eigene Pariser Existenz. Bald war er der Metropole ganz und gar ergeben, deren Schönheit ihn herausforderte, ihre Prächtigkeit und Lebensfülle zu nutzen, wie es ihm die echten Pariser vormachten.

Doch mit jenem lebenslustigen Appetit auf das aufwändige Leben wuchs sehr bald auch Alexanders Einsicht, dass er so viele Pernots einschenken konnte, wie er wollte: Um in dieser Stadt weiterzukommen oder auch nur mit ihrem strömenden Rhythmus mithalten zu können, brauchte er andere Einkünfte. Und da ihm sein Großvater das Entsperren von Schlössern beigebracht und er immer schön geübt hatte, sollte er sie auch bekommen.

Alexander betrat einen hellerleuchteten Edeka-Markt auf der anderen Seite des Kirchplatzes, so wie fast jeden Abend, wenn er die Terrasse verlassen hatte, hielt sich ein wenig beim Gemüse auf, kaufte Tomaten, Zwiebeln, eine Salatgurke. In Paris war er jeden Abend essen gegangen und verbrachte – zumal wenn er später noch eine Verabredung hatte – die zwei Stunden im Restaurant sehr gerne alleine. Ohne zu lesen oder sich sonst wie ablenken zu müssen, genoss er die Zeit zwischen den Gängen, um zu rauchen, Wein zu trinken und ein paar für jeden Fremden unverständlich abgekürzte Notizen zu machen, in welchen er die Beschäftigung mit Grundrissen, Schaltplänen in Frage kommender Alarmanlagen und der Verkehrssituation vor den Gebäuden reflektierte, in welche er einzusteigen beabsichtigte.

Alexanders erster Griff nach dem Besitz anderer Leute war ja noch ein Zufall gewesen, aber schon damals, als zwischen Idee und Durchführung nur ein paar Stunden gelegen hatten, hatte es ihn vor glückseliger, nervenaufreibender Spannung fast um den Verstand gebracht, bis hin zu jenem letzten, im Leben jedes Einbrechers immer und immer wiederkehrenden Augenblick, kurz bevor man es tatsächlich vollzieht, bevor man das Gesetz bricht und die Schwelle überschreitet.

Keiner, der nicht für eine Sekunde in die Mangel geraten,

dem der Zweifel nicht lähmend bis in die Fingerspitzen fahren würde – und der nicht nach Gründen sucht, wieder nach Hause zu gehen. Doch sich dann, nach den eisigen Sekunden des Schreckens, in denen man ganz alleine mit sich war, zur Durchführung zu entscheiden, trotzdem wissen zu wollen, ob man recht behalten würde, hatte ihn jedes Mal wieder in ein kochendes Stahlbad getaucht, aus welchem seine Sinne, seine Intelligenz, jede Sehne seiner feingliedrigen, geschickten Finger neu und gestärkt hervorgingen.

Und von welch unbeschreiblicher Erfüllung war es dann nicht für ihn gewesen, von seinen Diebeszügen zurückzukehren, binnen Stunden die Übergabe und das Geschäft abzuwickeln, um danach endlich wieder frei zu sein, die katerhaften Nachwirkungen einer Überdosis Adrenalin zu genießen und sich ausgeschlafen in den einschlägigen Revieren umzusehen, ob nicht irgendwo an der Seine ein schönes Mädchen saß, das seine Lektüre eines zeitgenössischen französischen Romans gerne unterbrach, um Feuer an seine Zigarette zu legen.

Die Kassiererin, die etwa in seinem Alter war, erkannte ihn, jedenfalls nickte sie ihm freundlich zu, machte eine Bemerkung über das zu warme Wetter, entblößte grinsend ihren fehlenden Eckzahn, und dann ging Alexander Richtung Hermannstraße. Je näher er der großen, vielbefahrenen Nord-Süd-Magistrale kam, desto mehr belebte sich die Straße, und auch wenn es kaum andere Geschäfte gab als Zeitungsläden, Getränkemärkte und Gemüsehändler, die meisten davon von Türken betrieben, so waren nun doch deutlich mehr Menschen auf der Straße, schleppten riesige Einkaufstüten von Aldi, führten ihre Hunde spazieren oder liefen zur U-Bahn. Es gab ein thailändisches Restaurant, dessen gepflegter Innenraum sich durch seine Behaglichkeit vom Rest der Straße unterschied, auch wenn kaum je mehr als zwei oder drei Gäste darin saßen. Er war in einem Anti-Paris gelandet, auf der anderen Seite des Frühlingsmonds.

Er überquerte die von rauschendem Berufsverkehr angefüllte Hermannstraße, um in einer Einkaufspassage aus Stahl und Glas einen Weinladen aufzusuchen, den einzigen in der ganzen Gegend. Dessen vollbärtiger Besitzer, der eine Lederweste und eine randlose Lesebrille trug, versuchte seine Frustration über den Mangel an Kunden, die bereit waren, mehr als fünf Mark für eine Flasche Wein auszugeben, jedes Mal mit einer nervtötenden Suada über besonders herausragende Angebote zu vertreiben. Um das abzukürzen, nahm Alexander zwei Flaschen des teuersten französischen Weins, der da war, und gab auch noch Trinkgeld.

Grit war noch immer nicht zurück, als er gegen 19 Uhr ihre Wohnungstür öffnete. Den Schlüssel hatte sie ihm vor einer Woche gegeben, wie nebenbei. Eigentlich wollte er nicht glauben, dass es etwas bedeutete, aber tatsächlich war Grit die erste Frau, die ihm einen Schlüssel zu ihrer Wohnung überlassen hatte.

Natürlich wusste sie nicht das Geringste über die Rolle, die Schlösser in seinem Leben bislang gespielt hatten. Er hatte ihr seine Hauptlegende erzählt, diejenige, die auch seine Eltern kannten und die ihm, seit er den Reinigungsprozess des Nichtrauchens vollzog, wirklicher zu sein schien als die Wahrheit.

Immer wieder, wenn er Grits Tür öffnete, dachte er tatsächlich daran, so wie er das Rauchen aufgegeben hatte, auch das Einbrechen zu lassen – und sein Pariser Leben als beendet zu betrachten. Es war unvorstellbar, aber vielleicht musste er es sich auch gar nicht vorstellen, weil es schon längst Realität geworden war.

Er wäre nicht der erste Dieb, der plötzlich aufhören will. Es würde sich von selber erklären. Narcilo müsste nur endlich anrufen.

Er packte die Einkäufe aus und legte sie auf Grits kleinen runden Küchentisch, öffnete die eine der beiden Flaschen Burgunder, schenkte sich aber nur ein Glas Wasser ein. Seit er nicht mehr rauchte, hatte er auch eine gewisse Scheu vor Alkohol entwickelt, und gelegentlich brach ihm der Schweiß aus, wenn er sich vorstellte, wie es wäre, irgendetwas Scharfes zu stürzen, einen Cognac vielleicht, und sich dazu sofort eine Zigarette zu genehmigen. Also wartete er lieber, bis Grit da war, die sich nach einem Tag zwischen Bibliothek und Beobachtungssitzungen bei Ursula beim Hereinkommen stets mit Freudengeheul auf einen bereits geöffneten Rotwein stürzte und gerne einen großen Schluck nahm, bevor sie unter die Dusche ging.

Er öffnete das Fenster des Wohnzimmers, der Gesang der Amseln drang herein, nur manchmal überdeckt vom Prasseln von Autoreifen auf dem Kopfsteinpflaster. Manchmal machte er Musik an, aber heute nicht, er stellte das Glas ab, zog sich den Handschuh aus und legte sich auf das ockerfarbene Sofa, das Grit für fünf Mark bei der Stadtreinigung gekauft haben wollte.

Sein Kopf ruhte auf der kantigen Lehne, die ihn an die Lehne des Sofas erinnerte, das im Zimmer seines Großvaters gestanden hatte, seinen linken Arm hatte er nach hinten gelegt, sein rechter lag auf seinem Bauch. Er hatte abgenommen, weil er fürchtete, ein üppiges Mahl könnte die Lust zu rauchen herausfordern, und betrachtete die geöffnete Flasche Bordeaux, die in diffusem Licht auf der Spüle stand.

Es waren die beiden Finger, mit denen er normalerweise die Zigarette und das Schließwerkzeug gehalten hatte, deren gerissene Sehnen mit einem Mal heiß zu prickeln begannen.

Sein Herz begann schneller zu schlagen, wie mit nervöser Kraft, und so laut, dass er es für einen Moment hören zu können glaubte. Er wollte sich sofort aufsetzen, aber er blieb liegen, ertrug sein Herzklopfen. Er spürte jeden Tropfen kalten Schweißes einzeln in seinen Dreitagebart perlen, aber er wischte ihn sich nicht fort, sondern ließ ihn einfach an seine Mundwinkel sickern. Die Angst war wieder da. Er würde nichts tun, als auf Grit zu warten.

*

Voller Begeisterung berichtete sie Alexander, dass Ursula heute in der Dämmerung zum ersten Mal, zumindest sofern sie es habe beobachten können, das Geburtsnest mit ihren zwei Babys verlassen habe, um zu fressen. Obwohl es eigentlich ein Risiko gewesen sei, habe sie dem Drang nicht widerstehen können und ihren Hochsitz für fünf Minuten verlassen, um erste Fotos von den Kleinen zu machen, die sie nachher sofort auf ihren Rechner spielen wolle. Deshalb sei sie nach Verlassen der Waschbärenbehausung noch ganz schnell runter an den Hermannplatz gefahren, um zwei neue Farbdruckerpatronen zu kaufen.

Während die Nudeln im kochenden Wasser versenkt, die angerösteten Zwiebeln mit einer Dose Tomaten aufgegossen waren und zu einer Soße verkochten, standen sie beieinander, und Grit lehnte sich so kräftig an Alexander, dass der sich mit seiner rechten, verletzten Hand auf die Arbeitsplatte stützen musste. Mit seiner linken durchkämmte er ihre seidigen Locken und ließ sie zwischen seinen Fingern spielen.

»Rasier dich mal …«, sagte sie kichernd, blickte ihn aber todernst an, »du bist haariger als ein Waschbär«, sie trat etwas zurück, dann nahm sie seine verletzte Hand mit den geschienten Fingern, legte sie sich auf ihre Schulter und begann mit einem Kochlöffel die vor sich hinblubbernde Soße zu rühren. Alexander löste sich, nahm die Weinflasche zur Hand, die etwas leichter war als diejenige in Monte Carlo, schenkte Grit nach und nahm auch ein Glas. Auch wenn er gar keine rechte Lust darauf hatte, nippte er daran, um festzustellen, dass der Wein wohl ganz gut war, kein großes Gewächs, aber immerhin.

Grit summte, hob den mit sämiger Soße bedeckten Kochlöffel an ihren Mund, blies darauf, probierte vorsichtig mit geschürzten Lippen und betrachtete Alexander mit ihren großen blauen Augen, und da er nichts sagte, sondern nur unschlüssig zögernd in sein Weinglas blickte, reichte sie ihm den Kochlöffel, um ihn probieren zu lassen.

Er umfasste ihre den Kochlöffel haltende Hand, kostete nachdenklich, ließ seine Zunge schnalzen, die Soße schmeckte fad, aber das wollte er nicht sagen, sondern kippte kurzerhand sein Weinglas hinein. Er führte Grits Hand mit dem Kochlöffel durch die nicht mehr kochende Soße und betrachtete, wie sich die spiralig kreiselnde Spur der tiefdunklen Flüssigkeit langsam in den zögerlich wiederaufkommenden Blasen verlor, bis sie vollkommen darin aufgegangen war und das leicht fuselige Aroma des Alkohols verdunstend den Raum erfüllte, als die Soße wieder blubberte.

Offenbar hatte Alexander mit seiner überraschenden Rotweingabe Grits küchenmeisterliche Fantasien gereizt, denn nun begann sie nicht nur das kleine Basilikum abzuzupfen, sondern durchsuchte, nachdem sie die Basilikumblätter in die Soße hatte segeln lassen, die Plastikschubfächer des Regals über dem Herd nach weiteren würzenden Zutaten.

Ohne ihn anzublicken, bestäubte sie die Soße mit einer staubtrockenen, »Kräuter der Provence«-Mischung, bis zur Unkenntlichkeit zerbröselte, grau-grüne Blätter, die viel eher nach dem Zimt und dem Ingwerpulver rochen, mit denen sie zusammen in einem der Schubfächer geruht hatten, als nach Kräutern.

»Meinst du, wir sollten auch noch ein wenig Senf in die Soße geben?«, fragte sie ihn, und ohne seine Antwort abzuwarten, ging sie auf der Stelle zum Kühlschrank, kramte in ihm herum und holte schließlich nicht nur ein fast volles Glas scharfen Senf heraus, sondern schien noch mehr Gefallen an einem leicht verkrusteten Glas roter Marmelade zu finden, das sie aufschraubte und mit einem tiefen Blick begutachtete.

»Schade, ich glaube, die Marmelade ist nicht mehr gut – oder was meinst du, mein Süßer?«

Sie streckte Alexander das Glas hin, an dessen Wänden sich Marmelade verkrustet, auf dessen Grund aber sich schleimig-durchscheinendes Wasser abgesondert hatte. Alles zusammen roch ziemlich streng.

»Verdorben …«, er schraubte das Glas zu, suchte nach der Plastiktüte, die er vorhin mit nach Hause gebracht hatte, warf das Glas hinein und hängte sie, da die Wohnung über keinen regulären Mülleimer verfügte, an den Griff der Küchentür.

»Zu Tomaten gehört einfach Zucker, das nimmt die Säure.«

»Zucker vielleicht. Aber dass man Marmelade in eine Tomatensoße gibt, habe ich noch nie gehört …«

»Meine Oma hat das so gemacht«, erwiderte die Waschbärforscherin, »die hat in so gut wie alles einen großen Löffel Marmelade gegeben, sogar in den Sauerbraten.«

Alexander wusste von ihr, dass sie zunächst bei ihrer Oma, später dann bei Verwandten in Leipzig aufgewachsen war. Über ihre Eltern hatte sie bislang kein Wort gesagt und Alexander – der wiederum nicht über sein Steglitzer Elternhaus sprechen wollte – vermied jede Nachfrage. Wenn sie auch nicht über ihre Familie sprechen wollte, ihm sollte es nur recht sein.

Er sah ihr zu, wie sie die aus einem verschollenen Service stammende, übriggebliebene Zuckerdose vom Küchentisch nahm, ihren durch einen Riss gespaltenen Deckel hob und eine erstaunlich hartnäckig in dem brodelnden, roten Ozean sich behauptende Insel aus Zuckerkristallen aufschüttete, die schließlich aber doch versank.

Sie ging ins Badezimmer und bat ihn nur lächelnd darum, sich um die Nudeln zu kümmern, da sie, die sich ohne Schwierigkeiten mehrere Wochen hintereinander von Nudeln hätte ernähren können, nichts widerlicher fand als verkochte Nudeln.

Also packte er den Topf mit einem Handtuch als Schutz vor dem Dampf und kippte das milchig-trübe Kochwasser so schwungvoll aus, dass etliche der Nudeln über das Sieb quollen und wie gelbhäutige Aale über den Abfluss zu entkommen suchten. Ungeschickt und hektisch versuchte er sie mit der linken Hand herauszufischen, bemerkte zu spät, dass die angestaute Brühe nicht nur trüb, sondern natürlich auch kochend heiß war, schüttelte seine Finger laut fluchend aus, und da er den schweren Topf immer noch mit seiner geschwächten Hand über der Spüle hielt, entglitt er ihm und der ganze Rest an Nudeln und Kochwasser ergoss sich über seine Linke. Er fluchte, ließ sofort kaltes Wasser darüberlaufen, sah aber trotzdem, wie sich auf seinem Handrücken Bläschen bildeten.

Draußen trieb böiger Wind den irrsinnigen Aufschrei einer der letzten startbereiten Maschinen durch die nächtlichen Straßen, doch unter jenes sich überschlagende, sich selbst fressende Kreischen mischte sich nach einer Weile ein anderes, zarteres, wenngleich nicht weniger dringliches Geräusch, eine technische Melodie, die Alexander mit seiner verbrühten Hand zunächst gar nicht richtig erreichte, obwohl er sie durchaus wahrnahm, allerdings mehr wie eine Erinnerung, ein Signal aus einer vergangenen Epoche, ein Ruf, der dem anderen Alexander galt.

Grit kam zurück in die Küche, Alexanders Sakko vor sich hertragend, in welchem sich das spezielle Mobiltelefon befand, das er einstmals aus Narcilos Händen entgegengenommen hatte, Werkzeug und Symbol ihrer exklusiven und geheimen Beziehung in einem.

Er ließ die letzten eingefangenen Nudeln zu den anderen in das Sieb gleiten, trocknete sich die verbrühte Hand ab, die krebsrot wurde, und ging, angesichts des dringlicher werdenden Klingeltons, seltsam tumb zu Grit hinüber, die ihm weiter sein Sakko hinhielt, das er betrachtete, als wäre es ein gefangenes, rätselhaftes Tier.

»Ich hab gar nicht gewusst, dass du 'n Handy hast. Schick …«, sagte Grit, als Alexander das Telefon herausgeholt hatte, um es mit versteinertem Gesichtsausdruck in der Hand zu wiegen.

»Brauch ich für die Arbeit … entschuldige mal kurz«, gab er fast tonlos von sich und überlegte, wohin er gehen könnte, um mit Narcilo zu telefonieren. Er verließ die Küche, und da Grits Wohnung ja nur noch ein einziges, durch eine Doppeltür von der Küche getrenntes Zimmer besaß, sah er keine andere

Möglichkeit, als das Badezimmer aufzusuchen. Dessen auf den Hinterhof gehendes Fenster war geöffnet, und er konnte die hallenden, echoenden Geräusche von ein paar Leuten hören, die sich unten im Hof stritten, ohne dass er verstanden hätte, worüber. Ganz fein lag Grits Geruch im Raum.

Er setzte sich auf den Klodeckel und wünschte sich so sehr wie noch nie dieser Tage eine Zigarette. Er fühlte seine Stimme brüchig werden, sein Herz schlug knapp unter seiner Zunge, die sich pelzig anfühlte, als ob sie von einem lähmenden Nervengift durchpulst würde. Konnte unmöglich mit Narcilo reden – aber dann drückte er einfach den grünen Knopf.

»Bitte?«

»Spreche ich mit Alexander Salem?«, fragte eine hohe, fast falsettierende Stimme, die er noch nie gehört hatte, zu deren ausgeprägtem Pariser Akzent er sich aber niemanden weniger als Narcilo hätte vorstellen können.

»Wer will das wissen?«

»Der Mann, der Ihnen das Telefon gegeben hat, hat mich beauftragt, Ihnen von einer Verabredung zu berichten, zu der Sie erwartet werden.«

War er also so weit in Narcilos Gunst gefallen, dass dieser nicht einmal mehr selbst mit ihm sprach, sondern seinen Handlanger anrufen ließ.

Er atmete tief ein und fuhr sich über die von nervösem Schweiß bedeckte bärtige Oberlippe. Aus der Küche hörte er fernes Klappern, Grit deckte den Tisch, und wie es ihm schien, hatte sie wohl auch Musik angemacht, Jazz mit Klavier und einem dezent mit Besen gespielten Schlagzeug.

Wenn Narcilo nicht mehr mit ihm sprechen wollte, dann sollte es ihm nur recht sein. Allerdings würde er sich nicht dazu herablassen, dem Falsett gegenüber auch nur ein Wort darüber zu verlieren, dass er keinen Job annehmen würde. Das würde er Narcilo nur selber sagen. Er käme also wohl nicht drum herum, sich anzuhören, worum es ging.

»Wo findet das Rendezvous statt?«

»Ihre Verabredung ist in Berlin. So wie die Aufgabe, um die es geht.«

Jetzt lächelte Alexander, mit bitter-klarer Erinnerung an jenes letzte Treffen mit Narcilo. Obwohl der genau wusste, dass Alexander niemals in Berlin arbeiten würde, dass er damals, als es um das angebliche Paket im Safe gegangen war, nur äußerst widerstrebend eingewilligt hatte, ging es wieder um einen Job in seiner Vaterstadt. Warum tat Narcilo ihm das an?

Was für ihn selbst unausgesprochen, ja kaum je angedacht war, begann real zu werden, erfüllte den Raum – Alexander Salems Beziehung mit Narcilo de Lasca war vorbei. Es konnte nur noch darum gehen, die Trennung so schnell wie möglich über die Bühne zu bringen.

Narcilo hätte er gleich abgesagt, aber bei dem Falsett kam das nicht in Frage. Vielleicht war das auch gar nicht einmal schlecht. Er würde sich in aller Gelassenheit zu dem Treffen begeben und sich alles anhören, ja, er musste sogar wissen, worum es ging, um seine Absage plausibler zu machen. Er würde vielleicht nicht einmal auf seine verletzten Finger hinweisen müssen, aber das könnte er natürlich auf jeden Fall tun.

Seine Antwort war klar: *Nein, ich werde es nicht machen.*

Das Falsett wollte, dass Alexander sich eine Telefonnummer aufschrieb, also verließ er das Bad, ging an Grits Schreibtisch und notierte sich die Nummer, unter der die maßgebliche Person zu erreichen sei, eine Dame, die ihm alles Weitere mitteilen werde. Alexander solle sie in einer Stunde anrufen.

Die Fistelstimme krächzte, dass er sich bis zur Erledigung nicht mehr zu melden brauche, und fügte dann noch einmal hinzu, dass dem Mann, der ihm das Telefon gegeben habe, *sehr viel* an der Erledigung des Auftrages liege. Alexander unterdrückte die Frage, warum Narcilo dann nicht selbst angerufen habe, gab nur noch ein müdes *d'accord* von sich und legte auf.

Am Küchentisch saß bereits Grit und kaute an ihrem Salat.

Sie lächelte ihn an, aber dann fiel ihr Blick auf seine verbrühte linke Hand.

»Nicht so schlimm«, sagte Alexander.

Sie fragte ihn nach dem Telefonat, und Alexander sagte, es sei nichts Besonderes, jemand wolle ihn engagieren, aber es klinge nicht sehr interessant, mal sehen. Er müsse auf jeden Fall später noch weg.

*

Als er auf der Hermannstraße an einer roten Ampel halten musste, legte er sich seine Strategie zurecht. Ein Job in Berlin kam für Alexander nicht in Frage. Wenn es zum Äußersten kommen würde, dann könnte er Narcilo immer noch damit drohen, zur Polizei zu gehen.

Die Ampel schaltete auf Grün, und Alexander dachte an Narcilos Verbindung mit einem sozialistischen Politiker der zweiten Reihe, der schon einmal Geld von ihm bekommen hatte, für irgendeine Gefälligkeit. Ja, er wusste allerhand. Dieses Wissen um Narcilo beschützte Alexander. Damit beruhigte er sich.

Er fuhr über den Hermannplatz nach Kreuzberg, am Kottbusser Tor bog er nach links, da sie sich in einem Café am Potsdamer Platz treffen wollten. An einem Parkplatz, gegenüber einem frisch angelegten langgestreckten Teich, stellte Alexander seinen Porsche ab, um dann jene erstaunlich eindrücklich wirkende Kulisse zu betreten, die man auf der durch Krieg und Teilung hervorgebrachten Brache erbaut hatte, und zwar ziemlich genau im Zeitraum von Alexanders Pariser Aufenthalt.

Manchmal hatte er von ferne einen Blick auf die auch in der Nacht unter Flutlicht vorangehende Baustelle geworfen, und nun – zumal nach den Wochen auf dunkelstem Neuköllner Pflaster – wunderte er sich fast ein wenig über die hellerleuchteten Bürgersteige aus fugenlos verlegtem Granit und die turmhoch umbauten Schneisen aus versiegelter Menschenleere. Er fand das Café, ein »Starbucks«, ebenso altmodisch eingerichtet wie überall auf der Welt.

Johanna sah den Mann im schwarzen, ein wenig abgetragen wirkenden Anzug, der kein Hemd, sondern nur ein schwarzes T-Shirt unter dem Sakko trug, hereinkommen. Seine schwarzen Glacéhandschuhe fielen ihr auf.

Sie warf einen aufmerksamen Blick durch den Raum, es saßen Schülerinnen in den Sesseln am Fenster und schrieben, ein paar japanische Touristen waren noch da, und weiter hinten saß ein Mann mit dichtem Dreitagebart, der eine englische Zeitung las, von der er nur kurz aufblickte, um die kleine Gesellschaft mit ausdruckslosem Gesicht zu mustern.

Johanna blickte Gilarijs kurz an, ohne eine Miene zu verziehen, und auch dieser nahm gleichfalls kommentarlos die Zeitungslektüre wieder auf.

Der Mann im schwarzen Anzug setzte sich an keinen der freien Tische, also stand Johanna nach einer kurzen Weile auf und ging auf ihn zu.

»Alexander Salem?«

»Ja. Wie darf ich Sie nennen?«

»Johanna, bitte.«

Sie nahmen Platz, und ein athletischer Typ in einem kurzärmeligen blauen Hemd, aus dem mächtige Unterarme lugten, brachte gutgelaunt ein Tablett mit braunen Pappbechern unterschiedlicher Größe an den Tisch und verzog sich wieder.

Johanna fragte lächelnd, ob er mit einem Milchkaffee einverstanden sei, Alexander nickte und sie reichte ihm mit ihren wohlmanikürten Händen einen Becher.

Er mochte ihren Anzug, der stark nach Jil Sander aussah, und die Art, wie sie die Hände ineinander auf ihren Beinen ruhen ließ, um sie in bestimmten Momenten zu sparsamen klaren Gesten aufzufalten.

Er erfuhr von der Existenz eines archäologisch bedeutsamen Schatzes, der seit dem Kriegsende 1945 unentdeckt im

Herzen Berlins läge. Wenngleich die Umstände heikel seien, so könne man davon ausgehen, dass der Lagerort, ein ziemlich weitläufiger Komplex, selber nicht bewacht sei. Es ginge deshalb zunächst darum, einen unauffälligen, gangbaren Weg hinein zu finden. Sie selber verfüge über einen Lageplan, nach dem sie sich dann den Weg zur Lagerstätte suchen würden. Seine, Alexanders Aufgabe bestünde nur darin, die eventuell verschlossenen Türen auf ihrem Weg zu öffnen. Wenn sie auch nicht mit Sicherheit sagen könnten, wie viel Sicherungstechnik tatsächlich verbaut worden sei – dass der eigentliche Lagerort, die Schatzkammer, durch schwere Türen und Riegel versperrt sei, davon müsse man ausgehen.

Das sei auch der Grund, warum Alexander hier säße. Er sei ihr als ein Spezialist gerade auch für ältere, massive Schließtechnik empfohlen worden.

So gut ihm Johanna mit ihren streng nach hinten zum Dutt gekämmten Haaren auch gefiel, Alexander fühlte sich nun bemüßigt, sie zu bremsen. Wenn er absagen wollte, dann müsste er allmählich ein paar Bedenken äußern.

»Tja, das könnte man vielleicht schon sagen …«, erwiderte er lächelnd, »aber Sie dürfen sich das mit den alten Schlössern nicht so einfach vorstellen – manchmal sind die verrostet oder aus einem anderen mechanischen Grund funktionsuntüchtig. Dann muss man bohren oder sprengen …«

Entgegen seiner Absicht rief er ein Lachen bei Johanna hervor, die das offensichtlich für einen Scherz hielt. Er lachte gleichfalls, ärgerte sich aber insgeheim über sich selbst. Verdammt, auch wenn er das nicht zugeben wollte, er war neugierig geworden. Aber seine Antwort würde NEIN lauten.

»Aber gut, selbst wenn man bis zur Lagerstätte vordringt – was soll dann passieren? Sie sprechen von einem ›archäologischen Schatz‹. Was darf ich mir darunter vorstellen? Statuen?«

»Wir werden die Sammlung nicht abtransportieren, wenn Sie das beruhigt.«

»Worum geht es dann?

Johanna setzte sich zurück, legte sich ihre ineinandergefalteten Hände mit dem Rücken auf den Schoß und erklärte dem seltsam unwilligen Schließtechniker, dass es nur um einen einzigen Gegenstand ginge, der Rest würde an Ort und Stelle bleiben. Und dieser eine Gegenstand, der für den Auftraggeber der ganzen Aktion bestimmt sei, stelle kein Transportproblem dar.

Alexander sah verdutzt drein, da ihm sein Argument so leicht aus der Hand gewunden war. Und insgeheim war er nun doch begierig, vom Rest des Vorhabens zu erfahren. Er würde dann ja immer noch, nebenbei auf seine verletzten Finger hinweisend, das Ganze als zu kompliziert abtun können.

Er bekam erklärt, dass es sich bei der ganzen Sache eigentlich mehr um eine Art Expedition handele – jeder Schritt, den sie im Inneren des Lagerorts unternähmen, alles, was tatsächlich gefunden würde, solle genauestens dokumentiert werden. Es werde gefilmt. Im Wesentlichen ginge es dem Auftraggeber um diese filmische Dokumentation.

»Wer wird das erledigen? Der Auftraggeber selber?«

»Nein. Er hat einen hervorragenden Kameramann geschickt. Den werden Sie später kennenlernen.«

Immer noch war er sich sicher, dass er absagen würde, jetzt gleich, jeden Moment. Zugleich aber dachte er insgeheim darüber nach, im Falle eines solchen hauptsächlich filmischen Einbruchs einfach eine Strumpfmaske zu tragen.

»Im Übrigen hat uns Ihr Vermittler schon darüber informiert, wie viel Sie an Honorar bekommen. Es geht direkt an ihn, und Sie können es sich dann in aller Ruhe abholen.« Sie schrieb ihm die Summe auf einen Zettel und dann beobachtete sie das Mienenspiel des Diebes, während er sich die Zahl vor Augen hielt. Er wurde ein wenig blass und schnappte nach Luft, wenn auch nur für einen Moment.

Johanna hatte ihn sich älter vorgestellt, oder anders – jedenfalls hatte sie keinen Mann erwartet, der sich für ihr Gefühl eher unsicher als erfahren, eher verschlossen als interessiert zeigte. Den Tick mit den schwarzen Handschuhen fand sie überdies ziemlich seltsam.

Sie entschuldigte sich, um zur Toilette zu gehen, und auf dem Weg dahin warf sie Gilarijs einen fragenden Blick zu. Der zwinkerte zurück. Sie war froh, dass sie ihren treuen Freund nach Berlin geholt hatte. Natürlich ohne den Mann, der sich Don nannte, einzuweihen.

Alexander dachte immer wieder darüber nach, dass es nur darum gehen sollte, die Schlösser zu öffnen. Sicherlich, Hausfriedensbruch wäre es dennoch. Nein, es war einfach zu riskant. Noch dazu, wo er jegliches Gefühl in seiner rechten Hand verloren hatte. Er konnte es einfach nicht machen.

Johanna kam zurück.

»Nun?«

Er würde sich die Sache genauer anhören und dann ein technisches Argument finden.

»Also, worum handelt es sich?«

»Einen Bunker aus dem Zweiten Weltkrieg. Allerdings einen, der auf keinem Lageplan verzeichnet ist.«

»Wie haben Sie ihn dann gefunden?«

»Es war reines Glück. Ich besitze einen Plan des Bunkers, aber es gibt sonst nirgendwo anders einen Hinweis auf ihn. Ein unterirdischer Versorgungskanal brachte mich drauf. Der Bunker, in den wir wollen, liegt in unmittelbarer Nachbarschaft eines anderen, allerdings offiziell geführten Bunkers.«

Alexander konnte nicht weghören, sein Jagdinstinkt war geweckt, er hörte sich sagen:

»Und Sie meinen, man könnte über den einen Bunker in den anderen, den geheimen?«

»Könnte eine Möglichkeit sein. Die Details müssten Sie entwickeln.«

»Wo liegt diese Bunkeranlage?«

Johanna nannte ihm den Ort. Alexander lächelte verwirrt, schüttelte unmerklich den Kopf und fragte einmal nach. Er bekam die Antwort, die er erwartet hatte. Das änderte alles. Wenn es ein Wunder war, dann war es dennoch real. Offenbar wollte das Schicksal, dass er und Narcilo als Freunde auseinandergingen. Und wenn es so war, dann sollte es wohl so sein. Er räusperte sich, blickte auf Johannas langgestreckte Hände, die sanft und erwartungsfroh auf ihrem Knie lagen.

»Ich werde noch jemanden engagieren müssen.«

»Das sollte kein Problem sein. Also?«

»Ich bin dabei.«

1941

»Lieber Brigadeführer Sachs –

Es gibt einige Dinge zu klären, weshalb ich mich heute in einem längeren Brief an Sie wende.

Die Stellungnahme zu meiner Anfrage über den Ursprung des Liedes ›Es ist ein Reis entsprungen‹ habe ich erhalten. Die Umdichtungen interessieren mich weniger. Es wäre mir sehr interessant zu erfahren, wie kommt die Bibel zu diesem Stammbaum Davids bzw. Jesses.

Es ist merkwürdig, dass die Überlieferung erzählt, dass die Könige von Atlantis aus dem Stamme Jesse wären und dass der letzte dieser Könige Jesse Bokikka geheißen haben soll.

Es scheinen mir hier in der Bibel – wie an anderen Stellen auch – bemerkenswerte geistige Diebstähle stattgefunden zu haben. In diesem Zusammenhang möchte ich Sie auf das Buch eines mir ansonsten nicht weiter bekannten Wissenschaftlers hinweisen, Dr. Fridolin Gemma, das mir besonders wegen seiner eindrucksvollen, vom Autor angefertigten Illustrationen gut gefallen hat.

Ich danke Ihnen des Weiteren für die Weiterleitung des Schreibens von der Universitäts-Sternwarte Berlin-Babelsberg an das Reichserziehungsministerium.

Ich nehme hier folgenden Standpunkt ein:

Wenn sich das Reichserziehungsministerium ein so ungezogenes Schreiben eines Astronomen, des Vertreters einer Deutschen Wissenschaft, die einen bedauerlichen Rückstand in Forschung und Kenntnis aufweist – ein Rück- und Tiefstand, der lediglich noch durch die Ignoranz der Meteorologen übertroffen werden kann –, gefallen lässt, so ist das Sache des Reichserziehungsminis-

teriums. Dass das Reichserziehungsministerium dem Ahnenerbe (und damit letztlich mir) das vor Hochmut strotzende Schreiben in dieser formell ungewöhnlichen Form übersendet, gedenke ich nicht ohne Weiteres hinzunehmen.

Ich erkläre klar und eindeutig:

Ich trete für die freie Forschung in jeder Form ein, daher auch für die freie Forschung der Welteislehre. Ich beabsichtige sogar, diese freie Forschung aufs Wärmste zu unterstützen, und befinde mich hier in bester Gesellschaft, da auch der Führer und Kanzler des Deutschen Reichs, Adolf Hitler, seit langen Jahren ein überzeugter Anhänger dieser Lehre ist.

Es gibt so viele Dinge, die wir nicht wissen und über deren Erforschung – auch durch Laien – wir froh sein müssen.

Zuletzt will ich noch einmal von der Dringlichkeit sprechen, mit der an der wissenschaftlichen Suche nach Belegen für den weit in die älteste Vergangenheit zurückreichenden Auftrag gearbeitet werden muss, den wir in diesen Tagen erfüllen. Davon konnte ich mich auf einer Inspektionsreise im Raum Minsk überzeugen, von der ich vor ein paar Tagen zurückgekehrt bin. Was unseren Männern dort im Osten zugemutet wird, geht über alles hinaus, was einem zivilisierten Volk in der Geschichte je zugemutet wurde.

Ich meine jetzt die Judenevakuierung, die Ausrottung des jüdischen Volkes.

Es gehört zu den Dingen, die man leicht ausspricht. – »Das jüdische Volk wird ausgerottet«, sagt ein jeder Parteigenosse, »ganz klar, steht in unserem Programm, Ausschaltung der Juden, machen wir.«

Wir hingegen sind mit der Judenevakuierung tatsächlich beschäftigt und wir wissen, was diese ungeheure Arbeit jedem Einzelnen abverlangt. Es ist ein eiserner Wille nötig, dabei anständig zu bleiben. Dass wir über unsere bei dieser unumgänglichen Arbeit gezeigte Größe niemals werden sprechen können, ist unser Stolz. Unser Schweigen ist unser Schwur.

Deshalb liegt es in unser aller Händen, unseren Enkeln und den

Enkeln unserer Enkel eine andere, der geistigen und moralischen Verfassung des künftigen Volkes zuträglichere Geschichte bieten zu können. Nach Dokumenten und Belegen dieser anderen Geschichte ist intensiv zu suchen.

Einem vernünftigen Vorschlag stelle ich Sondermittel in Aussicht.

Dieses Schreiben darf Ihr Büro nicht verlassen, sondern ist im Panzerschrank zu verschließen. Insbesondere darf es nicht abgeschrieben werden, da es zur Verbreitung nicht geeignet ist.

Heil Hitler!

Ihr HH

PS: Sie haben zuletzt stark mit dem Herzen zu tun gehabt und waren deshalb in den letzten Monaten immer wieder gehindert, Ihre Pflicht zu tun. Im Interesse Ihrer Gesundheit lege ich Ihnen für die Dauer von zwei Jahren ein völliges Rauchverbot auf. Nach Ablauf dieser zwei Jahre wollen Sie mir ein ärztliches Gesundheitszeugnis einreichen; danach werde ich entscheiden, ob das Rauchverbot aufgehoben wird oder aufrechterhalten bleibt.«

Sachs traut seinen Augen nicht – und liest sich das Postskriptum des Reichsführers noch einmal durch, rührt dabei kopfschüttelnd in seinem Kaffee, in den er kurz zuvor einen kleinen Schuss französischen Cognacs gegeben hat, nippt an ihm, versucht sich Notizen zu machen, schweift aber immer wieder ab, um jene unbegreiflichen letzten Zeilen zu studieren. Zwei Jahre? Genauso gut hätte er ihm das Rauchen auch für die nächsten tausend Jahre verbieten können. Unverschämtheit.

Sachs ist sich sicher, dass Gruppenführer Hofberger dahintersteckte, der sich immer wieder hinter seinem Rücken über Sachs' Lebensweise und sein zuletzt häufiges Fehlen im Amt beschwert hatte. Dass Hofberger den Geruch von Tabakqualm verabscheut, weiß Sachs schon lange, und er fragt sich, ob es nicht ein Fehler war, den unsympathischen Kollegen, wann immer es ging, zu provozieren, indem er es sich gerade in dessen

Gegenwart nicht nehmen ließ, zu rauchen. Jetzt hatte er den Dreck. Hofberger hatte den Reichsführer bestimmt bei der letzten Tagung im SD in diese Richtung manipuliert – zu dumm, dass er sie versäumt hatte.

Schnell öffnet er den Safe und deponiert das Schreiben bei den anderen der Geheimhaltung unterliegenden, die er vom Reichsführer oder von dessen Stab im Laufe der letzten knapp zwei Jahre erhalten hat.

Den Wechsel zum Ahnenerbe hat er in dieser Zeit schon einige Male bedauert, doch dieses jüngste Schreiben empfindet er nachgerade als Zumutung.

Er lässt den Panzerschrank zufallen, fasst sich an die Seitentaschen seiner Uniform, in der linken sind seine Zigaretten, er nimmt sie heraus, aber dann muss er daran denken, wie oft Hofberger über den Flur zu kommen pflegt.

Es klopft an der Tür. Es ist seine Sekretärin.

»Ein Herr aus Breslau möchte Sie sprechen. Ein gewisser Herr Salem.«

»Wie? Kenn ich nicht.«

»Er war gestern schon einmal da, aber da Sie ja das Bett hüten mussten, habe ich ihn auf heute vertröstet. Hier, das hat er abgegeben.« Sie reicht ihm einen kleinen, handschriftlichen Brief, den Sachs rasch überfliegt, seine Überraschung hinter einer fröhlichen Miene verbergend.

»Bitten Sie ihn herein.«

Josef hat seinen Mantel noch an, seinen Hut hält er in der Hand, eine schmale Aktentasche unter den Arm geklemmt. Er ist bleich vor Nervosität.

Sachs geht freundlich auf ihn zu, schüttelt ihm die Hand, bemerkt, dass sie eiskalt ist, dann geht er zur Tür, schließt sie schwungvoll und führt Josef in den Raum. Er spricht leise.

»Sie sind aus Breslau?«

»Bin gestern mit dem Zug gekommen. Wissen Sie, wer ich bin?«

»Der Brief war eindeutig. Hätte nicht gedacht, dass wir uns einmal wiedersehen.«

»Ich habe … einen Brief von Ihnen auf dem Schulamt von Breslau gesehen, vor ein paar Wochen.«

»Erinnere mich. Ein Schreiben an den Amtsleiter. Arbeiten Sie dort?«

»Ich betreibe eine feinmechanische Werkstatt und warte die Schreib- und Rechenmaschinen der Breslauer Stadtverwaltung. Es war wirklich keine Absicht, nur ein Zufall, Ihr Brief lag offen da.«

»Und jetzt? Was willst du? Glaub ja nicht, dass ich erpressbar bin. Das haben schon ganz andere versucht. Ist keinem bekommen.«

Er strahlt breit über sein seit jenen Tagen fast zur doppelten Breite angeschwollenes Gesicht und legt jenen dämonischen Ausdruck hinein, den er manchmal abends vor dem Spiegel übt.

Josef starrt ihn erschrocken an.

»Darum geht es gar nicht. Ich bin in Schwierigkeiten.«

»Offenbar ändern sich manche Dinge nie. Wirst doch nicht wieder eingebrochen haben? Nein? Also gut, eine halbe Stunde habe ich Zeit.«

Sachs weist auf die großzügige Garderobe, Josef legt Mantel und Hut ab.

»Damals warst du keine zwanzig. Wie alt bist du jetzt?«

»Sechsunddreißig.«

»So jung noch der Kerl. Familie? Kinder?«

»Ja, einen Sohn.«

»Wie alt?«

»Wird nächstes Jahr elf.«

Sachs weist auf den Besucherstuhl und nimmt selber wieder hinter seinem Schreibtisch Platz.

»Rauchst du noch?« Sachs holt die Schachtel *Salem* aus seiner Seitentasche, hält sie Josef hin, und da dieser nickt, stellt er die

Zigaretten vor ihn, steht auf, geht zur Tür, öffnet sie und ruft, so laut, wie es nur irgend geht:

»Fräulein Linde – mein Besucher will rauchen, bringen Sie bitte mal einen frischen Ascher.«

Als die junge, blonde Frau wieder draußen ist, gibt er Josef Feuer und steckt sich dann mit demselben Schwefelholz schnell selbst eine an. Die erste, seit er heute Vormittag ins Büro gekommen ist. Das frische Gift löst ein halb freudiges, halb beklemmendes Herzklopfen bei ihm aus.

»Sag mal, hab ich mich vorhin verhört, oder stimmte das? Wie war dein Name?«

»Salem.«

»Den hast du dir damals zugelegt?«

Josef nickt und Sachs wirft ihm einen amüsierten Blick zu, während er an seiner Zigarette zieht.

»Sachen gibt's. Also – womit kann ich dir helfen?«

Josef zögert noch einen Moment, doch auf der Zugfahrt und danach in dem billigen Hotelzimmer am Alex, in dem er eine schlaflose Nacht verbracht hat, hat er sich genau überlegt, was er sagen will. Er erzählt, mit großen Pausen, auf die Sachs stets etwas ungeduldig reagiert, wie er damals, nachdem sie die Münzen aufgeteilt hatten, nach Breslau gegangen war, wie leicht er sich mit Hilfe des Goldes neue Papiere besorgen konnte. Wie er Arbeit in einer feinmechanischen Werkstatt fand.

»Hast du nicht gesagt, dass dir die Werkstatt gehört.«

»Ja. Seit '38.«

Josef drückt die Zigarette aus. Sie schmeckt ihm nicht. Für seinen Zwiespalt findet er keine Worte. Er hatte damals auch deshalb in das für ihn ausgesprochen günstige Geschäft eingewilligt, weil er fürchtete, sonst aufzufallen. Wer würde schon so eine Gelegenheit verstreichen lassen? Und Füger, sein alter Chef, ein wirklicher Meister seines Fachs, hatte längst resigniert. Keine drei Wochen nachdem er Josef die Werkstatt überschrieben hatte, war er verschwunden. Spurlos.

»Und was gibt es denn nun für ein Problem?«

»Ich habe einen Konkurrenten, der seit einiger Zeit versucht, mich bei der Stadtverwaltung anzuschwärzen.«

»Womit?«

Anstatt zu antworten, holt Josef ein amtliches Schreiben heraus und reicht es Sachs, der es stirnrunzelnd studiert.

»Hier steht, dass du deinen Abstammungsnachweis nur informell vorlegen sollst. Die scheinen doch vollstes Vertrauen zu dir zu haben.«

Josef blickt ihn mit großen Augen an.

»Ich kann meine Abstammung nicht nachweisen. Egal ob informell oder nicht.«

Sachs steht auf, öffnet das dreisprossige Fenster, durch das ein eisiger Luftzug ein paar einsame Schneeflocken ins Zimmer treibt, geht zurück und nimmt sich noch eine Zigarette.

»Was machst du denn sonst noch für Sachen, außer für die Stadt Breslau? Du hast dich doch so gut mit Schlössern ausgekannt?«

»Kommt vor. Ich repariere auch Uhren, aber hauptsächlich sind es Schreib- und Rechenmaschinen. Für einen fertige ich auch Teile an. Das ist noch ein ganz alter Kunde.«

»Wie das?«

»Ist ein Ingenieur, ein Erfinder. Er fertigt eine Zeichnung an, und ich stelle die einzelnen Bauteile her.«

»Zeichnungen. Aha.«

»Zum Teil schneide ich die Sachen natürlich aus Blech, es kommt auch vor, dass ich ihm bestimmte einzelne Stücke gieße. Ganz wie die Vorlage es eben verlangt.«

»Nimm noch eine Zigarette. Muss schnell etwas nachsehen.«

Sachs tritt an den Safe heran, und Josef erkennt auf den ersten Blick, dass es sich um ein Modell der Gebrüder Judick aus dem guten, alten Velbert handelt. Der Anblick versetzt ihm einen Stich.

Sachs steht eine Weile an seinem Safe, mit dem Rücken zu Josef gewandt, und als er sich überzeugt hat, dass er den Namen vorhin doch richtig gelesen hat, legt er den Brief des Reichsführers zurück in seine Mappe.

»Ich bin sicher, wenn wir intensiv suchen, werden sich ganz bestimmt Papiere finden lassen, mit denen du deine Vorfahren bis ins fünfte Glied nachweisen kannst.«

Er macht eine Pause, hebt die Hand und sagt:

»Kannst du dich an den goldenen Ring erinnern, den ich mir damals an den Finger gesteckt hatte? Leider musste ich ihn im Laufe der nächsten, wirklich nicht ganz einfachen Jahre für ein Butterbrot wieder hergeben. Hat mir mehr als einmal das Leben gerettet, und jetzt, scheint's, ist er noch mal für was gut.«

»Ich versteh nicht ganz.«

»Manchmal gibt es Zufälle, die gibt es gar nicht. Das nennt man dann Fügung.«

VIERTER TEIL

DIETRICH

»Houdini legt den größten Wert darauf, handelsübliche Gegenstände für seine Tricks zu verwenden: Schlösser, Ketten und Handschellen. Er meldet sogar eigene technische Patente an, angeblich unknackbare Schlösser zumeist, die zum Teil sogar in den Handel gelangen, ein Umstand, der ihn mit großem Stolz erfüllt, ist es doch sein erklärtes Ziel, allen Gaunern und Einbrechern ihre Arbeit zu verunmöglichen.

Die meisten seiner Nummern machen das Publikum zum Zeugen, wie Houdini in den sicheren Tod geht: gefesselt wird er in eine Glaskugel gesperrt und auf dem Grund des nächstgelegenen Gewässers versenkt. Die Luft reicht für fünfzehn Minuten, in welchen sich das Publikum unweigerlich in das Geschehen in der Kugel versenkt und deren letztes Drittel reihenweise Ohnmachten und Nervenzusammenbrüche hervorbringt, da die nervliche Anspannung schließlich kaum mehr zu ertragen ist.

Wird er es schaffen? Was, wenn er es nicht schafft?

Eine gute Minute über dem angeblichen Ultimatum kommt der Held an die Oberfläche geschossen, die letzte Fessel in der zum Zeichen des Triumphs nach oben gereckten Faust.

Während in vielen anderen Nummern eine komplizierte Apparatur verborgen bleiben muss, ist es hier gerade andersherum: Der Entfesselungskünstler zeigt sich von seinen Requisiten überladen. Bedrängt und gefesselt, wie der gemeine Mann von Hypotheken und Schuldgeld.

Houdini aber gelingt die Flucht – mit nichts als sich selbst bewaffnet. Und einem Dietrich, den niemand sieht.«

Walter B. Gibson, »Houdini – Sein Geist spricht«

KAPITEL 21

Rost und Matrix

Boy liebte seine Raspel, und er ließ sie so flink über die alte Schubkarrenwanne hin und her wetzen, dass der Rost wie rotbrauner Schnee auf die an zwei Seiten aufgetrennte und sorgsam ausgebreitete Plastiktüte rieselte. Er hatte ja vorgehabt, gleich morgen früh nach der Schicht auf seinen Britzer Lieblingsschrottplatz zu fahren, um sich das Eisenoxid zu besorgen, aber dieses alte, kaum sichtbar im Gebüsch an der Kirchhofmauer vor sich hin rostende Wrack eines Schubkarrens war ebenso gut wie die Karosserie eines alten Opels. Spätestens der Rost wusste ja nichts mehr von den vorübergehenden Gestalten, in die menschliche Formungskunst das Eisen gebracht hatte.

Er vergrößerte sorgsam bereits von der Oxidation herausgefressene faustgroße Löcher im Boden der Schubkarrenwanne und raspelte an ihren Kanten herum, immer darauf bedacht, nur den feinen, reinen Rost zu erwischen. Nach einer knappen Stunde hatte er mehr, als er brauchte, faltete die Plastiktüte vorsichtig zusammen, drehte sie ein, verknotete sie und wog den so entstandenen Beutel vergnügt in den Händen. War mindestens ein Pfund.

Er verstaute den Beutel in seinem Rucksack, wo ja auch schon das große Glas mit den feinen Aluminiumspänen aus dem Baumarkt ruhte, und obgleich seine Schicht bald beginnen würde, spielte er mit dem Gedanken, sich einen Platz zu suchen, wo er die Mischung gleich an Ort und Stelle herstellen könnte, Wunderkerzen, Arbeitshandschuhe und Skibrille hatte er ja auch dabei.

Eilig verließ er das Gebüsch, kam unten auf dem Hauptpfad neben der vatikanischen Botschaft heraus und marschierte weiter zu dem kleinen Platz neben der Minigolfanlage, der relativ gut beleuchtet war.

Tagsüber hielten sich hier hochagile afrikanische Grasverkäufer auf, Leute, die eigentlich Ingenieure oder Lehrer waren, aber jetzt, um diese Uhrzeit, war der Platz verlassen. Auf dem Asphalt breitete er zunächst die Plastiktüte mit dem feinen Rost aus, dann schraubte er das Glas mit den Aluminiumspänchen auf, doch bevor er die beiden Substanzen zu mischen begann, stülpte er sich die Skibrille über und zog sich die Arbeitshandschuhe an.

Er vertraute den Angaben in der Broschüre des Gesamtverbandes Aluminium mit dem Titel »Sicherheitshinweise zur Verarbeitung und Handhabung von Aluminiumpulver«, in der – aufgrund von Explosions- und Brandgefahr – dringlich davor gewarnt wurde, Aluminiumpulver mit Oxidaten (Nitraten, Sulfaten, Halogeniden und Peroxiden) in Berührung kommen zu lassen, und mischte den frischen silbergrauen Staub vorsichtig unter den geraspelten Schubkarrenrost, dann schlug er die Mischung wieder in den Beutel ein. Auch wenn es immer noch des Zündmittels bedurfte, wollte er die hochentzündliche Substanz nicht in seinem Rucksack transportieren. Er blickte sich um, dachte erst daran, die Mischung in einem blechernen Mülleimer zu verstauen und zu zünden, aber dann verwarf er diese Idee. Auch wenn es sich nur um eine Probe handelte, konnte man mit dem von ihm hergestellten Thermit ja vielleicht doch auch etwas Nützliches anstellen.

Der heisere Ruf eines Pfaus, der aus dem hinter dem Golfplatz gelegenen Kleintierzoo den nächtlichen Park durchdrang, brachte ihn auf eine Idee, denn bei dem Pfauengehege weiter oben gab es ein schmales Tor, das zwischen zwei schwarzlackierten Eisenstumpen befestigt war. Er verschnürte den Plastikbeutel, machte den Knoten so, dass er die Schlaufe über einen Stecken aus dem Unterholz ziehen konnte, um das Thermit in einiger Entfernung vor sich herzutragen, und lief vorfreudig rechts den Berg hoch.

Hinter dem Gitter gingen Pfauen im Zwielicht des Mondscheins umher, riefen voller Sehnsucht nach Partnerinnen und schienen überhaupt nicht zu beachten, wie Boy an jedem der beiden Pfosten ein schönes Häufchen Thermit verteilte. Er holte zwei Wunderkerzen aus dem Päckchen, entzündete sie, und als sie richtig sprühten, legte er sie als Starter blitzschnell und gleichzeitig an die Thermithäufchen, sprang zurück und wartete.

*

»Noch mal?«, fragte der groß gewachsene Videotheksmitarbeiter mit einem Stirnrunzeln, nachdem er einen Blick auf den klobigen weißen Monitor geworfen hatte, »hier steht, dass du ›Matrix‹ schon dreimal ausgeliehen hast.«

»Ich hab den Film einmal im Kino gesehen, und dreimal so, aber noch nie im Original. Man kann diese DVD doch auf dem Computer laufen lassen, oder?«

»Astrein.«

Der Videothekenmitarbeiter schnalzte mit der Zunge und tippte die Leihnummer der DVD mit rasender Geschwindigkeit in den Computer.

Alexander, hinter der nächsten Stellwand verborgen, beobachtete währenddessen unauffällig, wie der Ausleiher ein Schächtelchen *Roth-Händle* ohne Filter aus der Tasche zog und eine Zigarette herausnahm, die er in zwei Hälften brach. Eine davon schob er in die Tasche seines Sakkos, die andere klopfte er auf den Tresen und zündete sie sich an. Er war der erste Mensch, den Alexander je gesehen hatte, der schöne neue Zigaretten zu etwas machte, worüber sich vielleicht ein Penner gefreut hätte: zu Kippen, die man gerade noch rauchen konnte.

»Es ist nämlich so«, fuhr der Typ fort, »es gibt bei ›Matrix‹ ein Problem – meiner Meinung nach.«

»Ich hab den Film auch ein paar Mal gesehen …«, sagte der Videotheksmitarbeiter gelassen, »und Fehler habe ich eigentlich keinen entdeckt.«

Der Kippenraucher nahm einen letzten hektischen Zug und drückte die Glut auf dem von tiefen Brandflecken versehrten Plastikaschenbecher aus. Alexander sah, dass Finger und Nägel des Mannes, der vielleicht ein paar Jahre jünger als er selber war, nikotingelb eingefärbt waren. Jetzt begriff er auch, warum der Typ die Kippen durchbrach. Die Glut war dieselbe, aber der Rauch wurde – da der Rest der Zigarette nur noch halb so lang war – noch weniger gefiltert. Wenn man sie so rauchte, wurden sie stärker.

»Hör zu«, sagte der Typ und lehnte sich auf den Tresen, »Morpheus zeigt ihm – noch in der Matrix – die beiden Pillen, Neo nimmt sich die rote, und du weißt, was dann passiert, er erwacht in seinem Brutkasten, sieht all die grässlichen Schläuche, an die er angeschlossen ist, und dann – und das finde ich immer wahnsinnig geil – blickt er um sich und erkennt erst die Sachlage, das Kraftwerk aus Millionen von Brutkästen, in denen seine Mitmenschen ruhen und schlafen. Und jetzt kommt der Knackpunkt: Da kommt doch dann diese Menschenbrutaufzuchtmaschine herangeflogen, besieht sich den Erwachten, merkt, dass da nichts mehr zu machen ist, und koppelt ihn ab. Die Schläuche lösen sich, und schließlich wird das Menschlein in den Kanal gespült. Aber warum, warum, verdammt noch mal, warum reißt ihm die Maschine nicht einfach vorher den Kopf runter?

Ich kapier das nicht: Die Maschinen wissen, dass aus solchen Erwachten Widerstandskämpfer werden, Terroristen, mit denen sich dann Agent Smith und Kollegen herumschlagen dürfen. Warum lassen sie also überhaupt zu, dass sie das Erwachen überleben? Es wäre doch viel logischer, wenn jeder, der sich rührt und aufwacht, sofort getötet würde. Wieso lässt die Maschine Neo laufen?«

»Is 'n Punkt.«

»Siehste! Es gibt meiner Meinung nach nur eine Erklärung.«

»Und die wäre?«

»Ein Plan. Kann ja sein, dass Neo der Auserwählte ist, aber vielleicht ist alles anders herum und er ist in Wahrheit dazu auserwählt, den Terroristen den Todesstoß zu versetzen?«

Der groß gewachsene Videotheksmitarbeiter reichte ihm die Leih-DVD über den Tresen.

»Welche Terroristen denn?«

»Welche Terroristen? Na, Morpheus und seine Leute.«

»Das sind doch Widerständler!«

»Aber nicht aus Sicht des Systems. Ist doch auch egal, wie man sie nennt. Die Frage ist: Warum lässt die Maschine Neo laufen?«

»Du meinst, er ist so was wie ein Maulwurf?«

»Nein, das nicht, er weiß ja nichts davon. Ich würde eher sagen, er ist wie ein Werkzeug in den Händen der anderen. Warte, kannst du behalten, das Kleingeld. Ich hole mir noch eine Dose Red Bull.«

Der Kippenraucher trat an den Kühlschrank, bediente sich, ließ es knacken und nahm einen Schluck. Dann holte er die zweite Zigarettenhälfte aus der Tasche und zündete sie sich genüsslich an. Alexander war froh, dass der Typ sich endlich verzog.

»Also, bis später, ich bring die Scheibe nachher noch zurück. Vielleicht finde ich im Original ja einen Hinweis, dann sag ich's dir.«

»Ich bin nachher nicht mehr da. Das ist Boys Schicht, schon seit fast zehn Minuten.«

»Alles klar. Dann schönen Feierabend. Der kommt bestimmt gleich.«

*

Schon in den panzerbrechenden Waffen des Zweiten Weltkriegs hatte man Thermit eingesetzt – zeigte dieser Stoff doch einmal gezündet eine Brandreaktion, die mit Wasser oder anderen Löschmitteln nicht zu stoppen war, da die Verbrennung sich ihren Sauerstoff aus dem Rost holte!

Nahezu ohne Geräusch glühten die beiden entzündeten Haufen auf, gaben ein Zischen von sich, sprühten ein wenig und warfen den hellen Schein eines blendend weißen Lichts in alle Richtungen der nächtlich verlassenen Hasenheide.

Er trat näher heran, hielt den Stock in einen der Glutkegel und sah mit Vergnügen, dass das frisch abgebrochene Stück, das noch schwer und grün war, binnen weniger Augenblicke zu brennen begann. So also fühlten sich zweitausend Grad an!

Nach einer Minute war der Zauber vorbei, und ein faszinierender Geruch nach gesunder chemischer Reaktion machte sich auf den mondbeschienenen Wegen breit. Boy schüttelte seinen blonden Zopf vor Begeisterung, als er sah, dass das Thermit ganze Arbeit geleistet und beide Torpfähle ungefähr drei Zentimeter über dem Betonfundament abgeschmolzen hatte.

Er fasste in das Gitter des Tores und hob das ganze Ding zusammen mit den Scharnieren und dem gesperrten Schloss heraus und lehnte es an den Zaun. Die Pfaue standen als dunkle Schemen still auf der gänzlich von Gräsern leergepickten Fläche ihres Geheges, das nunmehr über einen freien Zugang zum Park und seinen frischen Auen verfügte, und beobachteten ihn.

Boy packte seinen schweren, mit Werkzeug und Waffen angefüllten Rucksack und eilte quer über die mondbeschienene Rasenfläche, von heitersten Gedanken erfüllt. Er dachte an jenen von massiven, eingemauerten Eisenstäben gesicherten Luftschachtausgang, über den er Zugang zu einer alten unterirdischen Senatsreserve bekommen würde, die er vor Kurzem in der Nähe des Richardplatzes ausgemacht hatte. Er würde die Stäbe abbrennen, dann könnte er sie mit einem Vorschlaghammer nach hinten umschlagen und der Weg wäre frei. Ohne

Dirk, der morgen für drei Monate nach Thailand fliegen würde, würde er ein Schließtechnikproblem bekommen und da musste er sich schließlich um alternative Öffnungstechniken kümmern.

Als er die Grünfläche überquert hatte, hörte er den heiseren Ruf eines Pfaus, drehte sich um, und es war ihm, als sähe er in der Ferne den Schemen eines vornehm schreitenden, leicht zögerlichen Tieres im weißen Licht des Mondes. Er trat grinsend aus dem Park, überquerte den Columbiadamm, und kaum war er wieder auf den gepflasterten Straßen des Schillerkiez, entdeckte er an einer Wand ein BMX-Rad, das, zumindest aus der Entfernung, mit nichts gesichert zu sein schien als dem Laternenlicht. Ein Glückstag!

Vermutlich war sein Besitzer nur für eine Minute irgendwohin verschwunden – sicherlich würde ihn der Verlust des Rades schmerzen, aber wie glücklich wäre er, würde er es morgen wiederbekommen!

Boy beugte sich über den Rahmen, fasste das Rad am Sattel, hob es an und trat leicht ins Pedal – und tatsächlich, den freien Lauf des Hinterrads hinderte keine Sicherung. Er wollte schon aufsitzen, als hinter ihm eine Stimme zu kreischen anfing.

»Kuck dir das an! Die Schwuchtel klaut mein Fahrrad.«

Boy setzte das Fahrrad ab, drehte sich aber nicht um. Ganz ruhig verharrte er, die Geschwindigkeit einschätzend, mit der die beiden anderen näher kamen.

»Isch geb dir auf Fresse …«, schrie die Stimme wieder, außer sich vor Wut. Sie mussten etwa zwei Meter hinter ihm stehen. Schade, dass er sein Hackbeil nicht am Gürtel hatte. Musste er also etwas anderes sprechen lassen.

»Wirklich 'ne Schwuchtel«, das war eine andere, etwas tumber als die erste klingende Stimme.

»Dreh dich schon um, sonst schneid ich dir deinen Scheiß Pferdeschwanz ab. Blöde Fotze!«

Boy drehte sich nun langsam um, das Kinn auf die Brust

gedrückt, den Blick gesenkt. Zwei schmale, in weiße und rote Trainingsanzüge gekleidete Sechzehnjährige standen vor ihm, der eine war ein Bleichgesicht, der andere, der Agilere von beiden, der Eigentümer des Fahrrads, war vielleicht ein Türke oder Kurde mit einem makellosen dunklen Teint. Glattrasiert. Sah richtig gut aus.

Smartie war mindestens zwei Köpfe größer als er selber. An der Art, wie er in den Knien wippte, glaubte Boy einen kampfbereiten Gegner zu erkennen, vielleicht einen Kickboxer, da gab es eine Menge in dem Alter hier in der Gegend. Er würde ganz bestimmt sehr leicht zu reizen sein. Der andere hielt sich zurück, schien aber nicht unruhig. Offensichtlich war er es gewohnt, dass Smartie solche Konflikte für sich entschied. Leider stand er ein bisschen zu weit weg, um ihn als Ersten zu attackieren. Nach links hätte er weglaufen können, er wäre mit Sicherheit davongekommen. Doch er war ein zwar ausdauernder, aber kein besonders schneller Läufer, und der andere würde ihm auf dem Fahrrad sehr leicht folgen können. Unglücklicherweise grenzte die links liegende Lichtenraderstraße an ihrem westlichen Rand an den Flughafen Tempelhof, der stacheldrahtzaungesichert entlang seiner Außengrenze von regelmäßigen Polizeipatrouillen überwacht wurde.

Boy hob sein Gesicht, drehte es ins rechte Licht und schenkte seinem wild entschlossenen Gegner ein breites Lächeln. Er wusste, dass diese spontane Entblößung seines Gebisses nicht nur einen Ausdruck seltener Kampfeslust darstellte, sondern seinen Gegner auch noch auf andere Weise beunruhigte. Die drei Goldzähne in einer Reihe, der einmal komplett quer durchgebrochene linke obere Schneidezahn, den ein ungeduldiger Bundeswehrzahnarzt – eine deutliche, schwarze Klebenaht hinterlassend – wieder auf dem gelblich-wächsernen Stumpf verankert hatte – sowie die klaffende Zahnlücke rechts unten, genau hinter dem großen Eckzahn –, all diese Details inmitten eines kreuz und quer stehenden Mauerwerks gelblich-fleckiger

Restzähne waren zu Einschüchterungszwecken hervorragend geeignet.

»Also …«, sagte Boy, »Zopfabschneiden kommt nicht in Frage.«

*

»Kann ich Ihnen vielleicht helfen?«, rief der groß gewachsene Videothekenmitarbeiter von der Theke herüber. Seine Stimme war nicht unfreundlich, wenn auch mit einer Spur Genervtsein angereichert.

»Nein, danke, komme schon klar …«, rief Alexander zurück. Er hielt die stark beanspruchte Hülle eines Films mit Harvey Keitel in seinen schwarzen Handschuhen, legte sie zurück und ging noch einmal weiter nach hinten, wo es aus einem schmalen Durchgang rosa und fleischfarben herausleuchtete, da die Wände dahinter ausschließlich mit Pornotiteln gepflastert waren.

Er bog links davor ab, überflog das aufgereihte Angebot von Splatterfilmen, für die er sich in seiner Jugend eine Zeit lang interessiert hatte, und tatsächlich, da stand unter anderen Klassikern einer seiner Lieblingsfilme von früher, Wes Cravens, *Das letzte Haus links*. Er nahm das darunter sitzende Kärtchen an sich und tippte es ein paar Mal auf seine Fingerspitzen.

Doch dann entdeckte er eine Reihe mit Klassikern, Filme mit Lino Ventura und Steve McQueen, die er sich näher betrachtete. Nach einer Weile tat sich endlich etwas. Das musste der Typ sein, von dem Peter ihm erzählt hatte. Er schien ziemlich außer Atem, schob aber bester Laune ein BMX-Rad herein und schüttelte sein offenes blondes Haar, das ihm fast bis zu den Hüften reichte.

Er entschuldigte sich bei seinem Kollegen, ja, zwanzig Minuten zu spät, er wisse schon, es sei ihm etwas dazwischengekommen.

»Gib mir 'n Bier aus. Neues Rad?«

»Ne, hat mir ein Freund geliehen. Sonst wär ich noch später gekommen«, sagte er, über das ganze rotpustelige Gesicht grinsend.

Er rollte das Rad leichtfüßig in die Abstellkammer, warf auf dem Rückweg einen freundlichen Blick auf Alexander und ließ sich von seinem Kollegen die Kasse übergeben und auf ein paar Einzelheiten hinweisen.

»Hier, der Alte war vorhin da und hat die ganze Kohle mitgenommen, sämtliche Scheine. Nur das bisschen Kleingeld hat er übriggelassen. Ich hoffe, du kommst damit über die Runden.«

»Hat wohl grade wieder 'ne Glückssträhne.«

»Hör mir bloß auf. Randvoll war der.«

Boy brachte seinen Kollegen zur Tür, öffnete sie und fixierte sie mit einem Stopper, dann leerte er den Aschenbecher aus und verräumte ihn unter dem Tresen. Er blickte Alexander mit leicht fettig fallendem Haar entgegen, ein sanfter, rundlich wirkender junger Mann mit Hautproblemen und unregelmäßigem Bartwuchs.

»Schönen guten Abend, der Herr.«

»Ich hätte da mal eine Frage. Ich wohne nicht hier, bin nur eine Zeit lang in der Stadt und wollte gern diesen Film ausleihen.«

»Aha, *Le Mans*«, sagte Boy. »Können wir schon machen, 'ne Kaution bräuchte ich dann nur.«

»Wie viel?«

»'n Hunderter.«

Alexander legte einen Schein hin und erzählte ihm, dass er nur für ein kurzfristiges Projekt hier in Berlin sei. Eigentlich müsse er die Stadt schon längst wieder verlassen haben – aber er komme einfach nicht weiter.

»Wo liegt denn das Problem?«, fragte Boy, während er begann, die Nummer des Films einzutippen.

»Sie kennen doch den Flughafen Tempelhof?«

»Was ist denn damit?«, Boy faltete seine Hände, die wie aus Ton geknetet zu sein schienen, ineinander.

Alexander erzählte ihm, dass eine Gruppe wohlhabender Privatleute von der Existenz eines unbekannten Bunkers neben den offiziell bekannten unterirdischen Anlagen erfahren habe. Da man ihnen nicht gestattete, dieses unterirdische System zu betreten, sei man nun entschlossen, auf eigene Faust einzudringen. Leider sei es gar nicht so leicht, jemanden zu finden, der sich mit Bunkern auskenne. Obwohl man bereit sei, gutes Geld zu zahlen …

Boy schob ihm die Kassette in der schwarz-gelben Hülle der Videothek hin und entblößte die goldsteinige Gegend seines Gebisses. Er betrachtete die schwarzen Handschuhe des Mannes, während aus seinen Nasenlöchern nervöses Schnauben drang, das zu einem Kichern wurde.

KAPITEL 22

Auf Eis

Wie Schauspieler einer Broadway-Show, deren Beginn sich verzögert, weil die Hauptdarstellerin noch im Stau auf der 5th Avenue steckt, lungerten der Held und die Bösewichter in der Garderobe herum, spielten Karten oder missachteten das Rauchverbot.

Hawk fand es faszinierend, wie es ihm gelungen war, dank der großzügig vorhandenen Fälschungen unten im Keller nicht nur den Block zu verlassen, sondern sogar so sehr in Fahrt zu kommen, dass alles, was er in den vielen letzten Monaten versäumt hatte, wieder aufgeholt war.

Genau da, wo Milton sich gerade befand, nämlich kurz davor, in den geheimnisvollen Bunker einzusteigen und den Schatz zu heben, befand sich auch sein Manuskript, dem er zuletzt, einfach weil er weiterschreiben wollte, eine ausgiebige Schilderung der Geschichte des Flughafens Tempelhof hinzugefügt hatte, ein Zwischenteil, der ihm wie eine Art von Stadtrundfahrt vorkam, die man nur unternahm, weil man nichts Besseres zu tun hatte.

Nun aber standen Olympias Lettern still und er wartete sehnsüchtig darauf, dass Milton und sein Team endlich loslegten. Milton selbst war mit der Situation unzufrieden, das versicherte er Hawk bei ihren Telefonaten, und er versprach, alles zu tun, um nicht nur den Weg in den Bunker zu filmen, sondern ihm auch das Stück zu besorgen, das dem vierten Teil seinen Namen geben sollte: den RIEGEL.

Dass das seltsame Ding ein Riegel war, den man aufklappen und wieder verschließen konnte, glaubte Hawk nach einigen mehrstündigen Meditationen über die Fotografie herausgefunden zu haben, es war die einzige logische Erklärung für die Kerben. Das Ding war eine Art Schloss und in Hawks Planung war der heilige Schatz der Atlanter eine Kiste, befüllt mit DOLCH, KELCH und LEUCHTER, und verschlossen wiederum vom RIEGEL. Nachdem die Atlanter ihre alte hochzivilisierte Heimat verlassen hatten, jenes märchenhaft reiche Land, das durch eine katastrophale Drift zu einem eisigen, unbewohnbaren Kontinent wurde, den man als die Antarktis kennt, wurde die Einheit des Schatzes aufgelöst und seine Einzelteile über Zeit und Raum der späteren, nachatlantischen Geschichte verteilt.

Dass jene Gegenstände tatsächlich in einem von den Nazis gebauten Bunker im Berlin des Jahres 2001 ruhen sollten, und auch nicht irgendwo, sondern an jenem magischen Ort, benannt nach den Tempelrittern, die sich dort einst ihr nördliches Hauptquartier errichtet hatten, versetzte ihn in unfassliche Euphorie, die aber auch zu einem solch grässlichen Hunger danach, *endlich zu wissen,* werden konnte, dass es ihn ganz krank machte.

Auf dem Weg in den Süden – so hatte er es sich ausgedacht – verstrickten sich die Atlanter immer wieder in fürchterliche Kämpfe mit den ansässigen, wesentlich niedriger entwickelten Völkern, und obwohl ihnen ihre technologische Überlegenheit stets den Sieg sicherte, wurden sie der Aussicht auf ewigen Kampf müde und beschlossen, wie die Fische im Wasser und damit für alle anderen unsichtbar zu werden. Ihre Strategie bestand darin, Herrschaft durch ihr uneinholbar überlegenes technisches Wissen auszuüben, und zwar nicht, indem sie es geheim hielten, sondern indem sie es portionsweise ausgaben und damit immer wieder bestimmten Zivilisationen, Völkern oder Gruppierungen zu technologischen Sprüngen verhalfen, wie der plötzlichen Erfindung der rädergetriebenen Turmuhr und anderen unerklärlichen Wendungen in der Geschichte der Technik.

Sie waren die geheimnisvollen Auftraggeber, die Ingenieure und genialen Erfinder, die auf diese Weise den Verlauf der Geschichte steuerten. Ihr Ziel war es, Einfluss auf die technische Entwicklung zu nehmen, um die Erwärmung des Planeten vorzubereiten. Die von ihnen entwickelten Arten hocheffizienter Verbrennung, aus der die Lokomotiven, Ozeandampfer und Autos ihre Energie bezogen, heizten die Atmosphäre auf: Atlantis, die im Eis versunkene, alte Heimat sollte aufgetaut werden.

So weit war Hawk schon gekommen, eine Lösung, die ihn begeisterte, hatte er mit ihrer Hilfe doch nahezu alle versprengten und losen Fäden der bisherigen Teile verknüpfen können.

Doch nun stand das Ende an, die Schatzsuche selbst und der Tod seines Helden. Die Agenten der Atlanter spielten schon ungeduldig mit den Theatermessern, aber sein eigener Agent, Milton, der sich bis vor das wirkliche Tor des Tempels herangekämpft hatte, war von einer seltsamen Schwäche befallen und kam einfach nicht weiter. Milton behauptete, das läge an den anderen, aber hatte Milton sich jemals von irgendjemandem aufhalten lassen?

Hawk verbrachte das Warten damit, Ordnung im Arbeitszimmer zu machen, die ausgeschlachteten Raubkopien, aus denen er Sätze und Namen, Absätze und einzelne besonders gelungene Formulierungen herausgelöst hatte, wieder nach unten in den Keller zu tragen und ausgiebige Spaziergänge mit Wotan zu unternehmen.

Auf einem dieser Spaziergänge stellte sich ihm eine Frau in den Weg, die er zunächst gar nicht erkannte, bis er begriff, dass es doch tatsächlich seine Lektorin war, die ihm da mit tief eingegrabenen Sorgenfalten plötzlich gegenüberstand.

Sie erzählte ihm, dass ihr Scheidungsanwalt hier in der Nähe sein Büro habe. Diese eine Zahntechnikerin sei eine hoch motivierte Mitarbeiterin ihres Mannes zu viel gewesen.

Hawk erklärte, dass ihm das sehr leidtue, aber seine Lektorin meinte nur, leid werde es vor allem ihrem zukünftigen Exmann tun. Dann kam sie ziemlich unverblümt auf das Manuskript zu sprechen, und Hawk antwortete, dass er wahnsinnig viel Zeit vor der Schreibmaschine zubrächte. Das sehe sie, sagte die Lektorin und bleckte die Zähne zu einer Art Grinsen, blieb unbewegt stehen und sah ihm hinterher.

Jetzt fütterte er Wotan gerade sorgfältig mit fliegenden Ravioli, als es an der Tür klingelte. Er hatte das ungute Gefühl, es könnte sich womöglich um die Lektorin handeln, die ihm gefolgt war und einen Blick auf das Manuskript werfen wollte.

Er schlich an die Tür, fest entschlossen, nicht zu öffnen, doch in der Hohlwelt des Spions stand nicht die Verlagsfrau, sondern ein älterer Mann mit randlosem, kariertem Hut, der sich lächelnd über den gestutzten grauen Bart fuhr, so als erwarte er, jeden Augenblick von einem Bewohner des Hauses begrüßt zu werden. Er trug eine große Dokumentenmappe unter dem linken Arm, blickte zuversichtlich drein und schien ein wenig auf seinen Sohlen zu wippen, bevor er, sich mit dem ganzen Körper nach vorne beugend, die Klingel zum zweiten Mal betätigte.

Wahrscheinlich handelte es sich um einen Vertreter, der trotz eines fehlenden Türschildes sein Glück versuchte, um irgendwelche Zeitschriften zu verkaufen. Eigentlich öffnete Hawk – schon sein Vater hatte es ihm eingebläut – niemandem die Tür, den er nicht kannte, aber heute beschloss er, den Besuch als Ablenkung zu betrachten.

Kurz dachte er darüber nach, die Ledermaske zu holen, die seit seinem Auftritt vor Johanna Meister unbenutzt an der Garderobe hing, aber dann verwarf er den Gedanken. Er hatte keine Lust, wieder so fürchterlich zu schwitzen.

»Guten Tag! Hab gedacht schon, niemand zu Hause!«

»Wie kann ich Ihnen helfen?«

»Kann ich sprechen Mr. Donovan?«

»N… nein, der ist leider nicht da.«

»Oh … das ist das Unglück! Wann kommt er denn?«

»Tja, das kann ich Ihnen gar nicht sagen. Er … er ist auf einer Auslandsreise.«

»Verstehe.« Der Hutträger strich sich nachdenklich über den Bart und murmelte ein paar Worte in einer europäischen Sprache, die Hawk nicht verstand.

»Wie schade das doch ist«, sagte er schließlich. »Bin sicher, er würde sich interessieren.«

»Wofür denn?«

»Hier«, sagte der Mann und strich sanft über die große schwarze Dokumentenmappe, »habe noch andere Zeichnungen gefunden, noch schönere.«

Hawk leckte sich über die Lippen und starrte ihn an.

»Zeichnungen? Kommen Sie doch rein …«

»Ah, ich danke Ihnen … hier bitte, meine Karte.«

»Erich Weiss, Altertümer«, murmelte Hawk. »Toronto.«

»Und Budapest!«, fügte der Mann strahlend hinzu, »mein Geschäft ist auf beiden Seiten vom Atlantik!«

Hawk führte Mr. Weiss ins Esszimmer, in dessen Kamin noch die feine weiße Asche des letzten Treibholzfeuers ruhte.

»Oh, wie freundlich«, sagte Mr. Weiss, strahlte über das ganze Gesicht, nahm seinen Hut ab und legte ihn auf eine Stuhllehne. Sofort wirkte er angekommen und vertraut, so als ob er schon oft hier gewesen wäre.

»Darf ich Ihnen die Sachen gleich zeigen?«, fragte er und löste schon das dunkelgrüne samtige Bändchen. Seine Bewegungen waren geschickt, dabei aber unaufwändig und von vergnügter Eleganz. Offenbar gefiel ihm, was er anzubieten hatte.

»Mr. Donovan hat eine frühere Serie erworben, die Zeichnungen hier sind noch aus einem späteren Jahr. 1932. Hier, sehen Sie.«

»Von '32, sagen Sie. Seltsam.«

»Was denn?«

»Was zeigen denn die Zeichnungen Ihrer Meinung nach? Wie ordnen Sie das ein?«

»Nun, durch die Welt der Altertümer geistern seit jeher Stücke, welche man nicht zuordnen kann, die ignoriert werden von offizieller Wissenschaft.«

»Aber was ist das? Präkolumbianisch?«

Weiss lächelte fein.

»Man kann auch die Stimmen hören, die sagen, dass Kolumbus dorthin kam, wo die Wurzeln der Gebräuche waren. Es ist historisch zu beachten, dass der Gekreuzigte, bei den Griechen war das Herakles – umgeben von vier Vögeln, große … äh«, er murmelte etwas, dann fiel ihm das englische Wort ein: »umgeben von vier Geiern, bei den Indianern bekannt und abgebildet war. Und dann kann man sagen, dass die Geier auf die ägyptischen Geier der Benin-Kultur deuten. Die Kreuzigungsnachricht muss gekommen sein vor Jahrtausenden, noch vor dem letzten Unglück, nach Amerika. Danach war so eine lange Pause, dass sie die Weltteilsbewohner vergaßen.«

Hawk war sich nicht sicher, ob er ihn richtig verstanden hatte, und besah sich eine großformatige Zeichnung nach der anderen. Das seltsame Gefühl, das ihn überkam, rührte daher, dass die gezeichneten Gegenstände den fotografierten Stücken aus dem Schatz auf verblüffende Weise glichen, nur dass die Zeichen andere waren und an Hieroglyphen und aztekische Schriftzeichen erinnerten. Von Hakenkreuzen keine Spur. Zumindest tauchten wenigstens ein paar runenartige Zeichen auf.

Aber während die Zeichnungen aus den frühen Dreißigern waren, waren die Fotos aus den späten Vierzigern.

»Woher stammen die Zeichnungen denn nun?«

»Das ist die schwere Frage. Die andere Serie, die Mr. Donovan vor einem Jahr bei mir hat gekauft, war signiert mit F. Gemma. Diese hier sind gar nicht signiert. Aber – das ist selber Stil.«

Gemma. Hatte Johanna Meister diesen Namen erwähnt oder

bildete sich Hawk das ein? Hatte er nicht einmal etwas von ihm gelesen?

»Vor einem Jahr, sagen Sie, hat Mr. Donovan die andere Serie erworben?«

»Ja.« Der Händler schlug die Augen nieder und lächelte bescheiden.

Hawk holte Bargeld, kaufte ihm die Mappe, ohne zu verhandeln, ab und servierte ihm dann noch ein Glas Wasser, das der Ungar in langsamen, kleinen Schlucken trank, als wäre es das köstlichste Getränk, das er seit Langem zu sich genommen hätte. Als Hawk ihn zur Tür brachte, war er noch immer bester Laune und verabschiedete sich mit dem Versprechen, sich zu melden, sobald er wieder etwas Ähnliches aufgetrieben habe. Und Hawk möge doch so nett sein und dem lieben Herrn Donovan einen schönen Gruß sagen.

Dann blätterte Hawk die Mappe noch einmal durch, und tatsächlich – kannte man die Fotografien aus den vierziger Jahren, so wirkten die mysteriösen Bleistiftzeichnungen wie Entwürfe. Hawk hatte ein Gefühl auf der Zunge, als würde er fauliges Sägemehl kauen. Kein Wort hatte Milton von der anderen Serie aus den Händen des Ungarn zu ihm gesagt – kein Wort.

Er verbrachte ein paar Minuten aufgeregt im hellerleuchteten Arbeitszimmer, wo er aber nur im Stehen auf das leere, strahlend weiße Blatt Papier blickte, das er vor ein paar Tagen aus Sehnsucht nach dem Ritzeln von Helenas Walze eingespannt hatte. Wie herrlich es gewesen wäre, ein bisschen zu tippen.

Er betrachtete die Fotografien der Schatzstücke, nahm dann das Foto des DOLCH mit hinüber ins Esszimmer und suchte sich die Zeichnung, auf der sich eine Art Gegenstück befand. Die Ähnlichkeit war schlicht frappierend, und was die Unterschiedlichkeit der Zeichen und gewisse andere Details anging, so machten sie Hawk auf ganz ungewohnte Weise nervös – denn was hätte dem Zeichner als Vorlage gedient, wenn nicht der auf dem Foto abgebildete Gegenstand? Die einzige beruhigende Erklärung war die Vorstellung, dass der Zeichner aus dem Gedächtnis gearbeitet hatte. Aber sie befriedigte ihn nicht. Etwas war da faul. Er konnte es riechen.

Er wählte die Nummer von Miltons Hotel in Berlin. Dort teilte man ihm freundlich mit, es sei drei Uhr morgens, ob er dennoch durchgestellt werden wolle? Ja allerdings, das wollte er.

Er ließ es klingeln und ergötzte sich ein wenig an der Vorstellung, wie das Schrillen in Miltons tiefen Schlaf vordrang, ihn aus schönen Träumen riss und an die triste Oberfläche seines Hotelzimmers zerrte. Doch nichts davon geschah, und nach einer Weile meldete sich wieder die Rezeption. Ob er eine Nachricht hinterlassen wolle? Nein, das wollte er nicht.

Wotan erwachte und gab durch beherztes Bellen zu verstehen, dass er die Geräusche, die aus dem ersten Stock drangen, missbilligte.

Wäre der nette Mr. Weiss aus Budapest nicht auf der Bildfläche erschienen, niemals wäre Hawk auf den Gedanken gekommen, Miltons Räume in dessen Abwesenheit zu betreten – die intime Abgeschiedenheit, die er für sich selbst verlangte, war ihm das erste menschliche Grundrecht und galt selbstverständlich ganz besonders für seinen Lebensfreund Milton. Aber dass er seine Räume vor seiner Abfahrt verschlossen hatte, irritierte Hawk maßlos, und dabei fiel ihm ein, dass er tatsächlich nicht die geringste Ahnung hatte, wie es jetzt dahinter aussah. Er rüttelte an Miltons Tür, die sich keinen Millimeter bewegte.

Das erfüllte ihn mit Wut, einem Gewitter aus Befürchtungen, das über ihn hereinbrach, dessen Konfusion sich allerdings bald legte und zu Klartext verwandelte.

Er wollte wissen, was hinter dieser Tür war.

KAPITEL 23

Der Vater eines Verdächtigen

U*ltra – the cipher-breaking device* [**enigmaproblem** kritzelte Werner mit seiner kleinen, aus Druckbuchstaben bestehenden Schrift darunter] *which enabled the British to read the German High Command* [er unterstrich diese drei Wörter und notierte **okw** dahinter] *signals – gave Montgomery complete and continuous information about Rommel's supply position and his intentions. As if this were not enough, Montgomery enjoyed immense freedom – freedom to choose his own subordinates, freedom to plan the nature and timing of the battle. Alexander backed him absolutely* [hier schrak Werner auf, da er im ersten Moment nicht wusste, wer gemeint war, aber dann fiel ihm ein, dass es sich nur um **harold alexander**, den späteren **earl of tunis** handeln konnte, was er sogleich notierte] *and left him alone: even Churchill let him his own way. And Montgomery's knowledge that the great allied armada,* Operation Torch, *was to land about two weeks after his own planned attack must have been a comfort.*«

Die Bedeutung des ganzen Satzes verstand er gerade noch so, mehr oder weniger, aber was bedeutete »Torch«? Er wusste, dass er dieses Wort schon einmal gelesen hatte, seine Bedeutung lag ihm auf der Zunge, aber fiel ihm einfach nicht ein. Sicher, es war nur ein Codewort, aber gerade von diesen mehr oder weniger zufälligen Namen der Militärgeschichte ging oft ein faszinierender Reiz aus.

Er schaltete die Taschenlampe aus, mit deren Hilfe er das

auf seinem Schoß liegende englische Buch gelesen hatte, platzierte sie auf die Ablage und kramte in seiner rechts auf dem Beifahrersitz liegenden Aktentasche. Als er das kleine Lexikon gefunden hatte, nahm er die Taschenlampe, schaltete sie ein und blätterte, bis er das Wort gefunden hatte. Der Lichtkegel erhellte folgenden Eintrag:

»torch – Fackel; a. electric torch – Taschenlampe.«

Es war nicht die »Operation Fackel«, die ihn jetzt seine strahlenden dritten Zähne zu einem unfreiwilligen Grinsen entblößen ließ, und auch nicht der kleine Witz, den er durchaus bemerkt hatte, sondern die Tatsache, dass es doch gerade die Taschenlampe war, die ihn auf die Spur gebracht hatte.

Am späten Nachmittag seines gut zwei Monate zurückliegenden siebzigsten Geburtstages, einer der schönsten, an den er sich eigentlich erinnern konnte, hatte sich sein Sohn die Taschenlampe ausgeliehen.

Die Taschenlampe lag nämlich nicht an der richtigen Stelle auf seinem Schreibtisch, das war ihm sofort aufgefallen, da er nach seinem Spaziergang im Stadtpark das Bedürfnis verspürt hatte, sich noch einmal die frisch renovierten Rahmen der Hütte anzusehen, und die Taschenlampe nicht links neben der Bibliothekslampe ruhte, sondern rechts von ihr.

Wozu hätte Alexander eine Taschenlampe gebrauchen können, wenn nicht, um an dunklen Stellen irgendetwas auszuleuchten? Das Ganze ließ ihm keine Ruhe, er nahm die Taschenlampe, ging in Alexanders Zimmer und sah sich nach dunklen Ecken um.

Der Koffer, den Alexander unter seinem Bett versteckt hatte, war nicht verschlossen. Werner zögerte nicht, ihn zu öffnen. Er hatte ein leicht schlechtes Gewissen dabei, das aber in jenem Augenblick zerstob, als er der zehntausend britischen Pfund ansichtig wurde.

Nicht, dass er seinem Sohn den Besitz einer solchen Summe nicht zugetraut hätte, schließlich fuhr Alex einen Porsche und war bei seinen Besuchen in Berlin stets auf das Beste gekleidet und ausgestattet. Der Wein schließlich, den er Werner zum Siebzigsten geschenkt hatte, war in dem Weinführer vom Club mit fünf Sternen ausgezeichnet. Wie günstig die Gelegenheit dort auf der Londoner Auktion auch gewesen sein mochte – Werner hätte seinem Vater damals so ein Geschenk nicht machen können, er wäre gar nicht in die Nähe von so etwas gekommen.

Werner hatte seiner Frau Simone nichts von seiner Entdeckung erzählt, aber dafür Alexanders Verhalten in den nächsten Tagen aufmerksam studiert. Der Junge sah nicht gut aus, trug den ganzen Tag sein Mobiltelefon mit sich herum, aber offensichtlich rief niemand an. Auch die Verletzung seiner Finger machte Werner Sorgen – er konnte sich nicht erinnern, dass Alexander sich jemals geschlagen hätte.

Fast jede Nacht kam er angetrunken nach Hause, stolperte ungeschickt über die Treppe wie mit sechzehn (nur dass sein Vater inzwischen noch schlechter schlief als früher) und wirkte im Ganzen so gründlich aus dem Gleichgewicht, dass auch seine Frau nicht mehr glauben mochte, es hätte womöglich mit einer unglücklichen Liebe zu tun. Außerdem – wann in den letzten Jahren war Alexander länger als zwei, drei Tage hintereinander zu Hause gewesen?

Nach fast drei Wochen hatte dieser seinen baldigen Abschied verkündet, erklärt, er wolle zurück nach Paris, um dann vielleicht Urlaub zu machen. Sie sollten sich auf keinen Fall Sorgen machen, wenn er sich längere Zeit nicht melden würde.

Werner hatte schlaflos darüber nachgedacht, um dann in den frühen Morgenstunden, einen Tag vor Alexanders Abschied, einen Beschluss zu fassen.

Werner hatte einen ehemaligen Kriminalpolizisten angerufen, den er von früher ganz gut kannte, weil er seine Dienstwagen arg herzunehmen pflegte. Nach seiner vorzeitigen Pensionierung aus disziplinarischen Gründen hatte er sich als Privatdetektiv selbstständig gemacht, und zwar, wie er damals juxend zum Abschied behauptet hatte, weil er endlich mal ein vernünftiges Auto bei der Arbeit fahren wollte.

Er war geradezu prädestiniert, Alexander zu folgen, wenn nötig auch ins Ausland. Werner machte sich Sorgen und er würde seinen Sohn nicht noch einmal aus den Augen lassen. Das Geld gab er gerne aus. Das Überraschende war dann aber, dass die erste Rechnung des Detektivs recht klein ausfiel und von Spesen aus der Reise gar nicht gesprochen wurde: Der Verfolger war Alexander auf die Autobahn gefolgt, der aber hatte die Stadt keineswegs Richtung Paris verlassen, sondern war vielmehr in die Silbersteinstraße abgefahren, nach Neukölln, wo er zunächst ein kleines Ladengeschäft in der Wissmannstraße aufsuchte, dort – so die Vermutung des Beobachters – habe er sich Schlüssel geholt und sich sodann zu einem Haus in der Kienitzerstraße begeben. Werner bekam die Adresse des Hauses, fuhr eines strahlenden Morgens in die Nähe – wartete so wie jetzt im Auto, und tatsächlich, er sah seinen Sohn am frühen Nachmittag aus der Tür treten und nach einer guten halben Stunde mit prall gefüllten Plastiktüten wiederkommen. Trotz des warmen Tags, es war schließlich schon Mitte April, trug er immer noch seine Handschuhe, Werner hätte seine Erscheinung exzentrisch genannt, sonderbar vielleicht, spleenig, hätte er mit irgendjemandem darüber gesprochen.

Der Einzige aber, den er zu Rate zog, war der Detektiv. Vielleicht verbarg Alexander seinen Aufenthalt in Berlin nicht nur seinen Eltern, sondern auch noch jemand anderem. Werner war zwar kein Polizist gewesen, sondern nur der Mann, der die Reparatur- und Auftragsscheine der Dienstwagenflotte der Berliner Polizei verwaltete und intern abrechnete, aber dennoch hatte er von genug haarsträubenden Sachen gehört, in die die unverdächtigsten und normalsten Leute verwickelt waren. Ganz wie er selbst ja auch, zu der schlimmen Zeit, die er glücklich hinter sich gebracht hatte, zu Tode erschreckt zwar, aber ohne dass es etwa seine Frau mitbekommen hätte.

Der Einzige, der damals etwas bemerkt und ihn, Werner, ins Gericht genommen hatte, war sein eigener Vater gewesen, Josef Salem. Das war gerade zu der Zeit, als seine Schwiegermutter in ein vornehmes Seniorenheim gezogen war und die Gründerzeitvilla auf Simone und Werner überschrieben hatte, um sich von jenem Zeitpunkt an, an dem sein alter Vater ins Haus kam, so zu benehmen, als hätte sie niemals dort gewohnt.

Werners Audi stand günstig in der Thomasstraße hinter einem anderen Fahrzeug geparkt und vollständig verdunkelt. Auch die Taschenlampe zum Lesen hatte er ausgeknipst, und sein Buch *If by Chance. Was wäre wenn – Militärische Wendepunkte, die Geschichte schrieben* mit Hilfe seines Bleistifts markiert, eine Unsitte, für die ihn schon sein Vater stets getadelt hatte. Zusammen mit dem Lexikon ruhte jetzt alles auf dem Beifahrersitz.

Auf der anderen Seite der Straße war ein Friedhof mit einer ansehnlichen Mauer. Die ganze Gegend entlang der südlichen Hermannstraße war spärlich und fast nur von ein paar zwielichtigen Gestalten belebt, doch jetzt gerade fuhr das hübsche Mädchen mit den lockigen blonden Haaren auf ihrem Fahrrad vorbei, das er schon ein paar Mal nachts hier gesehen hatte. Sie hatte ihren vollbepackten Rucksack dabei und ihre Fahrweise deutete wie immer darauf hin, dass sie irgendwie zu spät dran war. Auch wirkte sie eher sorgenvoll und zerstreut, so als wäre sie auf der Suche nach etwas, das ihr abhandengekommen war.

Als sie vorüber und rechts auf dem Bürgersteig entlang der Hermannstraße verschwunden war, stieg er aus. Es war schon ein paar Minuten nach zweiundzwanzig Uhr, Alexander war noch nicht aufgetaucht, würde es aber wahrscheinlich bald tun. Links, Richtung S-Bahn, gab es ein paar leere Kneipen, in welchen er sonst abwechselnd die Toilette aufzusuchen pflegte, doch so weit wollte er sich jetzt nicht mehr von seinem Beobachtungsstandort schräg gegenüber der dubiosen Videothek entfernen.

Er suchte Deckung hinter einem riesigen alten Ahorn und erleichterte sich. Die Häufigkeit seines Harndrangs war das Einzige, was ihn bei jener nächtlichen Lebensweise behinderte, die er sich angewöhnt hatte, da er kaum vor zwei oder drei Uhr morgens nach Hause kam, um dann zu einem erschöpften Schlaf zu finden, so tief wie zu jener Zeit, als er endlich mit allem ins Reine gekommen, aber noch nicht wirklich alt gewesen war. In der Weltgeschichte der Schlaflosigkeit dürfte Werner Salem als einer der wenigen, wenn nicht sogar als der Einzige gelten, der durch die Sorge von diesem furchtbaren Leiden geheilt worden war.

Zu erfahren, dass Alexander mit Drogen zu tun hatte, war ein furchtbarer Schlag für ihn gewesen.

Er hatte Alexanders Versteckspiel in Neukölln ein paar Tage lang zugesehen, und dann hatte er den Ex-Polizisten dazu überredet, seine alten Kontakte spielen zu lassen und ein wenig mehr in Erfahrung zu bringen. Lag in Paris etwas gegen ihn vor?

Allerdings. Alexander wurde in Verbindung zu einem korsischen Drogenring gebracht, wobei zum jetzigen Zeitpunkt nur feststand, dass er in unregelmäßigen Abständen Geld, das in einer Pariser Bar gewaschen wurde, nach Vaduz transportiert hatte, um es auf das Konto einer Stiftung einzuzahlen. Die Sûreté wusste des Weiteren noch von einigen Besuchen Alexanders auf der Isle of Man, einer der Kanalinseln, aber das schien nichts mit den Drogengeldern zu tun zu haben.

Es war leicht, sich vorzustellen, wie er in die Sache hineingerutscht war. Er arbeitet in der Bar, der Betreiber spricht ihn an, bittet ihn um einen Gefallen und Alexander, der sowieso am liebsten durch die Welt fährt, willigt ein. Bestimmt bekam er als Gegenleistung Geld.

»Er ist ein Kurier, ein ganz kleines Licht …«, hatte sein Detektiv ihn zu beschwichtigen gesucht und ihm noch einen Cognac eingeschenkt, als er Werner in seinem lausigen kleinen Büro die Fakten auf den Tisch gelegt hatte.

»Ick vermute, Alex weeß noch nich mal, dit er in sowat drinnehängt. Der fährt de Kohle da runter inne Berge und denkt sich nüscht. Verfluchte Drogen, wa?«

Noch mehr Sorgen als über den Vorwurf der Geldwäsche machte sich Werner über die Tatsache, dass Alexander offensichtlich mit Leuten zu tun hatte, die Heroin und Kokain verkauften, das pure Gift. Zwar hatte er nicht den geringsten Beleg dafür, dass Alex das Zeug selbst auch nahm, dennoch, der Junge war in Gefahr. Womöglich handelte es sich bei dem Koffer mit Geld, den er unter seinem Jugendbett versteckt gehabt hatte, um ebensolche Drogengelder, und er hatte sich damit abgesetzt. Die korsische Drogenmafia!

Seitdem war er Alexander treu gefolgt, hatte sogar den alten Motorroller in Betrieb genommen und sich einen geschlossenen schwarzen Helm gekauft, mit dem er vollkommen unkenntlich war.

Zwar konnte er ihm nicht überallhin folgen, hatte ohnedies schon Schwierigkeiten, Simone seine langen Absenzen von zu Hause zu erklären, aber jene Videothek war ihm nicht entgangen. Seit einiger Zeit suchte Alexander sie regelmäßig auf, um zwei, drei Stunden zu bleiben. Zwar trat er jedes Mal tatsächlich mit einer Videokassette unter dem Arm heraus – aber dass sein Sohn bei der immer gleichen Auswahl jedes Mal wieder Stunden brauchen sollte, um sich zu entscheiden, mochte er nicht glauben. Er traf sich dort mit jemandem.

Um herauszufinden, mit wem, observierte Alexanders Vater heute schon den ganzen Abend die Videothek. Er verkürzte sich die Zeit mit der Lektüre des militärgeschichtlichen Werks, doch trotz der zuweilen mühsamen Lektüre entging ihm keine Bewegung vorne an der Videothek, passierten doch nur sehr selten einzelne Spaziergänger den Lichtkreis der beiden hell ausgestrahlten Schaufenster, die zwischen zwei Friedhöfen und kurz vor der Insolvenz stehenden altmodischen Schreibwarengeschäften und Friseuren lagen.

Gerade als er wieder zu seinem Wagen zurückgehen wollte, geschah etwas, das seine Aufmerksamkeit erregte. Zunächst erreichte der klein gewachsene Fahrradfahrer mit dem Pferdeschwanz, den er schon ein paar Mal gesehen hatte, die Videothek, bugsierte die Tür auf und schob sein Fahrrad hinein. Kaum war das geschehen, verließ ein anderer junger Mann den Laden und ging zur nahegelegenen U-Bahn Leinestraße.

Dann kam auch schon Alexander, wie immer in seinem schwarzen Anzug mit den Handschuhen, und betrat die Videothek. Er schien nicht besonders guter Laune zu sein, jedenfalls soweit Werner das auf diese Entfernung sehen konnte.

Kurze Zeit später näherte sich von hinten, aus Süden, mit hoher Geschwindigkeit ein schwerer Wagen, ein dunkelblauer Mercedes der S-Klasse, so wie man sie in den späten achtziger Jahren gebaut hatte. Der Wagen stach quer über die Hermannstraße, bremste scharf und hielt verkehrt herum vor der Videothek.

Es dauerte eine Weile, bis sich die Tür zum Bürgersteig öffnete und ein mittelgroßer, mit einem auffälligen hellen Anzug gekleideter Mann mit silberweißem Haar ausstieg. Er enterte den Bürgersteig, legte seinen Arm auf die Tür des Mercedes, verschnaufte kurz und warf einen Blick auf die Straße. Es war nur ein Moment, in dem Werner sein Gesicht sah, aber schon seine Haltung hatte ihn an jemanden erinnert. Die geschwungene Hakennase und jener stets leicht spöttische Zug, der seinen Mund umspielte, waren eindeutig: Buschkow. Es konnte einfach nicht wahr sein, aber es gab keinen Zweifel. Buschkow, der alte Schieber.

Den ein paar Jahre älteren Buschkow hatte Werner während der Zeit der Luftbrücke kennengelernt – um Weihnachten 1948. Buschkow war ein Waisenknabe, der noch in den letzten Jahren seines Institutsaufenthalts, wie er dem siebzehnjährigen Flüchtlingskind aus Breslau stolz mitzuteilen wusste, einen schwunghaften Handel mit Waisenhauskohle betrieben hatte. Später handelte er vor allem mit Zigaretten. In der Zeit der Blockade, als Werner seine Bekanntschaft gemacht hatte, verdiente er sich eine goldene Nase, besaß er doch Kontakte zu einem polnischen Juden, der von einem winzigen Büro in Pankow aus vor allem Zigaretten, Alkohol und Nylonstrümpfe verkaufte.

Eigentlich breitete sich der Schmugglerring des Pankowers über Ostberlin aus, aber Buschkow lebte immer in Charlottenburg, erledigte kleinere Aufträge und bekam im Gegenzug Material, das er wohlfeil unter der Hand rund um den Bahnhof Zoo an den Mann zu bringen verstand. Während die Westberliner staunend am Maschendrahtzaun des Tempelhofer Feldes standen, wo Tag und Nacht, unablässig und ohne große Unfälle, im Abstand von drei Minuten eine Skymaster nach der anderen einflog, entladen wurde und wieder zurückflog.

In England und Amerika konnte es kein einziges Flugzeug mehr geben – so gewaltig erschien der Aufwand, den die Generale Clay und Tunner zusammen mit ihren Alliierten trieben, um die 2,2 Millionen Westberliner vor dem Verhungern und Erfrieren zu retten und eine Zwangsräumung der westlichen Bastion mitten in der SBZ zu verhindern.

Doch der Riegel, den die Russen um die westlichen Sektoren gezogen hatten, war nicht nur von der Luft aus zu durchbrechen, es gab auch Leute, die einen Dietrich hatten, um durch das eine oder andere Türchen zu schlüpfen.

Buschkow, der bald schon stolz und wie zum Hohn mit einem Blockadering in Edelmetallausführung am Finger herumlief – eine Skymaster, die einen silbernen Ring durchbricht –, nutzte das während der Zeit der Luftbrücke verdiente Geld aus dem Zigarettenschmuggel und verlegte sich in den fünfziger Jahren auf Ersatzteilhandel. Damals schon arbeitete Werner, lange Zeit vor seiner Anstellung bei der Polizei, abends gelegentlich für ihn. Seit der Flasche Weinbrand, die er ihm damals an Weihnachten '48 besorgt hatte, hatte Buschkow ihm immer wieder mal einen Gefallen getan, wofür dieser sich durch kleine, überdies noch gut bezahlte Montage- und Reparaturarbeiten an Motorrädern und Autos, die Buschkow dann in den Osten schob, revanchierte. Und seine Stange Salem bekam Werner auch immer regelmäßig von ihm.

Der Bau der Mauer, '61, stellte ihn zunächst vor ein Problem, auch war sein Kontakt zum Pankower Schieber abgerissen – doch fand er einen Weg über das südliche Britz, wo die Mauer am durchlässigsten war, und wenn es sein musste, schleppte er die Vergaser, Schreibmaschinenfarbbänder und zunehmend auch Elektronikbauteile nächtelang, Rucksack für Rucksack selber in den Osten.

Die Bekanntschaft mit Buschkow riss auch nicht ab, nachdem Werner bei der Polizei angefangen hatte. Im Gegenteil. Buschkow passte ihn eines Abends am Bus ab, zog ihn in eine für Werners Geschmack mit ein bisschen zu viel rotem Samt und Plüsch ausgestattete Kneipe in Schöneberg und fragte ihn auf den Kopf zu, ob bei einem so großen Betrieb wie der Berliner Polizei nicht öfters mal das eine oder andere verloren gehen würde? Bei der großzügigen Ausstattung der Behörde und den vielen Einzelteilen, wozu ja nicht nur das große Ersatzteillager, sondern auch zahllose Werkzeuge und andere Hilfsmittel und Maschinchen gehörten, sei das doch geradezu wahrscheinlich. Die würden doch bestimmt auch öfter mal kaputtgehen, zumindest in den Augen der Behörde, wären aber vielleicht für einen anderen, der nicht so hohe Ansprüche stelle, durchaus noch zu gebrauchen, oder?

»Hier«, sagte er schließlich, »hab ich grade da. Du rauchst doch noch Salem?« Er schob Werner eine in Zeitungspapier eingeschlagene Stange Zigaretten zu, die, als er sie anschließend im Bus auswickelte, nicht nur die versprochenen Zigaretten enthielt, sondern auch eine handschriftliche Liste der Gegenstände, die Werner besorgen sollte.

Jetzt kam Buschkow wieder aus der Videothek, kaum zehn Minuten waren vergangen und Werner glaubte genau zu erkennen, wie sich der trotz seiner Leibesfülle und einem gewissen hinkenden Gang immer noch energiegeladen wirkende Schieber ein Papierröllchen in die Brusttasche seines zweireihigen Anzugs steckte, einen Blick auf die menschenleere Hermannstraße warf, schließlich in seinen Mercedes stieg und losfuhr.

Werner blieb weiter auf dem Bürgersteig, begann aber, um sich zu beruhigen, ein wenig auf und ab zu gehen. War Buschkow gekommen, um einen Anteil von Alexander zu kassieren? Das Schlimmste, was Werner sich vorstellen konnte. Und ganz so hatte es ja ausgesehen.

Er wartete noch eine Weile, aber Alexander kam nicht heraus, und da er sich wie erschlagen fühlte, beschloss er, nach Hause zu fahren. Als er auf der Höhe der Videothek war, fuhr er langsamer, versuchte durch die Schaufenster hindurch etwas zu sehen, aber die waren plakatiert. Nur hinter dem Ausschnitt der Tür glaubte er ein schwarz bekleidetes Bein zu sehen, das sich an den Tresen lehnte.

Er fuhr über den Columbiadamm Richtung Schöneberg. An der Hauptstraße steuerte er den Wagen in eine Parklücke, schloss ab und betrat ein im Stile einer Altdeutschen Herberge eingerichtetes Lokal. Er warf dem Wirt einen Blick zu und ging an einen großen Tisch im Eck, an dem niemand mehr saß. Hinter der Eckbank ruhten zusammengeklappte Schachbretter, auf denen sich mehrere Kästchen mit Spielfiguren befanden.

Über der Lehne eines Stuhls hing ein altes Tweedsakko mit lederverstärkten Ellbogen. Er zog seinen Blouson aus, das Sakko an und ging – dem Wirt einen schönen Feierabend wünschend – zurück zum Auto, dessen Kofferraum er aufschloss. Er verstaute den Blouson und setzte sich düster ans Steuer. Er spürte die Schlaflosigkeit bereits, und während sich der Kneipengeruch aus dem Sakko im Wageninneren ausbreitete, dachte er mit Unruhe an Buschkow.

Er stellte sich seinen Sohn Alexander vor, wie er dem alten Schieber Geld gab, Tribut zahlte, was auch immer, Buschkow in alter Manier grinsend das Geld zusammenrollte und dann mit einem Zwinkern sagte:

»Wie war dein Name? Salem? Da kannte ick och mal einen!«

Auch wenn es ihm damals leicht möglich gewesen wäre, das eine oder andere zu besorgen – er hatte strikt die Finger davon gelassen, und nachdem ihn Buschkow noch einmal darauf angesprochen und Werner wieder nicht reagiert hatte, hatte sich die Sache erledigt gehabt. Der Kontakt schien beendet, und Werner war froh, die Verbindung zu jener prekärsten Epoche seines Lebens tatsächlich gekappt zu haben.

Bis zu jenen fatalen Wochen, drei Jahre später, Alexander war gerade vier Jahre alt, als Werner unbedingt Geld für die Dachsanierung des maroden und überschuldeten Von-Genzig-Hauses benötigte und die Banken ihm keinen Kredit mehr gewähren wollten. Im Gegenteil, dort sprach man gleich von Verkauf und Auszug der Salems.

Bis auf den heutigen Tag konnte er sich an den Geschmack der Zigarette erinnern, die Buschkow ihm angeboten hatte, höchst interessiert daran, was der brave Werner Salem aus Steglitz dann doch mit ihm besprechen wollte.

Werner verstaute die Bücher in seiner Aktentasche, schloss das Garagentor und ging über die Vordertür ins Haus. In der Küche traf er noch auf seine Frau, die schlafen gehen wollte.

Sie schien erfreut, ihn zu sehen, nahm ihm lächelnd das Sakko ab und brachte es zum Lüften auf die Terrasse.

Als sie zurückkam, trank Werner ein Glas Wasser. Er sah blass aus.

»Und wie war heute deine Schachrunde?«

»Nüscht Besonderes. Hab nur zugeguckt.«

KAPITEL 24

Bericht für ein Hauptquartier

Der Vorgarten des Hauses in Swiss Cottage wucherte von Rhododendren, und mitten zwischen ihnen stand ein gewaltiger, fast auf die Größe eines Baumes herangewachsener Hortensienstrauch, dessen blauviolette Blütenkugeln im Licht des milden Nachmittags zu schweben schienen.

Die Wege waren gekiest, der Rasen so makellos dicht, dass man nicht glauben mochte, irgendjemand anders als der umsichtige Gärtner würden ihn je betreten, den Gilarijs halblinks im Schatten einer großen Trauerweide, die das Grundstück an dieser Stelle begrenzte, mit einer japanischen Gartenschere an Buchsbäumen arbeiten sah. Es waren drei Exemplare unterschiedlicher Größe, der mächtigste von ihnen überragte den alten Mann fast, der ihre sich gegeneinander abhebenden Konturen schärfte. Gilarijs wollte die Begegnung mit dem urbritisch wirkenden Pförtner, der jedes Mal wieder so tat, als habe er ihn niemals zuvor gesehen, hinauszögern, blieb für einen Moment stehen und sah dem flink, doch nur vorsichtig wenige Zentimeter stutzenden Gärtner bei seiner Arbeit zu.

Ein Windstoß beförderte die Blütenblätter eines Kirschbaums durch den Garten und versetzte die tiefhängenden Zweige der Trauerweide in sanfte Schwingungen, fast sah es so aus, als würde der große alte Baum den Gärtner von hinten necken.

Für einen Moment schienen das Haus und der Garten erleuchtet und aufgehoben, als schwebten sie wie eine der strahlend im Londoner Nachmittagshimmel stehenden Wolken, schwerelos und minutiös geformt.

Gilarijs ging weiter, trat an die gewaltige eichene Haustür und legte seine linke Hand auf eine unauffällige, anthrazitfarbene Fläche, die auf einem stählernen Sockel neben dem Portal stand. Er spürte die leichte thermische Reaktion, als seine Hand gescannt wurde. Mit weit geöffneten Augen und ganz unbewegt fixierte er währenddessen ein in den Verzierungen des Türstocks sich befindendes, herausgeschnitztes Röschen, in dessen Innerem ein Objektiv sich seiner Retina annahm.

Er warf einen beiläufigen Blick auf seine Uhr, fixierte den Sekundenzeiger, und als sich die Tür schließlich mit einem Klicken öffnete, nickte er unmerklich mit dem Kopf. Das System war seit seinem letzten Besuch vor ein paar Wochen wieder etwa fünfzehn Sekunden schneller geworden.

Die Tür fiel automatisch hinter ihm ins Schloss. Der Pförtner saß an einem schmalen Schreibtisch, auf dem nicht einmal ein Telefon stand, geschweige denn ein Monitor, und schrieb bedächtig mit einem schwarzen Füller in ein in Leder gebundenes Buch.

Als Gilarijs über den weißen Stein des Flurs auf ihn zuging, hob der Pförtner viel früher den Kopf, als Gilarijs es erwartet hätte, der Pförtner fixierte ihn, doch nichts von dem Desinteresse, mit dem ihn der stets in einen dunklen Anzug mit weißem Hemd und schwarzer Krawatte gekleidete Mann früher empfangen hatte, war zu sehen. Vielmehr spielte mit einem Mal ein erfreutes Lachen über seine Züge, breitete sich vom Mund über das ganze Gesicht, bis sich für einen winzigen Moment sogar die recht buschigen, dunklen Augenbrauen des Pförtners hoben, der ansonsten kahl und glattrasiert war.

»Mr. Kulautis! Schön, Sie wieder hier zu sehen.« Gilarijs konnte sich nicht erinnern, dass der Mann in all den Jahren auch nur einmal das Wort an ihn gerichtet hätte.

»Ich bin hier, um Mr. Blumfield zu treffen.«

»Das ist etwas, worüber ich mit Ihnen sprechen wollte. Mr. Blumfield ist nicht mehr – da.«

»Das ist überraschend. Wurde er pensioniert?«

»Ihr neuer Gesprächspartner heißt Crow.«

Lächelnd trat der Pförtner an den in schwarzen Marmor gefassten Aufzug, die Tür öffnete sich, Gilarijs trat ein, fuhr zu seiner Überraschung aber nicht nach oben. Blumfields Büro war im zweiten Stock des weitläufigen Gebäudes untergebracht gewesen, nun ging es nach unten. Die Anzahl der unteren Stockwerke musste die der oberen übertreffen, denn obgleich der Aufzug über keinerlei Knöpfe verfügte, an denen man das hätte ablesen können, kam ihm die Fahrt ungewöhnlich lang vor.

Der Aufzug öffnete sich auf einen Flur, dessen Holzboden ein roter Läufer überspannte. Ohne Zweifel wurde der Flur überwacht, denn kaum hatte Gilarijs den Aufzug verlassen, öffnete sich weiter vorne eine Tür, und ein nicht mehr ganz junger Mann trat heraus. Er trug einen dunklen enganliegenden Anzug und blickte ihm freundlich entgegen.

Crows Büro war warm temperiert und grell erleuchtet. Gilarijs' neue Gesprächspartnerin saß an einem ovalen, vollkommen leeren Tisch, in einem mit schwarzem Leder gepolsterten Drehsessel. Sie war schmal, trug eine hervorragend sitzende, hochgeschlossene weiße Bluse, mit dezenter dunkelblauer Krawatte, aber ohne Jackett. Sie war deutlich jünger als Gilarijs, hatte hohe Wangenknochen und eine gebogene, spitze Nase, die ihr im Alter etwas Skurriles geben würde. Ihre schwarzen Haare saßen ihr in einem strengen Dutt im Nacken.

»Mr. Kulautis …«, sagte Crow, gab Gilarijs kurz und fast ein wenig ängstlich die Hand und platzierte eine dicke Akte auf den Tisch, von der Gilarijs glaubte, sie zuletzt in den Händen Blumfields gesehen zu haben. Crow wirkte so wohlvertraut mit ihr, als hätte sie selbst sie angelegt. Sie öffnete sie vorsichtig, offenbar erfreut über das, was sie da vor sich sah. Währenddessen sprach sie im Plauderton mit Gilarijs.

»Heathrow? Und, das übliche Chaos, oder? Ja, fürchterlich. Wo war denn die eine Rechnung? Da, nein ...« Sie blätterte weiter, erzählte irgendetwas von Bauarbeiten an der Jubilee-Line, und Gilarijs erkannte Quittungen, die er selbst vor ein paar Jahren geschrieben hatte. Dazwischen waren Fotos, die er geschossen und als Beleg seiner Aktivitäten an Blumfield geschickt hatte. Gerade eben, Crow hatte sich tief nach unten vorgegraben, war eine Fotografie Hannas aufgetaucht, die noch aus den Achtzigern sein musste, als sie ihre Haare eine Zeit lang ganz kurz getragen hatte. Aber schon war das kleine Foto in Herbstfarben auch wieder verdeckt und es tauchte offenbar jenes Dokument auf, nach dem Crow gesucht hatte, denn mit einem Mal verließ sie alles Hektische und auch von dem Plauderton war keine Spur mehr in ihrer Stimme.

»Hier ist es doch, tatsächlich«, sie hob das Dokument gegen das grelle Deckenlicht, das es mühelos durchdrang, so dünn war das Papier im Laufe der Jahre geworden, »eine Restaurantrechnung. Hätten Sie die Güte, schnell die wichtigsten Daten vorzulesen?« Sie reichte das Papier ihrem Assistenten, der mit einem interessanten Akzent, den einzuordnen Gilarijs nicht in der Lage war, vorlas.

Aus dem, was verzehrt wurde, konnte man schließen, dass es sich um zwei Personen gehandelt hatte, zwei Hauptgerichte, ein Salat, eine Flasche Wein (»Sehr guter Jahrgang«, flüsterte Crow amüsiert dazwischen, ließ nach dieser Bemerkung aber demonstrativ ihre Lippen zusammenzucken und berührte sie mit einem zierlichen Zeigefinger), ein paar Kaffee. Gilarijs versuchte sich zu erinnern, doch erst als der Assistent, mit dem Ton eines pflichteifrigen Protokollführenden bei Gericht, den Namen der Lokalität, Ort und Datum nannte, fiel es ihm wieder ein. Es war die erste Begegnung mit Hanna, nachdem er sich beworben hatte und eingestellt worden war. Er war sofort nach Köln geflogen, hatte sie überrascht zu einem Bad Godesberger Italiener eingeladen. Fast hätte er sich an jenem Abend schon verraten. Gilarijs staunte über Crows Treffsicherheit, wenn sie auch vielleicht nur eine Pedantin war.

»Was sagen Sie dazu?«

»Was wollen Sie hören? Das ist fast fünf Jahre her.«

»Ah!« Crow sprang aus ihrem Drehsessel, setzte sich dann aber wieder und ließ ihre Hände auf den Armlehnen ihres Sessels ruhen.

»Sehr gut! Hat er gleich verstanden!«

»Ich glaube nicht.« Gilarijs wurde langsam wütend. Crow schien das nicht im Geringsten zu stören. Jetzt grinste sie sogar höhnisch.

»Ja, um Himmels willen, wie soll man denn über etwas reden, das fünf Jahre her ist! Da hat er ja wohl recht.«

Gilarijs erlebte nun lange fünfzehn Minuten, die in vielerlei Hinsicht erstaunlich waren, war es Crow doch offensichtlich in ein paar Tagen gelungen, die wechselvolle Geschichte, die ihn im Auftrag von Cubic Shadow mit dem Bunker namens Johanna Meister verband, komplett zu durchdringen.

»Ich glaube, dass man in dem Augenblick, in dem der Wiener Kontakt da war, dem Bunker das Material sofort hätte entwenden müssen. Ich habe gesehen, dass schon mal eine Aktion dieser Art geplant war, aber Sie, Mr. Kulautis, haben sie mittendrin abgebrochen.«

»Ich hatte Angst, der Bunker – eine psychologisch nicht ganz einfache Persönlichkeit – könnte das Material in Panik vernichten.«

Gilarijs fühlte selbst, wie plump diese Antwort war. Er atmete tief ein. Crow sah ihn ernst an.

»Das Ergebnis war, dass das wesentliche Dokument dann tatsächlich vernichtet wurde.« Sie blickte leidenschaftslos zu ihrem Assistenten, der ein wenig mit den Augenbrauen zuckte, ansonsten aber keine Miene verzog.

»Damit konnte ich nicht rechnen.«

»Wieso widersetzten Sie sich der Idee, die hier aus dem

Haus kam, den Bunker einer modernen Befragung zu unterziehen?«

»Unmöglich. Dazu war sie, ich meine, ist der Bunker viel zu sensibel. Hätte gut passieren können, dass der Plan in der Gedächtniskopie dabei vernichtet worden wäre.« Gilarijs wünschte, er hätte sich den Rollkragenpullover ausziehen können.

»Ist er das?« Crow fischte zwischen einigen Papieren eine Kopie des Plans heraus, den Johanna ihm in Berlin gegeben hatte.

»Ja.«

»Was ist das für eine seltsame Lücke?«

»Darauf wollte ich vorhin hinaus. Sie – der Bunker – hat große Schwierigkeiten, die Gedächtniskopie aufrechtzuerhalten.«

Crow schenkte ihm ein nachsichtiges Lächeln. Sie wusste, was da lief, aber sie konnte es ihm ja nicht nachweisen.

»Sie kennen sich schon lange?«

»Deswegen wurde ich ausgewählt, die Operation zu führen.«

Sie lächelte und faltete ihre schlanken Hände ineinander.

»Also gut. Soweit ich sehe, läuft inzwischen alles nach Plan.«

»Ja.«

»Was ist mit dem Finanzier der ganzen Sache?«

»Die Amerikaner? Mit dem Filmer kann man auskommen.«

»Ist er denn ein Filmer?«

»Ich glaube schon.«

»Sie glauben schon?«

»Er filmt.« Gilarijs atmete tief ein.

»Wann wird die Operation abgeschlossen?«

»Der Techniker der Gruppe sieht Schwierigkeiten.«

»Dieser …«, sie blickte auf die Akte, murmelte etwas und sprach Alexanders Namen nicht aus. »Dieser Berliner?«

»Ja. Er will unbedingt den Plan sehen, aber der Bunker weigert sich. Sie, Johanna, besteht darauf, die Operation selbst zu führen. Sie will die Karten einfach nicht aus der Hand geben.«

»Dann helfen Sie nach! Das kann ja so nicht weitergehen. Machen Sie Druck!«

»Sie müssen meine Position verstehen. Ich kann eigentlich kaum etwas tun. Ich kann nur über … den Bunker einzuwirken versuchen, indirekt. Wenn ich zu stark interveniere …«

Crow stand auf. Sie lächelte unschuldig, und spreizte ihre zarten Hände in einem erstaunlichen Neunzig-Grad-Winkel auf den Tisch.

»Ich will nicht unhöflich wirken. Aber die Zeit läuft ab. Der Vorstand will, dass die Altbestände aus der Gründungszeit endlich erledigt werden, und wo das nicht geht, wird abgeschrieben.«

Gilarijs blickte sie verwirrt an. Crow sprach lächelnd weiter.

»Es gibt nach wie vor einen Interessenten für die Sammlung, den wir irgendwo im Nahen Osten annehmen dürfen, und tatsächlich hat unser Unternehmen auch schon viel Geld in die Sache gesteckt.«

Sie griff noch einmal in die Akte, suchte, warf einen Blick auf ein Blatt und reichte es Gilarijs.

Es war die Rechnung für den Einbau eines zweiten Bades in der Villa auf Mallorca. Er hatte noch nie darüber nachgedacht, dass er würde ausziehen müssen, wenn sein Vertrag auslief.

»Bestehle den Dieb! Ich glaube, der Plan ist gut …«, sagte Crow und machte ein zuversichtliches Gesicht, »aber es stehen große Umstrukturierungen an. Der Vorstand sieht unser Ziel darin, noch vor dem Sommer alles abzustoßen, was den Börsengang verhindern könnte. Und der muss vor September diesen Jahres abgeschlossen sein. Übrigens …«, sie machte eine kleine Pause, »es winken Optionen, auch für freie Mitarbeiter.«

Gilarijs nickte, sie standen beide auf, und Crow kam jovial um den Tisch herum auf ihn zu.

»Da ist leider noch etwas. Es betrifft jemanden aus der Gruppe des Filmers.« Sie reichte ihm einen gefalteten Zettel.

»Ein Unfall?«, sagte Gilarijs leise und erbleichte ein wenig.

Sie reichte ihm die Hand, der Assistent erhob sich.

»Ist so vereinbart worden. Die Gründe kenne ich nicht. Danke für Ihre Zeit und einen schönen Tag. Bringen Sie das Ding nur endlich in Gang.«

Gilarijs ergriff ihre Hand noch nicht, schaute sie an und entdeckte für eine Sekunde ein nervöses Flackern in ihren Augen, das er ganz ruhig zur Kenntnis nahm.

»Gut. Ich werde dafür sorgen. Aber ich gehe hier nicht raus ohne die Akte.«

»Ich lasse sie Ihnen zukommen.«

»Nein. Ich nehme sie mit. Jetzt.«

Crow blinzelte ein paar Mal, zog jetzt erst ihre Hand zurück und überlegte einen Moment – würde er darum kämpfen? Wahrscheinlich schon. Sie hatte die ganze Zeit gespürt, dass es etwas gab, worüber der Agent nicht sprach.

Doch dann entschied sie, nachzugeben. Ihr Zeitplan war ziemlich ehrgeizig.

»Na gut«, sagte sie, nickte ihrem Assistenten zu, der die Akte in Windeseile zusammenlegte, verschnürte und Gilarijs reichte. Crow brachte ihn zur Tür.

Gilarijs kam ein ziemlich dicker Mann entgegen, mit Halbglatze und dünnen Lippen, der ihm einen kurzen, unsicheren Blick zuwarf. Wie aus weiter Ferne glaubte er sich zu erinnern, ihn schon einmal gesehen zu haben. Aber das war in einem anderen Leben.

KAPITEL 25

Die Bitte einer Mutter

Im Wohnzimmer öffnete Simone Salem die untere Tür der alten Nussbaumvitrine und holte die großen Fotoalben hervor, die dort schon aufbewahrt wurden, als sie selber noch ein ganz kleines Kind gewesen war.

Es war der Leidenschaft ihres Urgroßvaters Johann für das neuartige Medium der Fotografie zu verdanken, dass man von den frühesten Tagen des Hauses an, vom Richtfest 1875 bis zum ersten Weihnachten und dann immer weiter durch die für die Familie heitere Zeit während des Kaiserreichs, die bitteren Jahre der Republik und das Desaster des Dritten Reichs, über Aufnahmen verfügte, auf denen eine Generation nach der anderen bei ihren Festen und Feierlichkeiten zu sehen war, auf ihren Gartenfesten, Taufen und Beerdigungen – und dies Heranwachsen und Altern, dies Sterben und Zurweltkommen wurde umso deutlicher, als alles in denselben Räumlichkeiten stattfand, in immer derselben Kulisse, dem ganzen Stolz der Familie: dem Haus.

Sie suchte eigentlich nach einer ganz anderen Aufnahme, einer Fotografie aus den achtziger Jahren des 20. Jahrhunderts, die sie in dem alten Album nicht würde finden können, aber ihre Fingerspitzen öffneten das »Nachbarschaftsalbum« wie von selber, ließen die mit einem durchbrochenen Blumenmuster geschmückten, durchscheinenden Seiten des Schutzpapiers knistern, und Simones Augen wanderten über jene wohlvertrauten Aufnahmen aus dem Leben des alten Steglitz, des größten Dorfes Preußens.

Die alte Nachbarschaft – also jene, die sich zur selben Zeit wie Johann von Genzig in jener Gegend am Bäkekanal niederließ – bestand aus den Familien von Ärzten, die ihre Praxen an der Schlossstraße hatten, Richtern und höheren Beamten, und sogar ein Stadtrat für Gesundheitswesen soll angeblich darunter gewesen sein, zumindest hatte das ihre Mutter immer behauptet.

So als ob im Bewusstsein der alten Nachbarn zu existieren Mutters ganzer Lebenszweck gewesen wäre, stellte sie zwar immer wieder fest, dass die meisten der alten Villen, die der Zweite Weltkrieg nicht zerstört hatte, nach und nach abgerissen und durch Mehrfamilienhäuser ersetzt worden waren, ignorierte aber, dass eben auch die alteingesessenen Familien verschwanden, eine nach der anderen. Sie selbst war ja noch eine geborene von Genzig gewesen, doch trug sie seit ihrer Heirat den Namen ihres Mannes, natürlich. Simone war eine geborene Müller. Wo die Liebe eben hinfällt.

Ihr Vater, an den Simone keine reale Erinnerung als die paar Fotografien hatte, auf denen sie mit ihm zusammen zu sehen war, war schon 1943 an der Ostfront gefallen, als Kommandeur eines ausgebrannten Schützenpanzers.

Im zivilen Leben war er Ingenieur bei den Gebrüdern Siemens gewesen und hinterließ ihre Mutter recht und schlecht versorgt, die als einzigen Besitz das Haus ihrer Familie in die Ehe mit eingebracht hatte.

Das Einkommen ihrer Mutter speiste sich aus ein paar kleineren Renten und den Einnahmen, die sie nach dem Krieg und in den fünfziger und sechziger Jahren aus der Vermietung möblierter Zimmer an alleinstehende Damen erzielte, und von Anfang an war das Hauptthema ihres täglichen Lebens die dauernde Sorge um die Erhaltung des Hauses gewesen. Immer wieder standen sie kurz davor, ausziehen zu müssen, und Simone hätte es schön gefunden, mit ihrer Mutter in eine kleine, neugebaute Wohnung zu ziehen und das immer an irgendeiner anderen

Stelle renovierungsbedürftige Haus mit den zänkischen alten Jungfern und ihrem Veilchengeruch endlich loszuwerden.

Doch so, als wäre ihre Gründerzeitvilla die Burg derer von Genzig, hatte ihre Mutter ausgeharrt, ihre Contenance gewahrt, eine Hypothek nach der anderen aufgenommen, mit eisernen Zähnen gespart, um dann aber völlig überraschend zu beschließen, das Haus zu verlassen und Simone und Werner zu überschreiben. Das war kurz nach der Geburt Alexanders gewesen, 1968, und selbstverständlich hatte sich Werner bereit erklärt, das Haus mit seinen Altlasten zu übernehmen.

Ein paar Jahre verbrachte ihre Mutter noch in ihrem Altersheim, einer schlichten, aber sehr schönen Residenz für ältere Damen am Fichtenberg. Das Namensschild »Familie von Genzig«, das hundert Jahre an dem aus Backstein gemauerten Eingang befestigt gewesen war, hatte sie von Werner abschrauben lassen und mitgenommen. Bewahrte es in einem Kästchen in ihrem Zimmer auf und sprach manchmal davon, dass sie es für Alexander aufheben wolle, damit es ihn immer daran erinnere, was ihn mit dem Haus, in dem er aufwachse, verbinde, die Wurzeln derer von Genzig nämlich, die tief in der alten Steglitzer Erde ruhten.

Insgeheim hatte Simone sich gewünscht, das Haus wäre damals, 1974, mitten in den unsicheren Zeiten des Ölschocks und des Kalten Kriegs, als das Dach saniert werden musste, einfach weg gewesen.

Damals hätten sie irgendwo neu anfangen können, aber mit einem völlig unerwarteten, verbissenen Ernst hatte Werner, der seiner Schwiegermutter bis zuletzt mit einer fast vernarrten Unterwürfigkeit gegenübergetreten war, sich darangemacht, das mit Schulden und Hypotheken überhäufte Anwesen zu verteidigen.

Simone hatte ja früher schon dafür plädiert, das Haus auszuschlagen und einen Schlussstrich zu ziehen, aber Werner hatte sie nur angestarrt, als ob sie verrückt geworden wäre. Ihre

Mutter hatte ihn längst mit dem Mythos dieses Hauses infiziert, dem letzten Überbleibsel einer glorreichen preußischen Vergangenheit, einem nicht besonders alten Adel und einem ehemals großen Vermögen – in Aktien zahlloser deutscher Unternehmen investiert und vom Erdboden verschwunden im Jahre 1923.

Die Anstrengungen, mit denen Werner und sie sich in den nächsten Jahren bemühten, das Haus zu halten, waren ihr manches Mal grotesk erschienen, da Werner nicht nur beim Fuhrpark der Polizei, sondern auch noch nebenbei arbeitete, auf Kosten seiner Gesundheit und seiner Laune.

Jetzt fand sie ein Foto aus den Achtzigern, wo er ganz anders zu sehen war, im letzten Dänemarkurlaub, Alexander und er an Bord eines Fischerboots, auf dem Werner mit ausgeliehener Kapitänsmütze stand, mit grinsendem Gesicht auf seinen Sohn zeigend, der einen großen Fisch in jeder Hand hielt. Wie glücklich ihr Mann da aussah, ganz so wie früher, als sie sich kennengelernt hatten, Werner ein gutaussehender junger Mann mit einer verblüffenden Fröhlichkeit gewesen war, die Simone umso mehr faszinierte, als sie von einer Freundin erfuhr, dass er mit seinen Eltern aus Breslau gekommen sei und mit seiner Familie in einer Behelfswohnung im Kraftwerk vorne am Kanal wohne, in dem sein Vater als Betriebsmechaniker oder Hausmeister arbeite. Wie so viele andere auch hatten sie alles verloren.

Mit so einem wie Werner hätte sie weggehen wollen aus der Orleansstraße, die ewige Geschichte schließen und ein normales Leben irgendwo in einem bescheidenen Neubaugebiet führen.

Ohne es vorgehabt zu haben und es richtig zu bemerken, verweilte sie bei den Fotos aus der Vergangenheit, auf denen, je näher sie der Gegenwart kam, immer weniger Personen erschienen, bis es schließlich vor allem Alexander war, von dem es aus jedem Jahr seines Lebens ein paar Aufnahmen gab: Januar 1969 im Jahrhundertwende-Kinderwagen, in dem ihn eine strahlende, kurz vor ihrem dreißigsten Geburtstag stehende Simone am Kanal entlangschob, in ihrer Jacke mit Waschbärkragen, die sie so gerngehabt hatte. Da, auf diesem Bild, sah man Alexander, in jenem sehr schwierigen Jahr 1974 im Sandkasten, als er noch seine schulterlangen Locken trug, die ihn wie ein Engelchen aussehen ließen. Auf dem Bild sah man ihn intensiv damit beschäftigt, Tunnel zu graben, die er dann mit Wasser auffüllte und sie so zu Kanälen machte, das Lieblingsspiel eines ganzen Sommers.

Auf einem Foto, das sie ganz besonders gernhatte, war Alexander in der zweiten Klasse, er rührte mit einem riesigen Kochlöffel, den er mit beiden Händen hielt, im Nudelwasser und warf der Kamera einen so niedlichen Blick zu, dass sie heute noch ganz verliebt war.

Und hier: »Der kleine Schlosser« hatte Werner handschriftlich druntergesetzt, da sah man Alexander mit seinem Großvater Josef an der Werkbank arbeiten. Josef lebte ganz allein, ohne Freunde und stets darauf bedacht, seinem Sohn und dessen Familie zu helfen, wo er konnte, nicht nur durch Handwerksarbeiten bei ihnen im Haus, sondern auch finanziell. Als die Dachsanierung anstand, da überließ er ihnen fast die gesamten Ersparnisse aus seiner Tätigkeit als Kraftwerksschlosser.

Er war wirklich ein guter Mensch gewesen, dieser Josef Salem, und da war auch noch das Foto von seinem siebzigsten Geburtstag. Er war zu diesem Zeitpunkt schon viele Jahre verwitwet und lebte inzwischen bei ihnen. Alexander, zehn Jahre alt und zu dieser Zeit gerade in einer wilden Trotzphase und mit ersten schulischen Problemen, saß neben Josef und hatte seinen dünnen Arm um ihn gelegt. Dahinter standen Simone und Werner, und links am Tisch saß der einzige Gast, ein ehemaliger Arbeitskollege aus dem Kraftwerk, der als Flakhelfer einen Unfall erlitten hatte, vollkommen ertaubt war und lächelnd ein Gläschen Likör in die Kamera hielt.

Dann entdeckte sie endlich das Foto, nach dem sie gesucht hatte, es war eines der letzten des Albums. Die wenigen anderen

Aufnahmen, die später entstanden waren, nachdem Alexander schon ausgezogen war, hatte sie bislang noch gar nicht eingeklebt. Mit einem Mal wurde ihr wieder ganz bang ums Herz, sie dachte an den Koffer mit Geld, den sie beim Putzen entdeckt hatte, britisches Geld, und an das Gefühl, dass Alexander in Schwierigkeiten war.

Sie löste das Foto, das an den Ecken mit je einem dicken Tropfen Klebstoff befestigt war, vorsichtig vom Papier und betrachtete es noch eine Weile. Sie hatte Alexanders damals erkennbar gewordene Tendenz, sich vom Elternhaus zu emanzipieren und das alte Steglitz erst mal Richtung Schöneberger Kneipen zu verlassen, immer mit heimlicher Genugtuung betrachtet. Als er schließlich sogar zum Studium nach Paris ging, war es ihr in der ersten Zeit manchmal so vorgekommen, als habe er sie irgendwie mitgenommen, auch wenn er sich selten aus Paris meldete, er arbeitete schließlich sehr viel. Doch wenn er mit ihr sprach, war er stets die Liebenswürdigkeit in Person, erzählte zwar kaum etwas, aber gerade das befeuerte ihre Fantasie, und ohne es jemals gegenüber ihrem Mann anzusprechen, war es einer ihrer liebsten Tagträume, sich vorzustellen, Alexander würde sie bald mit der Nachricht einer anstehenden Familiengründung überraschen und sie könnten ihn und die Enkel dann öfter mal in Paris besuchen.

Doch sie hatte lernen müssen, dass ihr Alexander wohl ferner war denn je, denn da war nicht nur die Sache mit dem Geld. Vor ein paar Tagen nämlich hatte ihr eine Nachbarin fröhlich erzählt, sie habe ihn beim Einkaufen im Karstadt am Hermannplatz gesehen. Hand in Hand sei er mit einer blonden jungen Frau, einer ganz hübschen, in der Lebensmittelabteilung beim Einkaufen gewesen. Das sei wohl die zukünftige Schwiegertochter? Und überhaupt, lebe Alexander denn jetzt wieder in Berlin und gar nicht mehr in Paris?

Zum Glück war es Simone gelungen, gegenüber der missgünstigen Person, die ihr sonst stets mit den Erzählungen vom Glück ihrer sieben Enkelkinder auf die Nerven ging, die Contenance zu wahren und nicht allzu überrascht zu wirken. Ohne auf die letzte Frage einzugehen, sagte sie nur vieldeutig lächelnd, tja, das könne man bei ihrem Sohn nicht sagen, das habe sie schon öfter mal gedacht, aber bislang habe ihn noch keine einfangen können. Sie verabschiedete sich lächelnd, fest entschlossen, der Sache nachzugehen. Schließlich fiel ihr ein, was sie tun könnte.

Natürlich, die eine Möglichkeit gab es.

*

Peter blätterte in der neuen Ausgabe von Detektor International und las einen Artikel über den »Highly Commended Alarm Product Prize« 2001. Dieses Jahr hatte den Preis die kanadische Firma Silent Witness für ihr Kameramodell »EX38 Night Vision« erhalten, eine neuartige Kombination von Infrarottechnik und Nachtüberwachung, die mit ihrer unter »Zero-Light-Conditions« bis zu 30 Metern reichenden Tiefe geradezu ideal für die Kameraüberwachung von großen Fuhrparks, Ein- und Ausgängen und als Element traditioneller Gebäudeüberwachungsanlagen sei. Die »EX38 Night Vision« ermögliche die vierundzwanzigstündige Überwachung eines Außenbereichs mit einem einzigen Gerät.

Ohne die Zeitschrift abzusetzen, hörte Peter auf zu lesen und dachte voller Grimm an Alexander und das Vorhaben, mit dem sein alter Freund ihn gestern überfallen hatte. Ein durchgedrehter Amerikaner wollte in einen Bunker einsteigen, um zu filmen, und ausgerechnet Alexander sollte ihm dabei helfen. Es war zunächst einmal eine der sonderbarsten Geschichten, die ihm Alexander je erzählt hatte, und als Peter nachbohrte und wissen wollte, wie sein alter Freund überhaupt dazu komme, hatte der irgendwas von Schulden erzählt, die er in Paris bei jemandem habe, hohe Schulden, die er auf diese Weise begleichen könne. Er sitze sonst ziemlich in der Tinte.

Ob die Schulden der Grund seien, warum er überhaupt nach Berlin gekommen sei, wollte Peter wissen. Sein Freund zögerte einen Moment und nickte dann mit dem Kopf.

Zunächst hatte Peter ihn noch angehört, Fragen über das Projekt gestellt und wollte wissen, wie weit die Planungen denn schon gediehen seien. Nach und nach hatte er dann herausbekommen, dass Alexander längst mit einem der Intruders, mit Boy, einem ganz wilden Hund, in Verhandlungen getreten war. Schlimm genug, dass Alexander gleichsam hinter seinem Rücken zu jemandem aus dem Verein Kontakt aufgenommen hatte, denn schließlich beabsichtigte er, in ein polizeilich bewachtes Gebäude einzudringen. Richtig sauer aber wurde er, als Alexander ihm nach einigem Ausweichen berichtete, das Problem bestünde auch darin, dass Boys Partner zurzeit nicht in Berlin sei und sich Boy mit Schließtechnik einfach nicht so gut auskenne – und es seien einige alte Schlösser zu erwarten.

Peter sollte also für den auf Thailandurlaub befindlichen Kumpel von Boy einspringen, verstehe er das richtig. Ja, erwiderte Alexander, scheinbar ganz und gar überrascht von Peters unwirscher Reaktion, aber das sei gar nicht das Wichtigste. Er, Alexander, habe vor ein paar Tagen die Pläne der Anlage bekommen und da sei ihm klar geworden, wie man in den Bunker eindringen könne. Allerdings sei er, Peter, bei diesem Plan unverzichtbar, sein Mitwirken sei so etwas wie der Schlüssel zum Gelingen.

»Peter – mein Schicksal liegt in deiner Hand«, hatte er noch hinzugefügt und seinem Gesichtsausdruck nach schien er das tatsächlich zu glauben.

Es hätte nicht viel gefehlt, und er hätte Alexander rausgeworfen. Stattdessen lehnte er kühl ab. So etwas komme gar nicht in Frage für Peter, er habe schließlich eine Lizenz zu verlieren. Alexander hatte ein enttäuschtes Gesicht gemacht und war bald darauf, offenbar ziemlich niedergeschlagen, gegangen.

Peter blätterte unlustig noch ein paar Seiten weiter, dann legte er die Zeitschrift weg. Den Bericht über die aufstrebende israelische Sicherheitsindustrie, die innovativste und am schnellsten wachsende der Welt, würde er zu einem späteren Zeitpunkt lesen. Er trat mit verschränkten Armen auf die Wissmannstraße und beobachtete, wie einige Leute Möbel aus der gegenüber seinem Laden liegenden »Kirche der Heiligen der Letzten Tage« beförderten, einem unauffälligen Betonbau aus den sechziger Jahren.

Der eine, schwarzgekleidete, schien der Priester oder Hausmeister zu sein, jedenfalls hatte ihn Peter schon öfters gesehen, stets hochbeschäftigt wirkend, mit irgendwelchen fotokopierten Zetteln oder Broschüren in der Hand. Peter fröstelte. War immer noch ganz schön kalt für Ende Mai.

»Peter? Sind Sie das?«

Peter drehte sich um, von unten, aus Richtung Hasenheide, war eine ältere Dame an ihn herangetreten, die er zwar erst auf den zweiten Blick, aber dann mit Überraschung und Freude erkannte.

»Frau Salem …«, fast wäre ihm die Frage herausgeplatzt, ob sie in der Gegend sei, um Alexander zu besuchen, er konnte sich aber gerade noch zurückhalten. Schließlich wussten ja seine Eltern gar nichts von seinem Berliner Aufenthalt.

Simone Salem war etwas runder geworden, hatte ein paar Falten mehr, aber an dem grundfreundlichen Ausdruck ihres Gesichts hatte sich nichts geändert.

»Vorhin ist mir zufällig was in die Hände gekommen, und dann dachte ich, ich könnte Sie mal besuchen. Stehen ja ganz groß im Telefonbuch!«

»Sie … äh, Sie können gerne du sagen. Kommen Sie doch bitte rein.«

»Danke.«

»Möchten Sie vielleicht einen Kaffee?«

»Danke, nein, das ist lieb von dir, aber ich hatte heute Morgen schon meinen Kaffee, und mehr bekommt mir nicht. Schön hier. Ein schöner Laden. Was genau machst du?«

»Äh, Schlüsseldienst. Könnte man sagen.«

»Ja, ich erinnere mich, dass ihr eine Zeit lang beide ganz wild auf Schlösser wart …«

»Alexanders Opa, Ihr … äh … Schwiegervater, hat uns auch viel gezeigt!«

»Ich weiß. Und du hast also einen Beruf draus gemacht.«

»Kann man sagen. Ich hab unsere alte Wohnung in der Adolfstraße verkauft und mir das hier zugelegt.«

Peter lächelte sie ein wenig schüchtern an, da er sich daran erinnerte, wie rührend Alexanders Mutter sich nach dem Autounfall seiner Eltern um ihn gekümmert hatte. Sie hatte ihm sogar vorgeschlagen, zu den Salems in die Orleansstraße zu ziehen, da Peter ja noch nicht volljährig war. Aber da er das Jugendamt davon hatte überzeugen können, dass er in der Lage war, sich selbst zu versorgen, hatte er in der Wohnung seiner Eltern bleiben dürfen.

»Hier«, sagte Simone, klappte ihre Handtasche auf und holte ein Foto heraus, das sie Peter reichte.

»Bin ich vorhin zufällig drüber gestolpert. Weißt du, wer das ist?«

»Darf nicht wahr sein …«

»Ja …«, sie lachte.

»Mein Gott, was ging es uns an diesem Tag schlecht. Wer hat das Foto gemacht?«

»Mein Mann.«

Das Foto zeigte ihn und Alex, am Morgen nach einer nächtlichen Sauftour, zusammengebrochen auf der Wohnzimmercouch der Salems und im Tiefschlaf. Der Kopf eines jeden hing auf eine andere Seite des Sofas, und ihre Beine bildeten eine Art Knäuel.

Peter seufzte. Das musste ein Jahr nach dem Unfall gewesen sein und kurz vor der Geschichte an der Schule. Es war der

Höhepunkt ihrer Freundschaft. Fast jeden Abend, an dem Alexander bediente, hatte ihn Peter abgeholt und Alexander gab von seinem oft recht beträchtlichen Trinkgeld Drinks aus. Peter sorgte dafür, dass sie immer genügend zu rauchen dabeihatten. Salem Nummer Sechs.

»Ist lange her.«

»Ja. Hast du eigentlich in letzter Zeit etwas von ihm gehört?«

Peter schob sich die Brille zurecht und blickte sie entsetzt an. Er hätte würgen können – brachte aber nicht einmal das heraus. War es nicht so, dass in Filmen oder Romanen in solchen Augenblicken das Telefon klingelte oder irgendein Unbeteiligter zur Tür hereinkam?

Natürlich geschah nichts.

»Hab ich die falsche Frage gestellt?«

»Nicht direkt …« Er grinste verlegen. Wieso konnte er nicht einfach sagen, dass er Alexander schon ein paar Jahre nicht mehr gesehen oder – die andere Variante – dass er ihn gestern fast aus dem Laden geschmissen hätte?

»Ich weiß, du hast immer zu Alexander gehalten. Und er hat es dir, leider, nicht immer vergolten …«

»Wie meinen Sie das?«

»Ich weiß, dass es damals Alexander war, der die Prüfungsunterlagen … wie sagtet ihr immer: organisiert hatte. Aber du musstest die Schule verlassen. Dich haben sie drangekriegt.«

Peter nahm sich ein wenig umständlich die Brille ab, um sie sich gelassen zu putzen. Er lächelte.

»Ja, aber das war nicht weiter schlimm. Hätte ja aufs Steglitzer Gymnasium gehen können, das haben die mir damals angeboten, wegen meiner schwierigen Situation mit meinen Eltern. Noch 'ne zweite Chance und so. Aber ich wollte eh nicht studieren.«

Er fand es seltsam, dass Alexanders Mutter – aus welchem Zufall sie auch immer hereingeschneit sein mochte – die Sprache ausgerechnet auf jene Geschichte gebracht hatte.

»Peter, ich will offen zu dir sein: Ich weiß, dass Alexander in Berlin ist.«

»Aha.«

»Ich glaube, dass er irgendwie in Schwierigkeiten ist.«

»Warum denn das?«

Simone sah, wie genau Peter ihr zuhörte. Ein gewisses nervöses Flackern in seinen Augen verriet ihr, dass er eingeweiht war. Aber natürlich – er würde Alexander niemals verraten.

»Es könnte sein, dass er … womöglich … ich weiß es nicht, es ist nur eine Vermutung – vielleicht hat er Geld …« Sie brachte es einfach nicht über die Lippen – wie schrecklich war doch so ein Verdacht gegenüber dem eigenen Sohn.

»Gestohlen? Alexander ist kein Dieb.«

»Weißt du denn irgendwas?«

Peter schüttelte unbehaglich den Kopf. Er spürte, dass ihn Frau Salem durchschaut hatte und dass sie wusste, dass er ihr etwas verschwieg. Vielleicht steckte Alexander tiefer in der Patsche, als er zugegeben hatte.

»Peter – ich weiß nicht, was ich sonst machen soll. Ich bitte dich einfach …«

»Worum denn?«

»Pass mir auf Alexander auf. Ich weiß, dass er niemals wieder einen so guten Freund wie dich hatte, und manchmal glaube ich, du bist auch sein einziger richtiger Freund geblieben. Auch wenn du ihn in den letzten Jahren nicht oft gesehen hast.«

»Ja, Alexander hat eben viel gearbeitet. Da war er wohl zu … beschäftigt.«

»Hast du denn nun in letzter Zeit mit ihm gesprochen oder nicht?«

Peter rang mit sich – noch nie in seinem ganzen Leben hatte er irgendjemanden, der ihn um sein Vertrauen gebeten hatte, hintergangen. Auch wenn seine Mutter offenbar wusste, dass Alexander in Berlin war – er brachte es einfach nicht fertig, ihn zu entlarven.

»Ich weiß zumindest, wie ich ihn erreichen kann.«

»Dann versprich mir, dass du dich um ihn kümmerst!«

»Ich weiß wirklich nicht …«

Ihre Hand war rund, weich und warm und sie blickte ihm dabei so hilflos ins Gesicht, dass ihm ganz wehmütig wurde. Von den vielen Jahren, die sie älter war, konnte er nichts mehr sehen, da ihr Ausdruck immer mehr verschwamm und ihre Augen feucht wurden vor Sorge. Sie war nur noch eine Mutter, die für ihr Kind bat.

»Bitte! Versprichst du es mir? Kümmerst du dich um ihn?«

Eine letzte Sekunde zögerte Peter noch, warf einen Blick auf die Fotografie, spürte den unablässigen, dringlichen Druck von Simone Salems Händen, dachte an die alten Zeiten und daran, wie sehr er sich gefreut hatte, als Alexander vor ein paar Wochen plötzlich im Laden aufgetaucht und schließlich in die Wohnung Malepartos eingezogen war. Scheiße, er war offensichtlich wirklich in Schwierigkeiten.

Jetzt ausgerechnet klingelte das Notdiensttelefon, irgendjemand hatte seine Hausschlüssel verloren und wollte, dass Peter ihm die Tür aufmachte. Jetzt, wo er Simone Salems Händedruck längst erwidert hatte.

1967

»He, Salem«, ruft der Werksleiter, weit aus dem Fenster des Bürogebäudes gebeugt, »dein Sohn hat angerufen! Du bist Opa geworden! Er wartet im Krankenhaus auf dich. Kannst für heute Feierabend machen.«

Josef trägt die beiden neuen Spulen, so schnell er kann, ins Maschinenhaus und legt sie auf die Werkbank, dann eilt er über den frisch asphaltierten Hof in die Werkswohnung, die aus zwei kleinen Zimmern und einer Küche besteht, die ihm auch als Badezimmer dient. Er zieht sich die Arbeitskleidung aus, lässt heißes Wasser in das Spülbecken und beginnt, sich mit Waschlappen, einer Wurzelbürste und viel Kernseife zu waschen. Er säubert sich die Nägel sorgfältig und restlos von der Schmiere, dann geht er ins Schlafzimmer, wirft einen Blick auf das am linken Nachttisch aufgestellte Jugendfoto seiner Frau, lächelt ihr zu und holt sich frische Wäsche aus dem duftenden Schrank, den er jedes Jahr aufs Neue mit Lavendelblüten füllt, gegen die Motten, so wie es seine verstorbene Frau immer machte.

Er zieht sich seinen besten Anzug an, bindet sich eine Krawatte und poliert die guten braunen Schuhe auf Hochglanz.

Da die Straßen noch nass sind von einem heftigen, vormittäglichen Regenschauer, lässt er sein Fahrrad im Unterschlag neben seiner Wohnung stehen und geht zu Fuß, um den Bus zu nehmen.

Im Blumengeschäft nahe des Auguste-Victoria-Krankenhauses rät man ihm zu duftarmen Blumen und so entscheidet er sich für einen Strauß roter Dahlien.

Durch die hohen, steinernen Flure des schlossartigen Krankenhauses findet er seinen Weg zur Säuglingsstation, erreicht schließlich das Zimmer und entdeckt zwischen drei anderen Betten mit jungen Müttern seine Schwiegertochter und seinen Sohn, der auf der Bettkante sitzt und die Hand seiner Frau hält.

Josef tritt ein wenig steif näher, überreicht seiner Schwiegertochter den Strauß Dahlien und ist verwundert und erfreut darüber, wie frisch sie aussieht. Seine Frau wäre damals bei Werners Geburt fast gestorben und brauchte Wochen, um sich wieder zu erholen.

Werner geht hinaus, um eine Vase zu holen, und Josef erkundigt sich nach seinem Enkelkind. Das werde gerade frisch gewickelt, sagt seine Schwiegertochter, und an ihrer Stimme hört Josef, dass sie wohl doch sehr erschöpft ist. Über zehn Stunden habe die Geburt gedauert. Zwischendurch habe sie schon aufgeben wollen, aber dann sei der Junge doch gekommen.

»Ja«, lächelt Josef, »hatte ja keinen Ausweg, der Kleine …«

Still steht er neben Simone, als sein Sohn – mit einem vor Gelöstheit und Freude leuchtenden Gesicht – hereinkommt, eine Vase mit den Blumen vor sich hertragend. Hinter ihm taucht eine Kinderschwester auf, die ein Bettchen hereinschiebt.

»Da ist ja der Großvater«, sagt sie und lüpft die Decke ein wenig, damit Josef sein Enkelkind sehen kann. Zu seiner Überraschung hat das Neugeborene eine Menge Haare, blonde Löckchen, die anmutig auf seine zarte Stirn fallen. Es liegt auf der Seite und schläft, zwei winzige Händchen nach vorne gestreckt.

Längst schon hat Josef Salem den Gram über das in Breslau erworbene, erschlichene und verteidigte Leben hinter sich gelassen, da nicht nur die von Füger so vorteilhaft übernommene Werkstatt, sondern auch die Fragwürdigkeit seiner Existenz im Artilleriefeuer der Roten Armee pulverisiert wurde, war er doch mit einem Mal einer unter Hunderttausenden ohne Dokumente und Besitz.

Josef beugt sich lächelnd über das Kind, bewundert die winzigen Fingernägel und die klitzekleine Nase. Er lauscht dem sanften, doch ganz sicheren Atmen seines Enkels, fühlt, wie seine Augen feucht werden, und als er schließlich ein paar Mal den auf ein kleines Schildchen notierten Namen des Kindes liest, »Salem, Alexander, 20. 8. 67«, da weiß er gar nicht, wohin mit seiner Freude. Zum ersten Mal mag er wirklich mit ganzem Herzen daran glauben, entkommen zu sein.

FÜNFTER TEIL

ANLAGE

»Der Nagual hat uns gesagt, dass du gezwungen werden müsstest, deine Sicherheit aufzugeben, dass aber dies nichts Besonderes sei. Denn jeder männliche Krieger muss durch die Angst bezwungen werden.«

Carlos Castaneda, »Die Kunst des Pirschens«

KAPITEL 26

Walsenburg, Colorado

Mr. Browning?«, fragte nach einer Weile eine ihm unbekannte junge Frau, die er sich aber sofort rothaarig und mit vielen Sommersprossen vorstellte.

»Sie ist rausgelaufen.«

»Gott …«

»Ja … ihr Magen. In letzter Zeit ist sie wirklich ziemlich nervös.«

»Das … tut mir leid, das wollte ich wirklich nicht.«

»Was haben Sie ihr gesagt?«

»Nichts. Nur dass mein Buch leider nicht fertig wird.«

»Sie brauchen noch mehr Zeit?«

»Nein. Es kommt nicht. Sagen Sie ihr einen schönen Gruß, ich melde mich dann wieder mal. Muss jetzt Schluss machen. Auf Wiedersehen.«

Hawk legte auf, wundersam davon berührt, wie leicht es war, zu telefonieren und die ungeheuerlichsten Dinge von sich zu geben – man musste sie nur aussprechen.

Das kleine Feuer im Kamin, aus dünnen Stecken von Anzündholz aufgeschichtet, brannte jetzt recht ordentlich, nachdem es zunächst nur dick herausquellenden Rauch produziert hatte, der das Esszimmer binnen Minuten undurchdringlich und dick erfüllte, Fratzen und Gnomgesichter bildend über den Flur waberte, um sich bedächtig, mit langgestreckten grauen Fingern in den ersten Stock vorzutasten.

Hawk hatte die Fenster des Esszimmers aufgerissen, zum ersten Mal übrigens, seit er in der Gaystreet lebte, und zugesehen, wie sich der Rauch im milden Greenwicher Abend verlor.

Jetzt trug er die Seiten seines Manuskripts ins Esszimmer, auf denen Helenas schöne Typen vielhunderttausendfach hintereinander in Ordnung gebracht waren und eine Geschichte ohne Ende erzählten, zumindest bis jetzt, denn nun würde er die Spur der Zeichen tilgen. Manchmal warf er noch einen lächelnden Blick auf die Seiten, las ein paar Zeilen, erinnerte sich an die Qual mancher Nachmittage, den Rausch seiner Diebstähle aus den Fälschungen und die Ankunft am vorläufigen Ende, Camden in Berlin, kurz davor, in den geheimen Bunker einzusteigen, um den Schatz der Atlanter zu heben – und umzukommen.

Ob es ihn in Wirklichkeit gab oder nicht, war vielleicht gar nicht wichtig, oder nur insofern, als Hawk mit der schockartigen Einsicht in die Fragwürdigkeit des Schatzes das, was er bisher zusammengeschrieben hatte, zum ersten Mal mit klarem Verstand und vollkommen ernüchtert durchzulesen vermocht hatte, um zu erkennen – dass es nicht gut war. Dafür brannte es gut. In gelblich weißen Flammen löste sich RIEGEL Seite für Seite in Wärme und CO_2 auf.

Als er schon etwa fünfzig Seiten vernichtet hatte und das Feuer richtig loderte, platzierte er den ganzen restlichen Packen seines Manuskripts in den Flammen, stocherte es mit dem Schürhaken zurecht und verließ den Raum.

Das Bibliothekszimmer hatte er schon bis zu perfekter musealer Ordnung aufgeräumt, seine Koffer waren gepackt und standen im Flur, bewacht von Wotan, der den bevorstehenden Aufbruch zu ahnen, ja diesen sogar zu begrüßen schien.

Aber bevor Hawk das Haus verließ, um nach Walsenburg zu fahren, eine Reise von zwei Tagen, wollte er noch einmal einen Blick nach oben werfen, in Miltons Räume, die ein Schlüsseldienstmann für ihn geöffnet hatte, äußerst guter Dinge, da er – wie er nicht umhinkonnte zu erwähnen – gerade erst Vater eines gesunden Mädchens geworden sei. Er lobte die Qualität des Schlosses, eines sehr teuren deutschen Fabrikats.

Als Hawk wieder alleine war, wagte er sich vor – durchaus mit schlechtem Gewissen, aber fest entschlossen, die andere Serie von Zeichnungen zu entdecken und dem Verdacht nachzugehen, ihre ganze Suche könne womöglich eine Farce sein.

Doch fand sich zu Hawks Erstaunen gar nichts oben in Miltons Zimmern, keine Zeichnungen zumindest. Im ersten Raum stand sein altes Bett, offene Regale mit Kleidung, aber kein Regal, in dem er irgendwelche Papiere oder Drucksachen hätte aufbewahren können. Also blickte er weiter in den zweiten Raum, der nach hinten auf den kleinen Garten ging.

Er war so überrascht, dass er eine ganze Weile brauchte, bis er verstand. Der laufende Computer, die über einen großzügigen Arbeitstisch verteilten Monitore, drei große Videorecorder, die die gesamte freie Wand einnehmende Sammlung an Disketten und Bändern und Cassetten – das zusammen war eine Überwachungsanlage mit automatischer Aufzeichnung. Auf den Monitoren sah er das Bibliothekszimmer aus zwei sich etwa in der Mitte des Raumes überschneidenden Blickwinkeln, aber auch Flur, Esszimmer, Küche und sogar die Toilette waren zu sehen.

Alle Räume waren leer, natürlich: ihr Bewohner, er, Hawk, stand ja hier oben. Benommen und immer noch ungläubig trat er an die Wand mit den Aufnahmen, die eindeutig von Miltons Hand beschriftet waren.

»Freak Show« – so hatte Milton das Archiv von Hawks Anwesen in der Gaystreet Nummer zwölf in New York genannt. Viele hundert, ja wohl Tausende Stunden eines rechteckigen Formats, auf welchem Hawk zu sehen war, von oben wie ein seltsamer, rundlicher Käfer mit menschlichen Anlagen wirkend. All die Stunden qualvollen Zuwartens im Block, unbeweglich und gefangen an Gibsons Schreibtisch, waren dort festgehalten.

Sein größter Alptraum war Wirklichkeit geworden und zu Hawks Erstaunen hörte er damit auf, ein Alptraum zu sein.

Er war ein furchtvoller Mensch, doch zu bescheiden, um nun Wut zu empfinden. Der Schrecken, in dem er unwissend gelebt hatte, war zu groß – er zerplatzte einfach und hinterließ eine Gleichgültigkeit, so kühl und mächtig wie der Hudson.

Zur Vernichtung der »Freak-Show-Collection« hatte er einen Express-Containerdienst angerufen und sogar selber mitgeholfen, die Dutzende blauer Müllsäcke nach unten zu schleppen, wo sie auf die Ladefläche eines großen Pick-ups kamen, um irgendwo in New Jersey vernichtet zu werden, und weil er sichergehen wollte, hatte er höchstpersönlich auch noch die drei im Raum befindlichen Computer nach unten getragen und laut krachend auf den Müllberg geworfen.

Ein paar Minuten studierte er jetzt noch das leergefegte Überwachungsstudio, aber so als wäre mit den Aufzeichnungen auch sein für Milton schlagendes Herz auf den Pick-up gekommen, fühlte er nichts Negatives mehr, nein, da war sogar noch eine andere, wie ein zartes, ans Sonnenlicht strebendes Pflänzchen sich regende Empfindung, fast so etwas wie kühle Dankbarkeit. Was für ein Ende für eine Geschichte!

Als er herunterkam, klingelte wieder einmal das Telefon, der Anrufbeantworter sprang an und Miltons gutgelaunte Stimme berichtete, dass alles so weit sei, hier in Berlin, er verstehe gar nicht, wo Hawk stecke, in ein paar Stunden würde es losgehen, bis dann.

Hawk kümmerte sich nicht darum. Sein Gepäck bestand aus einem kleinen Rollkoffer, einem Rucksack mit Dosenravioli für Wotan und der alten Reiseschreibmaschine seines Vaters. Er hatte den Rucksack schon umgeschnallt, da fiel ihm ein, dass er noch eine Kleinigkeit vergessen hatte, und er ging in die prächtig mit Büchern und Comics, Plakaten und all den im Laufe der Jahre zusammengetragenen Fundstücken und Reliquien angefüllte Bibliothek und holte sich aus Gibsons Schreibtisch einen dicken Packen Papier, den er einmal knickte und im Rucksack verstaute. Einmal strich er noch über Helena hinweg, in der immer noch das leere Blatt Papier eingespannt war, dann löschte er das Licht.

Die Schreibmaschine packte er auf den Rollkoffer, was ganz gut funktionierte, Wotans Leine nahm er in die linke Hand und so verließen sie das Haus in der Gaystreet Nummer zwölf.

Der Abend war lau und zu Hawks Freude sah er den jungen Mann schon mit seinem schwarzen Lincoln vor dem Haus warten, dem er nachher am Bahnhof auch die Hausschlüssel geben würde.

Der Chauffeur stieg aus, kam ihm entgegen und nahm ihm sein Gepäck ab.

»Penn Station?«

Hawk nickte.

»Ich komme gleich …«, sagte er und ging mit Wotan an der Leine noch einmal näher an den Eingang, um die Wirkung des massiven Bronzeschildes zu studieren, das er schon vor ein paar Jahren hatte anfertigen, aber gestern erst hatte anbringen lassen. Es gefiel ihm ausgezeichnet.

In diesem Haus wohnte
Walter B. Gibson
Schriftsteller und Magier
Schöpfer von »The Shadow«

KAPITEL 27

Pfingsten

Vielleicht wissen einige von Ihnen, dass es sich beim Tempelhofer Feld um einen ehemaligen Exerzierplatz handelt, der allerdings durch die im Versailler Vertrag festgeschriebene Abrüstung Deutschlands viel zu groß geworden war.

Im Jahre 1923 – wirtschaftlich eines der schwierigsten in der deutschen Geschichte des, äh, zwanzigsten Jahrhunderts – setzte sich der Berliner Stadtrat für Verkehr, Leonhard Adler …« – hier blickte die Historikerin vielsagend in die Runde ihrer Zuhörer, »jener Stadtrat Adler also, der von der zunehmenden Bedeutung des Flugverkehrs für die Entwicklung eines modernen Gemeinwesens überzeugt war, schaffte es, hier einen ersten innerstädtischen Flughafen auszuweisen.

Bis auf simple Begradigungsarbeiten mussten zunächst keine Bauarbeiten ausgeführt werden, denn die Wiese des ehemaligen Exerzierplatzes war erstaunlich eben. Im ersten Jahr gab es hundert Flüge, auf denen hundertfünfzig Passagiere befördert wurden.«

Ein erstes allgemeines Staunen ging durch die bunt vom Zufall ihrer Ausflugs- und Urlaubsplanungen zusammengewürfelte Gruppe von genau 24 Personen.

»Daran können Sie erkennen, dass die Transportmöglichkeiten der ersten Verkehrsflugzeuge äußerst gering waren. Aber das Flugzeug setzte sich durch, die Fluggastzahlen stiegen von Jahr zu Jahr, und als man 1929 die ersten festen Flughafengebäude einweihte, waren deren geplante Kapazitäten schon ausgeschöpft. Der erste Bau war also nur ein Provisorium, das war den Zeitgenossen klar, aber es war tatsächlich Adolf Hitler persönlich, in dessen Plänen für die Umgestaltung Berlins ein neu zu bauender, großer Flughafen eine wichtige Rolle spielte.«

Die Führerin schilderte der Gruppe nun den Aufstieg Ernst Sagebiels, jenes Karriere-Nazis, der zunächst das Architekturbüro seines emigrierten Chefs übernahm, schließlich Leiter der Abteilung für Besondere Projekte im Luftfahrtministerium und dann dazu auserkoren wurde, den »größten und schönsten Flughafen der Welt« zu bauen – »das ist ein Zitat Adolf Hitlers ...«, sagte die promovierte Architekturhistorikerin und fügte noch hinzu:

»Wenn man so will, dann ist Tempelhof ein Knotenpunkt verschiedener Vorhaben – einerseits ein Propagandaprojekt: das größte Gebäude der Welt; ein ehrgeiziges, hinter der zivilen Nutzung sich versteckendes Rüstungsprojekt, aber auch ein erster großer Schritt Richtung Germania, wie das umgestaltete Berlin später einmal heißen sollte – die Welthauptstadt.«

Sie seufzte lächelnd, musterte die Gesichter ihrer Gruppe, die aus gepflegten Ehepaaren spätmittleren Alters bestand, einigen einzelnen Herren auf Bildungsreise, einem schwulen Paar um die vierzig, einem Dreierbund Wilmersdorfer Witwen, einer sehr schlanken, energisch wirkenden Frau mit leicht gebogener Nase, die einen auffällig gut sitzenden dunklen Anzug mit weißer Bluse und schwarzer Krawatte trug. Etwas außerhalb stand ein stiller Mann in einem schwarzen Pullover und schwarzer Jeans, mit äußerst kurzgeschorenen Haaren, einem relativ dichten Dreitagebart und einer getönten Brille, der einen mittelgroßen Rucksack auf dem Rücken und schwarze Handschuhe an seinen Händen trug, was angesichts des warmen Wetters ein wenig seltsam wirkte.

»Wir werden einen der alten, nicht mehr in Betrieb befindlichen Abflugschalter besuchen, gehen danach in den Untergrund und am Ende noch aufs Dach. Da wir des Öfteren an

Türen vorbeikommen werden, die – einmal zugefallen – nicht so leicht wieder zu öffnen sind, möchte ich Sie ganz herzlich bitten, in der Gruppe zu bleiben. Sie können überall, auch in die Räume, die zur Zeit noch in Betrieb sind, einen Blick hineinwerfen, aber achten Sie bitte darauf, den Anschluss nicht zu verlieren, da Sie sich sonst vielleicht irgendwo wiederfinden und nicht mehr wissen, wie Sie herauskommen sollen.«

Ein leichter Grusel entlockte den Teilnehmern begeistertes Kopfnicken, der eine oder andere Ehemann drückte seiner lieben Frau neckisch die Hand.

Zuvor besichtigten sie die gewaltige Abflughalle, erfuhren, dass der jetzt schon beeindruckend hohe Saal aus verschiedenen Gründen abgehängt worden war und dass sich die Amerikaner, unter deren Kontrolle der Flughafen bis 1993 gestanden hatte, auf dem so entstandenen Zwischengeschoss ein Fitnessstudio eingerichtet hatten, das man später auf dem Weg zum Dach durchqueren und besichtigen werde.

An ihnen vorbei wanderte der tröpfelnde Strom regulärer Reisender, die von hier aus Verbindungen nach Straßburg, Basel oder Nürnberg gebucht hatten und die manchmal ein paar überraschte Blicke auf die Gruppe warfen, stehen blieben und das eine oder andere Detail aus der Erzählung der Historikerin zu erhaschen versuchten, war doch alles, was dieses Bauwerk und seine Geschichte betraf, von Rekordwahn durchsetzt. Sie erfuhren, dass hier während des Krieges nicht nur Hunderttausende Flugzeuge abgegangen, sondern auch in großer Zahl gebaut worden waren. Von einer ganzen Kolonie von Zwangsarbeitern, die hier auf dem Gelände in bewachten Baracken gelebt hatten.

Sie durchquerten die mit einer Maschine aus der Zeit der Flugpioniere geschmückte Halle, kamen an einem collagierten Gemälde mit Motiven der Luftbrücke vorbei, verließen das Gebäude, durchquerten einen der Innenhöfe, schritten durch eine Glastür mit der Aufschrift »Flughafensicherheit – Ausweisstelle/Schlüsseldienst«, erfuhren bei diesem Gang durch ausgestorbene, aber noch vollkommen im Originalzustand der Nachkriegszeit belassene Säle mit einem fantastischen Blick über die atemberaubende Leere des Tempelhofer Feldes von der Absicht Hitlers, hier später Flugschauen seiner Luftwaffe durchführen zu lassen, bei denen auf einem nördlich, am heutigen Columbiadamm aufzuschüttenden Erdwall eine Million Zuschauer Platz gefunden hätten.

Wieder ging jenes von Grausen und kopfschüttelndem Amüsement begleitete Staunen über den Größenwahn der Nazis durch die Gruppe, nur die schlanke Frau im Anzug und ihr stiller Begleiter blieben unbewegt und blickten ein wenig verwundert. Die Führerin hatte den Eindruck, die Frau und der Mann verstünden womöglich gar kein Deutsch, aber da sie ja freiwillig hier waren und nicht weiter störten, ging sie der Sache nicht auf den Grund.

Schließlich – auf dem Weg zum sogenannten Filmbunker – ging es über Treppen und zahllose, aus kahlstem Beton bestehende Geschosse. Sie kamen an Heizungskellern und Wasserverteilungsstationen vorbei, die so warm und dämpfig wie Treibhäuser und so groß wie Dorfkirchen waren, und dabei lernten sie, dass dieser einstmals größte Flughafen der Welt ursprünglich nicht nur eine selbstständige Wasserversorgung besessen, sondern in einem Kraftwerk auch Strom und Wärme für den eigenen Bedarf produziert hatte.

»Das ist ja wie eine Burg, die hatten doch auch immer einen eigenen Brunnen«, sagte eine Frau.

»Und eigene Fluchtwege. Von jeder Burg gab es immer einen Gang, der in die Freiheit führte, für den Fall, dass man belagert wurde«, fügte ihr Ehemann lächelnd hinzu und blickte vielsagend in die Runde.

»Ich weiß«, nahm die Führerin den roten Faden der Tempelhofmythen auf, »ich weiß, dass man sich die unwahrscheinlichsten Geschichten über irgendwelche Geheimgänge von

Tempelhof zur Reichskanzlei und auch zum Führerbunker erzählt. Dass Adolf Hitler unbemerkt von aller Welt durch eben diesen Verbindungsweg hierhergelangte und mit einem Flugzeug entkommen sei, um irgendwo unentdeckt in Argentinien oder in Indien … – aber ich darf Ihnen versichern, dass nichts davon wahr ist. Ebenso wenig gibt es die geheimen siebenstöckigen Bunker, die so groß sein sollen, dass Lastwagen auf ihren Geschossen hätten verkehren können.«

Die Gruppe hatte sich wieder enger um sie geschart, da die Erwähnung dieser den meisten sehr wohlbekannten Legenden sofort ihre Faszination wachrief. Die Führerin stemmte ihren linken Arm in die Hüfte, drehte sich einmal schwungvoll im Kreis, dass ihre schulterlangen dunkelrot-violetten Haare flogen, und sammelte so die Aufmerksamkeit aller ein.

»Unsere nächste Station ist ebenfalls ein Ort, über den schon viel spekuliert wurde: der sogenannte Filmbunker.«

»Da hört man die dollsten Geschichten!«, sagte ein älterer Mann, der ein dunkel gestreiftes Poloshirt trug und einen weißen Pullover umgelegt hatte, dessen Ärmel über seiner Brust verknotet waren.

»Ich hab gelesen, dass die SS dort ihr Filmarchiv hatte. Alles, wat se gefilmt haben, war da drin.«

Er machte eine kurze Pause und sagte dann leiser, mit einem Ausdruck, als habe er schon oft darüber nachgedacht, »die Experimente und Lager, wie es organisiert war und lief … allet, wat se verbrochen haben …«

Keiner in der Gruppe sagte ein Wort, und manch einer der Besucher betrachtete die geöffnete Stahltür und den dunkel und schwarz dahinterliegenden Bunkereingang mit sorgenvoller Miene.

Die Führerin lächelte verständnisvoll, um dann aber in einem durchaus bestimmten Tonfall die offizielle und eigentliche Geschichte zu erzählen. Im Filmbunker habe sich das Archiv des Luftfahrtministeriums und damit der Luftwaffe befunden, und auch wenn man das nicht wissen könne, da ja alles restlos vernichtet worden sei, könne man davon ausgehen, dass es sich um Aufnahmen von Luftaufklärungsflügen gehandelt habe, also vor allem um ein Archiv der Kriegsvorbereitungen und des Krieges selber. Unschätzbar wertvolles Material für jeden Historiker.

»Zwischen den Alliierten war vereinbart worden, Tempelhof den Amerikanern zu überlassen, das war auch der Grund, warum der Bau nicht bombardiert wurde und nur ganz unwesentliche Kriegsschäden davontrug. Diejenigen aber, die den Flughafen tatsächlich eingenommen haben, waren die Russen, die von der Oderstraße, oben in Neukölln, über die Freifläche des Rollfelds gekommen waren. Die stürmten den Bau, rissen jede Tür auf, um nachzusehen, ob sich irgendwo noch Soldaten, Werwölfe oder Volksstürmler versteckt hielten – und als sie auf die elektronisch gesicherte Stahltür des Filmbunkers stießen, fackelten sie nicht lange, sondern sprengten die Tür. Ein Fehler. Wahrscheinlich durch die Explosion hat sich das Zelluloid, ein hochbrennbarer Stoff, entzündet und das ganze Archiv ist restlos zu Asche geworden.«

Sie ging voran, die Gruppe folgte, und war sie bisher stets kugelartig umeinandergedrängt geblieben, so wurde nun eine Art Prozession aus ihr, da nicht mehr als zwei Personen gleichzeitig auf der steilen Treppe Platz fanden. Als Letzte waren die schmale Frau im Anzug, ihr stiller Begleiter und jener schwarzgekleidete Mann mit getönter Brille und Handschuhen übrig, der sich lächelnd daranmachte, den beiden anderen den Vortritt zu lassen. Die Frau schickte ihren stillen, gutaussehenden Begleiter mit einer gelassenen Handbewegung voran, blickte dem Mann mit der Brille freundlich lachend ins Gesicht und nickte ihm zu.

»Thank you very much«, sagte sie und verschwand nach unten.

Der Mann mit den schwarzen Handschuhen schob sich seine getönte Brille zurecht, schulterte seinen schweren Rucksack und folgte ihr. Die Wände waren von intensivem Schwarz, einer auf dem Beton eingebrannten dicken Schicht Ruß. Unzählige Besucher hatten krakelige Zeichen hinterlassen, mühsam mit Hilfe von Schlüsseln eingekratzte simple Botschaften, Namen, Rufe nach Sex und Daten, an denen Ruby und Hans da gewesen waren, die angesichts der Monumentalität des Brands, der hier stattgefunden haben musste, irrwitzig lächerlich erschienen.

Die Gruppe hatte sich auf die gesamte Bunkeranlage verteilt, und viele von ihnen vergaßen beim Abstieg bis ins dritte Untergeschoss, dass sie in die Tiefe gingen. Ihr Gefühl gaukelte ihnen vor, dem Erdgeschoss erst noch zuzustreben, und in manchen erwachte insgeheim der archaische Wunsch, noch tiefer hinabzusteigen, dem eigentlich letzten Geschoss entgegenzugehen. Da das nicht möglich war, verteilten sie sich schließlich – jedes Stockwerk besaß einen schmalen Gang, der eine Flucht von fünf Räumen mit je zwei Türen umschloss. Im ersten Stockwerk gab es einen kleinen, scheinbar ins Blinde laufenden Schacht in einer Ecke, dessen Tür noch in den Angeln war. Die meisten anderen Türen waren nicht mehr da, aber an einer, die schief an die Wand des Flurs gelehnt war, erklärte der Mann, der sich in der Zwischenzeit seinen Pullover über das Poloshirt gezogen hatte, dass alle Räume mit elektrischen Zuhaltungen versehen gewesen seien. Man habe also nicht nur einen Schlüssel gebraucht, um aufsperren zu können, sondern zudem seien die Türen auch noch zentral verriegelt gewesen.

»Det Janze hier war jesichert wie ’ne Schatzkammer. Absolutet Heiteck! Aber warum?«, fragte er mit einem gewissen rhetorischen Stolz. Ein Ehepaar und ein interessierter jüngerer Mann, der trotz des nasskalten Wetters tatsächlich barfuß in Birkenstocksandalen unterwegs war, hörten ihm zu.

»Warum sollte man olle Filme von irgendwelchen Truppenbewegungen und Landschaftsaufnahmen derart sichern? Ick globe det nich ... und ick globe och nich, det die Russen det Feuer ausjelöst haben ...«

»Ja, wie denn ...?«, fragte die Frau.

»Ist doch klar«, sagte ihr Mann, »ein Zünder, der hochgeht, wenn die Tür widerrechtlich geöffnet wird. Oder?«

Der etwa fünfundfünzigjährige Mann mit der SS-Filmarchiv-Theorie wollte ihm gerade recht geben und noch einen weiteren Beweis für seine These anführen, als er von einer freundlichen Stimme unterbrochen wurde.

»Verzeihen Sie, wenn ich mich einmische, aber der hohe technische Sicherheitsaufwand erklärt sich aus der Brandgefährlichkeit des hier gelagerten Materials. Zelluloid. Haben Sie noch nie gesehen, wenn im Kino der Film durchbrennt? Deswegen gab es auch das ziemlich aufwändige Kühlsystem – hier, in jedem Raum sind die Temperaturfühler, die haben den Brand zumindest physisch überstanden. Als die Hunderttausende von Spulen zu brennen anfingen, muss es infernalisch zugegangen sein – was immer auch der Grund für das Feuer war ...«, sie lächelte und fügte dann mit noch einmal gesteigerter Liebenswürdigkeit hinzu:

»Wir gehen dann schön langsam wieder nach oben.«

Die Führerin sah, dass sie den Mann mit dem Pullover nicht überzeugt hatte. Vernichtetes Filmmaterial mit dem zu belichten, was einem die eigene Fantasie vorgab, konnte man niemandem verbieten.

Vom letzten Raum im untersten Stockwerk an verkündete sie den Aufbruch, worauf die meisten sich zügig auf den Weg zurück machten, um Ecken bogen, einander wiederbegegneten und bald die letzten steilen Treppen nach oben und ans Tageslicht stiegen, nicht ganz unfroh, jenes gedrängte Labyrinth endlich wieder verlassen zu können. Die Historikerin blieb noch kurz unten, hatte aber den Eindruck, dass jedermann auf dem Weg war, ging noch einmal ein paar ausgebrannte Räume ab, und als sie sah, dass sich auch das Paar, von dem sie angenommen hatte, dass es kein Deutsch verstünde, auf den Weg nach oben gemacht hatte, ging sie selbst auch dorthin. Den bärtigen Mann in Schwarz hatte sie gerade noch um eine Ecke biegen sehen, als sie aber selber an die Stelle kam, war er nicht mehr da. Als sie schließlich oben war und die Gruppe sofort vorschriftsgemäß an die frische Luft führte, stand er jedoch da, und es sah fast so aus, als wäre er sogar einer der Ersten gewesen.

»Dann wollen wir mal durchzählen.«

Nach dem ersten Zählen kontrollierte sie das Ergebnis, kam beide Male auf dieselbe korrekte Zahl von Teilnehmern, es war also niemand im Bunker geblieben. Sie bat ihre Gruppe, kurz zu warten, ging zurück zum Eingang des ausgebrannten Treppenhauses, ließ die schwere Stahltür zufallen und sperrte sie ab. Guter Dinge kam sie nach draußen und versperrte auch die Panzerglastür.

»So, dann bitte ich Sie, mir zu folgen, wir schauen uns jetzt den Eisenbahntunnel an, der rings um das Gebäude verläuft.«

*

Nachdem er die Stahltür aus weiter, oberirdischer Ferne hatte ins Schloss fallen hören, wartete Peter zehn Minuten, mit stark klopfendem Herzen, das immer heftiger wurde, je länger die Stille andauerte, dann kroch er rückwärts aus dem kleinen, im Nichts endenden schachtartigen Gang, der als seltsame Sackgasse vom Gang des Filmbunkers abging. In der vollkommenen Nacht und Stille des Bunkers bekam das Geräusch des Rucksackreißverschlusses etwas Bizarres – Peter glaubte, sich jedes Zähnchenpaar einzeln öffnen zu hören, hielt mittendrin immer wieder inne, lauschte sorgenvoll, aber da war nichts, kein anderes Geräusch.

Er platzierte die Stirnlampe, schaltete sie an und begann mit Hilfe ihres Lichtkegels seinen Rucksack zu durchsuchen. Er nahm den mehrfach gehärteten, japanischen Titanmeißel und den schweren Eisenschlegel heraus und kroch dann wieder in den niedrigen, horizontalen Schacht. Seine Nervosität legte sich etwas, als er begann, das Rechteck der hinteren Wand zu untersuchen. Der von Ruß vollkommen geschwärzte Bunker war komplett aus Beton, so wie ganz Tempelhof, ja so wie fast alles, was während des Dritten Reichs gebaut worden war, und auch der seltsame, horizontale Schacht und seine schmale Rückwand machten da keine Ausnahme. Zumindest auf den ersten, vom Licht der Stirnlampe ermöglichten Blick.

Er setzte den Meißel an, musste sich aber zunächst mühsam hin und her drehen, bis er fluchend den ersten Schlag setzen konnte. Die ziemlich unbequeme Haltung wurde durch das Ergebnis des ersten Schlags gemildert, denn Peter ritzte nicht nur die Rußschicht an, sondern er spürte – so wie Alexander es vermutet und wie Peter es dringlichst gewünscht hatte –, dass der Beton der Rückwand nur verblendet war, mit einer vielleicht nur drei Millimeter starken Schicht. Peter setzte noch einmal einen Schlag, und jetzt glaubte er, ein anderes, viel nachgiebigeres Material zu spüren. Ziegel!

Er gab einen in der Enge des Schachts seltsam klingenden Freudenschrei von sich und begann dessen gemauerte Rückwand jetzt zäh und mit zusammengebissenen Zähnen zu bearbeiten. Beton- und Ziegelsplitter klirrten gegen das Glas der Brille, landeten auf seinem Gesicht, und auf seinen Lippen spürte er den Geschmack von Ruß und Moder. Doch jene Unannehmlichkeiten verblassten hinter der Sympathie, die der schuftende Peter für den Erbauer dieses kleinen Mäuerchens empfand, das angesichts des meterdicken Betons drum herum wie ein zartes Häutchen wirkte. Als er die ersten drei Steine von ihrer dünnen Betonblende befreit und angefangen hatte, den Mörtel zwischen ihnen zu bearbeiten, bemerkte er mit Freude, dass der Sandanteil offensichtlich mit Absicht sehr hoch war – man hatte an Zement gespart und so ließ sich der Mörtel spielend leicht entfernen. Diese Mauer war nur ein symbolisches Hindernis, und diese Erkenntnis befeuerte Peters

Bemühungen, den Mörtel rund um einen ersten Ziegelstein so zu lockern, dass er ihn nach hinten durchschieben konnte. Als der Stein zu wackeln begann, setzte Peter keuchend ab, kroch aus dem Schacht zurück zu seinem Rucksack, nahm einen Schluck aus seiner Wasserflasche und kroch dann mit einem flachen Eisen in der Hand wieder hinein. Er atmete einmal tief durch, platzierte das Eisen, versetzte ihm einen Schlag mit dem Hammer und der Stein bewegte sich knirschend nach hinten. Er schlug noch einmal zu, der Ziegelstein fiel aus der Mauer und machte bei der Landung ein kleines Geräusch. Peter nahm die Grubenlampe vom Kopf und hielt ihren Strahl durch die entstandene Öffnung und dabei spürte er die schwache Bewegung eiskalter, vollkommen abgestandener Luft an seiner Hand. Peter sah, dass sich der schmale Schacht fortsetzte – nur mit dem Unterschied, dass das gerade eben neu freigelegte Stück sich erst noch nach hinten zog, nach zwei Metern aber einen Knick machte und nach unten abfiel. Es würde also in die Tiefe gehen.

*

Für ein paar Minuten riss die Wolkendecke auf und die Abendsonne beleuchtete der Gruppe, die im böigen Wind auf dem Dach des Flughafengebäudes stand, den atemberaubenden Ausblick über das 1,2 km lange Flugfeld, an dessen nördlicher Seite die Türme eines Doppelminaretts hervorstachen, sie sahen einem einzigen, klein wie ein Spielzeug wirkenden Flugzeug am Ostrand des Flughafens bei den Vorbereitungen zum Start zu, und Alexander lauschte dem ihm wohlbekannten Gebrüll der Rotoren, das die Häuserwände an der Neuköllner Oderstraße zurückwarfen und der Wind ganz leise zu ihnen herübertrug, bevor die Maschine ihre Kraft gleichsam bündelte, das ferne Brüllen zu einem einzigen hohen Ton wurde und sie mit zweifelhafter Geschwindigkeit zu starten begann. Erst im letzten Drittel der Startbahn erhob sich die Air-France-Maschine mit einem Schwanken, und man sah ihr zu, wie sie in weitem Bogen Schöneberg überflog, um in der tiefhängenden Wolkendecke des Himmels über Steglitz zu verschwinden.

Alexander sah ihr hinterher – bezaubert von der Vorstellung, sich an Bord der Maschine zu schwingen und zu verschwinden. Bald.

Er sah auf seine Uhr, es war kurz nach 19 Uhr. Peter war seit einer knappen Stunde im Filmbunker, und es war zwar schade, dass er ihn dort unten nicht erreichen konnte, aber er hatte bei seinem alten Freund wie selbstverständlich ein ausgezeichnetes Gefühl. Um zwanzig Uhr erst würde er Boy anrufen. Es war noch Zeit. Konnte ganz ruhig bleiben.

Er nahm das Telefon und wählte Grits neue Nummer. Sie hatte sich nämlich ein Mobiltelefon zugelegt.

»Bist du schon im Zug?

Wann bist du in Magdeburg?

Was ist denn? Bist du immer noch traurig wegen des Welpen?

Aber der andere hat doch wenigstens überlebt.

Ja, ich weiß doch, wie wichtig dir …

Versteh schon.

Ja, ich habe dein Päckchen gefunden, ich hab es aber noch nicht geöffnet. So?

Was steht denn drin, wenn es so wichtig ist? Ist ja gut, wenn du es nicht sagen willst …

Hör mal, das Bankett geht gleich los, ich muss aufhören.

Ja, wie ich es dir gesagt habe. Ich fahre morgen Nachmittag, spätestens am Abend nach Paris. Keine Ahnung, wie lang es dauern wird, die Wohnung aufzulösen. Ja, dabei kannst du mir helfen, wenn du dann kommst, Ende Juni. Ich rufe dich gleich an, wenn ich in Paris bin. Muss jetzt Schluss machen.

Grüß deine Oma.

Ich dich auch.«

Die Besichtigungsgruppe – die zuvor schon von der schmalen Frau im dunklen Anzug und ihrem stillen Begleiter verlassen worden war – nahm Abschied von ihrer letzten Station, dem Dach, bewunderte noch einmal die Anlage des ehemals größten Flughafens der Welt, der dazu bestimmt war, eines Tages der Welt größte innerstädtische Freifläche zu werden, also irgendwie sein genaues Gegenteil. Anstatt den ihm von seinen Konstrukteuren zugedachten Massen würde er den die Einsamkeit Suchenden einen Ort bieten und nicht Verkehr wäre sein Gesetz, sondern Innehalten und Meditation.

Unten in der Halle, während die Gruppe sich schon auflöste, verkaufte die Führerin ein paar ihrer informativen Broschüren, unter anderem an den schlechtgekleideten Mann mit den Birkenstocks, der zusammen mit seinem Geldbeutel auch ein zerknülltes Päckchen Camel aus der Hosentasche zog und sich eine zwischen die Lippen steckte, ohne sie anzuzünden.

Alexander beobachtete ihn. Wie wenig ihn noch an die Zeit erinnerte, als er selber geraucht hatte. Es wäre ihm absurd vorgekommen, sich jetzt eine Zigarette anzustecken. Aufzuhören war eigentlich leicht gewesen. Eine klare Sache. Zum ersten Mal in seinem Leben, so schien es ihm, war es ihm gelungen, seinem Vater erfolgreich nachzueifern, zum ersten Mal fühlte er, ein Erlebnis zu besitzen, das er mit seinem alten Herrn teilte. Eine Gemeinsamkeit. Eine erste.

Er ging an einen der Biertische des Flughafenrestaurants, das mehr ein Imbiss war, bestellte sich einen Kaffee und ein Wasser und sah den Reisenden zu, denen die vollständig erhaltene Kulisse der dreißiger Jahre für einen Moment futuristische Kostüme verordnet zu haben schien.

Er setzte die getönte Brille ab und steckte sie in den Rucksack. Früher in der Schule schon hatten sie immer gehört, dass Peter und er sich ähneln würden wie Brüder. War offenbar etwas dran. Er lächelte.

Als die große Uhr über dem Eingang zehn Minuten vor acht zeigte, zahlte er und nahm den Rucksack auf, der leicht wie eine Feder war, denn er enthielt außer der Brille nichts anderes mehr. Das einzige Werkzeug, das Alexander bei sich trug, war sein Telefon.

Über einen Seitenausgang trat er ins Freie, links sah er noch ein Stück vom Platz der Luftbrücke, schräg rechts gegenüber lag ausgerechnet die ehemalige Arbeitsstätte seines Vaters, der riesige Backsteinbau der Polizei mit ihrem Fuhrpark und den Werkstätten. Er ging auf den Columbiadamm und marschierte zwischen der rotstichigen Polizei und der gelbgrauen, endlosen Flughafenfassade Richtung Hasenheide.

*

»War dein Drink auch so stark? Mir ist ein bisschen schwindlig. Wieso fährst du nicht ab?«

»Wir bleiben auf der Autobahn.«

»Ich dachte, das Restaurant ist in Zehlendorf?«

»Wir haben keine Zeit, essen zu gehen.«

»Wie bitte?«

»Wir verlassen die Stadt.«

»Jetzt sag schon, wo wir hinfahren, Gil.«

»Ich habe es dir gesagt. Wir fahren weg aus Berlin.«

»Fahr du nur. Aber ich muss nachher früh ins Bett. Du weißt, was morgen für ein Tag ist.«

»Pfingstmontag.«

»Morgen schließe ich *Operation Nordpol* ab.«

»*Operation Nordpol* ist schon abgeschlossen. Zumindest für dich.«

»Wie meinst du das?«

»Ich habe Alexander Salem den Plan ausgehändigt. Auf dem Rücksitz liegt ein Aktenkoffer. Mach ihn auf, und dann sprechen wir weiter.«

»Wie kann das sein? Gil, wie kommst du an diese Unterlagen?«

»Ich habe sie gestohlen.«

»Da ist ja alles, meine ganze Identität, alles. Das darf es gar nicht geben. Von wem hast du das?«

»Es wurde Anfang der neunziger Jahre an ein neugegründetes Unternehmen mit Sitz in London verkauft.«

»Von wem?«

»Kannst du dir das nicht denken?«

»Das darf nicht wahr sein.«

»Spielt keine Rolle mehr. Ich erkläre es dir später. Schlaf, Johanna.«

»Gil, du … hast … mich verraten.«

»Schlaf jetzt, Liebste. Ich bringe dich in Sicherheit.«

*

»Klaro«, sagte Boy, »kein Problem. Wir gehen dann schon mal bis zum Einstieg. Da treffen wir uns.« Er legte auf, bleckte die Zähne und wandte sich mit seinem unbeholfenen Englisch an Milton, den Mann, der sich Don nannte.

Der spielte den ganzen Abend schon an seiner Kamera herum, sichtlich nervös, und schien sich offenbar sehr zu freuen, als er von Boy erfuhr, dass alles nach Plan lief.

»Gehen wir jetzt gleich?«

»Jo.« Boy schulterte den mit Werkzeug und Hilfsmitteln aller Art schwer angefüllten Rucksack, und der Amerikaner nahm den seinen auf, der auch nicht gerade leicht zu sein schien. War voller Filmmaterial und Technik, wie er erklärt hatte.

»Was ist mit Alex, großer Boy?«

»Der kommt hinterher. Wir gehen erst mal alleine. Schon mal von der Straße weg.«

Diese Information schien Don zu beunruhigen. Offenbar hatte er erwartet, dass Alexander von Anfang an dabei wäre.

»Der kommt schon. Hier, deine Lampe. Meinst du, das geht mit der Kamera? Okay, dann mal los. Ich kann's schon nicht mehr erwarten.«

Sie stiegen in ihren Hochwasserhosen aus dem VW-Bus und

marschierten zur Einstiegsstelle, Boy, der schwer beladen war, blickte sich um. Niemand war zu sehen, also beugte er sich vorsichtig nach unten, hob mit einem Schwung den Kanaldeckel an, stellte ihn auf und sah zu, wie Milton hinabkletterte, trotz der Kamera geschickt wie eine Katze.

»Okay«, rief Boy und streifte den Rucksack und die Seitentaschen ab, »ich lass dir jetzt die schweren Teile runter.«

Er kniete sich hin, packte die Sachen und ließ seinen rechten Arm bis zur Schulter im Schacht verschwinden.

»Hey, Zöpfchen ...«, rief Milton, »kommt da noch was?«

»Kann schon sein«, murmelte Boy, spuckte aus und kletterte hinab.

*

Peter erreichte das Ende des Verbindungsschachts vom Filmbunker, der über vielleicht fünf Meter strikt nach unten verlief. Er keuchte in der abgestandenen, kalten Luft, die allerdings weniger muffig war, als er befürchtet hatte. Er fasste an den Rand des Schachts, zog sich die letzten Zentimeter und streckte seinen Kopf hinaus: Das Licht seiner Grubenlampe stöberte über die unbefleckten Betonwände eines hohen Gangs. Peter entdeckte unterhalb des Schachts eine Reihe einbetonierter stählerner Tritte, aber um sie vernünftig benutzen zu können, musste er sich umdrehen, was sich als schwierig herausstellte. Er presste die Beine so fest wie möglich an die Brust, so konnte er sich drehen, mühsam zwar, aber es ging. Doch als er seinen Oberkörper nach vorne schieben wollte, war es der prallgefüllte schwere Rucksack, der schließlich blockierte. Er probierte es mit mehr Kraft und blieb stecken. Er hätte den Rucksack vorhin besser vor sich hergeschoben, dachte er jetzt, wo es zu spät war.

Ein erster Versuch, sich wenigstens in die Ausgangslage zurückzubewegen, misslang, Peter probierte es noch einmal, so fest er konnte, aber es schien ihm fast, als würde er sich auf diese

Weise nur immer noch mehr blockieren, und unpassenderweise musste er an jene Szene denken, als er sich als Jugendlicher einmal in einen kleinen Einkaufswagen aus Draht gesetzt hatte und nicht mehr herausgekommen war.

Er gab ein keuchendes Lachen von sich, dann konzentrierte er sich, atmete tief ein, presste sich mit aller Kraft zusammen und so gelang es ihm, in die Ausgangslage zurückzukommen. Wieder steckte er seinen Kopf in den Gang hinaus, seine Hände griffen nach dem ersten stählernen Tritt. Es war ihm überhaupt nicht angenehm, aber wollte er nicht vollständig zurückkriechen, um es dann noch einmal rückwärts zu versuchen, würde er sich wohl oder übel kopfüber nach unten gleiten lassen müssen.

Als sein Oberkörper bis zur Hüfte heraus war, wurde es ihm mulmig. Bis auf den Boden des Gangs waren es immer noch mehr als zwei Meter. Er gab ein tiefes Keuchen von sich, das Blut schoss ihm in den Kopf und seine Arme begannen zu schmerzen, als er sich einen weiteren Tritt nach unten ließ und seine Beine haltsuchend in die Wände des Schachts spreizte. Weiter nach unten konnte er nicht. Es würde ihm nichts anderes bleiben, als sich mit den Beinen abzustoßen und sich dann irgendwie zu drehen. Die Vorstellung vornüberzukippen, machte ihm Angst und so zögerte er noch ein paar Sekunden. Doch hielt er es, kopfüber und auf seine immer stärker schmerzenden Arme gestützt, nicht länger aus. Er knickte sein linkes Bein ein, das rechte ruhte noch im Schacht, er zog es jetzt langsam an, spürte die Kante unter seinem Fuß, hatte Angst. Aber die Zeit für Bunkerakrobatik ging zu Ende und so wagte er es und drückte sich ab.

*

Werner Salem folgte seinem Sohn mit dem Wagen in weitem Abstand bis zur Einstiegsstelle, parkte und verbarg sich fünfzig Meter weiter in einem Gebüsch. Er sah, wie Alexander den auf einem weitläufigen Parkplatz an der verlassensten Stelle des

Columbiadamms parkenden alten Bus erreichte, ihn aufsperrte und fünf Minuten später, angetan mit wasserdichten Hosen und einem Eisenhaken in der behandschuhten Hand, wieder herauskam. Er schnallte sich ein Grubenlicht auf die Stirn, verschloss den Wagen und ging zu einem Kanaldeckel hinüber, den er mit dem Haken herauszog, um sich hinabzulassen. Dann sah Werner, wie sein Sohn den Kanaldeckel von unten langsam wieder auf die Öffnung zog.

Er hatte schon einmal beobachtet, wie die Gruppe, die Alexander in den letzten Wochen um sich gesammelt hatte, diesen Einstieg zur Berliner Unterwelt betreten hatte. Inzwischen war er sich ziemlich sicher, dass Alexander rein gar nichts mit Buschkow, dem Schieber, zu tun hatte. Aber was hatte er dann vor?

Er richtete sich darauf ein, so lange zu warten, bis Alexander wieder herauskäme, und wenn es die ganze Nacht dauern sollte. Ein paar Meter weiter im Gebüsch war ein großer, glatt abgesägter Baumstumpf. Er verspürte erst noch den Drang zu pinkeln, aber es gelang nicht, er setzte sich auf den Stumpf, schlug die Beine übereinander und bedauerte, nichts zum Lesen mitgenommen zu haben. Nicht, dass er müde geworden wäre, Alexander zu folgen, aber irgendwann, bald, so dachte er, wäre es an der Zeit, endlich mit ihm zu reden.

Er verschränkte die Arme, ließ sich ein wenig nach hinten sinken, schloss für einen Moment die Augen und fiel in leichten Dämmer, aus dem ihn fünfzehn Minuten später das Geräusch eines auf den Parkplatz fahrenden Wagens riss.

Es war ein schwarzer Mercedesbus mit getönten Scheiben, der eine Weile mit laufendem Motor und ohne Licht stehen blieb. Dann öffnete sich die Beifahrertür, eine schlanke, jüngere Frau in einer schwarzen Montur stieg aus und ging zu dem Kanaldeckel hinüber, während sich die Fahrertür und die große Schiebetür des Busses öffneten und insgesamt vier Männer, alle in derselben schwarzen Montur, ausstiegen. Sie trugen kugelsichere Westen und mit Entsetzen sah Werner, dass zumindest einer von ihnen auch bewaffnet war. Er versorgte seine Pistole mit einem Magazin, ließ es einrasten und steckte die Waffe in einen Halfter, den er an der Seite trug. Werner sah, wie sich die Frau – die ebenfalls eine Waffe zu tragen schien – und drei der Männer schwarze Masken über die Gesichter zogen und schmale schwarze Helme aufsetzten.

Dann versammelten sich die Männer um die Frau, schienen noch einmal Anweisungen entgegenzunehmen, bevor sie den Kanaldeckel mit leichter Hand zur Seite schoben und einer nach dem anderen darin verschwanden. Der letzte der vier Männer, der keine Maske übergestreift hatte, blieb und schob den Deckel wieder auf den Schacht. Auf dem Weg zurück zum Bus zündete er sich eine Zigarette an, stieg ein und fuhr über den Columbiadamm Richtung Platz der Luftbrücke.

Werner war entsetzt, aber auch ganz ruhig. Die Angst um Alexander, die ihn die ganze Zeit mehr oder weniger deutlich begleitet hatte, war mit einem Mal so groß geworden, dass er ihre Schwerkraft spüren und sie nutzen zu können glaubte, um so kalt zu werden und so wach wie noch nie in seinem Leben.

*

Nach etwa vierzig Metern, die er nach links gegangen war, machte der fugenlose Gang, ganz genau so, wie Alexander es gesagt hatte, einen Knick und am Ende dieses kurzen Stücks tauchte ein enges, in sich gedrehtes Treppenhaus auf, über das Peter in ein paar Umrundungen weiter nach unten humpelte. Der Beton war auch hier unverputzt und roh, im Gegensatz zum ausgebrannten Filmbunker aber seltsam unberührt: Niemand hatte hier irgendeine schriftliche Nachricht hinterlassen, nur an einer einzigen Stelle, die sein Lampenlicht zufällig streifte, sah er etwas, blieb stehen und studierte ein Kreuz, das mit roter Kreide hingemalt worden war.

Das Gefühl, über jenen seit Kriegsende unbetretenen, vollkommen dunklen Gang zu marschieren, war wider Erwarten so berauschend, dass ihn seine Hauptsorge der letzten Tage, nämlich die Lizenz für seinen Schlüsseldienst zu verlieren, ebenso wenig bekümmerte wie der Schmerz in seinem Zeh, den er sich wahrscheinlich gebrochen hatte.

Er erreichte das Ende der Treppe, der Gang, der von hier ausging, war ebenso hoch wie der andere, vielleicht um die drei Meter, nur etwas schmaler. Er leuchtete vorsichtig seinen Weg aus, aber der ging, so wie er sollte, einfach geradeaus. Peter zählte seine Schritte, es durften laut Alexander nicht mehr als fünfzig sein, doch als er fünfunddreißig Schritte gezählt hatte, blieb er stehen. Er hatte den Übergang gefunden.

*

»Jop«, rief Boy, »kannste loslassen …« Er zog den wirklich schweren Rucksack Miltons nach oben und platzierte ihn neben ihr anderes Gepäck, das sie auf diese Weise auf die schmale Balustrade befördert hatten. Sein Lampenlicht tanzte wild über das gemauerte Gewölbe.

»Alles klar, kommt rauf.«

»Was war das?«

»'ne Ratze.«

»Was?«, fragte Don Milton. »Versteh kein Wort. Redet Englisch …«

»Janz ruhig bleiben …«, sagte Boy nervös, »bloß 'ne RATTE, hab ich gesagt.«

»Bin mir nicht sicher …«, sagte Alexander, der mit einem Mal ein komisches Gefühl hatte. Was er eben gehört hatte, war etwas anderes gewesen. Eher etwas wie ein Knirschen, das ein Rattenkörper nicht hervorbringen konnte.

»Hey – wie groß ist der Maximalabstand, den man an jedem Punkt Londons zu einer Ratte einnehmen kann?«

Da Alexander nicht reagierte, übersetzte Boy die Frage handwerklich grob und ein wenig verwirrend in sein Englisch, aber

Milton verstand trotzdem, worum es ging, und sagte: »Bestimmt nicht mehr als ein Meter fünfzig«, um dann mit sonorer Stimme und wohlartikuliert hinzuzufügen, »also ungefähr deine Körperlänge!«

Boy schwieg und Alexander atmete tief ein. War Don zu ihm selbst, als sie beide sich kennengelernt hatten, professionell und freundlich gewesen, so war er mit Boy schon bei der ersten Gelegenheit auf sehr unangenehme Weise umgegangen. »Wofür brauchen wir dieses Pickelbaby überhaupt?«, hatte Don gefragt und Boy seitdem immer wieder provoziert. Der nahm es allerdings mit erstaunlicher Gelassenheit. Um an dieser Expedition teilnehmen zu können, hätte Boy wahrscheinlich noch Geld gezahlt.

Doch verdiente er nicht nur fünfzehnhundert Mark, eine für Boys Verhältnisse außerordentliche Summe, und hatte teures Equipment besorgen dürfen (das er dann zu schleppen hatte), sondern würde überdies mit Peter Plahn, dem großen Vorsitzenden, zusammen in einen bislang unbekannten Bunker einsteigen: Heute Nacht wurde er Teil einer Legende und dafür war er offenbar bereit, einiges hinzunehmen.

»Geh du zuerst hoch, Don«, sagte Alexander, und während der Filmer geschickt über die Strickleiter, die Boy an den Streben eines Gitters befestigt hatte, nach oben auf die schmale Empore kletterte und im Dunkel verschwand, ging Alex wieder ein paar Schritte auf dem Weg zurück, den sie gekommen waren, und blickte umher. Aber da er nur über das Licht seiner Grubenlampe verfügte, konnte er rein gar nichts erhellen. Er ging noch ein paar Schritte, bis zu einer sanften Biegung des Kanals, und dachte für einen Moment darüber nach, das Licht seiner Lampe auszuschalten, um so, unerkennbar, noch ein wenig weiter zurückzugehen. Aber dann hörte er Don Miltons meckerndes Gelächter und er beschloss es zu lassen. Niemand außer ihnen war hier.

Er zog sich über die Strickleiter auf die Empore. Milton hatte sich über seine Kamera gebeugt und schien irgendwas einzustellen und Boy stand schon wieder vollbepackt da.

»Alles klar?« Sein Stirnlicht erhellte Boys grinsendes Gesicht.

»Bei mir schon«, sagte der kleine Kanalspezialist.

»Was ist mit der Strickleiter?«

»Die lassen wir hier. Für den Rückweg. Was denn? Meinst du, die klaut jemand?«

»Na gut. Gehen wir weiter.«

Boy ging über jenen schmalen, wiewohl gut begehbaren gemauerten Sims, langsam, jeden Schritt bedenkend und ausleuchtend. Drei Meter unter ihnen hörten sie die Abwässer durch diesen Entlastungskanal plätschern, der zur Mischwasserkanalisation gehörte, dann erreichten sie die Gabelung. Rechts lief der gewaltige Schacht eines Hauptsammelkanals, und eigentlich hätte hier Schluss sein müssen, denn hier begann oder endete der Mischwasserkanal, über den sie eingestiegen waren. Doch folgte man dem Sims ums Eck, so konnte man, vorausgesetzt, man wusste, wo, eine erstaunliche Entdeckung machen.

Die gesamte Berliner Kanalisation, immerhin fast 10 000 Kilometer lang, war Mitte des 19. Jahrhunderts auf hochfeine Weise aus säurebeständigen Ziegeln gemauert worden, zu perfekten, lücken- und nahtlosen ovalen Röhren der unterschiedlichsten Größe. Doch an jener über den Sims zugänglichen Stelle fand sich eine Art Schattenfuge im Mauerwerk, breit genug, um einen erwachsenen Mann mit einer schweren Kiste durchzulassen, aber so raffiniert angebracht, dass sie sehr leicht zu übersehen war, vor allem, wenn man unten vorüberging und auf seinen Weg durch den Kanal achtete.

Boy und Alexander hatten einige Tage mit der Suche zugebracht, bevor sie das geheimnisvolle Tunnelteilstück endlich entdeckt hatten. Hier endete Meister Hobrechts feingemauertes Ziegelbauingenieurwerk und begann das dunkle Reich aus Beton, in dessen Inneres sie wollten. Der Übergang. So raffiniert eingeflickt, dass jeder, der es nicht anders wusste, gesagt hätte, es handele sich um ein begonnenes und wieder aufgegebenes, jedenfalls seinem eigentlichen Zweck niemals zugeführtes Werk.

»Hier also?«, sagte Don, trat nahe an die von fünf massiven, etwa einen Meter breiten Pfeilern durchsetzte Betonwand heran und ließ das Licht seiner Stirnlampe eifrig über Ecken und Kanten gleiten. Ein komplett betonierter Block, so kam es ihm vor.

Es war Peter, der den Beweis erbrachte, dass dieser Eindruck eine Maskierung war. Keine zehn Meter von seinen Gefährten entfernt, öffnete er das letzte einer Reihe großer alter Zeiss-Icon-Bügelschlösser, mit denen die Schleusenmechanik gesichert war. Er summte angesichts der leichten Aufgabe, die er passenderweise mit einem aus den vierziger Jahren stammenden Dietrich erledigte. Es war faszinierend zu sehen, wie gut sich das Ding nach so langer Zeit öffnen ließ, dann wog er es in der Hand, es war tatsächlich fabrikneu, fast ohne jeden Kratzer. Nur das eine Mal, so stellte er sich vor, an dem es eingehängt und verschlossen worden war, war es in Funktion gewesen.

Ohne noch länger zu überlegen, beschloss er, vom eisernen Gesetz eines ehrbaren Schließtechniksportfreunds abzuweichen und das Schloss mitzunehmen. Er verstaute es ganz unten in seinem Rucksack, und dann machte er sich daran, an den Rädern zu drehen. Es gab drei, das größere verriegelte das Gestänge, über welches man – durch Drehung der zwei kleineren – die Schließvorrichtung des Übergangs in Bewegung versetzen konnte. Zumindest nahm Peter das an, während er das extrabreite Licht seiner Taschenlampe über die Konstruktion wandern ließ.

Als er entriegelt hatte, machte er sich an die in hoher Übersetzung drehenden kleineren Räder und nach etwa zwei Minuten bemerkte er, wie sich die Betonplatte, mit der der Übergang verschlossen war, nach links verschob, Millimeter für Millimeter. Von ferne glaubte er mit einem Mal Stimmen aus der Dunkelheit zu hören.

*

»Zwölf.«

»Unglaublich, du arme Sau …«

»Bei uns in Holland ist das ganz normal. Mein Schwager hat vor zwei Jahren gebaut, der zahlt vierzehn.«

»Wenn ich mir das vorstelle. Wir kommen so schon kaum klar …«

»Vor einem halben Jahr waren wir vier Raten zurück. Die hätten uns bald aus dem Haus geschmissen.«

»Scheiße, Mann …«

»Seien Sie endlich ruhig«, sagte Crow, kam hoch aus der Hocke und ging vorsichtig zu demjenigen ihrer Mitarbeiter hinüber, der mit Richtmikrofon, Kopfhörern und Nachtsichtgerät weiter vorne auf Posten stand.

»Tut sich schon was?«

»Schwer zu sagen. Ich kann nicht sehen, was vorgeht. Aber ich höre ihre Stimmen. Sie sind also noch da.«

»Verstehen Sie die Sprache?«

»Eigentlich schon.«

»Worüber wird geredet?«

»Keine Ahnung. Kann ich nicht sagen. Aber jetzt – die haben jetzt Licht da drin angemacht.«

*

Milton bestand darauf, dass Peter noch einmal zurückginge und den Übergang wieder verschlösse, damit er mit einer anderen, digitalen Kamera filmen konnte, wie sich das Stück Betonwand zwischen zwei Pfeilern auf völlig verblüffende Weise öffnete. Boy musste die akkubetriebene Lampe halten, die Milton nur möglichst kurz anschalten wollte und, als die wundersame Öffnung vollbracht war, sofort wieder löschte, um mit seiner für Nachtaufnahmen geeigneten Kamera weiterzuarbeiten.

»Den Rest an Licht heben wir uns für später auf«, sagte er und ging mit der Kamera wie verabredet als Erster durch den Übergang, auf die andere Seite der Wand.

Alexander schloss Peter endlich in die Arme, Boy strahlte den Vorsitzenden an und machte einen dreifachen, äußerst übertriebenen Kotau, bei dem sein fast bis auf den Boden gebeugter Kopf wild mit seinem Pferdeschwanz durch die von den Stirnlampen durchfurchte Nacht wedelte. Während sie ihre Sachen packten und Milton durch den etwa zehn Meter langen Übergang folgten, schilderte Peter den beiden den bisherigen Verlauf. Er war dabei von der Anlage des Ganzen schwer beeindruckt.

»Du hast einen breiten Eingang, schleppst die Sachen rein, dann gehen alle wieder raus, einer bleibt drin und verschließt den Eingang so, dass er nur von innen geöffnet werden kann. Dann kommt er über den Schacht zum Filmbunker heraus, der Schacht wird vermauert und verputzt, und schon hast du dein Ding gesichert. Ohne Plan wird niemand etwas ahnen, und obwohl die Technik selber überwindbar wäre, ist die Anlage sicher. Wirklich nicht schlecht. Das Ganze erinnert mich an jene Trickschlösser, mit denen man im Mittelalter Geldtruhen und dergleichen gesichert hat – verbirg das Schlüsselloch und nur der, der weiß, wie man das Schloss überhaupt findet, kann es öffnen!«

»Du humpelst ja, Peter.«

»Mein großer Zeh, ja. Bin leider ziemlich blöd aus dem Schacht rausgepurzelt. Sah bestimmt lustig aus.«

»Geht's denn?«

»Ja. Sollen wir übrigens zurück und den Schacht oben wieder zumauern?«

»Keine Zeit«, sagte Alexander.

»In Ordnung«, rief Milton, »wir können weiter.«

»Ganz schön feucht, die Luft hier«, sagte Boy.

Alexander, den Plan in der Hand, ging voraus, kurz hinter ihm kam Peter, der ein wenig jämmerlich dreinhumpelte, dann Don und Boy – schwer bepackt, aber mit glückseligem Gesichtsausdruck eine vage, marschartig anmutende Melodie summend.

Alexander führte sie den Gang links hinunter, etwa dreißig Meter, immer entlang an der betonierten Wand, die dort, wo die Grubenlichter sie streiften, aussah, als wäre sie gerade erst von ihren Schalbrettern befreit worden. Laut Plan lief der Gang einmal rund um den gesamten verborgenen Bunker, eine Art Eingangsgalerie, von der dann irgendwo nach der nächsten Ecke eine Tür ins Innere führen sollte.

Nach zehn Minuten waren sie dort. Es war eine Stahltür, ganz ähnlich denen, die Peter im Filmbunker gesehen hatte.

»Ich kann nur hoffen, dass die Tür nicht auch elektrisch gesichert ist«, sagte Peter, fuhr am Rahmen entlang und machte sich, assistiert von Boy, der die Lampe hielt und Meister Plahn auf die Finger sah, an die Öffnung.

Als er dem im Stahl verborgenen Mechanismus trotz ausgiebiger Tests immer noch nicht auf die Spur gekommen war, trat Alexander dazu und beugte sich tief hinunter.

»Gib mir mal diesen anderen Sperrhaken, Boy«, sagte Peter, »vielleicht ist da oben noch eine Zuhaltung, die man separat fixieren muss.«

»Das kannst du dir sparen«, sagte Alexander. Peter blinzelte ihn interessiert an.

»Ich könnte mir vorstellen, dass es ein Bohrmuldenzylinder mit Wendeschlüsselsystem ist.« Alexander erklärte das Prinzip, bei dem man jeden Stift einzeln extrem leicht vorzuspannen hatte, um ihn dann auch einzeln zu setzen.

»Gut, ich probier's«, sagte Peter und fand die Richtigkeit von Alexanders Vermutung schon beim ersten Versuch bestätigt.

»Sieh an, Alexander Salem! Woher hast du das gewusst?«

»Das hat mir mein Opa beigebracht«, sagte Alexander grinsend und legte seine Hand mit dem schwarzen Handschuh auf Peters Schulter.

»Haben wir ein Problem?«, rief Don, doch dann sah er, wie die Stahltür in die finstere Nacht des inneren Bunkers aufschwang.

»Großartig, dann wollen wir mal das nächste Stück aufnehmen. Komm, Zöpfchen …« Alexander beobachtete mit ungutem Gefühl, wie Boy, ein zwiespältiges Grinsen auf dem Gesicht, sich den Bart kratzte, einen Moment zögerte und dann mit dem Akkustrahler in der Dunkelheit verschwand.

Das Licht erstrahlte, und Don Milton plärrte.

»So, und jetzt verzieht euch mal, ich kann euch nicht auf meinen Aufnahmen brauchen.«

»Ganz schöner Macker, was?«, sagte Peter, nahm seinen Rucksack auf und humpelte los.

»Scheiße, ich glaub, meiner Lampe geht schon der Saft aus. Wie kann das sein, ist doch nagelneu.«

Hinter der Tür ging es über ein freischwebendes Stahlgitter weiter, das von einem Geländer begrenzt war. Ein hoher, wie aus weiter Ferne kommender Ton erklang, dann noch einer, aus einer anderen Richtung.

»Was ist das?«

»Komisch, klingt wie … Wassertropfen oder so was. Die Luft ist ja auch total feucht.«

Alexander ließ das Lampenlicht über die etwa drei Meter hohe Decke streifen.

»Sieh dir das an …«, sagte er, »die ganze Decke ist voller Kondenswasser.«

»Wo kommt das nur her?« Peter trat an das Stahlgeländer, aber seine Grubenlampe erhellte nichts.

»Hier ist weit und breit keine Mauer …«

»Warte mal«, sagte Alexander, »hast du irgendwas Schweres, das du nicht mehr brauchst?«

»Ja, ich muss sowieso bald die Batterien wechseln.«

Alexander warf eine der alten Batterien über das Geländer und blickte auf seine Uhr. Nach etwa drei Sekunden gab es das charakteristische Geräusch, das entsteht, wenn ein Stein auf eine große, stille Wasseroberfläche trifft.

Sie sagten nichts, blickten sich nur an. Draußen vor der Tür ging das Licht aus, und Boy und Don Milton kamen zu ihnen.

»Was ist?«

»Nichts, außer dass wir etwas gefunden haben, was nicht auf unserem Plan drauf ist. Hört her.«

Alexander warf die nächste Batterie über das Geländer und kurz danach platschte es eindrucksvoll.

»Grundwasser«, sagte Boy und zog ein schiefes Grinsen, »hab mich sowieso jewundert, wie sie hier einen Bunker bauen konnten, das ist ja am Hügel. Aber jetzt verstehe ich das. Haben sie einfach ins Wasser reingebaut. Hast du noch 'ne Batterie?«

Peter gab sie ihm und der klein gewachsene Jüngling mit den runden Schultern schleuderte sie mit aller Kraft in die Weite. Irgendwo, so weit entfernt, dass das Licht ihrer Grubenlampen nicht hinkam, schlug die Batterie gegen eine Betonwand, und kurze Zeit später ertönte wieder das charakteristische Platschen.

»Schmeiß die Lampe an, alter Freund«, sagte Don Milton zu Boy, und als der so weit war, begriffen sie – ein wenig zu ihrem Schrecken –, wie die Anlage des Innenraums eigentlich war: In der Mitte stand ein zentraler Block, der vielleicht auf Stahlträgern ruhte, um den herum war eine Hülle gebaut, das Außenmaß des Bunkers. Freischwebende Verbindungswege und Treppen aus Stahlgittern, an Stahlseilen an der Decke festgemacht, liefen um ihn herum. Das Licht des Strahlers war nicht stark genug, um die Oberfläche des Grundwassersees, der sich zwischen Hülle und innerem Block gebildet hatte, zu erhellen.

»Scheiße, ich glaube, da geht's zehn Meter runter«, sagte

Peter, rückte sich die Brille zurecht und machte ein entsetztes Gesicht.

»Es wird schon gehen«, sagte Alexander und fügte dann ganz ruhig hinzu: »Wenigstens verstehe ich jetzt den Plan, das, was man hier sieht, sind die außen laufenden Gitter, die als solche aber nicht gekennzeichnet sind, ich dachte, das wären Gänge. Wenn man das so sieht, versteht man, warum hier komische Überschneidungen sind. Kommt. Es gibt offenbar mehrere Möglichkeiten. Wir gehen hier weiter. Dann müsste es einmal halb um den inneren Block herumgehen, und da ist wieder eine Tür oder ein Durchgang, hier – dorthin gehen wir.«

»Ich hoffe, ihr könnt schwimmen«, sagte Alexander mit aufmunterndem Tonfall, als er nach der ersten Ecke bemerkte, dass das Stahlgitter, das hier weiterführte, schmaler wurde und stellenweise auch kein Geländer vorhanden war. Alexander ging voran, ruhig atmend, doch mit einem Auge immer die fatale Kante fixierend, hinter der es nach unten ging, wo das eiskalte Wasser war und sich das Echo ihrer Tritte auf den Stahlgittern brach.

Nach etwa einer Viertelstunde sehr langsamen Gehens erreichten sie den Eingang in den innersten Block. Zu ihrer großen Freude war da eine Stahltür, sie stand halb angelehnt. Peter humpelte als Erster hinein, und kaum war er drin, gab er einen Schreckensschrei von sich.

»Ich glaub es nicht …«, sagte Alexander, als auch er das Gerippe sah, das weiß schimmernd und mit irritierender Vollständigkeit bis zum letzten Knöchelchen ausgebreitet in einer Ecke des Treppenhauses ruhte. In den Knochenresten seiner linken Hand lag ein Sturmfeuerzeug, und auf dem heruntergerollten Schädel, der neben einem Stahlhelm lag, steckte noch die runde Nickelbrille. Ein paar vermoderte Stofffetzen deuteten auf eine Uniform.

»Sieh doch nur die Brille«, sagte Peter mit vor Grusel ganz leicht amüsiertem Unbehagen und schob sich seine eigene mit einem Schlucken zurecht.

Don Milton wollte sofort, dass Boy das Licht anmachte, damit er den Knochenmann filmen konnte, aber der war völlig fasziniert an das Skelett herangetreten und hatte nur noch Augen für den Helm.

»Lass ihn liegen«, sagte Don Milton, aber Boy erwiderte nur vernehmlich: »Leck mich …«, nahm den Helm zur Hand und setzte ihn auf.

»Waffen-SS«, sagte er, zeigte auf die Runen und schnallte sich den Stahl grinsend unter seinem Kinn fest. Dann erst kümmerte er sich um das Licht und Don Milton filmte.

Die beiden Freunde gingen aus dem Bild und gleich weiter in den inneren Bunker hinein, der wiederum einen umlaufenden Gang besaß, von dem nun aber eine wahre Flut an Räumen abging, von denen jeder mindestens zwei Türen besaß. Viele von ihnen waren verschlossen.

»Wenn wir jede Tür einzeln aufmachen müssen, sind wir morgen noch nicht fertig.«

»Brauchen wir nicht, der Raum, zu dem wir wollen, ist hier, vermutlich, würde ich mal sagen, ist das ein paar Stockwerke weiter unten. Auf der anderen Seite ist noch so etwas wie ein Treppenhaus, über das wir es versuchen können, vielleicht kommen wir so direkt hin. Ich hoffe bloß, dass wir nicht irgendwie an die Stelle geraten, wo die blöde Lücke im Plan ist. Das wäre dumm.«

»Das Ganze ist wie eine eckige Spirale gebaut. Pass bloß gut auf den Plan auf, sonst finden wir hier nicht mehr raus. Ich hab keine Lust, dass man mich auch mal so findet wie den armen Kerl da drüben. Oh, wie mich dieses Lampengeflacker nervös macht.«

»Nur keine Sorge, du wirst das Licht des Tages schon bald wiedersehen. Da kommen die anderen, also los.«

*

»Das gefällt mir nicht«, sagte Crow. »Er müsste längst wieder da sein.«

»Was sollen wir tun? Wollen Sie noch jemanden zurückschicken?«

»Ich verstehe nicht, warum ich ihn nicht erreichen kann.«

»Das liegt mit Sicherheit an den Mauern.«

»Vielleicht hätten wir doch ein Kabel legen sollen.«

Sie trat an das Skelett heran und betrachtete den sorgsam geformten linken Oberschenkelknochen. Sie musste lächeln, aber nur für einen Moment.

»Es wäre mir lieber, er wäre schon zurück, aber gut. Die Transporteinheit ist bestimmt schon oben am Einstieg, schlimmstenfalls muss die dann eben doch einer von uns informieren. Wir haben die ganze Nacht. Der Container geht morgen Mittag nach Toulouse.

So – es gibt zwei Möglichkeiten, zum Zielpunkt zu kommen. Deshalb teilen wir uns. Sie beide gehen hier herum, und wenn Sie ein Problem mit einer Tür haben, nehmen Sie Plastiksprengstoff. Sie kommen mit mir. Wir nehmen denselben Weg wie dieser Salem. Uhrenvergleich.«

Die drei Männer in den Kampfanzügen blickten auf ihre Uhren.

»Es ist jetzt ein Uhr und sieben Minuten …«, sagte Crow, »spätestens um vier sind wir in der Kammer.«

*

Immer wieder hatten sie auf dem Weg in unverschlossene Räume geblickt, sorgsam hergestellte, fast drei Meter hohe Säle, einer genau wie der andere, endlose Flure, in denen ihre Lampenlichter über den Staub der Jahrzehnte gegeistert waren.

Alexander wählte die Abzweigungen und zählte die Türen und schließlich war er sich sicher, dass sie den richtigen Raum erreicht hatten. Die Schatzkammer.

Ein letztes Schloss war zu öffnen, doch sie standen furchtvoll gebannt und niemand sagte ein Wort, so als wären sie auf ihrem Weg durch den Bunker einem dunklen Geist entgegengegangen, der ihnen die Münder verschloss und sie sprachlos machte.

Alexander löste sich als Erster, dann tauchte auch Peter aus seiner Erstarrung. Milton stand abseits und sah zu, wie sich die anderen konzentriert an der Tür zu schaffen machten. Die Lichter ihrer Stirnlampen kreisten auf engstem Raum um das Schlüsselloch der Tür herum. Er sah auf die Uhr. Es war kurz vor zwei.

»Don!«, rief Alexander mit angespannter Stimme, »die Tür ist offen. Willst du zuerst reingehen?«

»Ja.«

Milton griff sich den Strahler, den Boy mit einem frischen Akku geladen hatte, schaltete ihn an und betrat den Raum. Er war größer als die meisten anderen, die sie gesehen hatten, und auf der einen Seite war er bis zur Wand vollgestapelt mit Holzkisten, die stellenweise verrottet waren. Auf den Kisten prangten eben jene Frachtnummern, Zahlen und Runen, die sie schon auf den Fotografien gesehen hatten. Er stellte den Strahler auf eine Kiste, nahm das Stemmeisen und setzte es an die vor ihm stehende Kiste. Deren Deckel bot der Einwirkung des Eisens kaum Widerstand.

In den Überresten der Holzwolle fand er eine große Schale aus Bronze, drehte sie ein wenig und betrachtete die seltsamen Zeichen, die rings um ihren Rand angebracht waren. Er legte sie zurück, durchwühlte die Kiste und fand zwei andere Schalen, die er gar nicht erst herausnahm. Er hatte keine Zeit.

Schnell öffnete er ein paar Kisten hintereinander, riss die Bretter herunter, entdeckte Helme, Dolche, Speerspitzen und Trinkgefäße, das allermeiste aus Bronze, von seltsamer Form und ungewöhnlich groß, so als stammten die Dinge von einem Volk von Riesen ab.

»Ihr müsst mir helfen«, schrie er. »Macht die Kisten auf. Wir suchen nach einem großen Ring.«

»Einen Ring will der Herr?«, schrie Boy belustigt, »ist das dein Ernst?«

»Es ist ein großes Stück – nicht für die Hand, sondern schon eher, um es jemandem um den Hals zu legen«, erwiderte Don Milton grimmig.

»Jetzt kommt schon.«

Während sie sich an den Kisten zu schaffen machten, begriffen sie erst, staunend und furchtvoll, dass sie tatsächlich am Ziel waren, stemmten zunehmend berauscht die Kisten auf, beförderten immer anders geformte, seltsame Stücke in das diffuse Licht ihrer Stirnlampen, jedoch alles massive Teile.

»Hier«, plärrte Peter nach einer knappen halben Stunde, »hier. Hier könnte es sein.«

Er hielt einen etwa dreißig Zentimeter großen Reif in den Händen, der über und über mit Schriftzeichen bedeckt war.

»Ist er das?«

»Ja …«, sagte Milton und streckte die Hände danach aus. Doch Peter mochte das Stück nicht hergeben.

»Seht doch nur, es ist aus drei Ringen gemacht.« Er drehte am obersten Ring und sie sahen, wie er sich mit einem präzise vernehmlichen Klicken gegen den unter ihm liegenden verschob. Auch der untere ließ sich drehen.

»Was ist das für ein Ding?«

»Hier«, sagte Alexander, »siehst du die Kerben nicht? Ich wette, man kann ihn aufklappen. Vermutlich muss man dazu die Ringe in die richtige Stellung zueinander bringen.«

»Meinst du, das Ding ist eine Art Zahlenschloss?«, fragte Boy.

»Zahlenschlösser gab es schon in der Antike«, sagte Peter, »aber nicht in dieser … Qualität. Unmöglich. Wie alt soll das alles sein, sagtest du?«

»Ich bin sicher, man kann es aufmachen …«, sagte Alexander und verspürte den Wunsch, seine Handschuhe auszuziehen, um seine Fingerspitzen über die wunderschön eingravierten Zeichen gleiten zu lassen. Doch daraus wurde nichts.

»Okay, ich will den Raum jetzt filmen. Leg den Reif wieder in die Kiste. Bitte ...«, sagte Milton zu Peter, der ihm nur widerstrebend folgte und sich nachdenklich über den Bart strich.

»Muss ich mir nachher noch mal in Ruhe ansehen ...«

Sie standen draußen, während Milton alleine seiner Arbeit nachging. Selbst Alexander hatte er nach draußen geschickt.

»Jetzt hat er dann einen ganzen Film, auf dem niemand zu sehen ist als er selber ...«, sagte Peter.

»Ich weiß nicht, was wir ohne dich gemacht hätten ...«, sagte Alexander und legte ihm eine Hand auf die Schulter. Peter lächelte nur und blickte zu Boden.

»Wie spät ist es?«

»Kurz vor vier.«

»Wollt ihr auch was trinken?« Boy reichte ihnen eine Feldflasche mit Wasser.

»Aber nur, dass das klar ist, ich werde mir nachher auf jeden Fall was mitnehmen«, sagte er.

»Das kannst du nicht machen«, sagte Peter.

»Auf jeden Fall.«

»Was sagst du, Alex?«

Alexander atmete tief ein, nahm einen Schluck aus der Flasche und sagte nichts. Im Inneren des Raums ging das Licht aus, und Don Milton kam heraus, die Kamera schon eingepackt.

»Okay«, sagte er, »wir können gehen. Hey! Wo willst du hin, Zöpfchen?«

Boy drängte sich an ihm vorbei und ging kommentarlos in den Schatzraum.

»Ich will auf der Stelle zurück«, sagte Don Milton zu Alexander, aber der zuckte nur mit den Schultern.

»Ich glaube, ich will auch noch einen Blick auf die Sachen werfen ...«, sagte Peter und verschwand in der Schatzkammer.

»Gib uns fünf Minuten, Don«, sagte Alexander und lächelte ihn an. Dons Gesichtsausdruck gefiel ihm ganz und gar nicht.

»Alles in Ordnung mit dem Amerikaner?«, fragte Peter leise, als Alexander sich neben ihn stellte.

»Ja, was soll er schon groß machen. Schließlich habe ich den Plan. Er wird wohl auf uns warten müssen.«

»Wo ist denn nun dieser Reif?«, sagte Peter mehr zu sich selbst, »ich dachte, der wäre hier drin gewesen.« Er beugte sich tief über eine Kiste.

»Schaut euch das an. Das gibt's doch nicht.«

Er hielt einen bronzenen Leuchter in die Höhe.

»Was ist damit?«

»Kann mich täuschen – aber sieh dir mal diese Ränder hier unten an.«

»Ja«, sagte Alexander, »du hast recht.«

»Was habt ihr denn?«, fragte Boy, der den Stahlhelm gegen einen viel zu großen Helm aus Bronze getauscht hatte.

»Hier«, sagte Alexander und deutete mit seinem Finger an die schorfigen Stellen, »da hat wohl jemand vergessen, die Gussspuren zu beseitigen. Der Leuchter ist industriell gegossen worden.«

Sie starrten sich an und blendeten sich mit ihren Lampen.

»Eine Fälschung«, flüsterte Peter.

»Ich will der Glückspilz sein, der dem Arschloch die schlechte Nachricht überbringt«, grinste Boy, »freut mich wirklich aufrichtig. Hey Don«, schrie er, »hast du schon das Neueste gehört?« Er ging zurück zum Ausgang.

»Die Tür ist zu.« Er begann an ihr zu rütteln.

Alexander trat neben ihn. Tatsächlich – Don hatte die Tür offensichtlich leise ins Schloss fallen lassen.

»Don?« Stille. Alexander musste würgen.

»Haben wir irgendwas an Schließwerkzeug hier drin?«

»Alles draußen«, sagte Peter tonlos.

»Ich hab ein Taschenmesser«, sagte Boy.

»Sonst nichts?« Alexander ging hektisch durch den Raum und suchte den Boden mit seiner Lampe ab.

»Peter, was ist denn das da?«

»Was?«

»Da hinten, zwischen den Kisten da an der Wand. Das stand vorhin nicht da.«

»Das ist ein kleiner Koffer aus Aluminium. Den hat wohl Don hier abgestellt.«

»Kannst du ihn aufmachen?«

»Ja.«

»Was ist drin?«

»Peter?«

»Wenn ich das richtig sehe, dann haben wir noch genau neunzehn Minuten.«

»Was sagst du da?«

»Don hat eine Zeitbombe hier drin deponiert. Sieht teuer aus.« Er schien fast zu lachen.

»Und du Arsch hast uns mit diesem Idioten hier reingebracht ...« Boy stürzte sich in panischer Wut auf Alexander, riss ihn um und schlug ein paar Mal auf ihn ein, hörte dann aber von selber auf. Alexander stöhnte.

Boy zog sein Taschenmesser.

»Hier«, sagte er mit zitternder Stimme zu Peter, »du musst das Kabel durchschneiden. Das kannst du doch, oder?«

»Ich werd es versuchen.«

»Tu das nicht, Peter.« Alexander setzte sich auf.

»Wieso?«

»Was sollen wir machen, wenn die Bombe nicht hochgeht?«

»Wie meinst du das? Was sollen wir machen? Wir werden nicht sterben.«

»Mach schon«, sagte Boy. Er schien zu schlottern.

»Wenn du die Wahl hast zwischen Verhungern und Explodieren? Dann nehm ich lieber das schnelle Ende.«

»Wir sollen einfach zusehen, wie das Ding hochgeht?«

»Die Detonation ist unsere einzige Chance, hier rauszukommen. Wir stellen den Koffer in die Tür und stapeln die Kisten davor. Die Tür geht nach außen auf, und vielleicht mindern wir so die Druckwelle der Explosion hier drin. Wir müssen uns beeilen. Je mehr Kisten wir davor aufstapeln, umso besser.«

Boy blickte erst Alexander und dann Peter entsetzt an. Aber der hatte nachgedacht.

»Ich glaube, er hat recht.«

*

Milton, froh, endlich nicht mehr Don sein zu müssen, eilte, so schnell er konnte, nach oben. In seinem Rucksack ruhte der Reif, den er Hawk zu bringen versprochen hatte. Er hatte die Kopie des Plans herausgeholt, die er Johanna Meister vor etlichen Monaten abgenommen hatte und mit deren Hilfe er jetzt zurückfinden wollte.

An einem Flur allerdings verfehlte er den Weg, den sie gekommen waren, kam an schmalen Räumen vorbei, deren Türen verschlossen waren, blieb stehen, da er sich so gar nicht an sie erinnern konnte. Er studierte den Plan und merkte mit einem Mal, dass das Licht seiner Lampe schwächer wurde. Er zögerte nicht länger und lief zurück. Der Schweiß rann ihm über das Gesicht. Als er an die Stelle zurückkam, wo er vorhin falsch abgebogen war, sah er die Lichter einiger breiter Taschenlampen. Er schaltete sein Licht aus und blieb stehen. Vorne über den Flur glaubte er zwei Schemen huschen zu sehen, die Richtung Schatzkammer gingen.

Er schüttelte ungläubig den Kopf, wartete, bis die beiden verschwunden waren, dann machte er die Lampe wieder an, studierte den Plan und entschied sich, es in der anderen Richtung zu versuchen. Er würde dann im nächsten Stock auf eines der außen verlaufenden Gitter stoßen.

Auf der Treppe kam er einmal ins Straucheln, da er, bemüht, sich vom Ort der drohenden Explosion zu entfernen, sehr schnell lief. Er erreichte den oberen Stock, fluchte, weil sein Lampenlicht immer schwächer wurde. Das war wirklich ein Fehler gewesen, aber er war so darauf konzentriert, den Schatz zu filmen und das Ding scharf zu machen, dass er einfach nicht mehr daran gedacht hatte, noch frische Batterien aus dem Proviantrucksack zu nehmen.

Das Gitter am Austritt war sehr schmal und nur durch ein umlaufendes Stahlseil gesichert. Er spürte das eiskalte Wasser, das sich tief unter ihm ausbreitete, und es kam ihm so vor, als würde das Gitter schwanken. Aber das mochten nur seine Nerven sein. Er prüfte das Stahlseil auf seine Stabilität und ging los.

*

Die Explosion war so nah, dass Crow erst einmal am Boden in Deckung blieb.

»Sind Sie verletzt?«, fragte sie dann in die Dunkelheit, bekam aber keine Antwort.

Sie richtete sich in der staubig gewordenen Luft auf und begann nach ihrer Taschenlampe zu tasten.

»Können Sie mich hören?« Nichts.

Nach ein paar Minuten hatte sie die Taschenlampe endlich wieder und begann den Flur auszuleuchten. Von ihrem Begleiter keine Spur. Dafür hörte sie fernes Gebrüll, das wieder verstummte.

Sie mochte eigentlich die Arbeit am Schreibtisch, aber den Bericht über diese Operation zu schreiben würde alles andere als ein Vergnügen sein …

*

Es war Boy, der brüllend wie ein Tier davonlief – Alexander glaubte, in einem einzigen vom Licht seiner Lampe erhellten Moment gesehen zu haben, dass dem Jüngeren Blut aus den Ohren lief. Wahrscheinlich hatte es ihm die Trommelfelle zerrissen.

Alexander hustete, dann kroch er zu Peter hinüber, der keinen Mucks von sich gab. Zitternd legte er sein Ohr an Peters Mund und vernahm deutliche Atemzüge. Sein Freund war nur ohnmächtig.

Alexander kroch unter dem Mauervorsprung hervor, hinter dem sie sich versteckt hatten. Er schien zu einer Art Luftschacht zu gehören und war aufgetaucht, als sie die Kisten vor die Bombe geschleppt hatten.

Seine Lampe funktionierte noch, wenngleich das Licht schwächer zu werden begann. Er musste sich beeilen, kroch zurück, umfasste Peters Brust und wälzte sich mit ihm auf die andere Seite.

Der Raum war vollkommen verwüstet, der Boden übersät mit Trümmern, Alexander stolperte, musste husten, dann nahm er Peter auf den Rücken, halb trug, halb schleifte er ihn. Der Staub machte es unmöglich zu sehen, wohin er gehen musste, also bewegte er sich ganz langsam.

Als er sich und Peter durch den Flur vor der zerstörten Schatzkammer schleppte, bemerkte er nicht, dass er an den Körpern zweier schwarzgekleideter Männer vorüberging, die im Staub lagen. Einer von ihnen war von der Stahltür getroffen worden, die die Explosion durch die Luft gewirbelt hatte.

Vor Anstrengung kamen ihm die Tränen, als er in die Knie ging, um sich Peter auf die Schultern zu heben.

*

Milton durchwühlte noch einmal den Rucksack, ob er nicht doch irgendwo noch frische Batterien hatte, aber ohne vernünftiges Licht zu suchen war nicht einfach. Er kniete auf dem Gitter, fühlte in jeder Tasche, öffnete die Reißverschlüsse im Inneren, aber kein wohlmeinender Zufall sprang ihm zur Seite. Keine Batterien, kein Licht. Das war wirklich dumm.

Gerade als er den Rucksack wieder aufnehmen wollte, spürte er ein Zittern durch den Stahl laufen, Tritte kamen näher, er stand auf, setzte ein fragendes Hallo in die dunkle Nacht, aber das, was ihn sogleich umwarf, hörte in letzter Zeit schlecht.

Milton versuchte die Augenhöhlen des Angreifers mit seinen Fingern zu fassen zu bekommen, aber Boy war so wütend, dass es nichts mehr für Milton zu tun gab und er sich, selbst ein wenig erstaunt, fast erleichtert der rasenden Wut des jungen Mannes ergab. Bevor ihn Boy in die Halsschlagader biss, bemerkte er sogar noch, wie sein eigener Fuß den Rucksack mit dem Reif über den Rand des Gitters stieß, was ein entsetzliches Bedauern in ihm auslöste. Der gewaltige Platsch, den der Rucksack von sich gab, war das Letzte, was er hörte, bevor er sich selbst – von einer Sekunde auf die andere – im freien Fall Richtung Tiefe bewegte.

*

Peter gab ein leises Stöhnen von sich, als Alexander ihn keuchend auf den Boden gleiten ließ. Sie waren schon ein gutes Stück weit gekommen, bald sollten sie den äußeren Bunker verlassen können, doch er war sich mit einem Mal nicht mehr sicher, zumal sein Licht kaum mehr als ein Funzeln von sich gab. Er hatte das entsetzliche Gefühl, womöglich doch falsch gegangen zu sein, denn sie waren an eine Gabelung gekommen, die laut Plan gar nicht da sein sollte. Er ließ Peter liegen, ging zehn Meter zurück, bog dann ab, fand sich aber mit einem Mal nicht mehr zurecht.

Schweißtropfen fielen auf das Papier, als er ihren Weg noch einmal genau nachzuvollziehen versuchte, und mit zitternden Fingern glaubte er sich zu erinnern, dass sie vorhin links gegangen waren. Wenn das stimmte, dann hatte er Peter genau dort abgesetzt, wo die große Lücke begann, die so bedrohlich und fremd aussah, als ob sich ein Krebs auf der Zeichnung ausgebreitet hätte, und je länger er auf den unheimlichen weißen Fleck starrte, desto dunkler wurde es ihm.

Die dunkle Nacht schluckte nicht nur die Mauern um ihn herum, sondern begann in ihn einzudringen und auch sein

Inneres mit Dunkelheit zu füllen. Die Angst überwältigte ihn, hob ihn aus der Zeit, sodass er bis ins Mark erstarrte …

Das Platschen eines schweren Gegenstandes, der in den Grundwassersee stürzte, weckte ihn. Seine Sinne kehrten langsam zurück, dann erinnerte er sich an Peter. Der Gedanke an seinen Freund kehrte wie ein Licht in sein Bewusstsein, er war nicht allein, musste sich jetzt bewegen, Peter holen, los, beweg dich.

Als er am Ende des Gangs angelangt war, hinter dem er Peter zurückgelassen hatte, hörte er Stimmen. Eine schmale Person in einem schwarzen Kampfanzug beugte sich über Peter und hielt den Lichtkegel einer Taschenlampe über dessen bärtiges, ohnmächtiges Gesicht.

»Das ist der Mann«, es war eine Frau, die sprach, »das ist Alexander Salem. Wenigstens etwas, das wir erledigen können. Was stehen Sie so blöd da, helfen Sie mir schon!«

»Was machen wir mit ihm?«, fragte eine dunkle Stimme.

»Nehmen Sie ihn hoch«, befahl Crow.

Alexander konnte jetzt kurz den anderen Mann erkennen. Auch er trug einen schwarzen Kampfanzug und eine Gesichtsmaske. Zuerst dachte Alexander, es wäre ein Polizist. Er fasste Peter unter den Schultern, die Frau nahm seine Füße. Jetzt tauchte hinten im Flur noch ein weiterer schwarzgekleideter Mann auf.

Alexander sah, wie sie Peter auf das umlaufende Gitter schleppten. Sie wollten ihn hinunterstürzen! ›Das ist der Mann‹, hatte die Frau gesagt. Sie meinte ihn. Sie hatte ihn verwechselt. Er könnte versuchen zu fliehen. Peter zurücklassen.

»Lassen Sie ihn los. Ich bin Alexander Salem.«

Die Frau ließ Peters Füße fallen und zog ihre Waffe. Auch der andere Mann ließ Peter los und machte einen Schritt auf Alexander zu.

»Drehen Sie sich um und nehmen Sie die Hände hoch. Gut so.« Sie ging auf ihn zu.

Alexander stand zwei Schritte vom Rand des Gitters entfernt. Sie würde ihm die Pistole in den Nacken setzen, abdrücken und dann würde er nach unten stürzen. Er, Alexander Salem. Er machte die Augen zu, dachte nur für einen winzigen Augenblick an Narcilo, dachte an Grit und seine Eltern, dachte an seinen Großvater und an einen Nachmittag vor vielen Jahren, als er zu spät zur Arbeit im Kempinski kam, weil er in der U-Bahn eine bezaubernde Französin kennengelernt hatte. Er presste die Augen aufeinander, während weiterhin sein ganzes Leben in Millisekunden Platz zu finden schien, doch nichts geschah, nichts passierte, außer einem dumpfen Geräusch, einer Art von Seufzer, und einem starken Arm, der ihn nach hinten riss.

Benommen lag er da, sah die Körper der zwei Niedergeschlagenen, bewusstlos und außer Gefecht, blickte blinzelnd auf und entdeckte seinen Retter, der genauso gekleidet war wie die beiden anderen, nur mit dem Unterschied, dass der schwarze Kampfanzug an ihm schlotterte. Er zog sich mühsam die Maske vom Gesicht und Alexander war froh, auf dem Boden zu liegen, da ihn ein eisiger Schreck erzittern ließ. Es war sein Vater.

»Wir müssen sofort weg, hier sind noch mehr von diesen …« Er zeigte auf die Betäubten. Schien ganz klar zu sein. Klar und stark.

Von drüben hörten sie ein erneutes Stöhnen.

»Dein Freund wird wach. Beeilen wir uns.« Er ließ das Licht seiner Taschenlampe blitzen.

»Wenn wir erst im Kanal sind, nehmen wir einen anderen Abzweig. Wir kommen hier schon raus.«

*

»Ehrlich, Alex: mir geht's glänzend. Ohnmachten scheinen sich sehr belebend auf meine Verfassung auszuwirken.«

»Du bist lustig. Ich geh schon selber …«

»Nein, bleib du hier. Du siehst aus wie der Tod. Hast mich durch den halben Berliner Untergrund geschleppt.«

»Mein Vater hat mir geholfen.«

»Tja, da haben Vater und Sohn Salem wirklich mal gute Arbeit geleistet. Also, wo, hast du gesagt, hast du Grits Geschenk hingelegt?«

»Im Bad. Aber bitte, Peter, ich gehe selber.«

»Nein. Bin sowieso gespannt, wie die Bude aussieht, nachdem du drin gehaust hast. Vielleicht müssen wir ja renovieren, bevor Maleparto wiederkommt.«

Sie hielten vor Alexanders Neuköllner Bleibe. Weiter vorne, kurz vor dem Kiosk, an dem er sich immer mit Schnaps und Kippen versorgt hatte, stand der 71er Porsche, in dem sich schon sein Gepäck befand. Peter und er wollten noch eine Kleinigkeit frühstücken, dann würde Alexander nach Paris fahren.

Peter zwinkerte ihm zu und stieg, Malepartos Schlüssel in der Hand, aus dem Wagen. Unendlich müde sah Alexander, wie sein Freund vergnügt über die Straße humpelte und in seinem Hauseingang verschwand. Der schwarze Mercedes mit verdunkelten Scheiben, der weiter vorne in der Straße parkte, fiel ihm nur flüchtig auf. War sicherlich eine Nummer zu groß für diese Ecke der Stadt.

Das Fenster ihres Lieferwagens war heruntergekurbelt und die kühle frische Luft schmeckte so köstlich wie nur je etwas in seinem Leben. Die lieblichen Stimmen der Vögel kamen ihm vor, als besänge ein jeder das Abenteuer dieser Nacht. Dann nickte er ganz kurz ein, sah das Gitter und den Abgrund verschwommen zu seinen Füßen, die Frau und schließlich seinen Vater in der schwarzen Montur und fuhr wieder hoch. Er atmete aus, lächelte breit, da er absolut kein Bedürfnis nach einer Zigarette verspürte, und legte den Arm in die kalte, unbeschreiblich köstliche Morgenluft.

Peter brauchte keine zehn Minuten, dann tauchte er unten auf dem Bürgersteig auf, trat an den Randstein, wartete aber einen Moment, weil sich auf der Straße ein Wagen näherte.

Der schwarze Mercedes erreichte Peters Höhe, wurde langsamer, Peter machte ein verdutztes Gesicht, rührte sich aber nicht vom Fleck.

Alexander konnte nicht sehen, wie mit einer automatischen und schallgedämpften Handfeuerwaffe im Ganzen elf Schüsse auf Peter abgegeben wurden. Die Obduktion ging später von mindestens vier tödlichen Treffern aus.

Ein anderer oder derselbe Täter hatte auch noch Zeit, einen um einen Stein gewickelten Umschlag auf den Bürgersteig zu werfen. Dann beschleunigte der Wagen mit quietschenden Reifen, erreichte das Ende der Kienitzerstraße und zog auf der Hermannstraße Richtung Autobahn davon.

Peter lag auf dem Kopfsteinpflaster und lächelte. Seine Brille war in den Rinnstein gefallen. Alexander berührte sein Gesicht, streichelte ihm übers Haar, Peter schüttelte unmerklich den Kopf, fasste sich mit letzter Kraft in die Hosentasche und drückte Alexander seinen Schlüsselbund in die Hand. Er flüsterte etwas, das Alexander nicht verstand, bewegte die Lippen noch einmal, sagte aber nichts mehr. Ohne jede Kraft lächelte er ihn an. Dann schloss er die Augen.

Neben seinem Kopf lag die Sendung seines Mörders, die aus einem alt aussehenden Briefumschlag bestand, ohne Briefmarken, nur mit einigen runden, stark fragmentierten Stempeln und dem Zeichen des Norddeutschen Lloyd bedeckt: Anker und Schlüssel.

2002

Glatt ist es auf dem Pflaster der steil ansteigenden Straße, da der den ganzen Tag über fallende Schnee von den Schritten vieler Hundert, kleine Atemwölkchen ausstoßender Passanten plattgetreten wurde.

In den Fenstern der Kioske, Telefonläden und türkischen Clubs voller kartenspielender und rauchender Männer, die die Kohlenhandlungen, Modisten und Krämer der Vergangenheit abgelöst haben, brennt das Licht breit über die Decken gelegter Neonröhren, doch weiter oben, fast am Ende der Wissmannstraße, gibt es einen Laden, der wie aus der Zeit gefallen zu sein scheint.

In seinem mit dunkelrotem Samt ausgeschlagenen Schaufenster werden Schlösser und Türbeschläge ausgestellt, unter denen sich nicht nur die neuesten Industrieprodukte, sondern auch Bartschlösser vom Anfang des 20. Jahrhunderts und ein alter, breit ziselierter und mit vielen Verzierungen versehener Schlüssel befinden, der so groß ist, dass er für eine Kirchentür oder das Tor einer alten Festung bestimmt gewesen zu sein scheint.

Gerade kämpft sich ein Mann in einem Wintermantel die Straße hoch, einen dicken Schal um seinen Hals geschlungen und mit einer von Schneeflocken bedeckten Mütze. Als er auf der Höhe des Ladens ist, bleibt er stehen, betrachtet kurz die Auslage und tritt dann ein.

Der Laden ist angenehm warm geheizt und neben zwei alten Deckenleuchten gibt es auch noch eine Schreibtischlampe, in deren Licht ein kleiner Mann in einem schwarzen T-Shirt, über dessen Rücken ein langer Pferdeschwanz fällt, konzentriert an einem Werkstück arbeitet. Es ist in einen alten, handgemacht wirkenden Schraubstock eingespannt und der kleine Mann mit dem Pferdeschwanz bearbeitet es mit einer Feile und bläst immer wieder darüber hinweg.

Der Kunde räuspert sich zweimal, aber der andere scheint ihn nicht zu hören, also tritt er an ihn heran und tippt ihm mit der Hand auf die Schulter. Der junge Mann wirbelt herum, reißt die Augen auf, lacht und deutet auf seine Ohren.

»Tut mir leid«, sagt er mit etwas zu lauter, ein wenig ungelenk wirkender Stimme, »ich höre nicht so gut«, und nachdem er den Kunden freundlich angegrinst hat, ruft er nach dem Chef. Kundschaft.

Ein Mann mit kurzgeschorenen Haaren und einem dichten Bart kommt nach einer Weile aus dem hinteren Bereich. Sein Bart macht es schwer, sein Alter zu schätzen, aber an seiner Stimme hört man, dass er vielleicht eher etwas jünger ist, als er aussieht. Er scheint noch ein wenig zu kauen, als ob er gerade vom Esstisch aufgestanden wäre.

»Plahn, guten Abend. Was kann ich für Sie tun?«

»Ich wohne vorne Karl-Marx-Straße und da sind in letzter Zeit so Sachen vorgekommen, und da wollte ich mich mal bei Ihnen erkundigen.«

»Sicherung für die Wohnungstür?«

»Wollte mich mal beraten lassen. Jetzt mit den Terroristen, und so … die Zeiten sind doch so unsicher geworden. Man traut sich bald schon nicht mehr aus dem Haus zu gehen. Sind doch mittlerweile allet Araber hier.«

Der bärtige Mann sagt nichts, blickt ihn nur mit traurigen blauen Augen an und nickt nachdenklich. Jetzt erst sieht der Kunde, dass zwei Finger seiner rechten Hand krumm sind.

»Soll ich gleich mitkommen und mir die Tür ansehen?«

»Je früher, desto besser.«

Der Bärtige packt seine Tasche, dann geht er wieder nach hinten, und als er dort eine Tür öffnet, hört man ein einzigartiges, unverwechselbares Geräusch: Ein Neugeborenes weint mit herzergreifender, aufrüttelnder Stimme.

Angetan mit einem schwarzen, pelzgefütterten Kapuzenmantel taucht der Bärtige wieder auf.

»Gratuliere!«

»Danke.«

»Was ist es denn?«

»Ein Junge. Kommen Sie, wir gehen.«

Inhalt

Dritter Teil

Handschellen, Ketten und Schlösschen

Vierter Teil

Dietrich

Fünfter Teil

Anlage

Danksagung

Einige fabelhafte Weine in Kapitel fünf suchte Ursula Heinzelmann aus. Hermann Neumann und Hermann Neumann sen. seien bedankt, Letzterer besorgte Josef Salem die Werkstatt im Breslau der dreißiger Jahre. Hans-Joachim Schwanke aus Hamburg war so liebenswürdig, mich über gewisse Grundprinzipien der Philatelie aufzuklären. Ursula Ohlendorf vom Stadtarchiv Velbert sei ebenso bedankt wie Nikolaus Wachsmann, Liverpool. Wie Waschbären auf die Welt kommen, beschrieben die Herren Hohmann und Bartussek, während Karlheinz Kümmel aus München wichtige Hinweise zur Existenz verborgener Bunker lieferte. Peter Riegler, ein Freund seit vielen Jahren, unterstützte uns bei der Arbeit in der Endphase dieses Schlüsselromans – vielleicht kein Wunder bei diesem Namen.

Nicht zuletzt gilt mein ganz besonderer Dank den Experten von Schlüsseldienst-Behrends, ohne deren Sachkenntnis kein einziges Schloss in diesem Buch hätte entsperrt werden können. Jedem Berliner mit einem Schließtechnik-Problem sei diese vertrauenswürdige Adresse von Herzen empfohlen.

»Die Krimis von
Petros Markaris
sind der spannendste
Reiseführer.
Sie zeichnen das soziale
Bild Athens.«

Sächsische Zeitung, Dresden

Lese-probe

400 Seiten, Leinen
€ (D) 22.90 / sFr 38.90* / € (A) 23.60

Ich suche wie wild nach einem Schleichweg zur First British Bank, denn ich muss dem Demonstrationszug der Gewerkschaften ausweichen. Am liebsten würde ich den Seat in Monastiraki abstellen und bis zur Bank in der Mitropoleos-Straße zu Fuß laufen.

Die von mir eingeschlagene Route erweist sich bis zur Sokratous-Straße als gute Wahl, doch ab dort wird's problematisch. Den Demonstranten entkomme ich zwar, stecke dafür aber in einem endlosen Stau fest. Anscheinend hatten alle anderen Autofahrer dieselbe Idee wie ich. Am meisten erschreckt mich jedoch etwas anderes: Zum ersten Mal ertönen weder Hupkonzert noch Protestgeschrei. Die täglichen Kundgebungen und Aufmärsche haben die Menschen sichtlich zermürbt und selbst die Verkehrspolizisten fügen sich ins Unvermeidliche. Der Fahrer, der vier Wagen vor mir wartet, will den Beamten etwas fragen, der an der Ecke Ajiou-

Konstantinou- und Sokratous-Straße Dienst tut, doch der winkt ihn mit einer resignierten Handbewegung einfach durch, ohne ihn einer Antwort zu würdigen.

Als mein Wagen endlich in seine Nähe rückt, stelle ich mich als Kollege vor. »Wie komme ich am schnellsten zur Mitropoleos-Straße?«

Er wirft mir einen verwunderten Blick zu. »War kein Streifenwagen frei?«, fragt er. »Sind alle im Einsatz?«

»Ich war mit meinem Privatwagen bei der Zentralstelle für Geldwäsche. Von dort wurde ich in die Mitropoleos-Straße gerufen, und es ist wirklich dringend.«

»Hm, schwierig, Herr Kommissar. An so einem Tag braucht man sogar zum Zigarettenholen einen Streifenwagen.«

Auf der Pireos-Straße sieht die Sache dann etwas besser aus, und von der Ermou bis nach Monastiraki sind es nur noch fünfhundert Meter.

In weiser Voraussicht habe ich den Seat in der Athinas-Straße abgestellt, da die Mitropoleos für den Verkehr gesperrt ist. Die Umgebung wurde durch Streifenwagen abgeriegelt. Vor dem Eingang des dreistöckigen und kürzlich renovierten neoklassizistischen Gebäudes haben sich zwei Kriminalbeamte postiert, während Verkehrspolizisten versuchen, die Neugierigen fernzuhalten. Nur der Krankenwagen wurde durchgelassen.

Nach Vorlage meines Dienstausweises betrete ich das Bankgebäude. Die neoklassizistische Bausubstanz, soweit wird klar, beschränkt sich nur noch auf die Fassade, denn der Innenraum wurde durch Glas- und Stahlkonstruktionen ersetzt. Nachdem mir ein Kriminalbeamter erklärt hat, wo die Leiche gefunden wurde, fahre ich in die dritte Etage hoch.

Vom Fahrstuhl aus tritt man direkt in das Büro der Privatsekretärin. Dort stoße ich auf Stathakos. Obwohl ich mit

seiner Anwesenheit hätte rechnen müssen, habe ich diese Möglichkeit offenbar verdrängt. Er sieht mir meine Verdatterung wohl an, denn er versucht gleich, Kapital daraus zu schlagen.

»Was suchst du denn hier?«

»Nichts«, erwidere ich genau so herzlich. »Uns wurde ein zweites Opfer gemeldet, das auf dieselbe Art und Weise wie Sissimopoulos umgebracht worden sein soll. Und was verschlägt dich hierher?«

Er wirft mir einen halb arroganten, halb gelangweilten Blick zu. »Hör mal, Charitos. Ich hab dir von Anfang an gesagt, diese Morde sind das Werk von Terroristen. Doch du wolltest es ja nicht glauben. Aber jetzt musst sogar du ein Einsehen haben.«

Ich würde ihm gerne einen Spruch unter die Nase reiben: Wer hungrig ist, sieht überall Brot. Aber ich beherrsche mich, damit wir den Kollegen von der Spurensicherung, die uns schon aus den Augenwinkeln mustern, kein Schauspiel bieten.

»Momentan ist es noch völlig offen, ob es sich um einen Terrorakt oder ein konventionelles Verbrechen handelt. Daher ist es meine Pflicht, hier zu ermitteln«, erkläre ich ruhig.
Er zuckt mit den Schultern. »Wie wäre es, wenn du einfach meinen Bericht liest? Aber wie du meinst…«
Durch die geöffnete Tür trete ich in das angrenzende Büro und beende auf diesem Weg das Gespräch. Fast stolpere ich dabei über den Gerichtsmediziner: Stavropoulos kniet vor einer Leiche ohne Kopf, die einen teuren grauen Anzug, ein weißes Hemd und eine blau gestreifte Krawatte trägt. Unter den Jackettärmeln lugen Manschettenknöpfe hervor, am linken Handgelenk glänzt eine goldene Uhr. Die ganze Gestalt erinnert an eine kopflose Schaufensterpuppe aus der Vitrine eines exklusiven Herrenmodengeschäfts. Ein anderer Anblick als bei Sissimopoulos, der – zumindest zum Zeitpunkt seiner Ermordung – Freizeitkleidung trug. Nur etwas ist gleich: Auf der linken Seite seines Hemdes wurde ihm wie Sissimopoulos ein DIN-A4-Blatt mit einem riesigen »D« an die Brust geheftet. Der Mörder hat auch hier seine

Handschrift hinterlassen, sage ich mir. Und das verheißt nichts Gutes.

Stavropoulos hebt den Blick zu mir hoch. »Dasselbe wie bei Sissimopoulos«, sagt er knapp. »Der Mörder muss sich hinter der Tür versteckt haben, und als Robinson eintrat, hat er ihm gleich den Kopf abgeschlagen. Eins kann ich jetzt schon sagen: Der Mörder ist ein professioneller Schwertkämpfer.«

»Wissen wir, wie der Mörder hereingekommen ist?«

»Höchstwahrscheinlich durch die Hintertür, denn dort wurde die Alarmanlage außer Betrieb gesetzt.«

»Gibt es keinen Wachdienst?«

»Nein, nur die Alarmanlage. Es gibt auch keine Sicherheitstüren mit Überwachungskameras. Wenn das nicht der berühmte schottische Geiz ist! Wir Griechen sind durch unsere Verschwendungssucht wenigstens mit fliegenden Fahnen untergegangen. Aber wie haben diese Sparfüchse ihre Wirtschaft ruiniert?«

»Lassen Sie uns mal nachschauen.«

Wir gehen ins Erdgeschoss und durchqueren die Schalter-

halle. Dimitriou lässt mich durch eine Tür hinter den beiden Schaltern in eine Art Lagerraum treten. Offenbar bewahrt man in den Regalen die Formulare und Vordrucke der Bank auf. Dimitriou öffnet eine Tür am Ende des Raumes, und wir stehen in einem schmalen Gässchen.

»Das ist die Petraki-Straße«, meint er. »Wie Sie sehen, ist hier abends bestimmt nicht viel los. Der Täter hat ungestört die Alarmanlage außer Kraft gesetzt und dann im Lagerraum bis zum Morgen gewartet.«

Die Lösung ist sonnenklar und überzeugend. »Wo ist das Bankpersonal?«

»Stathakos hat die Angestellten in der Cafeteria im Untergeschoss versammelt, um sie dort zu befragen.«

Da Gruppenvernehmungen nicht meine Stärke sind, lasse ich es mit den Fragen gut sein. Als ich ins Erdgeschoss hochsteige, kommen mir auch schon meine Assistenten entgegen. Vlassopoulos schicke ich in die Cafeteria, um die restlichen Befragungen durchzuführen. Er hat einen Riecher dafür, wer am ehesten etwas Brauchbares zu sagen hat.

»Und was ist mit mir?«, fragt mich Dermitsakis, der stets argwöhnt, Vlassopoulos bekäme die Filetstückchen und er nur den Knochen.
»Du klapperst die Geschäfte in der Petraki-Straße ab und fragst nach, ob in der letzten Zeit etwas Auffälliges vorgefallen ist.«
Ich erhoffe mir keine großartigen Resultate davon, denn als Robinson in sein Büro kam, waren die Läden noch geschlossen. Aber man kann nie wissen. Besser, wir lassen in den Ermittlungen nichts offen.
Die Fahrt von Psychiko zum Alexandras-Boulevard verläuft zügig, und in kürzester Zeit habe ich mein Büro erreicht. Doch anstelle meiner beiden Assistenten blickt mir Sotiropoulos auf dem Flur entgegen.
Sotiropoulos sieht sich als Polizeireporter in einer Vorreiterrolle. Früher war er ein Linker, heute ist er orientierungslos. Aber immer noch setzt er die alte Revoluzzermiene auf, nur um mich spüren zu lassen: Als Lakai der Macht stehst du immer in meiner Schuld.
Mit den Jahren hat sich zwischen uns eine eigenartige Beziehung entwickelt, obwohl er mich bei jeder Gelegenheit attackiert und ich ihn heimlich »Robespierre im Armani-Anzug« nenne und zum Teufel wünsche, wenn er es zu bunt treibt. Im Grunde schätzen wir einander. Er schätzt mich, weil er weiß, dass ich ihn nicht anlüge, auch wenn ich ausweichend antworte. Und ich schätze ihn, weil er ein cleveres Bürschchen ist und mir des Öfteren schon die Augen geöffnet hat. Jedes Mal versucht er jedoch, mir seine Mithilfe so teuer wie möglich zu verkaufen.
»Glaubt ihr denn im Ernst, dass es sich um einen Terroranschlag handelt?«
»Wieso? Sie etwa nicht?«, frage ich unschuldig.

»Also, kommen Sie! Wer würde nicht gerne einen Banker umbringen? Ich schließe mich da nicht aus, und ich bin kein Terrorist, wie Sie wissen. So ein Terrorakt wäre für euch eine bequeme Lösung. Damit wollt ihr den Leuten nur Sand in die Augen streuen, um davon abzulenken, dass ihr den griechischen Staat an den Rand des Ruins geführt habt.«
Sein Kommentar zur griechischen Tragödie prallt an mir ab. Warum sollte Sotiropoulos anders als die anderen denken? Es schiebt ohnehin jeder jedem die Schuld an der elenden Lage in die Schuhe. Andererseits wird er mir gerade mal wieder richtig sympathisch, da er meine Ansicht zur Terrorismusthese bestätigt. Doch diesmal bin ich aus dienstlichen Gründen zu einem Ausweichmanöver gezwungen.
»Wir sagen ja nicht, dass es sich um einen Terroranschlag handelt. Wir sagen nur, wir können die Möglichkeit nicht ausschließen. Es gibt zwei Mordopfer und kein einziges weiteres Indiz. Im Moment müssen wir uns eben alle Möglichkeiten offen halten, das ist wie Blindekuh-Spielen.«
»Okay, akzeptiert. Aber haben Sie schon jemals von Terroristen gehört, die mit Schwertern töten? Von den Tschetschenen bis zur al-Qaida verüben alle Sprengstoffattentate an öffentlichen Orten.«
Da ich mich weiterhin dumm stellen möchte, muss ich auf Gikas' Argumentation zurückgreifen. »Vergessen Sie nicht, dass die griechischen Terroristen nicht mit blinden Anschlägen agieren, sondern immer ganz gezielte Attentate machen.«
»Ja, aber sie verwenden Pistolen, und sogar immer dieselbe Marke. Mit dem Schwert hingegen schlachtet man Menschen ab, als seien es Hühner – mehr nicht.« Da Gikas das angeheftete Blatt mit dem »D« anscheinend nicht erwähnt hat, behalte ich dieses Detail für mich.

Im Grunde bin ich derselben Meinung wie Sotiropoulos, nur kann ich ihm nicht sagen, dass die Anweisung, die Terroroption offen zu halten, von höchster Stelle stammt.

»Jedenfalls spricht nichts gegen Ermittlungen in diese Richtung. Vor allem, weil wir jetzt auch ein ausländisches Opfer haben, und noch dazu einen Bankdirektor. Und bei ermordeten Ausländern bringt man am besten den Terrorismus ins Spiel, um die diplomatischen Wogen zu glätten.«

Er zuckt mit den Schultern. »Theoretisch haben Sie vielleicht recht«, räumt er ein. »Aber ich halte mich lieber an Ihre Methode.«

»Meine Methode?«, entgegne ich überrascht.

»Sie suchen bestimmt nach anderen Motiven und nicht nach Terroristen. Mir können Sie doch nichts vormachen!«

Petros Markaris

»Einer der vielseitigsten
und erfolgreichsten
Autoren Griechenlands.«
Süddeutsche Zeitung, München

Als Kind einer Griechin und eines Armeniers besuchte Petros Markaris das deutsche Gymnasium in Istanbul und studierte in Wien Ökonomie. Dies allerdings nur auf dem Papier, denn er sagt selbst: »Ich lungerte herum und besuchte sooft wie möglich das Theater.« Und so ergab sich fast von selbst der Wunsch zu schreiben, doch in welcher Sprache? Türkisch, Deutsch oder Griechisch – in allen drei Sprachen war Markaris zu Hause. Auf Griechisch schließlich erschienen seine Theaterstücke und Drehbücher, aus dem Deutschen übersetzte er etwa Dürrenmatt, Brecht und zuletzt den Faust (Teil I und II) und erwies der deutschen Literatur somit wohl den größtmöglichen Dienst. Mit 58 schrieb Markaris dann seinen ersten Roman: »Plötzlich war da eine Figur in meinem Kopf. Sie quälte mich monatelang, woraus ich den Schluss zog, sie könne wohl nur ein Polizist sein. Was blieb mir also übrig? Ich musste einen Krimi schreiben.« Und setzte damit Griechenland endlich auf die Landkarte der europäischen Kriminalliteratur, und seinem ganz eigenen Humor ein Denkmal. Sein eingefleischter griechischer und durchaus schrulliger Kommissar Kostas Charitos ermittelt stets fast tagesaktuell – mal zwischen den Bauruinen der Olympischen Sommerspiele 2004 und mal in den Halbwelten der Müllmafia und in einem Fall sogar in Istanbul – wobei hier die heikle und komplizierte griechisch-türkische Vergangenheit ihre Geschichte bekommt. Über Schwierigkeiten auch im eigenen verschuldeten Land berichtet Petros Markaris mit wissender und kritischer Stimme nicht nur in seinen Romanen, sondern auch immer wieder in der internationalen Presse. Seiner Liebe zu Athen tut dies jedoch keinen Abbruch – schließlich lebt er weiterhin in der ›Wiege unserer Kultur‹ und liebt es, in Athen spazieren zu gehen. Daher seine unglaubliche Ortskenntnis.

Kostas Charitos

Name Charitos

Vorname Kostas

Zivilstand Seit Jahren verheiratet mit Adriani, die zu Hause das Sagen hat; Tochterherz Katerina ist Juristin.

Wohnort Athen.

Aussehen Bewusst nicht beschrieben. Jeder Leser darf ihn sich vorstellen, wie er will.

Marotten Hasst das Fernsehen – und Pressekonferenzen.

Laufbahn Begann als Gefängniswärter unter der Militärjunta. Sprach sich damals zwar nicht offen gegen die Foltermethoden der Polizei aus, half aber dem Dissidenten Lambros Sissis mit einfachen Gesten und Taten, die Folter zu überstehen.

Methode Konsultiert alte Wörterbücher – die Begriffserklärungen inspirieren ihn. Grübelt und brütet. Bespricht sich auch mit seiner Frau Adriani, die oft erstaunlich einfache und klare Ideen hat.

Isst Morgens im Büro ein Croissant, seit es in Athen keine Sesamkringel mehr gibt; unterwegs Souflaki direkt aus der Tüte. Sein Leibgericht: gefüllte Tomaten, wie nur Adriani sie zubereitet – oft zum Dank oder zur Bestechung.

Trinkt Griechischen Mokka.

Fährt Fuhr jahrelang einen alten Fiat Mirafiori, den er im sechsten Fall gegen einen auf Pump gekauften Seat eintauscht.

Besondere Kennzeichen Nostalgiker und Querkopf mit trockenem Humor und viel Familiensinn.

detebe 24041, 320 Seiten
€ (D) 9.90/sFr 17.90*/€ (A) 10.20
Auch als Diogenes Hörbuch

Ein Fall für den berühmten Kommissar aus Athen, der ihn nach Istanbul führt. Was in Istanbul geschah, ist nun viele Jahrzehnte her. Und doch findet die neunzigjährige Kinderfrau keine Ruhe – sie hat noch alte Rechnungen zu begleichen. Kommissar Charitos folgt ihren Spuren: Sie führen nach ›Konstantinopel‹, in eine Vergangenheit mit zwei Gesichtern – einem schönen und einem hässlichen. Petros Markaris präsentiert mit *Die Kinderfrau* einen Roman voll Nostalgie – sein bisher persönlichstes Buch.

400 Seiten, Leinen
€ (D) 22.90/sFr 38.90*/€ (A) 23.60

Die Krise legt Griechenland lahm. Niemand hält mehr die Arbeitszeiten ein, überall wird diskutiert und protestiert. Arbeitnehmer, Rentner und Studenten gehen auf die Straße, und ihre Demonstrationszüge verstopfen das Zentrum Athens mehr, als es der Verkehr je tat. Auch Familie Charitos muss den Gürtel enger schnallen. Als dann zwei Banker auf grausame Weise umgebracht werden, herrscht in der Finanzwelt höchste Alarmstufe. Auch weil Presse und Polizei die Hypothese eines Terroranschlags nicht ausschließen.

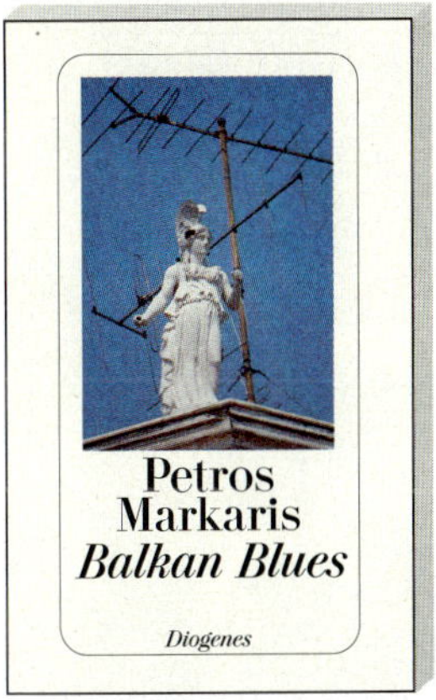

detebe 23625, 224 Seiten
€ (D) 9.90 / sFr 15.90* / € (A) 10.20

Kommissar Charitos wäre am liebsten wie alle Athener draußen auf der Straße, um den EM-Titel zu feiern. Aber er hat anderweitig zu tun. Es brennt an allen Ecken und Enden. Und selbst ein Kommissar wie Charitos kann nicht überall nach dem Rechten sehen. Die meisten Figuren dieser neun Geschichten müssen dies selbst tun – auf ihre Art. Mit oftmals schwarzem Humor und ganz ohne Lamento zeichnet Petros Markaris das Bild einer Gesellschaft, in der sich die Grenzen zwischen Gut und Böse, Recht und Unrecht verwischen.

192 Seiten, Leinen
€ (D) 16.90 / sFr 29.90* / € (A) 17.40

Petros Markaris über seine Liebe zu Istanbul, seine Hassliebe zu Athen und seine besondere Beziehung zur deutschen Kultur – Bekenntnisse eines Kosmopoliten.

»Ein brillantes Buch. *Wiederholungstäter* ist kein Fall für Kostas Charitos, sondern ein Fall von aufgeklärter Überraschungsliteratur.«
Mannheimer Morgen

*unverbindliche Preisempfehlung

Fotos: © Daniel Kampa / Diogenes Verlag
(Seite 1, 2, 14 rechtes Bild und 15)
und Regine Mosimann / Diogenes Verlag
(Seite 5, 6, 8, 11, 12, 14 links, 20)

»Markaris schreibt temporeich, rauh, grell und beklemmend und bietet ein scharfsinniges Porträt vom heutigen Athen.«
Le Monde, Paris
Petros Markaris
Faule Kredite
Ein Fall für Kostas Charitos
Roman · Diogenes
Jetzt neu!
Diogenes
www.diogenes.ch
Bestellnummer: 978-3-257-95252-0/50 Exemplare